憧憬美好
相信爱情

星光的加冕 上

深浅叙 著

青岛出版社
QINGDAO PUBLISHING HOUSE

图书在版编目（CIP）数据

　　星光的加冕 / 深浅叙著. -- 青岛 ：青岛出版社，
2016.11

　　ISBN 978-7-5552-4505-6

　　Ⅰ．①星… Ⅱ．①深… Ⅲ．①言情小说－中国－当代
Ⅳ．①I247.5

　　中国版本图书馆CIP数据核字(2016)第193339号

书　　名	星光的加冕
著　　者	深浅叙
出版发行	青岛出版社
社　　址	青岛市海尔路182号（266061）
本社网址	http://www.qdpub.com
邮购电话	010-85787680-8015　13335059110
	0532-85814750（传真）　0532-68068026
责任编辑	那　耘
责任校对	邓　运
特约编辑	秋　山
装帧设计	千　千
照　　排	孙顾芳
印　　刷	北京市平谷县早立印刷厂
出版日期	2016年11月第1版　2016年11月第1次印刷
开　　本	16开（700mm×980mm）
印　　张	30
字　　数	380千
书　　号	ISBN 978-7-5552-4505-6
定　　价	52.00元

编校印装质量、盗版监督服务电话　4006532017　0532-68068638

建议陈列类别：畅销·青春

星光的加冕

目录
CONTENTS
上

星光的加冕

目录
CONTENTS
下

第一章
最佳龙套

下午三点的片场，阳光灼热明亮。高温将人炙烤得没什么精神，乔雪额头见汗地提着保温桶走到片场，朝保安轻车熟路地递出自己的证件和证明："我又来探我姐乔雁的班了，大哥辛苦啦。"

她探班太勤，保安都已经熟悉她的样子，朝她笑笑便痛快地放了行。影视城中大大小小的剧组数十个，大多都已按照拍摄计划开始了下午的工作，这个剧组却和前些天一样刚开始午餐，所有人都显得沉默而疲惫，气氛不算轻松。

乔雪的到来让气氛稍显松动，三三两两的人陆续凑过来，从她手里领一碗煲得清香鲜亮的冬瓜排骨汤。她在一连串的道谢声和笑脸中找到远离人群坐在一边的乔雁，将剩下的汤倒进碗里，连同做好的便当一起递给她。

"最近天气太热，我做得比较清淡……拍摄还顺利吗？今天什么时候收工？"

"和前几天进度差不多，我的戏排得比平常靠后，可能要上工到很晚，等会儿你自己先回去，注意安全。"

乔雁摇了摇头，没什么胃口，把汤喝了后慢慢往嘴里送着饭。乔雪眨眨眼应了一声，撑着腮随意地四下乱看，视线扫到另一个角落时突然一顿，她连忙伸手拽了拽乔雁的胳膊，难掩兴奋之色："姐，穆庭怎么在这里，他来客串吗？"

"他一个歌手，来这里客串什么？"乔雁有些好笑地摇摇头，专心致志地埋头喝汤，一眼都不朝那边的人群中心打量，"大概是应邀写主题曲，来剧组提前探个班吧……为了捧那一位，锋辰也算是下了血本。"

"那一位"指的是这部剧的女主角沐雪晴，背景神秘，据说是某位不可说人物捧在手心里的幺女，专程来娱乐圈体察民情。传闻有几分可信不得而知，锋辰娱乐为她准备了异常豪华的荧屏首秀，的确是不争的事实。

这部名为《红颜谋》的大型民国偶像剧由热门小说改编，剧界名导张简牵头，双男主由视帝魏泽与当红小生顾昭明出演，讲的是名门贵女楚姝及笄之年便已美名满北平，一朝战火纷飞，家国离散，楚小姐投身军旅，凭借无双智计成为军中女诸葛，在帮助本国军队取得战争胜利的同时，与生死相托的将军和青梅竹马的部长之子之间也产生了缠绵悱恻的爱情。

这是部纯粹的女主戏，演得只要不是那么离谱便极容易出彩，属于乔雁只能勉强摸摸边角的资源。她这次的这个女三都已经是经纪公司努力争取的结果。她今年刚签了经纪公司，比之前单干的时候境遇好上了不少——这也是乔雪第一次能来剧组探她的班，以往她进组与杀青间隔不了几天，根本没有被探班的资格。

"哇……"乔雪有些羡慕地轻呼一声，却也没有多想，继续在片场看来看去，只是视线总有意无意地瞟向穆庭那边。她对穆庭的过分关注并不显得突兀，片场至少有一半的眼睛都在明里暗里盯着穆庭。在场的三个一线男星中，穆庭只能算中等，比顾昭明要红，论资历却比不上从影多年的视帝魏泽，穆庭长得虽然很帅，但娱乐圈最不缺的就是帅哥美女。

穆庭的特别之处在于，他作为一个歌手，没有炒作，没有绯闻，作品虽质量上乘，数量却实在拿不出手，甚至连出现在公众面前的时间都十分有限，就是这样一个在娱乐圈中有些另类的人，从出道到晋升为一线明星，却只用了两年时间。

这样堪称奇迹的走红速度当然和他是锋辰娱乐的太子爷有关，穆太子心高气傲，加之信心爆棚，出道时连亲爹都没告诉，自己悄悄成立了个小工作室，飞快地推出了首张单曲。

简陋的制作阵容没能阻挡磅礴的灵气与才华横溢，他的嗓音条件也的确是优秀到老天赏饭吃，处女作发布在网上之后，他机缘巧合地得到了几个知名音乐博主的赏识，一夜之间爆红网络，迅速拥有了不俗的人气和一群捧脸尖叫的颜粉乐粉。

而后，穆太子在锋辰娱乐的全力支持配合下趁热打铁推出了EP（迷你专辑），开了见面会，还演唱了影视剧的主题曲，人气持续走高，未过多久便成为华语歌坛亮眼的新势力。

这样的横空出世自然引起了各方注意，随着粉丝的增加，各种各样的诋毁与黑料也纷至沓来，加之其他歌坛明星的粉丝推波助澜，短短时间竟然掀起一股没有实际黑点、编料编到天际的倒穆热潮。最后，八卦小报抓住一张狗仔偷拍到的穆庭与锋辰娱乐副总的合照，一口咬定穆庭早早被锋辰副总包养，其言之凿凿，大有就此将穆庭钉死在耻辱柱上永世不得翻身的意思。

而穆庭在面对蜂拥而至的各种满怀恶意的冷嘲热讽时，委屈辩驳的话半个字都没有，他在自己的官方主页上上传了一组合照来应对，人物涉及政商文娱各圈名流，每张照片上的穆庭都一脸高冷。和锋辰副总的合照被堂而皇之地放在最后，对比之下，讽刺意味尽显：少爷我大腿多的是，小小一个锋辰副总就值得你们激动成这样？

这算是谁包养谁啊？！穆黑们捂着被打得生疼的脸泪流满面。

然而更加打脸的事情还在后面，为儿子操碎了心的穆总裁在锋辰年会上"一个不小心"就曝光了和穆庭的父子关系，这下娱乐圈彻底炸开了锅，粉丝欢天喜地地奔走相告，"倒穆运动"背后的推手则寝食难安，惊起一身冷汗，原以为的打压新人变成了和锋辰公然叫板，现在去跟穆庭主动示好不知道算不算晚。

然而，他们还是把穆庭想得太简单了。

娱乐圈的生存之道不好一言蔽之，但说穿了不过是"名利"二字。为了上位打压别人的事情，听上去和做起来都不算光彩，但人们向来只能看到成功之人意气风发的嘴脸，背后究竟用了怎样不入流的手段，踩着多少人的肩膀和脑袋站上来，又有谁真正在意。

打压穆庭这件事情，幕后的推手只不过是踢到了硬骨头自认倒霉，本身却并不觉得自己哪里做得不对。穆庭也深谙这一道理，是以并未直接对此事做出任何表态，如果说这场蓄意打压是娱乐圈约定俗成的阴谋，他选择的回应方式就是彻头彻尾简单粗暴的"阳谋"。

除了暗箱操作耍阴谋诡计的本事，自己的真本事又如何？别反，来干啊。

幕后推手很快发现，自己的事业正悄然经历着一系列糟糕至极的变化：原本跟导演刷下脸就能拿到的角色，而今公开选角各凭演技，最终讨喜的角色全都花落别家；原本已经打点活动好的各类颁奖礼，重要奖项最终尽数落空，全都被打点得不如自己的对手摘下；甚至自己多年来苦心经营的对外形象也频频遭受质疑，标榜自己演技出众的被扒出稍难些的戏清一水儿都用替身，以好嗓子成名的歌坛唱将原是数年如一日的假唱，所谓宅心仁厚艺人标杆的前辈实际上人品差得一场糊涂……

一些不愿暴露在公众前的秘密不断流传开来，一夜之间沦为大众笑柄，许多人直至此时方才如梦初醒，不寒而栗。锋辰年轻的太子爷看起来单纯中二又耿直，实则桀骜锋利得令人心惊，平时不显山不露水，只要越界进他的领地惹恼了他，令人胆战心惊的声音便会立即响起——啪啪啪！

打脸狂魔穆大少爷今天也不高兴。

他被穆总裁派来剧组探班的时候还没什么抵触情绪，为了给《红颜谋》写主题曲，原著他已经从头到尾翻过，对主角的形象有了一个大致的印象，只等看过沐雪晴的演绎后丰富成型，进而创作主题曲。

然而从他来片场到现在，几个小时过去了，沐雪晴居然卡在同一场戏里一直没过，爆破场景搭了一次又一次，到现在举目四望满目疮痍，还能经得起炸的地方已经所剩无几，不得不全剧组原地休整，只等沐雪晴调整好状态再次尝试。

这么一个走后门又拖后腿的死女人，眼下居然还好意思一脸娇嫩欲泣地往他面前凑！

"张导，爆破戏太危险了！楚姝不是个从小娇养的名门小姐吗，这种戏不能删掉吗？"沐雪晴满脸不乐意地皱眉瞪了一眼导演张简，面向穆庭时又迅速切换成一脸柔弱的样子。

"穆庭，你也帮我说句话嘛！在家里谁敢这么对我，拍戏哪有这么辛苦，是不是某些人看我不顺眼，故意给我排这么危险的戏难为我啊？"

穆庭抬头，没什么表情地看了她一眼，转向沐雪晴口中的"某些人"张简："张导，还是把这场戏给她删掉吧。这一上午她NG了将近二十次，爆破费用上六位数了，锋辰是有钱，但又不是傻，再让她这么胡乱折腾下去，你的预算不够锋辰不给拨款——不过如果爆破费用从她的片酬里扣，那刚才的话当我没说。"

沐雪晴闻言柳眉倒竖，张简则报以苦笑："的确不能再折腾下去了，剧组自从开机以来进度就没有跟上过，现在已经拖得不能再拖了。这段爆破戏是一个精彩的缩影片段，能最大程度地反映战争的残酷，无论是从原作者的意愿还是从剧的效果来说都不能删，要不……"

张简转向沐雪晴，试探着问："要不，把这场戏排给同一阵营的其他人，到时把你也剪辑在里面？不麻烦，你现在化的这个妆也正好合适，稍微让化妆师补个妆就行。"

沐雪晴对此求之不得，欢欢喜喜地便答应了下来，生怕张简反悔。她脚步带风地去找化妆师补妆，穆庭在一旁冷眼旁观，适时提醒张简："这场爆破戏虽然时间长，实际上视角很碎，主要是在心理戏上使力。原作者用女性视角诠释正合适，你要是现在换成魏泽和顾昭明，不大合适吧？"

"不换他俩，这场戏必须要女演员来演。"张简招呼编辑过来修改剧本，感慨地叹了口气，叫住了路过的场务，"在这个剧组里，我现在还真能找到一个马上能接这场戏的……场务，你叫女三乔雁到这边来。"

"乔雁？"一个声音突兀地插了进来，张简和穆庭回头看去，顾昭明刚才一直在这附近休息，刚才的话想必都听见了，却在这时突然插进话来。顾昭明在张简和穆庭的注视下有些不自在，却还是坚持道，"乔雁不合适，她这是第一次演女三，以前一直都演女五女六和戏份更少的龙套，一时驾驭不来这么考验演技的心理戏。我们现在的进度已经很赶，没有时间让她去摸索着找戏感浪费时间，而且这场戏也实在太危险了……"

"小顾啊，"张简乐呵呵地拍了拍顾昭明的肩膀，打断了他接下去要说的话，"这方面的事你不用担心，我说乔雁能演好自然有我的道理。我认识乔雁，可比你认识她要早。"

乔雁被张简叫过来时，穆庭抬起头，第一次近距离正视这个没什么存在感的女三。从他早上来探班到现在，一直没有轮到她的戏份，她也就一直没有出现在他的视线里。自诩有些名气的演员都争先恐后过来打招呼，说上一句话便笑得花枝招展，新入行的艺人则都蝴蝶般在剧组里穿梭，试图和每个人打好关系。

作为一个被张简看好的无名演员，她瞧着哪种都不像。

不过，她看上去的确很美。

娱乐圈中长得漂亮的大有人在，每天看一群俊男靓女挤在一起争奇斗艳，看久了也就觉得不过如此。但乔雁长得很耐看，第一眼看上去或许达不到惊为天人的程度，慢慢却会觉得气质着实令人舒服，对万事都不算热络的态度，反倒令眉梢眼角都显得沉静优雅，连嘴角自然翘起的弧度都令人觉得恰到好处，精致美好得赏心悦目。

这样的长相其实对演戏很有利，足够漂亮又不会第一眼就给观众先入为主的印象，如果演技足够，再看时观众又很容易被带到演员所塑造的角色里，违和感会被降至最低。但相应的，对新人演员来说也有一个致命弊病，这样的长相不利于前期积累观众缘，如果戏份不够，对观众而言就不过是个一闪而过、节奏和谐的剪影，对这个人不会有半分印象或是好奇。

不过倒是有点明白张简对她另眼相看的原因了，穆庭想。就凭她站在这儿的样子，能让人原谅她至少三次低级又愚蠢的NG。

"乔雁，我只给你一次NG的机会。"张简把改好的剧本递到乔雁面前，翻到修改的那两页后低声开口，神情严肃，"现在是沐雪晴的午间休息时间，道具组正抓紧时间抢修新的爆破拍摄地点，你最多拍摄两次，如果不行的话，下午还是由沐雪晴继续找戏感尝试拍摄，你明白吗？我不是在给你压力，对你而言这是个机会——我希望你把握好它。"

"谢谢导演，我明白。"在这千载难逢的机会面前，乔雁依旧是冷静而理智的，只从双手接过剧本的动作里能勉强窥见些许激动与重视。她低头将剧本快速翻了一遍，又仔细看了两遍，再抬头时询问地看向张简，"导演，我能看一下这一上午NG的拍摄画面吗？"

来不及给乔雁仔细讲戏，这样的要求的确合情合理。张简把拍摄花絮放给乔雁看，穆庭已经看沐雪晴NG了一上午，顿时觉得无趣，寻了个机会出去转一圈透透气。等他再次回到片场时，乔雁已经开始拍摄了。他饶有兴趣地将视线投向乔雁，一见之下略微一愣，在原地顿了一会儿，索性没有上前，就这么直接看了起来。

和沐雪晴所饰演的完美女主楚姝不同，乔雁饰演的女三刘雨萱是沦陷区一户普通商家的女儿，家境算得上殷实，思想却并不先进。刘雨萱上过学，接受过新式教育，骨子里却只是个传统的小女人，没有天下兴亡匹夫有责的觉悟，最大的心愿就是早些嫁给从小定亲的未婚夫赵清飞，和他过柴米油盐的小日子。

但赵清飞在大江南北纷飞炮火的召唤下，毅然地辞别了家乡的如花美眷奔赴前线，刘雨萱万般阻拦，到底还是没能拦住赵清飞的一腔热血。

原剧本是亲身经历这场惨烈的江北之战后，楚姝终于彻底抹去心中的迟疑与彷徨，也抛弃了她与生俱来的优越和自矜，从此全身心运用自己的无双智慧，一步步扭转战事局面，而赵清飞在这场战役中身负重伤，消息传到后方时竟阴错阳差变成了壮烈身殒。远在家乡的未婚妻刘雨萱心痛至极，在经历了一连串的挣扎后终于心灰意冷，委身当地的权贵之家做小，由于生志全无，很快便染病去了，成为那个时代凄凉又寻常的一段唏嘘故事。

在剧本因为沐雪晴的退缩而修改之后，楚姝在这场战争中依然大受触动，不过原因换得有些单薄，是目见其他人的爱情悲剧而反思自我，这场悲剧如今交由赵清飞和刘雨萱来完成。

新剧本将刘雨萱从挣扎到心冷直至病死之后的所有剧情尽数删去，改为赵清飞在江北之战前的一次战斗中便已身负重伤，身殒的消息传回家乡后，刘雨萱痛极之时，终于激发了心中受新式教育多年所埋下的冲动与烈性，毅然孤身奔赴赵清飞所奋斗过的那片战场。她前段时间与赵清飞联系过，但打仗是打一阵便要换一个地点，她找到赵清飞所属的营队时，江北之战已经打响。

穆庭看过来时，乔雁在向前跑。

"炮弹"在耳边激烈炸响，眼前一片火光漫天。刘雨萱一介弱质女流何时见过这般场面，每一次爆炸声响起时她都要剧烈地哆嗦一下，纵使心里已经做好了将生死置之度外的准备，身体却依然诚实得不受意志控制。

她活了二十年，经历过的爆炸声只有新岁爆竹的声响与爆米花炉子炸开的刹那，每一次都伴随着所有人的欢声笑语，从未想过原来爆炸是这般狰狞而残忍。

沙砾擦过她的脸颊，火辣辣地疼，火星溅在她的脚面，灼热得仿佛能烫伤灵魂。额发凌乱地卷着，她的脸上满是泥污，看不见曾经清秀温婉的样子，脚步偶尔因地上的凹凸不平而踉跄几下，整体看上去却显得麻木而机械。

她的眼神呈现一种涣散的木然，又有晶莹的情意在眼中打转，她那样小心与珍视这份温柔剔透的真心，都不舍得让它轻易掉落下来。满地都是残破不堪的血骨尸肉，她的血从身上的弹孔中汩汩溢出，蜿蜒一地，很快就和遍地的血淋淋融在一起。

前方出现的几个人穿着的军装是她熟悉的颜色，心上人临行前，她曾在每一套军装上缀入自己细密漂亮的针脚，但她已经没有力气去辨认这究竟是不是她要找的人。她要找的人是谁，找到了又能干些什么，她不知道，冒冒失失地跑到战场来其实没什么意义，但若是不来，在她余下的生命中无数个辗转反侧的夜里，赵清飞可还愿意回来找她？现在好了，她要死了，她又能见到赵清飞了，赵清飞一定会在那边等她的……

她一个弱女子，跌跌撞撞，居然真的站到了战场上。等到被军中人发现时，她已经被敌军的子弹打中，已然到了弥留之际。天意使然，赵清飞因在上一场战役中身负重伤，这次留在营部中做救济工作，在接收新一批被抬回来的伤员时，他见到了一个令他绝对意外的人——他放在心尖上的远方的姑娘。

赵清飞出现在她的面前。

他瘦了很多，脸也呈现青白的病色，和她上次见他时已经大不一样。但他现在活生生地站在她面前，手脚俱在，身体健全，不是她在家乡时得到的病死的答复，而是依然坚持在这片土地上，为着自己的梦想奋斗。

多好啊，她努力对准视线看着赵清飞，想要对他笑一笑，多好啊，他还在，多好啊，他现在是在哭什么呢？号啕哀鸣，声嘶力竭，她从没见过他这么伤心的样子，到底怎么了？

哦……他还在，而她马上就要死了。

刘雨萱心中五味杂陈，高兴痛楚绝望失落过后，全都化为浓浓的不舍。她脸上慢慢落下两行清泪来，越流越多，在无声的哽咽中泪如雨下。她想对赵清飞说，你别看啊，我现在这个样子不好看，然而她颤抖着嘴唇，连这句话都没法说出口，只拼尽最后一丝力气扬起嘴角，安慰地向他露出了一个无限温柔的笑。

她脸上还带着方才没处理干净的泥污，更衬得泪水洗过的眼睛黑白分明，单纯明澈，像是映着所有他们天真无邪的样子，美得令人不忍多看，只怕多看一眼便要忍不住眼角泛红，平生千种柔情，万般祈愿。这一双眼，定格成一生一世永恒的瞬间。

她好像完成了最后一件重要的事情一般，满足地微笑着，闭上了眼睛。

片场静默无声。

张简没有喊停，乔雁也就还闭着眼睛躺在那里。穆庭看了一眼场记板，乔雁这场戏的第一次尝试就很成功，看起来似乎已经用不上导演预留给她的第二次机会了。穆庭翘了一下嘴角，在一片寂静中鼓起了掌，众人也反应过来，随后掌声如潮。

"过。"张简轻声说，深深看了乔雁一眼，转头向身边的场务交代，"把场景重新布置一下，补一些其他人的镜头。"

乔雁走下道具床，化妆师帮她仔细卸好了妆。乔雁本人倒是没什么异样，不过四周打量她的视线明显多了起来。乔雁收拾完毕后，便和来探班的乔雪一起离开了片场。她原本后来还有一段时间的拍摄计划，因为今天中午这场改戏直接把刘雨萱判了死刑，她也就提前十几天杀青，算算戏份，似乎又跑了一次龙套。

而且因为是以楚姝为中心的单女主剧，她就算被删了这么多剧情，按戏份算起来其实还是女三，就算经纪公司有心为她交涉，恐怕也师出无名。不过乔雁并不觉得吃亏，这一场戏比剩下的十几天戏份加起来都要重要，若是一定要从中二选一的话，选一个戏份重要的龙套，似乎也没什么不好，反正她这几年一直都在跑龙套，对这项业务实在称得上驾轻就熟。

意外的是，她和乔雪在出剧组的时候遇见了穆庭。

看起来是一场偶遇，穆庭靠在车上，手机贴在耳边，似乎正和人聊着什么。乔雁带着乔雪打算绕路而行，却见穆庭冲电话那边讲了几句后便挂了电话，转身往剧组走，和乔雁姐妹俩打了个实打实的照面。

气氛一时有些尴尬，乔雪虽然因为见到偶像有些蠢蠢欲动，却知道分寸，跟在乔雁后面没有说话。乔雁礼貌地冲穆庭打了个招呼，便要拉着乔雪让开路，却听见穆庭突然开口问她："你知道你刚才那场戏要被剪掉多少吗？"

"五分之三吧。"乔雁意外地看了穆庭一眼，诧异于穆庭的主动开口，不过她也十分坦然，说出的答案朴实诚恳，神色平静得仿佛丝毫不知道她这被砍掉一大半的戏份，是要以穿插沐雪晴几个惊恐怜悯的表情，民众对于她这段惊艳表演的接受度也要大打折扣。

"我欣赏你的表演，很生动。"意外的人换成了穆庭，他看了乔雁一会儿，突然耸耸肩笑起来，"在娱乐圈光有演技恐怕不太够，刚才张导叫你时顾昭明还从中阻挠过，你们戏路不冲突吧，这样的人都要排挤你，你不如在为人处世方面多下点力。"

"很正常，猜到了。"乔雁眨眨眼，想了想，对穆庭露出见面以来的第一个笑脸。

"多谢。"

提前杀青《红颜谋》里刘雨萱的戏份之后，乔雁在家休息了没几天，就收拾东西进了下一个剧组。她把自己的档期安排得很满，一方面是要承担她和乔雪的家用，另一方面也是她自己愿意去各种各样的剧组磨合学习。

她虽然演的都是戏份不重的二等三等配角，挑剧的眼光却很好，出没在各种各样的精品剧中打着酱油。如果有谁现在点开她的个人资料来看的话，一定会惊讶地发现她参演过很多口碑不错的电视剧，或是一个单相思男主的炮灰，或是一个跟在女主身后的丫鬟，又或是反派阵营中一个中途牺牲的小卒……

可惜现在几乎没什么人会去特意搜她的名字，她的微博粉丝连普通网红都略有不如，个人词条还是乔雪创建的，好几年过去了，编辑者也始终只有乔雪一个人。

从两个剧组杀青回来之后，便已经是年底了，《红颜谋》已经拍完，进入了轰轰烈烈的宣传阶段。她掐着时间从剧组出来，第二天就去参加了《红颜谋》的首映礼，主创悉数到场，媒体也极给面子，来得多又不问什么太过尖刻的问题，场上气氛一团融洽。

沐雪晴站在最中间，自信满满，意气风发，左边站着魏泽和张简，右边顾昭明陪同在侧，彼此言笑晏晏，互动颇为默契，已经有媒体开始写起了当红小生因戏生情恋上最强新人的通稿。

乔雁站在台上最角落的位置，按说女三不至于站在这么边缘的位置，但在这部戏里，单恋女主爱而不得的男四都要比乔雁的戏份多上许多，女主戏里台上只站女一女二又实在说不过去，导演也没什么办法，只能让乔雁不尴不尬地站在最末，她在媒体对准沐雪晴的话筒和镜头中，全程微笑地沉默着。

所幸乔雁的表现依然得体从容，偶尔扫来的镜头中记录下的全是她安静倾听的样子，听到有趣的部分眼睛会微微弯起，略带清冷的眉眼立时显得格外温柔，慢慢地，也会有镜头愿意为了这样赏心悦目的画面，在这个陌生的漂亮面孔上多停几秒。

乔雁对此恍若未觉，过了新剧发布时间进入互动阶段后，她就和几个幕后工作人员一起痛快地下了台坐在一边，只等最后发布会结束时再上台一起拍张合照。

剧组改戏那天情况紧急，她在拍摄中需要换四次跨度很大的妆，时间掐得很紧，她和化妆师都面临很大压力。那时主动站出来给她化妆的是剧组的首席化妆师，在剧组里对彼此的印象都还不错，今天发布会自然凑到一处，眼下和她一起从台上下来，年轻的女化妆师一副看好戏的样子兴致勃勃地打量着台上，在乔雁身侧轻笑耳语。

"乔雁，看到沐雪晴身上的那套礼服了没？"她微仰下巴，点了点众星捧月的沐雪晴，饶有兴趣地跟乔雁八卦，"她和李莎娜居然同时选了薇彻的裙子，不过沐雪晴穿着的这件是薇彻还没上市的概念款，论价格能买十件李莎娜身上穿的那件，李莎娜这回丢人丢大了……你们公司都不管她的吗？"

"哪能啊，莎娜姐是我们公司一姐，公司怎么会不管她。"乔雁笑了笑，出口的话很谨慎，只应了这一句，便不再继续。

她对李莎娜不是很熟悉，不过从她签进凯星娱乐时李莎娜就是一姐，在娱乐圈勉强挤进二线，算是公司里头一号冉冉升起的新星。李莎娜是凯星的老人，凯星发掘李莎娜时她已经生活穷困潦倒到极致，险些走上歪路。

凯星对她有知遇之恩，改变了她的命运，也拯救了她的事业，她与凯星多年共同成长，感情深厚，公司对她寄予厚望，把能够争取到的最好的资源都用在了她身上，比如这部《红颜谋》里女二的角色。

这部剧里女三跟女主没多大关系，其他公司不怎么看得上，女二却是剧中魏泽饰演的将军的未婚妻，和沐雪晴饰演的楚姝多有对手戏，最后还成功洗白，在观众那里很容易刷好感度。当初选角时，各家娱乐公司都有意用这个角色推推自己家的小花，凯星孤注一掷，费尽心思，终于脱颖而出，帮李莎娜将角色抢了过来。

也是因为有李莎娜吸引了各界的注意力，乔雁作为女三被敲定下来时一点水花都没溅起来，虽然没获得什么关注，但也没人表示厌恶抗拒。

　　当然，没粉没黑没关注在娱乐圈绝对不算好事，多少人拼了命地上位，只为多一点存在感，但乔雁觉得这样也挺好的，太太平平地演戏，不被卷进过多的人情冷暖世故纷争，她觉得每一步都走得很踏实。

　　"李莎娜这样的咖位在你们公司都是一姐，你们公司也实在是……"女化妆师摇了摇头。凯星在业界确实没什么名气，只听说对自家艺人挺不错，没有圈里那些乱七八糟的事情，但没培养出有国民度的明星对一个娱乐公司来说就是原罪，但凡有其他选择的艺人基本都不会签在凯星。

　　但是……她略略侧眸看了看身边还是一派平静的乔雁，其实李莎娜的演技只在水平线以上，比业界其他小花资质稍好，尚且被凯星捧在手心里供着，眼前这位的演技明明很值得大书特书，签了凯星快一年还是不温不火，凯星究竟在想什么？

　　然而这毕竟不是个应该交由她去思考的问题，她也仅仅是在脑海中浮现了这个想法，很快也就揭过此页，转而在乔雁旁边啧啧有声地花痴起台上站着的久负盛名的音乐才子刘骁。

　　"哎呀呀，刘骁长得明明不算特帅，但是气质真是一等一的好，才华又很出众。你听过他创作的主题曲没有？真的相当好听，我听完主题曲感觉都要爱上楚姝了，但是一看沐雪晴的表演，这种爱又马上没有了，真是白白浪费了这么好的一首歌。不过谁叫人家后台硬呢？播出之后大家就知道了，这个剧组里的主创哪个跟沐雪晴搭都是大材小用……"

　　"主题曲交给刘骁了？"一直寡言少语只是笑着应和她话的乔雁突然转过头，有些疑惑地看向她，"不是穆庭吗？我还在剧组见过他来探班。"

　　"这你就有所不知了，原本主题曲锋辰的确是有意让穆太子负责的啊！"化妆师这才想起乔雁早早就杀青离组，连这等轰动的惊天八卦都不知道，顿时来了精神，兴奋地拉过乔雁，眉飞色舞地快速在她耳边低声开八。

　　"穆庭当时在剧组待了三天，你杀青离组那天他来探班，正好就赶上沐雪晴一场戏NG二十次还没过，当时太子爷脸就黑了，他可是圈里出了名的毫不怜香惜玉，沐雪晴各种示好他简直全程视而不见，一点都没给沐雪晴面子，明显就是看她不顺眼。

　　"不过也能理解，穆庭是挺看中别人真本事的人，我记得你演完那场戏之后他还带头鼓掌，他出道时就吃过娱乐圈世故规则的亏，所以对这种硬捧的关系户一直挺不屑的。整个剧组连导演都小心翼翼地哄着沐雪晴，只有穆庭对她不屑得这么明显。

"沐雪晴那NG的次数你也知道，张简也算个对剧负责的导演，穆庭探班那三天沐雪晴就没有一场戏NG次数是在十次以下的，尤其第三天时沐雪晴又有一场见血的戏不想演，又让张导改剧本……

"穆太子当场就发飙了，二话不说就给锋辰音乐部打电话，问现在谁有档期接手主题曲，得到答复刘骁有档期后，一句话的工夫就把《红颜谋》的主题曲转交给了刘骁，让他过几天来探班谈合同，然后自己带着助理掉头就走，掉头就走！帅爆了简直！好多人都还没反应过来呢，反应过来的也不敢拦他。他就这么走了，真是有背景够任性，我喜欢！"

乔雁没想到随口一问居然问出了这么劲爆的内情，再看向台上光彩照人的沐雪晴时，不由得也有点好奇她对发生这样的事作何感想。

不过乔雁对穆庭这样的反应和做法却莫名地并不觉得奇怪，虽然她跟穆庭都谈不上认识，只在片场见过那么一面，但当时穆庭对着一面之缘的乔雁，就能很坦率地讲出顾昭明给她下绊子，要她仔细人际关系这种话，足见他确实算得上光明磊落，也的确像是反感世故圆滑的性格。

穆太子这么棱角分明眼里容不下沙子，这并不奇怪，除了在他本身的音乐创作中即可窥见一二之外，说穿了本质其实也就是那么一句话：

有背景，所以够任性。

发布会结束时天色还早，凯星派了辆车来接李莎娜和乔雁回公司。乔雁还没有自己的独立经纪人和助理，自然也没有自己的配车，她很痛快地就上了公司的车坐好。李莎娜要和其他主演一起接受记者采访，现在还没出来，大家一起在车里等了她一会儿。

等了将近一个小时却始终不见人出来，司机心下纳闷，自己下车去看了下情况，回来时脸色古怪，一言不发便发动了车子。车里的另一个工作人员有些意外，从车里探出头往发布会的方向看："怎么不继续等了？莎娜姐那边还要很久吗？"

司机哼了一声，粗声粗气地答："人家早就走了。"

车里马上静了下来，乔雁眉心一跳，隐隐觉得有事要发生，到公司后这种预感马上成了现实，连公司的前台都聚在一起讨论公司的事情，偶尔有两句话飘进耳朵里，就足够让人明白公司发生了什么——

李莎娜要和公司解约。

解约消息在公司已经这般明目张胆地传得沸沸扬扬，足见李莎娜对解约的决心，这件事恐怕没什么挽回的余地。公司规模小，走的又不是广泛签约撒网路线，发展了几年到现在签下的艺人也没到二十个。

已至年底，在外拍戏的演员都陆陆续续地回来参加各种各样的颁奖礼，剧组普遍停工放假，艺人们这种时候出现在公司的频率很高，但像今天这样几乎全员到齐的情况还是相当少见的，每个人都小心谨慎地观察着情况，隐隐的沉默压抑萦绕在众人心头，让人紧张得喘不过气来。

眼下凯星的艺人被聚集在会议室里，乔雁坐在会议室两旁的休息沙发上，捧着一杯热水小口啜饮，慢慢地润嗓子。她的经纪人舒丽坐在会议桌最里面的椅子上闭目养神，精明凌厉的眼睛闭上后显出一抹隐约的疲惫来，嘴角抿起的弧度却依然矜持而冷淡。

很明显，她不高兴，乔雁看在眼里，不动声色地移开视线。舒丽不是她的独立经纪人，准确点说，凯星目前只有她一个经纪人，签下的所有艺人都由她负责，包括李莎娜，她也的确是一个各方面能力都很出色的金牌经纪人，精明能干，将十几个艺人都打理得井井有条，稳扎稳打，发展的路子极正。凯星艺人虽然知名度不高，但都很少出什么大的纰漏，对自己的约束也很严格，不得不说舒丽功不可没。

她今天陪李莎娜去了发布会，现在她坐在会议室里，李莎娜却不见踪影。

"哟，都来齐了啊？"每一秒的沉默都显得漫长而微妙，似乎过了有一个世纪那么久，凯星娱乐总裁罗铭终于在众人的翘首以待中姗姗来迟。他看上去要比暗自忐忑的在场所有人都平静，似乎根本不知道李莎娜的事情。他径直推开会议室的门走到舒丽旁边坐下，一抬头看见坐在对面的乔雁，顿了两秒钟，突然抬手抹了把脸。

"乔雁？你是乔雁吧？"他好好揉了一下自己的脸才把手放下来，瞪着乔雁惊愕地问，"士别两月，当刮目相看啊，上次见面你不还像是挖煤去了吗，黑得都快要发光了，这么快就白回来了？"

话音刚落就出现了好些此起彼伏的笑声，连舒丽都有些忍俊不禁，嗔怪地白了罗铭一眼，示意他正经点。乔雁颇感无奈地耸肩，捧着水杯满脸无辜："六月份时不是罗哥帮我接了那部武侠片吗，拍完之后黑了半年怪我咯？"

"不怪你不怪你，当我没提当我没提……"罗铭心虚地大笑，飞快地转移话题。他是个蛮有意思的矛盾体，聪明，圆滑，眼光独到，懂人情世故，却有种难得的光明磊落，又有种微妙的刚直正派。数年之前他也曾是个混得不错的艺人，后来不知为何选择转型幕后，没多久便创建了凯星娱乐，纵然一直不温不火，过得却比大多数同时期名气相当的演员要好得多。

而舒丽正是他当艺人时的经纪人，将他一手挖掘出道，这些年陪他风里来雨里去，同甘共苦，不离不弃，两人已于去年修成正果，老板娘身兼公司经纪人这样的情况，也让凯星娱乐的内部结构显得更加奇怪，却也坚不可摧。

然而不搭调的因素很快就来了。

"哎呀，看来我来得不巧，大家都在呢。"李莎娜的出现迅速让会议室原本已经轻松的气氛重新降至冰点，她动作优雅地摘下戴着的墨镜拿在手上，对着罗铭掀起一个令人不舒服到极点的笑来，"我把律师带来了，罗哥，借一步说话？"

"让你的律师和凯星的律师去谈，李小姐，你想找罗铭说什么？"舒丽当下冷笑一声，双臂环胸，看着悠然倚在门口的李莎娜，反唇相讥。她本来就是嘴上不饶人的性格，眼见公司和自己一手培养出来的艺人如今竟然成了仇人，心里自然不会舒服，说话也没留什么余地。

李莎娜的反应却很平静，她站在门口看向里面并肩坐着的罗铭和舒丽，也看向里面神色各异的凯星所有艺人，微扬着下巴，眼中一片黑沉。

凯星是个很特别的地方，圆滑又刚直的罗铭很特别，世故却安于留在凯星的舒丽很特别，她在《红颜谋》片场认识的演技一流人却低调至极的乔雁很特别，这个会议室里每个面对着她，只是不安好奇却毫无羡慕之意的面孔，都很特别。

娱乐圈的通用法则在这里通通失效，他们都活得天真又单纯，相信努力就会有所收获，相信实力胜过一切人情交际，妄想在娱乐圈这样污浊不堪的泥潭中独善其身，天真得近乎愚蠢。

她曾经也是这样的人，也是他们当中的一员。而后她终于早他们一步认清现实，自谋出路，最后一次站在这里，一道门把她和凯星的一切都彻底隔绝开来，后路已断，无法回头，只能破釜沉舟。

早该如此，她不后悔。

"罗哥，丽姐，你们和凯星对我有知遇之恩，我李莎娜不是忘恩负义的人，谁对我好我都记着呢。"李莎娜以手掩唇，笑得妖娆妩媚。罗铭和舒丽面色木然，似乎无动于衷。乔雁看在眼里，骤然觉得唏嘘不已。

她和李莎娜虽然不算熟悉，但她对自家公司的一姐当然也不可能太过陌生，某个方面来讲，她很欣赏李莎娜的明丽爽朗，以为她也是那种眼里容不下沙子的人，从来不知道原来她还有这样成熟妩媚的一面。

李莎娜什么时候开始改变的已经不重要了，乔雁想，李莎娜跟凯星解约是对的，这里装不下她的野心，她也配不上这里的纯粹。

"说起来，出道至今都是丽姐在带我，也不知道以后能不能适应轩霆配给我的专用经纪人。"李莎娜还在继续，她带着傲然的优越感环视了凯星的会议室一圈，这个会议室也不算太小，但和轩霆占了大半层楼的会议室根本没法比。她越发觉得自己的决定睿智英明，脸上的自信与轻蔑也越来越懒得掩饰。

"不过轩霆那边说要马上接下我的全部工作呢，包括正打算宣发的那些，比如《红颜谋》的女二宣传。我其实都无所谓了，不过谁让轩霆在这方面一直都这么稳妥负责呢。交接金连同我的违约金一起交给律师去谈，我今天也就是抽空来看看老朋友，马上就要回公司的——啊，我是指轩霆，凯星的话，大概这就是最后一次来了吧。"

舒丽把头撇向一边，清楚明白地表达着不愿再多说一句的意向，罗铭倒是神色如常，理智地给李莎娜一个好心的提醒："你拿到的《红颜谋》女二就是我从轩霆手里抢过来的，他们如今一定要接手这部剧的宣发恐怕没安好心。当然，这只是我的一个猜测，信不信由你。"

"罗哥总是爱想太多。"罗铭淡定的态度激怒了李莎娜，她眼珠一转，突然笑得极为开心，"对了，罗哥，丽姐，你们知道我这里搭上轩霆的线，是谁在出力吗？"

罗铭和舒丽的脸色同时一僵。

"看来你们都知道啊？"李莎娜心怀大畅，笑得简直要颤抖起来，"对，你们猜得没错，就是秦菲姐呀。"

乔雁签到凯星时李莎娜是一姐，而在更早之前，凯星是真的出过一位当红一姐的。这位一姐叫秦菲，从凯星出道，在凯星成长积累人气，在凯星的一部剧里一夜爆红。

而后她火速出走凯星签约轩霆，几年积累之下，如今已是尽人皆知的国民女神。

李莎娜如今完完全全复制了秦菲的老路，她想成为第二个秦菲，她也想尝一夜爆红的滋味，从出道到现在，她每一天晚上做梦都是大红大紫之后的风光日子，为了有朝一日能成为娱乐圈的人上之人，她付出了太多太多，逐渐变得什么原则都可以为之割舍。

她想红，想得快要疯了。

而凯星永远给不了她这些。

"对了，秦菲姐说罗哥的眼光其实真的是一等一的好，签下的艺人都是好苗子，可惜留不住。"李莎娜刻意提高了声音，趾高气扬地扫过会议室的每一张面孔，颇有深意地落在乔雁身上，"轩霆虚怀若谷，秦菲姐说，如果凯星还有艺人愿意跟我一起去轩霆，轩霆也是竭诚欢迎的。"

"乔雁，"李莎娜微眯起眼，专注地看着她，"你想不想有更好的前途和发展？我喜欢你的演技，你天生有红的资本。你过来，我可以带你一起离开。"

乔雁水喝到一半，发现所有人都朝她看过来，她垂下眼睫，又含了一口热水咽下，捧着杯子心平气和地回看李莎娜，笑容得体，云淡风轻。

"谢谢莎娜姐，我暂时还没这个打算。"

"不识好歹。"李莎娜皱紧了眉，冷声开口，"你会后悔的。"

乔雁眨了眨眼，无视李莎娜有些森冷的眼神，继续低头喝水。

"起码现在还没。"

许是觉得在凯星的告别效果没有想象中好，李莎娜离开时脸上的表情并不好看。凯星的艺人们被迫观看了公司前一姐和公司老板的闹掰现场，个个心有戚戚，全都随便找个借口逃离现场溜之大吉。

　　乔雁想要起身时，舒丽冲她打了个手势，她一怔，出去转了一圈后又回到会议室，人已经都散了，连舒丽都不知道去了哪里，会议室只剩下罗铭一个人，他把窗户打开趴在窗口抽烟，低头看着外面。

　　乔雁没有走过去，她站在方才李莎娜站的位置等待罗铭转身，很快罗铭抽完手上的烟，回头看了她一会儿，突然很是欢乐地咧开了嘴。

　　"咱们家一姐的规格从准一线掉到准二线，现在居然直接掉到了十八线。"罗铭看着她，笑得眼睛都眯起来了，看上去是发自内心地觉得有趣，"真是太刺激了，人生如戏啊。"

　　"我刚搭着最强新人的顺风车演了个女三，有信心播出之后从十八线乘火箭飞升到八线。"乔雁同样眉眼弯弯，两人对着笑了一会儿。

　　罗铭好奇地问她："你刚才怎么不走啊，知道你错过了一个多难得的机会吗？"

　　"嗯，"乔雁想了想，"罗哥和丽姐对我有知遇之恩，我乔雁不是忘恩负义的人，谁对我好，我都记着呢。"

　　她说了和李莎娜一模一样的话，做出的选择却截然不同。罗铭顿了一会儿，终于还是收起笑容。他从会议室走出去，经过乔雁身边时顿了顿，拍了拍乔雁的肩膀。

　　"有个事，李莎娜不知道，我没跟她说。"罗铭平淡开口，"《红颜谋》女二的戏份，是我从轩霆手上抢到的，当时轩霆想让秦菲出演，目的是搭上沐雪晴这条线。"

　　"有个事罗哥大概不知道，我没跟你说。"乔雁弯唇，轻声回答他，"我已经把秦菲得罪死很久了，这一年她都在隐隐地打压我。"

第二章
珠玉之争

　　成为三流公司的十八线一姐是什么感觉，没人问乔雁这个问题，她也绝非是无聊到拿这个跟其他人抱怨八卦的人，不过成为被舒丽优先照顾的艺人之后，她的确对公司有了更多的了解，一句话形容凯星现在的情况，无非是贫贱公司万事难，打落牙齿和血吞，憋屈得要命。

　　李莎娜解约的消息果然如凯星众人预料中的那样闹得沸沸扬扬，她的形象被凯星经营得极好，对外就是一副干净爽朗拼命三娘的形象，如今爆出解约消息，路人对她建立的好感就成为决定舆论方向的重要因素，虽说网上也基本没爆出过凯星的什么负面消息，不过秦菲出走在前，李莎娜尾随其后，不幸两个人出走前都是有好些粉丝的人，那么公司被骂到死的结果也就丝毫不让人感到意外了。

　　谁让人家红呢？每个群体都有它自己的公平和法则，在娱乐圈，红就是真理，不服不客观。

　　不过凯星也是真的没什么太大的黑点，粉丝骂公司对自己真主不重视都得昧着良心，词穷之下只好翻来覆去地说凯星的生存土壤太过贫瘠，好苗都糟蹋在了这一亩三分地，早一天另投明主就是早一天脱离苦海，言辞之激烈恳切，说到最后自己都信了凯星果然是龙潭虎穴有去无回，于是更加斗志满满地投入到蔑视凯星的伟大事业里。

　　罗铭对这样的指控供认不讳，并且愿意虚心学习，每天都要摘抄几条特别有文采或是特别有想象力的粉丝语录念给凯星的艺人们听，来公司的面对面念，不来公司的打电话聊，每天在公司的艺人群里煲心灵鸡汤，对屏蔽群消息不回应他的艺人表示痛心疾首。

不出几天，凯星的艺人见了自家老板都恨不得躲出三条街，对网上抹黑自己公司导致老板精神不正常的黑挑言论更是深恶痛绝，左耳进右耳出，有时心里还会呵呵两声，面对外界满天飞的各种离奇言论，态度沉稳如老僧入定，根本不像是新人的修为。

也有苦中作乐的时候，这些年全世界都是一年比一年暖和，北国的冬日也少见淋漓尽致的雪天。罗铭观察了大半个月的天气预报，挑了一个据说要下大雪的日子，请全公司的人一起吃火锅。凯星连经纪人都只有一个，其他工作人员的配置自然也比较寒酸，不过称得上五脏俱全，该有的都有，艺人和工作人员加起来也有五十多个。

那天天气预报难得靠谱一回，雪纷纷扬扬落下来，如同柔软的沙砾，工作人员轻松随意地走在前面，艺人则个个裹得里三层外三层，好不夸张，偏偏还想成群结队，于是挨挨挤挤鬼鬼祟祟，走得像一群做贼的企鹅，神态举止都青涩得很，看着明显不是惯犯。

点的是正宗地道的重庆火锅，火辣辣的汤底蒸腾着辣椒麻油的香气，笑闹尖叫都显得热辣多情。这一年，娱乐圈风风雨雨和过往的每一年如出一辙，以后也必然这样继续下去，有的人跌落，有的人爬起，选择原地不动的多半都被滔滔向前的浪潮远远地丢在后面。

这是踏上了便无法回头的旅程，扶摇而上，路途艰险。前方是忽远忽近的灯，脚下是百折千回的路，两侧则布满鲜花、灯光和掌声，不提起十万分的小心就会轻易地迷失在里头。没人能在大势所趋的环境下独善其身，这一年，凯星的艺人同样有的踏实向前，有的一蹶不振，明年这个时候如果再次聚首，今朝欢笑之人，明夕能剩几个？

然而明天的事谁又真正知晓，又有谁说命运不能通过努力而改变呢？旁边的舒丽喝了些酒，眼中带着微醺的迷蒙，颊生双晕，靠在罗铭身上还要坚持向众人举杯，乔雁笑着举杯和她碰了一下，而后洒脱地一饮而尽。

明天的事交给明天的自己，起码此时此地，真的很开心。

就让今天结束于这样酣畅的酒醉，在明天开始前做好战斗的准备。

十二月底的时候，电视剧界最重要的颁奖典礼如期而至。年底的颁奖季里珠玉奖的颁奖时间排在倒数，一方面是重要的总要压轴出场，另一方面也要照顾年底上映的新剧，把悬念与希望留到最后一刻。入围名单已于数日前放出，乔雁离奇地上了"最佳新人"的入选名单，一时把公司上下都惊了个够呛。

当初珠玉奖评选时，凯星的确把乔雁报上去参选了"最佳新人"，事实上不光是"最佳新人"，公司本着重在参与的心理，顺手也把刘雨萱这个角色投去参加"最佳女配角"的评选。名单揭晓后，最佳女配候选自然是没评上，不过李莎娜却凭借《红颜谋》女二一角赫然在列，让这部收视高到爆棚、口碑众说纷纭的作品又添了一分传奇色彩。

这部剧，男一成熟英武，男二俊秀阳光，男三冷酷霸道，男四忧郁病弱，女二热烈坦诚，女三痴情刚烈，女四活泼可爱，女主……

女主不提也罢。

网友对这部剧的讨论自开播那日起就呈每日爆炸增长态势，讨论来讨论去，等电视剧播完，终于达成共识——

如果没女主，就是神剧。

然而这部剧并不可能没有女主，以上提到的角色戏份加起来都不如女主的戏份多，虽然褒贬不一，毁誉参半，沐雪晴还是凭借这部基本上没有失败可能的剧上位成功，最强新人名不虚传，将珠玉奖"最佳新人"奖项收入囊中已经是板上钉钉的事。

乔雁入选"最佳新人"虽然让凯星惊掉了下巴，但仔细一想也就明白注定陪跑，凯星就算规模再小，到底也是正规的娱乐公司，珠玉奖的评委多少都会给上一些面子，不让公司颗粒无收，面子上太挂不住。

这中间也许有乔雁饰演的刘雨萱其实真的也蛮出彩的原因，虽然刘雨萱实在戏份太少，对乔雁自身人气和知名度的加分十分有限，但网上对这个角色基本没有负面评价，从侧面也反映出这个角色塑造得算是成功。

乔雁有次出门一时犯懒没戴墨镜，仗着自己十八线的咖位一派泰然自若。不想却真遇见了两个认出她的妹子，狐疑地盯着她看了数眼，凑到一起嘀嘀咕咕。

"你看那边……是不是刘雨萱啊？"

"看着像……叫什么来着？"

"刘雨萱啊！"

"不是，我是说演员叫什么名字……"

乔雁趁着她们犹疑不定的时候，做若无其事状快步走远，走得看不见身后姑娘们的人影了才放慢脚步，仔细品味起心中那一抹偷偷的、微小的喜悦来。

这对很多艺人来说可能只是个起点，但乔雁孤身打拼三年，龙套演了长长的一列，终于达到了现在的水平。她从来不觉得自己是个天才，也永远不会有一蹴而就、平步青云的本事，所以每一点微小的进步都是她用努力换来的回报，都格外来之不易。

她不觉得受宠若惊，只是更添了些许动力，能让她一直一直继续奋斗下去。

但不管怎么说，在观众连她的名字都不知道的现在，乔雁这个名字就算拿了个"最佳新人"提名也没有收获多少关注，只有乔雪欢天喜地地马上把这个提名奖项加进了她的百度百科里。

沐雪晴的情况与她相反，乔雁是毫无可能，沐雪晴是板上钉钉，总之这个奖项失去了应有的悬念之后，实在是没有什么关注的价值。但今年珠玉奖的关注焦点还是和沐雪晴有关，不过这次即使她同时拿了"最佳女主角"和"最佳新人"的提名，却依然没有出现在风暴的中心，这场关注的焦点，在正当红的国民偶像秦菲。

沐雪晴拿了"最佳女主角"的提名，李莎娜拿了"最佳女配角"的提名，魏泽也得到了"最佳男主角"的提名，《红颜谋》是珠玉奖最耀眼的剧，演员却不是这场颁奖礼中最耀眼的人。

秦菲今年只有两部戏登陆荧屏，两部剧都取得了收视的巨大成功，而秦菲也凭借这两部剧，一个人拿下了"最佳女主角"和"最佳女配角"两项提名。

对垒沐雪晴、李莎娜，秦菲战果如何？一个是背景神秘的最强新人，一个是换了两个公司都是同门的嫡系师妹，秦菲究竟会选择对谁让步，又或者将两人通通击退？从珠玉奖候选名单发布的那天起，网上就陷入了热烈的讨论，今天谜底即将揭晓，无数媒体人都已经准备好数份不同的通稿，只等结果一出便选择其一发布。

乔雪今天没课，蹭了凯星的车跟乔雁来到颁奖地点凑热闹，她兴致勃勃地刷着社交软件："网上讨论得好热闹，大多数人还是看好秦菲通杀，珠玉奖从来没有女主女配同时提名一个人的时候，秦菲要是同时拿到了奖，就是要记入珠玉奖史册的大事情啊！李莎娜是她同门师妹，肯定会给她面子吧。沐雪晴就算背景再厉害，演技总摆在那里吧，评委又不瞎……啊，有下注的！我也来下一注秦菲通杀……"

"别下，"乔雁本来一直在默默旁听，听到乔雪打算赌一把时终于开口阻止她，"不会是这个结果的，赌多少赔多少。"

"啊？哪里错了？秦菲会输给沐雪晴？"乔雪歪头看着她，对乔雁的判断感到迷惑不解，"秦菲怎么会输给沐雪晴，演技就不说了，至于其他方面，虽然听说沐雪晴身份了得，不过秦菲都是一线了，怎么可能还怕一个新人？要是单纯给沐雪晴面子的话，把珠玉奖'最佳女主角'让给沐雪晴，也实在大方过头了吧？"

"不，"乔雁摇下车窗看了会儿珠玉奖的颁奖地点，她们来得相当早，眼下还没有多少明星进场，红毯倒是早早铺好了，只不过没有媒体举着照相机候在左右。

李莎娜今天会穿什么衣服来？被她的粉丝誉为娱乐圈黑心小作坊的凯星给她置备了薇彻的行头，财大气粗慧眼识珠的轩霆呢？会给她置备薇彻的概念款吗？

"秦菲会赢，沐雪晴也会赢……"

"输的人只有李莎娜。"

离颁奖礼开始还有段时间，乔雁下了车，先行去了休息室休息。虽说颁奖礼开始前明星们一般不会露面，但没有人会真踩着典礼的时间来，走红毯当然是出场越晚越好，但万一临时出了什么意外由压轴变成迟到了呢？在这个一天中一半时间都在堵车的繁华都市，这可不是什么稀罕事情。

是以，就算参与颁奖礼的人数再多，成分再复杂，只要正式受到邀请，主办方都会统一为艺人准备休息室。不过不同艺人的休息室档次规格自然各不相同，乔雁现在还比较默默无闻，休息室也只能和别人合用，好在主办方考虑得很周全，和乔雁一间的是凯星自家的艺人施蕊，每个人对这样的结果都表示满意。

施蕊现在还留在公司的车里上妆，乔雁先她一步过来，休息室的沙发总比车里的座位要来得舒服。她按主办方给她的房间号来到目的地，刷完房卡后一拧门把手便略略一怔。

房间从里面被反锁了。

无论是颁奖礼的工作人员，还是艺人的随行助理，都绝对没有占别人休息室还要将门反锁的道理。乔雁放下门把手，转而抬手在门上重重地叩了几下，权当给里面的人提个醒。

随后她四下打量了几眼，在离她最近的休息室的门上敲了敲，轻声向里面询问："你好，我是凯星的艺人乔雁，休息室就在隔壁，现在房间出了些问题，方便在这里稍微坐一会儿吗？"

短暂的等待后，房间里传出了一声轻咳，像是在回答她，也像只是在清清嗓子。

乔雁猛然放下手。

休息室里是位男艺人。

如此一来，她本来很是得体的行为骤然变得尴尬起来，休息室临时出问题这种事虽然的确有可能发生，但当双方是一男一女时就不得不让人多想。哪有那么巧的事情，休息室也这么积极地凑热闹当神助攻，方便孤男寡女共处一室？更何况很多时候这样的巧合也的确就是人为，不过是为达目的而使用的一个蹩脚而暗示性明显的借口。乔雁对此心知肚明，因而更加觉得心惊。

娱乐圈是最能捕风捉影、无中生有的地方，一次颁奖礼上礼貌的相互微笑都能被写成眉目传情、秘恋数年，一次偶尔的持不同意见也能被歪解成互看不爽甚至公然开战，人心难测，流言可畏，眼下她在圈里几乎没有地位可言，而能出现在珠玉奖现场的男艺人总归不会太过籍籍无名。

无论她和谁的名字牵扯在一起，媒体和大众对她的评价绝对逃不出众口一词的"抱大腿、搏出位"，而这六个字势必将长久地伴随她，日后她再演技精湛，再洁身自好，只会被判处靠潜规则上位的无期徒刑，这都将是她终其一生也无法抹去的一个污点。

脑海中千回百折地想了许多东西，时间其实只不过是向前走了几秒。乔雁很快便冷静下来，想要试着去敲其他房间的门，若是都敲不开，就干脆先回公司的车里。然而就在此时，从她的休息室里传来门锁拧动的声音。

她的房间在这一层楼的最里侧，也许这就是里面的人选择这间休息室的原因——现在已经来不及走远或是下楼，乔雁在心中惆怅地叹了口气，转身面向自己的休息室向前走了两步，第一时间和隔壁休息室里的男艺人撇清关系。

　　她无意窥破他人的秘密，可是她似乎总是有这种糟糕的运气。但愿这次的事情要比上次的来得简单……乔雁在心里默默祈祷。门被打开，她在看见那张清冷美丽的脸时顿时明白，老天并不对她有过偏爱垂青，她刚才的祈祷算是全都白做了。

　　果然不能临时抱佛脚，她在心里叹息，圈里两个恐怕是最讨厌她的人一起站在她面前，她又一次不幸撞见了他们的密会，这个梁子无可挽回，越结越深，真是令人唏嘘。

　　她还有闲心自娱自乐地想些有的没的，对面的两人却远远不如她来得轻松，俱都紧紧地盯着她，脸上的表情都有些复杂，一时三个人立在原地，谁都没有说话。

　　他们当然该复杂，地下情被撞破可不是什么值得高兴的事情，但总扯上我干什么？我对你们又没有兴趣。乔雁眨眨眼，对他们露出一个亲切而标准的笑容。

　　"秦师姐，顾师兄，好久不见了。你们找错休息室了吧？这个是我和我们公司一个艺人的休息室，既然来了，一起进来坐坐？"

　　"不必了，"秦菲紧跟着开口，声音清清冷冷，眉心轻蹙的样子犹如不食人间烟火，尤带水泽的微肿丹唇却让出尘气质的说服力大打折扣。她一举一动都带着当红一线该有的高傲与特别，看着乔雁的眼睛辨不出喜怒，"居然又是你，真巧。"

　　"还是巧点好，"乔雁弯起眼，笑盈盈地答，"不然还要秦师姐费心去找另一个无辜艺人的麻烦，劳心劳神的，多不划算，还不如都冲着我来呢。"

　　"无辜……"秦菲轻轻笑了笑，看向一旁站着的顾昭明，"不跟你的乔师妹打声招呼？"

　　"……乔雁。"顾昭明的神色要比秦菲复杂得多，他看着乔雁欲言又止，最后只干巴巴地叫了声她的名字。乔师妹他如今是怎么也叫不出口的，秦菲会很生气，而乔雁……只怕会生气更甚。

　　他不像秦菲和乔雁那样都曾在凯星待过，虽然实际上没什么交集，一声师姐乔雁叫得倒也并不唐突，他曾和乔雁师兄师妹相称是因一部戏而结下的渊源，差不多一年半之前他曾担任一部古装武侠片的男主角，轻衫打马，快意恩仇，少年意气风发，经历传奇斑斓，是个他非常喜欢的故事。

当时他还远不如现在这么有名气，这个男主角来之不易，他也踌躇满志，格外珍惜，而就在这时，他就像他所饰演的那个戏里的主角一样，同时遇到了两个让他心动的姑娘。

秦菲是那部戏的女主角，清冷高贵，是他高不可攀的女神；乔雁是他在戏里的师妹，灵动解语，是他触手可及的温存。他在戏里先遇见师妹，享受着师妹的热诚，满意之余却始终觉得缺点什么，直到遇见女神后恍然间怦然心动，不由自主追逐着女神的背影，却因为师妹的存在而稍显犹疑。而在师妹为他牺牲后，少年便痛定思痛，一心向着女神努力，终于抱得美人归，成就佳话一段。

而现实却恰恰相反，当时已经跻身一线的秦菲对他表示出了明显的好感，而跑着龙套的新人乔雁却对他若有若无的示好始终无动于衷，似乎根本不明白他的心思。

他喜欢乔雁的温和，也喜欢秦菲的清冷，摇摆不定时却也明白自己不可能犹豫太久。他想到自己在娱乐圈向上攀爬的艰难，想到和秦菲谈恋爱后种种现实的好处，也想到乔雁对他客气却疏离的态度，最终下定决心，追求了他有把握且好处多的那个，很快便得到了秦菲的芳心，两人秘密地走到了一起。

在一起后顾昭明才发现秦菲虽然看着清冷，骨子里却极富冒险精神，也享受隐秘而有挑战性的事情。他们在剧组各处见缝插针隐秘地拥抱接吻，如胶似漆，顾昭明觉得新鲜无比，也有一种征服了一座高山的满足之感。直到不久后，他见道具屋里空无一人，抱着秦菲在她脸上落下一串轻吻时，乔雁突然推门走了进来。

她显得十分愕然，反应却很迅速，马上便要关门退出去，顾昭明看在眼里，莫名却觉得心中一紧，有种背叛了乔雁的感觉，在理智跟上之前，他下意识便松开了搂着秦菲的手。

秦菲冷冷地转脸回头看他，他心下骤慌，一时却因心虚而有些张口结舌。而后发生的事情让他永生难忘，秦菲的突然发难与乔雁错愕之后的发飙都让他措手不及，最后乔雁看向他们的眼神让他记忆犹新——

轻蔑不屑得坦坦荡荡，令他每每想起都觉得抬不起头来。

他们之间的恩怨说起来也就这么简单，可惜怎么都没法冰释前嫌。最初虚伪的客套过后，三人都无意继续废话。秦菲和顾昭明匆匆离开，乔雁看着他们消失在楼梯下面后也打算进门去，手机却突然响起。

是一个陌生号码发来的短信，上面的话只有短短一句：

"你跟秦菲、顾昭明是怎么结仇的？"

乔雁想了想，按动手机，回了对方四个字。

"一言难尽。"

对方的短信很快回了过来，这次明显地表示自己的不满，标点符号都多了好几个。

"我问你的是一整本小说的内容，结果你就回了我个标题？！"

主动跳出来八卦还要挑三拣四的？乔雁几乎被气笑了，她走到隔壁房间门口，直接推门进去。房门果然没锁，乔雁站在门边和休息室里面跷着二郎腿的年轻男子对视，柳眉轻挑。

"在给你讲一整本小说的内容之前，容我先问个问题。"

"穆先生，你怎么有我的手机号码？"

"我还以为你看见我时会比现在更惊讶一点。"穆庭仔细地观察乔雁的表情，发现对方的确从头到脚都一派平静，好像刚才和秦菲、顾昭明你来我往话里有话的不是她一样。他啧啧两声，颇感无趣，刚才外面的对话总共也没有几句，让人听得云里雾里，他不是八卦的人，但事情既然就发生在眼皮子底下，谁都不喜欢看戏时开头结尾都错过不是？

不过乔雁看上去明显没有跟他仔细从头说起的打算，他也只能有点失望地稍微端正了一下态度，对乔雁点了下头："乔小姐，又见面了。"

"其实还是很惊讶的。"乔雁板着脸严肃地答，"只是没好意思把'天哪，怎么碰到锋辰的穆太子了，怎么哪儿都有他'这种心理活动反馈到脸上。"

穆庭顿时大笑出声，棱角分明的下颌向上扬起，整个人都带着自信狷狂的美感。

他的五官是趋向精致的好看，偏偏长了一双标准的凤眼，眼光流转间都带着锋利与锐意，不笑时显得冷漠疏离难以亲近，如同一把随时出鞘的刀，笑起来时却又显得英挺明亮意气风发，俊朗得十分耀眼，像是古时鲜衣怒马行走江湖不识愁滋味的年轻侠客，看着便令人忍不住跟着一起微笑起来。乔雁也随之轻抿嘴角，眼睫柔和地微敛。

每一次遇见穆庭，对方留给她的印象都不尽相同。第一次见穆庭只觉得他冷淡率直，第二次从化妆师口中听到他时，在心里给他贴了个桀骜任性的标签，而现在第三次在脑海里闪现对方的名字，感受又和前两次大不一样。

她撞破秦菲、顾昭明的恋情甚至不是第一次，此时依然觉得尴尬，而对方明明也在刚刚被迫见证了一段小小的秘辛，选择的却是主动自报身份好叫她心里有数，聪明磊落得令人诧异。

看着凶神恶煞很难交流的样子，没想到是个好人。乔雁在心里默默给对方发卡，发完了还不忘继续追问刚才的问题："难道我的个人资料锋辰那里也有备份？如果是这样的话，回去我要上网混进水军队伍里一起黑凯星了，我们公司这是要完啊。"

"我这儿确实有你的资料，不过不是从你们公司泄露出去的。你可以手下留情放过你家公司了，键盘侠。"穆庭招手示意她过来坐，房间里助理经纪人一概没有，不知道穆太子是不是平时就有这种独处的习惯。

乔雁迟疑了一瞬，却被穆庭敏锐地发现，从桌上拿起一张纸朝她递去。她顺势走过去接下，是她自己的资料，上面的联系方式写得清楚明白，穆庭果然没有诓她。

桌上还有剩下的一些纸张，上面也俱是其他艺人的资料，穆庭将纸张随便拢起，看向坐在一边的乔雁："知道这是你们公司送给谁过目的资料吗？"

这样的演员履历表乔雁并不陌生，拍戏时除了剧组主动送到公司经纪人手上的剧本之外，还有一些角色是需要演员自行争取的，拼人脉拼手段拼演技，功夫和重心当然全在这些方面，给导演递张履历表也是必要的流程。

乔雁明年的戏约现在还没什么着落，公司把她按在一姐的位置上，自然不可能再像今年那样让她去各种各样的剧组试戏打磨。是以一切都还在谈，万事还没有定数，不过按着凯星贵精不贵多的原则，履历表并没有投放太多，而能被穆庭拿到手的……

"曹瑞导演吧。"十拿九稳的答案乔雁说起来也很沉稳，她将手上的纸放在桌上被穆庭收拾好的一摞上面，"角色已经定了，所以其他人的履历表到了你手上？"

曹瑞同样是剧圈有名的导演，和张简名气大抵相当，两人都擅长文学名著与小说的翻拍改编，个人风格倒是不尽相同。

张简对原作的基调脉络和情感细节把握得很好，颇受书迷喜欢，但除了《红颜谋》这种特殊的情况之外，他的作品一般颇受好评但收视一般，书迷毕竟只是少数，他在样本户那里并不太受欢迎。

曹瑞则几乎相反，他眼光毒辣，只翻拍那种情节紧凑激烈的快节奏小说，对细腻情感的把握一般，但对市场口味的把握十分精准，演他的戏几乎算是效果最好的人气积累跳板，据说《红颜谋》原本便属意曹瑞执导，不过他当时的档期实在空不出来，后来便成全了张简。

是以曹瑞剧中的主角一直都是各家争抢的重头，凯星虽然也算努力，但竞争力实在不强，现在猜到结果后乔雁丝毫不觉得意外，合情合理，标准结局，理所当然得都不觉得失落。

"是初步定了，你们公司没告诉你吗？"穆庭感兴趣地紧盯着乔雁，不放过她一丝一毫的表情，"舒丽把角色争取到了，过不了几天肯定就会安排你和曹瑞见面。"

乔雁结结实实地吃了一惊。

愣了好几秒钟她才转过头来看向穆庭，脸上甚至出现了一抹迟疑："……丽姐？"

"对，舒丽。你入圈晚所以不知道，舒丽其实是个很厉害的人，当年她没跟着罗铭从轩霆出走时是轩霆最好的经纪人，手段和人脉都是一等一的好，轩霆因为失去她遗憾了很长时间，事实上现在业界还有很多人都对舒丽能安心留在凯星感到吃惊不已。"

虽说按进入娱乐圈的时间来看，穆庭甚至要比乔雁晚上一段时间，不过以穆庭的身份，该知道的自然会知道。他说起舒丽风光的过去时，言语间颇有些赞叹，看来有能力的人都会得到他的垂青。

他拿起乔雁的表格，玩味地屈指弹了弹："舒丽跟曹瑞大概之前也有些交情，所以搭上了曹瑞新戏的线，当时曹瑞那里有几个候选人——当然了，你是其中最弱的那个——让他有些游移不定，你知道曹瑞是个比较圆滑的导演，总想着八面玲珑哪方都照顾到。"

"所有的关系户都被他留到了第二轮，刨除人情世故方面的考虑后回归电视剧本身，他反倒迷茫上了，他询问了两个很重要的人的意见，而这两个人——都推荐了你。"

"哪两个……"乔雁问到一半便反应过来，"……谢谢你。"

"不用。"穆庭回了她一句，不过并没有对她的道谢做什么虚伪的回应。两人都清楚他的推荐对结果产生了何等重要的影响，彼此心中有数，心照不宣，"谢"字过后谁都没有再多客气。

"我挺欣赏你的演技，没说假话，这种一句话的事情不费吹灰之力，对我自身也毫无影响。我还挺好奇你这样的人能走多远。你也不用有心理负担，我就像是正热衷于扶贫，现在不用你说成百上千个'谢'字，出人头地再来找我报恩。"

"好，那你等着吧。"乔雁微笑起来，顺着他的语气往下接话，"另一个人是谁？我先记下，以后给你们一人做面锦旗送到公司去。"

"另一个人你应该猜不到，不过他这声称赞也是你应得的。是曹瑞这部戏定下的男主演魏泽。"

乔雁的确没想到会是这个名字，一时万千感慨，五味杂陈。

她跟魏泽几乎没有交集，平常也演不上魏泽的新片，两人就相识于《红颜谋》的片场，除了跟沐雪晴搭戏外，魏泽和李莎娜对手戏最多。李莎娜当时似乎对魏泽存着些什么别的心思，沐雪晴和顾昭明凑在一起时她便常常跟在魏泽身边，美其名曰向视帝寻求指点，瞎子都知道她打的是什么主意。

不过魏泽的拒绝温和而坚定，他是有家室的人，看起来也没有来段片场艳遇的意思，李莎娜白努力一场，也许这也更加重了她离开凯星的决心。

总之，在片场时乔雁根本没和魏泽有过同框戏份，她又是知情识趣且明哲保身的人，有李莎娜的那一层心思在，她平常几乎时刻和魏泽的距离在三米以上，共同进了一个剧组后，两人也只能勉强算是认识。就是这样一个毫无交集的人，作为男主，向导演建议了让她来当这部戏的女主……

早知这个圈子的水有多深多浑，路有多长多险，然而无论身处何地，无论是何处境，总归会有一些人愿意向他人伸出援手，愿意帮助真正努力的人前行。

在她跑了三年龙套还是默默无闻时选择签下她的罗铭是这样的人；眼前的这个提醒她注意顾昭明的穆庭是这样的人；在导演面前愿意为她说上句话的魏泽也是这样的人。这些人都是她生命中的贵人，面对他们慷慨的帮助——

她万分感激。

她看着穆庭，穆庭也看着她，两人一时都没有说话。隔壁休息室的开门声打断了两人的对视，乔雁贴在门上听了一下，隐约听见施蕊和舒丽的声音。她冲穆庭抱歉地笑了笑，将门打开一条缝，打算等没人时离开，到隔壁休息室去和施蕊一起。她正看着门外的情况，冷不防地，穆庭突然问她："最后一个问题。"穆庭说，"我偶然间知道了轩霆那边有人很想挖走你，派李莎娜跟你提过了吧？你怎么没走，不喜欢轩霆？"

"不是。"施蕊来得也算是早的，外面热闹了一会儿后便重新安静下来。乔雁拉开门，回头看向穆庭，眼神一片清明。

"因为我知道自己必然会有红的一天，所以没有必要着急到不择手段。"

"更何况……"乔雁想了想，失笑着摇了摇头。

"穆太子既然都知道李莎娜跟我说过要拉我走的事情，那么一定也知道，轩霆那个很想挖我过去的人就是秦菲吧？"

"她是个什么样的人……我比李莎娜清楚得多。"

当晚的珠玉奖进行得很顺利。

李莎娜坐在很靠前的位置，视野极佳，正前方就是并肩坐在一处的秦菲和沐雪晴。场中的摄像机频繁地扫到她们所处的区域，她端正地微抬着脸笑意盈盈，屏幕上已经出现了数次她从容淡定的形象，这样的体验新鲜令人满足，让她觉得非常满意。

她知道这次颁奖礼上的绝对焦点是三人两奖之争，为自己能处在聚光灯的正中心而感到异常兴奋。这是她在凯星多年都不曾有过的待遇，自从轩霆全面接手她的宣传工作后，她的出镜率便大大提升。

《红颜谋》女二的宣传自然不必多说，她几乎赶了剧组的每一场见面会，隔三岔五总能在门户网站上搜索到一两条关于她捆绑这部剧放出的消息，曝光率大大增加，而在角逐珠玉奖的候选名单时，明明秦菲已经确定同时入选女主女配两项大奖，轩霆却还是坚持为她争取到了"最佳女配角"的提名。

最近，她还在轩霆的牵线下上了许多杂志内页，基本上邀请沐雪晴做封面人物的期刊，轩霆都会加上一条附带几张李莎娜内页的需求。对她这个刚刚加入的新成员，轩霆实在是表现出了最大程度的欢迎与善意，尽心尽力得几乎不遗余力。

这些她都看在眼里，心中庆幸感激之余，逐渐又生起了一股没有选择早投明主的遗憾——她便是冲着凯星对她上心才心存犹疑地留在凯星这么长时间，早知轩霆原来这么看好她，她原何必签在凯星自误前程？

李莎娜安逸的日子过得太久，早已想不起来自己穷困潦倒到极致时的落魄样子。那是她人生中最狼狈的时刻，她觉得丢人现眼，自然也迫不及待地想尽数忘记，连带着也不记得那时凯星对她的知遇之恩究竟有多厚重，有选择地回忆不起自己曾经对凯星带给她的一切多么感激。

现在的她意气风发，踌躇满志，踩着老东家的头往上坚定地攀爬，心里在不断地告诉自己——

现在一切不过是刚刚开始。

眼下她要做的就是继续讨好秦菲，也维持好和沐雪晴在剧组建立起的良好关系。李莎娜笑容甜美，微微俯身向前方的两人凑去，却见秦菲突然凑到沐雪晴耳边说了什么，表情尚算淡定，沐雪晴却立刻微微红了脸，不依地笑着拉着她的胳膊摇了摇。

快门声顿时此起彼伏地响起，李莎娜愣了愣，无意识地做调整位置状，她略微向后靠了靠，脸上的表情带着一丝不易察觉的迷茫，下意识地觉得发慌。

她好像有点插不进去前面两个人的谈话里。

怎么会这样？明明清冷如秦菲并不是善于主动和人攀谈的慢热性格，而和沐雪晴因戏相识有些交情的明明……明明是她才对……

到底是在什么时候，这两人将她抛除在外，关系变得这么好了？

节奏紧凑的颁奖礼没有让李莎娜思索太久，不知不觉就已经到了颁发"最佳女配角"奖项的时候。李莎娜屏住呼吸，紧张地看着台上的颁奖嘉宾拆开信封，低头看了一眼，俯身对着话筒，清晰念出获奖人的名字。

"获得第四十六届珠玉奖'最佳女配角'的演员是——"

"秦菲！"

李莎娜骤然呼出口气，仿佛被抽走了全身力气般低下头，一时心中的失落怎么都无法掩藏。

《红颜谋》这样千载难逢的戏她很难再遇到了，娱乐圈像沐雪晴这样资质的女主角少之又少，女主不出彩女配走红的更是罕见至极，她可能很长时间都无法再接触这么好的主创人员和这样必然爆红的电视剧了，然而很可惜，这部电视剧并没有给她带来任何奖项。

天赐良机，她没有抓住。

但她不能再这样继续下去，她已经低头数秒钟，再低下去的话明天早上的报纸一定会出现"秦菲斩获珠玉'最佳女配角'，李莎娜难掩失落，两人恐生嫌隙"的标题。

她深吸一口气后迅速抬起头，脸上带着灿烂而得体的笑容，站起身想要同秦菲拥抱祝贺，却见在她低头的工夫，秦菲已经与身旁的沐雪晴拥抱过，而后毫不迟疑地向颁奖台上走去。

她骄傲地提着长长的礼服裙摆向前走去，目光平静，眉目淡然，在一路掌声和闪光灯中翩然而过，没有回头，自然也没看见李莎娜起身的动作。

而李莎娜只觉千斤重压在身，站在原地笑容灿烂不变，只有自己知道鼓掌的动作都已经机械得不受控制。她目光有些发怔地看向秦菲的背影，缓缓坐下，觉得身心俱疲。

她摇曳着裙摆骄傲地踏上珠玉奖红毯的时候，从来不曾想到，原来这个星光璀璨的夜竟然如此难熬。

然而更难熬的事情还在后头，"最佳女主角"被作为本届颁奖典礼的压轴奖项颁发，当结果宣布的时候，纵然众人心里对这个结果也算有所准备，现场依然马上在短暂诡异的沉默后迅速掀起巨大的哗然。

沐雪晴摘得了珠玉奖"最佳女主角"的桂冠。

她也配？！

无数关注着这场颁奖盛事的人都在同一时刻怒骂出声，网上的讨论量瞬间呈爆炸性增长，各个社交论坛都因为骤然激增的浏览量和发帖量而或多或少出现了网络拥堵，然而没过多长时间，全民怒骂沐雪晴和主办方的情况便迅速消失，网上悄然钻出了很多为沐雪晴和主办方鸣不平的人，短短时间便已大致控制了局面。

狂怒网民的疯狂叫骂飞快增长，却都被一点点压了下来，逐渐被删除或是被新的讨论方向覆盖，飘红热搜的许多话题已经无法点击进去。

与此同时，李莎娜在"最佳女配角"奖颁布时的失落表情被悄然搬上热搜，替换了因为话题比较隐晦而硕果仅存的几个热搜榜单，许多闻风而来不明真相的网友后知后觉地点进来时，看到的已经只有李莎娜僵硬鼓掌的动图。

而在此事件之中，社交网站上各种各样影响力出众的数百家纸媒网媒自媒体，有志一同，无人发声。

这是一场及时有效的危机公关，暴力直接，简单粗暴，以雷霆之势镇压了一大波汹涌而至的质疑浪潮，有效遏制了事态发展，尽管这件事本身影响力巨大，绝非一朝一夕能摆平甚至热度冷却的事情，但至少在经历了这样的公关之后，有效地为沐雪晴和她身后的人保住了面子，不至于让他们上社交媒体搜索后尽是奚落、质疑与嘲笑。

沐雪晴工作室的工作人员在后台奖项结果公布后，第一时间登录了社交平台，而后很快发现远远低估了网民对这件事反应的激烈程度，准备严重不足，却也同时发现有人已经将他们该做的事情做得差不多了。

这场公关之战自然是轩霆的手笔，虽然手段粗糙，过程粗暴，远远没有达到解决问题的程度，相反在扛过最猛烈的一波攻击之后，明显会成为沐雪晴身上一个抹不去又讳莫如深的污点。但此时此刻，沐雪晴工作室的人依然要承轩霆极大的人情，这样心照不宣的无声交易沐雪晴不会知道，秦菲早已知晓，被牺牲的李莎娜同样一无所知。

但她能猜得到。

这场珠玉之争最终沐雪晴拿了最佳女主，秦菲拿了最佳女配，只有她被拖入风暴中心，却最终又一无所获。

她不光没拿奖，同时也没得到沐雪晴的亲近和秦菲的谢意，她们优雅地并排坐着，拿着各自的奖杯相视而笑，相约成为第二天的头条。她此时还不知道她在颁奖礼上的表现已经上了热搜，然而想到轩霆对她的栽培，她却又觉得心有不甘，咬着牙细细回想，却只觉得周身顿时一寒。

她宣传剧的地方为什么总是和秦菲的站台在同一处？她与秦菲分列杂志的封面和内页又显得她抱了多少大腿？她来到轩霆时不过是堪堪跻身二线，轩霆这样紧密集中地送她上热搜，究竟是用力过猛，还是一力捧杀？

又或者，只是在给秦菲铺路？

李莎娜只觉得如同有一口血卡在喉咙里，吐不出咽不下，难受得让她几近窒息，她咬紧了牙，咬得面颊发疼，猛然转眼看着舞台两侧的大屏幕。摄影机关注的焦点依然在秦菲、沐雪晴这边，两张美丽的脸填满了大屏幕，她的礼服颜色在两人的空当中勉强露出些许，像是抹不怎么适宜的背景色，和穿着它的人没有半分关系。

她不甘心。

她离开对她掏心掏肺的凯星，为的就是有朝一日能轻轻松松地穿上薇彻的概念款，在没有穿上之前，她怎么甘心就此罢休！

沐雪晴拿了新人奖，又拿了"最佳女主角"，这样的记录在珠玉奖上还是头一遭，势必同样会被载入这个古老奖项的历史。她现在活泼得有些过分，一直轻快地拉着秦菲说个不停。秦菲不时应上几句示意自己在听，同时漫无目的地在场中随处打量，扫过舞台旁的大屏幕时，对着亲密地坐在一处的两个人影顿了顿。

就该是这个样子，其他人都不成威胁。

她优雅地垂目微笑，冷不防一侧肩膀却被骤然压下。她一惊后迅速睁开眼，映入眼帘的首先便是李莎娜微笑着的脸。

她笑得不算特别灿烂，脸上甚至还带着隐约的遗憾，在这样的结果面前这样的表情却显得尤其真实。若说李莎娜心中毫无芥蒂，恐怕沐雪晴都不会信——

而她此时偏偏就凑向沐雪晴，朝她露出一个不怎么热络，却真实又带着亲昵的笑脸。

"恭喜你。"李莎娜笑着看向沐雪晴，在她耳边温柔地悄声道，"我们整个剧组都把宝押在你身上了，果然没压错。"

"雪晴……"

"你真棒。"

在这场颁奖礼中，演员奖项里只有沐雪晴捧走了"最佳女主角"，魏泽和李莎娜的提名双双落选。沐雪晴知道这样的情况，心里也清楚以她的演技说力压群芳也实在太假。是以她将李莎娜的话完全听了进去，微愣过后，对李莎娜露出了今天第一个翘起嘴角的表情，和一个灿烂十足的笑脸。

也一举击碎了网上刚刚悄然出现的沐雪晴、李莎娜不和传言。

秦菲轻轻蹙起眉。

这本来是一个解决掉李莎娜威胁的最好机会，李莎娜作为一个工具虽然好用，但不乖乖按剧本走也让她有些头疼。本以为这次已经十拿九稳，不想却还是被她扳回一局。

天赐良机，她没有抓住，鹿死谁手，尚未可知。

当晚在珠玉颁奖礼上发生了这样一个小小的插曲，乔雁对此并不知情。她从颁奖礼回来后，就去公司等曹瑞导演的消息。眼下曹瑞的消息真的到了她面前，她却和舒丽面面相觑，相对无言。

"所以，曹瑞导演要设个酒局请我见个面？"乔雁的手指划过舒丽手机上来自曹瑞的消息，沉默了一会儿后轻声问，"必须要去吗？"

"恐怕是。"舒丽简单地点了点头，眼睛始终没有离开乔雁，她仔细观察着乔雁的表情，"你知道，这种事情很常见，能让事情谈得更容易，很少人会拒绝。乔雁，你要想好，你今天拒绝这场邀约，明天曹瑞的女主角可能就不会是你了。"

"嗯，我知道。"乔雁点点头，按灭手机屏幕，"那就去吧。"

舒丽没有出声，沉默地看着乔雁站起身，走出办公室，按上门把手的那一瞬，乔雁突然站定不动，而后回过头来。

"丽姐，"她脸上的不安与无措如此真实，眼中的坚持与决心却也如此坚定，"不好意思，我知道我给你们添了很多很多麻烦，我很抱歉……"

"但是明天的邀约，能请你和罗哥陪我一起去吗？"

舒丽深深地叹了口气。

而后她眉目舒展，向乔雁露出了一个极为难得的，淡而真实的笑容。

"好。"

酒桌文化是门很奇妙的学问。

它形成于本土，也在本土发扬光大，出现时是佐菜的饮品，最终却被定义为做人的展现；一杯酒可以两人分饮结为生死兄弟，一桌酒反倒是众人虚与委蛇彼此试探的载体；有人觉得千杯不醉的人踏实，有人却唯独喜欢观察他人酒醉失态后的真性情。

为此，有人甚至把酒桌礼仪拟定总结了数十条规范加以研究琢磨，作为行事准则，也不知道这般日复一日地研究这个，最终到底能收获什么。

曹瑞是信奉酒桌上才能谈事情的那类人，幸运的是，他似乎没那么多严苛标准的规范对人加以衡量，不幸的是，他的控制欲相当之强。这可能是当了多年名导自然而然培养出的习惯，总之混迹娱乐圈多年如罗铭，在曹瑞的劝酒声中再次端起酒杯时，脸色也已经有些发白了。

"曹导抬爱，我就再喝一杯，再多我可真不行了……"罗铭将杯中的酒几口饮尽，翻过酒杯，朝曹瑞亮了个杯底，"曹导海量也是出了名的，舒丽酒量一般您知道，乔雁一个刚大学毕业的小姑娘更是几杯就倒，思来想去我就厚着脸皮跟来了，就怕曹导喝得不尽兴，想着今晚和曹导不醉不归呢。"

"现在看来，我可是太高估自己了……感觉再来一杯我就得喝到桌子底下去了。"罗铭有些迟钝地摆动着脑袋，在房间里左右环顾，大着舌头嚷嚷。

"丽丽？乔雁？你们还能走吧？今晚我和曹导聊得开、开心！我要舍命陪君子！对饮到天明！你们等会儿自己先回去……哦，等等，我得打电话叫大刘开车来接你们回去，大刘呢？不对，我手机呢？"

他说着说着就开始兴致浓厚地在自己身上上上下下翻手机，未果，整个人显得茫然而不高兴，自己把酒杯往桌上一拍，又倒了一杯酒："不管那些了，来，曹导，喝酒！"

"我来打吧。"舒丽没有阻止罗铭举起酒杯，只是配合地将话头接了过来。罗铭说舒丽的酒量一般实在是谦虚过头，作为金牌经纪人，舒丽不但很能喝酒，而且醉了时看着也比一般人清醒得多，在娱乐圈摸爬滚打这么多年也没被破了金身，至今没人见过她过分失态的样子。

不过她最聪明的地方是善于利用身为女人的优势，往往在事情还没发展到不可控制之前便能先行脱身。

今天有罗铭在前面挡着，不用她和曹瑞边喝边谈交情，也不用她替乔雁挡酒，舒丽干脆十分配合地做出了不擅饮酒的样子，整个晚上也没喝几杯。舒丽掏出手机拨通号码，简单讲了几句，便将手机放回包里。实际上她早在一个小时前便已经让大刘开车过来在酒店外面等着，眼下打的这一个只是通知他过会儿便可以上来了，自然不必多说。

大刘很快便回了电话，罗铭声称要和曹瑞一醉方休，拒绝和舒丽、乔雁一同回去。舒丽搀扶起乔雁，回头冲曹瑞微笑示意："瑞哥，那我就带着乔雁先走了？后天一早准时来试镜。"

曹瑞在罗铭的坚持举杯中和他又一起共饮了一杯，循着声音抬起头看向舒丽的方向，视线焦点却落在乔雁身上。

"我看乔雁也醉得差不多了，不就近休息一下？"他笑得很和蔼。舒丽闻言一顿，罗铭半趴在桌子上，微不可查地皱了皱眉。

来了。

任何一个想要出头想要红想要往上爬的女演员，都会经历这样的事情。年轻漂亮的小姑娘符合许多上位者的尝鲜心理，总要想着试试能不能一亲芳泽。这种事情听起来不太光彩，却已经没有几个人会真正觉得龌龊，毕竟许多女演员也是迫切想要上位的，你情我愿的事情，各取所需，心照不宣，谁也别说谁。

凯星在这方面一向对艺人保护得很好，会最大限度尊重演员自己的想法，无论是想顺势而为还是想清清白白，公司都不会干涉。但这一切的基础是凯星的艺人都还太过透明，没有真正面临被大人物看上的情况，也想象不到拒绝这样的机会，意味着将继续挣扎在十八线多少年。

曹瑞就是这样错过了就等于错过一个搏出位机会的导演，舒丽重新攀起和曹瑞的交情几乎是豁出去了所有颜面，本以为有穆庭和魏泽的推荐，加上舒丽的牵线，曹瑞不会生出什么别的心思，乔雁叫罗铭来也只是防患于未然，没想到曹瑞到底还是将那句话说出了口。

这中间可能有很多原因，也许曹瑞觉得和舒丽的交情确实已经够淡；也许穆庭和魏泽也不清楚乔雁为人处世秉承何种原则；也许是他今天见了乔雁，确实被乔雁眉目如画的样子所蛊惑。

而最真实的原因是，无论是凯星还是乔雁，背景势力都太不值一提。

在这样一个不见血却要厮杀得你死我活的战场上，越强就越随心所欲，越弱就越步步艰险。所以这么几年下来，尽管乔雁的演技已经磨炼成很出色的水平，但是她接任何一部稍微靠谱的电视剧的主演，都还要靠十二分努力与二十分运气。

而凯星对艺人那般优待，按最稳妥扎实的路子培养，秦菲和李莎娜却还是接连出走。在强势的威逼利诱面前，似乎鲜有人不受动摇，秦菲是例子，李莎娜也是例子，现在……轮到乔雁了吗？

乔雁看上去已经醉得很厉害了。

她今晚也喝了很多酒，罗铭虽然能为她挡下一些，但她也是绝不能不给导演面子不喝他的劝酒的。基本上罗铭为她挡下一杯她就要喝一杯，喝的总量就算是马上醉得不省人事也不算稀奇。

她看上去比一般新人酒量要好，但眼下也已经颊生双晕，双目迷离，只保留着最后一丝清醒。包厢中三个人的视线都落在她身上，她愣了几秒似乎方才反应过来大家都看着她做什么，连忙摇头拒绝。

"不用了，曹导，我们公司的司机已经到了。"她朝曹瑞露出一个单纯明丽的笑来，眼中尚带着些许迷茫，看上去十足乖巧，"回去之后休息一下还要看剧本呢，就是曹导给我发的剧本，后天要试镜的那个。我看了一大半，写了很多自己的体会，但还没写完，我得抓紧时间回去准备好……知道是来吃饭喝酒的，我剧本没带来呀，现在着急死了。"

"好，好，那你先回去吧，我等着你后天来试镜。"曹瑞看了乔雁一会儿，觉得对方的不谙世事是一个小姑娘的正常表现，这样单纯的姑娘，他也不急在一时。

凯星还是一贯的老样子，把艺人保护得太好了，不知道开始越单纯，接触到这个世界的规则后，学得越快吗？于是他和蔼地笑了笑，不再提让乔雁留下的话。舒丽趁机向曹瑞道别，扶着乔雁出了包厢。

今晚拒绝曹瑞的暗示势必会在曹瑞那里产生一些不好的结果，但乔雁的应对已经足够诚恳，也足够给面子，现在的面上和气，已经是最好的状态了。

两人一路沉默地走出包厢，出了酒店便上了大刘的车。舒丽原想坐在副驾驶的位置上，让乔雁一个人在后排躺下休息一会儿，乔雁却拉住她，被夜风一吹后脸上渐渐沁出冷汗。

"丽姐，"脸上的妆已经遮不住发白的面色，乔雁靠在舒丽身上低声开口，"先去医院。"

乔雁其实很不擅长喝酒。

不是酒精过敏，也并非一杯就倒，而是喝多了酒后身体会很排斥。除了拍戏不可避免的作息不规律之外，她一直生活得很健康，平时烟酒不沾，这可能也是她骤然喝很多酒后会极不适应的原因。

但纵使有再多合情合理的难处，现在无论谁把酒杯放在她面前，她都没有办法拒绝。

三人到医院后又折腾了一会儿，深夜的医院急诊处没什么人，医生给乔雁开了两瓶点滴，告诉她挂完水后就可以回去了。舒丽跟着护士去交了款，回到急诊室时发现走廊的灯亮着，乔雁坐在椅背上低着头，垂眸的样子显得很安静。

她膝上放了本剧本，摊开在中间靠后的一页。

饶是经历过大风大浪的舒丽，看到这一幕时也觉得眼中一涩。这些年她带过很多艺人，众生百态见了不少。艺人与经纪人之间说穿了也不过是利益结合关系，经纪人在职期间就是和艺人的一次长期合作。

说来奇怪，这些年来跟她合作最长久最愉快的自然是罗铭，而说起乔雁，其实她带乔雁的日子还不算很长，以前还带着李莎娜时她更没真正把精力过多放在乔雁的身上。

但她一直很喜欢这个有天分也够努力的小姑娘。

平心而论，乔雁其实并不是那么善于讨人喜欢的性格，她对周围人都没什么要求，好说话，但对自己的要求很严格。特立独行，有时就是一种不合群。

她现在还不红，对每个人都要赔着笑脸，柔和外壳下执拗的棱角尚不显山不露水。但若有一天她能出人头地，这样的性格必然掩盖不住，会招来数量可观的圈内人的反感。

是以凯星发现乔雁时，明明觉得她的演技很出色很令人惊喜，却没有立刻将她当作重点培养对象，而是让她继续辗转在各个剧组各个导演手下历练，和不同的人多做接触，希望能将她的棱角磨平一点，现在看来收效甚微，她还是那个温和但坚定果决不让步的老样子。

但她变得圆滑世故了就真的好吗？舒丽扪心自问，却无法做出回答。她今天一早才拿到试镜剧本转交给乔雁，一上午的时间乔雁便将剧本看了大半，上面自己的各种注解密密麻麻，一些剧本中的设定原因也被标注在上面，一看便知花了精力。

后天一早试镜，明天是一定要在家睡觉调整状态的，能看剧本的时间确实也只剩下了这一个晚上。舒丽有心叫她休息一会儿，看着她手背上的针管和另一只手中的笔，却又觉得自己说不出口。

诚然，这个世界上努力的人很多，有的人会觉得努力是最不值得一提的东西。

但是面对这样一个努力上进的人，谁又有资格出言唱衰、阻挠或打击？

她一定会红，她一定要红。

舒丽坐到乔雁旁边，将点滴的速度调慢了些，也掏出包里的文件看了起来。

未来终会到来，而现在，就让她在这个北国冷冽的冬夜里，见证这个年轻的姑娘，为了那个最好的结果，究竟付出了多少的因。

她们从医院出来时天色已经亮了。罗铭被大刘接回了公司，据说在车上就吐得一塌糊涂。舒丽要赶去公司看看，乔雁和她告别后回了自己家，乔雪和同学出门逛街，不过给乔雁留了早餐。乔雁简单地吃了两口，又去泡了个热水澡，正打算上床好好休息睡上一觉，电话突然响起。

"丽姐？"乔雁接通电话，疑惑地打了声招呼。那头舒丽的声音绷得紧紧的，隔着电话都能感觉到仿若要把人冻结成冰的冷意。

"乔雁，明早的试镜你不用去了。"

"曹瑞新戏的女主角，已经定了锋辰的姚曼欣。"

第三章
头号绯闻

舒丽回公司后第一时间去看了据说醉得昏天黑地的罗铭，发现对方的情况虽然看上去很糟糕，实际上却没什么大碍。他和曹瑞喝酒时也算喝得颇有技巧，在胃里填了零零碎碎不少东西，夜风一吹又吐了一回后已经清醒了不少。

毕竟从他出道到现在转型幕后，算起来也在娱乐圈混迹了很多年，对各种各样的琐碎事情都颇有经验心得，曹瑞这样的人他也曾很多次遇到过，绝不至于慌乱无措。

眼下他吃了秘书准备的醒酒药，又喝了一大杯蜂蜜水，正躺在办公室的沙发上揉着肚子。见舒丽进来坐到他旁边，罗铭忙不迭抬起上身向舒丽方向挪了挪，将脑袋搁在舒丽腿上找了个合适的位置躺着。舒丽自然而然地给他按揉着太阳穴，罗铭舒服而放松地长长出了口气，懒洋洋地关心起自己的妻子。

"听大刘说送乔雁进医院了，没事吧她？看你黑眼圈这么重，一夜没睡陪她了？"

"不算陪，我也在处理自己的事，帮施蕊筛选一下剧本，给刘静怡、颜雪芯接几个商演。"舒丽摇了摇头，意识到罗铭看不见，又用语言表达了一遍，"你那边呢？曹导没生气吧？"

"没表现出来，但对我作陪一晚上看起来还算满意，应该不会找乔雁麻烦。"罗铭打消了舒丽的担忧，自己反而却叹了口气。

"不过现在没找乔雁麻烦，进组之后呢？曹瑞是熟知也喜欢娱乐圈的诸多隐形规矩的导演，乔雁躲得开吗？我不担心乔雁演不好角色，就怕乔雁一旦躲不开的话……会怨我们。"

若当真如此，那她出人头地之日便是离开凯星之时，有如旧事重现，势必重蹈覆辙，就像是一个解不开的诅咒，束缚着凯星与艺人的命运和明天。

罗铭没有挑明，但他和舒丽都心知肚明。

"尽力而为吧。"舒丽率先开口，温柔地将手心贴上罗铭眼底憔悴的青色，"我现在看着乔雁就好像看见了当年的你，一样的清浊分明，一样的坚守本心。你为人比她要圆润些，她天分却要好于你，我太没本事，保全不了你，她却说不定有更好的机缘，命运的事情，谁又说得准呢？"

"多行善事一定能有个好的前程，只希望这一天不要来得太晚。"

然而柳暗花明之前，山重水复，穷途末路，身处迷局，又该如何自处？

电话铃声打破了空气中隐隐浮动的温情，舒丽掏出手机看了一眼，顿时有些惊讶。罗铭见她没有马上接通，仰头向上看了她一眼："谁打来的？怎么不接？"

"锋辰的金牌经纪人刘明书。"舒丽抿了抿唇，和同样感到意外的罗铭对视一眼，按下了通话键。

"刘哥？"

"早上好，舒丽，抱歉这么贸然打电话过来。"刘明书在那边客气地回了一句，开门见山说明来意，"是魏泽突然说要联系乔雁，我这儿只有你的联系方式，就打给你了。"

"联系乔雁？"舒丽为人精明，听到"魏泽"这个名字瞬间就想到了曹瑞的新戏，顿时脸色就有些变了，"曹导的新戏出了什么变故吗？"

"似乎是这样。"那边停顿的时间稍长，再开口时已经是魏泽沉着成熟的声音，他为人稳重惯了，此刻仍首先向舒丽询问，"曹导有跟你们打电话说这个事情吗？"

"没有，乔雁昨晚还应邀去和曹导吃了顿饭，凌晨才刚回来。怎么定得好好的事，突然就变了？！"舒丽急得声音都有些尖锐起来，但她还记得电话那头是位跟自己不熟的视帝，只得死死压着自己的惊怒与火气。

她脑海中飞快地将昨晚的应对过了一遍，乔雁和罗铭都已经尽力了，若是真因为昨晚的事情便惹怒了曹瑞，这个导演的心眼到底是有多小？！

电话那头却突然一静。

"不可能的。"魏泽叹了口气，一时声音竟也显得有些疲惫。

"曹瑞定了锋辰的新人姚曼欣，三天前定的，双方已经在拟合同细节了。我也是刚刚经纪人提起才知道的，曹瑞已经定了姚曼欣，乔雁就一点机会都没有了。曹瑞不可能和锋辰撕破脸……如果昨晚他还约了你们，最好的情况是他想要乔雁当女二号。"

"这事我没能帮上忙，对不起。"

"嗯，这样啊。"

舒丽把魏泽的电话内容原原本本地转告给了乔雁，说到最后气得声音都在发抖，嗓音高亢到有些失真。

"他先跟我初步谈好了女一号的事情，人情我奔走到了，魏泽和穆庭都为你说过好话，没人说你半个不字，结果他一声不吭转头就和姚曼欣签约去了！这是人干出来的事吗！什么混账东西！他还有脸昨天让你留下来，是打算生米煮成熟饭，再强迫你就范女二号啊，还是干脆女二都没想让你来演打算包养你啊？！"

"丽姐别生气，气坏了身子罗哥该心疼了。"乔雁全程都有些发愣，她怔怔地坐在床上，在舒丽说话时一直都没有出声，直到舒丽的声音高亢到让耳朵有些难受才清醒过来。

她安静地低眉听着舒丽的咆哮，拿着手机的动作有些僵硬，长长的眼睫垂下，在脸上打出浅浅的阴影。她冷静地反过来安慰激动暴躁的舒丽，声音很稳，眼睛却是茫然的，看着前方的视线没有焦点。

就在刚刚，她与一个至今为止她遇到的最好的机会失之交臂，明明从头到尾都不是她做错了什么，她却成了里面唯一的失败者。

为什么？乔雁不想多问，也没有多问的必要。娱乐圈里没有什么所谓的不公平，你被人抢了戏，被人爆黑料，甚至被人踩着肩膀上位，都不必哭天喊地，追究起来不过是物竞天择，适者生存。

她明明早早就认识到了这一点，明明每一天都做好了打落牙齿和血吞的准备，真正面对这样的事情时，才发现要比想象中难受得多。

人人皆知弱肉强食，但若有朝一日努力已经毫无意义，是否从此只能选择与世浮沉？

舒丽只是一时被气昏了头，发泄完之后马上意识到乔雁才是现在最需要被安慰的那个。此时两人已经各自对着电话相对无言许久，舒丽有些不安，试探着开口招呼乔雁："乔雁，你……没事吧？"

"放心吧，丽姐，我没事。"乔雁回答得很快，没有她想象中的愤怒或伤心，声音平静，声线自然，甚至听不到半分隐忍的颤音。

但舒丽却瞬间便知晓了她此刻的心情，她虽并不是十分热络的性子，说话的声音却很讨喜，声线和煦，温和自然，话尾音会轻轻扬起，是仔细听起来很有辨识度的声音。此时她镇定依旧，冷静依旧，尾音却无力地垂了下来，淡淡消失在空气里。

她不怨天尤人，也不自怨自艾，只是终归避免不了，一个人偷偷地失落与黯然。

舒丽心中闷闷地发堵，苦涩之处却又不可明说。她替乔雁愤怒，也为乔雁伤心，却在她隐秘而小心地藏起这些事情时无从对乔雁加以开解。正在这时，却听乔雁问："曹导打电话来说取消明天的试镜了吗？"

"没有。"舒丽如今听到曹瑞这个名字便气不打一处来，冷冷怒道，"你明天不用去了，他都做到这份儿上了，我们还负责给他留面子不成？"

"如果今天曹导没有打电话来，我明天还是照常去试镜，不然本来是他理亏在先的事情，会变成我们不去试镜不识抬举，他迫不得已才临时换角，那样太不划算了。"乔雁说的话合情合理，成熟理智，舒丽略一迟疑，却听见乔雁低低地又说了一句，"我已经看完剧本了，去不了……很可惜。"

舒丽心中顿时一酸，反对的话再也说不出。

曹瑞一如凯星所料，并没有打电话来。他既然能压着和姚曼欣签约的事情不谈还去找乔雁喝酒，自然心理素质过硬，也没把凯星放在眼里。

舒丽咬着牙送乔雁来到试镜地点，乔雁却并不进去，而是站在停车场里不走。她们停车的地方旁边刚好有空的车位，她就站在车位线里面，好像是要占着停车位一般。舒丽心下奇怪，从驾驶席上探出头问她："怎么不走啊？留在这里干什么？"

"等一个人，去里面等不方便。"乔雁有问必答，并婉拒了舒丽让她坐车里等的建议。舒丽对这个答案不怎么理解。但她没有多问，陪着乔雁一起等在原地。

将近二十分钟后，一辆车在乔雁面前停了下来，乔雁让开位置，让那辆车得以在停车位上停好。车窗摇下，却不是那个她想见的人，两人面面相觑，一时都有些愕然。

"乔雁？"穆庭摇下车窗，诧异地扬起眉毛，"你还来这里干什么？"

看来全世界都比她早知道她被顶替的事情。乔雁还来不及回答，穆庭另一侧的车门被打开，魏泽走了下来，虽然看着她的视线中也有些许意外，但还是比较了然地问了一句："你找我？"

"是。"乔雁点了点头，看着魏泽，轻轻呼出一口气。

"魏泽老师，无论是你在前段时间的美言，还是昨天及时的提醒，都帮了我大忙。电话里说觉得表现得太不重视，直接跑来可能也显得特别突兀，我知道自己可能有点笨拙，但我还是想说——"

"魏泽前辈，谢谢你。"

北国一月的寒冬里，她衣服穿得很厚，看上去有点怕冷，手套围巾帽子一应俱全，比平常多了几分可爱，又显得有点滑稽。但她的眼睛还是和站在这里的每个人初次见她时一样澄澈干净，微抿的嘴角踏实又真诚。她站在魏泽身前，慢慢矮下身去。

她朝魏泽深深地鞠了一躬，久久没有起身。

"快起来。"魏泽的神色很温和，他上前一步将乔雁拉起来，拍了拍她的肩膀，"乔雁，我相信就算错过了这次，我们以后还是会有很多次合作的机会。我现在站在这儿，一会儿还要继续往前走，你要想追上我，要特别努力，要跑着过来，明白吗？"

"我明白。"乔雁用力点头，魏泽满意地摸摸她帽子上的绒球，"明白了就赶紧回去吧，天这么冷，别冻坏了。"

"不……我不回去。"乔雁脸上闪过一丝为难，轻咬着下唇看向魏泽，"前辈，能请你帮我个忙吗？"

魏泽想了一下，顿时了然："你想让我跟曹瑞说情，让你试镜一下女主角？"

然而乔雁对他摇了摇头。

"不，我想请前辈帮我跟曹导说情，让我试镜……男一号。"

乔雁和魏泽在停车场谈了好一会儿，而后她与舒丽先走一步，魏泽和穆庭则在车里再多待上一段时间。

这般耽搁下来，她们来到试镜地点的时候已经不算太早，工作人员差不多已经到齐，来试镜的演员也陆陆续续到了不少。曹瑞站在人群中心兴致高昂地说着什么，旁边簇拥着一大群点头附和的男男女女，气氛一片融洽。

在他旁边的位置上站着的年轻女孩笑得绚烂如花，在乔雁推门进来时视线不经意扫过来，看到她时细长的眼睛略略眯起，对着乔雁弯了弯眼睛，不动声色地向曹瑞旁边又靠了靠。

锋辰的新人王姚曼欣。

这是她和姚曼欣的第一次见面，但双方显然都已经将对方认了出来。看起来对方也是知道这个角色曾经短暂地属于过乔雁，态度并不算十分友好。

不过现在姚曼欣对她表现出的这种耀武扬威实在大可不必，别说敲定她的事情说到底只是个风声，合同没签，甚至还没来得及试镜，这事就算是曝光出来也只能换来围观路人的一句事不关己的感叹，圈内恐怕更是只会讥笑凯星和她乔雁都太过窝囊且技不如人。

乔雁在心里表示无奈，这件事情上她是百分百只能自认倒霉，姚曼欣又何必这么咄咄逼人？

不过……乔雁看着姚曼欣和曹瑞之间近得过分的距离，回了她一个淡而沉静的微笑，便和舒丽一起，离曹瑞远远地坐到一边。

姚曼欣出道后便因清纯甜美的形象迅速走红，据称谦虚低调，温柔善良，被称为娱乐圈新一代的玉女接班人，所有发出的通稿都十分正面。

然而离开了镜头与聚光灯，摘掉了明星光环后的那个人，究竟是什么品性，什么样子，怎样上位，又有几个人真正知晓。

曹瑞在乔雁出现时便已经看到了她，但他周围簇拥了太多的人，一时也不好直接开口招呼。他看到乔雁准时出现在片场，心中多少松了一口气，又有些隐隐的不屑。

凯星果然是家不入流的小作坊，他与姚曼欣就差走完今天的试镜形式流程便可以直接签约了，而凯星居然到现在都还没有收到半点风声，巴巴地带着艺人来试镜，就这样的公司实力，也好意思肖想他的女主角？真是痴人说梦。

他又为自己的选择找到了一个足以说服自己的好理由，原本和舒丽的交情就没深厚到能毫不犹豫地把女主角给她的地步，以舒丽现在的身家，他就算因这件事和舒丽彻底闹掰也不觉得太过遗憾。

虽有穆庭和魏泽的一句话肯定，但姚曼欣和穆庭、魏泽一样，都是锋辰的艺人，就算对乔雁再欣赏，难道他们会放着同门师妹不帮，转而去帮一个外人？

曹瑞越想越觉得自己的选择当真英明果断，说起话来更是意气风发。他打趣了旁边叫不上名字的女演员一句，换来对方似嗔似娇水淋淋的一个媚眼。他顿时又有些飘飘然起来，又想到了另一个将乔雁弃之不用的理由。

乔雁虽然长得好，但未免也有些太不识抬举，哪像姚曼欣温柔解语知情识趣……他下意识看了乔雁一眼，又看了看身旁的姚曼欣，片刻后视线却又不自觉瞟向了乔雁那边。

不过她倒是长得真好。

这么水灵又干净的新人他已经很久没有尝过，独立与婉拒反倒更挑起了他的一些兴趣。如果乔雁的演技的确还过得去……曹瑞沉思着，那他还是愿意给她一个讨喜角色的。至于到底是女二、女三还是龙套……

那就要看她到底有多少本事了。

正说着话，穆庭和魏泽也到了试镜现场，顿时以曹瑞为中心的这一群人又朝他们两人围了过来。魏泽看上去适应良好，与曹瑞谈笑风生，应对得游刃有余，穆庭却看着站到他面前满面惊喜的姚曼欣，一脸高深莫测。

"穆哥！"姚曼欣惊喜交加地对他露出一个甜甜的笑容，伸手就要过来拉他的胳膊，"你怎么来了？我试镜这么一件小事，魏泽前辈能来我已经很高兴了，没想到你也……谢谢你们这么给我这个师妹面子！"

姚曼欣当然知道魏泽是这部戏已经定下的男主角，势必是要来看其他角色的演员试镜的，而穆庭来这里的原因虽然她不清楚，不过以她和穆庭寥寥数面的接触，她倒是还没自恋到觉得穆庭对她能有什么心思。

不过她是锋辰现在一力培养的"最佳新人"，穆庭这个锋辰的太子爷怎么说也该给她些面子吧？不过是贴边炒作而已，虽然听说早期很不屑于这些东西，但他现在已经这么红了，该懂的自然早就懂了。姚曼欣自信满满，她这么说之后难道他还能放下身架专门打她的脸不成？

然而，她还是太天真了。

谁是为你来的，真把自己当个人物，你面子值几个钱？穆庭心里猛翻白眼，动作敏捷地迅速后退了一步，在姚曼欣抓住他之前反握住她的手，满脸正气凛然地用力摇了摇："我是代表投资方锋辰娱乐来旁观试镜结果的代表，小姚加油演戏，锋辰很看好你。"

"穆哥……"姚曼欣对着穆庭满脸"我国英雄儿女共同为事业奋斗"的严肃表情呆了一下，很快便反应过来，生生羞红了脸，偷眼看了看四周后羞涩地垂下头去，"嗯，知道了，穆哥，我会的！"

穆庭顿了顿，面色有些纳闷地问她："你脸红什么，想到你相好的了？工作时间敬业点，曹导不喜欢随便乱开小差的演员。"

"嗯？嗯，也不是……"突然被提起的曹瑞有些尴尬，他倒是不介意姚曼欣对着穆庭献殷勤，他和姚曼欣本来就是你情我愿露水情缘的事情，对方做什么自然和他都没关系，但眼下穆庭提到他却让他有些接不上话，只得干咳一声，硬生生转移了话题。

"咳，不说这个了，大家静一下。"曹瑞拍拍手，向工作人员示意了一下，"人都到齐了，开始试镜吧。从女主角开始，姚曼欣，来，你第一个。"

众人纷纷答应下来，各自回到位置上开始准备。导演编剧男主演和投资方代表依次坐好后，姚曼欣站到前面来，等了一会儿，却见魏泽依然坐着不动，顿时有些慌乱起来。

"魏哥？"她小声提醒了魏泽一句，昨天姚曼欣便亲自打电话给魏泽的经纪人刘明书，拜托他在后一天的试镜里让魏泽来带她试一场镜。

姚曼欣虽然是因为演了当红偶像剧的女主角一炮而红的，但无论是曹瑞的剧本还是和魏泽的对戏，要不是她使了一些小手段，现在都还是轮不到她的，地位要差上一些，演技差得更多。

是以她挑来试镜的是一幕男女主的争执戏码，女主戏份虽然不少，但角色变化不多，她觉得以她的演技也差不多够用。昨天刘明书明明已经答应下来，但今天魏泽怎么……

"怎么了？"曹瑞见姚曼欣迟迟不动，疑惑地问了一句，而后很快便反应过来，也转向魏泽。

"魏泽，那你就辛苦一下，陪试镜女主角的演员都对一下戏。要不就……魏泽？怎么你一直都不说话？"

曹瑞说到一半，突然意识到魏泽今天自从来了片场便没说过话，不由得心下一奇，询问地看向魏泽时，只见后者苦笑着指指自己的嗓子，而后摆摆手。刘明山倾身过来，在一旁低声解释："他最近可能受了点凉，今早起来就说不出话了，来看完试镜后就得去医院挂水。"

"哦……"曹瑞闭上嘴，点了点头，表示理解，不再说让他陪着对戏的话。一旁站着的姚曼欣脸色却顿时难看起来，若魏泽不能陪她演，那她的双人对戏岂不是白准备了？

姚曼欣咬了咬牙，继续向曹瑞委屈地说道："曹导……不对戏的话，我一个人演有些不太习惯……"

"你是多大的腕，别人还得照顾着你的习惯？"穆庭嗤笑一声，反唇相讥。他作为锋辰的投资代表，现在最有立场批评自家公司的艺人，别人也说不出什么。姚曼欣面上有些难堪，心中暗恨，面上却是迅速眼圈一红："那我……那我就……"

演技就那么点还都用到这上面了，穆庭心中爆了句粗口，不动声色地用视线余光扫了眼远远坐在一边的乔雁，耐着性子道："反正魏泽是帮不了你了，你去问问场上谁能陪你搭一场。"

男主角已经早早定了魏泽，自然不会有人再去竞争男主角的位置。场中短暂地静了一会儿，而后一道温柔的声音响起。

"我来献个丑。"乔雁站起来，在姚曼欣复杂的眼神中莞尔，"我也看过剧本，对女主角的戏还算熟悉，勉强能帮着对一对，不出彩是肯定的，勉强当个绿叶，衬托一下红花吧。"

乔雁绝对不在她的选择范围之内，但今天她流年不利，没别人站出来，眼下也只能这么将就着。姚曼欣点头接受，两人按照姚曼欣选的那一幕走好站位。

接到导演开始的示意后，姚曼欣深吸一口气，低头酝酿了两秒钟，眼中迅速蒸腾起朦胧的水雾，嘴唇带着些微颤抖，语声都带着几分沙哑与哽咽。

"赵郎，"她仰起一张梨花带雨的脸，带着无尽悲伤哀哀地看着他，"你为何一定要走？"

乔雁身材高挑，比她要高上将近一头，此时仰着头，她便只能看见乔雁光滑细致的修长脖颈。乔雁久久没有低下头看她，姚曼欣等得有些不耐烦了，四下瞟了一眼，却发现坐着的几人都在看着乔雁。

她顿时提起了万分的警惕，更加楚楚含泪地仰着头，却见此时乔雁终于低下头来，她望进她的眼睛，一时间却让她也不由自主地怔了一下。

那一双优美的弧形眼睛里，没有柔情也没有泪。

有的只是深深浅浅化不开的沧桑与饱经风霜岁月残存下的苦涩，尚还黑白分明，却早已没了任何天真单纯，像是早早看破生死，眼下却因她而重涉红尘。

只一眼，便让她的心竟然不由自主地，深深揪了起来。

曹瑞的新戏是部武侠片，名为《天涯游侠》，改编自知名武侠小说作家的经典名篇。早在上个世纪便曾被两度搬上荧屏，俱都能被称为传世经典。

如今曹瑞重操翻拍大业，一时外界质疑与期许之声沸沸扬扬，讨论度盛况空前，看好唱衰的人各占多少暂先不谈，关注度却是赚了个十成十，也使这部剧未拍先火。

曹瑞对此乐见其成，他一直被称为最了解市场的导演，对市场的把握也向来十分精确。此次翻拍的版本中先是启用了视帝魏泽压阵，将外界的质疑声消减了足足一半，随后对原著改编而成的剧本进行了一次较大的调整。

首先，增添剧情，较前两次翻拍版本多了至少二十集的内容；而后是删减调整角色，按观众的喜好将一众配角黑化的黑化，洗白的洗白，善恶分明，站队清楚，几个善恶转换的角色也都在剧情的调整中和主角直接扯上了关系。

最后，无论演技如何，与男主有亲密接触的几个女性角色，长得一定要美，对男主一定要情根深种，而最后她们都与男主江湖永诀，哭戏一定要够抓人。

这部《天涯游侠》的男主角赵铮，人设极为复杂多变。作为一个以男主角为中心的武侠小说，原著中对他所做的描述便已足够浓墨重彩：出身显赫，天资聪颖，少年得志，玉树临风，打马从街上疾驰而过便飞掠过不知多少姑娘的芳心。

他打小定下亲事的姑娘是江湖名门的掌上明珠，及笄后便美名誉满江湖。原本美好得像是戏折上的传奇故事，一朝却异变陡生，他身处激流之中，难以独善其身，自此也走上了一条崎岖坎坷的路。

江湖人士皆志在天下，这天下却并非侠士们的江湖。自古侠以武犯禁，朝廷的忍耐程度极为有限，在国家稳定国力强盛后，终于也向江湖伸出了黑手。

一道朝廷发出的帖子震惊江湖，官启武林大会，御封武林盟主，所有江湖人为之沸腾。一时间钩心斗角乍起，血雨腥风翻滚，赵铮之父踏着昔日弟兄的血骨登上武林盟主之位，三天后登封时，他却在众目睽睽之下白日暴毙于武林盟主的宝座上。

诡谲阵前，步步凶险。

而后朝廷强行将其子赵铮推上了盟主之位，年轻的盟主统率江湖，天赋虽高，毕竟年纪尚幼，武功还不算一等一的高。加之性格冲动暴躁，少年意气，争斗之中本便结下数仇，随着他主掌江湖事后，矛盾迅速越演越烈。

未几何时，他这个武林盟主便被全天下联手赶了下去，重回群龙无主之事，怨却早已结下，从此江湖烽烟十年，再不曾得拥宁日。

赵铮侥幸活了下来。

他得苍天饶命，却不甘苟且偷生，细想过往种种，越发觉得亏欠。从此他辗转天下十年，誓要将当初种下的恶因生生扭转成善果，不惜历尽艰辛，只为迎来江湖重新归宁的那天。

这中间，他笑过哭过忧过怒过，曾于风雪夜斗笠加身，歇脚再出发，抖落满身风尘；也曾于太平上京中锦衣夜行，回顾聚散种种皆成痴嗔浮烟；更曾故地重游难免踌躇不前，耗尽一生算计，最终满手空空。

但他终究未曾止步不前，未曾半途而废，江湖二十年浩荡落拓风月之后，赵铮最终了结心中执念，从此四海为家，终成天涯游侠。

他的生命中出现过几个对他而言颇为重要的女人。

首先是和他定亲的姑娘，两人青梅竹马，赵铮少年狂傲惯了，不觉得姑娘对他有何不同，直到最后姑娘被朝廷一道旨意接进宫中方知彼此心意，可惜此时已经为时太晚，她女儿矜持，他少年鲁莽，最后一面相对泪眼，终究没能好好道别。

后来他被全天下追杀，慌不择路之下躲入女子绣楼，那女子虽非江湖中人，生长之地却民风淳朴，遇到赵铮后便将对他的百般喜欢偷偷放在心上。

赵铮在她那里过了一段清静安逸的日子，最终却在夜夜辗转反侧中毅然放弃逃避现实离群而居，再次踏进江湖，杀入重重混战之围，却终究没敢见姑娘最后一面，留下一封书信后便匆匆不辞而别。

姚曼欣所试镜的女主角段秋蓉是他遇见的第三个姑娘，也是在一切纷纷扰扰终了后，陪着赵铮浪迹天涯的红颜知己。

原著中这位出场的时间差不多在全书中段，和前两版尽量还原原著节奏的翻拍相比，曹瑞删减修改了许多配角的走向，生生将段秋蓉的出场提前了将近十集，从赵铮被江湖众人围杀之时便已出于江湖道义和对赵铮的欣赏，主动解决赵铮留下的麻烦，而后一直作为另一条线穿插其中，等到真正遇到赵铮时自然便很快就此倾心。

作为一个通晓江湖大义的独特女子，她能被赵铮引为自己的第一个红颜知己，其中一个重要原因便是她对赵铮心中的大义表现出了理解，并积极给予了行动上的支持。

她利用手中势力，帮助赵铮联络还没有被腥风血雨吓怕与冲昏头脑的人，也在和赵铮的一次次聚散离别中表现得温柔体贴。但当戏至末处，当赵铮去赴一场九死一生的朝廷设宴时，她还是怕了，在离别时第一次挽留赵铮。

而赵铮当然还是那个赵铮，他对段秋蓉有不舍，有亏欠，有无奈，却为了他坚持了这些年的理想与道义，绝不会、不能也不愿选择止步不前。

段秋蓉泪水涟涟地靠在他胸前出言挽留他时，是他隐姓埋名在这滚滚红尘苟且偷生的第十六年。

姚曼欣哭得很真很美，惹人怜爱，看得出她对哭戏颇有研究，但曹瑞、魏泽是见了十几年演员演戏的人，姚曼欣哭得固然好看，却和段秋蓉这个角色融合得不够好。

只见伤心，不见酸楚。

段秋蓉哭泣是因为舍不得情郎以身涉险，她一定要拦，心里却知道自己定然是拦不住的，若是对赵铮这点了解都没有，她也实在算不得赵铮唯一的红颜知己。所以她的哭泣是不舍，是无奈，更是诀别——

君此去，谨记千般留意，万种小心，妾着戎装，半坐空门，愿君明朝还回。

曹瑞等人在心里对姚曼欣的表演评价完后，总体还是满意的。虽然姚曼欣的演技一般，但只要哭得好看，观众肯定是会买账的，能不能演到位其实并没有太大影响，毕竟演技还有魏泽撑着。但当他将视线移向乔雁时，尽管知道乔雁的演技颇受肯定，但当真正见到时，还是让他吃了一惊。

她的眼神很老练。

那一双眼睛真正演出了赵铮漂泊十七年后的心境，不能哭，男人是不能哭的，也没有悔，这是他自己选择的路，他终其一生，无法辜负。他怜相伴他身侧多年的贤内助段秋蓉，但此时他的眼中，更多的是对生死的一种决绝与慷慨。

纵千万人吾往矣。

她没有正式地上反串的妆，只是简单用了个硬朗些的扮相，配上生得出色的脸，技不贴脸，其实看着多少会有些出戏。但曹瑞到底身为知名导演，浸淫演艺表达事业多年，瞬间便明白了乔雁真正的意思——

她在向曹瑞证明，她或许演赵铮会有许多忽视不了也无法改变的瑕疵，但以她的演技去演一个完整充实的段秋蓉，绰绰有余。

这场双人配合女主视角的试镜，女主角话要更多，后面还有很长，姚曼欣发挥到后来渐入佳境，表达起来也比最开始要好上许多。

然而演至此处，胜负已分。

可惜结果却并不会因此改变，说来讽刺，今日来试镜女主角的竟然也真的只有姚曼欣一个，已经将决定做得如此明显，若没有昨日魏泽那一通好心电话，她今日踌躇满志前来试镜，将要受多少奚落讽刺，成为多少人眼中怜悯可悲的笑柄？

"乔雁，你……"曹瑞看着她，脸色有些不自然，"演得很好，一会儿你试镜一下女二号，剧本都看过了吧，你跟化妆师去简单……"

"谢谢曹导赏识，不过女二的剧本我还没看过，实在很遗憾。"乔雁轻巧地弯眸莞尔，目光清正，利落地道，"本来这次来也只是来观摩学习一下大导演的选角习惯与技巧，我还是要再谢一遍曹导同意我这么不靠谱的请求，这些天下来果然从曹导这里学到了很多东西，乔雁受教了。"

她略略弯腰，朝曹瑞鞠了个躬，站起身后笑得开心又爽朗："没想到来了之后还能帮女主角一个小忙，我看今天也没有别的人试镜，恭喜曼欣拿下《天涯游侠》的女主角，演得果然很好。"

"曹导要是没什么事的话，我就先走了。"

这样直白明显的讽刺乔雁说得礼貌又大胆，曹瑞脸上青一阵白一阵，一时答不出话来。魏泽看她的目光温和，带着点欣赏也带着点担忧，从刚才起一直很沉默的穆庭却突然笑了，他看了乔雁一眼，摇着头公然掏出手机，低头解锁后不知在按着什么。

穆太子有点不尊重这个暗流涌动的气氛，但这不是重点，重点是为什么她会突然有种不太妙的预感？

她在预测糟糕事情方面的预感一向奇准，见曹瑞不答话后直接就又鞠了个躬，回到舒丽旁边的她穿好大衣便要离开。奈何身后的视线实在存在感太过明显，乔雁只得掏出手机来看。

果然穆太子给她发了一条短信过来，也不知他没事存她这种十八线小艺人的电话号码干什么。乔雁划开锁屏，见穆太子问她："你就这么走了？"

乔雁想了想，按动屏幕回复他："不然呢？留在这里中午能领盒饭？"

"能。"穆庭飞快地回，"找个地方等我一下，散场之后请你吃顿饭。"

乔雁收起手机，回身看了一眼还坐在原处继续看试镜的穆庭。他看试镜时的目光其实很认真，不时会略略皱起眉，在某些时候显出一种挑剔与不满。

乔雁刚才试镜时没看他的表情，现在看见了，原本想当作没收到短信和舒丽一起回去的打算又有些动摇起来。她沉思着摩挲手机屏幕，隔了一会儿，给穆庭又发了一条信息："在哪儿请？价格还在你举手之劳的范围之内吗？"

穆庭收到短信后看得很快，回复得却很慢。乔雁收到后看了一眼，在出了试镜现场的门后顿住脚步，拉了拉走在她前面的舒丽："丽姐，有人请我吃顿饭，我过会儿再回公司。"

"哦，行。"乔雁是个很有分寸的人，舒丽比较放心，因而也没太在意。

舒丽拿着车钥匙就朝停车场继续走，走了几步又回头问："在哪儿吃饭？用不用大刘去接你？"

"顾蛰声导演的家。"乔雁平静地道，在舒丽惊异的视线中摇了摇头，"不用大刘接，我不会喝酒的。"

演艺圈的导演分很多种类型。

张简那样偏重细节塑造的导演是一个类型，不需要给他一个多么优秀出色的剧本，只要让他执导，总能在不经意间一个画面就让你心中一动。或是一个低眉莞尔的梨涡，又或是飞溅在空中的酒沫，更或许只是一个侧身回眸的定格。

他会把这些细节都设计在剧本的分镜动作里，演员要一遍遍地演，直到演出他心目中的那种效果才能继续下一场的拍摄，所以几乎所有的演员到了他那里NG次数都会骤然增多，有时并非是演员对角色的理解把握太过离谱，只不过是一个人想要诠释出另一个人心目中的样子，的确并非易事。

而曹瑞那样比较商业化的导演是另一个类型，他追求大制作大背景，特色阵容与豪华宣发，一块绿幕能从头拍到尾，在后期制作上花的时间可能比拍摄周期还要长。

他对演员的功底要求相对较低，演员的个人素质不至于离谱到平均水平线以下就行。相对来说，他要求演员懂事听话，知情识趣，不给他添麻烦，也不会让他觉得无趣，什么事情都要在酒桌上面谈，八面玲珑，处处风光，奖可能拿得不多，却几乎次次都能让上至投资方下至电视台都赚得盆满钵满，一直是颇受各方欢迎的一类影视人。

顾蜇声和他们二者都不同。

试镜地点在市郊，而顾蜇声的住处位于这座城市斜对角的另一侧市郊。穆庭出片场时已经是下午，两人紧赶慢赶地到顾蜇声住处时天色已经擦黑，连晚饭时间都错过了。

不过幸好不该错过的正好赶上，顾蜇声的家是一套独门独户的三层小楼，还带着一点点院子，也只有市郊能提供这样宽敞幽静的住处。

大门至房门处扫出一条供人行走的小道，余下的地方处处银装素裹，雪映阶前，在低暗的天光中端稳持重。顾蜇声坐在客厅的沙发上，戴着黑框眼镜专注地看着电视，没有了妆容和服饰的搭配掩盖，他比在镜头前的样子显得苍老许多，但也多了几分和蔼平实。见他们进来，顾蜇声侧首向他们略略点头算作招呼，抬手指了一下客厅的沙发。

"别拘束，随便坐。"

电视里放的是上个世纪美国的老电影，一部享誉中外的经典爱情片。黑白画质不甚清晰，人物也显得影影绰绰，但淑女们摇曳的裙摆与绅士们规矩的西装依然是美的，整部电影节奏舒缓，律调轻快，他们来到时电影已经放至尾声。

乔雁有些摸不着头脑，但见到顾蜚声的喜悦，加上自身性格使然，她还是安静地看完了电影。穆庭坐在她旁边倒是不太安生，看起来对电影兴趣不大，不时左顾右盼，没个安生时候，被她定定地看了一眼后讪讪地摸了摸鼻子，不情不愿地安静下来。

在他们来的时候客厅里已经坐了七八个人，乔雁认出了两个经常出现在镜头前的资深演员，还有一个不太敢确定的准一流制片，其他的面孔她瞧着都十分陌生，想来他们看她同样如此，但没有人彼此交流询问，电影放映结束后，顾蜚声摘下眼镜擦妥放好，看向他们时笑了笑。

"今天来看我这个老头子的人不少。"

他的年纪的确已经很大了，执导的电影第一次扬名中国影坛已经是上个世纪八十年代的事情，是中国第五代导演的领军人物。沉浮影坛三十年，顾蜚声执导影片不丰，但分量惊人，至今仍是中国导演在国外最高奖项的获得者。

现在他依然继续拍着他的电影，但似乎已经跟不上大众口味的变迁，接连几部影片都广受好评但票房惨淡。然而顾蜚声似乎并不为此着急，以他如今的地位，也的确不用再去迎合什么从而获得什么。

他还在坚持着的也许是情怀，也许是热忱，又或者仅仅是一个导演对于事业的骄傲与自尊，这些事情旁人不得而知，乔雁也不妄加猜测，只是专注地看着顾蜚声，听着他边笑边摇头地念叨着：

"这部电影你们都知道吧？托尔斯导演的《风铃又响起》，很经典的片子，情节充满戏剧性冲突性，是我的老师极力摒弃的片子……当时老师给我们上课时放这部电影，说同学们，这样的电影要不得，中国成百上千年间都是这样的模式，传到我们这儿，是时候变一变啦，我们得有些自己的东西，不能一味地拿古人的东西来用不是？"

顾蜚声科班毕业，走上导演之路顺理成章。他的老师是中国的第四代导演那一辈人，一辈子的工夫都用在了钻研恪除电影的戏剧式结构，摆脱宋元以来的戏剧化影子，使电影清新自然、质朴纪实，但多少有些矫枉过正。

　　加之四十年前的中国正经历着一场浩劫，这一代导演真正投身电影事业时差不多已是八十年代时期，只得将多年的理论经验迫切传授于后来人。顾蜚声正是在这样的背景下成长起来的，早年受此影响颇深。如今回忆起来，却已经是一副唏嘘面孔，不禁摇头笑叹。

　　"其实当初看时，我对这些片子就是喜欢的。但是老师不许我们看，怎么办呢？那就不看，就告诉自己不对……但这不是一个有独立思想的电影人该做的事情，意识到这一点时就又把这些片子翻出来看，还是觉得好看。

　　"真正的经典，哪里会随着岁月的流逝便归于平庸？我已经老啦，你们都是新一代的电影人，我们国家电影的未来就得靠你们喽。"

　　顾蜚声说起这些的时候面上的表情柔和又安详，他看了一圈，探身问看着最面生的乔雁："小姑娘，未来要怎么做，你心里有数吗？"

　　乔雁正看着顾蜚声，骤然被点到，愣了一下后很快反应过来："顾老师好，我是个新人演员……目前为止还没演过电影。

　　"无论是表演还是拍电影，最开始都是台上唱词念白，台下鼓掌喝彩，或许起源于彩衣娱亲，或者起源于众望所至，总归都是件令人放松愉悦的事情。

　　"最开始照着话本念，后来录成卡带影碟，到现在主动去还原创造各式各样的情节，形式上的创新是一定要的，但万变不离其宗，或许本质上始终没有变过吧。

　　"就像我选择演戏这条路，细想起来可能有很多原因，兴趣所致，生活所迫，自我选择，一种工作……但归根结底来说，我喜欢演戏，我也喜欢演戏带给我的一切。

　　"而若有朝一日我努力到他们也喜欢我，这样也就足够了吧。"

　　他们在顾蜚声家待了不短的时间，出来时已经是万家灯火。这个城市繁华得一如既往，并不因为这个晚迟的时节就归于沉寂。

　　他们像白天说的那样一起吃了顿饭，穆庭请客，乔雁挑的地方，是家营业到很晚的火锅店，规模不大，包厢也不过是一张四人的桌子加了挡板和帘子。穆庭对乔雁的选择没什么异议，等到火锅端上来时却显得有点诧异。

　　"鸳鸯锅专门为我点的？"他问，动手把半盘蘑菇都下了进去。

"好像歌手一般不会吃很多辣吧，要保护嗓子。"乔雁没承认也没否认，把手机放到一边，一起动手往锅里下东西，"你是不能吃辣还是不会吃辣？"

"最近要录歌不能吃，其实还挺喜欢的。"穆庭颇为遗憾地咂咂嘴，恋恋不舍地盯了汤底好一会儿才把视线移开，不经意间瞄到了乔雁亮着的手机屏幕，"你怎么在下《风铃又响起》，这么经典的片子，以前没看过？"

"我不是科班出身，以前很少有人给我介绍这些。"乔雁也朝手机看了一眼，见还在下载就没有再管，抬头看见穆庭一脸"我很好奇，但是我不知当问不当问"的表情顿感好笑，"我大学是学历史的，也还算喜欢，要是没当演员的话，说不定现在就是个历史老师了呢。"

"对了，你今天怎么想起带我去见顾蜚声？"

"被姚曼欣横插一脚使用不公平手段抢了角色，有点替你打抱不平，好歹我也算在中间掺了一脚，不好挥挥手当什么事都没发生过。"

穆庭答得很坦然，似乎根本没觉得这么帮一个不沾亲不带故还不是本公司的艺人有什么问题，说到不公平手段时还带着讽刺地笑了一下。

"顾蜚声导演最近有新电影要开拍，过一阵子圈里应该就都接到消息了，凯星没什么走后门的本事，但顾蜚声选角一向公平，罗铭把你弄进试镜名单还是没问题的。"

"我连电视剧的女二都没演过，你让我去试顾蜚声的角色？"乔雁吃了一惊。

"人有多大胆能抢多少戏懂不懂，乔小姐？"穆庭耸肩，专心用筷子在锅里夹肉吃。

"这地方看着这么三无不靠谱，味道还真挺不错的……试个镜而已，你怕什么，顾蜚声的戏选角一向公正，有本事参加试镜就有可能被选上。你不对自己挺自信的吗，不是说自己迟早会红吗？以前的霸气哪儿去了？"

"还在呢，随时都能拿出来吓唬别人。"乔雁莞尔，低头同样开始动筷，过了一会儿后似随意提及般开口，"这份人情我记下了，有机会一定还，需要我做什么尽管开口，能办到的我都尽力替你去办。"

"别有机会了，要还就趁现在。"穆庭抬起头看了她一眼，眼中颇为认真，乔雁有些诧异地抬起头来，见穆庭正色地看着她，严肃地叮嘱，"让凯星给你尽快配个造型师吧，我一直没好意思说，你的穿衣眼光真的……特别的……土。"

乔雁："……"

和穆庭吃完饭后各自回了家，此时已经很晚了，今天发生了很多事情，总体来说过得比昨天愉快太多。乔雁睡了个好觉，第二天懒洋洋地起来，拿起手机解锁，顿时来自舒丽的未接电话就显示了出来。

乔雁顿时一惊，马上就打了回去，电话很快被接起，舒丽的语气有些奇怪。

"乔雁，你昨天和穆庭一起吃的饭？"舒丽问。

"是啊，"乔雁迟疑了一下，"怎么了？"

"你们被拍到了。"

乔雁原地惊悚了足足两分钟。

她握着电话，一时无语凝噎，想了半天也没觉得自己昨天和穆庭能被拍出什么惊天动地的照片，于是心下稍安，喝了口水压压惊后终于冷静下来："怎么回事，丽姐？现在什么情况了？"

"哦，倒是没什么情况。"乔雁问得冷静沉着、条理清楚，舒丽的回答更是信口拈来、毫无压力，看上去的确没什么大事，似乎只是在网上看到后找她确认一下。

"昨天很晚被拍到的照片，穆庭被拍得很清楚，你的脸倒是不怎么看得清，但你昨天穿的衣服我还记得，认出来后就找你确认一下。没什么事吧？去顾导那里吃饭还顺利吗？"

"哦，那就好。"乔雁松了口气，整个人都放松下来。她现在除了刘雨萱根本没有能被大众记住的角色，最怕还没展现出实力之前就先被卷进绯闻黑幕等不清不楚的旋涡里。

她活动了下一直抬着有些僵硬的左臂，坐在电脑前按下开机键："去顾导那里是听他随便聊聊，看了部老电影，挺开心的，出来之后才和穆庭一起吃的晚饭，可能也就是那时候被拍下来的，吃完饭就各自回去了。我挑的餐馆就是小区附近我和乔雪常去的那家火锅店，也没要他送我，自己回来的。"

乔雁这方面一向踏实，聪明伶俐却没什么投机取巧的心思，处事也颇为妥帖，一直是罗铭、舒丽都很欣赏又放心的优点。舒丽"嗯"了一声，正打算结束通话，却听电话那边乔雁犹豫了一下，随后说道："丽姐，昨天穆庭说……顾蜇声导演最近会筹拍新电影。"

"顾蜇声的新片？"舒丽也惊讶了一瞬，不过很快便镇定下来，沉吟片刻后问乔雁，"凯星会努力帮你争取试镜机会，你想试什么角色，公司就按什么样的争取力度来。"

"为什么不是尽最大努力争取？"乔雁略微诧异。

"因为实在很难。"舒丽说得很坦诚，对乔雁没有什么隐瞒，"如果随便演一个角色，我现在就能说让你到时候直接去试镜，但想争取的角色每重要一点难度便加上一分。"

"我不好说顾蜇声这次的评选标准是什么，但就目前的形势来看，顾蜇声的女主角很少会选新人或是素人，而那些排队等着的一线女演员一抓一大把，轩霆当初挖秦菲过去时对她的承诺中就有帮她上顾蜇声的电影，直到现在这还是句空话。"

"拿了什么角色的剧本，就有什么样的竞争对手，越往上接，越有可能试镜之前就要面临来自对手的挑战，你想给自己争取什么角色？"

电脑已经开启，乔雁打开社交平台，光标在热搜里"穆庭夜会神秘女子，恋情疑遭曝光"的话题上停顿了片刻。

"女主角吧。"

她轻声回答舒丽，食指按下，点开了话题。

"不是逃避退让就能解决一切问题的，娱乐圈也容不下谁步步后退，那样只会被打入万丈深渊，永世不得翻身。想要上位就注定会阻拦一些人的路，早晚都要或主动或被动正面对上。所以，不考虑外部因素，如果这个角色有一试的可能，我还是想尝试一下。"

入了这个圈子，哪个是不想红的？既然自己选择了行事不是百无禁忌，那么遇到了难能可贵的机会时，哪怕再遥远再渺茫，又有什么理由不拼尽全力？

和舒丽又聊了一会儿后挂了电话，乔雁将视线放回屏幕上，专心浏览帖子。

一夜之间这个新话题已经冲上24小时热搜榜第一的位置，主楼放了两张高糊的大图，夜里本就看得不大清楚，乔雁因为怕冷又裹得很严实，竟然幸运地逃过一劫，当然这和她知名度实在很太低，能认出她的人不多也有关系。

话题里出于行规没有明确写出拍摄地点，却使用了更加暧昧的"共同出现在住宅小区附近"为噱头，没有拍到下车接送和过夜的画面就干脆说"穆庭便装出现，疑似双方已经同居"，丝毫不讲真凭实据，凭空捏造不打草稿，怎么博眼球怎么来，费尽心思获取关注，效果也着实显著，粉黑路人各方势力齐聚话题评论区，你来我往唇枪舌剑，混战成一团。

第一次作为绯闻话题的女主角，还是个匿名的，乔雁觉得很新鲜，颇有兴致地挑热门评论逐条翻看。

排除掉底下一群尖叫着"我不信你不要说我不想听"的姑娘，还有一群"呵呵穆庭终于也忍不住暴露本性下场潜规则"的黑子，以及一群饶有兴趣猜测"拿下锋辰太子爷的女人究竟是谁"的路人，穆庭的粉丝在下面疯狂刷屏，简直要气炸了。

实在不能怪粉丝如此激动，穆庭的官方行程表一直有专人稳定更新，昨天的日程上白纸黑字明明白白写着出席曹瑞新戏的演员试镜活动，照片虽然一片模糊，却还是能看出来虽然天气寒冷，穆庭走在户外穿的并不是一板一眼的西装，但也是正式得体的黑色大衣，款式看不出来，至少绝对不是什么便装，媒体的脑子都是进了水吗？！

同好们！穆粉们！拿出当初面对倒穆热潮时顶着枪林弹雨闷头往前冲的勇气和毅力！赶紧的！撕起来！

穆粉愤怒了，粉随真主，他们放弃了和无脑黑吵架，开始拿穆庭的行程表、照片的分析图疯狂分析，啪啪啪打脸。乔雁从上往下挨个翻看过去，遇到隔空喊话"绯闻女主角快滚出来澄清"的言论就泰然自若地直接跳过去，她今天刚好没什么事，守着电脑兴致勃勃地刷了很长时间，才揉着有些疲劳的眼睛从电脑前移开，顺手刷新了一下话题榜页面。

然后被骤然空降在热度榜里的"穆庭绯闻女友现身"吓得差点一头栽在桌子上。

怎么回事？！她飞快地点开话题查看，而后被话题内附带着的照片惊得目瞪口呆。

此时此刻，穆庭在自己的工作室里刷网页，正和身处城市另一端的乔雁不约而同地对着同一张话题图片发呆。

虽然现在是个人都知道他和锋辰娱乐的关系，不过明面上他还是自己开了个工作室作为独立歌手出道的，和锋辰半点关系都没有，平常不必去锋辰报到，自负盈亏，锋辰也无权过问。

工作休息都在自己的工作室里，租了写字楼的一层当作办公地点，和几个他出道时便和他一起玩音乐的朋友在这里为梦想努力。两年多来，随着穆庭的走红和身份曝光，工作室自然早已摆脱穷困窘境，不过因为人数没有增加，工作室也就一直没有搬迁，还在他们出道时租下的地方。

眼下工作室的吉他手商晨捧着水杯，坐在电脑椅上一蹬地把自己凑过来，一看穆庭的屏幕险些把嘴里的水都喷出来，勉强咽下去后呛得咳嗽不已，指着他狂笑着直拍大腿。

"哈哈哈，你同居夜会举止亲密的绯闻女友是姚曼欣啊？！你人生第一次传绯闻就给了她啊？！你看你刚才犹犹豫豫想着怎么保护对方隐私有什么用，人家自己主动爆料了！哈哈哈哈！我说女方自己找狗仔偷拍想要靠你上位你还不信，现在怎么样，自打脸了吧。哈哈哈哈哈……"

"穆庭绯闻女友现身"的话题页面里贴的是一张姚曼欣的杂志硬照，PS得完美无瑕，尽心尽力地分析了这对同门师兄妹的恋爱时间经历及诱因，最后暧昧地表示："当事人双方尚未发表任何言论，疑似受公司相关规定限制。"底下一群不知道是水军还是粉或黑的人聚在一起刷评论，场面看起来热闹非凡。

穆庭气极反笑。

"闭上你的嘴，下巴要脱臼了。"穆庭冷峻地提醒商晨，自己回头看网页也觉得匪夷所思，他和乔雁被拍到关姚曼欣什么事，她怎么想的，还主动出来丢人现眼，想红想上位倒是不难理解，但怎么就觉得他穆庭的大腿是随便哪只小猫小狗都能抱的？

穆庭冷笑一声，点开自己的微博，对八卦事件本身不置一词，专注打脸三十年毫不含糊。

"最近的热搜我看了，很有趣，不过真真假假的就很耐人寻味了，比如分析我绯闻女友分析得有模有样的那条，我也是笑了，也不看看身高差考据一下，放照片里面不觉得不合适吗？"

乔雁比姚曼欣要高将近一头，穆庭又比乔雁高上许多，如此一来他和姚曼欣站在一起时差距的确极为明显，照片上的绯闻女主角是姚曼欣的说法自然不攻自破。网上的穆粉都在狂喜乱舞，穆庭却仍然觉得不痛快，他烦躁地揉了揉头发，拿起手机，拨打了乔雁的电话。

"喂？"乔雁的声音听上去没什么不同，穆庭却莫名觉得有些紧张。他张了张口，还没来得及说话，电话那头就传来另一个活泼的女声。

"姐！！！"电话那头的女声扯着嗓子喊，激动得声音都变了，"网上那个穆庭的绯闻女友照片我看了！是你对不对！对不对！"

穆庭噎了一下，赶紧屏气凝神，那头乔雁的声音斩钉截铁，飞快地回答："不是，穆太子是什么人啊，腥风血雨中心，和他扯上关系，我哪有那么倒霉？"

穆庭拿着手机："……"

他刚才想说什么来着？

反正他现在什么都不想说了。

事出反常必有妖。

乔雪狐疑地掏出手机又看了好一会儿，绕着乔雁走了好几圈仍然不死心："不对吧，姐，别人看不出来我还看不出来吗，那就是你没错啊！这身衣服我还见过呢，上次洗完之后我就放在衣柜里……"

乔雁岿然不动，乔雪自顾自跑去看玄关旁边的衣架。乔雁有进了门便脱下大衣挂到衣架上的习惯，而现在衣架上空空如也，没有乔雁的衣服，自然也没有那件大衣。乔雪对着衣架发了会儿呆，没有其他衣服却也正说明乔雁的确是穿着那件回来的。她不高兴地鼓起脸，又跑回来扑到乔雁身上撒娇。

"姐！那就是你啦！到底怎么回事？"

乔雁此时坐在床边上，被乔雪扑了个正着，两人一起倒在床上。乔雁无奈地笑着摸摸乔雪软软的齐肩短发，本来也不是她理亏，否认只是怕麻烦，但既然乔雪发现了，那也没什么遮遮掩掩的必要。她懒懒地在床上摆了个舒服的姿势躺好，语气仿佛在讨论天气：

"只是刚好一起吃饭然后碰巧被拍到而已，什么事都没有……那件衣服我刚才出门扔掉了，反正以后也没法再穿出去了，谨慎些比较好。"

穆庭忍了又忍，还是没能忍住，在电话那头憋屈地出声："和我传绯闻……让你这么难受吗？"

网上都还没人扒出来呢，这么积极就开始毁尸灭迹是闹哪样？！穆庭撑着额头反思，他之前有做什么事让乔雁讨厌了吗，乔雁现在对他的态度形容起来就四个字：

避如蛇蝎。

乔雁、乔雪见鬼一样地盯着桌上的手机看，乔雁坐到床上时并没有把手机一并带过来，是以两人都没意识到手机屏幕一直是亮着的。

乔雁默默地把手机拿回来，拎到耳边，冷静道："不好意思，穆先生，我刚刚以为你的电话我已经挂了，所以刚才如果有什么奇怪的东西混进去了的话，能请你当作没听见吗？"

得到回应的穆庭顿时更憋屈了。

"刚才的电话的确已经挂了。"穆庭深吸一口气，对坐在对面笑得快要抽筋的商晨怒目而视，"是我又打了一遍，可能乔小姐你不小心就划了接听。"

乔雁在电话那头顿了一下后便轻轻笑起来，声音很好听，竟也就那么抚平了他心里的一点烦躁感。穆庭不是会把疑问放在心里琢磨得百转千回的人，两人的气氛缓和下来后他就直接深呼吸一下，开门见山，出言询问："这次被拍到是我不够注意，连累到了你，不好意思。不过网上应该扒不到你这里，后续我这边会自行处理，你放心。"

"还有，和我传绯闻你怎么反应这么激烈？因为凯星平常没有这方面的炒作和宣发？"

"不是你的原因，是我自己的问题。"乔雁看了一眼已经被关闭的网页，无奈地叹了口气，淡定而习惯地从床上坐起来。

乔雪趴在旁边托着下巴眨着眼睛看她，她对乔雪眉眼弯弯地露出个安抚的笑容，对电话那边的穆庭开口解释："你也知道，我现在要人气没人气，要作品没作品，绯闻这种东西锦上添花增加关注度倒还好，但如果是因为它出现在公众面前，那未来想摘掉炒作的帽子也太难了，凯星和我本人都把自己规划在演技派女演员的定位上，这种事情越少越好。当然，我的确也是对炒作不大喜欢。"

这番话说得理性而冷静，合情合理，穆庭同样是圈内人，该明白的他自然会明白。说完明面上的话后乔雁顿了顿，更加直白而诚恳地继续说："虽然我一直觉得自己有红的面相，但是客观来说，穆庭，我特别谢谢你对我的欣赏和肯定，真的，能收获你这个朋友是我之前想都没想过的事情……但是我现在的确还没有正大光明地和你的任何方面牵扯在一起的资格。罗哥和丽姐都说你是我的贵人，以后可能很多方面我都会受你帮助，但最开始的这一步，怎么从这个厮杀激烈的圈子里挣扎出头，不能靠任何人帮忙，我得自己走。"

电话那头也安静了一会儿。

"好像从你口中第一次听到用'朋友'这个词称呼我，"穆庭在那边啧啧有声，"你刚才是在给我发卡吗？'我感觉我们不合适，所以我们还是做朋友吧'？"

乔雁只是笑，不接话。

居然还默认了……穆庭一个没忍住也笑起来。

聪明又冷静，狡猾又真诚，识时务又独立，有天分又很努力，怎么看都是个很讨喜的姑娘，实在太合他胃口，难怪对着她生不起气来。

"也别太妄自菲薄，你现在也算是万事俱备只差机缘，具体怎么努力靠你自己，不过我这儿倒是有个机会，你要不要？"穆庭笑完后认真问道。乔雁有点好奇，在她说完那番话后穆庭还能称之为机会，听上去着实挺有诱惑力。

"什么机会，说来听听？"

"我新专辑MV的女主角。"穆庭张口就来，警告地看了一眼双目圆睁的商晨，后者在他冷飕飕的视线中识相地双手捂嘴表示自己绝不出声，却又不甘心放弃这么劲爆的惊天八卦，于是一个劲儿地往手机听筒旁边凑，被穆庭撑住脸推开。

"先别急着否认啊，是这样，MV总是需要女主角的你知道吧？原本这个女主角锋辰要过去了，说是要培养新人，定的姚曼欣，她……别的方面我就不说了，但今天她自己犯蠢，自作聪明站出来想和我传绯闻，这个时候肯定不能继续找她合作了。

"我上张专辑女主角请的是轩霆的艺人，这张专辑原本就打算换个公司合作，毕竟我的工作室明面上跟锋辰没什么关系，也不能总捆绑销售对吧？

"所以虽然凯星是个小作坊公司——别插话，没有黑你公司的意思——但我找你们公司合作是没问题的，你好歹也勉强算是个一姐，这资源别人抢不走吧？"

"听上去似乎可以……"乔雁沉吟，很快又摇了摇头，"既然现在是朋友，多谢照顾这种话我就不重复说了，你这个MV的女主角急着定吗？"

"急！"商晨用口型朝穆庭夸张地示意。

"还行吧，怎么了，你要调档期？"穆庭对商晨近在咫尺的表情视而不见，皱着眉想了一下宣发计划，出口的答案比计划放宽了好大一截，好奇地问了一句。

"如果不急的话，三天后我想去见一个导演，争取一个角色。"乔雁伸手拿过床头柜上舒丽新给她传真过来的剧本，指尖感慨地抚过剧本封面上导演的名字，"虽然希望渺茫……但我还是想试试。"

"行，那我三天后联系你。"穆庭点头答应，两人又聊了几句后便挂了电话。商晨憋了许久终于得以恢复语言能力，深吸一口气后靠近穆庭，似笑非笑地一挑眉。

"我就说姚曼欣那种货色你怎么能看得上，合着真主是这位啊。"他恍然大悟地点点头，看着穆庭的眼睛带着点意味深长，"不过这位看着可不像绯闻女友，打算录MV时带来给兄弟们正式见见？"

"滚蛋。"男人八卦到如此境地，商晨也算是个人才。穆庭对商晨报以一个高冷的白眼，转头回去查自己的行程表，"我刚才估算了一下，MV拍摄推后一个星期没问题，凯星向来不在合同上磨蹭，给谈合同预留的时间可以缩短。"

"你来真的？"商晨看着穆庭调出行程表开始重排日程，收起嬉皮笑脸，认真地问。

"没有什么真的假的。"穆庭回头看了商晨一眼，也收起脸上的表情认真回答，"只是一个有天分也很努力还比较讨喜的新人，我关注到了，觉得有意思，在举手之劳不牵扯自己利益的前提下愿意提携一下，就这么简单。"

"当你MV的女主角也算不牵扯你自己的利益？"商晨扬眉。

穆庭沉默片刻："如果是朋友，这个程度没有关系。"

是什么时候把她当成朋友的？回答了商晨的询问，穆庭转过身继续排日程表时，心里突然冒出个小小的声音。

闭嘴，就你事多。他对心里的那个声音翻了个白眼，不再多想，专心工作。

三天后，乔雁赶到约定地点时，舒丽已经先来一步在那里等着她。舒丽不是乔雁一个人的经纪人，她每天管着凯星所有艺人大大小小的一切事情，又是凯星的老板娘，并没有义务每次乔雁来试镜都全程跟随。

但如今基本上乔雁的每次出行舒丽都会跟来，一方面是对乔雁演技的肯定，另一方面也是向导演和投资方展示凯星对于这个名不见经传的新一姐的鼎力支持，让导演有所顾忌，不会过分轻视，很多时候其实没法改变什么内定的结果，但至少不会让乔雁受一些不必要的委屈。

她今天带着乔雁来见的是知名电视导演徐振，当年其执导的处女作《侠道》红遍大江南北，这些年一直成绩不俗。如今徐振时隔多年重拾武侠片大旗，男女主角都不会公开选拔，舒丽、乔雁这次来见徐振，就是想争取这部新片的女主角。

虽然任务艰巨，但舒丽是经历过大风大浪的人，并没有什么特别的情绪，反倒是乔雁，站到徐振的住处门外时，她竟然显得有一点僵硬，深吸数口气后才勉强放松下来。

"怎么了乔雁？今天状态不好？"舒丽有点惊讶，乔雁是那种心理素质很好的演员，从未见过她这么紧张的样子，一时间让她十分意外。

平静下来的乔雁转头看她，眼中依然带着些许迟疑与不确定。

"丽姐，这是我第三次争取徐振导演的角色。"

"前两次……都以失败告终。"

第四章
横空出世

这是乔雁第二次到一个导演的家中做客拜访。

顾蜇声的家在市郊僻静处，独门独户的小院静谧柔和，于天地间自成一方小小的世外桃源，温柔地将来客接纳进来。顾蜇声坐镇中间，像是岁月洗练出的浮生散客，即便身份悬殊，交谈之下也会觉得很舒服。

去拜访他适宜两相对坐，各捧上一杯清茶，在袅袅的香雾中待至日暮西沉，什么都不做也不会觉得光阴荒废。不知当这个已经快要解甲归田的长者走入片场时会是什么样子，但乔雁已经为之做好了一切该做的准备，剩下的事情交由天意命运，她改变不了结局，也不为过程担心。

而徐振则与之完全不同。

徐夫人听到门铃声打开门时，她们被骤然从房间中爆发出来的争吵声吓了一跳。徐夫人对此早有预料，安抚地拍了拍乔雁的手背，无奈地摇着头把她们带往客厅。

"吓着了吧？老徐正跟剧组的其他主创吵着呢。他那个人犟得很，又不肯服软，编剧的剧本他看着不高兴，分镜的设计他也不满意，武术指导的动作他也要管，刚才还骂走了两个投资方……刚才吵得更凶，现在投资方走了之后这几个老伙计都已经平静不少了，说是指手画脚的人走了之后才能好好说话，也不知到底说出了个什么子丑寅卯来。"

把乔雁和舒丽引到沙发上坐下，徐夫人给她们一人倒了杯温水，而后走过去敲了敲徐振的房间门，稳重地提醒他："老徐，演员已经来了，你们先歇会儿吧，别把人家叫来又晾在客厅里不管。"

里面没听见回应的声音，争吵声倒是逐渐停了下来。没过一会儿，房间门打开了，几个中年人鱼贯而出，徐振走在最后，手里还拿着剧本，边角处已经被翻得卷了边。

他本来是低着头将门随便带上，回身时却突然抬起眼，视线锋利如刀地看向乔雁那边。乔雁本来便随着这边的动静将视线转到了徐振身上，眼下被他严厉地看了个正着，自然吓了一跳，却没有马上将视线挪开，而是迎着注视站起身，低头略略鞠了一躬。

"徐导，您好，又见面了。"

"嗯，"徐振简单地应了一声，在她对面的沙发上坐下，看着她的视线仍然没什么温度，"你好像比上两次见面时要更怕我了，怎么回事？"

"以前是初生牛犊不怕虎，做什么事情都要踮着脚仰起头，就怕被别人看出来自己有什么心虚的地方，所以拼了命地掩饰伪装，就怕那种混杂了自傲和自卑的情绪被人发现。"乔雁到底是稳重惯了，经历过最初的紧张无措之后，现在面对徐振已经能流畅且言简意赅地表达自己真正的观点。

"但现在也算是经历了一些事情，认清了自己的斤两，开始愿意低下头去，坦然面对内心的直观感受，反倒觉得颇有收获。就像现在面对徐导，我在您这里被否定过，也知道自己这次也未必有多大的希望，自然有点怕您。"

"不过我今天既然选择来到这里，还是想要尽全力争取一下。"

徐振点了点头："还行。"

也不知他是指乔雁今天的表现还算过关，还是说争取这个角色的事情没有乔雁想象中那么希望渺茫，乔雁来不及多想，因为徐振很快又看着她，快速地接连问下去："如果我和你现在坐在这里谈话就是正在拍摄的一幕戏，那你觉得片场的摄像机镜头在哪里，你的脸应该朝向哪里，为什么？"

"摄像机在我的左手边，远近大概是在沙发后面，窗外现在照进来的阳光还不是很足，摄像机摆在那里拍摄能让自然光照清视野，又不会太过明亮影响画面清晰度，脸朝向的话……"乔雁挪动了一下位置，调整了一下和徐振的距离，将脸侧向一边。

"朝向窗那边，留给镜头的是侧脸，因为是两个人的戏，脸再转过来一些就只适合给特写，远景的话会抢戏。下巴要向上微微抬一些，让脸微仰起来，镜头重点就在下颌的弧线上，因为我这个角度的侧脸很好看，所以这么拍的话对我来说最合适。"

"嗯。"徐振应了一声，不置可否。

打量了乔雁几眼，又问了下一个问题："你自己最适合什么样的扮相？如果定妆照的造型不合适，怎么补救？"

"没试过正红色的口红和压场面的浓妆，不知能否驾驭位高权重的女强人或宫妃形象，不适合厚刘海，我的额头比较光洁饱满，笑起来眼睛弯弯的样子也比较上镜。如果是时装剧的话，最好能梳薄刘海马尾辫或是把头发全部拢上去的团子头，披肩长发的扮相不是特别合适，挡住了眼睛显得气场比较弱，会降低存在感；如果是古装剧的话，那种单边挽到耳后能露出眼睛的长刘海最适合，一样是齐眉穗儿最不合适。"

"补救的话……"乔雁迟疑片刻，"造型还是很重要的，有时候光靠演技或服装没法弥补，这个时候我觉得应该做的是……讨好或者换一个化妆师。"

"好，不错。"徐振点了点头，第一次吝啬地说了象征着奖励意味的字眼。乔雁微笑以对，慢慢放下了一直提在半空中的心。

此时，却见徐振又把右手拿着的剧本卷起来拍了拍左手掌心，抬头看她，问："剧本拿到了吗，你准备的是哪段？"

乔雁的心顿时又是一提。

她迅速转头与舒丽对视了一眼，在对方眼中看到了同样的讶然与错愕。乔雁抢在舒丽开口前小幅度地对她轻轻摇了摇头，再看向徐振时定了定神，低头回答："……一直没拿到过，徐导没将剧本给过我的经纪人。"

"那你自己不会主动想方设法找我要？"徐振的眉毛都没有动过半分，不带任何情绪波动地问她。

乔雁迟疑了一下，抬头不答反问："有其他演员从徐导手里拿到过剧本吗？"

"没有。"徐振的回答让舒丽顿时松了口气，却听见徐振带着一丝意味深长看了她们一眼，回身指了指沙发上坐着的编剧。

"但是有至少一半的演员从他那里拿到了剧本。"

"乔雁。"徐振第一次叫了乔雁的名字，抬起胳膊看了眼自己的腕表。

"别说我不近人情，编剧的包里现在还有十来本剧本，是我专程为没找老何要剧本的演员准备的，保证和其他演员早半个月拿到的剧本一模一样。你现在想办法要一本，最晚半个小时后开始试镜，这段时间你可以用来熟悉剧本，当然，觉得自己熟悉好了的话，试镜可以随时提前开始。"

乔雁抬起头，目光有些发愣地看向何编剧，用力闭上眼睛又睁开，深呼吸一口气，站起身来。

"谢谢徐导关照……"乔雁低声道谢，又向徐振礼貌地稍稍弯了弯腰。

"现在就开始试镜吧。"

此话一出，连徐振都未免有些愕然。

"你不要剧本了？"徐振皱了皱眉，"现在可不是任性的时候，乔雁，我不会给你再试一次的机会，我觉得不够满意，下一分钟你就得马上离开我家。"

乔雁莞尔。

"也不是不要剧本，只是觉得何编剧包里的剧本应该没什么用吧。"她探身看了看何编剧，后者本来已经拿出来一本在手上，因为她的话收回去也不是递给她也不是，一时也显得很茫然。乔雁不由得失笑，对何编剧双掌合十做了个抱歉的动作，转头看向徐振的右手，眉眼弯弯，难得笑得有些狡黠。

"我想要徐导手上的那本，但徐导应该不会给我吧。您手上那本看上去翻的次数很勤，隐约能看到里面密密麻麻杂乱的字迹，现在又被您拿在手上，一定是修改版的剧本了。

"刚才进门时听您夫人说您还在因为剧本的事和编辑起冲突，恐怕这个都还不是最终稿，我不知道徐导的剧本初稿和修改稿的差别能有多大，但半个小时哪个剧本我都看不完，更何况其实剧情这个东西，早知道晚知道都是一样的，真正需要琢磨的东西，半个小时又哪里够用？

"再有……徐导既然当初没有主动给剧本，那无论是从编辑那里提前半个月拿到的，还是今天在这里拿到的，恐怕对试镜而言都是没什么用的。能提前拿到剧本是种本事，这个我不否认……

"但是'圆滑有度'这四个字，也是徐导亲口教给我的，我一直都不敢忘。"

徐振今天问她的问题，乔雁其实心里都清楚原因。

三年前她打算走上演艺圈这条道路，又因听说娱乐公司种种黑暗而有些畏缩不前，后来决定自己单打独斗，最初去试镜的剧组导演就是徐振。

当时她刚刚上完大一，趁着暑假出来试水，天真懵懂又踌躇满志，去试镜的是一个剧组没有提前找到的龙套角色，有那么两三句台词，很快便被杀死领了便当。彼时她自视长相过关、行为得体，很是自信满满，到了便按自己的理解表演一番。

而徐振甚至都没有开口说话，只是挥了挥手，她就和其他落选者一起被送出了剧组。

她知道"镜头感"这三个字时已经是很久以后，那时再回想起自己的第一次试镜也觉得糟糕不已。她穿着宽大的T恤衫牛仔裤，随便一站的位置正好逆光，整张脸估计暗得快看不清五官了，举手投足间也很僵硬，一双眼完全放空，不知在看着哪里。

这样的表演能被选中才怪，她一次试镜失败，从此却将徐振记在心里，一年前又参加了一次徐振的剧组试镜。

彼时她刚刚签约凯星，对公司虽然尚算有些信心，其实仍然是什么都不懂，见到同公司的艺人做什么便跟着做什么，进剧组还没开始试镜就被当成场务用，心甘情愿地替剧组跑前跑后忙上忙下，一点都没把自己当外人。

那时她的演技已经在各个剧组颇受肯定，虽然没什么背景，但那些需要些演技的龙套她却绝对是很多导演心里的首选。她这次来试镜的依然算是个龙套，本以为这次十拿九稳。

而徐振还是没有录用她。

但那次徐振在乔雁试镜之后却开口对她说了句话，那句话乔雁这一年一直揣在心底，极大程度上使她变成了现在的乔雁。

徐振说："你还年轻，要圆润有度，要是还没红起来就把怎么耿直都忘了，那就再也红不起来了。"

"其实我不太明白圆滑的度在哪里，但是……"一年后乔雁又一次站在徐振面前，这一次她紧张又坦诚地微笑着，声音轻而坚定。

"徐导，开始试镜吧。"

徐振的新片叫《侠义千金》。

从名字看便知道是部以女性角色为主导的电视剧，"千金"指的自然是整部戏的女主人公，"侠义"也点明了故事的背景是草莽江湖。

女主角虞锦扇出身江湖名门，是岭南虞家家主的幺女，上头只有两个哥哥，父母恩爱，兄友弟恭，从小被捧在手心里长大，做什么全都由着自己的性子，天真烂漫，不谙世事，不喜欢寻常女儿家的琴棋书画，功课也只能算勉强过得去。

整日只喜欢跟在哥哥们的后面到处跑，舞刀弄枪打打杀杀，招猫逗狗上房揭瓦，从来不把自己当个女孩子看，倒是因此练就了一身好功夫，只是从此更加少有人能近得了身，行事越发肆无忌惮起来。

虞家做镖局生意，眼见着锦扇已经到了二八年华，长成了亭亭玉立远近闻名的漂亮姑娘，这两年，上门说亲的人一年比一年多，却无一例外通通被锦扇姑娘打了出来。

慢慢地，虞家姑娘虽貌美如花却凶悍嚣张，仗着家中宠爱而飞扬跋扈的说法便流传开来。虞家对女儿宠惯了，心里虽然着急，却也不太愿意强迫女儿，只好拐弯抹角地每天在锦扇面前念叨唏嘘惆怅上几遍。

锦扇性子急，最不喜欢这般吞吞吐吐的做派，一时气不过便放出话来，说要比武招亲，能赢了所有挑战者的人便能娶她过门。

这话一出，江湖上许多尚未娶亲的年轻高手顿时都涌向岭南来。三个月后，虞家果真搭上了比武招亲的擂台，摆了足足十天，盛况空前，不断有人遗憾落败，大浪淘金留下一些有真本事的青年俊杰，虞家主每天都亲临比武现场观看，等到最后决出了十位留在擂台上的高手时，虞家主定睛细看，差点没骇得背过气去。

其中有一位高手可不就是女扮男装的锦扇嘛！

锦扇劲装打扮，带着蒙纱的斗笠，她本就身量高挑修长，眼下不知在脚下垫了什么，竟显得和普通男子身量相仿。她偷偷混进来是打算搅黄这场招亲，自己武功不够的话就让二哥代她上场。

虞家二哥逍遥顽劣，最是纵容小妹胡闹，竟也答应了她这般荒唐请求。虞家主惊怒交加，提心吊胆地等着第二天这十人战斗的结果，虞锦扇的伪装功夫拿到江湖上简直不值一提，若是明天当真锦扇以这个样子拔了头筹，定会成为江湖笑柄。

然而第二天最终的比试中，锦扇并没有请自家二哥帮忙，她自己上了擂台，撑过了两轮，然后输给了一个人。

她是打不过，也是愿意输。

原本伪装着混进来是真心存了破坏这场比武招亲的意思，见惯了大哥端稳持重、二哥风流潇洒后，还有什么青年俊杰她能看得上眼。却未曾想过在这短短十天时间里，爱情来得猝不及防而又轰轰烈烈，她真的对一个人动了心。

徐振让她试的第一场戏，便是她输了比赛的这一场。

这是一场打戏。

并不是吊威亚的那种空中飞来飞去的武打戏，凹个造型把动作定格得优美一些就可以，《侠义千金》里用到这种拍摄方法的地方很多，作为武侠片当然避免不了这些。

但徐振是个非常追求剧集质感的导演，不一定是砸钱或是演技，而是那种剧中不动声色又踏实稳定的基调，比如在片中吊威亚的镜头虽多，却只占了武打镜头的一半，而另一半武打镜头徐振尽数选择了不允许上替身的近景实拍。

虞锦扇在比武招亲的擂台上输掉比赛的这一段，是日后观众将在电视屏幕上看到的整部剧第一个近景实拍的武打镜头，重要程度可想而知。

眼下没有摄像机，没有工作人员，对戏的男主演也不在这里，女扮男装的妆面是舒丽帮她现场化的，徐振只给提供了虞锦扇遮住脸的黑纱斗笠和使用的背在背上的长剑。徐振却并没有说让她放松些展现感觉就好的话，相反，他在喊出"开始"前看了一眼乔雁，直接对她道："想拍武侠片，武打戏是必修功课，你打戏怎么样，之前有没有训练过？"

"如果没有的话，徐导现在就要淘汰我？"乔雁笑问。

"我不会因为你没有涉足这个领域而否定你，只有涉足还演得不好才会。"

徐振摇摇头，不过很快又对自己的结论加以补充："我会降低标准衡量你，但如果是这样的话，无论你的表演有多好，在我心里都会大幅度减分。想拍武侠片，就该有训练自己打戏的觉悟，如果连这点先期准备都没有……我看不到你对这个角色势在必得尽力争取的决心。"

"谢谢导演，受教了。"乔雁点了点头，没有再向徐振解释或是说明什么，只是开始活动自己的指关节，眼底一片沉着。活动完身体后再抬头时眼底的光芒却骤然绽放开来，那是一种骄傲和自信盛满眼底才会自然流露出的光，她红唇微翘，手放在剑柄上，朝武术指导做了个标准的承让手势。

这样的架势一出来便知以前一定是有过基础的，徐振不知道乔雁签在凯星的这一年罗铭给她挑了好几部片子，类型各不相同，却全都是一些需要私底下狠下一番苦功的题材。

有需要拿枪射击的警匪片，考验内心戏的文艺片，也有那部乔雁在夏天拍摄的武侠片，拍完后回公司时比之前黑了足足两个色度，乔雪心疼了好长一段时间，买来堆在家里的补水美白化妆品现在还没有用完。

她一个演女七号的龙套配角，拍完戏后为什么也黑了那么多？当时无人关心，之后也从来没有人问起。但努力不会白费，总有一天终将派上用场，徐振没少看演员拍武打戏，武术指导看得更多，而现在随着试镜的进行，他们的目光中都带着三分欣赏。

乔雁这样的程度，在行家里手的眼里看来当然只不过是软绵绵的花架子，但作为拍戏需要来说，这样的动作干净利落又充满美感，由美人做出来又平添几分英气，进攻防守应对的路子都很正，自己的动作是美的，也不会压了对戏者的戏，更不会让对方无从发挥。武术指导和她你来我往地相互挥剑喂招，徐振在肯定了乔雁的打戏功底后，将视线又放回了乔雁的表演上。

打戏在这部戏中虽然重要，但在一部剧集中，演员的演技才是最关键的部分。能兼顾的年轻演员不多，大多数导演都会允许演员优先将其中一方磨炼至精良，打戏好镜头就多给整体远景，表演好则可以蒙太奇剪切武打镜头，将重点突显在演员的面部特写上。

但徐振是一个精益求精到极致，要求极为严格的导演。他和张简的严格不同，张简要求的是演员中规中矩地发挥出剧本的最理想效果，达到他心目中的理想状态，徐振要求的，却是演员发挥出自己的最好状态。

他执导的剧本向来相对潦草，很少有诸如表情变化动作衔接一类的描写，给演员讲戏时也从来不会提及这些，被演员主动问起还会显得不高兴。一切都需要演员自己去揣摩，这场虞锦扇比武输了比赛的戏也是这样，因为全程打戏没有台词，他的分镜剧本上对于这幕剧集初期最为关键的一幕戏甚至只有一句话描写：

虞锦扇同蒋绍上台比试，虽败，心犹悦之。

春心萌动的纯情少女似乎好演，但是蒙上带纱斗笠看不见脸的少女呢？

徐振的视线关注到乔雁的脸时，她还在与武术指导来来回回打得难分难解，斗笠下坠的黑色纱布在翻转腾挪时会被行动间带出的风稍稍掀起，每每这时才能看到一闪而过的眼睛。

舒丽给她化的妆面还算过关，抿着唇的下颌并不显得女气，徐振站在旁边又看了一会儿，乔雁的镜头感很强，每次斗笠上垂下的纱被掀起时，她的脸都是微微侧向镜头的，但眼神的变化却并不明显，只是因兴奋而越来越亮，除此之外仍然抿着唇，在黑纱落下时又很快将一剑凶猛地刺下去。

徐振看在眼里，沉吟了一会儿后，没有喊停。

两人的长剑在空中相撞，武术指导看时间差不多了，下一招便上前一步截下了乔雁下一步的招呼。乔雁收势急停后猛然半空转变攻击的路数后再次一剑刺去，又被武术指导轻松拦下，两人交手已过五十招，在这个擂台上虞锦扇已经败绩初现。

黑纱再一次被长剑挥舞带起的风掀起时，乔雁的眼神变了，瞧着是明显的不甘心不服气，又带着些气急败坏和不服输，眉毛轻轻皱起，嘴却依旧是紧抿着的。

但无论她再怎么不服气，结果从此刻开始已经无法逆转。两人又对了五十招，虞锦扇已经在咬牙硬撑，此时已过百招，对方似乎也终于失去了和她继续耗下去的耐心，最后一剑有如带着雷霆之势破风而来，剑尖以不可阻挡之势悬在她的咽喉处，她垂下眼，一点寒芒在黑纱之下若隐若现。

看不见此时虞锦扇的表情，又过了片刻，她终于有所行动，先是将剑插回剑鞘里，而后主动摘下了斗笠。

她略略抬起头看着将她打败的男子，眼中已经亮得惊人，属于她的过去的年华因为这一场失败大抵很快就要结束，这个人将带给她新的开始。

"你赢了。"她说。

她嘴角带着轻松洒脱的笑意，眼中却是一个女人能展现出来的，最动人的热烈与温情。

在面试乔雁之前，徐振已经面试过好几个女演员。

他已经见过了许多个不同的虞锦扇，英气勃勃的，活泼刁蛮的，心高气傲的，特立独行的……都各有各的特色，他心里本没有关于虞锦扇的一个确定的形象，一直站在旁观者的角度看，缺点与优点反倒格外一目了然。

以一个导演的职业素养来评判，乔雁的武打功夫过关，面部表情却还有进步的空间，眼睛里虽然十分有戏，但眼睛的特写也就那么几个瞬间，也不是所有人都能完全读懂她那些变化的意思。

但乔雁演戏时有一个特点，实在让他觉得中意，前些日子在筛选淘汰女演员时，他也是发现了这点，才向这个自己拒绝过两次的姑娘发出了试镜邀请。

乔雁演戏的时候，没有让人出戏的动作。

这当然不是说其他演员演的东西会很出戏，也并非有多捧高乔雁的演技，而是说乔雁在演不同角色的时候，你会被她带入到她正在演的那个角色里，而不会看着她的脸就想起她的其他戏。

抛除特型演员不谈，一个演员如果在演下一部戏时，观众还沉浸在她上一部戏中塑造的形象中脱离不出来，那么这是一种成功也是一种失败，演员可能会一辈子被限定在那个角色或是类型剧上挣脱不出来，对于事业来说，是极大的限制。

然而塑造出经典角色的演员很多，塑造出很多不同经典角色的演员却也不少。演员转型成功的关键，就是不能有太多让人出戏的动作。

这种出戏的动作是指演员自身固定的某种表演习惯，习惯这种事情，一旦形成便很难改正，而观众正是因为这样标志性的动作，容易从演员的表演中看出自己熟悉的影子来。

凯星送给他的演员履历表上标出了三个角色：

一个是刚刚大学毕业进入警局的年轻女警察，怕血怕虫怕斗殴，每次拿枪时手都有点哆嗦。被保护得太好，空有一腔报效社会的热血，兴冲冲读了警校，进了警局才发现生活的冷漠与残酷。

另一个是高学历的小资女文青，披肩长发，米色风衣，坐在街角的咖啡店里，一低头一抬眸眼角眉梢都是清淡的冷意。

还有一个就是《红颜谋》里温柔善良的刘雨萱。

古装剧民国剧时装剧一应俱全，角色性格命运大相径庭，她却都演得很好。

前两个角色戏份都太少，少到没有一个能算是重心部分的剧情来综合剪辑，但凯星成功地用这份演员履历表给乔雁加了很多分数，给出的镜头视频中乔雁全无半点不合乎角色的，属于自己的习惯性动作，也证明了她的戏路很宽，能够应对各种各样的角色塑造和角色转型。

而今看了乔雁对于虞锦扇第一个状态的诠释，徐振沉吟了好一会儿，他此时的心理活动乔雁不得而知，只能有些紧张地等待着徐振的点评。过了片刻，徐振终于开了尊口，对她只说了两个字，却让乔雁的心骤然一松，只觉瞬间便安定下来。

"不错。"

徐振极少夸人，能说出这两个字已经代表一种莫大的肯定，乔雁微笑着道谢，舒丽也眉目舒展，对看过来的乔雁露出一个赞许鼓励的表情。

沙发上的编剧制片们纷纷精神一振，徐振说出这句话来实属不易，眼下他们才开始正式地打量起乔雁来，思索着她能拿下这部戏女主角的概率有多大，也琢磨着若真是她出演，虞锦扇之后的剧情走向要因为她塑造出的这种性格而做多少微调。徐振对此并不在意，他坐回沙发，打了个电话，挂断后示意乔雁和武术指导也坐回沙发来。

"不继续试下一场了？"武术指导笑呵呵地问，看起来对乔雁也颇为满意。

"试，不过下一场不用你替了，我叫了杨硕来，他过得有一会儿。"

徐振对武术指导解释完，又转向乔雁问："《侠义千金》的男主演蒋绍我定的杨硕，他一会儿就到，陪你试下一场，我也看看你们对戏的效果。你们之前认不认识？"

"不认识。"乔雁犹豫了一下，又补充一句，"……听说过。"

这部戏的男主演是杨硕，她其实有些意外。

轩霆二哥当然撑得起一部电视剧的男一号，但如果真的女一号被她拿到，那这部剧就将拥有……一个之前完全没有存在感的女主，和一个最近正在被全民讨伐的男主。

她和穆庭不慎被拍到的时候空降话题榜热度一二名，绯闻来得轰轰烈烈，大有一举成为当红大事件震荡圈内圈外的势头，不过很快就被穆庭两条冷冰冰的澄清微博强行打脸，后续被硬生生扼杀在了摇篮里。

而在她跟穆庭之前之后，占据着话题榜的艺人一直都是杨硕，直到今早乔雪刷微博的时候将页面给她看，杨硕的新闻仍然顽强地挺立在热门榜第四的位置，这么长时间过去了，话题热度也没怎么退去。

倒不是什么太过稀奇古怪挑战道德底线的事情，杨硕身上的话题说起来非常简单，概括起来就四个字：男女关系。

他有很多段绯闻，每段绯闻都传得轰轰烈烈有模有样，每一次新绯闻的诞生都像是一次偶像剧的开始，每一次他与他的绯闻女主角之间都情深义重到似乎难以割舍。

尽管知道他的绯闻多到一年四次不重样，但他自身条件优秀，又从来没有正面回应承认过绯闻，娱乐圈中虚情假意众人也见得多了，还没什么人敢随意把滥情的帽子扣到他头上，顶多隔三岔五冷嘲热讽地奚落几句杨硕的团队未免也太过喜爱炒作绯闻，小心有一天一把火放得不对，炒煳烧死自己。

这句话似乎得到了应验，最近接连爆出两个消息，都与杨硕有关：他上一个绯闻女友惊爆出未婚先孕消息，该女星自从和他传过绯闻后一直没有新戏新通告，也没有相应的宣发计划，这种时候爆出来这样的消息显然不是为了炒作，媒体和大众怀疑的目光一时都落在了他身上。

但说到底这件事其实并无证据，最开始也没人死揪着不放，但很快该女星便跳出来话里话外暗指孩子的父亲的确就是杨硕，并有知情人爆料出两人的确曾建立过恋爱关系，但目前已经分手。而就在这个时候，另一个消息一夜之间突然传遍所有社交平台——疑杨硕隐婚多年，实已妻女双全。

证据充分，逻辑清晰，爆料帖显然不是一时兴起，而是一次有计划有预谋的出手，要将杨硕一击必杀，置于死地。这样的事实很多人都看得明白，但爆料的证据实在充分，大众并不关心爆料的手段有多不人道或是早有预谋，在他们眼中，明星是没有隐私可言的。再说有些事情做都做了，抗议些乱七八糟有的没的转移公众注意力又有什么意义？

一时间杨硕已经不是爱炒作和滥情的问题，而是出轨和劈腿这样的致命丑闻，一夜之间苦苦营造的正面形象被毁得所剩无几，网上都是要毒瘤杨硕滚出娱乐圈的声音，似乎杨硕已经处于无可挽回的境地，被压得死死的，极难重新爬回原来的位置。

娱乐圈的规则就是这样，越是成名越不容有失，否则爬得越高就摔得越狠，容不得稍有不慎，曾经被你踩在脚下的人，愿意付出一切代价，将你狼狈不堪地拉下来。

乔雁就算再不关心娱乐圈中的八卦，杨硕发生的事情却也不得不有所耳闻。许多人在生活中的各个角落里谈论着他，话语中带着嘲笑或讽刺，与一种看热闹所特有的饶有兴味与漫不经心。不知道本人对目前围绕在他身上的这些话题作何感想。乔雁在等待的过程中产生了好些不着边际的想法，因而真正见到杨硕本人时，不可避免地对他产生出一种好奇来。

他的反应，是她预想中最云淡风轻妥帖得当的那一种。

做到轩霆二哥的位置绝非一朝一夕的事情，他在娱乐圈已经混迹浮沉了十多年。作为童星出道，难得又没有长残，演戏还是久经考验的，技术过硬兼之充满灵气，杨硕有一批十年有余的长情粉，这也是他虽然现在被千夫所指，根基却还算比较稳固的原因。

徐振选角没有别的原因，"演技"二字就足够说服他，其余的事情他从来都不会考虑太多，是以这次见到杨硕，徐振的脸色反而对比刚才面对乔雁时要更和缓上一分。

"来了？"徐振冲杨硕点点头算作招呼，把一直在膝上放着的剧本扔给他，"新剧本，试江湖人士大闹成亲礼，蒋绍身份暴露，虞锦扇独对江湖人那段。快点适应，等你很久了。"

"不用了，这段我看没怎么大改，现在就开始吧。"杨硕翻了遍剧本后便站起身来，简单地上了个妆，冲乔雁笑了一下，伸出手。

"锦扇，过来。"

这段不是剧本里的桥段，乔雁愣了一下，却还是微微扬起了一个笑容，将手放进了杨硕的掌心，由着他将她拉起。

两人走到各自的站位上，按着剧情各自走位表演，约莫过了一分钟，乔雁突然在杨硕向她倾身时猛然踉跄着后退几步，一下子便坐到了沙发上。试镜无故被打断，众人都愣了一下，舒丽面上浮现出明显的错愕来，乔雁突然后退什么，她不像是会犯这种低级错误的人啊？

"徐导。"那边乔雁在沙发上调整了一下姿势，得体地重新站起来，看了一眼正无辜地看着她的杨硕，淡淡地笑了。

"杨硕前辈在故意压我的戏，这也是试镜内容的一部分吗？"

杨硕压戏这件事，做得甚至不算隐蔽。

不光乔雁自己能感觉出来，站在旁边看着的哪个不是混迹影视圈多年的老油条，谁还看不出杨硕明显到已经懒得做什么伪装的刁难。

徐振心里不太喜欢见到这种演员暗中使劲互别风头的阵势，但他是一个耿直过分且只看重实力的导演，从这个方面来讲，乔雁并不比杨硕优秀，也远远达不到他能为之护短出头的关系。

娱乐圈的不公平多了去了，总不能一点委屈都受不了，遇到点挫折就找人叫板。是以他面对乔雁的问话，回复得简洁而一笔带过。

"不是。"徐振简单地说，转向杨硕时倒的确皱了皱眉头，"和一个新人较劲有什么意思？今天让你来是找你们俩对戏找感觉的，你不满意她哪儿直说，一个演员应该以NG为耻。"

"我也没干什么啊，那么大反应干什么？"杨硕满脸无辜地摊了摊手，眼中却闪动着饶有兴味的光芒，冲乔雁扬唇掀起一边带着些痞气的弧度。

"小姑娘还是太年轻，娱乐圈哪有那么顺风顺水的事情，自己演得不好就痛快些承认，反而能博得个好感，自恃过高不肯接受现实，这样子太难看了点吧。现在导演说不是了，你要过来找我的麻烦吗？"

他其实也不过是二十多岁的年纪，并不比乔雁大上多少，不过按资历算的话，倒的确甩乔雁几条街，叫乔雁一声小姑娘也算说得过去，只是终究带了些轻视意味。

能在绯闻漫天飞的情况下依然令无数女人前赴后继为之疯狂，杨硕自然也有他自己的本事，除了演技和阅历之外，杨硕也是在娱乐圈一众俊男靓女中排得上号的美颜盛世，这四个字伴随他已经很多年，也算是他一个旁人难以撼动的优势。

他是一种帅气中掺杂着秀致的俊美，剑眉星目，高鼻薄唇，眼眶比正常人略深，显得五官格外立体深邃，眼尾略略有些上翘，笑起来时狭长眼眸微眯，便能平生一抹风流写意。

早年以童星身份出道时还不算引人注目，却在演过一个古装剧的妖孽反派后一夜之间红遍大江南北，实在是因为找准了戏路，难免会有大爆的那天。

眼下他面对着乔雁，刻意地做出这般略带玩味戏弄的表情，也不知道心里作何打算。乔雁却并不买账，眼波平淡地回视了他一眼后，点点头，重新按照最初的位置站好。

"不好意思，刚才是我失误，耽误大家时间了，重新来一遍吧。"

这么快就冷静下来准备反击了？杨硕似笑非笑地跟了上去。

总有人不撞南墙不回头，不受教训不长记性。当然，这个叫乔雁的新人在哪儿执着、在哪儿栽跟头，跟他半点关系都没有，但面对这样被保护得太好，一点挫折都没受过，天真又愚蠢，偏偏运气爆表，上手就有好资源的幸运儿——

他有一百个理由看不顺眼。

第二场试镜的场景是在虞锦扇和蒋绍的成亲礼上。

蒋绍武功高强，兼之才貌风流，于擂台之上连挑九人拔得头筹，举目四顾之时意气风发之至，虞锦扇对这样的出色人物动心，其实并不算是什么特别意外的事情。

本该是一段英雄美人江湖佳话，婚礼之上数名江湖上德高望重的老前辈却突然出现，在蒋绍、锦扇两人拜堂成亲之前联手揭穿蒋绍身份——

原来蒋绍是江湖邪道中人，这次刻意隐藏身份来娶虞家的女儿不知是何原因，但岭南虞家向来行事正派，做镖局生意的人也忌讳和旁门左道扯上不清不楚的关系，不然江湖中还有哪个商派敢放心将自家的货物交给虞家押送？

无论如何，这亲是结不成了。

抛开当前娱乐圈的话题现状不谈，杨硕扮演蒋绍这个角色，从里到外都是"合适"二字。徐振眼光毒辣，婚礼这场戏时蒋绍还没暴露身份，杨硕的狭长桃花眼上了妆后颇有几分清正出尘的意思，然而身份被揭穿之后，他甚至不用改妆，眼尾一挑，薄唇一斜，顿时整张脸的气质就全变了，透出几分阴柔邪气的味道。

和刚才的试镜一样，他在被揭穿身份时便上前两步，堂而皇之地又一次挡住了乔雁的正脸镜头，一连串的低笑从口中溢出，横眸玩味地扫过礼堂上的各色宾客，漫不经心地伸出手指点着下颌，缓声念着自己的台词。

他念到一句"你们又奈我何"时正是这一段台词的结束，接下来是各色江湖人士跳出来对他进行指控，眼下没有其他演员在，他也就稍作停顿后继续念白。正当要开口的时候，乔雁动了。

准确来说，她还站在原地，杨硕现在的站位正好在她身前，是以在她开口说话时杨硕下意识地就转过身来。

而她对他冷静地抬起眼，伸手便攥住了他的衣领，将他用力拉向自己身前。两人都没有换戏服，杨硕穿着的衬衫衣领实在很方便被攥住，杨硕一个猝不及防，被她拽了个趔趄，微怒抬头想问她搞什么鬼，看到她的表情倒是愣了一下。

她现在不是乔雁，而是那个成亲当日被人告知残忍真相的虞锦扇。

她从豆蔻年华便开始想自己未来的夫君会是什么样子，有时觉得该是个盖世英雄，有时又觉得是个无事一身轻愿意陪她到天涯海角的隐士才好，听着话本里的故事偶尔也会将心上人描绘成一个温文尔雅的书生，过不了几日自己便开始后悔，又将条件重新定为能打得过她才好。

这样断断续续地想了好几年，而今终于找到了一个自己满意的如意郎君，却没想到等着她的故事并非天赐良缘，而是不马上斩断关系便会累及她全家上下，从此万劫不复。

从小到大所有人都告诉她，她长得美，家世一流，武功还这么好，以后一定会遇到一个如意郎君，过全天下最好最幸福的日子，她听得多了，也就信以为真了，何曾想过现实竟然残酷至斯。

"蒋绍。"

虞锦扇轻声开口，堂中此时落针可闻，她问得清清楚楚，一字一顿。

"他们说的是真的？"

她抬起头，逼视这个只差拜堂便要成为她夫君的男人，面色沉静，一双眼冷如霜雪，倒映出无数凛冽与锋利来，却又从中看得到些许微弱的希望。

她希望他给她的是一句断然否认。

却又只怕造化弄人。

杨硕张了张嘴，一时脑中万千念头闪过，竟然觉得无法回答。这段剧情是剧本中没有的片段，乔雁临场发挥得很精彩，杨硕心里明白，此时他接什么都将被乔雁身上的光芒彻底盖下来。

这本来就是一部以女主为主视角的电视剧，乔雁人又聪明机灵，想从她身上抢镜头过来并不是件容易的事。他用的压戏手段虽然不堪，却的确有效，然而乔雁用一个动作将他的精心设计悉数打破。

从她攥住他的衣领，将镜头强行从他身上拉回到她面前时，事情就已经不受他控制了。

乔雁的演技很好，但也没有好过浸淫演戏多年的他，但她这么做又和取巧完全谈不上关系，一定要形容的话就是"初生牛犊不怕虎"，他做的百般布置她通通视而不见，就那么不管不顾不闪不避，跌跌撞撞地直线向前。

一个聪明的笨蛋。

乔雁从徐振家里出来时，又已是华灯初上。

和上次从顾蜚声家里出来满心受益匪浅、斗志盎然不同，这次她上午就去拜访了徐振，两场试镜加上等待杨硕的时间，竟也整整耗去了一天。

舒丽陪她到了最后一分钟，从徐振家里出来后，才急急忙忙地去做自己积压了一天的其他事情，两个人的确都没想到这场试镜会这么久。北国的冬夜要比白天更冷上三分，乔雁穿得不够厚实，现在坐在计程车里，忍不住又用力裹了裹身上的大衣。

接到穆庭电话的时候，她正看着车窗外飞掠过的一排路灯出神。被手机铃声惊醒后下意识按了接听，穆庭的声音迫不及待地就从电话里钻了出来。

"怎么才接电话，我打很久了！"穆庭开口就是一句抱怨。

乔雁一顿，想想觉得虽然穆太子的抱怨有点无理取闹，不过的确是自己动作迟了些，于是耐心地解释了一句："刚才在想事情……不好意思。"

"……谁要你真的道歉了，以前没觉得你这么不经逗啊？"穆庭收到这句解释反倒很惊讶，他是何等聪明敏锐的人，几乎没怎么停顿就直接开口询问，"你前几天是说你今天要去试镜吧，萎靡不振成这个样子，试镜失败了？不应该啊，现在的导演都瞎吗？"

饶是心事重重如乔雁，听到他如此口无遮拦地满嘴胡话，也不由得顿感张口结舌接不下去话，却也因此心下一定，终于感觉自己开始放松下来。

"应该是失败了吧，本来需要面试三场戏，但第三场导演说不用面试了，就客气地把我扫地出门了。第二场也……算了，不说了。"乔雁耸耸肩，抬起手用力揉了把脸，"你打给我什么事？"

"今天和你们公司把出演MV的合同签完了。顺便说一下，我预计到你们公司不会拖泥带水，但是完全没想到他们这么痛快就把你卖给我了，看上去一点迟疑都没有，高高兴兴就把你打包好送过来了。"

穆庭的笑声从电话那头毫不掩饰地传过来，乔雁也被笑声传染了。穆庭不由自主地稍稍弯了弯嘴角："你明天早上就可以直接过来了，其实今晚就可以……啊你明天别来太早，快中午再来，我们几个今晚要熬夜研究歌曲的小样，确定你参演的话有些地方可能会相应地改动一点，今晚可能会找你问你的想法，什么时候睡跟我说一声。"

"嗯，行。"要求合情合理，没有拒绝的道理。乔雁马上应下，计程车已经开到了小区附近，隐约可以看到小区里亮起的灯光，暖融融的黄晕透着散不去的温情。

没有属于她的那一盏——乔雪今天睡在学校寝室，家里什么都没有，她晚上还没吃饭，想吃的话还得自己动手。

当然，她其实并不怎么想吃。

"你吃饭了吗？"穆庭的电话还没挂，乔雁随口问他。

"没呢，太忙了，顾不上。"那边敲键盘的声音停了一下，穆庭回答完又反口调侃她，"你想来送饭啊？"

"当然不……"乔雁说到一半突然顿了顿，想了一会儿后改口。

"为什么不呢，反正明天起来第一件事也是去你公司。"乔雁对着一时没了声音的电话那头，平静地问。

"你在哪儿，我要带几人份的？"

穆庭放下电话的时候，脸上的表情颇有些诡异。

最开始工作室里各人忙各人的事情，也没人注意到他的异常，后来商晨要穆庭把修改后的编曲重新发给他一份，叫了好几声没人应，商晨火大地抬起头："穆庭我叫你呢，吱个声不会啊——你怎么了？"

商晨新奇地看了会儿穆庭诡异的表情，看上去整张脸都凝固了，根本没听见他的声音。于是体内的八卦之魂迅速觉醒，连人带椅子地飘过去，伸手在他面前晃了晃，见后者依然无动于衷，毫不迟疑地就一巴掌拍到了穆庭背上。

"回魂！大爷几个都要忙成狗了，关键时刻你在这儿发什么呆呢？"

穆庭被他拍得一惊，迅速回过神来，转头看了商晨几秒钟后，却没第一时间就把他脑袋塞桌子底下捶回去，而是缓缓转头扫视整个工作室，视线落至散了一地的词曲废稿，扔得到处都是的啤酒易拉罐，以及桌上堆满烟头的烟灰缸，又呆了几秒钟，而后像是安了弹簧一样从椅子上骤然跳了起来，把商晨吓了一跳，身子往后仰时差点没撞翻桌上的玻璃瓶子。

"都先停一下！看看咱们工作室都乱成什么样子了！这还是人住的地方吗？！赶快收拾一下，快快快快快！"

穆庭抬手猛拍几下桌子，吸引到众人注意力后，开始慷慨激昂地动员众人在半夜十点进行大扫除，并带头开始行动起来，先是打开窗子通风，散去满屋子呛人的烟味，而后噼里啪啦地开始收拾自己的桌子，雷厉风行，把工作室的其他成员都看得一愣一愣的，对视了几眼之后纷纷开始交头接耳。

"怎么了这是，年纪轻轻的就疯了？"

"大好青年深夜突发洁癖，究竟是人性的泯灭还是道德的沦丧！"

"开窗户有点冷啊，我能现在过去关上吗？"

"最好别吧，还不知道他这是发的什么疯呢，我看还是先抽根烟冷静一下……"

"究竟怎么回事？"最后他们一起将视线转向八卦小能手商晨。

商晨面对众人怀疑的视线，感觉自己要冤枉死了："我也不知道啊，你们看我有什么用？穆庭！你大晚上的抽什么疯，被你女神临幸了啊？"

穆庭百忙之中冷冷地抬头扫了商晨一眼："我女神是雅典娜，我和她之间没有需要用'临幸'这个词来形容的关系。"

商晨被噎了一脸，感觉整个人都不好了："骗谁呢，希腊神话读完了吗你！我说乔雁呢，你不是接个她的电话脸色都要变十八回吗，情窦初开的大龄单身狗……"

"等等，"商晨说到一半就狐疑地摸了摸下巴，将手伸向穆庭的手机，"你不会是真的刚接了她电话吧，她跟你说什么了？把你改造成这样？"

"别瞎说。"穆庭没好气地打掉商晨伸过来的爪子，已经收拾完桌子，开始将地上散落一地的废纸归拢到一起，"明天不是约了乔雁过来谈MV拍摄的事吗，她今晚正好没事，过来给你们这群牲口送消夜，等会儿丢人现眼别说我认识你们。"

"有人半夜送温暖关怀加班狗啊？！"众人纷纷惊叹一声，而后工作室里顿时飞快地响起了噼里啪啦的声音，久久没有停息。

乔雁拎着消夜敲开穆庭工作室的门时，站在门口朝里面打眼一看，顿时愣了一下，踌躇地站在门口，看了一眼地上。

"……外面今天下了雪，鞋底大概不是很干净。"她尴尬地拎着晚餐，徘徊着又扫视了一眼地面，抬头问穆庭，"没有多余的拖鞋了吗？"

"不用换鞋，请进请进……"工作室一干人同样尴尬地回答，这栋写字楼的保洁其实做得不错，只是最近大家都在加班，活得实在太过邋遢，所以才显得杂乱无章。刚才收拾了一下又拖了地，恢复了本来颜色的白瓷砖地面顿时就显得光彩照人，干净得过分。眼下键盘手宋欢带头，殷勤地从乔雁手中接过外卖袋子，迫不及待地打开后，众人纷纷开始此起彼伏地鬼叫。

"生滚粥！生滚粥！天啊这种香气！简直是活着的味道！"

"这是什么面，闻起来好香！但是没辣椒啊，没辣椒的面怎么吃……哦哦旁边有装辣椒的袋子，太好了我就吃这个了，宋欢把你的咸猪手从我的面上拿开！"

"这有份盒饭！我看看里面是什么菜……是肉！好多肉！这几天一天三顿吃泡面，我都要吃吐了，太幸福了我要拍个照片发微博……"

你们从哪个原始社会来的吗，这么没见过世面，鬼哭狼嚎成何体统！丢人！

穆庭被其他人的惊叹声搞得颜面无光，觉得自己的脸都被这群猪队友丢尽了。

"他们平常其实……嗯，不这样，你别太介意这些。"他朝乔雁徒劳地解释一句，一边却也忍不住轻轻抽了抽鼻子。

真的好香。

大抵是不了解他们的口味，乔雁买了很多种消夜带过来，这个工作室一小时前还缭绕着厚重的苦涩烟草味，待得久了不觉得，骤然闻到食物温暖踏实的香气，的确会给人以厚实的满足感。穆庭轻咳两声，不自然地瞟了眼旁边正在抢食的几个没出息的人，忍不住也矜持地加入了他们队伍。

"嗯，咳……乔雁，哪份是给我带的？"

好歹这里也只有他和乔雁认识，多少也会有些特殊对待吧……穆庭觉得自己这么想不算自作多情，却见乔雁惊讶地啊了一声，疑惑地看了他一眼，指指桌上的一堆外卖袋子。

"那些不都是吗，你可以随便挑一样……哦对了，你现在不能吃辣。"乔雁觉得自己找到了穆庭特意询问她一句的原因，于是很贴心地继续补充，"因为不知道你们口味如何，辣和醋我都另外用小袋子装着了，想加什么可以自己加。"

商晨拉着宋欢做不经意状路过，实则偷偷摸摸听着，正好听到这一句，两人当即抖着肩膀强忍着笑意快步走开，脸都憋得有些发红了，绕到乔雁身后就开始无声大笑，两人捂着笑疼的肚子都快直不起腰来了，一人对穆庭做了个嘲笑表情，哼着歌端着消夜走远了。

怎么不笑死你们呢，穆庭面无表情地捞过其他人挑剩下的一份饭过来。乔雁看着他的动作倒是笑了，从他旁边稍稍探头过来看："我真不知道你什么口味啊，你平常习惯吃什么？要是还有下次的话我多注意。"

穆大少爷的心里立马平衡了，心情愉悦就是这么简单："从小就在这里长大，口味偏咸偏辣，不太爱吃酸甜和甜的东西，口味比较重，你呢？"

"家乡在南方，平常喜欢煲汤喝，口味偏淡一点吧，倒是比较喜欢甜食。"乔雁笑了笑，看见穆庭的脸色骤然又变得有些微妙，不由得有点疑惑，"怎么了？"

"哦，没什么，其实我也挺爱喝汤的。"穆庭面不改色地拆开饭盒，想了想又站起身，抓了另一份饭塞到乔雁手里，碰了碰她的胳膊，"这群人太吵了，我们去那边吃。"

两人捧着饭盒蹲到落地窗前的时候，看到玻璃中映出的自己的倒影都觉得有些好笑。乔雁扒了一口饭，探头往窗户外面看，工作室在写字楼的高层，对面大楼亮着零星的灯光，远处稍矮的几栋楼的间隙里泄出几丝路灯与霓虹灯的光亮。风景不算好，乔雁看得却有些出神。穆庭蹲在她旁边，对这种景色兴致缺缺，看了一会儿后便收回视线转头看她："今天试镜怎么回事，想不想说？说出来的话咱俩一起把这事拌着饭吃了，今晚过去就消化了。"

乔雁笑，想了一下后问："要是不想说呢？"

"那你就自己拌着饭吃了，我在一旁看着。"穆庭低头吃面，无所谓地道，"其实我建议你说出来，这就好比是你点了一碗牛肉面，但是因为极度厌恶上面浮着的香菜，弄得整碗面都没法吃了，那你不如把香菜都挑出来给我，说不定我就喜欢吃香菜呢？"

"你真喜欢香菜？"乔雁看了一眼他碗里的面，里面漂浮着的几片香菜叶依旧气定神闲。穆庭低头看了几秒钟，面不改色地把香菜叶挑出来扔到旁边的袋子里。

"这例子不好，你赶快忘了，我们再举一个。"

乔雁莞尔。

"其实也没什么……只是有点不知道该怎么说。仔细想想的话觉得是自己的问题，但一时又改变不了。以前单打独斗的时候还在上大学，因为还在继续念书，所以觉得混不出样子来也没什么关系，现在真的决定走上这条路了才发现，以前混不出样子也不是因为我不想，而是确实没那个本事挣得几分光彩。

"凯星对我挺好的，这一年我遇到了好几个机会，《红颜谋》的女三，《天涯游侠》的女主，还有今天的《侠义千金》的试镜……其实这些都是很好的机会，但我都没能抓住。

"有时候也会在想，所有人都说我天赋足够，也很努力，但就是红不了，可能真的……有什么地方就是不适合吧。"

"不合适的地方肯定有，但没你想得这么复杂。"

乔雁说的时候穆庭一直没怎么插话，沉默地在一旁吃着面，等到她感慨完之后把空面碗一放，转头问她："你要不要来看一下我每天都在做什么？"

乔雁这一观察就是十数天。

距离年底各色颁奖礼的结束已经又过去了好一段时间，西历元旦过了，旧历新年也在不经意间一天天地越来越近。录制穆庭工作室的MV是乔雁新年前的最后一份工作，拍摄完之后就可以享受一年当中最长的一个假期。

当然，并不是每个明星都像她一样这么清闲，越是逢年过节，明星往往便越是忙碌，周旋于各种比赛、晚会、综艺节目之间，正是趁着全国人民都在享受长假，好好混脸熟刷存在感的好时候。穆庭如今是华语乐坛最炙手可热的当红艺人，现在自然也是忙到只恨不会有丝分裂，每天奔波于各地电视台与工作室之间，几乎快要忙得脚不沾地了，强行抽出一段时间来做专辑实属不易。

而乔雁也是第一次真正了解到工作中的穆庭具体是什么样子。那个一起蹲在玻璃窗前吃消夜的晚上，受穆庭建议，她是真的做好了观察穆庭每天都在做什么的准备，未必十分认真，但的确付诸了行动，只是这一路下来，接收到的东西太过离奇而又的确真实，实在觉得像重新认识了穆庭一回。

她早知道穆庭有一副老天赏饭吃的好嗓子，属于那种偷偷吃辣喝啤酒烦了还会抽烟，而嗓子依然高低音都毫不费力的人。她也似乎听人说起过穆庭其实是全方位一体机型的才子，不过圈内的宣传炒作手法她又不是没见识过，再平庸的人也能被包装成百年难遇的奇才。是以直到最近她才真正感受到了穆庭飞扬洒脱的才气和对于工作的认真，与其说他是一个歌手，说他是名音乐人似乎更贴切些，除了演唱之外，他对从作词作曲到编曲乐器都很有研究，这样全程参与下来，当然将会和歌曲更加契合，唱起来也有属于自己的特色与默契。

而穆庭的工作室成立之初并没有锋辰的参与依然一鸣惊人，也的确有它实在的道理，这个工作室的几名成员年轻气盛，有才气有朝气，思路天马行空，有时一段信手弹出的旋律，她这个外行人骤然听到都会觉得舒服。当初他们满怀梦想，敢闯敢拼，而现在他们不光梦想还在，也已经赚到了为梦想而奢侈的本钱，正是踌躇满志的时候，对于他们光明的前景与未来，所有人都可以预见。

乔雁这些天终于没能幸免，迟来地感受到了传说中穆庭的严厉任性与坏脾气。他们因为穆庭对她的欣赏并主动相交而结识，一直以来穆庭对她的态度说是和颜悦色都觉得形容的程度不够。穆庭强调过几次因为没有利益相关，所以对乔雁的优秀格外宽容，如今真的有了利益相关的合作机会，乔雁才开始对这句话深有体会。

穆庭的要求风格很飘忽。乔雁有丰富的拍戏经验，按说拍个MV绝非难以完成的事情，但穆庭刷新了她入行以来一场戏的NG纪录，别的导演就算再严厉苛刻，一场戏不过总有他自己的理由，而穆庭让她一个场景翻来覆去地重拍，NG的原因通通只有一个——演出来的效果不是他想要的感觉。

但他自己也说不清那种感觉究竟要怎么才能表演出来，于是只好让乔雁一遍遍地拍，自己眉头大皱地严厉审视这些已经很精良的片段，还经常把自己已经选定的素材粗剪一下观看，觉得不对劲又去找乔雁重拍，经常乔雁拍完了今天的内容，还要去补几天前好不容易通过的镜头，说心里一点意见都没有那是不可能的。但有次当乔雁偶然得知他们的上两张专辑的MV都要比现在拍得轻松愉快容易得多时，还是忍不住心下有些忐忑，只怕真的是自己表现太过差劲，耽误了整体进度。

"啊？你说前几次？"穆庭茫然地重复了一遍，仔细回想了一下前几次的拍摄状况，"哦，前几次都是我觉得勉强过关时就放行了，没跟她们要求得那么死，到时候满意的素材不够用MV里少给点镜头不就行了？但是我不打算和你这么彼此敷衍着就过去了。"穆庭说着对乔雁摊了摊手，表情一片坦然。

"既然我有好的想法，而你其实能完成它，那我们为什么不一起做到最好？这种问题你还一脸严肃地跑过来问，太伤我心了，你看不出来你的待遇已经比其他人要好得多了吗？"

这位爷刁难人不说，还自信满满地觉得人家应该对他感激涕零，乔雁觉得好气又好笑，却到底工作得更加尽心尽力起来，在一次又一次的NG中心态平和地继续磨炼自己。

没办法，士为知己者死，她又是一个懂得感恩的人，当她面对这样一个恃才傲物得令人毫不讨厌，又对她欣赏得如此直白分明的人，实在没办法生出什么不满来。

说起来她和穆庭认识的时间并不算长，去年十月份她在片场第一次见到穆庭，至今算起来不过四个多月的时间，何况还是十二月才算真正有了交集，说是一见如故实在谈不上，但就是猝不及防地在很短的时间里迅速熟悉起来。

圆满结束了拍摄工作的乔雁和穆庭一起走出了工作室的写字楼，穆庭要赶到市中心的会场参加一个新春歌会，和她走相反的方向，两人在路口笑着彼此道别，乔雁走在回家的路上时心里想，如果真的是冥冥之中自有天意，那她衷心地感谢她这一年所遇到的贵人们，比如罗铭，比如舒丽，比如魏泽，也比如穆庭。她以前从来没觉得自己有多好的运气，而今却想因为这些人而诚恳地感谢上天待她不薄。

感谢你将我所付出的这些努力，摆在了愿意欣赏它的人面前。

她结束工作的时候，乔雪已经放假放了将近一个月。她在刚放假的时候回了趟远在南方的家，现在正好很及时地赶回来，和乔雁一起留在这个寒冷多风的城市度过又一个新年。

她从家乡那边带回来许多精致的点心，装了满满两个行李箱，似乎恨不得把家乡的特产全都给乔雁带回来。乔雁挑出一部分给罗铭、舒丽送了过去。罗铭和舒丽年前专门挑了一天来了乔雁、乔雪家，帮两个小姑娘收拾了一下房子，把家里打扮得有了些喜庆气息。对别人却没这么亲昵，也没这么唐突，只在收到对方的东西后才包满满的两盒点心做回礼。

快过年的时候，穆庭也给她寄了东西过来，乔雁本来觉得收到穆庭的东西自己是能预料到的，但在拆封时倒出来一堆明星的私人联系方式和写真日历笔记本时，还是和乔雪一起叹为观止。

穆庭的这份礼物不走心得简直令人发指，显然就是送到他家的东西他包装都没拆，直接转寄给了乔雁。乔雁把这些东西归拢到一起，连带着点心一同给穆庭寄了回去，同城速递方便快捷。晚上穆庭就打电话过来对每种点心的味道都评价了一番，末了还跟她抱怨："你怎么又把那堆东西给我寄回来了，不能找个地方扔了吗？"

"寄给你家的，我私下处理不合适吧。"乔雁对穆庭这种不讲道理的指责一笑而过，根本不与这种心理年龄成谜的人较真，转而调侃他，"我拆包装时看了一下，只有一盒包装最简陋的西点里面干干净净的，什么都没有，其他的礼盒里面全都夹着东西，果然包装朴素些的话，心也是相对朴素的。"

穆庭在电话那头干咳了一下："只有那盒是我自己买来送你的。"

乔雁觉得自己也是不懂穆庭到底在想些什么："那只送这个不就行了，你寄过来那么多别的东西干什么？又不经你自己手，也并没有显示出什么诚意啊！"

"这不是反正堆在家里也是堆着吗，我家老爸老妈今年不回家，在国外待着陪家里亲戚，我只能自己把东西处理一下。"

穆庭说得理直气壮，且有理有据，乔雁无从反驳，却突然听他最后又跟了一句："而且那盒西点也不算什么礼物，就是前天录节目时节目组准备的点心，感觉你会喜欢，所以去买了一盒给你尝尝。"

哦，这样。乔雁想了想，最后只是轻轻笑了笑，没有回答。

春节当天，乔雁给家里打了个电话，接电话的声音对她客气而疏离，彼此例行公事地问候完，也算今年的任务各自完成。姐妹俩挤在沙发上看着电视，哈欠连天地守着岁，乔雪撑到零点回完蜂拥而至的祝福短信后，马上如获大赦地奔向房间倒头就睡。乔雁群发完祝福短信，又把收到的挨个回复过去，回到穆庭那里却是稍稍一顿。

穆庭就回了她个"新"字。

他说话没简略到这个地步吧？乔雁迟疑了一下，手指在新字上摩挲片刻，指尖向上移，拨通了穆庭的电话。铃声响了很久才被接起，穆庭的声音带着浓浓的倦意和略微沙哑。

"乔雁？"他哑着嗓子问。

"是我。你睡觉了？打扰你不好意思……"乔雁想想也觉得自己实在是想太多了，连忙为扰人清梦的事情道歉，穆庭却截过她的话头，哼哼了一声表示否认。

"不是。"他把手心放在自己额头上摸了摸，肯定地答复她，"我是发高烧了。"

"……"

乔雁低头看了眼手表。

凌晨十二点十分，窗外是大片大片争先恐后绽放开来的烟花，隐隐约约还有爆竹鞭炮的声响，她们住的楼层偏高，房间隔音也不错，外面的声音听得不是很清楚。在国人心中，只有到了这一天才真正算是崭新一年的开始，电视机里播放着今年的春节联欢晚会，每个人脸上都洋溢着灿烂的洋洋喜气，场面欢快又热闹。

这是个最适合团聚的日子，老老少少聚在一处，欢声笑语，推杯换盏，人一少就难免有些冷清，想来是很容易感慨伤怀的时候。她自己感觉良好，不知道电话那边的人心情如何，不过……乔雁沉思着，她的视线无意识地落在电视柜上面的水果盘上，对电话那头开口："家里没有别人吗？发烧了去吃点药。"

"我不说我家老爸老妈在国外吗，今年过年家里除了我还能有谁。"

穆庭懒洋洋地打了个哈欠，电话那头传来声音："吃药啊？我去找找……你回家了吧，新年快乐啊，打算在家里待多久，什么时候回这边来？你回来时我专辑应该已经做好了，到时候你帮我来发布会站个台，我赶着年后第一批出专辑，争取拿个开门红。"

"现在几点了？我看看，零点十分……我把除夕夜睡过去了？"穆庭在那边自己嘀咕得热闹，乔雁乐得不回答穆庭关于回家与否的问题，也就没有出声打扰，却也不好意思不说一声直接挂断，于是只好就那么一直听着。

那头穆庭又翻了一会儿东西好像终于想起她来，跟她说话时带着有点惊讶的笑意："你怎么还没挂啊？这段时间不是祝福短信电话都特别多吗？你赶快去忙你自己的吧，我没事……这药什么时候过期的，我怎么没印象？"

本来真的已经把手指移到挂断键的乔雁不幸听见了最后一句，硬生生把手指收了回来，骤然觉得有点无力，冲着电话那头无奈道："短信我刚才回完了，现在没什么事……药过期了你就先量一下温度吧，烧得很厉害就去医院挂个水。"

"体温计在……哦，在这儿呢。"穆庭生了病倒是比平常要听话得多，不过话也比正常状态下多了不少，眼下一直在自说自话，居然还说得挺高兴。

"医院啊？不太想去，我家那边离医院倒是挺近的，但我现在待在自己的公寓里呢，这边小区的配套设施很一般，但是离我工作室近，我一般有工作要忙时就睡这里。其实今天本来想去工作室加班的，但写字楼的保安都回家过年去了，我进不去，只好退而求其次。不行，我突然觉得好饿啊，楼下有没有超市还能开着门，量体温时能外出下楼吗？要不我先看看多少度，38.5℃，好像不怎么低……"

"你现在就下楼去医院吧，你们工作室附近有个医院，规模不大，穿过你们工作室后面两条街就是了。"乔雁略略皱起眉头，仔细向电话那头的人叮嘱。

"什么，我们工作室附近还有医院呢？"穆庭在电话那头十分惊讶，随后消极应对，"没去过啊，不想去，我还是看看楼下有没有超市还在开门吧，找点东西吃。我好像睡了很久，现在感觉特别饿……"

他说着说着就没声了，面对这样的关心其实他心里挺高兴的，罔顾人家的好意也有一点心虚，是以突然开始在意起电话那头的沉默来，斟酌着问了句对方没事吧，乔雁又沉默了一会儿，而后轻声答他："去吧，穆庭，听话。超市不一定开着门，我给你带点吃的到医院去。"

穆庭本来扔了感冒药和遥控器，在房间里漫无目的地瞎转悠，正在找出门要穿的厚实大衣，一边还在想要不要倒回床上继续睡会儿，在饿和懒之间挣扎。听到这句话骤然被定在原地，回过神来后匆忙地应了一声，胡乱穿戴好就匆匆出了门。

乔雁拎着保温桶赶到医院的时候已经又过去了一个多小时，除夕夜凌晨的出租车不好打，她在凛冽的寒风中站了好一会儿，自己又并不耐寒，冻得手指都显得青白，脸上泛着不正常的红晕。

她在值班工作人员的指引下找到穆庭的病房，医院规模不大，离居民区也不算很近，除夕夜就诊的人实在不多，是以穆庭这样单纯发烧的人也被分配到了一张病床。

可能是打的点滴里面有含镇定效果的药水，乔雁进去的时候穆庭又已经昏昏欲睡了，不过还是强撑着努力不时睁一下眼看着病房外头，见到乔雁时眼睛骤然一亮，露出的笑容张扬灿烂，一双凤眼眯起的弧度太过好看，连乔雁这样已经不为美色所动的人，心跳都好像短暂地漏了一拍。

然而，也不过就是那么一瞬间而已，乔雁看上去依然显得淡定从容，至少比穆庭要内敛得多。她坐到床边打开保温桶的盖子，取出一小盒水饺，剩下的空间装的都是香肠鸡蛋炒饭，还有几盒用塑料袋装着的南国点心，甚至还有几个水果。短短时间备齐了探病的标准配置，穆庭从床上坐起来看着她往外拿东西，脸上的表情简直叹为观止。

"你也太厉害了……"他惊叹着说，手已经伸向了饺子，"感觉要饿疯了，我现在可以吃了吗？"

"洗手了吗你，用筷子。"乔雁用筷子在他手背上打了一下，后者被打了也不生气，反倒冲她笑了下，大抵是吃人嘴短，看上去带着点不自觉的讨好意味。

她看在眼里，觉得好笑，帮他把点心的外包装拆开，说："这几盒是你那天说比较喜欢的点心，我挑了几样带过来，怕饭做得不够吃……饺子没带多少，我和我妹妹的口味都比较清淡，包的饺子盐也没放太多，可能不大合你口味。但我想着过年总该吃点饺子，也就给你带了一些。炒饭我倒是多放了一点盐，你可以尝尝那个。"

"都挺好吃的。"穆庭风卷残云地将饺子扫荡一空，炒饭也扒拉得像是打仗一样，咀嚼间隙由衷地评价，"你还会做饭啊，这么贤惠……以后谁娶到你也太走运了吧？"

话一出口他便意识到自己一时高兴忘形，话说得太过唐突，急忙闭嘴专心吃饭，余光打量着乔雁的表情。乔雁笑而不答，但看上去也没有真的生气，穆庭暗暗松了口气，转而问她："我还以为你回家了呢，怎么没回去？"

"爸妈都有新家，回去哪里都显得打扰，就没有回去。幸好还有我妹妹和我一起。"乔雁莞尔，轻飘飘一语带过，并没有详细回答。穆庭也很识趣，并没有多问，只是却不闪不避地看了她好一会儿，让她略微有些不自在。

"看我干什么，没化妆吓到你了？"她笑着转移话题。

"没有，你不化妆也很好看。"

穆庭迅速回答，说完可能又觉得态度稍显敷衍，于是清了清嗓子回答："真的，看着就很舒服。"

这么解释下来简直画蛇添足，显得更敷衍了，气氛却因此而轻松下来。乔雁笑吟吟地把床边的温度计递给穆庭，让他试一下温度，自己低头从袋子里翻出两个橘子开始剥皮。

她眉眼温婉，羽睫纤长，唇色柔和，低垂眼睫的角度实在太过好看，穆庭一时觉得连医院的白床单都好似泛出了珍珠色温馨柔和的色泽。这种感觉太过罕见，他并非迟钝的人，模模糊糊地意识到一个事实，却又不大敢确认。

"麻烦你了，大半夜的来照顾我。"穆庭突然安静了下来，乔雁低着头时没什么感觉，抬起头见他看上去很清醒又不说话才觉得疑惑。对上她的视线后，穆庭突然对她说了这么一句，她微怔后随即笑起来，摇了摇头，把橘子递给他。

"都是朋友，不用谢。正好我妹妹睡了，我还不困，在家里没什么别的事情，按你的说法就是……举手之劳的事情，做起来不费吹灰之力，对我自身也毫无影响，当时你都愿意对我施舍一下援手，现在或许我这算是在慢慢报恩？真的没什么，在我心里，你现在是这种生病了我该来看望一下的朋友。再深的行动关系就还没到，比如去你家照顾你什么的。"

乔雁开玩笑调侃了一下，穆庭跟着笑了笑，心里不觉得高兴，但也没觉得十分失落。

她还真是这种会把事情分得很清楚，不搞暧昧也不撩人的类型，很会保护自己，肯定也拒绝了很多唾手可得的机会。

还是那句话，聪明又冷静，狡猾又真诚，识时务又独立，有天分又很努力，怎么看都是个很讨喜的姑娘，实在太合他胃口，难怪对着她生不起气来。

也许不止是生不起气来……

穆庭烧得不算太厉害，温度退得却不算快，按他自己的说法是平时不常生病，所以好得也慢，退烧时已经是凌晨六点多的事了。穆庭中间又躺了会儿，醒来后发现自己已经开始退烧，于是把床让出来，勒令在医院陪他待了一晚的乔雁躺下歇会儿。乔雁的确已经很累了，也没有太过推辞，躺下后就陷入了沉沉的睡眠，再被穆庭推醒的时候颇有些不知身在何处的茫然感。

"等会儿再睡。"穆庭把还在响个不停的手机递给她，"徐振导演打给你的电话——我觉得你可能想接，就没帮你挂掉。"

乔雁愣了一下，心跳猛然加快了不少。她茫然又紧张地接通电话，举到自己耳边，疑惑地喃喃出声："徐导？"

"新年快乐，乔雁。"电话那头徐振的声音有些失真，但听上去比那天她去试镜时却要更加温和，他在电话那头问候了她一句，而后开门见山地说明自己打电话的主题。

"《侠义千金》的女一号我定了你，今天就要去和你们公司洽谈合同了，提前知会你一声，剧本我等下发给你，你自己先做一下准备，半个月后进组。"

第五章
正式进组

乔雁无意识地微张着嘴，眼底是一片没有焦距的诧异与难以置信。

《侠义千金》？女主角？

穆庭坐在病床旁边，察觉她神色不对劲，不动声色地拍了拍她的手背，她被这一拍惊回了神，电话那头的徐振没有再说话，可能是在等待她好好消化完这个事实，也可能是已经没什么话可说，只等她答应下来便结束通话。乔雁将手机拿离耳边，定定地盯着屏幕看了好一会儿，直到徐振的声音再次从里面传来："乔雁？你还有在听吗？"

"在听。"乔雁深吸了口气，再次举起电话，竭力让声音听上去沉着冷静，但声音中不正常的上扬和微抖还是出卖了她内心并不平静的事实。

"徐导，我能问一下您为什么会……选择我吗？试镜的时候您不满意我第二场试镜的状态，也没有让我试第三场，说是以我当时的能力和状态驾驭不了第三场试镜，我以为……以为……那个时候我就已经和这个角色无缘了。"

"哦，你还记得那天的事情？"徐振话说完后，自己倒在电话那头笑了一声，似乎也觉得自己这声感慨来得多余，那天情况实在特殊，算起来也没过去多长时间，要是乔雁说自己忘了才真正令人奇怪。

"你第一场试镜演得很好，我很满意，当场就表示了肯定，但第二场结束后我又突然觉得以你当时的状态没必要再试第三场，你自己知不知道原因？"

"……知道。"乔雁眼神一黯，垂眸低声回答，"我不该只顾一时意气去跟着压戏。"

那天杨硕作为既定男主角，明明是被叫来帮她对戏的，却选择率先故意压她的戏，不知是刻意刁难还是想给她个下马威，总之试镜过程中全程挡她的镜头，将她与机位隔开。她不是没演过戏的新人，无辜被压戏到底有些气不过，第二次试镜时便也刻意压了杨硕的戏。

其实认真计较起来，她的手段比杨硕的坦荡得多，也算给了杨硕发挥空间，没有死死压制，但试镜结束后徐振只是意味深长地看了她一眼，而后便宣布她的试镜就此结束。

对这样的结果，她不迁怒杨硕，而是自认倒霉。没人规定面对她时就要公平公正去对待，这个圈子本来就处处损人利己，杨硕阴她的手段不算罕见，说出去甚至谈不上有失前辈风范，只是一次简单的教训后辈。她也因此多多少少产生过自己不适合这个圈子的想法，但在穆庭的开导下已经看开了许多，这个机会没了总有下次，仔细想起来如果再给她一次机会，她也未必就会选择忍气吞声。

是以对于这样的结果，她感到遗憾惋惜，却并不后悔。但在面对徐振的问话时，纵使心中再多想法，眼下她也只能收起满腹心思，老实诚恳地认真道歉。

如果有一天这个机会再次出现在她面前，不努力争取一把，她一定会后悔。

然而徐振却笑着叹了口气。

"你搞错了，乔雁，我不是气你压戏。"徐振对她说，声音语重心长，"我是气你有那个心思去争口闲气，却没本事争完还把这场戏演得漂亮。"

"你那个不叫压戏，叫抢戏，损人不利己，整个气氛都不对劲了。虞锦扇和蒋绍是仇人吗？不是。你和杨硕是仇人吗？也算不上吧。这点戏里戏外都拿捏不准，你还是欠火候。而杨硕呢？你回想一下那天他的戏，他压你的戏没错，但蒋绍对虞锦扇的感觉，他演错了吗？"

乔雁想了想，不说话。

"怎么，你心里还不服气？"这么倔也不是个好事，徐振在电话那头好气又好笑。

"……徐导说我的话，我是服气的。"乔雁踟蹰片刻，小声回答，"但是说杨硕前辈演得完美无缺那也太过了，就算他没有压我的戏，表演方面我还是觉得有一点违和。可能是我和他对于蒋绍的理解也不大一样，我觉得那个时候的蒋绍对虞锦扇没有他演得那么漫不经心，可能从人物性格上是合适的，但是……"

乔雁犹豫了一下，自己嘀咕了几句后，跟电话那头的徐振认真分析起来。

"我不知道后面的剧本，也不知道他们成亲之前之后都会发生什么，但是我总觉得，虞锦扇是你若无情我便休的性格，要是蒋绍直到他们成亲时都还只是利用虞家和虞锦扇的话……那男主角的位置到这里，就该换人了吧？"

徐振那头安静了片刻后，蓦然大笑出声。

"乔雁啊乔雁，这也就是我为什么之后又试了很多女演员，最后还是回头选中你的原因。"徐振笑着感叹，"杨硕那么演是没有错的，我给他的剧本就是那个样子，他们成亲之前确实没有过多交集，蒋绍暴露身份时对虞锦扇的确就是或许有动心，但远远不到上心的程度。杨硕当时那么演，没有问题。但之后我又修改过剧本，在他们婚前加了一集剧情，加完之后，他当时的表演就显得冷漠寡淡了。我不知道你是不是因为和他不对付才想到这种细节，但既然你想到了，我得承认，这是你的本事。

"在我试镜的女演员里，你演技不算是最好的，和杨硕的对手戏演得简直一塌糊涂，还没试镜第三场就走了，但是你有一个优点，别人替代不了，也超越不了。

"你演戏时带脑子，有自己的想法，自己的诠释，自己的补充。或许某些方面的演技和气度都还需要磨炼，但这些总有一天你能达到，就现在而言，我这种最简洁的剧本风格，需要你这个最会补充升华的演员。

"半个月后进组，就这么说定了。"

徐振不是拖泥带水的人，雷厉风行地讲完这些就挂断了电话。乔雁坐在原处又发了会儿呆，而后转头看向穆庭，缓缓地眨了眨眼睛。

"这是我第一次试镜女主角。"

"酷。"穆庭嘴角一勾，怪模怪样地鼓起了掌，"先试男主角，再试女主角，性别飘忽，老少通杀，厉害厉害。"

像是被这句话戳中了什么开关，乔雁鼻子一酸，终于笑起来。

四年多以前，她是不知深浅一头扎进影视城的新人演员，没有经纪公司，没有前辈提点，懵懵懂懂地自己找龙套去演，头两个月都没有演过给近镜头的角色，一年多过去了，一天挣的钱有时都不够当天的路费伙食开销。

四个多月以前,她是张简剧组NG次数最少的演员,却只能永远可有可无地坐在角落,她深知出挑不是好事,一场重要些的戏就要用接下来全部的戏份交换,没有利益冲突的人都要出手阻挠防止她冒出头来。

一个多月以前,她错失原本已经基本敲定的曹瑞新戏《天涯游侠》的女主角段秋蓉,注定要去片场受一回讥讽,破釜沉舟试了男主角赵铮的戏,获得了一个苍白又无奈的认可。

半个多月以前,她直面曾给过她两次记忆犹新的拒绝的徐振,试镜他的新戏《侠义千金》的女主角虞锦扇,证明了自己的打戏基础,却栽在了对戏搭档的刻意刁难上,惨烈失败的结局毋庸置疑。

然而机会总是留给有准备的人,这句话做不得伪,三年龙套生涯的磨砺让她终于被凯星看中签下,刘雨萱的临危受命让她得到了穆庭和魏泽的认可,《天涯游侠》的角色被抢让她有机会见到了魏泽,而她为《侠义千金》所做的理解与努力终于也得到认可,让她抓住了这个失而复得的机会,拿到了职业生涯中第一个女一号角色。

该来的总是会来。

而为了迎接那一天的到来,要努力,要等,要相信坚持终将被青睐,命运自有安排。

徐振的这部新戏关注度极高。

他本身就是知名导演,以武侠片起家,眼下时隔多年重拾武侠剧大旗,还是罕见的以女性角色为核心铺设主线,自然更加掀起了一股关注热潮。而且有意思的是,计划年后开机的武侠片不止徐振这一部,而和他撞了拍摄档期和题材的恰好也是一位知名导演——

曹瑞和他的《天涯游侠》。

虽然一个是男主武侠一个是女主武侠,类型并不算完全相同,但江湖类的电视剧绝不算是个热门的题材,两位知名导演这么巧合地拍摄周期撞到了一起,不管是有意无意,都引起了公众的广泛注意。

电视剧在开机仪式之前都要放出部分演员名单,是影视界惯例,也是因为重要角色的归属大众最为关心,这个秘密基本也守不了太久,总有人从各种各样的渠道将名单爆料出来，那还不如坦诚些自己公布。两部剧前后脚公布了演员名单，一时又将话题热度炒至了一个新高度。

曹瑞的《天涯游侠》阵容正常，俊男美女云集，锋辰一哥魏泽领衔主演，和本公司的最强新人姚曼欣演对手戏，锋辰扶持新人的举动显而易见，粉丝也都心领神会，社交平台上一片其乐融融的轻松景象。

而徐振的《侠义千金》……

有粉黑掐成一团的话题人物杨硕就够让公众惊讶的了，但杨硕好歹也是轩霆二哥，演技也广受认可，演这部剧还算可以接受，但女主角乔雁……

乔雁是谁？

这个好像凭空冒出来的新人一下子便引起了八方注意，众人在百度搜索这个名字后却惊讶地发现她并不算是个新人，演过的剧名单列了一长串，却都是观众看过后不一定记得的角色，根本没人记得她演成什么样子，一时对她的好奇讨论和奚落铺天盖地。乔雪每天花大量的时间搜索"乔雁"关键词刷网页，常常气得直拍桌子。

乔雁本人没有过多关注这些，徐振把剧本发给她后她就一直在看，都没怎么出过门。名单放出后她一直沉默，公众对她的好奇也一时达到顶峰。然而谁也没能想到，这个仿佛横空出世的小透明演员在名单发布后第一次正式出现在公众面前，是在——穆庭新专辑MV的发布会上。

发布会的时间定在了二月底，连着下了几天的小雪昨夜刚停，正是个阳光灿烂的周末。

还没过正月十五，处处还残存着些许新年的喜气，学生们都还没有开学，工作党也结束了第一周的工作，迎来了短暂休息。这是新年后第一个也是近一个月最好的宣传时段，前几天曹瑞和徐振都公布了演员名单，按说今天举行开机发布会也不算唐突，但此时两人均选择了将发布会时间推迟一周，本周这个黄金时段穆庭的新专辑发布会一枝独秀，在所有娱乐媒体的头版头条耀武扬威，社交平台上讨论度极高。

发布会的外间走廊已经被诸位朋友同行送来的花篮条幅堆得满满当当，粉丝们已经提前带着应援条幅和海报灯牌入场。穆庭的应援色是红色，从后台稍微向外面一望，满眼的丹朱赤绛，热烈嚣张得铺天盖地。乔雁在后台化妆间上好妆，正掀起一角二楼的幕布看着下面，冷不丁被人从后面拍了一下肩，吓了一跳，转过身就发现穆庭正顺着她的视线向楼下打量。

"你看什么呢？"他看了一圈觉得没什么异常，转过头疑惑地问乔雁。

"没，只是觉得来的人不少，好像是我见过的发布会人数最多的一回，多看两眼。"下面粉丝们有序地在工作人员的协助下布置好条幅灯牌，乔雁向人头攒动的方向指了指，"他们真有纪律，你的粉丝都挺好的。"

"来的人肯定不少，因为我很红啊。"穆庭回答得一本正经，而后以满脸"我粉丝当然好，不好不客观"的表情巡视下方。这人真是根本不知道"自谦"两个字怎么写，乔雁有些好笑地想，却见穆庭看了下面一会儿后，转而看向她。

"我稍微看了一下网上的言论，"他说，语气有那么点微妙，看热闹不嫌事大的口吻，"你最近几天黑红黑红的。"

"我还没红呢，那些也不算是黑。"乔雁耸耸肩，回答得云淡风轻。她心态摆得正，在作品出来之前一切都是虚的，现在的言论都还没有根基，谈被打压或是咸鱼翻身都还太早。

穆庭对她的回答不置可否，只是挑起了一边眉毛，饶有兴趣地问她："那你今天打算走什么路线，继续高冷还是亲民一点？"

"你的民我亲什么。"乔雁失笑，双掌合十向上举起，做了个讨饶的姿势，"我就想走个刚健朴实的打酱油路线，太子爷求放过……这都马上要开始了，你还不去找主持人再过一遍发布会流程？"

"喊，还嫌弃我？"穆庭颇感不爽，用眼神狠狠谴责乔雁，然后低头看了眼时间，发觉确实已经差不多到了该开始的时候，于是离开乔雁站的位置，走到其他人的化妆间挨个房间用脚踹门，"到时间了！弟兄们，抄家伙，跟我上！"

"好嘞！"各个房间很快便响起此起彼伏的响应声，在乔雁惊愕的注视下工作室的其他人纷纷带着各自的乐器走了出来——鼓手李潇不用自带乐器，架子鼓自有人负责搬运到了台上，眼下他正一身轻松地走在穆庭旁边，忙着嘲笑背着乐器的其他人。

乔雁被这种豪迈得不太正常的画风惊到了："你们这么玩跟主持人商量好了吗？不是主持人先热一会儿场你们再上去？"她问正好走过她旁边的商晨。

"什么主持人？"商晨被她问得一愣，而后想明白了其中关键，对乔雁笑得露出一口白牙。

"乔雁，你对我们穆哥还是不够了解啊，他连现在网上对你的评价分几种都差不多摸清楚了。"他语重心长地对乔雁说，而后对她兴致勃勃地比了个大拇指，"干得漂亮！保持这种状态继续！我现在去嘲笑他几句给他添个堵，回来再跟你解释啊！"

乔雁莫名其妙地看着商晨高高兴兴地去追穆庭，果然求天求地不如求己，她稍稍叹了口气，默默掏出手机。

等她找到答案的时候，发布会已经正式开始了。

穆庭的工作室并不算是一个正规乐队，严格来讲出道的艺人只有穆庭一个，其他人都算是幕后工作者，但由于穆庭也参与歌曲的创作部分，所以这个工作室的分工界限并没有特别清楚，偶尔现场live的时候几个人还能当穆庭的和音。加上几个人都是二十出头的年轻人，长相又都在及格线以上，没有穆庭帅得那么嚣张醒目，但几个人站在一起的画面穆庭的粉丝还是很喜闻乐见的，在他们出场时便送上了热烈的欢呼与掌声。

他们唱的是穆庭第一张专辑里一首节奏比较明快的歌，不是主打，不过普及率很高，也很适合调动现场气氛。粉丝们有节奏地挥舞着手中的海报和应援棒，整齐划一，好看得紧。一曲很快结束，几人将乐器交到工作人员手上，拿着话筒返回舞台上，在新摆上舞台的凳子上各自坐好。走近台下时，底下的粉丝争先恐后地尖叫着向他们的方向伸长手臂，在穆庭将话筒拿到唇边后却又相继没了声音，这场景令人惊叹。

"今天来的人真不少。"穆庭举着话筒笑着向台下看了一圈，像是见到老朋友一样对他们随意挥了挥手，"又是挺长时间不见了，大家过年过得好吗？吃胖了吗？刚结束长假开始上班还习惯吗？作业写完了没有——"

台下的粉丝会心大笑，乱七八糟地回答着穆庭的一连串问题，场面温馨又融洽。穆庭自己工作室承办的活动向来是没有主持人的，不按一板一眼的流程走，他更愿意用这些时间多和自己的粉丝沟通，不是普通明星答应粉丝的合照签名握手，而是聊些家常，调侃队友，甚至有时还会评价一下关于自己的八卦。

这可能也就是为什么他嘴上从来不客气，打脸更是一打一个准，口碑却依然很好的原因——他不屑于做些委以虚蛇的事，却也不会站在高高在上的角度藐视众生，直白坦诚，对不喜欢的人爱憎分明，却也不会迁怒，比如他前些时间还讽刺过娱乐媒体收钱发他和姚曼欣的绯闻，打脸打得完全不留情面，但却不会因为这样的事而为难所有媒体——眼下媒体被安排到专门的位置方便拍照，而上次发他绯闻通稿的媒体，这次就没有收到邀请，也没有被允许进入会场。

他从不自诩为风度翩翩的君子，但他这样的人，也实在让人讨厌不起来。

乔雁还站在二楼的幕布隐秘的缝隙后面，静静地向下面打量。她从这个角度看穆庭的脸就已经不是很能看清楚，舞台两侧的大屏幕倒是将穆庭的表情忠诚地记录着并展现了出来。她看过去的时候，穆庭正因为听到了一句什么而开怀大笑，他身子略略向后仰，做了造型的头发在灯光下略略泛出星星点点的光来，可能是撒了一点闪光粉，眼睛笑得稍稍眯起，五官舒展到最开，实在是很有感染力。

下颌的弧度好看到没天理！

发布会已经进行了半个小时，工作室几个成员插科打诨互相揭短，间或爆料一些新专辑制作中的趣事，时间过得飞快，歌迷的热情却不见消减。爆料说得差不多了，工作室的其他成员纷纷退场，将舞台留给了发布会的主角穆庭。这时会场的灯光也暗了下来，舞台两侧的屏幕上，本次专辑的主打歌MV慢慢在公众面前现出了它的庐山真面目。

这首在后来被穆庭和乔雁的粉丝笑称为"预言之歌"的主打歌名为《美梦成真》，歌词和旋律都是甜蜜中带着挥之不去的伤感，大致讲的是自卑的暗恋者面对喜欢的女孩却因为悬殊的自身条件不敢接近，只能在梦中达成心意的故事。

梦里两情相悦的故事唱了几多遍，最终却还是要醒，MV不断将梦境与现实的天差地别交相对比，穆庭梦里的眼神幸福中也带着挣扎，清醒时伤感却也有几分解脱。梦里梦外两个世界，一个在两个极端都备受煎熬的灵魂，MV演得幸福又心酸，他唱得挣扎又黯然。

MV在进行到最后一个镜头的时候，男主角终于下定决心不再沉溺于梦中虚幻的安慰，而是回归到这个沉重又真实的世界。故事的最后，在一个阳光刚刚洒向人间的清晨，他与女主角擦肩而过，彼此平静地打了个招呼。

他情不自禁窘迫地低下头去，女主角看着他却眼睛一弯，轻轻笑了一下。

并不带着什么满溢的柔情蜜意，但看着她那样笑起来时，却仿佛顿时从这个伤感的故事中走了出来。

现实同样如此美丽，未必不会美梦成真。

MV结束后，灯光亮起。穆庭重新拿起话筒，没带伴奏，开始清唱这首《美梦成真》，到副歌时一道柔和的女声突然加了进来，粉丝群中开始出现隐隐的骚动，许多人好奇地打量着四周，寻找女声的位置。

而更多的人此刻正盯着台上，歌声没停，穆庭站起身，向后台方向伸出手。乔雁一步步登上舞台，走到穆庭身边，将手放进穆庭的掌心。穆庭对她笑了一下，两人相对而站，唱完了这首情歌。穆庭松开手，面向粉丝，向旁边的乔雁指了指。

"给大家介绍一下。"穆庭朗声开口，声音透过话筒传到会场的每一个角落。

"《美梦成真》MV的女主角，乔雁。"

穆庭的粉丝多多少少都愣了一下。

这不是穆庭第一次出专辑，也不是第一次有女艺人在他的MV里出镜，邀请合作的女艺人出席发布会更不是一件多值得惊讶的事情。

但敏锐的第六感还是让他们察觉到了些许不同的意味，或许是因为两人短暂交握过的手，或许是因为这首情歌营造出的气氛，又或许只是一丝没有道理的危机感。大家下意识地鼓着掌，不至于冷场，一双双眼睛却都带着挑剔的意味不断扫视着台上的乔雁，每个人都感受到了一丝若有若无的紧张意味。

这一打量之下，不少粉丝却又都放下心来。

乔雁的长相本来就是很耐看的类型，眉眼秀丽，笑容温婉，漂亮得恰到好处，不会格格不入，也不至于抢了主角的风头，她今天穿了条湖蓝色的及膝裙子，搭配简单的白色手表配饰，额发梳起，露出光洁白皙的额头，衬得一双眼睛灵动有神。

造型服饰清爽简洁，举手投足大方得体，站在一身休闲打扮的穆庭身边看上去赏心悦目，又避开了MV女主角的发型打扮，绝不会给粉丝以情侣装的感受。眼下离穆庭站得不远不近，也没有向穆庭那边张望，只是向台下打了个招呼便微笑着安静下来，坐在自己的椅子上，没有多做些什么。

是个很规矩的女艺人，会场的气氛悄然轻松下来。

"刚才的MV大家还喜欢吗？"那头穆庭已经开始继续和粉丝互动，也不在意动作是不是合适，眼下正姿态随意地蹲在舞台边缘问下面的粉丝，眼睛都不眨地开始信口开河，"MV我们准备得不太顺利，我有点摸不准暗恋的感觉，麻烦乔雁来来回回帮我拍了很多个版本，占了她很多时间。徐导给我打了无数个电话跟我要人，差点没杀到我工作室来跟我拼命——徐振导演你们知道吧？他不马上要拍新戏了吗，我抢在他前面把他的女主角挖过来给我干活了，就是这么火眼金睛善于识人，他不服也没办法。"

他毫无心理负担地开始自夸，脸上表情带着点调笑也带着点嚣张的得意，一副"天生我才难自弃"的骄傲表情。粉丝都熟悉穆少爷的水仙属性，对他三五不时的自恋自夸适应良好，眼下正兴高采烈地挥舞着灯牌和海报回应他，他打量了场内几张印着他不同造型的海报，突然摸了摸下巴。

"这几张海报这么大，举着不累吗？"他问下面挥舞着海报的几个粉丝。

"不累不累！"举着海报的粉丝兴奋得快要晕过去了，尖叫着大声回应他。

"这回答跟说好的不一样啊，你们不会按照剧本规规矩矩地答吗？说举得累了我不就能给你们点奖励了吗？"穆庭表示不满，招呼来一个旁边的工作人员，要了支签字笔拿在手里，冲乱叫成一片的粉丝扬起一边嘴角，笑得玩世不恭。

"今天看海报顺眼，我挑一张签名——乔雁，"他突然转过头去，问一旁安静坐着的乔雁，"你说我挑哪一张签名好？"

"嗯？"乔雁骤然被点到名，看着穆庭的眼神还有一点茫然——穆庭又没跟她对过台本，谁知道太子爷这是又在玩什么梗。不过反应过来穆庭的用意也就是一瞬间的事，她抬起手数了一下台下的大海报，带着点疑惑与狡黠，微笑着回答穆庭的问话。

"也不过只有十几张而已，都签了似乎也不是特别麻烦。"

"也有道理。"穆庭咂砸嘴，转向台下时笑着对粉丝向乔雁的方向指了指，"既然她帮你们说话我就全签了啊，记得承人家一份情，下周同一时间徐振导演《侠义千金》的开机仪式，大家多关注一下，社交平台上说点好话，我今天就用这十几张签名海报雇你们当一回五毛水军——"

台下粉丝笑成一片，穆庭反倒脸色一板，摆出一副被忽悠上当的受害者表情："不对啊，《侠义千金》又不关我什么事，这个宣传费用我为什么要出，这不有主演在这儿呢吗？乔雁，你也该来点表示吧，给我粉丝送点福利啊，比如剧透一下？"

"我还没进组呢，一般来说剧情能现在往外透露吗？"乔雁愣了一下，但见穆庭这么大方地说出来，肯定不是刻意要她为难的，索性对着话筒直接问他。

"不能啊，"穆庭的表情也很坦然，"所以我这不忽悠你呢吗。"

……这人几岁啊？乔雁的笑容简直要凝固了，一时竟不知道该作何表情。

台下的粉丝简直要笑疯了，就喜欢看穆庭这样光明正大欺负别人！别人还敢怒不敢言！那感觉好极啦！也有笑着喊穆庭又出来欺负人了，总之一派其乐融融，现场气氛几乎炒至顶峰。工作人员将收集的海报拿到台上，穆庭依次签好后站起身回到椅子上坐好，又对着乔雁笑了一下，举着话筒问了句："真没什么能剧透的？"

"《侠义千金》的剧透我不能讲，但是专辑录制时的花絮我倒是能说上一点……"乔雁举起话筒，刚接了这么一句，台下的粉丝便又尖叫起来，她等这一波尖叫渐渐平息下去，才微笑着继续开口。

"有趣的事情他们刚才已经讲了很多，我说一点他们刚才没有提到的。之前的专辑制作创作过程我没有参与，不知道一首歌从灵感到成曲要经历多少艰辛，但录制MV的这十几天里，我亲眼见到他们每个人从早上工作到后半夜的景象，快过年的时候穆庭除了制作专辑，还在参加各种电视台和网络平台的新年活动，可能因为太过劳累，发了场高烧，但全程也没抱怨过一句，保持着自己最饱满的状态，一直坚持到专辑结束。

"MV录制结束的那天，我和他一起走出工作室的写字楼。我是要回家开始春节假期，他还要去参加一个节目的录制。我没有宣扬他们为了这张专辑多么多么拼命所以就应该专辑大卖大获成功的意思，毕竟每个人都在各自的行业拼搏坚持……"

乔雁收回一直看向台下的目光，看着穆庭轻轻莞尔。

"但我今天还是想把这些分享给大家，对于这张专辑，不止大家一直在翘首以待，他们也在为了同一个目标努力，在精益求精，在尽量满足你们的一切想象，让你们觉得惊喜。这种被重视着的感觉，应该还挺好的吧。"

"谢谢。"穆庭看着她，罕见地顿了一下，而后才同样笑起来，"很欣赏你，合作愉快。"

穆庭对粉丝好本来就是圈里出了名的，眼下被乔雁这么一抒情，气氛更有点刹不住地向催泪方向发展。他们几个男生不方便在台上大打煽情牌，一直走轻松积极的插科打诨路线，乔雁不多的发言刚好补上了这块空缺。她从舞台上下来时就见商晨、宋欢、李潇几个凑在一起嘀嘀咕咕，见了她第一个反应竟然是下意识一个立正。

……又怎么了？乔雁莫名地看着他们的动作，低头打量了一下自己，确定没有失礼的地方后一头雾水地走开了。

"我一直以为穆庭目中无人，眼高于顶，不解风情，简直是瞎。"李潇目送乔雁的背影进到化妆间，眼神几乎是悲愤的，"结果他也不跟兄弟说一声，自己默不作声就看上了个最好的，我怎么就那么来气呢？"

"真想找个机会套他麻袋啊……"商晨长叹一声，迎来呼应者众。

穆庭自然不知道工作室的成员眼下正集体对他进行讨伐，现在煽情的那部分已经过了，发布会迎来了记者提问的时间。穆庭的身份摆在那儿，记者对他其实不敢问什么太过分的问题，还算和谐地进行了一会儿，一个别有用心的记者提到了乔雁，场面顿时有些脱离控制。

"请问穆庭先生，为什么这次MV录制会请新人乔雁当你的女主角呢？"

"准确来说不是邀请乔雁，是邀请凯星娱乐共同参与这次专辑的制作，就像上张专辑选择和轩霆合作一样，我们工作室一直在尝试与不同的娱乐公司进行合作。乔雁是凯星推荐的艺人，合作的原因就这么简单。"穆庭回答得很官方，而后顿了顿又补充一句，"另外我刚才也说过了，和凯星的这次合作很愉快，乔雁是位很有潜力的演员，我很看好。"

"那为什么不是和锋辰娱乐合作呢？"那位记者继续提问，紧抓住这个问题不放，"有传言说您这张专辑本来邀请了锋辰的姚曼欣，为什么之后又换成了和凯星合作？"

穆庭似笑非笑地看了提问的记者一眼。

"你也知道是传言，还要刻意来找我求证？"穆庭的表情没什么温度，但还算平静，对这个问题没有丝毫躲闪，直接正面回答，"因为要避嫌啊，前段时间你们不是还疯传一张我夜会情人的照片吗，今天姚曼欣没来这种问题你们都问出来了，她要真来了你们不得让她脱了鞋跟我比身高？让人家多尴尬，我可没这么不厚道。"

你厚道个鸟，你要厚道还能提你微博公然打她脸的事吗？记者们纷纷在心里默道，这种话却是不敢说出口的，只好换个方向继续锲而不舍地提问："那您刚才说这次和乔雁合作愉快，以后如果有机会的话会再次合作吗？"

"会。"穆庭回答得毫不犹豫，"我们私交不错，我对她作为一个演员的专业素质也很欣赏，事实上《侠义千金》也有和我们工作室洽谈主题曲的事宜，但还没有最终敲定，如果有消息的话会第一时间公布出来。"

"既然这么欣赏，那两个人有进一步发展的可能吗？"混乱之中不知道谁趁乱问了一句，一时媒体席上都为之一静，记者们四下张望，寻找那个敢问这种问题的勇士。

"哪家的记者，语文没学好就出来蹦跶？"穆庭哪是会被乖乖逼问这种问题的人，当下直接冷笑一声，说话完全不留情面，"女朋友和女性朋友至今还不是同义词，就说明这两个定义指代的对象有所不同，我懒得猜这位记者这么问是什么意思，不过你们如果还是没什么关于专辑的问题要问，媒体采访环节到这里就结束吧。"

他是说到做到的那类人，又的确不怕得罪媒体，加之这件事的确是媒体过分在先，现场数百粉丝见证下也操纵不了舆论，媒体们灰溜溜地回归正题，又过了一会儿，采访时间结束，发布会也到了结束的时候。穆庭在最后下场之前看了一眼二楼幕布的角落位置，果然见到在老地方又被掀起一角，于是在下台之前重新看向粉丝，最后一次开口。

"在我刚才上台之前，有个人看着你们布置会场，跟我夸了你们，语气带着点羡慕。"穆庭站在舞台中心，看着下面山海一样夺目的红色，有些感慨地开口，"其实我和你们认识的时间不长，相处的时间更是几乎没有，得到你们这么真诚热烈的支持，我心里很高兴，也有点受宠若惊，不知道怎么就入了你们的眼，有时也会忐忑，想着怎么回报你们的一片真心。"

"我这个人，向来觉得自己是宇宙第一好的。"穆庭说到这里，自己也低头笑了一下，而后很快又看向下面的粉丝，"但我从来不觉得别人也该觉得我好，甚至喜欢我支持我，能有幸认识你们，我觉得很开心。"

"我和你们见的次数不多，但每次见到你们，你们都这么给我长脸，让我觉得很骄傲，谢谢你们。"

"下一次见到你们不知道又是什么时候了，"穆庭笑了笑，低头掏出手机，"记录一下，咱们从现在开始都努力吧，过好自己的生活，让每一次见面时彼此都会觉得，哎呀，我能有幸认识这么个人，真是太好了。"

手机传来振动的声音，乔雁掏出手机，看到台上的穆庭给她发了一条短信。

你也一样。

《侠义千金》发布会举行的第二天，乔雁就收拾了行李正式进组。

曹瑞与徐振选在同一个周末前后脚召开了新剧发布会，两位导演还算厚道，发布会举行地点离得不是很远。记者们今天看曹瑞明天看徐振，整个周末都在忙碌奔波，通稿都不知道该发哪个。

《天涯游侠》剧组魏泽作为领衔主演，和曹瑞并肩站在正中央接受采访，女一姚曼欣与女二沐雪晴分别站在曹瑞、魏泽身边，其他女演员按戏份顺序一字排开，个个如花似玉，争奇斗艳，一时叫人看花了眼。

这部剧的女二最终定了沐雪晴，既算是意料之外，也算是情理之中。沐雪晴虽然演技一言难尽，但毕竟背景够硬，什么资源都能拿到，虽然口碑不佳，但却有一个实打实的珠玉视后奖项在手。这部戏不以女主为中心，女二的戏份大抵也就有女一戏份的一半，但沐雪晴单凭一人之力，竟生生将女主演姚曼欣的风头盖了过去。

有魏泽做演技与收视保证，沐雪晴做话题与流量担当，又有翻拍经典的粉丝基础在前，发布会取得了良好反响，各路人马都对这部剧表达了期待，很难想出这部剧不红的理由。

而徐振的《侠义千金》发布会，就很难说成功与否了。

多年没有涉足相关题材的名导演，瞒得滴水不漏的新剧本，没有存在感的新人女主演，和处于话题中心的争议性男演员，这样的发布会怎么看怎么透着点诡异，剧集的走向与前景也十分扑朔迷离。对徐振能力有信心的观众不少，但更多人对这部戏并不看好，发布会也没有前一天那么轻松有趣。倒是网上的反响有些出人意料，对这部剧的选角居然颇为肯定，观众们纷纷表示可以接受，至少比挑了沐雪晴演女二的隔壁剧组好。

这一切很大程度上是因为穆庭的关系。由于一周前穆庭对乔雁的大力提携与明确支持，并提到了可能会有的主题曲合作做噱头，徐振的发布会上媒体并不会拿她的新人身份大做文章，穆庭的粉丝也果真很听自家偶像的话，刷《侠义千金》的话题时都会说上两句好话，连带着提到乔雁时语气都充满了鼓励与包容，颇有一副她路人粉很多的欣欣向荣景象。

当然这一切都是虚的，没人会真把穆庭粉丝的这种爱屋及乌行为当成乔雁自身的筹码，她依然得天刚蒙蒙亮时便早早动身前往拍摄地点，谦虚地做第一个进组的演员。

然而有人比她来得还要早。

刚出了正月十五，北国的城市远远还没到回暖的时候，但剧组已经在晨光中醒了过来。她到达剧组所在地的时候摄影棚已经开始搭建，见不到徐振的人影，倒是能听见他的声音，透过手持喇叭传遍剧组，杀伐果决，对每一个他看到的地方都要点评挑剔一下，态度严谨，一如既往。

靠门口的背风处放着张椅子，上面放着一碗稀粥和三个用塑料袋简单装着的包子，有个裹着军大衣的人蹲在椅子面前埋头吃早饭，听见脚步声回头看了一眼。

乔雁的脚步顿时一顿。

"……杨硕前辈，"她有些尴尬地站在剧组门口，一时踌躇着不知是不是该继续向前，最后略微不自然地率先打了个招呼，"来得这么早？"

"是你太晚了。"杨硕裹着军大衣蹲在地上的样子根本没什么造型可言，眼下手里拿着吃了一半的包子居然也没有很违和，他打量了乔雁两眼，视线快速从化着淡妆的脸划到厚实的衣服，最后扫了一眼她空空如也的身后。

"你没带助理？"他漫不经心地问，低头继续吃自己的早饭。

"因为不太清楚徐导的态度，也不知道大家都带没带助理，我就自己先来一步，如果没问题的话再让她自行过来。"乔雁笑了笑，沉静地回了一句，稍稍放松下来。

这一次见面，杨硕对她的态度比上一回要好上太多，没有继续挂着他那似笑非笑的玩味表情，稍显冷淡的脸却反而没什么危险。她由衷地松了口气——毕竟要作为男女主角在同一个剧组共事好几个月，不可能永远就那么剑拔弩张下去，眼下对方收回攻击的姿势，她自然乐得回以示好，以期和平共处。

"大家已经都来了？"她回过头去想杨硕刚才的话，顿时有些紧张，生怕自己不小心做了最后一个进组的新人，那样也实在太过不懂规矩。杨硕没什么表情地看了她一眼，随后摇了摇头。

"叫你助理过来吧，你要想的话把你的整个团队带过来都行，对徐导来说只要你收拾好自己，不影响拍戏，带几个人对他而言都没有差别。"他先回答了乔雁的头一个顾虑，而后不答反问，"你以前没跟过名导的剧组？"

"算是跟过吧。"乔雁沉吟了一下，有些犹豫地答，"以前我这个时间进组的话算是……比较早的。"

"那你是没跟过徐导的剧组。"杨硕喝完了米粥把早饭解决完，塑料袋一扔自己就坐回了椅子上，给她指了指更衣室的方向，"徐导脾气大，没有敢在他面前要大牌的演员。今天早上人肯定就能到齐，趁着现在大多数人还在路上赶快把戏服换了，不然要排队，试衣间在那边。"

"啊……谢谢。"乔雁立刻意识到杨硕说的是实话，因为说话的工夫就已经有出租车在不远的地方停下。她匆匆道了谢就要过去换衣服，杨硕却在此时叫住了她。

"乔雁，"杨硕看着她，眼中又重新浮现出了那种意味深长的笑意，"那时候你说的话，你现在还记得吧？"

乔雁稍稍愣了一下，随即了然。

"当然记得。"她对杨硕报以一个浅浅的梨涡，冲他点了点头算作短暂道别，继续向试衣间走去。门关上的那一刻，乔雁脸上的笑容瞬间淡了下来，一抹凝重在眼底一闪而过。

杨硕刚才的话指的自然是她试镜时两人互相压戏时所说。彼时她心中气不过，以为自己已经失去了这次机会，第二回合结束反压了杨硕的戏后对杨硕低声说了一句话，声音低如耳语，连徐振都没有听见，只有两人心知肚明。

那时她带着淡淡的讽刺意味，轻声问杨硕："压戏有千百个方法，前辈何必非要选择最不堪的那种？"

杨硕今天哪里是主动后退一步示好？

他这分明是，向她宣战呢。

讲和也好，宣战也罢，既然改变不了，注定要来，乔雁反倒谈不上畏惧。她换好戏服后像杨硕一样领到了一件御寒的军大衣，《侠义千金》故事开始的时间正值盛夏，她得过上好一段时间冰天雪地里穿着单衫喊热的日子。等她从试衣间里出来后剧组的女二号也到了，眼下正在门外面排队。

凌宇娱乐的一姐沈嘉笙，按成绩比轩霆二哥杨硕还要强上一分，是这个剧组最大牌的演员，也不知道为何会接下一个小小的配角，眼下更是屈尊排队站在门外，不知道站了多久，周围站着好几个剧组的工作人员，竟然没一个人敲门催她。

乔雁出来时骤然见到她，顿时心下暗惊，随后在对方伸出手时迅速做出反应，客气地稍微弯了下腰才抬手握住对方的手，笑得眉眼弯弯："笙姐早上好，我在里面是不是待得太久了？不好意思啦。"

"哪有的事，我也刚到。"沈嘉笙笑吟吟地和乔雁亲昵地拥抱了一下，眼波一转便是一道妩媚的弧光，"别这么客气，穆庭提了你这么多次，我可早就对你好奇得很，以后你在剧组把我当成亲姐姐就行，有不懂不适应的就问我。"

"穆庭？他提我干什么？"乔雁茫然地看向沈嘉笙，停了几秒钟还是忍不住开口询问，目光中难掩错愕，"我跟他也只是合作过十几天而已，他这人这么的……古道热肠？"

"他哪里是古道热肠呀，傻丫头。"沈嘉笙失笑，亲昵地用手指轻轻戳了一下乔雁的脑门，"他这分明是……算了，总之你在剧组有什么问题找我便是。"

"……哦。"乔雁迟疑着答应下来，顿了几秒钟，突然恍然大悟。

"没问题啊，笙姐。"她的笑容骤然带上了些促狭和打趣，以一副了然于心的模样对沈嘉笙眨眨眼睛，"笙姐放心，虽然我跟穆庭不熟，但一旦他向我问起笙姐你的事情的话，我一定知无不言，言无不尽，你不方便跟他说的话我一定帮你传达到位——"

"哎呀，这小妮子胡说什么呢？"沈嘉笙眼睛里光泽闪了闪，随即微微红了脸，做出有些害羞的表情，"这么多人听着呢，别胡说。"

"好好好，我不说，大家都懂。"乔雁笑着应下，向旁边走了两步让开位置，"瞧我站这儿多碍事，笙姐进去吧，里面暖和，先缓一会儿再换衣服。"

沈嘉笙笑盈盈地看了她一眼，没说什么，向试衣间里走了进去。

乔雁保持着微笑的样子向片场走了两步，悄悄松开握成拳的手，抹去掌心的细汗。

穆庭虽然说起话来肆无忌惮，但头脑清楚精明，和凌宇一姐说起她这种事情……

怎么可能？

这是一次从揣摩心理出发的试探，所幸她确实坦荡，要是稍微迟疑一下，几个工作人员恐怕就要默认她和穆庭的暧昧关系。眼下她把话题绕回沈嘉笙自己身上，算是逃过一劫，但前有虎视眈眈的杨硕，后有动机不明的沈嘉笙，这个剧组……

并不怎么好待啊。

"乔雁？乔雁在吗？"正想着事情，一个工作人员探头向她招呼，"你助理来了，我让她到这边找你？"

"嗯，好。"乔雁略略一怔，点头应下，又一次轻轻叹了口气。

很好，现在她的助理也过来了。

她明明是告诉助理先留在住处等她的消息。

而此时此刻，她还什么消息都没来得及传达出去……

在正式开机几天之后，乔雁就切实地体会到了杨硕所说的"没有人敢在徐振面前耍大牌"这句话的意思。

每个导演拍戏时都有他自己的习惯和脾气，这种执导习惯会直接影响到整个剧组的面貌与状态。就乔雁待过的剧组而言，大多数导演不管私下里性格如何，在片场时的脾气都不会太好。协调整个剧组流畅运作不是件容易的事情，哪个地方不对劲都有可能耽误整体的拍摄进度，想要达到导演自己的心理预期，实在是件非常困难的事情。

一次两次还好，这样的偏差多了之后就算性格再温和的人也难免开始焦躁。而且除了张简那样极少数对自己的要求难度之高心里有数的导演，大多数导演都会觉得–——我要求根本不高啊，都是你们随便演演就能过的程度，你们NG这么多次是什么意思，跟我不对付故意给我找麻烦吗？！

导演对拍摄难易程度的认识就是这么想当然，而且理直气壮，一意孤行，拒不接受剧组其他人对于实际执行难度的哭诉。乔雁本来觉得自己这几年也算辗转于许许多多剧组，对导演的众生百态也算有所体会，但徐振的出现，彻底颠覆了她心中对于导演龟毛程度的认知。

如果说其他导演都还停留在吹毛求疵的阶段，只是程度有所不同而已的话，那么徐振显然已经跳出挑剔阶段，不在想当然之中，如果只能用一句话概括他在片场的脾气的话，那么这句话一定是——一言不合，拔刀相向。

他显然不觉得作为一个导演，只要坐在椅子上看看镜头和演员就行。徐振有着极强的使命感和集体荣誉感，换言之就是他不光什么都要管，还特别热衷于实行万恶的连坐制度，真把他惹不高兴了，他发火的程度简直会波及九族，眼下灯光师、化妆师和道具师就裹着军大衣排成排蹲在拍摄地点背风的墙根儿底下，有志一同地一起吸鼻子。

"我今天又被徐导从头到脚骂了一遍。"剧组的首席化妆师揉了揉冻得通红的鼻子，消沉地把自己缩成一团，"其实一开始接到这个活的时候我是拒绝的，但架不住朋友劝我说跟一个名导的大剧组有助于事业发展，我信了他的邪——我怎么就信了他的邪呢？！"她懊恼地猛拍旁边人的大腿，道具师被她拍得倒吸一口冷气，两人开始互相打来打去，灯光师在她们身边生无可恋地叹了口气，十分消极地劝着。

"别打了别打了，留点力气待会儿去挨徐导的骂。"

"徐导"这两个字简直是正月里一阵提神醒脑的西北风，化妆师和道具师齐齐打了个哆嗦，重新萎靡下来。化妆师沉浸在自己的世界里悲伤得无法自拔，道具师被她勾出了倾诉欲望，也开始跟着唉声叹气。

"你好歹还被夸过呢，定妆照发出来时我上网看了，大家都还挺满意的，满屏幕都是夸化妆师良心的，只有徐导不满意而已。哪像我，忙到现在还没听到过一句好话呢……"道具师满眼沧桑地抬头看天，愁肠百结的模样，"这部剧显然就该是个架空古代的剧本，为了应付审查安到一个特定朝代也就算了，编剧还挺良心，江湖故事嘛，能模糊的正史都模糊得差不多了，结果徐导……让我把道具都对应到那个朝代去……"

道具师哽咽，心中酸楚难平："宫廷剧朝廷剧这么要求也就算了，你一个武侠片凑这种热闹干什么，干什么？！精益求精是这么求的吗？！难道朝代不只是用来确定发型服饰和历史事件的吗？！哪有史料会记载这个朝代江湖流行什么东西，这到底是考验我的历史积累还是脑补能力，这不跟让学环境工程的去扫地，学物流的去送快递，学哲学的去卖安利一样吗？！"

"哦，你们俩各有各的苦衷。"灯光师面无表情地在一边接话，"你们的妆面和道具打了光之后不大上镜，所以被一起赶出来反省的我也错了？"

这位跟他们蹲在一起的灯光师，显然又是个被不幸波及的无辜人士。化妆师和道具师干笑两声，心虚地缩缩脖子不说话了，三个人在冷峻的二月底静静感受天地人赋予的由内到外的冷意。有人在他们旁边叹了口气，幽幽地感叹了一句："人生真是太艰难了……"

是啊是啊，三个人苦兮兮地点头附和。

咦，这个声音……

三人转头看向熟门熟路蹲在旁边的乔雁，作为这部戏的绝对女主角，她显然完全没有得到什么优待，从御寒的军大衣到苦兮兮地靠墙角蹲着的姿势，都和他们如出一辙。这两天众人也都习惯了墙角女主角这种连剧组一景都算不上的画面，三人纷纷了然地和乔雁打了个招呼，向她投去同情的眼神。

"你那场戏还没过啊？我感觉演得已经够好了，但徐导的脾气你也懂，别灰心啊。"

"同志们放心，我还挺得住。"厚重的军大衣一穿后行动就不大方便，乔雁费力地抬起手，姿势有些笨拙地拍了拍胸口，"我还想争取今天过呢，歇会儿就再去拍。"

徐振在片场的高要求和暴脾气，她在短短几天之中就已经有了深刻了解，但其实最开始几天徐振训斥别人的次数很多，而在面对她时，徐振真的还算风平浪静。

毕竟她是靠实打实的试镜争取到的这个角色，武打戏甚至得到了徐振难能可贵的"不错"二字评价。总的来说，徐振对她的演技还是比较认可的，在拍前面虞锦扇在岭南虞家上房揭瓦的先行戏份时，NG次数基本都在正常范围之内，顺利得让其他人都大感意外。

徐振对她满意，连带着她在剧组的日子也好过很多。刚开始进组时，杨硕和沈嘉笙都曾对她表现出过明显的试探和不善意味，这几天随着她拍摄进程的顺利进行，两人就都没什么进一步的动作。她又的确是温和好脾气的性格，这些天下来和剧组的工作人员相处也很融洽，一切都这么理想，她在刚进组时连想都不敢想。

　　当然，好日子向来短暂，她在抓紧时间过了数条虞锦扇前期的日常戏份时，终于无可避免地卡在了一场戏上。虽然她演技过硬，但毕竟女主角的戏份实在太多，她有天分够努力，但到底以前基本都在演龙套，有些演戏技巧和经验她接触不到，自然也不可能无师自通。她早早预料到了自己会卡戏，只是连她自己也没想到，这场戏居然卡了这么久。

　　这已经是她卡这场戏的第三天了，眼下她在冷风中蹲在墙角反思，这谁都不怪，倒是自己也觉得不好意思，这已经算是严重影响拍摄进度的事情了，今天必须把这场戏过掉，否则流失的不光是剧组精打细算的时间，更要命的会失去徐振及剧组其他人对她和她演技的信任。

　　就像一个成绩一直很好的优等生，偶尔考砸一次或许不算什么，老师家长都会觉得不过是不小心的失手，下次成绩肯定还会上来。但如果这个学生连续几次考砸，所有人就都会开始怀疑这个学生的水平，会开始找各种各样的原因，急于为她的失败做个总结。就算她之后再次考好，但疑虑和不信任的种子已经种下，所有人都会三五不时地拿她那段时间的失败说事，留下的印象很难再被改变。

　　在剧组所有人眼里，她现在的定位是个很有实力的新人演员，但每在这场戏上再卡一次，别人对她的印象里"实力"两个字就会淡去一些，等到这两个字被彻底抹去的时候，她不过也就是芸芸新人演员中最普通的一个，别人觉得她够不够资格演虞锦扇恐怕都难说。

　　这种小插曲，公众可能永远不会知道，但娱乐圈就这么小，没有人真正拥有可以犯错失手的通行牌，这部戏若是她演好了，以后虞锦扇就是她演艺事业新的起点高度，若是演不好，那她就还是那个娱乐圈小作坊公司的十八线一姐，等于白白浪费了这么好的资源。

　　对这些事情，乔雁向来心中有数，想得也足够清楚明白。她知道这种事情的风险，对此却并不排斥或讨厌，相反，有机会用自己的本事决定自己的未来，她觉得很踏实，拼得也心甘情愿。

眼下乔雁卡了三天的这场戏，是一场将近两分钟的面部表情特写。

这是场她和杨硕的对手戏，发生在比武招亲擂台上虞锦扇输给了蒋绍之后，正是徐振在最后时分加进剧本里的男女主角成亲前的一集互动戏份。在这一集中两人的感情会出现明显进展，原本不怀好意而来的蒋绍对虞锦扇动了真情，而虞锦扇原本对于蒋绍的一种武艺上的优越感也向男女之情转变，是前期很重要的一集。

这集之后，蒋绍对虞锦扇的微妙感情明朗化，所以他才会在成亲时被揭穿后显得没有往日里那么坏得坦坦荡荡，而察觉到两人互相均有好感的虞锦扇也才会在糟糕的成亲之日后，做出孤身离开岭南虞家去往中原的决定，剧情上承前启后，让故事走向变得更为合理，她和杨硕对这场戏的完成度，也着实非常考验各自的表演功力。

两人加起来的连续面部特写超过三分钟，乔雁作为第一主角，特写戏份要比杨硕多了差不多半分钟。长时间面部特写的表演对演员的演技要求极高，看视频时偶尔有个超过十秒的画面定格，很多人都要怀疑是不是自己的电脑卡住了，三分多的面部特写显然更加要命，虽然也不会这三分钟始终就只盯着脸拍，但对乔雁来说，还是太勉强了。

她有没有控制自己面部表情的能力？有。试镜时徐振其实也问到了相关问题，乔雁对自己的面部表情和特征都是有了解的。几乎每个演员每天都要花很长的时间照镜子，不停地做各种各样的表情，来训练自己的表情驾驭能力。乔雁从来不是自视过高的人，近两年她每天都会花差不多一个小时的时间去做这种训练，也很有成效，不然她也不会是连挑剔如张简都非常认可的演技派，更是第一时间就找了她替女主角的戏。

但她再努力，别人又何尝停下过努力的脚步？就算她再有天分，再刻苦用心，两年和十年的努力还是会有差别，何况她之前演得都是龙套角色，没有哪个剧组会给一个龙套长时间的特写，面对这种镜头的表演方式她就要现学。这场戏杨硕的确演得比她好，她自认输得起，对这样的事实也敢于承认。

但杨硕似乎丝毫没有感受到她光明磊落的内心，今天两人对戏，他又抓住机会，当着乔雁的面雪上加霜地阴了她一回。

面部表情这种事情，说到底其实也是演技的一种。乔雁到底是天分极高的演员，从事这一行也算是老天赏饭吃，又肯沉下心思去琢磨，cut了两天半，每次NG后自然都会自己总结原因。今天下午再一次拍摄时，其实徐振看她的视线里已经带着几分满意了，一直绷着的脸色也缓和下来，一直没喊cut，让他们两个完整地演完了这一幕。

徐振中途没喊cut，演完了也没有及时开口，十有八九就是他觉得这场戏还不算是最最理想的状态，但已经差不多可以过了。乔雁心下松了口气，却在此时异变陡生，本来站在她旁边的杨硕突然走上前，对着徐振轻声说了几句什么，徐振似乎也愣了一下，而后看了她一眼，略作沉吟后点点头。

"的确是还差那么一点。"徐振平静地宣布，"乔雁，你休息一下再找找感觉，一会儿再来一场行不行？"

用的是疑问的语气，但显然乔雁并没有拒绝的余地。乔雁当即便弯了弯嘴角，痛快地应了声好，在单衫戏服的外面罩了军大衣去到外边待着，走到徐振看不见的地方才深深吸了口气，而后又缓缓地、沉重地吐出来。

在徐振面前，她不光不能对决定表示不满，甚至连这样的疲惫，都不敢冒险表达出来。

杨硕下了戏之后从助理那里倒了杯热水喝，一个转身的工夫在片场就看不见乔雁了，稍微一想就找到了这里。他带着保温杯过来，见到墙根儿底下排成排坐了四个，他笑了，颇接地气地在乔雁身边按队形蹲好，道："你们都蹲在这里干什么，开小会骂我？"

"骂你干什么呀，我们在这儿诉苦呢。"化妆师活泼一些，带头回答杨硕的问题，见有帅哥新加入进来脸有点红，倒是唉声叹气得更加起劲了，"我现在简直生无可恋，徐导就是我人生中的……冬天……"

这个有点风又有点形象的比喻让其他几个人顿时都笑了起来，那头片场里徐振不知道是不是终于发现有几个工作人员跑走偷懒了，又在拿着手持喇叭发飙："人呢！道具师！你的道具怎么准备的？这什么东西？！"

道具师顿时就被喊得一哆嗦，连带着其他两个人都开始手忙脚乱地往片场里边跑，一时间竟然把这个剧组的男女主角一起扔在了外头。两人一时都有些反应不过来，蹲在原地迎风茫然了好一会儿。

最后还是杨硕先有了动作。

"你刚才是不是蹲这儿骂我了？"他转头问乔雁。

乔雁被这么直白地逼问，居然也相当坦然，她配合地点了点头，字正腔圆神情严肃："是啊，我刚才就在心里反复告诫自己，看到没，以后做人千万别像杨硕这样，会被扎小人的。"

两人顿了顿，一起笑出声来。

拍摄这些天过去，两人当然依然别着苗头，但偶尔也是能像现在这样和平共处的。两人现在没有利益冲突，从拍戏角度来说其实还算一荣俱荣一损俱损，杨硕当初的压戏没能让乔雁错失虞锦扇这个角色，说到底两人也没什么深仇大恨。乔雁其实是个很难让人产生反感的人，而杨硕也不像外界传闻的那么面目可憎，就演戏而言他是个好演员，就像乔雁见到他时的第一印象那样，宠辱不惊，乔雁自然也不笨，两个聪明人相处，总不会各自不识时务。

"心里不满是不是？"杨硕抬头看了眼灰蒙蒙的天，这个城市的冬天向来如此，不见阳光也不见雨雪，永远是有些压抑的暗色，他自顾自看了一会儿，淡淡一撇嘴角，耸了耸肩，"这个圈子里，没人想眼睁睁地看着另一个人顺风顺水地出头，我也不过是很多人中的那一个，所以不用这么在意，以后说不定你也会变成这样的人，早适应也没什么坏处。"

"没什么，现在如果我们两个角色互换，我要是你，应该也会像你这么做。"乔雁眉目舒展，说出这些话时神色依然平和。杨硕饶有兴致地看了她一眼，她正将双手放在唇边呼气取暖，一团浅淡的白雾散开。

"我要是你的话，也不愿意自己用一百分的完美演绎去迁就对方六十分的及格表演。新人没经验不能成为借口，演不好就学，就改，就努力演到最好，连这点觉悟都没有，还妄想当什么人上人，爬到所有人上面？所以，杨硕前辈，"乔雁侧眸看了他一眼，眼神坦坦荡荡，"我知道我自己哪里不到位，哪里需要改，哪里要努力，你不用使完坏之后还过来安抚我，又拿到自己的好处又想博取我的好感，哪有那么便宜的事情！

"你在这个中间乘人之危，没什么不对，我实力不够，也自认倒霉。也希望前辈一直这么完美地演下去，别被我抓住什么机会。如果有一天你真的给了我这个机会——

"那我一定也不会放过。"

他们在外面待了一阵，等到片场里面又响起徐振铿锵有力的"action"时才并肩走了进来，一个眉目疏朗，一个笑意盈盈，丝毫看不出就在十几分钟前彼此还发生过一次剑拔弩张的冲突，两相对望的眼神里各自沉着锋利，像是场无声的交战，谁也不肯轻易退后一步。

他们不算敌人，也不是朋友，不过是为着同一个目标各自奋斗。在走红与上位的这条路上，没有方法对错，只有手段高明与否。运是谦辞，命是借口，人们只会看着结果的不同总结成功或失败的理由。她与杨硕都是天生的演员，互相借力容易，粉饰太平也没问题，但从本质上来说，永远不是一类人，根本走不到一起。

"道不同，不相为谋"，这个道理，她和杨硕都心知肚明。

所以这些日子以来，杨硕对她明里暗里淡淡地示好，她看在眼里，心中有数，但对配合杨硕的行动没有兴趣。无论杨硕是真觉得她为人尚可，又或是想利用她达成什么目的，她今天的这一番话，都已经表达了明确的拒绝。

他们走进片场的时候，乔雁的助理刘静怡正在朝门口不住张望，见两人进来，脸上神情一震，拿着手里的围巾手套便跑了过来，脸颊生晕，双眸明亮，朝乔雁笑得灿烂又单纯。

"雁姐，你又去外面了？这么冷，你自己多怕冷你不知道吗，快把围巾围上，冻坏了怎么办……"她碎碎念着就开始给乔雁戴围巾，乔雁象征性地反抗了一下，很快便投降于怕冷星人的自身属性，任由刘静怡把她仔细严密地裹起来，眼角眉梢都不自觉地温柔下来。

"你也辛苦了，自己多穿点。"

刘静怡是在她进组之前凯星新给她安排的助理，舒丽事务繁多，而且经纪人主要负责的是合同签署和资源调配，跟着乔雁进组其实并没有什么实际的用处，这次便没有过来，而是给她安排了刘静怡这个生活助理，全程照顾她在剧组的饮食起居，而在数天前，正式开机拍摄当天，正是她在没接到乔雁通知的情况下，擅自跑了过来。

有这样的事例在先，乔雁最开始见到刘静怡时心中难免是有些顾虑的，甚至不光是因为她的擅自行动，更重要的原因是，本来怎么都轮不到刘静怡做她的助理——因为刘静怡也是凯星的签约艺人。

在她准备曹瑞新剧《天涯游侠》的试镜时，凯星发掘了拍摄平面广告的刘静怡和颜雪芯，将她们签下来后，却没有走培养乔雁的路子。罗铭和舒丽都没有在乔雁面前提起过这两人，乔雁也对这两位新师妹没什么了解，颜雪芯签下后至今公司对其都没有什么新动作，现下舒丽却突然通知她，说让刘静怡做她的助理。

乔雁差不多明白公司想要增加刘静怡曝光率的意思，但她自己都还没摘去新人的帽子，这么行事是不是太激进了一点，不像罗铭或舒丽的风格啊！乔雁对公司的想法有些捉摸不透，索性不再多想，只是答应下来。

平心而论，她在片场第一次见到刘静怡的时候，对方留给她的第一印象其实是不算好的，毕竟这么不听话又自作主张，怎么看都是迫切想红又不大服管的样子，实在不像是容易相处的人。但相处了一段时间之后，刘静怡便彻底颠覆了乔雁对她的第一印象。

现在这个时代，看上去有点笨的可爱女孩子很多，她们中有的是大智若愚，有的是刻意藏拙，有的是迎合世人口味，而像刘静怡这种状态——那是真傻。

这是个会因为打不通乔雁电话而害怕错过乔雁的消息，所以不安地跑过来打算偷偷看看情况的姑娘，全然没有自己现在也算是个艺人的思维，整天捧着乔雁的水杯围巾等零零碎碎的东西，高高兴兴地专心做着乔雁的助理，对这个新身份适应得飞快，乔雁这么温和中带着三分疏离的人都架不住她的攻势，两人飞快地熟了起来。

她在剧组的人缘也颇好，单纯的姑娘面上总是和所有人都过得去，现在她跑过来围在乔雁身边打转的行为其实并不合适，乔雁还是个新人，排场这么大难免遭人诟病。然而因为是刘静怡，每个看向她们的人眼中都带着三分善意的笑，这样也好，至少没有惹到什么人太严重的不满。

接过围巾后助理的事也就做完了，乔雁走回自己的椅子上坐下时，刘静怡已经不见了踪影。她略感奇怪，不过转念一想，腿长在人家小姑娘自己身上，她是师姐又不是老妈子，管得太宽也不好，于是收敛心神，专心看起镜头下正在拍的这场戏。

片场里徐振刚数落完道具师，现在开始了下一场拍摄后似乎依然气不太顺，看着取景镜头也不忘不时扫一眼四周，模样简直称得上凶相毕露。视线波及的所有人都缩了缩脖子，努力降低自己的存在感，生怕不小心入了徐振的眼，莫名又无辜挨上好一阵训斥。

而沈嘉笙则丝毫不受这种气氛的影响。

她在拍这场戏时徐振没有全神贯注地看她表演，不是因为对她没信心，而是这场戏对她而言实在太没有难度，徐振要求虽然严格，但并不会每一场戏都卡得死紧打击演员信心，对于徐振和沈嘉笙来说，这场戏就是注定一条过的事情，没有任何悬念。

沈嘉笙在剧中饰演的女二，是个妖媚又特别的绝色美人。

她本名黎锦若，江湖人称锦妖，来自西南蛮族，投身中原歪门邪教，为江湖正道所不齿，与蒋绍也渊源颇深。如果这是部以蒋绍为第一主角的电视剧，她的戏份显然会更倾向于儿女情长些，但这部剧的第一主角是虞锦扇，黎锦若的定位也就相对更加侧重于江湖美人的自身特性上面。

她是个会为谁心动的凡夫俗子，却又不是个满心情郎恩义的普通女人。

她爱过很多人，活得很潇洒，善恶一念间，凭喜好行事。不要跟她讲什么正邪大义，她嗤之以鼻；也别随便说什么天长地久，她奉行及时行乐。虞锦扇到中原时阴错阳差与她相遇，当时锦扇想的还是找蒋绍把账算个清楚明白，个中含了多少朦胧情意只有自己知晓，黎锦若却让她的观念发生了很大变化，甚至让她暂时放弃了对蒋绍的一味追寻，直接将剧情推向了这部剧的下一个单元，让虞锦扇的世界真正海阔天空，是个亦正亦邪、亦师亦友的充满魅力的角色。

由于乔雁和杨硕还卡在第一阶段的戏份，徐振又没有将他们的其他戏提到前面，是以现在沈嘉笙抢拍的是一段黎锦若的单人戏，考验武功，更考验表情。

是一场黎锦若杀人的戏。

这场武打戏不吊威亚，纯靠演员发挥，沈嘉笙拿着剑的路数和乔雁又不尽相同，乔雁配角当得多，武打戏时会下意识配合对方的动作，但沈嘉笙不会，她转身挥剑，长襟溅血，嘴角勾出的笑意暧昧不明，忽地转身看向镜头，只一眼便瞬间风华尽显。

这是她一个人的精彩，嚣张而霸气，残酷又美丽。

武打戏时动作太过抢镜，也足够占镜头，是以每一次给到面部时都一定会是特写。乔雁坐在一边，静静地看着沈嘉笙微表情的变化，从对镜头的正侧看到视线在某处停留时间的长短，闭上眼睛沉沉地想了一会儿，睁开眼后缓缓地吐出口气。

她明白徐振把这场戏提到这个时候拍摄的意思，也不愿将徐振的一片好意辜负半分。

"你其实本来也就差那么一点。"身后有人贴着她的耳朵说话，乔雁浑身都僵了一下，却没有着急起身。果然身后的人见她没有反应，很快便识趣地自己重新站直，莫名消失又莫名出现的杨硕站在她身后，两人一起看着沈嘉笙的表演。

"我下场能过了。"乔雁突然说。

"不怕我又去跟徐导说上几句话？"杨硕玩味地问。

"不怕。"乔雁莞尔，摘掉手套，慢慢活动着手指，"NG这种事情，当然是因为导演不够满意。偶尔一次跟导演意见一致也就算了，事实上一条戏能不能过这种事情……"

"跟前辈你有什么关系？"

杨硕怔了怔，随后不由得失笑。

"小丫头真是越来越难骗了。"

他带着笑意亲昵地评价了一句，在乔雁看不见的背后，眼底一片漠然。

沈嘉笙的这场戏果然不出所料一条过，制片人匆匆走过来到徐振耳边说些什么，徐振听罢点了点头，拿起手持喇叭，声音清晰有力地传遍整个剧组："大家注意一下，我们这部《侠义千金》的主题曲制作方今天来剧组探班，带着媒体马上就要到达片场。这是我们剧组开机以来的首次探班，都再加把劲，拿出自己最好的状态来。"

"他们到时我们就开拍虞锦扇、蒋绍的这场特写镜头对手戏。乔雁、杨硕，你们两个有没有问题？"

"没有。"杨硕率先表达。

乔雁跟着点头附和后又稍稍顿了一下，问："徐导，我们的主题曲交给谁负责？"

"我以为你知道，他自己提过了。"徐振放下手里的喇叭，看了她一眼。

"穆庭。"

第六章
首次探班

　　一部剧从开拍到开播，中间一般都会隔上一段不短的时间，公众大多是三分钟热度，默默长情关注的毕竟是少数。想要让剧保持一个稳步上升的讨论热度和关注度的话，就一定要想方设法增加曝光率，就像广告商投放的广告一样，不管质量好坏，高频率的出镜总会对关注度和知名度有所提升，宣传方面从来都是一分付出一分效果。

　　所以还在拍戏的导演，只要还没看破红尘功名不在乎票房收视率，无论是喜欢带队进驻深山老林的，还是习惯一头扎进片场深渊的，总得时不时在媒体的镜头前露一回脸。路透、探班、直播、花絮，出镜方式很多，任凭选择。眼下穆庭带着媒体来探班就是很常见的一种，徐振的新戏关注度本就颇高，杨硕更是自带话题度，是以这次探班着实热闹，杂七杂八的媒体来了不少。

　　他们进到片场的时候，乔雁和杨硕已经开始了新一场的拍摄。乔雁受了沈嘉笙的些许启发，三分半的对视镜头里，她的表情变化并不太多，过于丰富的面部表情变化总是容易显得做作刻意，浮于表面，她掌控得还不算好，过往被cut也总是栽在这上面。

　　而现在这场，她选择稍微避开这些面部微表情的频繁操作，将更多的精力放在动作配合上。尤其在这场戏的最后，她与蒋绍大胆地对视，眼睛里满是不服输与骄傲自信的美丽，最终蒋绍率先起身离开，身形并不潇洒，倒似带着些窘迫与狼狈。她一个人又在原处坐了一会儿，倏地撇过头去，转眸低眉莞尔。

满意与喜欢悄悄地泄露出一丝踪迹，很快便几乎要满溢出来。

"过！"

……

随着徐振简洁有力的一声，这场卡了乔雁三天的戏终于被她攻克。片场众人对乔雁这几天的尝试都看在眼里，现在她终于过了，自然值得恭贺。而媒体心中又是另一番感受，能从事这一行的人大多眼光毒辣，乔雁的表演水平也让他们感到意外，连带着对徐振新戏的印象分也骤然提高了不少。

他们或礼貌或真诚地鼓起掌，穆庭站在徐振旁边同样跟着拍手，还颇为流氓地率先吹了声口哨。乔雁收回望向杨硕的视线，向口哨声响起的方向看了一眼。

杨硕还有点沉浸在乔雁的视线中没回过神来，越是优秀的演员，自我代入感越强，入戏也相应越深，戏中角色的情感转阖也会更加反作用于演员本身。他在徐振的声音响起后还有点没出蒋绍的状态，跟着乔雁回头的动作下意识看了过去。

然而就是这一眼，让他迅速清醒过来。

乔雁此时的眼神，和刚刚戏中的虞锦扇完全不同。那样的张扬明艳、热烈大胆，此刻消失不见，她眼中有隐约的无奈和笑意，却连嘴角的弧度都没有稍稍弯起，显得内敛而平静，偏又平生几分淡淡的温柔。杨硕的视线同样落到穆庭身上，带着些然重新看向乔雁，如同窥破了她内心深处最隐蔽的秘密。

然而，此时却已经连那种隐约的欢喜都已经消失不见，她重新又穿上了外套，因为太冷，她正低头专心致志地边搓手边跺脚，察觉到杨硕的视线后敏感地抬起头来："怎么一直在看我……我哪里出什么问题了吗？"

"我陪你过去跟穆庭打个招呼？"杨硕话里有话。

"现在？"乔雁怔了一下，回头看看穆庭和徐振身边里三层外三层的媒体和演员，不确定地问，想了想觉得自己猜到了什么，不由狐疑地看他一眼。

"你怎么这么着急……你是他的粉丝吗？"

难道不是你吗？杨硕被乔雁追问了两句，看着她颇有些莫名，心里对于刚才的结论又难免有些动摇。那头的穆庭却已经发现了两人，在人群的包围下正主动朝他们这边招手。

"你们过来接受采访啊——乔雁！说你呢！快点过来，我们刚结束合作才几天，你见面就当不认识我了啊？"

虽然两人实际的合作时间尚在过年之前，但工作室的宣发这一周才开始发力，是以乔雁最近虽然身在徐振的剧组，名字一直都是和穆庭连在一起的，两个人关系亲近似乎也是正常的事情。媒体本来都一窝蜂地围在穆庭、徐振身边，听了穆庭的话后，许多人纷纷把视线移到乔雁身上，发出了善意的笑声。

穆庭的新专辑正式上线已有六天，销量一路走俏，各界好评如潮，在发售第三天时便已经坐稳专辑销量周榜的首位，每一天都在刷新着纪录，在已经日渐不景气的唱片行业有些异军突起的意味。

而在发布会当天公布的主打歌MV一经面世也广受乐评人与歌迷的欢迎，乔雁在发布会上的初次亮相足够体面得宜，倒有不少原本不看好她的路人态度有所转变。在穆庭与徐振的双重作用下，乔雁的粉丝数已经比年前翻了两倍不止，也总算摆脱了在公众视线中默默无闻的窘境。

眼下被穆庭如此公然打趣，乔雁倒也显得落落大方，和杨硕一起朝媒体走了过去。她虽然是这部剧的第一女主角，但显然远不如身陷话题中心的杨硕有爆点，是以媒体围在杨硕身边进行了一段长时间的访问之后，才终于将话筒对准了她。

她全程站在那里，微笑着回答记者的提问，条理清晰，温和内敛，她很清楚娱乐圈的新闻爆点，不透露过分也不会让媒体无从下笔，从容大气之风初现。

等记者们又围到沈嘉笙身边观看新一轮的试镜之后，乔雁终于从媒体围攻中顺利脱身。杨硕第一个被采访完，早就不知道跑去了哪里，倒是穆庭不知道霸占了休息区谁的椅子舒服地坐着，见她望过来就眉毛一扬，拍了拍旁边的椅子示意她过来坐。

她也确实已经很累了，没多客气，一路小碎步就挪了过去，看了看左右无人，觉得刻意隔一张椅子未免太过此地无银三百两，于是便干脆在穆庭身边端正地坐下，目不斜视地看着沈嘉笙试镜。旁边的穆庭一起不言不语地静坐了片刻，到底不是安分守己的性格，没一会儿工夫便不知道从哪儿抽出一张自己的专辑挡住半张脸，半转身面向乔雁，满脸正经的样子。

"我帅吗？"他做了个和封面上的自己一模一样的冷峻表情，得意地对乔雁立体展示他的专辑和脸。

乔雁："……哦，帅。"

穆庭看起来对她的配合还算满意，轻笑一声，把专辑递给乔雁："给你的，参与制作送专辑，每天拍完戏后听半个小时，放松身心，提神醒脑。"

"我又没带电脑来，哪有设备能听……"乔雁耸耸肩，嘴上轻声抱怨，倒是将专辑接了过来。没想到穆庭听了这话倒是马上有所反应，摸出手机解锁开始连点一气。

"就知道你可能听不了。"他朝乔雁晃了晃手机后收回口袋里，满意地向椅背上一靠，"所以我刚才把专辑曲目的mp3版本打包传给你了，高品质无音损，我厉害吗？"

乔雁想了想，还是诚实地回答："闲得厉害……"

"好了，难得来一趟，你也去到处转转，我去补个妆，马上要开拍下一场了。"乔雁歇了会儿后站起身，穆庭可能觉得自己坐着没什么意思，想了想居然也跟着一起站起来往外走。

"片场有什么可看的，我又不是没来过……你们化妆间在哪儿，我也去看看。"

"别跟着我，万一被拍到了都不知道怎么解释，太冤枉了。"乔雁无奈地笑着赶他，语气不大认真，穆庭也不以为意，继续不远不近地跟在后面。再拐个弯就是化妆间，乔雁转过隔板，漫不经心地向前看了一眼，随后猛然顿住脚步，脸色霎时雪白一片。

这个剧组的拍摄地点比较偏远，所有场景都是临时搭建的，化妆间的条件也很简陋，只是个临时搭建的能遮风挡寒的形状不规则的棚子，借地势建在片场边缘，与拍摄场地只有一块木板简单隔开。

眼下化妆间中不知为何没有旁人，隐秘的角落里两个身影正忘情地抱在一起拥吻。

若是寻常拍摄期间的私情，她大可不必如此在意，只当无意中撞破了一个小秘密，像是当年她无意中窥破秦菲、顾昭明的地下情；若是和她不熟的两人，她也大可马上抽身离去，就当没有发现，好歹不落尴尬。

但现在外面是层层叠叠的媒体，她又如此清楚里面的主角之一别有用心。此刻她站在原地，满是不可置信，脚步却挪不开，一时觉得茫然又惶恐，脑中一片混乱，怎么都理不清楚。

她无论如何都没想到，会在这样一天，在片场撞破杨硕和刘静怡的隐秘关系。

"怎么了？"走在她后面的穆庭马上察觉到异常，快走几步赶了上来，越过乔雁就要向前看，却被乔雁立刻反手拉住手臂拽住。他惊愕地回过身看她，却见乔雁食指抵唇，向他静静比了个安静的手势。

"别说话……"

她脸色依然显得苍白，眼中慌乱与无措都来不及掩饰，穆庭甚至还从里面捕捉到了一丝淡淡的伤感，顿时也心下一闷，他看着乔雁，一时也不知该作何表情。安静的气氛没能持续多久，似乎只是一眨眼的工夫，隔板那边就传来了沈嘉笙带着笑的妩媚声音，由远及近，很快便清晰起来。

"片场能有什么记者朋友们也都知道，真是没什么可看的……我看大家拍摄采访这么长时间也都辛苦了，不如去化妆间休息一下，补个妆后再继续？"

乔雁和穆庭缓缓对视一眼。

而后乔雁突然感觉自己被大力推到了隔板的最里面，卡在隔板与化妆间棚壁的细小空间里。穆庭猛踹了一下隔板，生生将塑料制的隔板向化妆间方向踹过去几分，将乔雁严密地遮了起来。

在被隔板挡住视线的最后一个瞬间，穆庭的声音也淡淡消失在空气里。

他说："乔雁，别出声，别出来。"

外面闹出这么大的动静，里面这一对哪怕拥吻得再投入，也不可能全无察觉。

刘静怡被声音惊了一下，挣扎着就要退后，被杨硕安抚地在背上由上到下划了一下，而后又将她圈紧。穆庭站在门口的位置冷眼旁观，看到这里发出一声极轻的冷笑。身后记者摄影师在沈嘉笙的带领下越过隔板来到这里，显然都没想到第一个见到的是像门神一样堵在门口的穆庭，一时间都愣住了。

"穆庭？你怎么在这里？"沈嘉笙在错愕过后带着浓厚的兴味打量着穆庭。她身为凌宇一姐，身份地位是实打实的，进组时她说与穆庭私交甚笃虽然纯粹是诬乔雁的空话，但平时的确和穆庭有交情，起码说得上话。

眼下她带着这么明显的兴味主动搭话，显然对里面的事情并非毫不知情。穆庭转过身面向这些拿着话筒扛着镜头的媒体人，以及带着他们过来这边的沈嘉笙，嘴角是一个似笑非笑的弧度，眼中却毫无笑意，眸底深处泛起冷淡无谓的漠然。

"看风景啊，片场不是没什么可逛的吗，我就来这儿看看。"

"结果果然没什么景可看，浪费时间，还不如就此回去。"

他不笑时向来锋利得令人心惊，好像和平常关怀粉丝的水仙暖男形象大相径庭，这个样子的穆庭媒体已经很久没有见到过，但恐怕永远忘不了——在倒穆运动开始的前后，这个人就是以谁都料想不到的雷霆之势料理了一切事情。将近三年过去了，依然有几家深受当时风暴影响的媒体，至今没能翻身。

对这样有背景有手段还爱记仇的疯子，媒体其实是不愿意过多招惹的。穆庭话里话外对他们已经表达了明确的不欢迎，虽然不知道为什么今早一起过来时还有说有笑的人怎么突然就转了性，不过现在但凡识相些就该老实回去。

但记者们本来不觉得化妆间能有什么新闻，接受沈嘉笙的建议也只是纯粹想补个妆。眼下被穆庭这么一拦，反倒起了好些不该有的好奇。从事新闻媒体这一行的人总是有旺盛的好奇心、求知欲和对热点信息的敏感度，眼下很多人便已经察觉不对，纷纷在心里暗自嘀咕起来。

化妆间里有什么？穆庭为什么拦着不让人进？

沈嘉笙始终笑吟吟地看着穆庭的动作，见两方陷入僵持，穆庭站在那里没有动的意思，记者们又全都犹犹豫豫，生怕不小心错过什么大新闻，当下便对穆庭眨了眨眼睛，而后笑着开口："说起来怎么是你在这里啊，还真挺意外的。原本在片场里没看到杨硕和乔雁，我还以为他们俩来补妆了呢。"

杨硕？乔雁？

杨硕和乔雁？！

记者们顿时便激动起来，虽然杨硕的绯闻已经多到漫天飞的程度，剧组男女主角为了宣传需要炒绯闻的也不在少数，但杨硕如今是什么情况，他身陷隐婚多年传闻，盛传已有一女，而现在更是被前绯闻女友跳出来指认是腹中孩子的父亲！

这么一个几乎被扣死在花心滥情帽子下的男人，现在又要传一段新的绯闻了吗？这部戏的这个新人女主角看着似乎演技不错，结果刚出道就和杨硕这样的人搅在一起？

有好些人眼中顿时就多了几分鄙夷，乔雁在他们心中顿时被贴上了自甘堕落的标签。流言就是如斯可畏，哪怕所有人都知道耳听为虚、眼见为实，哪怕他们都还没有见到这个事情的真相到底是什么样子，只要一句编造的流言，就足以毁掉一个人长久积累下的好名声，造谣一张嘴，辩解跑断腿，哪怕是始终保持着辩解的勇气，次数多了总归假的就会变成真的，口口相传，直到众口铄金。

穆庭自己就吃过这样的亏，对这种事情自然也心知肚明。沈嘉笙这一句轻飘飘的猜测不知又会掀起多少波澜，埋下多少隐患，但她这句话字面意义听着又没什么问题，要是认认真真地去辟谣，绝对只会换来对方一句无辜的"我只是猜猜"。穆庭不怒反笑，不闪不避，直接扬着眉毛似笑非笑地问："还真是什么人想什么事，我就想不到他们一起来补妆。不在片场的原因那可太多了，拉肚子上厕所啊，闷了出去抽根烟啊，去换戏服准备下一场试镜啊，怎么就非要跑一起来补妆，两人对着给彼此补妆啊？你们剧组要是穷到化妆师都请不起，赶紧跟我说啊，我不光能写主题曲，还能自带化妆师进组呢，等会儿我就去和你们徐导好好聊聊。"

沈嘉笙被呛得面上的笑容都有些挂不住了，记者们也顿时意识到眼前的这个人是对流言蜚语极不感冒的穆庭，倒是顿时就消停了不少。穆庭这时候却反而笑着转过身，倏地一脚踹在化妆间临时搭建的墙板上，踹得整个化妆间都在微微摇晃。

"老子站这儿给你挡着，是让你尽快自己收拾好，我是让你继续亲下去不松手的吗？你几辈子没见过女人，就这点出息？！徐导是不是老了眼神不好使了，怎么什么东西都往剧组里塞？！"

穆庭的突然发飙让所有人都愣住了，回过神来的记者们顾不上穆庭的余威，急忙抄起话筒摄像机就向化妆间里面冲去，反倒把站在门口的穆庭和带他们过来的沈嘉笙留在了外头。眼下焦点在化妆间内，四周突然冷清下来，沈嘉笙柔柔笑开，纤长的手指夹了根女士烟出来。

"我也是受人之托，帮人办事，今天的情况我开口也是迫不得已，没办法的事。"

"哟，这是哄几岁的小孩呢？迫不得已都冒出来了，你成语学得不错啊，大学毕业证是自己考来的？"穆庭显然不是讲究骂人不揭短美德的人，沈嘉笙话一出口他就笑得讽刺意味十足，不以为然地撇了撇嘴角。

"明显把委托你的那人坑了还顺便拉个垫背下水，把你那副委屈嘴脸收起来吧，这么能装，自己也不嫌累得慌。"

沈嘉笙不接话，只是笑得越发妩媚动人，将女士烟含到嘴角，冷不丁听穆庭再次开口："烟掐了，呛得慌。"

"你戒烟了？"沈嘉笙有点意外地问，将手里的烟放下。

"哪那么多问题，就你废话多！"穆庭翻了个白眼，拒绝正面回答。

他也是在年前一起拍摄MV时偶然得知乔雁不太闻得惯烟味的事情，其实也不算特别严重的排斥，就是生活习惯太过健康，平常基本不碰，顶多闻到了会皱皱眉头，在和他们合作时闻着满工作室的烟味儿眉头都没皱过。

但乔雁现在正在墙角的那个地方待着，本来就又黑又挤，何必再给她找不痛快，要是骤然闻着再咳嗽了呢？穆庭被自己找的理由说服了，于是满意地看着沈嘉笙把烟收了回去，一转眼却又想到了一个最重要的问题。

"对了，我知道化妆间里的那个男的是杨硕，是他拜托你把记者领来刻意曝光的。"穆庭皱着眉想了想，无果后直接去问沈嘉笙，"不过那个被他利用的倒霉女人是谁？"

"你不知道？"沈嘉笙这下是真的意外了，"那你拦得这么卖力干什么？你在帮杨硕？"

"屁，谁帮他！"穆庭不大高兴被和这个名字连在一起，阴着脸问，"废话少说，到底是谁？"

"刘静怡，乔雁的助理。"沈嘉笙笑盈盈地答，似乎因为见了穆庭的表情而变得相当愉快，"这种自毁前程给杨硕洗白的事情，我当然不愿意干。乔雁似乎也挺精明，对杨硕的态度一直不冷不热，倒是她那个小助理实在好骗，杨硕没撩几下就到手了。听说还是凯星新签约的艺人，凯星还真是就喜欢签这种除了脸一无是处的小姑娘。"

"洗白自己还要拖小姑娘下水，他能翻身了对方还能不能起来？这人还是个东西吗？"穆庭爆了句粗口，他本来就看不惯这些乌七八糟的事情，对方还曾经把主意打到乔雁头上这点让他从里到外不舒服。沈嘉笙在他旁边看了一会儿，忽而轻笑着靠近他。

"穆庭，"她眯了眯眼睛，缓缓地开口，"你和乔雁，是什么关系？"

而穆庭回了她皮笑肉不笑的表情。

"关你屁事。"他吐字清楚地答。

此时化妆间里，记者们已经将杨硕、刘静怡两人里三层外三层地包围起来，摄像头和话筒挤满了他们周围的每一个位置，每个人都在争先恐后地大声提问，一时化妆间热闹非凡，刘静怡被吓得瑟瑟发抖，逃避地缩在杨硕怀里，怎么都不敢看向镜头。而杨硕温柔得一如往日，先是向周遭媒体抱歉地笑了一下，又拍拍刘静怡的肩。

"静怡，别害羞，来，抬头看看镜头。"

"我不要……"刘静怡的声音带着哭腔，她是真被这样的阵势吓怕了，明明她不偷不抢，只是谈了个恋爱，为什么要有这么多人不依不饶地要拍她的样子？她做错什么了？缩在男友的怀里也不能让她感受到丝毫温暖，她迷茫地睁着眼睛，一时却也不知道自己究竟在想些什么。

"抱歉，她有点害羞。"杨硕冲着周围媒体不好意思地笑了一下，看上去有点困扰，但拥着怀中女孩子的动作依然斯文又优雅。

媒体受用这一套的人很多，软硬不吃的人也有，当即便有记者不顾杨硕的糖衣炮弹，迫不及待地开口发问："杨硕，你怀里的这个女孩是你什么人？刚才我们进来时你们还在接吻，她是你的新情人吗？"

"不是新情人。"感到怀抱中的人僵硬了一下，杨硕的手臂安慰性地紧了紧，抱着刘静怡诚恳地答，"她是我的女朋友。"

此言一出，记者们顿时哗然。

杨硕自从隐婚出轨疑云之后就一直没有就此问题公开发表过回答，连前些天在徐振的发布会上他们提出这些问题，杨硕冒着剧组发布会人气低迷的风险都没有回答过。现在他难得被拍到切实的证据——而且，这也是他传了这么多年的绯闻之后，第一个在交往期间就亲口承认的正牌女友！

"请问杨硕，你们是怎么认识的？你知道现在网上的那些消息吗？你怎么看？"一个女记者兴奋地大声问。

"我们是在片场认识的，她的细致与体贴都特别打动我。这段时间我正因为外界的不实传言而陷入深深的困扰，是她开解了我。这么善解人意的姑娘，我不想错过，于是当即便展开追求攻势。我们在一起也还是最近的事情，私人的问题希望大家不要多问，我们也想有自己的私人空间，也想呵护这段尚且处于起步期的感情。"

"至于网上的消息，我其实不怎么多看。"在说完上面那些煽情的话后，杨硕突然又是脸色一变，换成了一脸严肃的表情，"但我不出声，并不代表这些造谣就是真的。我很小的时候就以童星的身份出道，各位记者朋友都是看着我一路长大的，我有什么不能跟大家分享的婚讯，需要隐婚多年现在才被曝光？至于前女友的孩子到底是不是我的这种问题……"

他说到此处稍微一顿，而后轻轻地笑了一下。他长得好看，笑起来自然也不差，还是一贯温柔的样子，只是不知为何，所有看见这个笑容的记者却都莫名周身一寒。

"现在的医学这么发达，为什么不求助于医院要个说法？"他斯斯文文地说。

刘静怡趴在他怀里，莫名打了个寒战，更加不敢抬起头来。

记者群中也莫名地冷了一下。

理智与情感在记者们的心中不断交织，一方说着杨硕的话从头到尾没什么逻辑上的错误，另一方又说着但是整个事件都透着诡异感，别的不提，单说这个他们怎么莫名其妙地进了这个化妆间就很可疑。

"这位小姐，请问你清楚杨硕在外界最近的风评吗？为什么答应了杨硕的追求？"

"静怡，抬起头，大家问你话呢。"杨硕亲昵地拍了拍趴在怀里的刘静怡的脸，而后整个人往后退了一步。刘静怡虽然一直靠在他怀里，但不知是怕他累着还是什么别的原因，靠得一直不是很紧。现在杨硕往后一退就把她留在了原地，一时间她整张脸都被暴露在镜头面前，连着微红的鼻尖和发白的脸都被拍得一清二楚。

刘静怡下意识尖叫了一声，站在旁边的杨硕又是鼓励地拍了拍她的手："静怡，别害怕，做我的女朋友就要习惯镁光灯和鲜花镜头，从现在开始适应也好。"

他拿开了刘静怡捂在脸上用来遮挡的手，亲昵地揽着她的肩头，并肩站在一处，任由闪光灯闪成一片。而后又跟记者礼貌地稍稍颔首："你们有什么问题现在就问吧，静怡还是新人，不熟练，还请大家温柔一点，别吓着她。"

"这位小姐，请你正面回答我的问题！"刚才发问的记者眼见杨硕的态度暧昧至极，说是别让他们为难他的新任女友，行为上可是一点都没有这个意思，不禁心下冷笑，更加问得不依不饶，"请问你清楚杨硕在外界最近的风评吗？为什么答应了杨硕的追求？"

"我……"许是杨硕揽住她肩头的这个动作给了刘静怡些许勇气，又或者她真的把杨硕的话听了进去，觉得当他的女朋友的确需要习惯镁光灯下的生活，于是鼓足勇气低声开口。

"我……我清楚……但是我觉得他们是在诬陷杨硕，因为他是个很温柔的好人……"刘静怡说到这里，不由得有些羞涩地抬头看了一眼杨硕，发现对方也带着鼓励的微笑看着她，于是更积累了无限勇气，"答应他的追求是因为……嗯，因为他真的很好看啊，而且人也很好……我觉得恋爱是两个人的事，如果彼此都有感觉那就……没问题的吧？"

"那么小姐你是什么身份呢？为什么出现在片场？是专程来陪杨硕的吗？"记者们七嘴八舌地问。

"不是不是，我是雁姐的助理啦。"怕被说成无端进组谈恋爱妨碍男主角工作，刘静怡连忙摇头澄清两人关系，顺带证明自己的身份，却没想到这句话竟让大家同时卡住了。

他们面面相觑，最终一个大胆的记者直接开口提问："这位小姐，你觉得以你的这种身份，配得上杨硕吗？"

刘静怡呆了呆，脸色霎时一白。

"杨硕前辈，说话说一半这个习惯可不算厚道。"门口又新加进来一个声音，记者们回头去看，正是不知道去哪里了的乔雁。沈嘉笙早在记者们开始起哄的时候就已经被穆庭赶进来看热闹，眼下她站在穆庭旁边骤然失笑，有趣地看着乔雁一步步走进来。

"这里可真是热闹……"她喃喃地感叹。

穆庭看着乔雁走进来，却是叹了口气后，默默撇过了头。

记者们对于乔雁的出现同样是惊讶中带着些许惊喜，毕竟杨硕的女友刚承认自己是乔雁的助理，这会儿新人女主演就出现了。这位手段这么厉害，自己手下的助理都能把杨硕钓到手？记者们的眼光各含深意，乔雁在一路强光注目下走进来，却没站到杨硕和刘静怡旁边去，而是在他们对面站定，回头看着镜头与记者，眉眼带笑。

"我们静怡这么温柔体贴又漂亮，哪是我能消受得起的，怎么可能是我的助理？给大家介绍一下，这位是我们凯星娱乐新签下的艺人刘静怡，目前还没有正式出道，只是来剧组探个班学习一下，自己觉得没个职位不好在剧组中随意走动，就自告奋勇当了我的助理，没想到自己还这么往外报，这孩子太实诚了。

"静怡虽然目前还没有作品面世，不过相信以后大家就会看到很多。毕竟有杨硕前辈会教她怎么在镁光灯下面生活适应，凯星可能心有余力不足，养大的女儿不留，很多事情以后就麻烦杨硕前辈多费心了。

"我们静怡这么温柔的人，连拒绝别人的追求都不会，更别提辜负别人的期待或是开口说分手了……当然，这只是举个例子，我也才知道这个事，总之，祝福啊。"

乔雁看着杨硕的脸说出了这番话，自己都觉得别扭，却又不得不这么开口。她一早就明知道杨硕对她的刻意示好带着点目的性，现在更是从杨硕的举动里猜到了他的用意。

他现在身陷这样的双重绯色丑闻中，前女友的孩子尚且像他所说可以借由医学的力量进行鉴定，又或者那其实根本就是杨硕的孩子，他这种聪明到可怕的人若不是真的被扣住了命脉把柄，怎么可能对这般小事留意？

而隐婚多年、妻女双全的传言其实才是最致命也是最无法理性辩驳的，因为没有证据，也就没法证明，没法一锤定音，这种时候他就需要一个契机，用以转移公众注意力，停止公众对他不间断的讨伐。

他选择的这个方式是交一个新的女朋友。

毕竟杨硕目前的人气还很有保障，这看起来似乎是个双赢的主意，或许不是刘静怡的话也会有很多女明星愿意投怀送抱，只不过因为刘静怡恰好在这个剧组，单纯天真的姑娘更加方便他下手而已。对于刘静怡的选择，乔雁不想多做评价，但至少她一定没想到的是——如果杨硕不是真的爱她，那等杨硕洗白这波黑潮之后，他们一定会迅速分手。到时候精明如杨硕只要将过错全部推到刘静怡身上，就又是个深情款款温柔体贴的好男人，女友甚至因为自卑而选择退出，只远远仰视他，洗白了这波，他的事业一定能更上一层楼，而得罪了杨硕粉丝的刘静怡……

以后还能指望有什么大的发展？

"请问乔雁小姐，你知道你的这位同门师妹在和杨硕谈恋爱吗？"

又来了一个和当事人关系匪浅的人物，媒体为了写新闻稿总热衷于采访一些周围不同面貌的人，眼下乔雁的出现正好填补了空缺，记者们纷纷兴奋起来，将话筒对准乔雁，迫不及待地开始发问。

"之前是不知道的，不过没有哪一段恋情的开始就要弄得尽人皆知吧？杨硕前辈是公众人物，我觉得在开始时低调一些也是可以理解的。"

"那你是觉得杨硕的确有隐婚吗？"

"我可没这么说。"乔雁忙摆手笑着澄清，做了个合掌讨饶的姿势，"清官难断家务事，我一个外人，不要逼着我当着别人的面讨论家长里短呀。"

"那你觉得杨硕和你师妹般配吗？"

乔雁突然陷入了短暂的沉默。

"我觉得感情这个事情，没有般不般配，只有喜不喜欢。"她最终还是笑着回应了媒体不怀好意的提问，回答得滴水不漏，"我相信既然是杨硕前辈自己挑选的恋人，那他的粉丝应该都会祝福吧。"

"雁姐……"刘静怡显然感觉到了乔雁对她的维护，弱弱地跟她打了个招呼，却到底没把挽着杨硕的手松开。乔雁看着刘静怡，突然感觉到些许真切的难过，与掩饰不住的疲惫。

她想得再好再对再充沛，若是那个人不领情不理解，那再真诚的关心与维护，也不过都是驴肝肺。

媒体陆续散去后，化妆间重新归于寂静。

他们拍到了自己想要的照片，挖到了自己想挖的料，或许三个小时以内有关杨硕女友的新闻就会出现在社交平台首页上。因为这次探班，他们今天的拍摄任务提前结束，也没有安排夜场戏，冬末的风里每个人都步履匆匆，恨不得三步就走回家里。

还留在化妆间的人现在只有两个，乔雁和刘静怡。外面的寒风依旧冷冽，现在里面的气氛也没有丝毫回暖的迹象。刘静怡的脸上带着些许对未知未来的懵懂与恐惧，在乔雁的注视下不自然地换着动作，而乔雁在看了她好一会儿后，终于开口叫了她的名字："刘静怡，你过来。"

刘静怡下意识地一抖，却还是慢慢走了过来。乔雁又盯着她看了一会儿，突然开口。

"你知道吗……"乔雁沉静地看着她，"杨硕原本找过我陪他演这场戏给媒体看，我拒绝了，所以他又回头找了你。"

"是……是吗？"刘静怡有片刻的黯然，很快便低下头去，掩饰自己心中的波动，"那……那我能遇到他，也是挺巧的……"

"是不是巧还说不定呢？"乔雁接话，看着刘静怡的眼睛低声说。

"静怡，我只劝你一次，你听好。"

"杨硕不适合你。"

"谢谢雁姐。"刘静怡神色复杂地咬了咬唇，"但我们已经在一起了，我想……试试……"

好，果然美人难过英雄关，乔雁点点头，低头掏出手机开始打电话。

"喂，丽姐。"她对着电话，面无表情地看着刘静怡，话说得一字一顿，清楚又明白，"明天给我换个助理吧，刘静怡这个人，我用不下去，也带不起来，实在没别的办法。"

"雁姐，你嫌弃我？"刘静怡愣了一下，突然湿了眼眶。

她这一天都觉得委屈。

先是谈个恋爱惨遭围观，后又被乔雁所不满，她其实不知道自己到底做错了什么，只觉得自己做什么都是自己的事情，别人何必计较那么多？

乔雁深深地看她一眼，摇了摇头。

"静怡，凯星一直签的都是这样的演员，单纯，有朝气，有上进心，有天赋，缺一不可。"她忽而对刘静怡说起话来，刘静怡不明就里，却还是跟着乖乖地点了点头。

"在娱乐圈摸爬滚打不容易，我们为之奋斗的事，有很多人不愿意付诸同样的努力，乐于去找各式各样的所谓捷径达到，他们有的能成功，有的成不了，但不管怎么说，有一个原则是肯定的。"

"什么原则？"刘静怡下意识接话。

乔雁深深地看着她带着些好奇的不谙世事的脸，而后云淡风轻地低下头去。

"自己选择的路，跪着也要走完。"

"静怡，你既然选择了跟杨硕试试，那就专心和他尝试一下看有没有发展下去的可能，你回公司去接戏，去找资源，去努力红起来，去努力博取他和他粉丝的好感……"

"你要做的事情太多，已经再没有时间……过来当我的助理了。"

结果等到天色擦黑，还是她和穆庭两个人从片场走了出来。刘静怡还在化妆间，不知道她的新任男友会不会回来接她。她坚持要等，也坚持让乔雁先离开，乔雁觉得不太放心一个女孩子单独留在片场里，又怕陪刘静怡等下去会见到她不愿暴露于人前的脆弱一面，以后万一一见面，会有过多尴尬。

最后，乔雁突然发现穆庭还在外面等她，她才匆匆出来，只是放心不下刘静怡那边，时不时就要回头望一眼。已经走了一半的路，到底还是心里放不下，又特意费了大力气折返回去片场，看看刘静怡到底还在不在那里。

他们第二次去的时候片场已经彻底没人影了，刘静怡也不知所踪。乔雁站在化妆间的位置发了会儿呆，穆庭靠在一边，伸手接住了掺杂着夜风刮进来的沙砾一样的雪："你看上去好像挺喜欢那个新人小姑娘的。"

"是真的挺喜欢。"乔雁笑着叹了口气，一点白雾融化于唇齿间，模糊了脸上的表情，"一个挺不错的姑娘，有点天真过头，但是待人心很诚。不知道跟了杨硕之后最终会变成什么样子，大抵以后没有机会再和她说今天这些话了。"

"生长环境相同，怎么培养出来之后长得那么不同？"穆庭陷入思索。

"谁跟你说生长环境相同的，到凯星时我们明明都已经停止生长了。"乔雁失笑，伸了个长长的懒腰走在前面，"我没问过静怡的家庭情况，不过想来应该是很幸福的那种，因为最好的环境才能养出来最单纯的孩子，知道越多，就等于经历越多，其实你想想，就是这么个道理，苦孩子才会早当家嘛。

"我的生长环境就还挺恶劣的，从小爸妈就在不间断地吵架，到最后终于分开时其实所有人都觉得解脱。我记得小时候我每周都要去商店买新茶具，因为爸妈吵架时总是会顺手一摔，到最后商店的都认识我了，每次我去买东西时都会额外送我点东西，比如两块糖什么的，偶尔也会给抹点零头，当时觉得特开心，这也是我小时候最值得高兴的回忆了。"

"所以你没长成比较偏激的性格也还挺不容易的。没感觉你身上有太多生长环境留下的痕迹啊。"穆庭仔细回忆，中肯地反馈。

"其实还是有的。嗯……比如我其实对两个人之间天然萌发出来的、不求回报一味付出的感情比较没信心，比如亲情之类的。"乔雁在冷空气中吸了吸冻得通红的鼻子，声音捂在围巾里有点发闷，"我这个人心里的天平放得很清楚，谁对我如何我心里特别有数，多对我好一点我都感觉得到，然后就……受宠若惊？也不算，总之就是很平等地回报，谁对我怎么样，我该对谁怎么样，心里有很多条条框框，列得很清楚。

"就像小时候那个总给我糖的商店老板，我能把账算明白之后所有有空的时间就都帮他看店，一直看到我上大学离开家乡的时候……其实也算是种知恩图报吧。总之在我的观念里，如果被别人温柔以待，就要回报以善意，这样对谁都公平。"

"也没必要活得这么累吧？"穆庭回想了一下认识乔雁之后的种种，到最后自己都笑了起来，"以前没注意，你还真的是这个样子……其实你也可以找个人试试别那么计较地付出或接受，其实不用那么刻意，自然点也不是很困难的。"

"我不跟人试。"乔雁忽而停下脚步，穆庭转头看她，见她也正微仰起脸看他，纤长的羽睫展翅欲飞。

她说："要来就来真的。"

"你觉得我够真了吗？"穆庭下意识地问。

乔雁怔了一下，穆庭反应过来自己说了什么，强撑着一副毫不心虚的样子。乔雁眨了眨眼，突然摇摇头轻轻笑着走开。

"还不够吧。"

"……那有比我排名高的吗？"

"不告诉你。"

杨硕自己亲手谋划炮制出来的大新闻，一如他所期待的那样，在第二天占据了各大媒体头版头条的所有页面。

作为一个大多数人眼中的偶像派演员，本来恋爱是件注定会人气大跌的事情，但因为杨硕当前处境的特殊性，在身处隐婚劈腿风波的时候，他站出来公布了自己的正牌女友，无疑是给自己的粉丝吃了一颗定心丸，也让大片或幸灾乐祸跟风或蓄意造谣抹黑的人顿时哑口无言，一夜之间迅速扭转了当前形势，由人人喊打的局面迅速变回了粉黑论战的情形，非常漂亮地赢了一局。

而除了坚定的粉与坚定的黑，他洗掉了几乎所有路人对自己的糟糕观感，使他们重新持观望态度，等待着真相水落石出的那天。

被曝出这样丑闻的明星很多，能像杨硕一样打个这么漂亮的翻身仗的却几乎没有。他能一举扭转形势的原因很多，一是自己的确经过多年钻营后积累了一批坚定的铁粉，在舆论对他抨击得最凶的时候依然能坚定地站在他这一边。二是他曝出绯闻显然不是一件很稀罕的事情，但之前一直都没能让路人形成他花心滥情的印象，显然手边也有一些交好的媒体，公司对这个二哥也比较支持。三是这次他公开的女友实在是让人太过意外，一个都还不算正式进入娱乐圈的小艺人，长得也没有多惊为天人，公司更是连自家艺人都留不住的凯星娱乐，除了身份背景干净之外，简直毫无可取之处，甚至自身的未来发展还基本都需要杨硕替她奔波。若是杨硕真想做戏，一定有一百个比刘静怡合适得多的女艺人抢着倒贴，像刘静怡这样一个看着压根不可能的人，反而没有那么多疑点，可信度确实要高上几分。

而最关键的一点在于，无论他是不是真的有隐婚或是劈腿，按大批抹黑的人迅速销声匿迹的情况来看，他似乎都不曾被确切拍到，没有留下什么致命的证据。

又或者，他这么长时间的沉默与蛰伏，就是在将那些会让他一蹶不振的证据想起、找到、摆平、销毁。

黑料这种东西，向来都是一半真材实料，一半凭空捏造，真真假假的事情往往会让人云里雾里，不自觉就会被人带到有意营造的氛围中去。很快，公众讨论的重心就从杨硕有没有真的劈腿，变成了到底是谁这么处心积虑地泼杨硕脏水，列举了几乎所有跟杨硕有竞争关系的演员，一时间多方粉丝纷纷下水，竟然掀起了一阵声势更加浩大的猜疑风波，热度与讨论度居高不下，在话题榜上旷日持久地耀武扬威。

而原本的话题中心杨硕，却已经不动声色地彻底抽出了身。

这是一次何其圆滑漂亮的舆论反击战，而做到这一切的代价只不过是拖了一个无辜的女孩子下水，买卖何其划算，任何人选择这么做都不算太难理解。《侠义千金》的剧组没有因为这件事产生任何波澜，在谢绝了媒体的再次探访请求后又恢复了清静的拍摄环境，徐振的咆哮声依然每天响彻剧组，杨硕的神态情绪，甚至面对乔雁的态度，都没有因为这件事产生半点不同。

而被卷入风暴中心的刘静怡，那天之后，乔雁就再也没有见到。

媒体探班的第二天，罗铭就亲自来了一趟剧组，把刘静怡接了回去。他没有给乔雁从公司挑选新的助理补替，却也不是自己独自前来，社交小达人乔雪在家中刷出了这个消息，正好大学还没有开学，于是主动跟来剧组，吵着要做一段时间乔雁的助理。

她担心自家姐姐的心情，罗铭和舒丽都能理解，而且她确实不是第一次探班，剧组的规矩也知道得八九不离十，就默许了她的这种行为。现在，乔雪带着甜美的笑容去跟剧组的工作人员打招呼混脸熟，罗铭和乔雁沿着剧组拍摄地点的青瓦砖墙慢慢走着，走过之处已经没了那么凛冽的风。

三月初的天气说不上春暖花开，北国的土地上却也有零星崭露头角的新芽。枯干一冬的柳枝尖上冒出了些许隐约的嫩黄色，摇曳款摆在路边，散发的温柔隐约拂过行人的衣角掌心。罗铭伸出手，指间穿过一条低垂下来的长枝，突然叹了口气。

"听说过几天还有一次大规模的降温，它们现在就开始冒芽，也不知道降温之后还能活下来多少。"

"每年都要降温，它们也总是在每年这个时候开始发芽，大抵经历得多一些，总能长得更好吧。"乔雁在旁边回答，她还穿着戏服，长长的衣摆随风翻飞，卸去了属于虞锦扇的热烈灿烂，同样别有一番清雅美好。罗铭转头看了她一眼，略略笑着叹了口气。

"你就是那个长得更好的。"他由衷地承认，对着天空不是很讲究地伸了个懒腰，"希望她不被冻死在这一波降温天里吧。这次签的两个新人，一个太精，一个太笨，都还得再磨炼磨炼才能放出去见识世界，这个事是我估计错了，想得太乐观，期望值太高，给你们俩都造成了麻烦，挺后悔的。"

乔雁听了这话却没有马上接下，两人又沉默地向前走了一段，直到走出剧组的拍摄范围，刘静怡站在门口，脚边是她不多的行李，正等着罗铭出来一起回去。见到乔雁，她还是顿了一下，脸色却没有什么变化，冲他们都礼貌地打了声招呼。

"罗总，雁姐。"

"好了，回去吧。"两人有没有私下交流过乔雁不得而知，至少现在罗铭对刘静怡的态度很正常，是他一贯对自家艺人所有的包容。乔雁过会儿还要拍戏，不方便送得更远，三人就在这里道别。乔雁最后一次看向刘静怡，对方对她微笑着鞠了个躬。

"雁姐，我要回去了，这段时间谢谢你的照顾，给你添了这么多麻烦，真的很对不起。"

"那天我们走后，我有回头去找过你。"乔雁垂下眼睫看着她，停了一停，终于还是叹息着说出了口，"那时你已经不在那里了。"

刘静怡本来依旧是微笑着，低着头，听到这句话后，愣了愣，终于还是眼眶一红。

"谢谢雁姐，我自己一个人先回去了……太晚了没打到车，回宾馆的路走了很久……"

她声音骤然带上了些颤抖，低低地呜咽一声，保持着鞠躬的姿势，久久没有起身。

那之后，又是一段按部就班的拍戏时间，杨硕的话题热度终于慢慢消散，每天的头版头条都被新的话题占领。娱乐圈依然每天都在发生各式各样的大事小事，有人出风头，有人出了丑，有人一夜爆红，也有人一蹶不振。在这个光怪陆离的世界，似乎所有人都患上了间歇性失忆症，他们只会记得自己英明神武的事情，并将这些反反复复提起。

剧组的第二次探班时间到了，所有媒体对杨硕的态度已然和上次探班时大不相同，没有人再去提当初万众一心质疑攻击杨硕的事情，转而开始亲热地问他和女友相处如何，间或也有几家当时保持中立的媒体，而今抢占着优越的采访位置，与杨硕俨然一番同生死共患难过的亲密无间姿态。

这次探班过后，剧组的拍摄也进行到了中后期，戏份少的演员已经陆续杀青，乔雁倒是还有一段不短的拍摄计划。乔雪已经开学回去上课，所幸她是足够八面玲珑的性格，和刘静怡一样讨喜，却要比刘静怡来得更加精明懂事。有她这么不遗余力地为自家姐姐刷好感度，乔雁本身也并不招人反感，加之这段时间乔雁的表演大家都看在眼里，一时间姐妹俩在剧组里居然都颇受欢迎。在乔雪回去上课之后，乔雁独自继续拍戏，也没有遇到过什么刻意刁难。

这世上哪有那么多不识时务的人，当了徐振的女主角，演技又确实过硬，未必没有电视剧播出后一夜爆红的可能，又没什么深仇大恨，何不结交一下，以防万一？

而在拍摄进度到后期的时候，顾昭明作为一位比较有分量的客串演员，终于在一个天气晴朗的日子里准时进组。

顾昭明进组的时候，乔雁刚经历了一个很不美好的上午。一天刚过去一半，她已经在同一场戏上被徐振喊了四连"cut"，这次和她对戏的杨硕都没能幸免于难，两人屏气凝神低头立正，被徐振劈头盖脸地数落了好一通，灰溜溜地各自回去继续找感觉。

眼下乔雁正微皱着眉头仰靠在椅子上闭目休息，心里一遍遍默背着台词，时不时唉声叹气一下。冷不防一个声音突然在她耳边响起，她悚然一惊，迅速睁开眼，几乎要跳起来。

"怎么了，我吓到你了？"顾昭明也被她吓了一跳，倒是没有躲开，依旧在她旁边微弯着腰，笑着低头看她。顾昭明能在演了一部武侠片后迅速走红，自然极合适古装扮相，颜值也得到大众认可，眼下他已经换妥戏服上好妆，活脱脱一个鲜衣怒马的俊朗少侠，他的长相也的确是偏阳光正气的类型，笑起来的时候的确杀伤力巨大。

不过乔雁从来是一个不怎么会为美色所动的人，此时她迅速站起身和顾昭明握手，借此动作后退几步，和顾昭明拉开了一个安全礼貌的距离，客气地笑着与他客套。

"顾师兄进组了，欢迎欢迎，请多指教。"

"我现在大概已经谈不上指教你了吧？毕竟你进步得这么快，上次看到你演刘雨萱的时候就已经被惊艳到了，这次就看你怎么继续惊为天人了。"顾昭明回握住她的手，却没有马上松开，只对她露出了个明朗的笑来。

稍稍放柔声音，他的声音原本便偏向温和磁性，此时刻意展示自己的声音功底，一时竟如呢喃般温柔悱恻："好久没和你一起演戏了，真巧，这次你又是我的小师妹。"

乔雁眉心一跳，稍稍收起了脸上的笑容，借着俯身拿剧本的动作抽出了自己的手，对顾昭明客气地做了个"请"的手势："顾师兄刚进组要不要先熟悉一下？场务把剧本带给你了吗？我去催一下。"

"不用麻烦，一会儿就送来了。"顾昭明接着她的话就表达了委婉的拒绝意味，生生止住了她已经往开迈的脚步，"赶快坐下来歇歇，看你刚才拍得也不顺利的样子，要不要跟我说说问题出在哪里了，我帮你看一下？毕竟我演武侠片也算是有经验。"

"不用了，多谢顾师兄。"乔雁只得重新坐下来，脸上的笑容倒是很自然，但乔雪若是在场，一定能看出来乔雁已经有些不快。她拿开剧本，想了想，又掏出了自己的手机。

"我这人卡住的时候喜欢听歌找灵感，顾师兄不介意吧？"她在点开手机之前礼貌地问。

"不介意，你不用插耳机，我也听听。"顾昭明笑着回答她，随口问了一句，"平常喜欢听什么歌？要不要我推荐你几首能让身心放松下来的？"

"不用了，我现在听的歌就很好。"乔雁笑得有那么点愉快，在按下播放器开始键时轻松地答。

"穆庭最新专辑收录曲，每次卡戏后听半个小时，放松身心，提神醒脑。顾师兄要不要也试试？"

第七章
一夜爆红

　　她和杨硕眼下卡着的这场，正是当初试镜时徐振没有给她表演机会的那个第三幕戏。

　　这时剧情已经进入全剧的重心与最激烈处，虞锦扇从岭南家中出发，来到中原已经待满三年。这三年里，她得到过真诚的帮助，也尝过刻骨的背叛。与人跃马扬鞭把酒言欢，也与人恩怨情仇冲突不断。中间几次与蒋绍再度见面，情之一字总叫人无可奈何，两人都有斩尽情丝的心，却也控制不了地彼此惦念。

　　而在这一年，主宰这片江山的王朝终于行至衰颓，新的势力早已壮大崛起，只需要再多几场磅礴的胜利便能改天换地。她和蒋绍无可避免地再次站在了对立面上。她与所有的江湖正道一起向这些年归属的末日王朝宣誓，捍卫它高傲的威严直至血尽身死；而蒋绍则带着终于由他亲手统一的邪道一起将新的时代推举拥立，隐忍数年的浩大宏愿，已经处于实现边缘。

　　江湖人有江湖人的侠骨和义气，他们在同一片战场上相遇，起手，挥剑，厮杀在一起。

　　在家仇国恨之前，没有人再顾得上儿女私情。每个人都必须战斗，为了已经永远长眠在这场战争中的同伴，为了择定的能带来安宁和逸的君主，为了心中那个无忧无虑的最好江湖，每个人守着自己心中的判断与道义，对得起苍生就是对得起自己。

　　江湖人无拘无束自由惯了，平时自诩天高皇帝远的不在少数，但普天之下莫非王土，江湖即便远在尘外，却也绝不可能独善其身。其实卷入这场战争的江湖人并非全然迫不得已，眼下他们所争所拼所奋战到底的东西，与天下芸芸众生并无不同——

万里无烽，山河永宁。

此时蒋绍与虞锦扇的再遇，一如当年两人在岭南虞家的初逢。同样的刀枪相见，彼此心境却已经截然不同。虞锦扇武功虽说不错，但按道理是没机会正面与敌营第一人蒋绍对上的，她听从己方高手调度，在自己的位置上尽力地刺出每一剑，不知道过了多长时间，突然与蒋绍猝不及防地遇上。

她一双眼凌厉地看向对方，挥着剑的手却被人制住，怎么都挣脱不开。她的手上从没染过这么厚重的血，整个人都已经杀得有些麻木了。而蒋绍牢牢地摁住她的剑柄，用剑挡开攻击她的箭矢，在万军之中深深地看向她。

"锦扇，"他微哑着声音唤她的名字，眼神暗沉一片，"跟我走。"

虞锦扇不怒反笑，用力挣扎了一下，见实在没法将剑从他手中拔出来，果断干脆地松开剑柄，反手一个巴掌就向蒋绍脸上打去，而后者勉强闪开。

"剑给我。"她的唇抿成一条倔强的直线，朝蒋绍伸出手，"或者杀了我。"

"你何必？"蒋绍皱紧了眉头，在虞锦扇冷冷的注视下，最终还是忍着怒气将剑抛给了她，"这个王朝还有什么拯救的价值？你不是愚昧不通的人，我们江湖人又哪有那么些乱七八糟的忠君爱国思想，你现在到底在执着些什么？"

"我在执着什么？"虞锦扇喃喃地重复了一遍，神情恍惚一瞬，不知道该哭还是该笑。她摇摇头，带着深深的失落与疲惫，长长地叹出一口气。

"你不懂。"

你是这场事关天下的谋定中早有准备也最终得胜的那个，自然不知道我的执着。因为有太多太多的人都已经前赴后继地倒在了这里，有曾在我最落魄时向我伸出援手的老庄主，和我亦敌亦友的锦妖黎锦若，与我共同在茫茫草原上比武交心的祝三爷，还有我曾打马而过时报以微笑的长街中平凡踏实的百姓，酒楼里饮酒论武的捕头，甚至花街柳巷中红袖招招的歌女……

还有我的爹娘和而今已经支离破碎的家，一别经年，终成永诀。

这世间有多少的爱恨情仇，就有多少的身不由己。她持剑再次冲向蒋绍时，如同带着所有残存的英勇壮烈，她在心底默默地告诉自己——

就让这一剑将恩怨尽了，生死侠义，终有一别。

蒋绍的剑架在她的脖子上，她的剑落在地上，剑锋上的血溅起。

"你赢了。"她说。

她的嘴角带着轻松写意的笑容，眼中柔情万点，一如初见。

蒋绍沉默地看着她，只觉这几年恍然如梦，不觉眼底浸润一片。

"Cut！"徐振在两人演完后喊了一声终止，用挑剔的眼神将杨硕、乔雁来来回回扫视了好几遍。两人听到徐振的声音立刻迅速分开，各自把剑扔掉，低眉顺眼地老老实实立正站好，一秒从蒋绍、虞锦扇的狂霸酷拽中脱离出来，面对徐振时自带谜之尻感。

"过。"徐振不情不愿地哼了一声，终于在两人拍摄的第六场勉勉强强地喊出了这个久违的"过"字，一时间剧组内简直欢欣鼓舞，抱着欢呼成一团。这场战场戏本来就极为难拍，征用了许多群演不说，武器和戏服的磨损都堪称惊人，道具师已经累到濒死边缘，制片也算着消耗的经费一脸崩溃。现在终于得到了徐振的认可，大家都几乎快要哭出来了——跟了徐振这么多天，听他一声"过"还是不自觉就要感激涕零啊！

乔雁和杨硕作为这场戏的主角，下场后都露出了明显的疲惫神色。男女主角本来就是最为费神费力的，加之还要正面承受徐振的所有怒火，现在自然称得上是身心俱疲。

今天一天拍了高强度的六场相同的戏，再要强拼命的人也实在有些撑不住。杨硕今天的戏已经拍完，和其他人打了个招呼就赶紧带着助理匆匆离开了剧组，生怕略皱眉头看着刚才拍摄片段的徐振一个不满意又把他叫回来重拍。乔雁却下去换了身戏服又补了个妆，出来后又是精神满满、光彩照人的样子，对顾昭明微笑着打了个招呼。

"久等了，顾师兄，我们开始吧？"

没想到顾昭明却对她摇了摇头。

"不着急，你再歇会儿吧。"他深深地看着乔雁，声音中带着轻浅绵长的叹息，"乔雁，你……真的很厉害。"

真的很厉害。

是我当初看走眼。

不，当初他又哪里是什么看走眼。顾昭明在心中苦笑，从当初那个让他一夜爆红的武侠剧时他就该知道，乔雁早晚会有大红大紫的那一天。

彼时他刚刚拿到自己演员生涯中最重要的一个男主角，处处春风得意，他将这部电视剧视为自己一飞冲天的机缘，没想到在这个剧组会迎来那样措手不及的喜欢。

乔雁的长相很合他的眼缘，笑起来的时候眉眼弯弯、梨涡浅浅的样子也实在好看得过分，初见时她就让顾昭明心中一动，不然也不会迅速注意到这个戏份稀少又毫无名气的新人演员。

顾昭明的确是一开始就对她存了点模模糊糊的心思，在拍摄第一天下戏之后就在人群中搜索着乔雁的身影，没想到却没有找见。等他在片场的一片荒草地里看见乔雁的时候，对方正在姿势怪异地踢树，带着点娇嗔，又温柔十足。

顾昭明看了一会儿才意识到乔雁是在提前练习明天她的戏份，明白这点后他不由得撇嘴。乔雁的演技实在非常一般，这个角色也中规中矩，虽然主角喜欢过，但一个龙套而已，其实剧组里谁都没有太过在意。顾昭明看了一会儿，觉得不方便打扰，便自行离开，等他明天和乔雁真正对这场戏时，才真正感到吃惊。

一夜过去，她的动作已经自然许多。

这样努力又有天赋的人，怎么就没有大红大紫的可能？他现在早已明白这点，却已经为时过晚，当时没有过多在意而放弃了乔雁，现在想来，只觉讽刺。

有眼无珠这种事，实在怨不得他人。

乔雁看着他，犹豫了一下。

顾昭明在剧组的时间非常有限，他这样的当红一线小生，行程自然都排得很满，每一天都非常宝贵。理论上说，她应该配合着在这两天之内就拍完顾昭明的所有戏份，今天她和顾昭明就有额定的并且任务不轻的拍摄量，一场戏拍不完她都没法马上离开剧组回宾馆睡个好觉。

但实际上，她现在实在是太累了。

今天和杨硕的这场戏又有很多近景特写镜头，打戏也都是真打，一个她不擅长，一个过分消耗体力，连拍六场，现在再勉强自己马上拍摄，她也的确无法保证能发挥出最好的状态，以一个勉强的态度演一场马马虎虎的戏，不符合一个演员的职业操守。

而且徐振也一定不会宽容地给她一个"过"字……

"那就听师兄的，过会儿我们再演。"她礼貌地向顾昭明道谢，挑了个离顾昭明不远不近的位置坐下。

不一会儿，她随口客气地问候一句："师兄最近还好吧？"

"不太好。"顾昭明没有看她，自己牵了牵嘴角，"我和秦菲分手了。"

乔雁倒吸一口凉气，差点没被顾昭明这句话给噎住，连忙抬头看了眼周围，见四下无人，才惊魂未定地稍稍松了口气，一时也不知道该不该接话，尴尬地沉默了好一会儿，见顾昭明神色没什么异常，并且一副等着她接话的样子，才犹豫着接了一句："为什么啊……"

这次，顾昭明终于转头朝她看了过来。

"因为顾蜚声的新戏。"

他眉宇间带着一丝漠然，事不关己地说。

为了一部不知道属不属于自己的电影和男友分手，实在并不是个很能让人接受的理由。但乔雁在最初的惊愕过后扪心自问，竟然觉得如果是秦菲的话，这么做其实也不是特别难以理解。

毕竟就算从她无意中撞破秦菲与顾昭明的地下恋情那天算起，他们也至少谈了将近三年的恋爱，这三年里虽然秦菲一路走红坐稳了国民女神的位置，顾昭明发展得也并不输她，稳稳地跻身一线当红小生之列，两人的对外形象都颇为良好，虽然都正处于事业上升期，但现今公众对于恋情的接受度并不低，尤其俊男靓女如此般配，若是诚心实意想要一起走到最后，要公布恋情早就公布了，何必拖拖拉拉到现在了都还是不为人知的隐秘关系。

而若只是逢场作戏，分手自然是个必然结果，早或者晚，由谁先提，也没有太大区别。

"哦。"最终乔雁也只是象征性地应了一声，既无意深究别人的感情生活，也不想刺探顾蜚声的新电影内幕，只是微笑着沉默下来。休息了一会儿后，她抬手轻轻拍了拍脸，提起精神对顾昭明比了个"OK"的手势。

"好了，顾师兄，我们开始吧。"

他们要拍的这个镜头属于前期剧情，戏份早已不在近一个月的拍摄进度表里，是虞锦扇刚入江湖时的一段剧情，游离于主线剧情之外，是个非常可有可无的支线小故事，属于剧组和顾昭明共同选择的结果。

顾昭明本来就只是友情客串，戏份稍多的角色他都没时间来演，连需要不时客串在人群中充当背景板的角色都不在他的考虑范围之内，当初剧组拿了几个拟定的角色供顾昭明挑选，他自己挑中了这个，剧组方面觉得合情合理，也就一口答应下来。乔雁拿到剧本之后多少觉得有些尴尬，只是实在不方便与其他人讲。

顾昭明给他自己挑选的角色，是虞锦扇初入中原后结识的一位年轻侠士，翩翩公子，气度端方，是个文武双全的名门子弟。锦扇与其相遇时，正值他云游天下之际。一面之缘结下的交情，一个阴错阳差许下的承诺，他也就尽职尽责地将虞锦扇护送到了中原腹地，而后锦扇接着游历天下，公子则翩然离去，继续云游四方。

两人一路上种种暧昧与温柔都淡如青烟，很快消散在风里，除了养眼和供顾昭明耍帅之外，这段戏的存在非常没有必要，一定要说和主线相关的地方，只有这位公子勉强让虞锦扇学会了收敛些自己的脾气，懂得些江湖的道义——但这其实也没什么用，在之后的日子里，虞锦扇照样忠实地展示着真我，似乎很快把从这位公子这儿学到的东西都还了回去。

是以虞锦扇听闻这种人设居然是顾昭明自己要演的之后，多少有些莫名其妙，横竖看了剧本半天，只能将原因归结于顾昭明只是想不负责任地耍个帅。当时她还不知道顾昭明和秦菲已经分手的事情，如今知道了之后，他选这个角色的立场骤然就有些微妙起来。乔雁并不是迟钝的人，最终还是决定顺其自然，能心照不宣、太太平平地把这段戏演完最好。

头一天的剧情走得很顺利，乔雁已经经历了后续剧情的大规模洗礼，如今演回前期剧情简直驾轻就熟。纵然一整天超负荷运转，到最后严厉如徐振却也难得露出了两分满意的神色，蠢蠢欲动地吩咐工作人员给他把当初拍摄的镜头调过来，看样子似乎有把以前拍的几场翻出来让乔雁重新拍摄的意思。

乔雁简直大惊失色，在拍完今天和顾昭明的戏份之后连忙换好衣服，匆匆忙忙地跑了，妆都来不及卸，和杨硕一样脚底抹油足下生风，完全没给徐振任何反应的时间。

不管明天会不会被徐导骂得狗血淋头，至少今晚能好好休息，不休息够明天拿什么去挨徐导的怒火？

所有在徐振剧组待过的人都要学会逃避现实和自娱自乐，她在徐振剧组待了这么长时间，接地气接得飞快，苦中作乐地安慰了自己一番，感觉成功说服了自己，于是心安理得地去睡了个觉。

一夜无梦，休息得极好。

第二天，她精神抖擞地到了片场，习以为常地和杨硕一起被徐振追着批评了一通，而后一天的拍摄表现都堪称神勇。和顾昭明的对手戏份实在没什么难度，到下午的时候已经成功地将所有客串戏份拍摄完毕，眼下正毫无形象可言地趴在椅背上抓紧时间休息。

说是休息，其实也不过就是能坐着闭上眼睛待一会儿。作为一部武侠片，戏中需要吊威亚的地方自然不少，尤其徐振这种吊威亚戏份多，上场实打戏份更要多得多的剧组，浑身酸痛是每天的常规状态，除了拍戏时会露在外面的脸和手，衣物掩盖下的其他地方有各式各样的瘀青，简直是再正常不过的事情。

眼下乔雁正试探性地碰着被威亚锢了一天的腰，时不时露出个不可名状的疼痛表情，沉浸在自己的世界里小心地调整着身体状态。顾昭明这两天吊威亚的镜头和乔雁差不多，但到底只拍了两天，所以现在看上去一切如常。

眼下他坐在另一张椅子上，看着乔雁的动作和时不时皱眉的表情，眼底神色专注又隐秘。他就那么直直地看了一会儿，动了动喉结，突然带着一丝隐忍与试探，小心翼翼又似漫不经心地开口询问，语气平缓寻常，如一笔带过："乔雁，你是个像虞锦扇一样的人吗？"

你是个像她一样，心底热烈赤诚又满是柔情，会被所有温柔的善意打动，也愿意为了一次心动付出一生的人吗？

"嗯……不算是吧。"乔雁依旧闭着眼，稍稍偏头做出个思考的表情，"虞锦扇太单纯了……我也没有说自己很复杂的意思，但我是个很难被打动的人，看着好说话，其实特别任性，可能会因为一点点很小的事情而拒绝别人的好意与亲近，有时候确实挺不识抬举的。"

"不过一旦真的开始打动我的话……虽然我缺少主动靠近的勇气，但我会拒绝所有其他人类似的邀请，一心一意地等着那个被我认可的人一步步向我走近。走得来走不来都是命，我改变不了，但愿意一直等到那个人放弃我的那天。

"其实现在已经有个人在不怕死地朝我靠近，所以我在……

"等他过来。"

她说话时还是没有睁眼，只是嘴角翘了翘，微笑的样子带着些坦露心声的不好意思，反而格外动人。

语气如闲话家常，毫无波澜，轻描淡写。

顾昭明看着她轻轻合上的眼睛，迟来的苦涩终于一点点泛上心底。

在她懵懂地打量接受着这个世界的时候，他意气风发地走在前面，见她走得太慢，也就没再回头看过。而现在他愿意做上千百个表情，说千百句关心，而她已经——主动闭上了自己的眼睛。

"祝你等到他。"这样还没开始就已经结束的朦胧好感，到底没能让他失了应有的风度。他与乔雁心照不宣地用着事不关己、云淡风轻的语气，送上不痛不痒的祝福，其实如今究竟有多如鲠在喉，只有自己清楚。

又经过了大半个月的拍摄，徐振的新戏《侠义千金》终于正式结束所有拍摄戏份，顺利按时杀青。他们开拍的时候还是风沙凛冽的冬天，而今已经时值又一个盛夏。乔雁作为女主角第一个开拍，而今也是由她进行收尾。徐振喊下"cut"的时候，所有人爆发出一阵情不自禁的呐喊，激动得语无伦次，又哭又笑地抱在一起。

他们在这个剧组经历过很多事情，凌晨三点在墙根蹲成一排裹着棉衣哆嗦着吃早饭，晚上十二点多拍夜戏点灯熬油身心俱疲。盛夏时血袋洒在脸上混着汗水将皮肤刺激得过敏发炎，寒冬时单衫薄袖刀剑无眼被敲得满身瘀青。

所有人都被徐振从头到脚地数落过不知道多少次，都曾被骂到眼底含着泪蹲下身收拾过自己亲手报废的道具，当初曾指天立誓再也不进徐振剧组的化妆师现在哭得鼻涕一把泪一把，抱着灯光师哭着喊着下次还要一起来徐振的剧组共同患难，进组前再素不相识关系微妙，都在这样每一天的高负荷运转与巨大压力下变成了惊人的团结与默契，终于到了结束的这一天，所有人心中剩下的都只有感激与不舍。

灯光镜头已经撤下，乔雁却还站在原地，有些发愣地看着周围群魔乱舞的人群。徐振放下手持喇叭走过去，拍了拍她的肩膀："怎么不过去一起庆祝？"

乔雁回过神，看着徐振，不确定地问："……不再NG一次了？"

"被训傻了啊？"徐振大乐，照着她脑袋上力道不重地拍了一下，"演得很好，过了，你是个很有天分也足够努力的演员，成就肯定不止于我这部戏。等你以后红了，要是还愿意到我这里遭罪，跟我说，我还找你拍戏。"

"没有，没傻，还没被骂够，随便找我……"乔雁摸了摸被打得有点疼的后脑勺，又认真想了想，突然又忍不住笑了起来。

"徐导，你知道吗，在来你这里之前，我刚在曹瑞导演的那部《天涯游侠》里试镜失败出来，本来是定了我当女主角，结果拼不过人家，被抢了。"

她下意识地继续摸着后脑勺，带着点傻乎乎的表情陷入回忆之中。

"那时候我都已经拿到女一的剧本了，就觉得……好委屈啊，特别委屈，都还没看过我的试镜呢，都还不知道我到底能把这个角色演成什么样子，为什么突然就不要我了？

"但如果正因为错过了那部《天涯游侠》而得以进到《侠义千金》剧组的话，我现在还是要很郑重地感谢曹瑞导演。"

乔雁眨了眨眼睛，放下手臂，认真地对徐振说："经过了之后才知道，这种能凭自己的努力掌握自己命运的感觉，到底有多美好。"

盛夏大片大片灿烂的阳光之下，她俏生生地站在那里，还活脱脱是虞锦扇的扮相，而现在露出的表情，有乔雁的温柔，也有虞锦扇的明艳，漂亮的眼睛愉快地弯起，脸上梨涡满盛着由衷的欢喜。

美人如玉，笑靥如花。

徐振的剧组向来一场戏总要翻来覆去地拍上很多遍，这次能卡在预定时间杀青，简直让一众圈内人都惊掉了下巴。乔雁此时尚不知道作为徐振新戏的第一主角，能够按时杀青已经是种莫大的殊荣，她现在正接着魏泽的电话，在魏泽的笑声里压力颇大地捂脸哀叹。

"当初他们说两部戏同时开拍是在暗中较劲的时候，其实我是拒绝相信的。"乔雁放下手，一脸生无可恋的沉痛表情，"然而万万没想到，传着传着竟然就变成了真的……"

"所以现在确定两部戏差不多同一时间上映了？"

"是啊。"魏泽的声音依然显得愉悦而饶有兴味，他和乔雁在各自剧组拍戏，平时最多会在朋友圈遇到时互相点个赞算作招呼，这还是自曹瑞剧组试镜那天之后的第一次联系——事实上这也是两个人的第一次正式联系。友情的建立总归需要那么点机缘，也需要时间去沉淀考验，他和乔雁去年十月份第一次见，经过快一年的谨慎观察交流，如今也算是关系不错能说上句话的朋友了，"要和我正式打擂了，准备好了没有，有信心吗？"

"也没什么可准备的，拍完之后到底什么样也就定下来了。徐导开始剪片之后人间蒸发了一样，再也没成功联系到他。"乔雁跟魏泽诉了两句苦，对着魏泽的问题想了想后方才开始回答，眸光流转之间满是电话那头魏泽看不到的狡黠与自信，"要我和魏老师打擂那是肯定没信心的，但如果是《侠义千金》和《天涯游侠》的话……"

"结果如何，现在谁能说得准啊！"

曹瑞的《天涯游侠》和徐振的《侠义千金》，题材相似，受众类同，甚至有些圈内人也知道女主角都差点定成了同一个。前后脚开拍，前后脚杀青，几乎同一时间送审，现在连播出时间都几乎完全重合，甚至两个播放平台也算是实力相当。原本两个导演几乎没被放在一起比较过，但这样的巧合实在多得太过离谱，连两部戏的主角都不会觉得这是纯粹的巧合。

当然，这样的局面，究竟是两位导演的联合炒作还是另有原因，这些内幕别人就不得而知了，两位导演显然也没有公之于众的意思，魏泽和乔雁都对他们这么做的原因毫不知情，只能猜测一下，怎么想都觉得即便是事出有因，也实在太过离谱。

然而围观的各色路人都已经纷纷飞快地激动起来，随着宣传片和花絮的陆续播出，两部剧的导演演员死忠粉率先下场参战，很快各色路人也都乱七八糟地加入进来。

曹瑞的戏先一步拍完，现在也先一步进行宣发，他这部戏本来就是各方面都中规中矩的稳妥之作，最大的问题就在于对经典的翻拍究竟改动了多少，是以一时各路粉丝的态度都还算肯定，其他路人的期待值也相对较高。

而徐振的新戏面临的情况则不大相同。虽然徐振这个名字在业内已经足够大名鼎鼎，但对于大多数人来说，耳熟能详的还是聚光灯焦点下的各色艺人。杨硕自身才刚刚摆脱绯色黑料的纠缠，乔雁依旧默默无闻，沈嘉笙倒是目前没什么新料，但样貌所致，她的路人观感本就两极分化得厉害。

总的来说，三位主演现在看来的确各有各的短板，就看徐振到底有多大的本事，能将这样一副莫名其妙的牌打出什么样的花儿来。

而正当两方人气出现这样明显的落差时，穆庭，又是穆庭，这个在娱乐圈中外挂一样的存在，又出来狠狠给自己刷了一把存在感。

他为《侠义千金》所创作的主题曲先一步发布公开，用虞锦扇的镜头剪辑做成了MV，同步在电视与网络上进行宣发轰炸。歌是好歌，虞锦扇也的确貌美如花又演技爆表，这一版宣传片不仅再次验证了穆庭工作室的精品口碑，也让《侠义千金》的人气在短时间内即出现了惊人的飙升，更为乔雁本人圈到了她自己的第一批粉。

在这个强有力的宣发过后，两部剧的人气再次回到持平状态，一切问题的答案，只等两部戏播出时分尽数揭开。

曹瑞的《天涯游侠》早拍早播，首播时间也比《侠义千金》早了五天。早一天即能抢占先机，至于五天能积累多少观众，就和剧本身的质量有关系了。

《天涯游侠》开播三天即抢占话题榜前三位，剧名占了一个，女演员占了一个，另一个则由义愤填膺的原著粉发起。这版翻拍里曹瑞对剧本的改编极多，播出之后粉黑交战顿时爆发，两方人马掐得你死我活，也把这部剧炒出了新高度，不管怎么说，剧的确是火了。

很多人都在好奇，面对这样的局面，徐振到底如何应对？

《侠义千金》开播的那天，许多人带着好奇纷纷涌来，《天涯游侠》也有一部分观众选择换台看看这边终于开播的徐振新戏。如果说这是一个擂台，那么而今打擂的双方终于各自就位，厮杀从这一晚就要正式开始。

那么多人关注着这部戏的开播，乔雁本人却并没有守在电视机前。拍摄完《侠义千金》至今也有一段时间了，她受益良多，也发现了自己的很多不足，接了个戏份不轻不重的反派女二，便又一头扎进了片场。

她给自己选择的新角色是个现代杀手，冷漠无情，身手神出鬼没，想要让一张冷冰冰没有变化的脸上显出自己想要表达的情绪，并不是件十分容易的事，杀手的活动时间又多是在夜里，夜间、现代、面瘫、打戏，四个她颇不擅长的元素全都集中在了一起，也难怪她拿到剧本的第一眼就看上了，杀青完《侠义千金》后马上就进组进行高强度的拍摄。

电视剧开播的时候，她还在进行打戏的拍摄，当晚效率不错，连过几场，导演又不似徐振那般严格，对她自然满意得很。等她下戏的时候已经时至深夜，六个小时过去了，电视剧前两集早已播完，也不知反响如何。

这部戏的拍摄地点是座规模颇大的影视城，凌晨时分还有很多家店铺的灯亮着。在这样灼热又安静的夜里，这座影视城中依然灯火通明，无数选择走上这条路的人，还在为了自己的梦想而默默努力。

她以前在这里来来去去许多回，拿到的戏份太多，每次总待不长，索性习惯来同一家面馆吃饭，几年下来也算和店主混了个眼熟。每次店主见到她时总是显得亲切，大抵是对还没有放弃的人以资鼓励。而今时隔许久又一次见面，店家照例给了她一个热情和善的笑脸，这次还拍了拍她的肩。

"我看了你的新戏，"店主在把她点的馄饨端上来时亲切地说，"演得真好。"

每次她来这里时店家都会对她说上这么句话，乔雁习以为常地笑着道了声谢，舀起一个馄饨吹了吹，才想起把一时关机的手机开机。

开机瞬间涌进来许多条未接电话、短信的提示音，乔雁猝不及防，吃惊的同时心狠狠地一跳，她放下勺子，开始一条一条地从短信开始看起。

知道她在拍戏中的舒丽先是称赞了她对于虞锦扇的诠释非常吸引人，然而又叮嘱她拍戏不要太拼太累；乔雪的来信则要直白得多，欢乐地打了一连串的感叹号，说明天就去印一打乔雁的照片，让乔雁签名之后由她拿出去卖；魏泽的恭喜短信很朴实也很实在，直接向她感叹了一句"这次没能合作，非常可惜"。

她慢慢地翻着来自许多熟的不熟的人发来的短信，边看边回，回到最后也没看到来自穆庭的消息，莫名觉得有一点说不上来的别扭。随后她习惯性地点开微信看了一眼，才发现穆庭从微信里给她发来了一个压缩文件。

她下载好又解锁完毕，折腾了好一会儿，费了一番工夫才发现穆庭给她传来的是个视频。点开后熟悉的旋律顿时铿锵地跳跃出来，她看了一眼视频长度，才明白过来穆庭给她发了什么——穆庭把这两集首播的《侠义千金》给她录了下来。

就着夜色中面馆柔和的灯光和馄饨温热的香气，她坐在那里看完了这两集。录视频的设备似乎很高级，但拍摄电视荧屏不时会有那么些花花绿绿的条纹，间或还有穆庭大呼小叫和嚼东西吃的声音，她也不嫌弃，看得几乎和正在录制的穆庭一样认真。

视频的最后，电视剧播完片尾曲，穆庭把镜头转了一个角度对准自己，直视着镜头正前方的他笑得明亮帅气，眼中是热烈的柔和与灿烂的得意。

"乔雁。"他压低了声音，像是在分享什么秘密。

"你红啦！"

乔雁不由自主地被他一脸"看吧，老子眼光就是这么厉害，随便看好个新人都能很快走红"的表情逗笑了，吃掉了最后一个已经凉透的馄饨，她垂下眼睫，忽而眉目弯弯地微笑起来。

从刚才起一直悬在半空中摇晃彷徨的心悄然落下，踏实地放回原地，安心无比。

《侠义千金》的两集首播收视率全国网破1，结合平台来看，不好不坏的成绩，和《天涯游侠》当前1.9的全国网收视率还有很大一段差距。首轮交锋，似乎主动权还掌握在《天涯游侠》手里。

然而第二天的次日收视率，《侠义千金》飙升至1.4，《天涯游侠》则降至1.7，从数据上看，已经有相当明显的一部分收视观众群从《天涯游侠》流向了《侠义千金》，一时激起浪潮万千，看来这场较量远远还没到盖棺论定的时候，两部剧在网络上的话题讨论度都在迅速上升爆发。

而在第五天的时候，收视率已经彻底逆转，《天涯游侠》稳定在了1.8左右的收视率，而此时开播五天的《侠义千金》收视率已经率先破2，连续五天收视率数据一路上扬，直至当前热度攀升依然没有停止。

徐振和他的《侠义千金》，就这么在所有人都措手不及的情况下，以一种摧枯拉朽之势迅速走红。

这部剧能走红的原因很多，徐振自身的名气和质量保证是一个方面，剧本足够新颖且吸引人是另一个方面，演员演技爆表同样非常重要，宣发公关也都在合格线以上，一部剧失败的原因可能有很多，但成功的原因向来只有一个——投入付出与成绩收获向来息息相关，只要足够优秀，就终将走红。

而这场曹瑞与徐振的擂台赛比到今日，也终于分出了胜负。虽然以后的剧集走向尚不清楚，两部剧的集数也有一定差距，在徐振的新戏播完之后曹瑞的新戏还能再播上几天……但这样的未知已经没有意义。

在口碑、收视、潜力、观众满意度等各方各面，曹瑞完败，这将是他的一个没有任何借口的，彻头彻尾的失利。

对于曹瑞来说，成也原著，败也原著。原著的经典程度让他的这部戏未播先红，首播收视率一举破2，话题讨论度居高不下，迅速拥有了一切蹿红的必要条件与资本；口碑的毁誉参半并不是影响收视和收益的绝对因素，投资方甚至对这样的高话题度乐见其成，如果没有和徐振的新戏撞在同一个时段，按照以往的经验来看，或许真的能就这么一直红下去。

然而他正面对上的是徐振的《侠义千金》，碰上这样一部题材新颖，各方面堪称完美的同类型电视剧，在这样鲜明的比较面前，大多数人将作何选择显而易见。

对观众而言，一部剧最先吸引他们视线的自然是主角的表现。魏泽的演技实在过硬，即便在剧本做了大幅度调整增删的情况下，对赵铮的诠释依然合情合理可圈可点，播出到现在都备受嘉奖，网友一大半的好评都是看在魏泽的表演上。

而同样作为第一主角的乔雁，单拼演技，她自然比不上魏泽老练，但在同年龄的演员中数一数二，这也是合作过的导演公认的。两部戏的主角前期性格颇多相似之处，同样的不谙世事、飞扬洒脱，后期赵铮转为沉郁稳重的侠之大者，虞锦扇则多年过去，世事经历个遍，依然犹如少年。

展现真性情容易，返璞归真演起来却难。是以后期两个角色都极为考验演技，而在前期，需要的表演成分反而不多。两个人展现出的这种少年意气都差不多，魏泽胜在知名度高，一出现就有活跃的女粉丝在社交平台的话题底下尖叫成一片；乔雁虽然没有这样的待遇，但她胜在真的足够年轻，屏幕上的脸年轻美丽满是胶原蛋白，笑起来时眼里像是盛满了摇碎的阳光，灿烂明媚得让人移不开眼睛。

一大批路人在电视剧播出后对乔雁纷纷转粉，很多乔雁的新粉丝情不自禁地在社交平台上捂着心口感叹：她笑起来的样子真的好好看啊……灿烂又舒服，就这么看着，感觉心情都好起来了。

是的，乔雁出道到现在四年多，终于有了第一批自己的粉丝。

她原本对这个事实还没有什么明确的认识，在相对封闭的剧组拍戏，信息的确不够畅通，反派女二也不应该是媒体采访的重点对象，她又不是很爱刷社交网络的人，是以认认真真地又拍了将近半个月的戏，杀青之后才从剧组出来。

上飞机之前，她向徐振报备了自己要回来这件事——徐振之前有联系过她，问她什么时候能过来进行电视剧的配合宣传，得知她正在拍戏之后就没有多催，只告诉她杀青之后就直接过来。她紧赶慢赶，尽快拍完了自己的戏份就收工回去，将消息告知徐振后，徐振沉吟了一下："到机场的时候自己小心些，我叫个闲人过去接你。"

乔雁茫然："啊？小心什么？"

"你红了啊，你不知道？"徐振问。

"……差不多知道一点。"虽然这些日子在剧组有形形色色的人过来恭喜她，穆庭也直接跟她说过这句话，但眼下被徐振这么问她仍感到有点微妙的窘迫，然而徐振积威尚在，她老老实实地应了一声，不自觉地缩了缩脖子，"所以呢？"

徐振啧了一下，也感觉情况不太好，说："来了你就知道了，总之自己小心一点。"

乔雁挂了电话，带着满腹疑问上了飞机，直到下了飞机才明白过来徐振的话到底是什么意思。

她有生以来第一次被粉丝接机。

其实来的粉丝也不算多，她刚刚迅速蹿红，粉丝群虽然随着电视剧的播出以一个惊人的增长率每天发展壮大，但其实还是所谓的"三月粉"居多，就是什么正当红就萌什么，三个月热度一过很快"脱粉"的那种。

这种"三月粉"最终能有多少转变为乔雁的铁粉，要看乔雁自己的本事，现在不得而知，不过半个月过去了，她已经有二三十个粉丝愿意在盛夏的高温里守上几个小时，只为见她一面，甚至因为她走红以来一直留在剧组里没有露面，有两家媒体还专程派了记者过来。

她对这一切都有些猝不及防，现场联系好机场的保安后才从普通通道里走了出来。她的粉丝兴高采烈地举着横幅冲她欢呼招手，都被保安拦在不远处，没法再靠近。

他们将乔雁为数不多的杂志硬照打印了几张出来，腕间都缠着水一样温柔的蓝色——这是她在百度百科里显示的最喜欢的颜色。现在被拦在那里，还在高兴地喊她的名字。

"乔雁！乔雁！"

"看凯星官网上你的行程说你又接了一部戏，拍戏辛苦吗？"

"今天外面很热啊，乔雁你带伞了吗？"

他们与她素不相识，现在却愿意专程为了见她几分钟等在这里，并奉上这样亲切真挚的关心。乔雁开始尚还有些无措，现在却在这样朝气蓬勃的声音中慢慢放松下来。

为什么那么多人都渴望着站在镜光灯下的生活？乔雁不知道别人的想法，然而就她自己而言，选择成为一名艺人，除了被人肯定的先天条件之外，她少时很难感受到的关怀与被重视的感觉，实在也太过有吸引力了。

她能视满路或有或无的鲜花与掌声如无物，但这样无处不在的关心，与真切的被关注被喜欢的感觉，真的很容易让人心生眷恋。

"大家好，我是乔雁，谢谢你们来接机，天很热，辛苦了。"她最终主动伸手拿过一位记者手里的话筒，拿着话筒向粉丝那边微笑着挥挥手。

"为了稳妥考虑，可能没法让你们更靠近些，到出机场的这一段路，我们一起走吧。"

她的确是个温柔起来如沐春风的人，粉丝们因为她的反应怔了一下，随后又惊又喜地开心答应。她走在正中间，粉丝们隔了一段距离跟在旁边一起往前走，中间也有几句零星交流，停车场上有辆车见她出来便开了过来，在她前方的位置停住，按了下喇叭。乔雁走到车前停下，对记者道了声谢还了话筒，回身对粉丝们笑着道别。

她转身想拉开后门上车，副驾驶的车门却已经先一步开了。乔雁略略怔了一下，从善如流地坐进了副驾驶，转头看清了司机的样子，一个深深的梨涡顿时浮现在脸上。

"徐导说的闲人就是你啊？"乔雁笑着低头系安全带。

"可不是我吗，天这么热除了我谁愿意不辞辛苦来接你啊！等等，徐导说我是闲人？"穆庭对徐振给他的定位不太满意，见她妥当坐好后就发动了车子，"居然有媒体来采访，也不知道他们有没有拍到我……粉丝来接机感觉怎么样？应对真从容，私底下练过？"

"怎么可能练过，刚下飞机时吓了一跳……"乔雁莞尔，手臂撑着车窗，转头看向外面。

只不过是我知道自己早晚会红，所以如今真的红了，就像是那个早已预料到的那一天如约来临了一样，像是面对一个终于重逢的老朋友，不觉得意外，只觉得欢喜。

同一时间，穆庭也想起了在去年那个凛冽的冬日里，乔雁按住门把手回头看他，说出自己早晚会红，所以不急不择手段的表情，一时觉得世事果然奇妙，不由得转头看了她面向车窗的侧脸一眼。

她脸上带着浅浅的笑意，眼中光泽莹润，自信又美丽。

"谢谢你们支持《侠义千金》，也谢谢你们支持我，大家辛苦了，今天录的节目会在下周六播出，锁定同一频道，大家到时候见。"

他们今天所录制的节目是一档综艺性娱乐节目，《侠义千金》收视口碑双重大爆之后，播出平台紧急为剧组加调了颇多资源，这档该卫视的王牌节目也在不久前向剧组发出了邀请，录制完毕后马上三班倒抓紧时间剪辑，下周六就直接放送出去。

徐振、乔雁、杨硕、沈嘉笙，加上穆庭，五个人共同作为剧组代表参加了节目录制。本来混迹在其中的穆庭算不上是什么剧组嘉宾，不过这种录制本身就是拼粉丝拼人气的时候，这次主题曲的合作双方又是比较平等的合作关系，他也确实在前期为这部剧拉来了不少人，是以眼下他来一起录制，也没人觉得有什么不对的地方。

下午四点的时候，工作人员、主持人与剧组嘉宾三方均已到场，简单讲解说明了一下录制流程后，众人一起走了个过场，修改了几个有争议的部分，大致觉得没问题后各自散去休息片刻，等待晚上的正式录制。穆庭活动了一下关节，转身去看站在原地没动的乔雁："怎么不动了，不找个地方休息一下？"

　　"啊？"乔雁回过神来，也意识到自己站在这儿有点显眼，"……嗯，对。"

　　她深感赞同地点了点头遵从穆庭的建议，而后自顾自走掉了。

　　被孤零零扔在原地的穆庭："……等等？"

　　我在等你啊你没看见吗？乔雁你瞎吗？！穆庭在原地气得倒吸一口凉气，看乔雁紧走了几步赶上前面的沈嘉笙和女主持人，几人说笑着一同走远，才兀自转开头，在没人注意时轻轻撇了撇嘴角。

　　"……喊。"

　　他陷入这样不可名状的隐秘困扰中，已经有一段时间了。

　　他觉得他和乔雁的友谊已经进展到一个比较僵化的阶段——好吧，穆庭承认，也许他心里真正所想的，并不止于单纯的友谊。

　　但不管怎么说，情况就摆在那里，他和乔雁作为普通朋友已经颇为要好，但那些隐隐约约难以名状的温柔缱绻，却并不足以让他摸清乔雁对他的真正想法。穆庭从小娇生惯养，父母宠爱，亲朋讨好，旁人谄媚，纨绔子弟行径没少干，却从来不曾知道，原来喜欢上一个姑娘会是这样复杂难懂的滋味。

　　他以前只当自己是见多识广所以眼高于顶，自鸣得意地当着自己的单身贵族，真正动了心才发觉，原来自己的要求眼光可以一低再低，所有的看不上，只是少了那么一个人而已。

　　但他傲慢惯了，又向来看不上死缠烂打的人，一方面觉得自己应该的确是有点喜欢乔雁，另一方面又觉得这也不算什么大事，她要也对自己有意思的话完全可以在一起试试，没那心思就这么算了其实也并不十分可惜，但这话在今天见到乔雁时在舌尖来回滚了好几遍，到底没有说出口。

　　他想起在数月前那个极冷的冬夜里，乔雁转头看向他时，带着月色般清辉的眼睛。

　　"我不跟人试。"她说，神色认真又平静，语气没什么起伏，个中有多少坚定的意味却也全然听得分明，"要来就来真的。"

所以乔雁，你对我，到底又抱着怎样一种心情？

穆庭收回视线，转身走向另一端的休息室。助理早已为他占好了位置，他直接推门进去，玻璃门反射出一双深如幽潭的眼睛，黑白分明。

晚上六点半，观众进场完毕，节目录制正式开始。主持人在台上先行热场之后，剧组的五位嘉宾正式登场。徐振站在中间，乔雁、杨硕分列两边，剩下的两个人索性也按照男女间隔站位，沈嘉笙站在杨硕的左侧，穆庭则站在乔雁旁边。一时间，穆庭觉得对方的动作有些微妙的不自然。

怎么回事？他不动声色地皱了皱眉，没有再多理会。综艺节目的惯常路数总逃不过采访、煽情和做游戏，《侠义千金》的剧组能煽情搞笑的地方很多，随便放些徐振在片场发飙的记录镜头就足够让观众惊叹连连，而剧组诸多演员在凛冽的西北风里贴着墙根蹲成一排的画面也足够有"笑果"。

在整场录制过程中，观众互动热烈，场中气氛活跃，虽然也有一些重录的部分，但总体来说，录制过程还算顺利。按说剧组做宣传总会炒些男女主角的绯闻，但因为在片场中杨硕神一样的自爆女友行为，主持人都默契地避开了这一部分，乔雁也乐得清净，全程态度配合又懂得接话，也让所有人都颇为满意。

而镜头移过去后轻微的不自然神色，大概只有穆庭看出了些许端倪。

"你怎么回事？"几人到后台去换做游戏用的衣服时，穆庭走在乔雁前面，压低声音问了一句。

"在剧组拍戏时脚划伤了，今天的高跟鞋也不是很合脚，磨得有点疼……"乔雁轻轻吸着气低声回答。

"怎么不早说？"穆庭莫名有点烦躁，他刚才在后台的确没看到有备用的鞋子，但现在已经来不及再去找一趟，几人已经在回去舞台的路上，观众和主持人已经开始互动接台词，总不好女主角不露面，她着实还远远不到能仗着咖位行个方便的时候。

说话间几人就已经回到了台上，游戏是剧组的几人和主持人们分为两队完成任务，各有几个关卡可供选择，一人跳绳，一人转圈，一人端水过独木桥，一人往筐里投沙包，最后一人跳起来敲一下锣算作比赛结束。

本来两个姑娘一个被分到跳绳，一个被分去转圈，但总卡在端水过独木桥上，后来乔雁被派去走独木桥，沈嘉笙被派去投沙包，奈何一个平衡感一般，一个准头十分有限。NG了数次没有成功，几次下来乔雁的脚估计也是吃力得厉害，她无意识地转头，带着疲惫与迷茫看了穆庭一眼。

穆庭心中猛地一跳。

"来换个队形再试试。"又一次失败后他有些烦躁地使劲抓了把头发，把剧组的人都召集到一起，"徐导您试试跳绳？别看我我知道你经常锻炼的，都这时候了别那么在意形象了。来来来，沈嘉笙你转圈。杨硕过独木桥。我去投沙包，我三分篮板神准——乔雁，你去敲那个锣，这么试试。"

"她能行吗？"杨硕看了一眼乔雁，带着点捉摸不透，笑着问道。

"你行你上。"穆庭一句话把杨硕堵回去，简单粗暴地结束了这个话题，"好了好了，来来来，再试一次——"

这一次总算磕磕绊绊地过了前几关。

穆庭倒是没说假话，他投篮看起来的确很准，起码投纸团的命中率很高，不过综艺节目要的就是个喜剧效果，完美做好反倒没什么意思，是以他也是现在才把自己分到这个位置上。下一关轮到乔雁，她深呼吸一下，往上跳去，手离锣差一点的地方就后继无力地落了下来。

却没有落到地上。

穆庭从后面一把拖住她的腰，仗着身高优势往上举了举，言简意赅地开口："敲！"

饶是节目流程进行得还算顺利，录制结束的时候也已经是深夜时分。众人走的走散的散，电视台的灯却还依然亮着——拍摄完毕之后马上就要送去进行剪辑配乐，而后火速送审，需要把时间赶到极致，才能让节目在下周六准时播出。

在身后这座大楼里的零星灯光之下，乔雁出了电视台的大门，沿着主干道往前慢慢地走，一辆车在她旁边停了下来，她拉开车门坐进去，毫不意外地看见穆庭在驾驶席上转头看她。

"还那么疼？"他皱着眉头问，"鞋脱了歇会儿脚，睡会儿也行，到你家我叫你。"

"也不是很疼……能不能先不着急回去？"乔雁底气不太足地问，同时诚实地揉了揉自己的肚子，"我觉得消夜是人类一个特别伟大的发明，千百年智慧的结晶，你觉得呢？"

穆庭原本绷得紧紧的脸顿时就有点破功，掩饰性地咳了一声，转回头踩下油门，问："去哪儿，你指路。"

这个时间大多数餐厅都已经关门，开着的里面也有一大半不适合两个公众人物共同出现，最后两人另辟蹊径，直接在路边一家生意不大好的烧烤店小包间里坐下来，一道帘子挡住了外面间或传来的说话声，两人隔着一托盘烤串沉默相对。

确切地说，沉默的只有穆庭，乔雁此时拿着一串竹签子，吃相颇为豪放，看来的确是饿得不轻。发现穆庭一直在看她时，她还有些迷惑地抬头看了一眼，指了指桌上的盘子。

"想吃？动手啊。"

"不好吃。"穆庭眼都不眨地迅速接话，嫌弃地哼了一声，"你也少吃点，脸都沾上油了。"

"想当初不知道是谁还夸过我素颜不化妆也好看，现在连脸上沾点油都要嫌弃了……"乔雁随便擦了擦脸，有些促狭地笑着摇了摇头，低头继续吃自己的。穆庭四处张望，飘忽了一会儿又不自觉转回到乔雁脸上。

"认识你这么久，你怎么还是这么接地气呢……"穆庭惆怅地自言自语。

"可能因为我人比较土吧。"乔雁对这样的评价不是很在意，心宽地自我调侃了一句后继续吃自己的，消灭了点的东西后抬起头来，露出一个吃饱后的满足表情。

"吃饱了。"她拿一片纸巾仔细地擦了擦嘴，眉眼弯弯，梨涡浅浅。

而穆庭一直看着乔雁，直到此时，他突然长长地、认命地叹了口气。

连她这么不修边幅真实随便的样子，他都觉得好看无比。

坏了，穆庭在心中默默地想，若是她对自己真的没有这份相同的心思……

他大概做不到无动于衷了。

第八章
风暴前夜

在养脚伤和跑宣传的忙碌奔波中，乔雁抽时间回了趟凯星。

她人气上来之后，凯星一姐这个称呼的含金量也算大幅度提升，被人提起时总算也摆脱了自吹自擂的尴尬境地。如今她处处受到的待遇都今非昔比，回到凯星同样如此，原本见到她只会笑着打声招呼的前台姑娘，现在直接尖叫一声冲过来索要签名，她从公司大厅走进罗铭办公室时，背影看着简直有些落荒而逃的意味。

罗铭和舒丽原本挨着坐在沙发上，不知道是在商量事情还是单纯腻在一起，现在齐齐抬头看她。舒丽为人比较正直，招了招手让她过来坐下歇会儿，罗铭则直接恶趣味地一拍大腿，开始打趣她的一身行头。

"哎哟，大明星来了，风衣墨镜保安都在哪儿呢？你这形象也太亲民了，不把自己武装成个粽子怎么对得起跟你擦肩而过的狗仔啊？这么不敬业，差评！"

六月底的天气裹风衣？乔雁看了下外面快要蒸腾自燃的空气，权当没听见罗铭的话，在沙发上挑了个不那么像电灯泡的位置坐下，在空调房中舒适地向后一靠，没什么精神地动了动脑袋，表达一下自己的积极性："罗哥要按时吃药啊……不要放弃治疗，不要辜负丽姐多年不离不弃的感人情谊嘛。"

"嘿——胆儿肥了啊你，连我都敢打趣？"罗铭大乐，随后端正了一下态度，怒哼一声，浮夸地表示自己在生气，还待继续与乔雁对呛几句，被实在看不过眼的舒丽捅了一胳膊肘。

"多大人了还这么幼稚。"舒丽轻斥了罗铭一句，后者摸摸鼻子，咳了一声开始老老实实地正襟危坐。舒丽转向乔雁，一向严肃的脸上也难得出现了称得上柔和的表情。

"恭喜你。"舒丽向乔雁简洁地道喜，伸手将办公桌上的几个文件夹递给她，"这是最近找你合作洽谈的项目，有代言，有商业活动，也有剧组的角色邀请。项目比较多，这几个文件夹里都是，你自己看看哪些比较中意，公司会联系进一步洽谈。"

乔雁道了声谢，伸手接过几个文件夹，拿在手里却没有翻开。

"我哪会看什么剧本啊。"她摇摇头，把几个文件夹摞在一起稍稍抬高，歪着头观察文件夹的厚度。

"看着真不少……只是到底哪个代言品牌口碑好，哪些商业活动必须给发起人一个面子，哪个导演的为人如何执导能力如何，这些事情，我一窍不通，也没时间了解，这些事情哪敢自己凭直觉决定，罗哥丽姐知道，我这人其实比较喜欢安定一点的生活，没什么冒险精神。"

她把文件夹放下，眨了眨眼看向罗铭、舒丽，脸上的笑容很淡，但诚恳显而易见。

"我这人优点其实不多，但好在很有自知之明，也很愿意向对我好的人付出信任。"乔雁轻声说，低头笑着抬手拍了拍文件夹的封面，"我信任罗哥丽姐的眼光，也别我刚开始红你们就开始放养了吧，心也放太宽了。丽姐给我点建议吧，这么多项目，我看不出名堂的。"

罗铭、舒丽无声对视一眼，直到这时才终于放下心来。

业界现在对凯星的评价基本都保持一致：有发掘好苗子的眼光，对自家艺人也确实不错，但手上资源差了些，又有点遗世独立的自命清高意味，能让艺人红起来，却留不住已经红起来的艺人，是去挖角淘金的一个上佳地点。

秦菲和李莎娜是佐证这个结论的最好例子，其他的辅证其实也能找出很多个，只是咖位都不如前两位大，所以没能溅起太大的水花。

罗铭和舒丽对凯星现在的情况心知肚明，只是娱乐圈竞争厮杀如此激烈，没有好的演员哪来的上好资源，做不出成绩哪能搭上更广的人脉，而稍有成绩的人又都选择离开，就像是一个糟糕的恶性循环，凯星这些年只能勉强自保，自身发展其实一直受着诸多限制。

而现在强势走红的乔雁，就像是破除这个限制的钥匙，如果她愿意继续留在凯星，那么只要凯星继续大力培养她，她上升的人气必然会为公司、为自己带来更好的资源，构建起更广的人脉，公司的顺利发展也将反过来促进乔雁的自身发展，娱乐圈有太多的一夜之间平步青云与跌落谷底。如果乔雁愿意留在凯星……

乔雁的走红主要凭一部徐振《侠义千金》的出演，个中也离不开穆庭MV女主角的加成，而圈内人或许琢磨不透凯星如何能拿到这么好的两个资源，然而没人比罗铭和舒丽更清楚，乔雁得到的这两个资源，其实都和凯星没什么太大关系。

凯星为乔雁大力争取的《天涯游侠》有穆庭和魏泽的慷慨相助，后面尚且被曹瑞那样卑劣地摆了一道，穆庭对乔雁的邀请完全出于道义和私交，显然和凯星本身没什么关系。

而《侠义千金》则是乔雁自己主动打听到的资源而后和公司提起，公司虽然也帮助乔雁争取到了试镜机会，但对徐振的敲定结果其实完全没有干预影响的能力。

所以乔雁红得十分偶然，也十分励志，但归根结底，凯星没有给予多少助力。凯星的短板本来就十分明显，乔雁如果萌生出走心理，甚至连舒丽都没法说她一声忘恩负义。

只是一直以来的期待和看好依然和过去的每一次一样，最终不过一场空而已。

然而，他们也始终莫名地抱着这样一种希望——从乔雁拒绝李莎娜的出走邀请那天起，罗铭的心里就再没把乔雁和秦菲、李莎娜归于一谈。

就像乔雁自己说的那样，她的确是一个非常有自知之明的姑娘，并且知恩图报——她自己一个人孤身在片场徘徊了三年，不是没有其他娱乐公司向她伸出橄榄枝，然而她最终走向了凯星并不坚实的屋檐之下，无论如何，总归会有些许和他们一样的初心。

她感谢凯星当年为她承诺的自由与荫蔽，而现在，轮到凯星感谢她的不离不弃。

舒丽看向乔雁的眼神终于彻底柔和下来。

数月前，她曾在北国凌晨两点凛冽的冬夜里，看着这个姑娘在医院吊着水看那个她最终没有演成的剧本，见证着她为了那个最好的结果付出了多少的因。

而现在，她终于见到了这个姑娘迎来美好结果的时候，而更令人高兴的是，这之后这个姑娘许许多多更好的明天，她依然将和凯星一起，共同见证，一手促成。

"看一下上面用记号笔点了一下的那个蓝色文件夹，里面是我整理出来的比较合适的项目，四面八方发来的邀请很多，我只留下了这么几个，未来你的重心还是会在拍戏上面，各种活动现在贵精不贵多。"

她简单地解释了一下，乔雁了然赞同地点点头，将那个最薄的文件夹抽出翻开。

而后第一页的剧本与名字让她倏地一下从沙发上站起来，抬眼看向罗铭与舒丽，一时竟然有点手足无措。

"这个剧本……我……"

"只是个试镜机会，剧本还不是你的，放轻松。"罗铭对她安抚地做了个手势，她听话地坐下，只是再次看向剧本的时候，依然觉得心跳都加快了几分。

顾蜚声的新电影，终于开始选角了。

这不是场公开的选角，顾蜚声从来没有公开选角过，都是在演员阵容确定，即将开机时才会放出消息。乔雁以前身份不够，从来得不到这样的消息，而今第一次收到试镜邀请，难免觉得心中激动。

顾蜚声所代表的，不只是一个知名导演的最新力作，一部质量上乘的优秀电影，更是一种属于传统电影人的情怀、记忆与努力。乔雁之前对这些不甚了解，那次见过顾蜚声一面后，却不自觉地开始关注起来。

沉淀着从容的电影与电影人，实在让人向往。

能成为顾蜚声电影的女主角是很多女演员梦寐以求的事情，原先她不甚了解，现在也已经明白，并且同样开始为了这个目标，尽自己最大的努力争取。

而现在，这个机会终于摆在了她的面前。

乔雁再次站到顾蜚声家门口的时候，心境已与上次截然不同。盛夏的日子里，顾蜇声的小院里一棵老树绿叶茵茵，青翠鲜妍的藤蔓爬了大半面墙，郁郁葱葱又生机勃勃。她被顾蜇声五六岁的小孙女引到了房间门口，却在此处被一个中年女人拦了下来。

"不好意思，现在不能进。"

乔雁隐约觉得拦住她的人有些眼熟，一时却想不起来是谁。顾蜇声的小孙女仰起头，奶声奶气地问："爷爷没说不能进呀，阿姨你为什么在这里拦着大姐姐？"

"小姑娘乖，因为另一个大姐姐在房间里和你爷爷聊得正好，不希望被人打扰。"面对顾蜇声的孙女，拦住她的人也不敢怠慢，好声好气地解释了一句，再看向乔雁时眼中就带了些讥诮与锋利。

"乔雁小姐是吧。"她皮笑肉不笑地动了动嘴角，冷淡地说，"麻烦你在这里等一下，我们秦菲和顾导正聊着，等她出来你再进去。"

顾家的小姑娘茫然地在两人中间来回看，乔雁没带助理也没带经纪人，一个人面对秦菲经纪人的冷淡，慢慢扬起了眉。

"不好意思，顾导和我约好的时间是下午三点。"乔雁低头看了眼眼表，径自向前走去。

"麻烦让让，快要到时间了。"

"乔雁小姐。"秦菲的经纪人脸上抽筋一样勉强的笑容也迅速地消失不见，她一把拉住乔雁的衣角，在顾蜇声小孙女满眼的好奇注视下凑近乔雁，做出一副亲昵和善的样子，出口的话倒是毫不客气。

"总得讲究个先来后到不是？自己来得晚就自觉点等着，乔小姐可能是刚走红几天，刚尝到一点出名的滋味，圈里的规矩却还来不及学。我没那个义务教你，但别尝试触秦菲的霉头，这才是聪明人干的事，不是吗？"

乔雁试着往前走了一下，秦菲的经纪人拽得的确很紧，没法不失态地绕过她进去。她索性也不做无谓挣扎，站在原地顿了两秒钟，转过身看向经纪人时，脸上公式化的笑容标准得体。

"张小姐是吧，我听说过你，看上去你也听说过我，不用重复一遍自我介绍，那再好不过了。"她客气地寒暄了一句，空出的手甚至还安抚地摸了摸身旁小姑娘的头，而后慢条斯理地抬起眼睛，笑吟吟、俏生生地摇头自嘲，"张小姐太高估我了，我可一向算不上什么聪明人，要不然也不至于两年前还默默无闻时就把人得罪透了，到现在还没和好对吧。这些东西我懂得一向不多，不过好在公司老板和经纪人脾气都好，也由着我这么胡来。"

"不过我人是不太聪明，却也不想被张小姐就这么一句话冤枉死。我这才刚来这儿呢，怎么就触了秦菲姐的霉头了？是说秦菲姐得了这段时间单独面见顾导的特许，我前来是碍事呢，还是别的什么啊？说清楚，也好让我知道我哪儿做错了不是？"

经纪人的脸色随着乔雁的话一点点冷了下来，却实在不好直接反驳回去。两年前，乔雁撞破秦菲、顾昭明的地下恋情这件事她是知道的，也知道秦菲从此一直对乔雁抱有莫名的敌意，随着乔雁的走红，这种敌意也越来越深，她之前一直觉得乔雁成不了气候，直到此时方才惊觉，这个一夜爆红的新人并没她想象中的那么简单。

乔雁前面说的这一番话，先是表明自己向来不顾及和秦菲正面对上，本便已经有了过节，自然也不用在太过掩饰；而后又点出凯星一定会坚定站在她那边，这种本便不占理的事情，轩霆若是非要揪住不放，未免也太过师出无名。

而乔雁说的最后一点更加清楚直白、针锋相对，就算经纪人在这里拦她一百次，就算圈内有一百个约定俗成的所谓规矩——

秦菲也好，她的经纪人也好，这种暗里的心领神会，总不好直接暴露于光天化日之下，那些阴暗又冷酷的弱肉强食，总归没法见光，不算理直气壮。

而且乔雁可能不知道，她心里却十分清楚，今天顾蜇声约见秦菲的时间，也是下午三点。

秦菲觊觎顾蜇声的新片女主角不是一天两天的事情了，早在她从凯星跳槽过来时公司的承诺就是让她上顾蜇声的戏。但面对顾蜇声这样软硬不吃、德高望重的导演，强势如轩霆实在也找不出什么旁门左道，只能以最积极的态度，让秦菲早早前来拜访，以期能给顾蜇声留下个最好的印象。

而现在这个乔雁居然和秦菲在同一个时间应邀前来，无论是顾蜇声对秦菲太过不重视还是对乔雁太过重视，对轩霆来说都绝不是个好消息。

经纪人暗暗咬牙，手上的力道却微不可查地松了松。乔雁置若未见，余光扫过幽雅的庭院，靠近经纪人低声开口，未语先笑。

"又或者是秦菲姐自己最近心气不顺，比较暴躁，所以要劳烦张小姐提醒一下别人，生人勿进？"乔雁轻轻扬眉，略抿嘴角，"比如，失恋了？"

经纪人的脸色骤然一白，猛地抬头看向乔雁，神情是掩藏不住的又惊又怒。乔雁悠然自得地摇摇头，眉眼弯弯地抬起手，用力把经纪人扯住她衣角的手打掉，牵着顾蜚声小孙女的手向前走去。

"我这人没事就爱胡思乱想，不光在猜秦菲姐是不是失恋了，还在猜她为什么要分手呢。

"我赶时间，暂且失陪，张小姐回见。还没聊够的话，下次见面再谈。"

她牵着小姑娘的手，绕过秦菲的经纪人，拉开独栋小楼的门。小姑娘懵懵懂懂地被她牵着手往前走，仰起巴掌大的小脸，好奇地看着她。

"大姐姐……"她回头看了眼还站在原地的经纪人，小声问乔雁，"你们在吵架吗？"

"没有，只是在公平竞争。"乔雁放柔了声音温和地回答，握了握小姑娘的手，"阴谋与阳谋的公平竞争，最终一个人输了——只要有竞争，总是要输的。"

其实她到现在还不知道，那个输的人究竟是谁。

她心里一直清楚，自己现在还远远没有和秦菲正面对上的资格，这样真正地对上，也不知道最终会有怎样的后果。

但她就是这样的人，罗铭和舒丽一直担心的事情就是她太过棱角分明，对自己要求太高，在这个大多数人都在奋力向上不择手段的圈子里特立独行，以至于格格不入。以前默默无闻时尚且不算明显，而现在红起来之后，这样的问题也终于浮出水面。

"我不介意失败，"她对着懵懵懂懂的小姑娘轻声说，"但决不投降。"

她自始至终没有回过头，轻抿的嘴角弧度柔和，眼中的芒泽坚定不改。

她们进到顾蜚声待客的客厅里时，顾蜚声正在泡茶，一套釉白色的茶具搁在小几上，他轻按着杯沿，茶水沿壶嘴倾出一道细细的线。他泡茶的动作不算讲究，神色却很专注，客厅里一时极静，甚至听得到外面隐约的蝉鸣。

秦菲坐在一边，看上去有些无所适从，看着顾蜚声泡茶的动作，颇有些手脚都不知道往哪儿放的轻微尴尬感。乔雁进来时，她无意识地向门口张望了一下，发现乔雁之后，眉头顿时轻轻蹙起。

乔雁出现在这里让她很意外，她一方面明白经纪人的阻拦已经失败，另一方面也很意外乔雁和她同一时间被顾蜚声邀请，一时脸色都变了。然而她到底还明白自己的行为本身便不够光明磊落，一时间只是冷冷地看了乔雁一眼，便将头撇向了另一边。

和乔雁一同进来的小姑娘脆生生地喊了声爷爷，顾蜚声转过身，发现了乔雁，意外地哦了一声，向乔雁和善地点点头。

"小姑娘，又见面了。"

"没想到顾先生还记得我……又见面了。"见到顾蜚声的那一刻，乔雁便奇迹般地平静下来，冲顾蜚声礼貌地打了声招呼，便找个地方自己坐了下来。顾蜚声倒了三杯茶，自己拿了一杯，递给秦菲和乔雁一人一杯。

"来得正是时候，泡的第一壶，我平时喝得比较清苦，不知道你们喝不喝得惯。"

乔雁低下头吹了吹茶面，尝了一口才发现顾蜚声泡的不是什么名贵的茶叶，而是莲心泡的水。的确苦涩得有些难以下咽，两人却都默不作声地一口口兀自喝了下去。秦菲将喝了一半的莲心水放到一边，清冷的脸上还是没什么表情，再转向顾蜚声时，倒是比乔雁先一步开了口。

"莲心清火，顾先生多喝些，对身体有好处，以前拍戏时我总是觉得自己还年轻，日夜赶工也不大注意，也就过了几年的工夫，现在已经感觉身体大不如从前，顾先生平常也要多加注意，毕竟年纪到了，身体也要时刻注意，身体好了才能好好拍电影，拍更多的电影，这些您肯定都心里有数。"

"我知道，你这话啊，跟我儿子儿媳挂在嘴边的一模一样。"顾蜚声笑着摇了摇头，低头又喝了一口，把孙女叫上前来，拍拍她的小脑袋，"婉婉啊，去给两位姐姐拿点水果瓜子糖招待一下，快去。"

"顾先生，别这么客气，今天来打扰已经很不好意思了，我和乔雁哪里用得着这么麻烦您，是吧，乔雁？"秦菲抬头看了乔雁一眼，眼睫稍垂，出口话语似漫不经心。

"说起来今天也是巧了，我和乔雁同时聚在顾先生这儿。其实我们两个以前是同门师姐妹，不过倒是没想到能在这里见到。"

"看这情形我倒是有些意外，乔雁，你和顾先生认识？"

"曾经有过一面之缘。"乔雁莞尔，回答了秦菲一句，却也不再多言，低头剥了颗顾家小姑娘送上来的糖含在嘴里。

顾蜚声带着笑意慈祥地看着她们互动，却始终没有挑起头说剧本的意思。直到一壶茶就这么无声地喝完，顾蜚声将茶壶茶具收拾到一边，突然开口说了句话："我这部新戏的女主角啊，我心里差不多已经定下来了。"

秦菲与乔雁的动作齐齐顿住，僵了几秒之后，一起难掩诧异地抬起头来。

"确实是差不多已经定下来了，而且定得挺早。"

顾蜚声在两人惊异莫名的注视下，指节屈起，轻轻叩着桌面，声音不急不缓，做出一个回忆思考的表情，微微闭目摇了摇头。

"大概是在这个剧本成形的时候，就想到了这个姑娘。别的导演要怎么试镜，我是知道的，让演员们现场演上一段儿，然后从中间选出一个。然而这种试镜的标准又是什么呢？演员演技的好坏到了一定程度之后，就变成各有特色的了，导演又哪里能断言出个高下来？归根结底，不过也就是选择出那个更接近心底标准预期的表演，虽然人选最终定下了，其实多少也有些将就的意思在里面。"

"我这个人，还是有点固执，公认的，这么多年了也没改过来。"顾蜚声笑着自嘲，又摇了摇头，方才继续说起来，"不愿意将就，宁愿就这么慢慢地找，等看到哪个人的第一眼，哦，是她，那就这么定了。"

"演技可以提升，只要她愿意学，我就可以教，这种发现一个未来的眼光却是对一个导演而言最珍贵的直觉，所以啊，今天又见了她一面，就觉得，这个事，可以这么定了。"

在听到顾蜚声的那个"又"字的时候，秦菲的脸色就已经微微变了。乔雁的心悬在半空中，垂下的眼睫中依然满是不动声色，只有她自己知道，其实连呼吸都已经小心翼翼到了极致。

"本来既然已经差不多定了，我是不想再折腾得这么兴师动众的，让你们都跟着折腾这么长时间，最后的结果可能也不满意，不如一开始就别太上心。"顾蜚声悠悠地叹了口气，抬头看了她们一眼。

"可是呢，一直都有人跟我强调，与我的新戏无关，只是太过仰慕我，所以一定要见我一面，见到一直仰慕的人之后，能聊聊家常就已经很开心。"他顿了几秒钟，温和地说，"愿意来陪我说说话，我这个糟老头子的确挺高兴的，希望你也开心。"

他自始至终没有指名道姓，然而只用了寥寥几句，就把在这个客厅里坐着的两个女演员轻轻巧巧地拉开了距离。秦菲面沉如水，眼中冷意一片，顾蜚声却是真的宁静从容，看向乔雁时，满眼的温和善意。

"既然你今天已经应邀来了这里，那是不是能够说明，你愿意加入到我这个剧组里了，乔雁？"

"我……愿意，当然愿意……"乔雁的眼中还带着些许茫然与不可置信，却条件反射般迅速地回答了顾蜚声的问话。她定了定神，反应过来，下意识地看向顾蜚声。

半年过去了，顾蜚声似乎还是她第一次见面时的老样子。都说岁月无情，但总有那样的人，在时光的洗练中已经自成风景，连新增的每一道皱纹都显得睿智沉静。她看着顾蜚声，这双柔和又安详的眼睛和她初见时看向她的那双如出一辙，让她莫名心中一定。

"谢谢顾先生抬爱，我其实可能没那么好。"乔雁最终微笑起来，用力拍了两下手，双掌合十放在心口的位置，以一个许愿的姿势，深深低下头去。

"但我从现在就开始努力，一定会有足够优秀的那天。"

她从顾蜚声家中出来的时候，太阳正将远方的天空染上最后一道恋恋不舍的晕边。顾蜚声的家在市郊，并不太好打车，她也不着急回去，沿着人行道向前慢慢地走，手机握在掌心。

她出来时便将拿到了顾蜚声新电影女主角的消息，简单地发了短信给几个朋友，舒丽和罗铭一起给她打了个电话，分别送上了正经和不正经的道喜，也表明会开始着手准备相关合同事宜；乔雪在微信上回了她一连串的尖叫，连声表示今晚一定要去超市大采购一圈，回家去给乔雁做顿大餐犒劳一下。

魏泽也随后对她表示了真诚的祝贺，而在她将手机握在手中许久之后，穆庭的电话终于姗姗来迟。

"乔雁？"穆庭那边声音嘈杂，他似乎又向哪儿走了几步，终于安静了些。

"刚才录节目呢，现在下场休息，看到短信就给你打过来了。"电话那头隐约传来工作室其他几个人起哄鬼叫的声音，穆庭把电话拿远，对着起哄的几人横眉竖眼地恐吓了两句，才又把电话拿回耳边。

"好消息，恭喜，和顾导签合同不麻烦，他从来不在合同上设什么套，不过你们公司该检查的还是要好好检查。"他象征性地恭喜和叮嘱两句，随后很快将话题强行转移到另一个方向，"我倒不是很意外，毕竟我这么有格调又有品位，亲自带着去认门的演员他怎么可能看不上？显然我天生一双慧眼，而顾导对我的眼光心悦诚服……"

乔雁拿着电话看向天空与远方，最后一丝日光也已经消弭于无形，今夜月光很亮，清辉散落一地，几乎看不见星星。酷暑难耐的夏日只有到了夜里才能有片刻清凉，眼下夜风温柔地穿拂而过，她听着穆庭习惯性的自鸣得意、自我吹捧，突然就轻声笑了出来。

穆庭的声音戛然而止，顿了好几秒钟，才传来一声有些挫败的低咒。

"怎么不继续说了？我听着呢。"乔雁好奇地问，声音里仍然带着一丝没有收起的笑意。

"你别笑我啊，我嘴笨。"穆庭哼了一声，不情不愿地回答，坐在观众席的角落位置，看着台上来来去去的工作人员。

他刚才站在台上的时候灯光打得很亮，站在舞台上向下看，总觉得太过空旷，有点高处不胜寒的萧瑟感。而现在坐在这里，听着乔雁的笑声，他只觉心中微动，如同终于重新踏上了实地般，蓦地踏实起来。

他这个人，渴望自己的才华能有用武之地，却不算真心喜欢这样镜头下供人品评的生活。实现自身价值的方式有很多种，他早知自己最终的使命，就是早晚要子承父业接家里的班，所以愿意在年轻时做很多尝试，却在努力的同时也时常扪心自问：所做之事究竟有多大意义？

而乔雁却让他在迷茫了很久后，终于觉得踏实起来。在这条星光璀璨的路上，每个人都是在一片未知的迷雾中前行，目标像一盏灯塔，照亮了远方，却照不清去往终点的路与方向。

他一直游离于这片迷雾之外，却终于还是因为一个人，选择主动走了进来。

无论最后的结果是共同迷路还是共同抵达，只要手牵在一起，就终归不算坏事。

"其实是想真心恭喜你，但是词穷，不知道说什么。"穆庭抬起眼看向舞台的方向，声音透过手机话筒，沙沙地传进乔雁的耳朵里，"我以前嘴没这么笨的。"

"都怪你。"

这样的指责听上去完全是既任性又没道理，被无故指责的乔雁意味不明地眨眨眼，最终低垂眼睫，却不接话，只是无声莞尔。

梨涡深深，眉目温柔，她挂断电话，带着这样的笑意，走向下一个崭新的清晨。

《侠义千金》在播出全程都保持着一个上扬的收视走向，网络的讨论度也一直居高不下。从虞锦扇选择离开岭南前往中原，到她英姿飒爽的绝色风华，从她与蒋绍几度离别重逢分分合合，再到最后她输在蒋绍的剑下，选择在战场上了结余生，剧情的转变，一直为观众所津津乐道。

乃至最后结局中的新朝最终建立，蒋绍率领的帮派成为天下第一大帮，奉为江湖正道之首，正邪至此全盘反转，而在全剧的最后，蒋绍跃马踏入府中，梳着妇人发髻迎接他归来的正是虞锦扇，寥寥几个镜头打过来，她温婉美丽，举止娴静，最后留给观众的，是一个美丽的抬眸。

与昔日鲜衣怒马嬉笑怒骂的虞锦扇，分明判若两人。

侠义究竟是什么？这样的结局是好是坏？无数守在电视机前看完最后一集的观众都有些无法释怀，在社交平台上打算和往日一样进行话题讨论时，却惊讶地发现热度榜第一是一个空降的话题——乔雁黑历史独家曝光。

这条热搜话题里面置顶了几张照片，发布人是个颇有名气的八卦账号，明显和娱乐圈内部关系匪浅，曝出的很多消息最终都被一一证实。是以很多人看到这个账号就是精神一振，看完它发布的照片之后，震惊与不解却都化为了失望与愤怒。

这是几张相当模糊的照片，看得出拍摄时的距离不近。但还是有一张照片清楚地拍到了乔雁的侧脸，她在深夜披着件外套，被一个男人扶着往车里走，剩下的几张照片则更引人遐想，虽然只拍到了侧脸，但衣服一致，时间地点一致，一男一女的配置同样一致。

从照片上可以看出，乔雁和这个男人深夜乘车前往的目的地是一家宾馆，而再次出来的时间已经是清晨，衣领立起挡住了脸，衣服却还和头天晚上是同一套。

发照片的博主为图片配上的文字则更加耐人寻味，是一条半年前《侠义千金》公布演员阵容时的旧报道摘抄：

> "《侠义千金》女主角竞争激烈，徐振选角不拘一格，新人演员中选。"

底下有一条热门评论，被赞到了最高的位置。

> "大家猜以凯星的破烂公关能力会怎么为自家一姐洗白，前一张是乔雁，后两张没拍到正脸，所以根本不是？是有人当时就意识到乔雁要红，所以故意找人假扮乔雁造的假？"

底下一片嘲笑声与奚落声，所有人都兴致勃勃。

就说嘛，一个默默无闻的新人演员，能拿下徐振的女主角，不使点手段谁信啊？

这条话题一经发布，短短两个小时便将《侠义千金》大结局的话题热度都硬生生比了下去，空降到第一的位置。而第二天清晨，另一个话题再次将《侠义千金》挤下一名，降至第二，点开话题，置顶的只有短短一句话：

> "据可靠消息，顾蜚声新电影女主角已经敲定，将由乔雁饰演。"

乔雁这个名字，给人的印象从美丽的演技派新人女演员，骤然变为潜规则上位的媚俗货色，这样翻天覆地的形象改变，只用了短短三天时间。

《侠义千金》大结局的那个晚上，乔雁注定将会铭记一生。这个本该是她知名度与个人资历都将发生质变的一夜，却突如其来地涌入了铺天盖地的污流。她像往常一样在清晨的日光中醒来，却仿佛一脚踏进了暗无天日的深渊。

而这一切还仅仅是个开始。

短短三天，公众的热情仿佛被彻底调动引爆了起来。几张黑照广为流传，包养，卖身，上位，外围……更多稀奇古怪添油加醋的版本也迅速蔓延开来，顾蜚声新戏女主角的热搜更是被一群顾蜚声的死忠粉占据，怒骂话题发起人纯属造谣，德高望重如顾蜚声哪里会用这样德行有亏的女演员？！

然而三天后，来自官方的消息却如同一记耳光一样，狠狠地打在了顾蜚声粉丝的脸上。

新电影在官网正式发布消息，电影定名《初相见》，女主角由新人乔雁担任，男主角人选则静等下一轮宣发消息公开。

这样的一条消息，孤零零地挂在官网上。顾蜚声粉丝的愤怒迅速变为伤心，而后意料之中地开始强烈反弹，本来注意力集中在没有节操信口开河的营销号上，眼下迅速倒戈进了抹黑乔雁的阵营，黑料在经历了三天的持续爆炸性增长之后，硬是因为电影信息的发布而生生又掀起一阵狂潮，声势之浩大，直逼前段时间杨硕历经全民批判的时候。

然而她这次的情况却又与杨硕那次不同，彼时杨硕虽然同样被各界公众群起攻之，然而与营销号关系一向不错，维持话题该有的热度之后，营销号总归会给杨硕几分面子，加之网上的声音虽然难听，但杨硕好歹还有自己的一批死忠粉，时时刻刻维护着他的声誉。

而乔雁则注定无法拥有这样的待遇，她一个刚拍了一部热门剧集的新人算什么，凯星这样规模不大的经纪又算什么，在其他人眼中，他们的面子值几个钱？

"乔雁，顾蜚声导演那边我不是让你打招呼了吗？！他怎么还是按原计划宣发了？！这个时候让这条新闻模模糊糊地出来很危险，现在就公布出来的后果你没看到吗？！"

舒丽难得失态，在网上看到官网消息后的第一时间就把电话打了进来，在听筒那头激动得声音都有些尖锐起来："顾蜚声也这么言而无信？合同还没彻底签好，转手就把你推出去博关注赚热度？！这次的恶意抹黑事件是不是跟他有什么关——"

"不是，和顾导没关系。丽姐，冷静点。"乔雁迅速否认，在电话这头安抚起气愤难平的舒丽来，"我联系了顾导，他说宣发会尊重我的意见，我说没什么问题，可以按时发。"

"乔雁，"舒丽那边传来了什么东西落地的巨响，舒丽在那头深呼吸几次，才又重新开口问她，"你知道自己在做什么吗？"

"知道得很清楚。"乔雁在空旷的房间里静静地答。家里没有人，乔雪本想留下来陪她，却被她坚决地赶回去继续上课，她抬头看向空气中的某一点，视线直直地、坚定地看过去。

"因为这种本来是杜撰的东西，就要扰乱我正常的行程？丽姐，你知道的，今天如果我退了，有的是想要顶替的人，我饰演女主角这件事情，今天要是不发出来，以后说不定也就只能是个谣言了。"

她没有跟舒丽提起曾在顾蜚声门口遭到秦菲经纪人阻拦的事情，更不曾向任何人说起当时她与秦菲分坐在沙发两侧，最后顾蜚声却向她抛来了唯一的橄榄枝。但该知道的人到底还是会知道，就像这样的机会即使在别人手中，大多数人依然不惜投机取巧，只为钻个空子。

顾蜚声明知道这样的情况并不适合以她为中心进行宣发，却依然给了她这么一个选择的余地，他与她都很清楚无故被黑的起因，自保或是坚持，由她任选其一。

而她选择一意孤行。

"我这几天一直在想，结果发现，现在这样的局面，我根本想不出翻身解决的办法。"乔雁冷静地说，在无声的叹气中语气缓和下来，"我知道罗哥丽姐都在努力，但可能真的还需要一点转机……"

"至少澄清真相这一条路，似乎已经被封死了。"她带着一丝倦意与淡漠，如局外人一般，清醒理智地说。

这个黑料的卑劣之处在于，刚开始就有人专门在所有热评中发满了那个凯星洗白方式。那是唯一正确积极的方法，可在这一条被频繁顶上热门后已经没法再用。而她和罗铭、舒丽在后两张照片出来的第一时间，就已经确定了后面被拍的男子是谁——曹瑞。

乔雁与曹瑞的碰面只在酒店中和片场里有过两次，显然属于就算被拍到，记者都没法搞噱头的关系。然而这两张照片里，他和照片的女主角亲密如斯，难免不引人遐想。

如果乔雁想辟谣，势必要解释清楚照片里的男人究竟是谁，而一旦真的解释清楚——不说曹瑞的公关团队会怎样跳出来极力撇清自己，顺便再在乔雁的黑料上放一把火，也不说自此之后乔雁出卖别人这样的行径，会让她在圈内的人缘将下降到一个怎样的新低。

单说曹瑞本身在公众眼中的形象，世上没有不透风的墙，曹瑞染指过许多女演员的事情，早已是公开的秘密。

澄清就等于坐实罪名，而污点注定永生阴魂不散。在这个人心复杂浮躁的世界上，哪有人会相信真有这样的傻姑娘，为了坚守本心，宁可一个人在医院挂水背剧本，在一个寒冷的深夜默默努力，也不要这样灿烂华美的诱惑，唾手可得的助力。

世行阴谋主义，天真永受猜疑。

舒丽在电话那头沉默良久，终于在一声无可奈何的叹息中挂断了电话，继续集凯星全公司之力，面对全世界铺天盖地的谩骂与质疑尽着最大的努力。乔雁一个人站在家中，如同站在岌岌可危的壳里，将坚毅强势的一面展现于人前，现在于无人得见处，迷茫与无助终于无可避免地泄露出些微颤抖的光晕。

像是黑夜中摇摇晃晃亮着的一盏灯，在风疏雨疾中七零八落，却又不甘心就此彻底熄灭。

她蹲在家里翻电话簿，手指飞快地划过一长串曾经有过交集的名字。电话簿很长，她却飞快地从头翻到了底，这么多人和她保持着理论上的联系，然而在这样孤单彷徨的时刻，这样坚定又无措的心情，竟无人可以与之提起。

与此同时，穆庭待在自己的家里，花了四个小时，搜遍了各大社交平台的热帖，十个中有八个与乔雁有关，内容形形色色，拼凑出一个他无比陌生的，贪慕虚荣，搔首弄姿，心机深沉，投机取巧，跳梁小丑般的女人。

他拿起手机划开电话簿，乔雁的名字被他怀着不可名状的心情保存在第一的位置。他对着这串熟悉的号码顿了一会儿，手向下滑，翻出锋辰娱乐副总的号码打了出去。

"季叔。"他平静地招呼一声，声音听不出情绪，开门见山地问，"网上关于乔雁的新闻，是锋辰弄出来的吗？"

"小庭？"季峰被穆庭的开门见山弄得有些意外，错愕地问他，"怎么突然这么问？"

"干了龌龊事指望别人不知道的都是蠢货。"穆庭冷笑一声，蓦地一巴掌用力拍在桌子上，"照片上不是姚曼欣和曹瑞吗，当我瞎啊？姚曼欣是谁啊，不就是一个新人吗，做事这么脑残你们还三番五次地护着她，她是你们妈啊？"

"哎哟，你居然看出来了。"季峰刚想打趣一句，突然意识到穆庭的语气不对劲，很理智地把这句话吞了回去。

"虽然不知道你怎么那么激动，不过这个事不是我们干的，我们只提供了那两张照片。"季峰看着穆庭从一个不规矩的小屁孩，长成现在这样爱好打脸的凶残穆太子，对他一直疼爱有加，连当年倒穆运动时被穆庭用照片附带奚落都没有生气，依然好脾气地回应他。

"我记得你和乔雁有合作关系。怪不得关注到这个事了……她这次被黑其实也算无辜，只不过红得太快而已——不过红得太快，挡了其他人的路，在这个圈子里本来就是原罪。你经历过倒穆运动那样的事情，对这样的规则肯定心里有数。"

穆庭在电话那头默不作声，没有接话，季峰只当他也表示赞同，于是自顾自地说了下去："这次的事情是轩霆牵的头，是个公司里排场很大的艺人筹划的，不知道为什么，似乎乔雁把轩霆和那个艺人得罪死了，总之这次黑得也算不遗余力，大概除了凯星自己，每家公司都或多或少出了份力。

"这件事其实也不算彻头彻尾的坏事，乔雁现在虽然红了，但是红得不稳，你看这次被黑得这么厉害，几乎没有死忠粉出来帮她说哪怕一句话。如果她被黑垮了，那就相当于给她上了一课，如果挨过去了，说不定就此星路会坦荡不少……不过乔雁可不是你，你后台够硬，这种事情亮明身份就能摆平。

"我看她这次……恐怕挨不过去。"

"哦。"穆庭在电话那头沉默了许久后终于接话，自顾自地笑了一下，声音反倒比刚才平静了许多。

"季叔分析了这么多，辛苦了。"他不疾不徐地对着话筒说了最后一句话，而后抬手将电话挂断。

"不过明天你就知道了，你现在说的这些预测，全都是扯淡。"

明天就是《初相见》的开机仪式，没人知道顾蜇声是怎么想的，要在女主角身处血雨腥风中心的时候开始拍摄。对于同行来说，是在好奇中静待各种意义的好戏上演；对于粉丝来说，是将自己对于选角结果有多撕心裂肺传达给顾蜇声的机会。

而对于媒体来说，这是乔雁继黑料事件之后，第一次出现在公众面前。

一大清早，开机发布会的场馆外面就聚集了数量惊人的记者，将场馆里三层外三层地围了起来。记者们摩拳擦掌，兴奋异常，无数网友也正在看着现场的实时直播，等到凯星的车终于缓缓开进来时，记者们跃跃欲试，只等从车上下来人时便冲破保安的阻拦……

结果乔雁自己一个人推开车门走了下来。

这个结果很让记者们意外，连同网友也诧异了一瞬。他们见过太多在这种情况下被里三层外三层保护着进会场的艺人，但眼下乔雁自己下来，一个稍显单薄的身影对上周围围堵得水泄不通的虎视眈眈的人群，对比太过鲜明，久经沙场的记者都怔了一下，一时没有人贸然先动，场面诡异地静了一瞬。

"麻烦各位记者朋友们让一下，我进不去会场了。"在这样诡异的沉默中，乔雁的声音清晰响起。她的语气并不激烈，只是在很平静地叙述事实，记者们却像是瞬间被按下了开关一样，闪光灯迅速闪成一片，记者们乱七八糟的提问声也和人群一起簇拥过来。

"请问乔雁小姐，你现在到底是被合作过的哪位导演包养？"

"你的成名史是从认识了什么人开始的？方便谈一谈吗？"

"徐振为什么用你当新戏女主角？"

"你和顾蜇声现在是什么关系？"

记者们嘈杂的声音与提问迅速响起，会场外面一时乱成一团，而就在此时一个被音响扩大了无数倍的声音在会场四周响起，说话人又是扯着嗓子把话喊出来的，一时每个人都迅速闭了嘴，只有音响尖锐的声音在会场外面刺耳地响成一片。

"都说要你们让一下了，刚才没听清是不是？！现在听清没有？！"

水泄不通的人群突然被人从外面强势地分出一条路来，几十个保镖合力从人群中挤了进去，从人群外面会场的大门处一直站到乔雁身边。穆庭拿着麦克风走了进来，身后跟着几个西装打扮的人，他脸上是非常客气的笑意，眼中的冷漠却也显而易见。

　　"听清了就麻烦大家排个队，有问题一个一个问，十分钟采访时间够不够？不够也不能再多了，还麻烦各位记者体谅一下，发布会时间要到了，要是还有问题，我这儿有几个律师，还有几十个保镖，我现在也正好清闲，可以和你们慢慢谈。"

第九章
针锋相对

在今天采访的正主露面之前，记者和网友们想过很多种可能。

比如乔雁会以受害者的姿态，哭诉媒体网友对她的恶意人身攻击；比如乔雁断然否认，咬紧牙关认定照片系伪造死不松口；比如凯星为保护自家一姐，发布会派经纪人代替乔雁本人出席；甚至有人想过，今天这场发布会就是为了宣布女主角人选有变……

然而没人能够想到，乔雁本人没有寻求公司庇护，也没有逃避众人质询，自己主动站出来，坦坦荡荡地面对媒体。

而更加让人意想不到的是，现在以这样一个绝对维护的姿态，坚定地挡在她面前的人，竟然是穆庭。

面对一个而今几乎全民嫌恶的女艺人，穆庭为什么没有唯恐避之而不及，反而主动站出来维护？他与乔雁不过有一次时间不长的合作，怎么可能建立起这么奋不顾身的交情？

穆庭和乔雁，到底是什么关系？

在媒体们议论纷纷的交谈声中，一道道肆无忌惮猜测打量的视线纷纷扫射过来。穆庭面不改色，伸手拍了拍话筒，又制造出一阵巨大的噪音，而后在众目睽睽之下转身，稍稍弯腰靠近乔雁，姿势亲昵近乎耳语。

不过说出的话倒是没那么脉脉含情。

"你们公司公关部呢？死了啊？！"他说话的气息低低打在乔雁耳边，语气近乎咬牙切齿，"玩太脱了！公关哪是这么做的，让你自己站出来澄清管个屁用？！"

他等了几秒钟，却没有听到乔雁的回答，也没有对他的责备与询问做出任何反应。他有些疑惑地后退一步站直身，却见乔雁略略低下头，眼睫垂下，双唇略抿，又过了几秒钟，才终于抬起头，与他的视线轻轻对上。

穆庭顿时愣在原地。

他认识乔雁的时间不算太短，见面的机会却还算不上很多。但他总能轻易回想起在他视线所及下乔雁的每一种样子，像是每一个情窦初开的少女那般，对喜欢的人足够郑重其事。

他见过乔雁的很多种表情，作为一个优秀的演员，乔雁的面部表情很丰富，喜怒哀乐，悲欢愤怨，戏中种种，总惟妙惟肖；而现实中她虽然总是好脾气地微笑着，眉宇间却也总有轻微的不同，或坚毅温和，或狡黠灵动，他觉得每一种都是美的，也自认为见过很多。

然而他从来没有见过这样的乔雁，她的五官没有任何牵动，平静从容得近乎冷漠，沉默安寂得犹如事不关己。

而唯独那一双看向他的眼睛，带着一层浅淡的、遮掩不住的晶莹雾气。她用力睁着眼睛，雾气渐薄渐散，而后用力地重重眨了一下，生生将泪意尽数忍了回去。

那样要强的一个人，在面对这个近乎千夫所指的局面时冷静自持得可怕，眼下却因为他的支持而骤然红了眼眶。穆庭只觉心中温软酸胀一片，许多压在心里的话已经呼之欲出就在嘴边，却又不知从何说起。

而这也毕竟不是一个适合促膝长谈的时刻。

就在这短暂的一分钟里，记者们已经迅速地反应过来。闪光灯从刚开始就亮成一片，而在他从乔雁身前退开后，所有尖刀般锋利的质疑与揣测，也终于纷纷向乔雁直接捅来。

提问的声音混杂在一起，偶尔交杂着一声尤为尖利刺耳的不怀好意。穆庭听得心头火起，正打算再喊回去，却见乔雁向他伸出了手，终于开口对他说了见面后的第一句话。

"话筒还有吗？"她问。

"给。"穆庭也不多说，直接从身后助理的手里拿来备用话筒给她。乔雁也像他一样拍了拍话筒，而后向前走了两步，绕过穆庭，直面人声鼎沸的各色媒体。

"你想问我什么？限提一个问题。"

她将话筒举到唇边，抬手指了个离她比较近的记者发问。那记者本来还在奋力随着人群一同向前挤，试图冲破保镖的封锁，将乔雁彻底掩埋起来，过了好几秒钟才反应过来乔雁点到了自己。大喜过望之下，拿起话筒迅速提问。

"乔雁小姐，请问你对最近网络上疯传你被包养的丑闻知情吗？有什么要说的吗？"

"知情，恶意诽谤，下一个。"

在场的记者们再次诡异地沉默了一瞬。

这个回答，不太对啊？

站在另一边的一个记者趁着众人发愣之际抢到了发言权，抬高了声音提问："既然乔雁小姐说那些新闻都是恶意诽谤，那能不能请你解释一下，你为什么能上徐振的新戏和顾蜚声的新电影？"

"贵社是哪家？把一个不是既定事实的恶意推测传言说成是新闻，你们自以为对得起新闻这两个字，还是对得起新闻工作者这五个字？"乔雁眉峰一扬，吐字清晰，针锋相对，"每个艺人都能拿到新资源，我能拿到这么好的，一要感谢公司的栽培，二要感谢导演的赏识，三是我本来就长得好看演技又好，你不认同没关系，但你不认同我就没资格拿到好资源了？"

众记者的声音顿时炸成一团，场面陷入彻底的混乱。乔雁以一个如同战斗的姿势紧握着话筒，眼中锋芒毕露，目光清正锋利，成片的闪光灯与快门声频频响起，晃得人眼晕，她却连头都不肯稍微低下一点。一片嘈杂之中，不知哪处突然有一道尖利的声音响起，声线与问题都太过刺耳，一时竟将各色混在一起的杂音都压了下去。

"被包养被潜规则直接承认不行吗？哪有那么多天上掉馅饼正好砸你头上的事情，又想当贱人又想立牌坊，我都快要看吐了，能别这么恶心吗？"

这声问句实在太有冲击力，一时间连喧吵声都小了下去，无数在场的记者和电脑前的网友不由自主地屏气凝神，只等看乔雁如何回应。

而乔雁的视线在记者群中扫了几圈寻找声音的来源处，这个声音在此时却又彻底销声匿迹了。她冷笑了一下，讽刺意味十足，再次举起话筒的时候，声音轻而冷冽。

"人要是自己心里不干净，那看什么事情就都是龌龊的。"

娱乐圈太多草根出身奋斗向上的艺人，这句话将激起怎样的众怒，形成怎样的反弹，她现在不得而知，也没空去管。

乔雁突然转身，吓了所有人一跳，包括穆庭在内，所有人都有点反应不过来地看着乔雁返回凯星的车旁边，从副驾驶座上拿出一沓不算薄的打印纸。她又走回原来的位置，对着话筒开口。

"今天一直没看到《尖锋娱乐周刊》的工作人员，各位记者朋友如果看到了，记得帮我转交一下这个东西——刚才最后一个提问的那个记者，你也拿一张吧，算我送你的。"

她礼貌地微笑，一如往常般温柔好看，而后就在这样的笑意中，将手上的打印纸天女散花般向天上扬去，纸张在空中缓慢地上升、散开、下落，如同一场白色的雨。

无数份律师函散落在记者们的身边脚下，他们无声地张着嘴，看着乔雁对着话筒说了最后一句话，然而将话筒还给了穆庭的助手，结束了这场采访。

她说："我要去参加开机仪式了，余下的事情，我们来日方长，慢慢详谈。"

她还完话筒后又看了穆庭一眼，穆庭察觉到她的视线，合上一直不自觉张着的嘴，也回头看她。

而后他对她慢慢高扬起嘴角，笑得灿烂又嚣张，看着她的眼神专注又炽热，让她一时有些想要闪躲，却又觉得不大舍得。

她向穆庭点了下头算作招呼与道别，就要沿着保镖强势开出的道路向会场里面走，穆庭突然探过身来拉住她的一只手，自己也转过身，拽着她往前走。乔雁愣了一下，路就这么窄，挣脱起来也太过刻意，一时竟也就这么被他牵着走。终于有反应过来的记者，在他们往前走时，在一边补救性地大声问："穆庭先生！你今天为什么要特意过来力挺乔雁？"

乔雁闻言，也不由得抬头看了一眼穆庭。此时话筒还在穆庭自己手上，他转头看了发问记者的方向一眼，很干脆地对着话筒直接正面回答，声音透过会场外

"因为喜欢她呗，不然你以为呢？"

乔雁的脚步骤然一停，被穆庭扯了一下才又继续向前走。她迅速低下头，眼中的情绪复杂难明，不想让任何人得以窥觑。

她说不太清自己是从什么时候开始，被这个人声势浩大地攻入了心底。她过分自矜，又缺乏勇气，感情来得太过气势汹汹，她一方面有些无措，一方面也有些惶惑。她童年家庭不睦，早早知晓人情暖苦，设想过这个人有可能给自己带来的幸福，却除了专注地等待之外，做不到任何义无反顾。

而现在，在她最糟糕的时间，有生以来最糟糕的局面，她收到了这个她一直在等待走近的人所带来的，最炽热而坚定的回应与邀请。

被黑被骂被泼脏水这些事情，总能被解决的。她在被穆庭牵着走时漫无边际地想，最糟的谷底她已经走过，而生活总会向越来越好的方向发展，一如现在。

这一路似乎很长又很短，到底怎么走进会场的，她有些回忆不起来了。穆庭牵着她来到了后台休息室，会场内还没有允许记者进入，这里还很清静。

但工作人员还是有那么两三个的，大抵已经从网上同步知晓了事情的最新进展，每个路过的人看着他们的眼神中都带着隐约的亢奋八卦与兴致勃勃。穆庭索性没有进休息室，就在敞开的门口与乔雁相对站着，低头同她道别。

"今天发布会媒体提问的时间肯定取消了，就算没取消顾导也不会安排你接受采访，他心里有数，而且今天也该推一推男主了。"他对乔雁低声叮嘱，有些严肃地略皱起眉，郑重地看着她。

"今天发布会结束之后你也就别回去了，可能有记者蹲守。明天一早你直接进组，顾导的电影向来封闭拍摄，不开放探班，记者进不去……当然，我也进不去，你自己保重。"

他有些烦躁地揉了把头发，突然又想到什么，低头继续补充："现在这点破事不用担心，等你拍完电影肯定就解决了，我也是经历过这种阵仗的人，他们什么心思我明白，你别担心。"

"嗯。"乔雁低低回应，视线有些闪躲地垂下眼睑，"其实你不用做这么多的，我报答不过来。"

"你这什么态度，我刚跟你告完白，你这就要拒绝我啊？"穆庭几乎被她气笑，屈指重重敲了下乔雁的头，随后没忍住又摊开手揉了揉，"不过这次情况特殊，我破例允许你拒绝我一次。"

乔雁抬头看他。

"你现在答应我了，不就等于把抱大腿上位这件事坐实了吗？这种事情对你来说，曹瑞和我哪有什么本质区别。"穆庭淡淡地笑了一声，眼中清明一片，对乔雁的迟疑与复杂心情全都明白得很，"别人也就算了，但让你永远带着这样的标签发展，你不甘心，我也不舍得。"

乔雁静静地看了他一会儿，无声地捂着嘴转过头去，眼底湿润一片，忍了许久的眼泪，终于静静落了下来。

"昨天很想给你打个电话，问你信不信我清白无辜。"她声音有点颤抖地说，背过脸不让穆庭看见她的表情，"但是不敢。"

"打什么电话，觉得无辜就站出来自证啊，啪啪打脸啊，就像今天这样，非常帅，我喜欢。"穆庭利索地接话，乔雁忍不住弯起嘴角。

"擦干了眼泪赶紧转过来，有事跟你说。"穆庭催她。

乔雁保持着背身的姿势平复了片刻，匆匆转过头时眼角依然有点发红。

"什么事？"她问。

"费了这么大工夫，结果还是要被你拒绝了，我不太高兴。"穆庭毫不掩饰地坦诚回答，低头单手捧住乔雁的脸。

"我要亲你一下，你不躲开，我就当你答应了。"

乔雁抬起头看他，穆庭笑了一下，低头吻了上去。

偶尔有一两个满怀八卦之心的工作人员，路过时躲躲闪闪地看着休息室这边，却只看见穆庭整个人将门堵得严严实实，他个子又高，一点都看不见休息室里面的情景。

大概是乔雁在哭吧……没想到穆太子这么体贴。

工作人员满意地带着自己的推测远远经过休息室的门，将消息分享给其他关心这件事的人。一门隔绝两端，略微嘈杂的声音在外面模模糊糊，而在门里面——他们相拥而立，静静地接吻。

乔雁的这一番强硬回应，究竟在这个已经近乎沸腾的话题中引爆了多高的新一轮热度，很难准确统计出来。仅拿一件事情举例，穆庭出道至今，一直作为绯闻绝缘体和打脸狂魔广为人知，在公众面前明确向另一个女艺人表白还是开天辟地头一回，且态度坚决语气坦荡，简直是教科书般轰轰烈烈的盛大浪漫。

但这也没能压制住乔雁本身的关注度。

在第二天各大新闻媒体的头版头条里，三分之一是关于穆庭公然示爱，三分之二是报道乔雁强势回应近日话题传闻。当天乔雁面对媒体的态度其实还算客气，但也并不招媒体喜欢，几乎有一半的记者都在报道中明里暗里对乔雁进行了一番冷嘲热讽。

发过律师函的明星多了去了，发完就证明自己清白无辜了？矫情！

然而很多媒体没有预料到的是，这一次，有相当一部分人犹犹豫豫地停止了对乔雁的批判与讨伐，语气态度都从原先的激烈抗拒变得相对心平气和，纷纷表示需要关注一下事件进展，现在对乔雁下定论尚且为时过早。

这中间有很大一批是顾蜇声的粉丝。他们对顾蜇声长久以来建立的信任到底并没有那么容易动摇，只不过前段时间乔雁的确是被众口一词地黑到了最不堪的地步，连正面回应都不曾做过，极度失望之下才会跟着风气对乔雁一力抹黑。而当发布会那天乔雁终于出现在公众面前时，他们惊讶地发现——

乔雁这个人，这样的回应，真是——

帅爆了。

她本来就长得很有观众缘，美丽温和又不媚气，是男女都比较有好感的类型，加之《侠义千金》打下的观众基础虽然被丑闻影响不少，但她演技好也算是有目共睹的事情，一时间顾蜇声的粉丝和路人倒是有很多觉得顾蜇声挑演员的眼光还是在的，而一个演员的演技被认同了之后，其他的事情就变得不是那么令人介怀了。

何况一切还没有定论不是吗？否认需要底气，需要自身清白坦荡，乔雁摆出了这样的硬气与诚意，对这个崭露头角的美丽姑娘，很多人的态度中已经悄然揉进了期待与宽容。

而除了顾蜇声的粉丝之外，另一半停止对乔雁抹黑的人群成分就比较复杂了，有对乔雁黑转路人的，也有路人转粉的，倒是没什么粉转黑的——她的粉本来就少，能在那样的情况下都继续支持她的更是寥寥无几。

但那寥寥无几的粉丝而今便如同终于守得云开见月明，一瞬间除了感慨激动之外，也对乔雁本人产生了深深的信任感与归属感。粉丝其实是个很善良也很容易满足的群体，喜欢一个艺人可能因为外形、演技、性格，乃至一个艺人自己都未曾留意的瞬间，而除非所做之事真的让人失望透顶，绝大多数粉丝都会选择默默追随，不离不弃。

乔雁原本几乎没什么这样的粉丝，现在倒算是真真切切地有了一批。数量虽不算很多，但至少从今往后，就算再被千夫所指，也终于有人愿意为了维护她而拼尽自己全力——铁粉都是虐出来的，这句话到底有些道理。风风雨雨经历得多了，这份喜欢才会越发坚定，难以消散，历久弥新。

而现在，还有另一个粉丝群体，暴躁又茫然地徘徊游离在黑与粉之间，对乔雁的观感，可谓复杂纷呈，两极化得厉害。

便是穆庭的粉丝。

在《侠义千金》没有播出之前，乔雁就已经当上了穆庭新专辑的MV女主角。她在这张专辑中表现良好，算是穆庭历次合作的女艺人中最受好评的一个。《侠义千金》播出后乔雁一夜爆红，也算侧面验证了穆庭慧眼识人，粉丝们原本相当一部分人还对乔雁抱有不低的好感，也有不少穆庭的粉丝同时开始粉起了乔雁。然而现在……

原来那张专辑是你们的定情信物吗？！粉丝们怒摔专辑。

乔雁被爆出的那几张照片中虽然看不清男人的长相，但身高身材都与穆庭完全不符，肯定不是穆庭。但如果穆庭对她有好感的话，乔雁去找别的金主那不显然是瞎了吗？是以一时这几张照片也遭到了一波新的质疑，大部分人的关注点此时却在于——

乔雁的走红过程中，穆庭究竟出了多少力？如果乔雁和导演没关系，那她是在穆庭的帮助推动下顺利上位成功，这是否就是最终的真相？

然而在接下来的几天里，穆庭用实际行动告诉了所有人一件事情。

空穴来风信不得，口说无凭要不得，没确认别随便问，否则——

对于主动伸到他面前刷存在感的脸，他来一个打一个，来两个打一双。

最近这段时间，每次穆庭在公众面前出镜，无论是什么场合，参加什么活动，总有不怕死的媒体会将话题扯到乔雁身上。而穆庭居然丝毫没有回避这个名字的意思，问什么答什么，大方得很，也十分……噎人。

有媒体曾在公开场合抓紧机会向穆庭提问："请问穆庭先生，你那天说的那句话是在向公众公开恋情吗？你对乔雁目前在社交平台上的糟糕风评有什么想说的吗？"

"公开什么恋情，没看我这儿还在追着呢吗？出头痛斥媒体都名不正言不顺的，所以你们才能好端端站在这里问我话啊！你哪家公司的，还记得当年我怎么对造谣媒体的吗？"穆庭当众翻了个白眼，一副"你这问题过大脑了吗"的表情回问，忽而似乎又想起了什么，瞬间又喜怒无常地换了个颇为亲切的笑脸。

"哦对了，你们有没有把律师函送到《尖锋娱乐周刊》手上啊？就是最开始在网络上造谣的那家。"他兴致勃勃地问采访记者，而后面向摄像机又是一本正经，"因为我目前还在单相思苦追状态中，所以凯星到底是哪天正式起诉的尖锋娱乐他们都不告诉我，不过已经在起诉这是肯定的，等到开庭的时候我将携一众尖锋娱乐的老朋友共同出席，到时有结果了第一时间给大家直播。"

他随后补充了一个将被他邀请共同去旁听的名单，都是曾与尖锋娱乐周刊有些过节的艺人。尖锋娱乐向来善于制造哗众取宠的噱头，因为在娱乐圈根基不浅，什么明星都敢下手，这么凭空编料也并不是第一次，只不过之前被抹黑的艺人都没乔雁和凯星这么较真而已。

然而现成的一雪前耻的机会谁会拒绝呢？这段采访一经发布到网上立刻引起了重大反响，不光网友们纷纷加入到欢乐吐槽的行列中，许多被提名的艺人也都兴致勃勃地隔空回应，纷纷表明愿意接受太子邀请过去凑个热闹。

这段采访也让很多媒体顿时意识到，穆庭还是那个穆庭，就算此时他陷入爱河，然而这根本不妨碍他不打脸不舒服的性格。有这样的前车之鉴在，大多数媒体都迅速收敛了很多，然而还是有一些为了头条不要命的记者，又一个采访中，有人混在人群中大声提问："请问穆庭先生，你是否一力推动了乔雁的走红？又或者她不接受你的个中原因，是她已经另有金主？"

又来这招。穆庭冷笑一下："敢站出来我敬你是条汉子，这问题我答，不然赶紧在角落里缩好尾巴别出来丢人现眼，见光都不敢，就知道疯咬，恶心谁呢这是？"

在一片寂静中，记者们交换了一下眼神，竟然几乎所有记者都开始乱七八糟地回答："我问的我问的，那么穆庭先生能回答一下吗？"

"哦，你们倒是挺齐心的，看来这问题都是真心想问。"穆庭一扬眉毛，看了周围的记者一会儿，忽地收起脸上笑意，认真开口，"你们别强行舆论绑架她，我喜欢她是我自己的事，要是被喜欢就得答应，世界上哪来那么多爱而不得的痴男怨女？感情的事强求不来，我在努力，她可能也在考虑，总之目前阶段不关别人的事，希望没有人太过自以为是。"

"我被很多人喜欢过，也拒绝过很多人，不喜欢就是不喜欢，为什么要连一个人拒绝的权利都要剥夺，我没这个权利与资格，当然，你们更没有。我希望没有人拿这种问题去逼问她，如果我最后真没追到，好歹也想给自己留点不那么无赖强占的面子。"

"金主这个问题我不想回答，开庭让凯星去跟你们细说。"穆庭撇了撇嘴，对解释这种问题兴致缺缺，而后又是画风突变地骤然翻出个白眼。

"至于说我一力捧红乔雁的，有常识吗？我要真有这个本事还当什么歌手，直接去街上当星探，挖掘一个红一个，以后任何一个红一点的明星都得管我叫大哥，你们这些记者想要捧谁黑谁报道谁都得来给我拜山头……"

他说了好一阵后，冷淡地以一句话作为结束语："天都亮了，你们还做梦呢？赶紧醒醒不行吗，梦话能不能别说出来丢人？"

这段采访一出，制造出的舆论后果不必多谈，而穆庭的粉丝们也在疯魔过后，清醒地认识到了一个事实——穆庭的确是在非常认真地，喜欢着乔雁。

外界这样的风起云涌舆论转变，穆庭引领潮流玩得得心应手，凯星则一直在暗中准备材料用于正式开庭。这些事情，乔雁有所耳闻，进了组封闭式拍摄之后，眼下的确没什么精力再分神关注这些事情。

暮云低沉，残阳如血，万千铁骑兵临城下，厮杀已经开始，乱军之中，她一袭盛装站在城头上遥遥向下望，对浴血奋战身着铠甲的年轻将军露出了最后一个美丽又冷漠的笑，纵身从城墙上跳下。

就此拉开了电影的序幕。

《初相见》讲的这个故事，其实并不算复杂。

　　故事的背景是一个气数将尽的王朝，天子已然形同虚设，多年未曾理政，麾下所统十二州，诸侯割据争锋，战火已经数年未曾停过。炎州盛产铁器，多年积聚之下兵力强盛，在这个天子驾崩的春天，终于联合其余几州诸侯一起弑了新君，正式开始了霸业征程。

　　炎州地处极北，一路南下征战，兵强气盛，势如破竹，连下三地，过了江就打到了连州。连州物产丰美，然而州侯性情暴虐，志大才疏，攻下也并非什么难事。

　　金鼓声止，云烟尽散，火光与天色渐暗下来，血迹与白骨蜿蜒一地，凌彻率军踏过倾塌的城门，一马当先走在最前，越过四散惊逃的人群，向州侯府行去。连州物产虽丰，连年苛政之下却也近乎民不聊生，约莫所有的私藏都该在州侯府中存着，如此算来，这一次攻城的意义，竟有大半都在这州侯府里。

　　然而突兀响起的爆炸声惊天动地，将他的所有计划都炸了个措手不及。炎军快马加鞭赶到侯府时，只见火光冲天，将这个雄踞连州多年的庞大建筑吞噬其中，将天边都染上了一半灼热的红，这样不堪一击的土地，竟也有这样玉石俱焚的勇气，一时间炎军上下惊叹之余，倒也有不少人心中泛出淡淡的敬意。

　　说到底终究曾为同胞多年，而今纵使兵戎相见，到底也愿意多留些体面。

　　然而真正行到府前，所有人才突然发现——有人面向侯府，立于火海之前。

　　那人似在欣赏金红一片的烈景，周围的奔走哭喊声似乎与其无关，在马蹄声渐止的时候终于转过头来，金银织就嫁衣如火，眸光熠熠，眉目如画。

　　凌彻蓦地深深皱起了眉。

　　"抓起来。"

　　他最终也只简洁地吩咐左右这样一句话，而后催马回身，便要在城中另寻个下榻之处整顿，那人却对他的漠视犹如未觉，在他身后兀自展眉，盈盈启唇。

　　"今日拼战得这么激烈，伤口裂开没有？"

　　"Cut。"顾蜚声喊了停，自己偏头想了想，而后点点头，"过了。"

　　全剧组的人都松了口气，又惊又喜地相互看看。这是乔雁和苏凭的第一场对手戏，也是全剧组拍摄的第一场，能够一条过实在是个出人意料的开门红。拍电影不比拍电视剧，电视剧NG多少次都只是消耗时间和某些道具，而电影每NG一次，浪费的都是真金白银的胶卷，预算简直是以飞一般的速度上涨。

而现在男女主角明明是第一次合作，却罕见地拥有这样的默契与配合度，一时间所有工作人员惊喜中都带着一丝狐疑，要不是顾蜇声的名声与敬业程度实在毋庸置疑，简直要让人怀疑导演刻意给演员放了水。

顾蜇声当然不是个对拍戏质量很宽松的导演，不然他的电影也不会让这么多演员都趋之若鹜。但他的严格又和徐振有所不同，徐振会要求演员一次次地重拍，在不断的NG过程中寻找表演灵感与突破，而顾蜇声则很少这样。

他拍戏的节奏非常慢，一天可能只过几场戏，很多部分都要演员自己提前琢磨，琢磨好之后才开始拍摄。这可能也是顾蜇声每次挑选演员都一定要自己满意才行的原因，他需要天生适合这个角色的演员，而他要做的，就是发掘出演员内心中属于这个角色的一面。

现在也不例外，这一场拍摄结束之后，顾蜇声就将苏凭和乔雁叫过来，和蔼地问："你们两个第一次合作，现在感觉怎么样？还适应吗？"

乔雁莞尔，只是点头，却不接话。苏凭温和地接下顾蜇声的提问，点了点头，真诚地对合作的女演员提出了表扬。

"乔雁很有天分，也很适合这个角色，合作应该会很顺利。不过第一场的情感表达还不是很明显，剧本之后几节的内容本来不觉得什么，但刚才看乔雁的表演，应该是比较擅长激烈明显一些的情感表达，那剧本里接下来的剧情衔接就有一点问题，可能需要改动。"

顾蜇声点了点头，转而问乔雁："你也这么觉得吗？"

"我觉得……"乔雁想了想，不好意思地做了个抱歉的合掌手势，"现在的话的确有一点吃力，但改了的话总会有点阐述不清，表达得也不够充分，所以如果可能的话，还是想尽力一试，也不想给剧组拖太多后腿。"

"不是拖后腿，别有压力。"顾蜇声摇了摇头，并不赞同她刚才的话，耐心地将她的想法纠正了一下，"不要总想着怎么演才能演好剧本里的那个角色，现在你就是施音，是一个这样性格的你，在面临这种情况时要作何选择，明白吗？剧本提供的只是一个框架，而她究竟最终是什么样子，会用何种方式表达情绪，都是你们可以决定的，不要太过拘泥。"

"嗯……"乔雁想了想，带着一点迟疑点头。

"有什么问题可以来问我，也可以去和苏凭交流。准备一下，一会儿拍摄下一场。"顾蜚声又说了两句下一场戏的事宜，两人领命而去，换好妆容行头后就在休息区看着其他角色过戏，等着下一次上场。

苏凭对着手机看得很专注，乔雁和他刚认识没多久，也不是爱凑趣的人，自然也就这么相安无事地各自沉默着。过了一会儿，苏凭突然抬起头来，向她的方向稍稍倾身过来。

"乔雁，"他压低了声音开口，将手机举在脸旁边，"他们说你整过容，真的假的？"

乔雁看着亮着的手机屏幕上显示的关于她的热搜内容："……"

乔雁："呃，假的。"

"哦。"苏凭脸上显出一种很遗憾的神情，将手机摁灭收起来，"我小侄女换牙没多久，不知道为什么牙长得歪七扭八，她妈妈一直想给她矫正牙齿，但又不知道哪里靠谱些，你也不知道啊。"

矫正牙齿和整容是一回事吗？！况且就算是一回事的话，问一个疑似整容的人她是在哪儿整的这合适吗？！

乔雁内心被弹幕刷屏，想了想又觉得没有一句适合说出口的，于是只能继续："……"

冷静之后，乔雁突然发现了刚才对话的关键。

"苏凭前辈，"乔雁有些艰难地开口询问，"你……经常看热搜？"

"嗯？是啊。"苏凭点点头，又把屏幕翻过来亮给她看了一下，这次页面停留在穆庭高调示爱乔雁的新闻上。

"看热搜其实是件很有趣的事情，一条新闻背后其实还是能牵扯出很多信息的。"苏凭手指飞动，往回翻了一下，将页面翻回话题主持那里，"比如这条关于穆庭和你的，话题发起人是讯飞娱乐，负责人和锋辰的副总是多年的酒桌关系，一般锋辰的艺人有什么正面通稿要发，都会选择讯飞作为合作对象，我们称这种情况为自炒——"

他笑了一下："穆庭炒得这么卖力，看来说喜欢你是真的啊。他人的确相当不错，你要是心无所属的话，建议你认真考虑一下他。"

乔雁有些发怔地转过头来看他。

苏凭就是那个在她回应媒体当天，顾蝥声宣布的电影男主角。第二天她和穆庭包揽了所有头版头条，苏凭出演男一号的消息似乎都没有溅起什么水花，但他与乔雁当初出演《红颜谋》女三时没溅起水花的原因完全不同。

乔雁当初是因为自己太过透明没什么水花，而苏凭则是因为，他稳坐轩霆一哥的位置数年，人气极高，红透半边天——却几乎没有什么黑粉。

他几乎是娱乐圈如今正当红的明星中口碑最好也最具代表性的一个，父亲是获得过多项奖杯的知名导演，母亲是享誉圈内的金牌编剧，夫妻俩多年婚姻，感情甚笃，几十年来一直是被人交口称赞的模范伉俪。

而他自己在十六岁出道的时候还在念高中，担当一部小制作偶像剧的男主角，偶像剧出乎所有人的意料一举走红，他同样一夜成名，却也从来没有向公众隐瞒过自己的家庭。而他在走红之后仍继续完成学业，一直在读与演艺圈无关的专业，念到了硕士毕业，拍戏也仅在课余时间进行，却眼光十足毒辣，从来没有挑错过剧本。

之前还有不少人断言他的成功离不开父母的帮扶，而在一次他的父母联手推出新电影的计划中，本来定好他做男主角，他却拒绝了这个剧本，转而投奔了一个文艺片导演的新作。结果出来之后，他父母的新片大获成功，好评如潮，票房大赚特赚。

而他自己挑选的那个剧本，拿了个他父亲都仅拿到过一次的大奖。

这一路的传奇经历下来，苏凭自然很难再有什么质疑声加身。加之他长得英俊儒雅，为人温和稳重，无不良嗜好，不乱传绯闻，是圈内圈外公认的楷模，现在也才三十出头，单身未婚，不知道是多少小姑娘梦里的真命天子。

而现在他这样一句温和又敏锐的点评，像是提醒也像是点明。乔雁心中一动，面上浮现出一个浅浅的笑意。

"我以前不知道，现在受教了。"她轻声道谢，而后平静地问，"那苏凭前辈知不知道尖锋娱乐跟谁有关系？"

"知道，不过可能跟你想的不一样。"苏凭笑得意味不明，冲她慢慢摇了摇手指。

"《尖锋娱乐周刊》，和轩霆半点关系都没有。"

和轩霆没有关系。

乔雁略略偏头做了个思考的姿势，而后笑着摇摇头，做了个无奈的耸肩姿势。

"前辈说没有就没有吧，"她礼貌地道谢，出口的话倒是毫不含糊，"不过真相究竟如何，到底是什么结果，还要等公司追查上诉的消息。今天在这里先谢过前辈指点，不过如果最后还是查到了轩霆头上，也算无可避免，没有不相信前辈的意思，提前说声抱歉了。"

"只是提醒一下方向，你随意。"苏凭看起来的确不大介意乔雁的质疑，反而有点好奇地摸了摸下巴，显得若有所思，"娱乐圈就是秘密多，看你这副笃定的样子，心里应该已经有答案了，能问一句理由吗？"

乔雁略略扬眉，苏凭在她打量的视线中无辜摊手。

"只是有点好奇，"他坦率地承认，态度坦荡得让乔雁一时都有点接不下去话，"没有无缘无故的爱，也没有无缘无故的恨——老话说，好奇心能害死猫，一时无聊而已。"

乔雁点点头，表示可以理解，而后带着标准的笑容问："但我为什么要告诉你？"

苏凭稍作沉吟："愿意分享一下的话，说不定我也能投桃报李？比如尖锋娱乐究竟和谁有关系，我刚好知道一点。"

"这个恐怕不行。"乔雁不动声色地摇了摇头，嘴角的弧度与眼底的眸光客气一如刚才，"不如换一个吧，前辈愿不愿意告诉我……"

"秦菲姐的新男友是谁？"

苏凭有些诧异地扬起一边眉毛，嘴角的笑意倒是更深了几分。

"哦，原来你知道这个。"

他以陈述句的语气发出感慨，乔雁觉得这不算夸奖，不过依然客气地弯眸回应。

"都被坑到头上了，要是还心里没底，未免显得树敌太多，做人太失败。"正在演的一场戏已经过了，道具师在忙下一场戏的布景。她站起身，轻松地活动了一下筋骨，转头看向同样站起身的苏凭。

"怎么样，苏凭前辈？"

"嗯……不怎么样。"苏凭低头仔细地整理了一下戏服，这一场的铠甲很重，也难为他刚才行动不便还如此会给自己找乐子。他把厚重的头盔扣回脑袋上，看向乔雁时脸上神情一片坦荡，"为了满足一点好奇心，需要付出的交换太深入了，不划算。"

他总结般说了这句话，而后云淡风轻地一抬步，向镜头的前方走了过去。

"所以还是算了，我这人不喜欢亏本。"

乔雁对苏凭这种丝毫不藏着掖着的算盘也有些不知该作何反应，若有所思地看着前方的背影一会儿，也跟了过去。

苏凭这个人，果然名不虚传，足够滴水不漏，别说黑点……

突破点都没有。

他们要进行的下一场戏，时间线在第一场之前。

说起来这部戏里的第一幕，施音从城墙上跳下来的那个镜头，时间点要在故事叙述的几乎末尾，而他们现在即将要拍摄的这个画面，时间线则是在刚拍好的那场戏之前。

类似这样的倒叙插叙镜头与描述手法，在电影中比比皆是，一个主线并不算复杂的故事，结构因此生生精巧起来。随着电影镜头的逐渐推进，故事便剥开它一层一层的外衣逐渐呈现在观众眼前，犹如抽丝剥茧般，逐渐露出最后的真相与结局。

第二场戏的时间在第一场戏的三个月前，凌彻率领的炎州铁骑还没有过江，正在庭州境内征战。庭州境内荒芜，地形错综迷乱，虽兵马不算强盛，但利用地形优势，竟也生生将炎军拖住良久。

正值炎州全军人困马乏之际，最近一次的交战中，他们又偏偏不小心着了对方的道，疲惫不堪的炎军在追击庭军的过程中，虽最终也将庭军的这一股分散势力一举歼灭，却被绕进了庭州错综复杂的地形中，一时间竟然迷失了方向。

而最糟糕的是，凌彻在这场战斗中受了伤。

到底是在陌生地形中作战，他虽武艺精湛，但仍然无可避免地着了道，所幸伤不在要害，只是被人在右臂上划了见血的一刀。原本情况还好，在他们迷失方向的第二天，凌彻的伤口却突然发起炎来。

他被带着锈迹的铁器划伤了手臂，原本算不得大伤，当时便也找军医处理过伤口，今天发了炎才发现受的伤并不简单。他的伤口尚还看不出太多异状，整个右臂却已经渐渐发麻，很快，别说上场厮杀，就连提起刀这个动作，都已经开始异常艰难。

刀上应是淬了特殊的毒，江山十二州，难免有些秘传烈药，造成这种情况也不算奇怪。但他凌彻是炎军右路军的南征统帅，霸业未成，实在不甘心在这里就此倒下，犹如废人。

到底是在别人的地盘，如此这般打着炎军的名号四处乱撞实在太过惹眼，难保不会被什么人乘虚攻入，钻了空子。凌彻这次追击本是元帅点兵，他主动请缨，领了一路兵马杀出来，眼下虽任务不算完成得十全十美，所幸炎军损失不算伤筋动骨。

他带着剩下的人马又行了两日，撑着精神撞进了一座小小的城镇，刚将部下安顿好，体力便已经撑到极限，眼前一黑，倒地人事不省。

再醒来时，他看到了一个陌生的姑娘。

四周建筑简陋，无甚摆件器皿，姑娘侧身坐在他身边，捧着小巧的药罐仔细捣药。她长得很美，黛眉长睫，眸光流转间如有艳光闪过。虽穿着普通的荆钗布裙，发髻却是好看又精巧的样式，一张脸白皙细嫩，丹唇不点而朱，瞧上去好看得紧。

却也与眼前的一切格格不入得紧。

这样的伎俩实在太过拙劣，凌彻看在眼里，颇有被看轻的荒谬好笑之感。然而他并未急于开口发表意见，只又无声观察了一会儿，在姑娘舀进一点新的药叶进去捣之后，才带着一点稀薄的冷意淡淡出声。

"这两种药虽能一起入口，却不能一起捣，要分开碾碎，分开煎服，这些，没人告诉过你吗？"

"没有啊。"姑娘停下捣药的动作，一双漂亮的眸子转向他，带着星点笑意，又似有些许委屈，"我又不是天生就做这些事的，你那些属下绑我过来时，可没说要我会这些。"

"绑你过来？"凌彻淡淡蹙眉，屈指敲了敲桌子，很快外间有人闻声绕进来，正是他手下的副将，绕过屏风转进内间时，脸上神情也颇为尴尬。

"……主子。"他用了个奇怪的称呼，凌彻稍稍一怔，随后心领神会——这里的确不是应该暴露身份的地方。只见副将面上也有些古怪，向他行了个礼后，尴尬地看了眼旁边捣药的姑娘。

"主子你进城之后便……身体不支晕倒了，小的们也是慌了手脚，连忙在城里打探可有能治病的大夫，正巧了，这位姑娘在城里立下招牌，是远来的大夫游经此地，停留几天坐诊。小的们别无他法，索性便死马当活马医，将您送了过来，没想到姑娘果真医术了得，您的确是见着好转了，小的们也就……"

"医术了得？"凌彻将这话重复了一遍，倏地抬手，单手掐住了女子的脖子。

"她说什么你都信，这么个药都不会捣的女子，也称得上'医术了得'？"凌彻斥了副将一句，转而看向被他攥住脖子的女子，慢慢眯起了眼睛。

"你是谁？"他轻声问。

"施音。"姑娘被他掐住脖子，脸色渐渐有些涨红，难受地双手抬起按住他的手徒劳地往外拉，脸上仍带着笑意，一派从容平静。

"你的属下可不知道你的病该怎么治，这位公子要是以后还想拿得起刀，现在还是别用右手使力为好。"

凌彻皱眉，顿了几秒钟后放开了对她的掣肘。施音喘了两口气，蓦地笑了起来。

"久闻凌彻将军威名，今日得以亲眼所见，果然名不虚传。"

她就这般云淡风轻地将凌彻的身份一口揭穿，凌彻与副将都骤然心底一惊，凌彻迅速又抬起手，施音笑得越发灿烂。

"你想干什么？"施音悠然地问，凌彻的手堪堪停在半空。

"都说了你现在右手别使力，真是不听话。"施音兀自摇了摇头，忽而反手就是一掌向凌彻袭去，"凌将军对自己的身体状况真是没有意识，我也只好帮你试试。"

凌彻虽有伤在身，反应却还是跟得上的，眼见一掌袭来，猛然向后一仰，堪堪躲过了这一招。副将却也不是吃素的，迅速反应过来，上前便向施音打去。施音反应却也极快，一击不中，迅速后撤，一直撤到门边小院，而后足尖一点，忽而腾空，便向远处踏去。

"将军今日状态不佳，施音改日再来讨教。"

乔雁吊着威亚腾空而起，向已经下床跑至门边的"凌彻"笑着道别，"凌彻"也抬头紧紧盯住她，这一场眼见着便要演完，苏凭看她的神色却骤然一变。

"你小心——"

乔雁愣了一下，很快便明白了他在喊什么。

绳索似乎断了，她刚飞到最高处，现在正以一个自由落体的速度，重重砸向地面。

乔雁这一下，摔得不轻。

舒丽赶到的时候乔雁已经醒了，脸色还是惨白一片，但已经能够坐起来，眼下正自己坐在床上，低头慢慢地削苹果。听见舒丽推门进来的声音抬起头来，乔雁一手拿刀一手拿苹果朝门口看，吓了舒丽一跳，赶紧上前几步把两样东西都夺了下来。

"祖宗！干什么呢！"舒丽半是头疼半是心疼地问，自己在床边掀开被子看乔雁的腿，"腿怎么样，感觉疼不疼？我还没看到片子，医生怎么说？"

"医生说是不幸中的万幸。"乔雁半靠在床上，努力回想医生的叮嘱，"嗯……摔下来的时候手撑了下地，手腕挫伤，但是不严重；脚踝骨折，但是不用打石膏，总之……"

她眨了眨眼，朝舒丽耸肩摊手，笑得带点心虚也带点讨好。

"我运气还挺好的。"

"运气好？"舒丽听了乔雁的回答后稍稍放下心来，乔雁虽然平时不着调起来能和罗铭一唱一和不重样，但到底是个稳重靠谱的人，有报喜不报忧的嫌疑，不过大方向上也肯定不会自以为是地瞒报。一直悬在半空中的心落回原处之后，舒丽才有心思关注别的事情，听见乔雁的结论忍不住眉头一皱，脸色不太好看地冷笑一声。

"都受伤了还算什么运气好，再好的运气也架不住有人使坏啊。"

顾蜇声的剧组是什么配置，基本上国内最好的制作班底都聚集在这里了，以前从没出过事故的剧组，怎么到了乔雁这里钢丝就断了？没人暗地里做手脚谁信？

但即便眼下病房里只有她们两个人，这里也终究不是个说话的好地方。舒丽恼火又克制地说了这一句后，深深吸了口气，不再多说，拿起苹果和水果刀，一言不发地接着乔雁削到一半的地方，快速地继续削起来。

她把削好的苹果递给乔雁后打量四周，病房离剧组挺远，事故发生当时本来就近找了家医院送过去，确认乔雁的伤势可以移动后，经苏凭提醒，马上转到了现在这家离片场蛮远的医院。住的是高级病房，与医院方面已经沟通过，闲杂人等谢绝探访。舒丽前来的时候都费了点工夫，剧组的诚意也算到位。

可惜暗中做手脚的人不可能想这件事被悄无声息地揭过去，现在网上已经出现了乔雁片场受伤的风言风语，只不过乔雁转院的事情只有寥寥几人心中有数，媒体现在找不到人，拍不到实料，也只能这么虚虚实实地在网上炒着。舒丽的视线在病房内转了一圈，平复了一下情绪，才偏过头来问乔雁："剧组的人呢？别是走了吧？"

"没有，他们也是刚出去，可能是去找医生拿片子……"乔雁咬着苹果回答。果然没过多久，病房外就响起了脚步声，几秒钟后顾蛰声推门进来，见到舒丽在，先向她和气地打了个招呼。

"真是不好意思，剧组的疏忽让乔雁摊上了这样的事情。"舒丽站起来，顾蛰声和她握手时稍稍躬下身去，把舒丽吓了一跳，连忙也深深地弯下腰去。

"顾导言重了，不……"舒丽顿了顿，"不用在意"或是"没关系"都实在说不出口，最后只能含糊地口头让了一下顾蛰声，"别这么站着说话了，顾导坐。"

"好，好，你也坐。"顾蛰声点点头，也坐到乔雁床边，将片子递给她，"说是没什么大问题，但医生还是建议你这几个月要静养，不宜进行剧烈运动，接下来你的拍摄计划里虽然吊威亚的地方不多，不过肯定也绝对达不到静养的程度，该有的动作还是得来，几乎没有删减和大幅度改动的可能性。"

"所以对于这部电影的话，你现在有什么想法？"

"没什么想法，接着拍啊。"乔雁毫不迟疑地回答。为了增加回答的说服力，还开始拿别人来举例子，"我自己平常会多注意的，但本来拍戏就有受伤的风险，也没有几个演员受点伤就不拍了啊。我在徐导剧组也受过伤，还在继续拍打戏呢。没问题的，顾导，如果实在不行的话，会和苏凭前辈商量调整一下的，而且……"

乔雁拍了拍自己的胸口，笑得有些狡黠。

"而且顾导不是于千万人中独独看中了我吗，有那么容易找替补吗？"

顾蜚声被她这样的刻意卖乖逗笑，笑过之后倒是点点头，赞同了她的想法："如果你可以坚持的话，我的确也不想临时换角，替补虽然有，但还是你最好。"

"但是如果来得及的话，这部电影要在上映前送去金谭奖参选，档期很赶，你想要继续出演的话，最晚也要在三天后回组。这三天我提前拍摄一些其他演员的戏份。有什么难处吗？"

"没有，三天后我按时回去。"乔雁看了舒丽一眼，后者别过头去不看她，于是笑着冲顾蜚声摇摇头又点点头，一口答应下来。

顾蜚声也对她和善地颔首回应，安抚又鼓励地拍了拍她的胳膊。舒丽在心里无声地叹了口气，不好接话，门外却传来另一个声音，带着轻微的笑意，温和地将舒丽只能在心里想想的话说了出来。

"这时间也太赶了，顾导也别太黄世仁了啊。剧组的进度倒是没事了，乔雁的脚呢，会不会有事？现在的女演员不比老一辈，没受过苦，身体的确娇贵。乔雁你自己也多注意一点，别仗着年轻不当回事，小心落下病根，以后太遭罪了。"

苏凭一手提着饭盒推门进来，向房间中的几人笑了笑算作招呼，又探头向门外看。

"你是不是来看乔雁的？出来吧，看见你了……"他招了招手，示意门外一直跟着他的人进来，"感觉看你有点面熟，也就没拦着，你叫什么？"

"刘静怡。"刘静怡被苏凭的突然转身吓了一跳，怯生生地从走廊拐角处走过来，窘迫得脸色通红，低着头弱弱道歉，"苏凭前辈好，对不起，我……不是故意……"

"不是故意来看乔雁的？"苏凭失笑，在刘静怡进来后替她把病房门关上，摘掉帽子眼镜口罩，把手上提着的一大兜盒饭分给病房内诸人，"猪蹄汤是给乔雁的，我对吃什么补什么这种说法比较认同……剩下的都一样，顾导和舒小姐随便拿。"

他打包了四份饭回来，顾蜚声和舒丽都拿过之后，苏凭回身，把最后一份盒饭递给了刘静怡："这是你的，探病也等吃完饭后吧，现在应该都饿了。"

刘静怡低低道了声谢，双手接过方便餐盒。舒丽是知道刘静怡今天在附近有商演的，但乔雁受伤和转院的事情都还不算大规模传开，一时间对刘静怡会出现在这里有点诧异。

"你怎么来了？"她问刘静怡。

同时，她也向苏凭道了声谢："麻烦你了苏凭，午饭吃没吃？"

"没吃啊，正打算下去吃……刚才买饭的时候发现边上有一家臭豆腐，看上去特别好吃，但怕你们受不了就没带上来，现在正好下去吃个痛快。"他的表情先是略带惋惜再是兴致盎然，完美地展现了一个影帝应有的职业素养，还顺便帮刘静怡回答了一下舒丽的疑问。

"应该是来医院取药的吧，我看到她时她手里还拿着药。我当时在和人通电话，提到了乔雁的名字，可能被她听到了才跟过来的。"苏凭跟舒丽解释了一下，重新把自己的脸严严实实地武装好打算下楼。

"对了……睡眠质量不好的话可以尝试喝点牛奶或者别的什么方法，是药三分毒，吃药也治不好。"他最后又跟刘静怡说了句话，而后向病房内的众人挥了挥手。

"我下去吃饭，一会儿见。"

"我也得走了，看乔雁没什么大碍我也就放心了，回去还得抓紧时间把其他演员的戏份拍了。"顾蜇声草草吃了几口，就站起来和乔雁、舒丽告别。他的确身负赶进度的重任，留到现在也算是对乔雁足够重视，更何况角色人选既然没换，做什么也都是为了这部电影。乔雁和舒丽都点头表示理解，客气地将顾蜇声送走。

病房中一时只剩下凯星娱乐的三个人，乔雁和舒丽都看向刘静怡，后者捧着餐盒默默低头，试图把自己的存在感降到最低，有些瑟缩地不敢开口。

这还是她认识的那个无忧无虑天真烂漫的刘静怡吗？乔雁心里泛起淡淡的涩意，还是选择笑着开口："谢谢你来看我，在这里挺闷的。"

乔雁拍了拍床旁边的位置，面对刘静怡时一如既往地带着隐隐的亲昵："躲那么远干什么，我都动不了了，不会吃人的，坐过来啊。"

许是乔雁一如以前的态度安抚了刘静怡，总之她终于不那么紧张了，只是坐过来时还有些微不自在，不过到底天性活泼，犹犹豫豫后还是压低了声音凑近过来。

"丽姐，雁姐。"她向舒丽和乔雁都招呼了一声，迟疑了一下，看了眼门边，轻声开口，"我的确是最近不太睡得着，过来医院拿药……当时正好听见苏凭前辈在通电话，因为听到了雁姐的名字，就留心听了一下，后来觉得不太放心，就……就跟了过来。"

她咬了咬下唇，又看了一眼紧闭的病房门，方才继续复述："苏凭前辈说，'人在做天在看，对付乔雁一个新人还用上这种手段'……"

刘静怡的脸色白了一下，黯然垂眸，继续道："'杨硕，你和秦菲也不嫌丢人。'"

"杨硕？"乔雁愕然地重复了一遍这个名字，与舒丽对视一眼，双双沉默。

"好歹我和他也算合作过呢，这么不留情面。"乔雁自嘲地摇了摇头，舒丽没有接话，眼中泛着冷光拿起手机点开通信录，拨通一个号码后就开始出去打电话。

病房中一时只剩下刘静怡和乔雁两个人，乔雁看了神色黯然的刘静怡一会儿，突然低声询问："你还觉得你们合适吗？"

"雁姐不是看到了吗？"刘静怡弯下腰，将脸深深地埋进双掌里。

"我已经……很久没睡过一个好觉了。"

"怎么这么累啊，"她疲惫地低喃出声，"我只是谈个恋爱而已啊……"

"你总会找到那个……看见他就让你觉得安心的人的，"乔雁无声叹了口气，伸手摸了摸刘静怡软软的头发，"如果还没泥足深陷，就尽早抽身。"

"嗯……"刘静怡低低地应了一声，久久没有抬起头来。

舒丽连打了几个电话后就匆匆离开了，究竟要忙什么事，乔雁心知肚明。两个人道别时没有多说什么恋恋不舍的话，都明白彼此还有一场硬仗要打。刘静怡又陪乔雁坐了一会儿，离开时倒是正好碰见走上来的苏凭。

"苏凭前辈，"她顿足向苏凭弯了弯腰，姿势和语气都很诚恳，"今天给前辈添麻烦了，不好意思……"

"嗯？没什么。"苏凭摆摆手，并不在意刘静怡的道谢和道歉，和她对话时礼貌地摘下了口罩，"不过以后不要这么做了，会给乔雁添不必要的麻烦，问好了再来。也不是每个人都像我记性这么好……你男朋友就是个轻度脸盲来着。"

他显然在出去的这段时间就已经知道了刘静怡是谁，而且并不因为刚和杨硕通过一次并不愉快的电话就对刘静怡态度微妙。大抵道理也就是这样……杨硕作为轩霆二哥，一直对苏凭这个一哥心存不满，话里话外的态度刘静怡都意识到很多次。

　　但苏凭这样的人，大抵对这种情绪是根本不看在眼里的吧。

　　"嗯。"而刘静怡最后也没有再多说些什么，只是又朝苏凭鞠了个躬，便转身匆匆离去。

　　而苏凭在刘静怡转身后也转身朝病房走去，对刘静怡在拐角处的回头全然不知，病房门关上的瞬间，犹如隔绝了两个世界。

　　"怎么又只有你在了？"苏凭关上门饶有兴致地问，拉了个椅子坐下，"人气不错啊，乔雁，一顿饭的时间探班的来了好几个。"

　　他身上当然没什么臭豆腐的味道，不过是恰好因为刘静怡的造访而发扬了一下绅士风度，顺便给凯星的三人一个说话的时间而已。乔雁没有出言点明，心里却承他这份情，对他的打趣只是微笑着摇了摇头。

　　"我都快成二级伤残受害者了，前辈还不准有人怜悯我一下啊？"

　　"嗯……有道理。"苏凭想了一下，赞同地点点头，"我收回刚才那句话，不好意思。"

　　他这声不好意思到底是为了刚才那句话，还是为了轩霆的所作所为，两人都心中有数，却也默契地并不拆穿。乔雁摇了摇头，终于收起脸上的笑意，呈现出一种清醒理智的淡漠感，平淡却也锋利。

　　"安全问题没什么办法避免，很多时候都防不胜防，我今天出了意外，人微言轻，无足轻重，真要认栽也就认了，但隐患就在那里，每个人的心都悬着，生怕有一天大祸临头，这样下去也不是个事啊。"

　　"确实。"苏凭点点头，带着捉摸不透的笑意，屈起指节敲了敲床沿，"我被你说服了，打算助你一臂之力，你打算要我使多大的力？我看看情况决定答不答应。"

　　"不用太多，凯星正在起诉《尖锋娱乐周刊》，苏凭前辈也知道。"乔雁点点头，看向天花板，"其实已经有了一些证据，但是前辈愿意助一臂之力的话，凯星欢迎之至。"

"就这么简单？"苏凭有点意外地稍稍扬眉，"你听过治标不治本这句话吗？"

"听过。"乔雁点点头，收回看向天花板的视线，转而从容平静地与苏凭的视线对上。

"但还有两句话，我觉得也很有道理……"

"一个叫自知之明，一个叫循序渐进。"

"嗯，有道理。"苏凭顿了顿，笑了出来，"不错。"

"谢谢。"

一直紧绷的神经稍稍放松下来，乔雁也一起柔和地莞尔，想了想又问："前辈为什么愿意帮我？江湖传言前辈特别怕麻烦。"

"哦，那也不是。"苏凭摇了摇头，伸出三根手指。

"差不多有三个原因。一是心有戚戚，二是觉得丢人。"

他顿了顿，而后正经而字正腔圆地说："三是尖锋娱乐前几天又报道我夜会情人，被我妈看见了，催了我好几天让我把女朋友带回去给她见见，我上哪儿变一个出来？看尖锋娱乐不爽很久了，就会添麻烦，给他们找找麻烦也好。"

乔雁："……"

乔雁："哦。"

乔雁果真在医院老老实实地待了三天。

她虽然态度积极地表示自己要回去演戏要战斗在第一线，不过还是很理智地知道伤没好不能作大死，于是老老实实地在床上复健和"挺尸"。

能来看她的人第一天就已经都来过了，而后各自忙各自的，谁都没再来过第二趟。媒体记者们发现她转院之后迅速开始盯梢跟她相熟的那些人，到底慢了一步，几天下来一无所获，全都一头雾水，漫无边际地找了两天，最后开始放弃。

剧组始终没有传出换演员的消息，这也就说明乔雁伤得不重，没到不能演戏的地步，那现在八成就已经回剧组了，他们大多猜得到顾蜚声要冲击金谭奖，是以也就放弃了在医院继续找寻，转而又积极联系起剧组探班。

而这当然是个无用功，顾蜚声地位在那儿，拍戏习惯也明明白白，这么多年没变过，不让记者们采访简直名正言顺，记者们有苦说不出，憋屈得要命。

而穆庭终于在确认没有记者盯梢之后，在乔雁住院的最后一晚赶过来看她。

他穿了件土里土气的衬衫，衣摆塞在腰里，扎着宽阔的黑皮带，上面还点睛之笔地挂了串钥匙，生生把自己打扮成中年男人的扮相，摘下扣在头上的草帽后居然还有点土帅，乔雁看着他的新造型笑了半天，简直根本停不下来，穆庭被她笑得也觉得自己简直没脸见人，把果篮一放就要走人，被乔雁及时拉住。

　　"别走啊，我不笑了。哈哈哈……嗯，咳咳，不笑了不笑了。"

　　乔雁拼命按住不由自主上翘的嘴角，严肃表明自己的态度立场，并发誓穆庭这个样子也英俊潇洒意外好看，穆庭并不太信她，不过自然也不会真的就这么走了，坐在旁边掀起被子，仔细地看了看她的脚踝。

　　"肿了。"他笃定地评价，犹豫着该不该上手摁一摁，"疼吗？"

　　乔雁眨了眨眼，笑着点头。

　　"疼啊。"

　　"当时掉下来的时候特别害怕，要是交待在这里了可怎么办，太不甘心了。"她半倚在床上，跷着一条腿让穆庭仔细看她的伤势，从果篮里挑了个火龙果拎出来准备剥皮。

　　"嗯……明天就要回剧组拍戏了，其实也很担心会不会休息不好，留下病根，这几天上网查了一下，说是留下病根的话到中年就变成关节炎了，每到阴雨天就会疼，真可怕，那个时候我要是还拍戏的话就很辛苦了。"

　　穆庭沉默了一会儿，最后在她腿上不轻不重地打了一下。

　　"叫你逞强。"他说，皱着眉去翻带来的药水，"鬼知道这些有没有用，反正药店的跌打药水我都买了一份带过来……不过你别乱用，医生给你开药了吧，到剧组也按时上药。"

　　"知道了。"乔雁柔柔地应了一声，向下滑了滑躺平在床上，转头看向穆庭，"挺晚了，我先睡会儿，到该出发去剧组的时候叫我。"

　　"嗯。"穆庭应了一声，隔了一会儿，才听见乔雁模模糊糊半睡半醒的声音，慢慢说了一句。

　　"不是逞强。"她说。

　　"我不能输。"

第十章
惊天反转

乔雁这个名字，差不多已经在网络上火了两个多月。

最开始是因为《侠义千金》的播出，这个嬉笑怒骂的虞锦扇赢得了绝大部分观众的心，在播出的一个月期间有人嚷着美颜盛世，有人分析剧情暗线，更有人盛赞乔雁的打戏功底和少年侠气，一夜爆红，万众瞩目，那时提起乔雁这个名字的时候，每个人感觉像是看到了一颗冉冉升起的新星。

与之同期的《天涯游侠》虽占着经典改编的便宜，剧集质量也没差到天怒人怨，更有魏泽这样的实力派视帝坐镇，但一部戏永远不可能只靠一个演员撑起，《天涯游侠》再是男主中心，女性角色不够出彩，也终究太过寡淡。

这部剧的女演员美则美矣，演技却实在没什么看点，尤其隔壁剧组的乔雁、杨硕表现都很出色，比较之下，更显曹瑞选角终究留有败笔。

选择跟《侠义千金》同一档期开拍放送，终究是曹瑞一个全方位失败的决定，《天涯游侠》远远没达到投资方与他本人的预期值，这种大刀阔斧的改变，本来就是迎合市场、迎合观众之举，现在钱没赚够，观众不买账，年末颁奖季形势也并不明朗，观众们失望之余，也纷纷探讨起这部剧怎么拍才能大获成功。

魏泽自身的功底在那儿，拍摄这样一部剧也没什么不当的点，场压得很稳，剧本虽然大胆，但自古创新总是会得到一部分人的宽容，说来说去，也就无可避免地说到了女演员上。

姚曼欣塑造的段秋蓉，青涩稚气尚可以谅解，但总归太过柔弱了，不是书迷心中那个温柔又坚强的解语红颜，离知己这两个字的确有不小的距离。

但这个角色双十年华的年龄限制也摆在那里，年长的实力派女演员扮演也不太合适，网友们将年轻一辈的演技派女演员挑挑拣拣看了一圈，最后却不约而同地将视线放到了乔雁身上。

虽然如今乔雁的风评早已从原先的一致追捧变为粉黑参半，黑还要占着上风，装得正儿八经，分外腥风血雨。但许多人也不得不承认，乔雁的确是近年来难得的脸和演技都十分可圈可点的新人，说她是这一代的演技之最，似乎也并没有多少人反对。

可惜在这两部同类型的电视剧里她选择了《侠义千金》，不少人纷纷发出迟来的惋惜与感叹，虽然后者也已经大获成功，但到底不如前者粉丝基础深厚，众人还是有不小的遗憾。

乔雁和魏泽不是以前还在《红颜谋》里合作过吗？也算认识，肯定不会太过生疏吧，要是能一起再出演这部戏多好。媒体这次其实也没放过魏泽，《红颜谋》里他和沐雪晴最终走到了一起，如今拍这一部其实也算是再续前缘美事一件，媒体难免抓住噱头大书特书。

可惜观众并不买账，以沐雪晴那样的演技如何配得上魏泽？真是段糟糕的孽缘。

而如果乔雁和魏泽搭档出演《天涯游侠》，这部剧的面貌会不会和现在大不相同？

不少人都在心里发出过这样的感叹，随着乔雁被黑的势头渐趋平静低弱，这样的说法也渐渐流传开来。毕竟乔雁没有新的黑料曝出，那已有的几张需要脑补的照片，在穆庭的高调出面告白之下，也的确显得不够分量。

而就在这种情况之下，一个新的爆料消息悄然流传而出，犹如在已经渐趋平静的水面投下一颗巨石，顿时水花飞溅，掀起了一轮新的激潮。

一个娱乐媒体发布了两张截图，是几个月之前的旧新闻，阅读量少得可怜，作为花边消息热度都完全不够格，不知怎么被媒体翻出，在这样一个恰到好处的时期，出乎所有人意料地爆了出来，也让所有人的视线，重新落回了乔雁身上。

一张截图是一份标准的通稿，上面写着"《天涯游侠》女主角人选确定，姚曼欣半路杀出，乔雁惨遭截和"。

另一张则是在八卦论坛里截来的帖子，只是一个树洞帖的其中一帖，楼主在论坛里没什么名气，不过考证其他帖后基本可以确定这的确是个圈内人。她的这一帖发布时间和通稿时间基本相同，内容则更为直白明显。

> 我圈这潭水真是太冷太深，长得好看不如愿意献身，演技爆表不如后台够硬。这次没能和Q合作真是挺遗憾的，试镜时觉得她演技真的好，人也nice，不像Y，自己怎么从Q手里把这个女主角抢来的心里没数吗，既作又装，不过是个新人，居然大牌都耍起来了，她当她谁啊？W和M的联手推荐都比不过自荐枕席呵呵，这个年代也果真笑贫不笑娼。

楼主打的码其实已经算是很正常很不明显了，但和旁边的截图一比较，这个码就简直已经形同虚设，和不打没什么两样。

继乔雁莫名其妙在《侠义千金》大结局当晚被黑料淹没之后，一个多月过去了，一种新的说法终于浮出水面——

乔雁原本要出演曹瑞的《天涯游侠》？有魏泽和穆庭的联手推荐，试镜都已经去过了，结果被姚曼欣中途截和？

很多人对这种神一样的剧情反转都有些接受不能，最开始也有不少人质疑这条新闻的真实性。但更多的人在去原地址考证了之后，发现真的有这两条记录在，一时间作何感想，真的很难用语言准确形容。

乔雁一个新人，当时都还没接徐振的戏，无论如何都不可能想得到自己会在不久后迅速蹿红，更不可能料到自己会在不久之后被人从头黑到脚。发帖时间铁证如山，这两条消息发出的时候，她的确还只是那个默默无闻的龙套配角，绝不可能是提前为自己找好了托词，事先做的这些炒作布置。

而如果这两张截图里说的事情是真的……

那么无疑就只能说明，有人根本容不下她有出头之日，想要在她刚刚红起来的时候，用黑料把她彻底封杀下去，让她再也翻不起身来。

如果是这样的话，那么那些近日来炒得沸沸扬扬的黑料……

到底是真是假？！

这个世界上谁都不是傻子，人有多爱看热闹，就有多厌恶被人当枪指哪儿打哪儿。逆反心理是个很奇妙的东西，它潜伏在每个人的心底，越是这样不正常的众口一词之下，剧情稍有反转，越会有一大批人开始跟踪推进，一定要还原一个真相出来。

世上没有不透风的墙，丑事做多了总有被揭穿的那天，时间也终究不会冤枉好人。凯星这些日子以来自然不会没有作为，而如今，功夫不负有心人，这样的作为终于摆在了公众视线之中，接受所有人挑剔而公平的检阅。

问心无愧，自然无畏。谁心里有鬼，谁暗中自危。

就让所有的流言蜚语都分门别类，而后交由真相来明辨是非。

在如今这个世界，没有真正的秘密。常在河边走哪有不湿鞋，平日总打雁也难免被反过来啄眼。没有事情能够做到天衣无缝，事实久经掩埋却绝不会随风消散，真相终将历久弥新，等待被人亲手揭开的那天。

这个突破点也的确是由凯星精心挑选的，几个月前的消息谈何容易搜寻，这也是唯一一个提出来对己方有利，而同时不会牵扯任何第三方的切入点。

凯星是罗铭和舒丽的心血，有着他们以及所有凯星的艺人都有的特点：磊落坦荡，厚积薄发。眼下凯星引出了这样一个关键的点，剩下的事情甚至不用凯星多做，自有网友抽丝剥茧，将那一层遮羞布找到，掀开，审视，宣判。

而进行反转的第一步，正是直接指向乔雁那几张被爆出的所谓照片。

曹瑞是什么人？很多人都心知肚明，他作为一个导演，自然是才华横溢而声名在外的，但私生活方面，他爱尝鲜爱招惹女演员早已是公开的秘密，上他戏的女演员多半被他尝过的说法甚嚣尘上，从来就没有停止过。

而乔雁既然有颜，有演技，有魏泽、穆庭的推荐，为什么还是落选了曹瑞的新戏？这个答案不好直接说出来，很多人的心中却已经有了答案。

还能有什么别的原因，乔雁显然万事俱备，只差一个不肯献身。

而她转投并最终收留她的徐振严厉名声在外，风评却的确良好。但从电视剧的资源来说，徐振要求严苛，并多半拍戏比较飘忽，虽然向来被称作良心导演，但是和曹瑞拍一部红一部的名声没法比，就资源与来头来说，电视剧界几乎无人能出曹瑞其右，这也是他即便风评极差，想要演他戏的女演员依然俯首皆是的原因。

如果乔雁连这样的资源都放弃了的话，又有穆庭的追求这一退路在后，还有什么人有让她动心的条件，甘于被人包养？

说出来都像是个拙劣的笑话，却将众人绕得团团转这么久。

众人心中都有一丝不真实的荒谬感，一时却也对这件事的跟进更为积极。乔雁的人气在经历了大起大落之后，终于迎来了久违的回升，热搜榜上出现的也不再是乔雁的黑帖，而是众多为她伸冤鸣不平的帖子。

纵使如今人情冷漠，很多人都不吝以恶意揣度他人，然而一旦真相大白，对于真正清白干净的人，就算是本着愧疚心理也好，怜惜心理也好，所有人都像是突然反应过来一样，带着那么一点弥补的心思，轰轰烈烈地开始补偿平反。

很多人都熬不过这样一个被黑到泥潭最深处的过程，然而熬过去的人，终将笑着接受所有的鲜花与赞美。

乔雁现在当然还没到接受鲜花的程度，而今起底探索真相的过程还在继续，很多人此时的关注点已经在凯星的有意引导之下，转移到了另一个方面。

那个看不得乔雁好过的幕后黑手，究竟是谁？

以乔雁为中心的这场黑料风波，在外人眼中看来，与前段时间的杨硕事件何其相似。

两件事都以一个演技精良的演员被突然泼上脏水开始，一夜之间黑料遍地，数种罪名齐齐压身，势如雷霆，重若千钧，仿佛一座大山般向演员砸过来，带着股不压到其一蹶不振不罢休的狠辣意味。

之后长时间的舆论袭击，粉黑混战，真实与虚假交织，无心与有意并存，热热闹闹地将话题炒至沸腾，直至黑到极低的谷底时，突然开始强势触底反弹。

究竟是流水线式高明炒作，还是真相终究无从掩盖？恐怕除了当事人没人心里真正清楚，然而这也并不妨碍公众对幕后推手的持续猜测与讨论，最开始的阴谋论如今也不再能得到压倒性的支持，炒作说与之各占半壁江山，两者不相上下，争论激烈，虚虚实实地模糊着众人的视线，这样无拘无束的猜测与揣摩，一时间反倒让这个话题的热度更上了一层楼。

杨硕、乔雁同样出身《侠义千金》剧组，男女主角先后被黑，很难让人不觉得这样的手笔出自这个剧组的敌对方。而《侠义千金》最直接的敌对方是谁？众人心照不宣，而且后来的爆料中也隐晦地提到了曹瑞和姚曼欣，连动机都十足完备。

可惜手段拙劣了些。

有话题热度的地方就会有新闻，就会有媒体。随着话题热度与深度的升级，越来越多的知名社交账号就这一事件发表看法，很多明星艺人也在轰鸣的浪潮中被卷了进来。三天两头便有人就此事发表看法，有的替乔雁不平，有的对情况表示遗憾震惊，更有人开始痛斥陈旧体质与劣根性，小打小闹地刷着自己的存在感。

而随着当红艺人的出面表态，这一话题也像风卷浪潮一般，迅速攻陷了各大媒体的头版头条。

已经到了蝉鸣扰人的时节，顾蜚声剧组里的大部分人还是不得不每天穿着厚厚的铠甲走戏表演，热得汗流浃背，精神萎靡，但看着顾蜚声一把年纪了还坚持和他们一起在室外取景，也就没有谁好意思把抱怨的话说出口，只好一个个在心里疯狂号叫，而后在现实世界里大汗淋漓地默默受苦。

似乎所有的剧组都喜欢赶些反季节的戏份，似乎不反季节不足以证实拍戏之苦之累之任性，简直不作死不舒服。

下了戏的演员们三三两两乱没形象地瘫在树荫底下，苏凭是很少出汗的体质，在弥漫着久久不散的汗臭味的剧组里，简直是一道亮丽而独特的风景线，他也的确是成精般的聪明上道，利用身份特权押送了十来台风扇过来救场，一时众人都觉得终于在暑气中勉强捡回了一条命，无不对苏凭感激涕零。

这其中倒是不包括乔雁。乔雁作为女主角，虽然咖位不够，待遇还是能跟上的，加上这部剧的女主角施音虽然境遇也比较坎坷，但贵为州侯之女，定位还比较亲切，起码每天都是穿着绫罗绸缎，钩心斗角的同时也不忘美美美，是以形象一直没拖过剧组的后腿。

不过她为人显然要比苏凭低调得多，苏凭刚结束和乔雁的对手戏，一个转身就发现乔雁已经跑没了影，在剧组转了一圈才发现乔雁靠坐在一棵树下的凉荫里，笑得像朵花儿一样，忍俊不禁地认真看着膝盖上摊着的——报纸。

"……没想到你业余爱好这么丰富？"苏凭惊叹地问，自动自发地凑过去看，"哦，八卦报纸……这是什么，'杨硕隔空为战友乔雁打气，秦菲表示净化娱乐圈风气刻不容缓'……"

苏凭单手捂眼："我都不好意思看了，他们两个这是在干什么？"

"在给我加油打气啊。"乔雁边看边笑，饶有兴致地屈指弹了弹报纸封面，"苏凭前辈不知道吧，你们轩霆目前是公众眼中最支持我的一家娱乐公司了。你看啊，你们家一哥在这儿和我拍戏，你们家二哥刚和我合作完，还有被同一个路数黑的同窗情意在，你们家向来不食人间烟火的小天后都给我捧场了，太感动了。你们公司原来还没放弃挖我过去吗？"

"这还是白天呢，怎么就开始做起梦来了？"苏凭朴实诚恳地回答她，两个人觉得好笑之余，又都有点不知道该不该笑的意味。最后还是苏凭拿过来报纸草草翻了翻，轻喷出声。

"太较真了，做戏为什么非要做足全套，也不给自己留条后路，以后万一打脸了可怎么办，也不嫌疼？"

"可能觉得我的胳膊力道不够大吧。"乔雁莞尔，似是而非地答了一句，甩了甩自己的胳膊，"其实我的麒麟臂都已经饥渴难耐了。"

"但为了那一天的到来，现在还是要忍。"

要忍，假装歌舞升平，配合着粉饰太平，就算是一波未平……

也只得直起身，咬着牙，继续前行。

所幸顾蜇声的剧组将闭封拍摄这条规矩一直执行得很严格，杨硕、秦菲这样义正词严占新闻版面的事情也不过是报纸上一排细密的铅字，看得烦了尽可以用报纸包个果皮杂物，毫不迟疑地扔进垃圾桶里。

在乔雁回组的这段时间，电影的进度简直赶得飞起。还是和往常一样，采取拍一会儿让演员思考一会儿的模式，却因为男女主角耗时的缩短，大段戏NG一次两次就能顺利通过，便极大加快了进度。

他们正在拍摄的这一场，是男女主角第二次分别前所见的最后一面。

他们的第一次分别是在凌彻率炎军攻打连州之前，在庭州境内，落难的年轻将军和身份神秘的美丽大夫，以治伤为联系，互相猜疑针对，却又不得不付出信任。施音武功不敌凌彻，那天没有走脱，不得不留在原处继续给凌彻医伤，朝夕相处之下渐渐熟悉，也渐生情愫。

卸去了铠甲刀锋的凌彻，本质上是个相当温柔随和的人，而施音柔弱妩媚的外表下，反倒有一颗坚定冷静的心，早知并不合适，明天也依旧不知该何去何从，喜欢的藤蔓却于无声处悄然滋长，无从察觉，也控制不住。

而在凌彻的伤终至渐好时，与伤病一同消失的，还有施音的身影。

于重重看押之下，一夜之间就人去屋空，她消失得蹊跷，也难免让人心生疑窦。每个知道施音存在的人，心中都多多少少积着些疑惑与忧虑，而这样的情绪在与施音重逢的时候，顿时全部化为惊诧。

她和连州侯有关系？！

她几乎等同于主动出现，时机地点也的确巧合得有些蹊跷。炎军再次收押了她，而这次也终于调查出了施音的身份。

琼州大臣的女儿，被送到连侯府上做妾。

这样的联姻，在诸侯之间并不少见，若是两方诸侯子女相互嫁娶，难免还要顾虑正室问题，而纳一个友邦大臣家的女儿则没什么关系。

施音月前本是离家出走，而今再过上几天就要嫁予连侯，却没想先是遇到了凌彻，后又被凌彻搅黄了婚事，在这乱世之下，出走的女儿想要回家谈何容易，她来到连州本还能当个吃穿不愁的小妾，却没想到被凌彻将事情搅了个彻底。

调查出这样的结果，凌彻本人也十分意外。这种说法太过蹊跷，也实在疑团重重，但若是真的就这么不管施音，任由她在这座城池中孤身漂泊……

温柔如凌彻，的确于心不忍。

"你说的话，我调查的事，可有半点能信？"彼时凌彻深深看向她，沉着理智地问。

施音笑了一下，而后带着一点高傲意味，冷淡地摇头。

"不用你信。"

然而凌彻最终还是将她留在了身边——连州素来多江湖人士，施音如此这般离家出走，已然触了连侯的怒气，凌彻在触到她手腕的瞬间，也不由得心底一惊。

她的手筋脚筋已经全部被人挑断，曾经一身不弱的功夫，如今尽数化为乌有。

即便如此，两人终究还是这般古怪又坚定地走到了一起。行军途中带一个身份不明的女子，长久下去终究惹人非议，在一个简陋的仪式下，红烛喜字，拜过高堂，洞房花烛夜里，施音抬手怔怔地抚上凌彻的脸，终究还是落下泪来。

"将军。"她垂下细密的羽睫，忽而又低声唤他。

"夫君……"

"凌郎。"

红烛残泪，灯影斑驳，摇曳的暗光下面，凌彻头抵在施音肩上，踏实地抱紧了她。施音仰起头来，一双眼睛里尚还淌着泪，星眸光泽却已经慢慢清冷又坚决。

她眼中一片清辉，带着施音的冷厉，也有乔雁的坚决。

像是心口憋着一股气，忍而不发，只能时机成熟，一瞬引燃。

顾蜇声的电影质量之高体现在很多方面，比如在影片中使用大量实景，而非用绿幕后期合成。第二次离别拍完之后，剧组取完了这里的景，全组前往下一个拍摄场地，终于在闭门拍了那么久的戏之后重见天日，短暂地出现在世人面前。

记者们闻风而动，激动地将"长枪短炮"对准了顾蜇声的剧组，成群结队地守在机场周围，以期能获得第一手的新闻。

而让他们都没想到的是，今天在机场的蹲点不仅等到了顾蜇声的剧组——

秦菲刚结束一个外地的演出，几乎和顾蜇声的剧组同一时间，出现在了机场。

顾蜇声的剧组里自然没人会去关注秦菲的行程，秦菲可能也没打探和自己无关的剧组动态。这样猝不及防的相遇，让两方都有些措手不及，就连迅速堆起的惊喜与高兴，都显得拙劣又刻意。

众人中率先反应过来的是苏凭，他的角色十分微妙，既是知情人又是旁观者，眼下见有热闹可看，打圆场都要比平时多卖几分力气。

"今天回来也不打声招呼？刚好错过了，想一起聚聚也没时间。"他笑着和秦菲寒暄。同为轩霆的艺人，苏凭的地位又实打实地高于秦菲，他既然已经主动开口打招呼，秦菲自然没有不给面子的道理——秦菲只得把一直看向另一边的头转过来，主动向剧组一行人走过来，脸上挂起客气的笑意。

"凭哥，顾导。"她向苏凭问了声好，又跟顾导打了个招呼，傲然地站在队伍最前，看都不看身后的剧组工作人员一眼，"这次转战去拍摄，什么时候回来？"

"快的话，再有半个月就能基本杀青回来了。"提到电影的问题，苏凭笑笑没有接话，由一旁的顾蜇声开了口。他向秦菲和善友好地点了点头，但也只回答了这一句，并没有再多寒暄。

场面一时间冷了下来，秦菲带着助理和经纪人站在一大群人的对面，闪光灯还在闪个不停，实在是有一点难以名状的尴尬。

秦菲略略皱眉，看向一旁的苏凭，却见苏凭不知道出于什么原因，只是在一边当着风度翩翩的背景板，并没有接话的意思。秦菲心中不悦，正待说上两句就离开的时候，一直冷眼旁观的乔雁，突然笑意盈盈地插进话来："秦师姐，好久不见！"

她原本和苏凭分站在顾蜇声的两边，秦菲过来时站在苏凭和顾蜇声中间，留给乔雁的是她的背影，这样的忽略都让人挑不出什么大的毛病。她们两个私底下什么关系，现在面临的是什么样的情况，彼此都心知肚明。

秦菲没想到乔雁会主动凑过来找不痛快，略略转身看向她时，眉峰扬起，脸上客套的笑意都尽数敛去，冷淡地冲她点了点头，连面子上的客气都懒得保持，根本没有接话。

但她向来面向媒体时都是这样一副不食人间烟火的清冷表情，能对苏凭如此和颜悦色，很大一部分原因是在同公司前辈面前实在不好太过无礼。是以旁观拍照的记者倒是没觉得有什么不对，苏凭却在此时突然插进她们两个的对话。

"师姐？"他似乎有些意外，看了看乔雁又看了看秦菲，"你们认识？"

"是啊，秦师姐和我之前在同一个公司，之前也一起合作过，一直很照顾我。"乔雁笑得温婉又单纯，甚至伸手亲昵地挽住了秦菲的胳膊，拉着她转身面向媒体，任由周遭的快门闪成一片。

"前几天秦师姐还在报纸上友情发声支援我，当时跟她说别为了我在这种时候公开发表意见，师姐到底没听我的，她这个人真是劝不住……如果师姐之前有什么话说得不当，希望记者朋友多多包涵，谢谢大家。"

她这番话说得真切又诚恳，之前一直对黑料事件的追问置之不理，现在倒是为了秦菲的事情主动站出来替人道歉。但这番话并没有得到媒体的热烈回应，记者们疑惑地相互看看，脑海中都浮现出前几天头版头条上秦菲接受的采访。

当时采访杨硕和秦菲时，因为两人都是轩霆的艺人，所以才一起排到了头条，也算是轩霆的一种表态。杨硕倒是有隔空为乔雁打气的语句，但秦菲在采访时只说了要净化娱乐圈的风气，对这次的话题其实并没有发表评论，更是从头到尾根本没提过"乔雁"这两个字。

乔雁是不是感谢错人了？

而且秦菲虽然之前的确在凯星待过一段时间，也是在凯星红起来的，但她走时乔雁都还没进公司，秦菲对老东家有那么念念不忘？

再说她今天对乔雁的态度也实在看不出有什么关系好的影子……

记者们一时都有些犹疑不定，疑惑地在乔雁和秦菲中间看来看去，但正好两人摆着的姿势的确适合拍照，便也就配合地拍了不少。两人停在原地都有一会儿了，此时不采访更待何时？善于把握时机的记者抓准机会，主动开口提问："乔雁小姐，这么说你和秦菲平时的关系很好了？能举些例子吗？"

"这个不方便举例子吧？不过我知道她很多别人不知道的事情倒是真的。"乔雁以一副不言自明的表情眨眨眼，挽着秦菲的胳膊轻飘飘地笑着继续，"秦师姐就是人很好啊，不光很照顾我，也很照顾莎娜姐呢。"

秦菲照顾李莎娜？

不少人甚至短暂地愣了一下，方才想起李莎娜现在已经是轩霆艺人的事情，一方面是她作为凯星一姐的时候的确被凯星大力培养，身上凯星的标签比较重，另一方面……

李莎娜来轩霆之后，自从半年前被提名了一次珠玉奖的"最佳女配角"之后，已经很久没有她的新消息了。

而且这个奖项，最终还是被秦菲狙击成功。

这种情况从事新闻媒体这一行的都心里有数，明显是李莎娜来轩霆之后反而有些被雪藏的意味。她在凯星时明明已经跻身二线，轩霆也没奢侈到将这样有稳定粉丝群的艺人置之不理。现在近半年没什么大动作，很多人自然明白，她这是得罪了某些人，压着她不让她起来。

轩霆既然已经把她挖来，自然不是为了雪藏她的。而以秦菲在轩霆的地位，想保这么个人还不容易？

但她显然没有。

许多记者反应过来，看向乔雁的眼神都带了莫名的怜悯。到底是新人，没什么城府，也没什么经验，秦菲明显没把她放在眼里，她还对秦菲这么掏心掏肺，真是傻得可以。

然而乔雁更傻的事情还在后头，她居然转头看向秦菲，高高兴兴地问："秦师姐，凯星状告《尖锋娱乐周刊》的案子确定了开庭时间，在两个月后。到时候你也来吧？有你在我安心一些。"

秦菲此时早已经反应过来乔雁打的是什么主意，她看着乔雁，唇边浮现出一抹讥嘲的轻笑，深深看着她，慢慢点了点头。

"可以。"

在秦菲点头的瞬间，两个人心中都雪亮一片。

这是一封由乔雁发起的战书，而现在，这封战书——秦菲已经正式接下。

两人又有模有样地寒暄了几句，而后各自道别，一方出机场，一方进安检。进了安检后没了记者的包围，众人也都各自散开，三三两两地找座位候机。乔雁坐在角落里，脱了鞋给自己的脚腕上药。

她拍戏受伤的事情一直都没被媒体拍到实料，外界传得真真假假，今天也是为了不把伤情主动暴露出来，她穿了高跟鞋过来，这一路走下来撑到现在，实在已经疼痛难忍。苏凭坐在另一边的沙发上，他起身扔东西，从乔雁身边经过，回来时不经意地看了眼她的脚。

"有必要吗？"他的嘴唇几乎没动，既轻且快地问了这四个字。

"有必要啊。"乔雁低头给自己的脚上药，在苏凭侧身的遮挡下，无人发现他们在进行这样简短的低声交流。

"虽然现在挑战她的确有点勉强，但今天遇到了就是天意，我要是退了，对不起这段时间以来一瘸一拐的日子，也对不起这三年来她对我随心所欲的打压，更对不起她在报纸上说的那番事不关己高高挂起的话。

"我从来不怕以站着跪着躺着等一切姿势死在战场上，技不如人我向来自认倒霉。

"我只怕有朝一日有把这些巴掌打回来的机会，我却手软留有余力，那才是真的丢人。"

《初相见》剧组新的拍摄地点，在一个少数民族聚集的山里。

这里植被丰富，原生态被保护得很好，正适合顾蜚声取一段电影中的景。剧组在一个事先联系好的小村中歇脚，但他们来的不是时候，这两天正好是这个民族的一个小型节日，各家各户都挂上了传统的庆祝饰品，这些被拍进电影里着实违和。

这里的通信不是很方便，手机信号极弱，沟通时便不是很顺畅，严格说起来现在的局面也怪不得谁。顾蜚声不是很严厉的人，因为前段时间苏凭和乔雁神一样的赶戏速度，现在剧组的拍摄进度也不是很紧张，便大手一挥，宣布剧组放假两天。

乔雁跟顾蜚声告了假，问明了另一个村的路线，在正好要去那里走亲戚的当地人带领下，前往这座山里的另一个山村。

直线距离来讲，两个地方离得不远，但山路不太好走，乔雁的脚又比较吃力，两人走走停停，到另一个村时已经太阳落山。

橙色的晕光将天边染上了一层温暖的烛火色，小村里传出悠扬的乐器声。声音很特别，带着些呜呜咽咽的悠长，乔雁听不太出来调子来自哪种乐器，却还是循着乐声找了过去。

她在一扇敞着的门前停下脚步，落日的余晖将吹着乐器的老人身影拉得很长，穆庭坐在另一边的板凳上侧着头，手里拿着录音机，听得很专注。

她隔着不远不近的距离看着穆庭，想了想便掏出手机将这一幕照了下来。穆庭余光感觉有人经过，漫不经心地侧睥看了一眼。

而后他狠狠地吃了一惊，马上站起身来，错愕地看着仿佛从天而降的乔雁，嘴张了好几次，感觉自己有点混乱，一时说不出话来。

而乔雁在老人的一曲终了之后才向他走过来，站在他面前时也有些局促，却还是带着温暖的笑容，对他眨了眨眼。

"突然想看看你。"她说。

在迟归的暮色中，斑驳的矮墙下，他们两相对望。

不远处传来女人呼唤孩子回家吃饭的声音，尾调稍稍扬起，回荡在不大的小村庄里，悠长又静谧。穆庭低头，重新坐下来，按下录音机的停止键，向老人做了个道谢的手势，拉过旁边空着的小板凳，冲乔雁招手。

星光的加冕 上

226

"过来坐会儿，你脚行不行就到处乱跑，真不让人省心。"

乔雁莞尔，从善如流地过去坐下，和穆庭并肩靠坐在老人面前，和老人一起看着穆庭按下录音机的重播键，拿出纸和笔，边听边仔细地写谱子。

她和老人都看不懂穆庭誊写的东西，小村庄也到了饭点，很快老人便被家人请回去吃饭，只剩下乔雁坐在穆庭旁边，托着腮，认真地看他在纸上仔细地写下一个个沉静的音符。

中途商晨晃过来一次，见到她时张大了嘴，一副"天哪，这个世界怎么了"的惊悚表情，乔雁友好地冲他挥了挥手，他满脸悲愤地瞪了她一眼，在乔雁莫名其妙的无辜注视中背起自己的吉他躲远了。

电灯泡谁愿意做啊？商晨边走边翻白眼，而且穆庭还把他刚才坐着的凳子拉给乔雁坐了，这个见色忘友的人，现在怎么还没到天凉了烧脱团狗取暖的季节啊？！

那头又过了一会儿，一遍录音放到尾声，穆庭按下暂停键，侧过头来看她。

他背着光坐着，衬得眸色极深，两人靠坐在一起，中间是触手可及的距离，乔雁垂下眼睫，听见穆庭的声音在离她很近的地方响起，语气其实算不上柔软，但在这样静谧的黄昏之下，像是与夕光晚风一起萦绕在耳边的低语，莫名带着些说不清道不明的缱绻温情。

"一直听说你们剧组要出来取景，没想到也是在这里。不过你怎么知道我在这儿的？"穆庭有点意外地问她，乔雁笑着耸耸肩，把手机掏出来，点开朋友圈给他看。

"两天前看到商晨的动态，显示的坐标是在这里，他还配了几张图，在其中一张里面看到你了。"

自从上次穆庭来医院看她，两人见过一面过后，又有段时间没有彼此的消息了。穆庭人比较张扬直接，作风却堪称低调，任何社交软件里都不怎么更新自己的动态，乔雁也不是热衷社交软件的人，在剧组许多事情也不便泄露，一时也就这么几乎没了联系。

最后她还是从穆庭工作室其他人的朋友圈里看到了穆庭的最近去向——在看完她的第二天下午，他就和商晨收拾东西，去了南方的少数民族聚居地。

两个人游走在各种信号不好的山区，偶尔更新一点照片和位置，每次都会瘦一点黑一点，背景总是各种各样奇怪的地方，商晨兴致盎然地比着"V"字，穆庭则多在一边高冷地看着他，眼中满是鄙视。

据说工作室的下张专辑要尝试加一些民族元素，几个主创总觉得市面流行的都不地道，讨论到最后竟然不惜生生将穆庭爆满的档期空出一个多月，就为了亲身实地去采集些真材实料。

乔雁敬业，穆庭更甚，两个人在不同的地方各自打拼，想起来其实并不觉得失落，但发现有这样见面的可能之后，乔雁还是不惜走上小半天陌生的山路，也要过来碰碰运气。

所幸她运气不算太差。

乔雁点开其中一张大图，促狭地抬头看了穆庭一眼："这么好的构图，全被你这神来一蹲给破坏了，毫无形象可言，你这是在释放真我吗？"

"那天跟着当地人去了趟山里，来回走一趟将近一天，太累了就蹲会儿……这难道不是只能看出商晨猥琐的心吗？我那么多帅爆了的角度，他就挑了张姿势最意外的拍，这么拍照活该孤独一生。"穆庭不满，挥挥手眼都不眨地一秒切换自吹自擂模式，乔雁边听边忍不住笑，穆庭也不管她，说到最后却停了停，瞪了她一眼，语气中带上了点责备。

"既然都看朋友圈了，肯定知道我们俩最近一直随走随停，没个固定的地方。两天前在这儿，现在要是走了呢？这么冒冒失失地跑过来，也不提前说一声，拍戏拍傻了啊？"

"没有没有，其实也就是来碰碰运气而已。"乔雁坐在低矮的板凳上，长长地伸了个懒腰，抬头看向天边绯色的云彩，"这两天顾导给我们放了假休整，要是碰不到你，就当来这边旅游放松了，这里也挺美的，绿得真好看。"

"就是几排平房而已，没空调没电扇，只有蚊子最多，我这儿有花露水，等会儿天黑下来你涂一点。"穆庭啧啧两声，对她的话很是不赞同地摇头，"树和天哪儿没有，眼界要放宽一点，别这么容易满足！这儿要没我在，哪算什么风景啊？"

这人的自恋也是久经考验的，乔雁眨眨眼，一个没忍住，还是笑了出来。

她还记得保持礼貌，嘲笑穆庭的时候稍稍偏过头去，只留给穆庭一个带着深深梨涡的侧脸。穆庭看了她一会儿，转眼看向别处。

嘴角浅淡而真实的笑意却无论如何也遮不住，只好掩饰性地抬手抵在唇边，低低地咳了两声。

带乔雁过来的当地人第二天便要回去，后天剧组就要正式开机拍摄，的确也该赶紧折返。乔雁起了个大早，按计划和当地人一同回去，早上和当地人一起出村的时候，穆庭已经坐在村口。

"你来啦！"乔雁高兴地说。穆庭见她过来后站起身，走到乔雁旁边，低头看了眼她的脚。

"送送你们。"穆庭跟当地人客气地打了个招呼，回头看了眼乔雁，"山路不好走，怕你脚撑不住，我背你过去吧，能背一段是一段。"

乔雁愕然："我挺重的……"

"情郎哦？"当地人看出点端倪，笑着问乔雁。

"所以我没说背你到终点，能背到哪儿我也不知道。"穆庭嫌她啰唆，屈了下膝示意她赶紧上来，"别废话了，快点上来，情郎背你过去。"

这个称呼能用来自称吗？！乔雁双颊生晕，但她很快发现只有她自己在脸红，为免被人当作矫情，只好趴上穆庭的背。

"……背不动了赶快放我下来啊。"乔雁低声说。

"嗯。"穆庭含糊地应了一声，背起她，跟在当地人的后面，慢慢向剧组驻扎的村庄方向走。

山路不算好走，但好在还是有那么一条大路的，不需要穿山越岭，就是绕远了一点。穆庭体力不错，和商晨两个人到处跑，没少背器材行李，也就这么平稳地背着乔雁走着。

乔雁趴在穆庭背上，几次觉得不好意思，想说自己的脚其实已经差不多没问题了，机场还上演过高跟鞋连续作战，话到嘴边却又犹豫着咽了回去。

只有无所依靠的人才会不得不要强独立起来，因为没人能够遮风挡雨，所以才要拼了命地撑下去。她以前从没被人这么背过，很难形容现在这样被人妥帖保护珍重着的感觉，一定要形容的话——是一种让人觉得可以任性妄为的踏实。

山间的清晨一片清新，朝雾还没彻底散尽，走得久了，衣襟发梢间都有湿漉漉的感觉。穆庭背着她往前走，嘴里轻声哼着不知名的调子。乔雁留心听了一下，觉得有点像是昨晚听到的声音，想了想开口问他："你哼的是什么？感觉有点耳熟。"

"当地人的民歌，你昨天刚听过的。"穆庭回答，将她往上提了提，"大意就是……嗯，猪八戒背媳妇吧。"

"太子爷你是猪八戒啊？"乔雁笑着问他。

穆庭也笑了一下，却不接话，又往前走了一会儿，突然开口回她："你要是媳妇的话，那我就是吧。"

乔雁怔了一下，随即默默转开脸。当地人带着淳朴善良的笑容看向他们，乔雁不好意思地回以笑容，想了想，将头搁在穆庭的肩膀上趴着，在他耳边低语："那你别放下呀。"

穆庭的脚步顿了一下，而后嘴里又开始哼起不知名的曲子，这次倒是换了首更轻快的，不知是他在哪里学来的民歌调子。乔雁安稳地趴在他的背上，两人沿着山路摇摇晃晃地向前走，一时都没有说话，个中滋味，早已不言心明。

等到了剧组所在的村庄，天色已经彻底亮了。穆庭在离村庄还有一小段路的时候将乔雁放了下来，看了一眼几分钟后就能抵达的村庄，转头和乔雁道别。

"我不方便出现对吧？"他问乔雁，乔雁迟疑了一下，他便示意乔雁抓紧时间自己过去，"赶快回去吧，还可以补个觉。我昨天找了个信号好的地方刷了下最近的新闻，你动作不小啊。"

他顿了一下，朝乔雁挥了挥手，而后转过身。

"过程做得很好，为了有个满意的结果，还要继续努力。"

"我知道。"乔雁莞尔，也朝他挥了挥手，"你也一样。"

他们在寡淡的天光里利落地道别，而后各自转身，向着自己的战场继续迈进。

背向而行，却渐行渐近。

拍戏的日子总是过得喧闹又鲜活，像是一卷倍速播放的胶片，许多事情走马灯一般一闪而过，不知不觉也就放映到了尽头。

他们在这个与世隔绝的偏僻深山里完成了《初相见》最后的拍摄工作，在层层叠叠插叙倒叙的铺垫补充之下，随着施音与凌彻的第二次分别，这部电影终于揭开了所有迷雾与面纱，将整个故事清晰地呈现在了观众面前。

施音并非什么琼州贵族之女，而是琼州侯聪颖而不受宠的女儿。琼州与庭州一水相隔，庭州被炎州的铁骑踏破，琼侯心知肚明自己早晚也是炎州的猎物，走投无路之下决定碰碰运气，游说了连州侯，搭上了自己女儿，妄想着或许杀了炎军的头领，就能继续这么颤颤巍巍地坐拥这一片丰饶河山百十年。

然而这样一厢情愿的美梦，终将被现实无情敲醒。

施音出色地完成了自己的任务，她调换了一封至关重要的密信，调制了一杯绵柔剜骨的毒酒。这封密信让炎军受到了一次重创，粮草几乎被尽数销毁，不得不原地休整等待一轮漫长的补给。这杯毒酒，她唤着凌彻的名字，与他分而饮尽，各自煎熬，最后都被从鬼门关里救了回来，醒来时她便已经躺在了琼州侯府的闺床上。

这样也没什么不对，她站在城墙上看着云霭沉重的苍穹淡淡地想，就让那个属于凌彻的施音在凌彻心里彻底死去，这样对谁都好。

此时她身披战甲站在琼州的所有百姓面前，实行完父亲异想天开的计划之后，这方圆千里的土地依旧呈现在她的面前。琼侯志大才疏，截断炎州粮草只不过一时拖延之计，眼下战火重燃，他却已经因为这一而再再而三的紧张与提心吊胆，彻底失去了与之对抗的勇气，而今逃避般地生了场大病，就此一病不起。

琼侯本便子嗣不丰，朝臣更是贪生怕死，眼下死的死逃的逃，还有的直接叛变投靠了炎军，一时间所有人只得无可奈何又蛮不讲理地将最后的希望悉数压在了她的肩头，不顾她手筋脚筋俱断的残破身躯，强迫她站在所有人的前面，撑住这一片摇摇欲坠的苍天。

她其实早有此番觉悟，只是难免觉得疲惫。

无论是谁，单凭一个人都无法左右命运洪流的滔滔之势，琼州兵败如山倒，被炎军兵临城下也不过是几天的事。她与凌彻作为两方主帅分立众人最前，城上城下，遥遥相对。凌彻看她的眼神晦涩难明，终究在最后，慢慢朝她伸出手。

"阿音，下来。"

最后，她选择朝他露出一个眉目疏淡的笑，不喜不悲，敛睫莞尔。在城门被攻陷的那刻，她从城墙上决绝跃下。

凌彻的手在半空中顿了很久，终于慢慢收了回来。

这是代价，她该知晓。

他早该知晓。

"Cut!"在他们演完最后一幕戏后，顾蜇声喊了停，将刚才的画面回放了两遍，在剧组众人屏气凝神的注视中慢慢站起身，停了两秒钟，终于露出了一个温和的笑意。

"《初相见》剧组，正式杀青了。"

众人都有些反应不过来地稍微愣了一下，随着一声不知何处传来的按捺不住的欢呼，整个剧组终于开始了迟来的沸腾。杀青就是这么一件会让人高兴到失态的事情，长久的筹划，数月的努力，无论是演员还是工作人员，都为了将这个最后的成品打造得更加出色而费尽心血。

而最终成品的质量如何，反响如何，即将交由市场与评委共同检验，而且这个即将绝不会太久——他们按时杀青，接下来马上就是紧锣密鼓的后期制作过程。

因为顾蜇声坚持实景拍摄，这又是部古装剧，特效与后期的任务本来没那么繁重，但因为这部影片要送去评奖，所以很赶时间，演员们忙过之后，这部影片还要继续快而扎实地打磨成型。

但不管怎么说，杀青都绝对是一件值得庆祝的事情。剧组人员在山里就地取材，居然真的折腾出了一顿还算丰盛的大餐，加上当地人送来的自酿美酒，杀青宴也颇有些令人难忘的别开生面。

顾蜇声虽然平时精神矍铄，但毕竟年龄已经不小，乔雁有点放心不下，趁着众人四处走动玩乐的时候关注着顾蜇声的动向。她找到顾蜇声时却发现对方显然精神颇佳，端着一小杯酒不时抿上一下，苏凭坐在一边，神情同样安适悠闲。

"你也来了？"苏凭很快发现了溜过来的乔雁，兴致盎然地冲她招了招手，"醉没醉，没醉来说会儿话？"

"好啊。"乔雁莞尔，从善如流应下，坐到顾蜇声的另一边，三个人排成排坐在一处呆看着缺了一半的月亮。顾蜇声看看左右两个年轻人，笑着摇了摇头。

"你们的好意我都心领了，快去和他们一起玩吧，陪我这个糟老头子看什么月亮，我没事。不过这次到这边，身体的确是感觉有点吃不消了……人真是不服老不行。"

"你们两个演得都很好，都很有前途。你们能和这部电影相遇，我很高兴，如果这次能拿奖的话，我也就算没什么遗憾了，就以这部做我的收尾吧。"

"顾导……"乔雁怔了一下，急忙转过头去，却见苏凭也同时转过头来，顿了顿，而后就对顾蜚声笑着点了点头。

"成，顾导，你就看我和乔雁的吧，没问题的。"

乔雁探究地看了苏凭一眼，后者不搭理她，专心保持着自己的一脸高深莫测。乔雁想了想，也明白过来苏凭的意思，微笑着同样点了点头。

顾蜚声的身体的确一日不如一日，如果这次真的能圆了他的遗憾，那么就在此刻画上圆满的句号，的确是好事一桩。

更重要的是，她这次在剧组的拍摄过程中，受了苏凭很多明里暗里的照顾，真正感受到有一个心胸宽广的影帝带路能少走多少弯路，这样的待遇她也是头一次有，自己心中有数，对苏凭是真心实意的尊重与高于水平值的相信。

被秦菲、杨硕等人排挤，她只当是圈中既定规则，会采取行动，但不会怨天尤人，也不会太过在意，而在得到这样来自前辈的无私关照时——她记在心里，永远感激。

他们在原地休整了两天后便全员返程，踏出这个远离纷争的清净之地，回到纷纷扰扰的繁华名利场中。另一场没有硝烟的战争，已经进行到最终决战的时刻。

在黑料风波将整个娱乐圈搅得翻天覆地将近两个月的时候，双方都已经没有什么新的证据与定论，只等谁来为这场旷日持久的战争画上一个休止符。

凯星公司选择以法律手段捍卫公平公正，在乔雁从剧组杀青回来一个月之后，这场万众瞩目的官司，终于在所有人的监督与注目中，正式开庭。

乔雁与罗铭作为原告方，与舒丽共同出庭。杨硕没有前来，虽然凯星希望他出席。倒是穆庭居然也真的把曾经的戏言变为事实，果真带着几个艺人来旁听。

而当秦菲出现在旁听席上时，记者们都有些按捺不住地骚动起来。

因为双方都是娱乐圈内人士，又是以诽谤这样的罪名起诉，这场官司说是万众瞩目毫不为过，鉴于事件的特殊性，这次开庭也是一场公开审理，邀请了记者列席。

整个庭审中，乔雁坐在原告席，神情平静，波澜不惊，在全程的唇枪舌剑中无动于衷，直到最后的宣判结果出来时，才终于露出第一个笑容。

这场官司，凯星赢了。

尖锋娱乐的诽谤罪成立，这样的结果，不仅实打实地证明了乔雁的清白，更加给诸多为吸引眼球没有下限的无良媒体敲响了警钟。乔雁本人硬气，绝非那种被造谣后只会哭和抗议的软柿子，凯星则更是宠着自家一姐，这样复杂耗精力的官司也硬是打了下来。

一时间许多人都对乔雁和凯星有了新的认识，庭审结束后，乔雁越过罗铭和舒丽走在最前，直面所有呼啸而至的镜头和话筒，在铺天盖地的提问中笑了笑，柳眉轻扬，只说了一句话："再有这样的事情，这种官司我还是会打。下一次，不光追究娱乐媒体的责任，究竟谁在背后筹划一切，我们到时，正面较量。"

她眸光流转间的傲气与锋利，直到这时才终于暴露在所有人面前。许多人愕然于印象中温柔亲和的乔雁竟是这般棱角分明的性格，更多人则被她这一刻的凛冽帅得尖叫不已，极少数人则因她话中的深意陷入了揣测之中。

而只有秦菲知道，判决结果下来时乔雁转过头来看向她，锋利而冷淡，眼底却依旧波澜不惊。

那又如何？秦菲垂下眼睫，低低笑了一声，越过记者的重重包围，独自离去。

那之后的相当一段时间，娱乐版面都再次被乔雁攻陷占领。

法院宣判结果这样铿锵有力的证据一出，所有人都只能不甘不愿地闭了嘴。《尖锋娱乐周刊》的打脸头条被广泛转发流传，许多人从乔雁被黑开始关注这件事，一直关注到今天彻底大反转，对乔雁的好感度在经历一个低谷后重回最高值，她比《侠义千金》播出时人气更甚数倍。

她终于彻头彻尾红了，也终于红得有了根基。而没过多久，乔雁又带着她的新电影，再次霸占了众人的视线——《初相见》在暑假档的末尾，正式全国上映。

首映日一天天逼近，所有人都兴致勃勃地讨论着这部电影与它背后的故事，而乔雁在电影上映的前一天，突然接到了顾蜚声的电话。

"乔雁？"顾蜚声的话透过听筒传来，带着些沙沙的响，"刚收到个消息，想了一下，觉得你作为主演有知情权，还是应该告诉你……"

"《初相见》冲击金谭奖失败了，名单已经确定，这部电影没有入围。"

乔雁呆立在原地，这些日子以来打赢了官司洗清了名誉的喜悦突然荡然无存。

她做好了很多事情，但作为一个演员，这一场战斗，她输得彻底。

隔天《初相见》上映，乔雁还是去看了电影。

午夜场本就比较冷清，她坐在角落，以一个旁观者的视角仔细审视着自己的表演，她看出了进步，也看出了不足，心里想了很多种落选的理由。

然而电影放到最后，演员表出来的那一刻，她看着自己排在演员表第一位的名字，终于还是抬手抹了下眼角。

却不料，这一抹就没能停得下来，看电影的观众都散了，她一个人在深夜里对着泛着冷光还在闪动名字的电影屏幕，狼狈地擦着眼泪，在无人知晓的角落里，泣不成声。

悦讀紀　憧憬美好
　　　　　相信爱情
ENJOY READING ERA

星光的加冕 下

深浅叙 著

青岛出版社
QINGDAO PUBLISHING HOUSE

第十一章
争分夺秒

　　凯星娱乐的前台姑娘今天也很烦恼。

　　就在刚刚，她签收了今天送到公司的第二波快递，数量众多，她拿着笔把快递单一张一张签过去，感觉已经快要不认识自己重复签下的那几个字了。快递小哥走了之后，前台姑娘把小山一样的东西分了一下，挑拣出几件属于公司员工的包裹，剩下的绝大部分则和上一波一样，全都送进了一个大房间里——这个房间目前堆着的，是全国各地的粉丝送给乔雁的礼物。

　　明星平时出现在公众场合，就算当时有粉丝环绕在侧，基本也都会按规定拒绝粉丝亲手送上的礼物，一方面是怕开了这个先河引发粉丝的攀比之风，另一方面也是为了安全着想。

　　但如果有粉丝把礼物直接寄到公司来，这就比较难以拒绝，公司旗下的艺人一般数量众多，或多或少总会有些支持者，这样一来公司每天收到的礼物数量就颇为可观，显然也不可能一个个对照着地址专门寄回去，只好为这些礼物专门准备屋子，以便隔一段时间集中处理。

　　以前这样的情况在凯星还不算严重，一是艺人少，二是不够红，一个月总共收到的礼物都堆不满一间屋子，这也就不算是什么值得关注的事情。但最近随着《侠义千金》与《初相见》的接连播出，乔雁在大起大落之后终于彻底走红，粉丝寄给她的礼物也就多了起来，公司最近甚至不得不为其单独准备一间更大的房间放置礼物，前台姑娘每天签快递签得幸福又辛苦。

继《侠义千金》集均收视率全国网稳定破2，大结局收视率成功破3之后，和尖锋娱乐打官司的胜利让乔雁一夜之间实现由黑变红的惊天逆转，而没过多久《初相见》在炎热的暑期档火爆上映，以两天票房破亿的惊人速度，刷新了电影除苏凭之外所有主创的票房纪录。

业内原本知道《初相见》落选金谭奖的人不在少数，各有各的渠道，这样的消息无论如何都瞒不住，然而甚至还没有人来得及组织好语言，好好发出点奚落嘲笑的声音，紧随其后统计出的电影票房，就让他们迅速闭嘴，错愕得哑口无言。

这居然是一部极为卖座的电影，而且口碑极好，各方评价近乎完美，没能入选金谭奖是它的唯一遗憾，然而瑕不掩瑜。

这也是顾蜚声拍摄的电影中最为卖座的一部，顾蜚声对于乔雁的启用不但没砸了他自己的招牌，反而成就了他执导至今第一部票房口碑都几乎登顶的作品。顾蜚声性格淡泊，加之一身老派风骨，从没拍过商业电影，也是第一次赚了这么多票房，这让电影的投资方意外错愕之下欣喜若狂。

投资顾蜚声的电影，就要有赚不了多少甚至会赔钱的意识，顾蜚声的电影几乎是清一色的情怀片，拿了奖就能平本，拿不了就血本无归，投资方肯投资顾蜚声的电影，绝大部分都是对顾蜚声本人真心实意的喜欢与尊敬。

眼下这部《初相见》中顾蜚声同样没少抒发情怀，家国爱恨一个不少，最后却和往日的结果大相径庭，深究原因，无非是一流剧本、一流制作班底加上一流演员，各方面都足够天时地利人和。

苏凭的实力早已无需证明，这却是乔雁的一个重要翻身仗，她拍《侠义千金》红起来也不过是最近的事情，《初相见》是她的第一部大荧幕作品，处女作就能和苏凭配合得不落下风，的确极为罕见，如今她不光在公众心中是毋庸置疑的实力派，也终于在此时靠着扎实到位的演技，正式入了所有导演编剧的眼。

当然，除了这些专业与长久的深远影响之外，还有一些比较应激但是不容忽视的附带风气开始盛行，大波经历了黑转粉、路转粉、粉转死忠粉的粉丝争先恐后地向她送礼物是其中一点，而另一点……

苏凭和乔雁在电影里真的好般配啊！举手投足间缠绵悱恻啊！苏凭演了多少年

的戏，和他这么般配的女演员还是第一次见啊！

这是个很微妙的事情，一般来说男女主角之间总会有上那么一点。但之前能和苏凭搭上戏的女演员基本已经很有高度，本身有一批粉丝，很多还名花有主，加上从来没有剧组刻意推动，是以一直没能形成大势，但这次和乔雁对戏下来，效果却的确和以往有着明显不同，容不得旁人视而不见。

首先就是电影是以悲剧收场，本身便会触动一些观众希望看到另一种终成眷属的某种情结，再有男未婚女未嫁，年龄登对，性格般配，看电影的宣传采访又私交颇好。

最后再加上苏凭够帅，乔雁也够美，而且颜值是男女都比较有好感的类型，光看脸也算颇为般配，颜控的世界就是这么耿直。

诸多因素之下，难免一不小心就形成了轰轰烈烈的粉丝群，还有一批人小心而紧张地徘徊在入坑边缘，等着看这份推荐有没有售后。

而除了这些人之外，还有一大批人心里开始觉得不是滋味了。

我们家太子爷都在媒体面前放话告白了，前段时间力证清白我们家也算是出了大力，怎么到头来人红了就跟了别人？！虽然我们到现在对乔雁心里还是拒绝的，但这人怎么在我们还没考虑好的时候就跑去和别人玩去了啊？！回头看看我们家痴情一片的太子爷啊，气！

是的，乔雁虽然已经成功摆脱了黑料与官司的话题纠缠，但身上没几个话题简直没法在这个飞一样更新换代的圈子里生存，在其他的话题都被推翻之后，在黑料事件中一直被隐隐压了一头的桃色绯闻，顿时就如雨后春笋般纷纷冒了出来。

乔雁感情史清白，上学期间没谈过恋爱，没红时也没交过男友，是以现在的绯闻都围绕着穆庭和苏凭展开。一个已经当着公众的面公然表示了对她的爱慕，另一个虽然没有，但谁知道私底下究竟有没有呢？想想又没什么问题，大多数人都这么安慰自己，然后想着想着，就把自己的猜测当了真。

对于这种事情，乔雁和苏凭当然都不至于心里有什么想法，他们通过一次电话，很朴实地互相嘲笑了一下对方，表达了一下对于群众双眼不够雪亮强行凑对的扼腕叹息。对于这件事，他们也算通过了气，两方公司都没有做任何回应。

太过正式地辟谣自然不好，不过放任自流似乎也不是那么回事。乔雁坐在罗铭的办公室里，心里有准备罗铭和舒丽对于这件事会有应对，不过他们拿出的应对方案还是让她愣了一下。

"真人秀？"乔雁茫然地重复了一遍，低头翻着电视台送来的邀请函。近几年来随着观众对于了解明星真实另一面的诉求，真人秀也一年比一年火爆，向乔雁发来邀请的是当初播放《侠义千金》的电视台，乔雁也算是从他们那里走出去的当红艺人，双方保持着良好的合作关系，如果一定要参加一档综艺节目的话，这个真人秀显然是最佳选择。

"嗯，你现在演技已经广受认可，上综艺就是再一次大幅度提升人气的最好选择，也能让公众从单调的绯闻事件中转移注意力，怎么想都没坏处。"舒丽向她开口解释了一下，看神情显然对她十分放心。

"你这样的性格上真人秀没有任何问题，这档真人秀为了吸引收视，主打的是真实牌，所以公司这边事先也没有收到什么提示，只知道是四男两女，其他的还在询问，如果你答应的话我们就接下，把这个季度的档期空出来。"

"倒不是不可以……"乔雁点点头，又迟疑了一下，"那还能接新戏吗？"

舒丽是知道乔雁磨炼演技的想法的，从一个经纪人的角度考量了一下，而后严谨地回答："接新戏的话时间会比较紧，而且最近没有名导的拍摄计划，随便演一部也不见得能磨炼演技，搞不好更会两边都搞砸，最好还是不要这样。"

"嗯……"乔雁慢慢点头，神色间还是有点不甘心。她也没觉得自己演技很差，只是金谭奖没能入选的确给了她很大触动，唯恐一日松懈下来就会在演员这项本职工作上做得有所不足，是以摩挲着邀请函的封面又沉默了一会儿，忽而眼睛一亮，倏地抬起头来。

"那我接部周播剧呢？"

周播剧？罗铭和舒丽对视一眼，舒丽思考片刻，点点头肯定她这个想法。

"时间理论上可以，如果你坚持的话，我去给你联系。"

半个月之后，在外界的议论纷纷与各种猜测中，朝华卫视新推出的大型明星互动真人秀《终极战斗》低调地开始了首期节目录制。

参与节目的四男二女已经全部入住酒店，但相互都还不知道其他参与人员究竟是谁。镜头与机位全面就位，在画面的录制中，第一位成员出现在了镜头之中。

苏凭。

现在是凌晨五点，大部分人还沉浸在悠长的睡眠之中，苏凭却已经醒了过来，发现桌上的任务卡后穿戴整齐，兴致盎然地按照房间号提示去找其他人。

任务卡上写明了如果在早上就有人能在两名其他成员身上贴好标签的话，则三人将组为一队，另三人被动归为一队。主动组队的一组可以享受较好的条件，队长拥有特权。

有便宜谁不占，苏凭心安理得地用剧组提供的房卡刷开了一个房间的门，推门而入时却略略怔了一下。

穆庭同样穿戴整齐地坐在沙发上，有一下没一下地抛着自己的任务卡。见苏凭无声推门进来，两人对视几秒钟，各自都心照不宣地笑了一下。

"看来就是你了，分头行动？"穆庭站起身活动了一下关节，朝门口走去。

"分头行动。"苏凭笑笑，点头同意穆庭不同组的说法，侧身让开门的位置，在穆庭经过时不动声色地抬起右手。

然后被穆庭按了一下。

"规矩我懂。"穆庭走出门口，冲还站在门里面的苏凭扬了扬眉，"再见。"

绕过拐角之后，苏凭的身影就看不见了。穆庭下了层楼，按照任务卡上的房间号提示找到了另一个成员的房间，刷门卡走了进去。

这个套间里的人显然还没醒，客房里床上的被子鼓起来一块，露出长长的头发，显然是个姑娘，并且睡得正香。穆庭随后也发现了床上人的性别，失望地放下手里装了水的杯子——任务卡上没有这个选项，但他原本打算使点坏，然后把锅推到剧组身上。

不过是个女艺人的话，这么做显然就不厚道了。穆庭只在手上涂好了剧组要求的显示被捕捉的粉末，把粉末抹到对方身上就算成功。穆庭无声接近，而后猛地揭开被子，手也随之拍了上去——与此同时，被掀开被子的姑娘骤然惊醒，下意识地抬手挥舞了一下。

穆庭看着不小心反蹭到自己身上的白色粉末，又看看一脸惊吓的乔雁。

乔雁惊魂未定："怎么了，出什么事了，你干什么？"

穆庭转头问跟拍的工作人员："这算吗？"

工作人员怜悯地看他一眼，忍着笑点了点头："算。"

"……哦。"

于是他转向从床上坐起身，依然惊魂未定的乔雁，面无表情地宣布："我被你捕获了。"

乔雁盯着穆庭看了一会儿。

她的脸色十分微妙，非常明显地露出了"你今天出门忘吃药了吗"和"你肯定是在逗我"的传神表情。穆庭眉角跳了跳，在旁边找了找，从小几上拿过乔雁的任务卡塞到她手里，自己则特别不见外地往床边上一坐，跷起二郎腿无聊地四处张望。

"任务在这儿呢，看一下就知道了。我今天也是流年不利，倒霉……啧。"

乔雁没接他的话，刚才骤然被惊醒时她的确是被穆庭吓了一跳，不过很快也便回想起她正在参与真人秀节目录制的事。现今真人秀节目扎堆，观众对节目的要求也相应越来越高，各档节目也在努力向越来越写实的风格靠拢，力求在屏幕上还原明星真实又讨喜的一面。

可能正是基于这个因素，这档节目之前的保密工作做得相当出色。凯星在和电视台进行后续商谈时，电视台提的报酬倒是越来越丰厚，但口风却也一直守得很紧，凯星到最后都没能问出其他五个参与嘉宾究竟是谁，不过电视台保证会避免尴尬事件的发生。舒丽多方权衡之下，问过乔雁的意见后，也就答应了下来。

反正每期节目的录制时间也不过是两天一夜，就算其他五个人里有不太对付的其实也无所谓，都是这个圈子里摸爬滚打出头的，逢场作戏谁不会？

乔雁一开始的确没想到，穆庭居然也参加了这个节目。虽然她和穆庭的关系已经比较明朗，基本称得上是万事俱备只差名分，但到底还是隔着一层，平常并不会把自己的私人空间互相分享，两人工作的交集也不是很多，也就这么阴错阳差地没有事先知晓。

不过知不知情也不太重要，乔雁看完任务卡后了然地点了点头，看了旁边的穆庭一眼。

然后，又看了一眼。

"嗯？看我干吗？"穆庭被她看得莫名其妙，低头在自己身上检查了一圈，见没什么问题才抬起头来，"怎么了，我哪里不对吗，你要退货啊？"

"不是。"旁边的工作人员还在敬业地继续拍摄，嘉宾之间的互动显然是拍摄重点，无伤大雅的事不好直接跟工作人员说不要拍，穆庭不得要领，乔雁只得直接开口赶人。

"你还不出去啊？"她无奈地问穆庭。

"我为什么要出去？"穆庭一头雾水。

"我换衣服。"

穆庭："哦。"

乔雁目送穆庭在卡了三秒后镇定自若地起身，带着所有工作人员一起出门，还把房间门贴心地给她带好，这才笑着摇了摇头，起身开始穿衣洗漱。

刚才穆庭身上的尴尬简直要实体化了……她居然还觉得有点萌，跟穆庭相处得久了，她的萌点简直不知道究竟歪到了哪里去。

然而她此时还不清楚的是，穆庭在卧房门关上的那一刻突然就开始拔足狂奔，带起一阵风，速度之快让所有工作人员都没反应过来。摄像连忙用镜头去追他，却只来得及拍到一道残影，以及乔雁的套间门从外面用力关上的一声巨响。

工作人员："哈哈哈哈哈哈哈哈！"

这么折腾下来费了一点时间，等乔雁尽量快地简单收拾洗漱好后出门时，穆庭已经恢复了一副若无其事的正经脸，工作人员笑完后也已各就各位，并且没有告诉穆庭剪辑时一定会把这段剪进去的事。他们这一队由乔雁带领，走到电梯处时正好赶上苏凭带着人出来。

"哎哟，乔雁。"苏凭看到乔雁愣了一下，抬起头看了眼楼层号，"你住这层啊？早知道就先上来把你拉到我们队了。"

他和乔雁说话，目光已经看向了刚才还碰到过的穆庭。穆庭察觉到苏凭的视线后同样看了回去。苏凭玩味地挑了下眉，目光中分明写着调侃和打趣，而穆庭很快明白过来苏凭的意思，他假笑了一下，公然还了苏凭一个白眼，而后就若无其事地把头扭到一边。

这人真是太幼稚了，苏凭在心里三倍速摇头，往乔雁身前走了几步，余光瞥见穆庭犀利地看了回来，于是不嫌事大地又凑近一点，和乔雁熟稔地站在一处闲谈。

"谢你啊，不然我还当不上队长，今天酌情放你一马。"乔雁后脑勺没长眼睛，自然看不到穆庭此时的一张扑克脸，她笑眯眯地跟苏凭来回扯了几句，看向苏凭后面的两个艺人，友好地冲他们点了下头："你们队已经凑齐了？那我去把剩下的那个叫上。"

现在这个节目组的嘉宾她已经只剩那最后一个还没见到，而已经见到的四个，她恰好全都认识。

除去穆庭、苏凭，站在苏凭身后的两个艺人，一男一女，男的是凌宇娱乐的林承骁，沈嘉笙的同门师弟，和顾昭明一样都是电视剧界的当红小生，乔雁之前跟他合作过一次，为人和演技都相当不错，不过那时林承骁是男一，她是龙套，也只局限于认识，没有太深的交情。

不过到底还是见过，乔雁打了招呼之后，林承骁也很快回以得体的笑。另一个女艺人对乔雁的态度就没这么友好了，只是客气地点了点头，疏离与不走心简直写在脸上。

沐雪晴。

她能参与这个节目也不太叫人意外，虽然演技频遭质疑，但沐雪晴在出演《红颜谋》之后，先是拿下了珠玉奖的"最佳女主角"，再是搭上了曹瑞新戏的东风，虽然两部戏中的表现都不算那么出彩，但资源逆天，戏份也多，就这么在争议中红了起来。

她出道时是作为独立艺人出道，然而最近签到了锋辰麾下，正好锋辰原来的新人王姚曼欣在乔雁的黑料事件中被卷了进来，而今说不上一蹶不振，但她和曹瑞的事情已经几乎是公开的秘密，到底受了不小的打击。沐雪晴一来，姚曼欣新人王的位置自然就坐不下去，轻松地被沐雪晴挤了下来。

乔雁如今是女明星中当之无愧风头最盛的那个，但论起路走得最顺的，自然还是背景强大的沐雪晴。这档《终极战斗》的嘉宾几乎都是一线豪华配置，沐雪晴的身价还没到，但资源已经跟到了这里。

乔雁看着目前出现的嘉宾，心中有数，向苏凭询问了几句就打算去叫人，没想到又被苏凭叫住。苏凭微笑着拍拍乔雁的肩，满脸无辜地指了指下面。

"其实第四个人我刚才也恰好去他房间走了一趟，之前见过穆庭一次，以为穆庭是你们队的队长，就让他去穆庭的房间找穆庭去了，你们也去那边和他会合吧。"

啧啧啧，这人心太脏了，爱笑的眯眯眼果然都不是好人……

"我们就不去了，让林承骁和沐雪晴去找队友吧。"穆庭看了苏凭几秒钟，突然在乔雁开口前插进话来，带着明亮又不怀好意的笑容，抬起手，在苏凭的衣摆后面指了指。

"不找个摄像机拍一下你后背的衣服？刚才见面时我抹了道白印儿在上面，不知道你蹭掉没有，不过当时肯定是被拍下来了，工作人员能作证吧？"

苏凭扬眉，脱掉外套翻过来看了一眼，果然发现下摆处有一道白色的痕迹。刚才他和穆庭正面撞见时的确被穆庭按了一下手，不过他过后检查过没有痕迹，也就没大注意。现在想来他肯定是过去时顺手蹭了一下，当时他没发现，也就一直这么带了下去。

"走吧，队友？"穆庭走过来做哥俩好状搭上苏凭的肩膀，斜挑着一抹笑容向林承骁和沐雪晴摇了摇手，"你们找队友去吧，一会儿见啊。"

林承骁反应过来，对苏凭和穆庭之间刚开始录制就对付上了的气氛觉得有趣，招呼了一下沐雪晴就打算下楼去会合。沐雪晴却皱紧了眉头，看了苏凭一眼又看了穆庭一眼，不客气地问穆庭："你一向都这么不择手段的吗？"

沐雪晴也算是心高气傲的人，刚进娱乐圈时可能还对穆庭有点好感，不过被穆庭在《红颜谋》剧组发飙罢工之后，两人就正式结下了梁子，在沐雪晴签约锋辰之后依然不见改善。她又比一般人来得肆无忌惮，这种火药味十足的话，也就这么随随便便问出了口。

穆庭在乔雁面前尴尬也好失态也好，那都是特定对象的偶然事件，面对其他人他毫不介意一言不和直接打脸，当下便直接看了眼沐雪晴，似笑非笑地回了一句："差不多吧，比你好点。"

"你……"沐雪晴眉头大皱，就要对呛回去，电梯门又开了，顾昭明从电梯门里走了出来，刚一出电梯门就看见了这个节目的其他所有嘉宾，也是愣了一下，茫然地把其他人挨个看了一遍。

"等了好长时间没见穆庭下来，我就上来看看……"他解释了一句，而后迟疑着问了一句，"你们这是怎么了？"

"……"

乔雁对于参加这个节目的决定，有了深深的悔意。

不是说会避免尴尬事件的发生吗？

这才刚开始录制就要打起来的感觉是怎么回事？！

任务卡上之前说过的先集齐三人那一队有福利，体现在了交通工具上。

分组成功后乔雁、穆庭和苏凭这一队归为红队，林承骁、沐雪晴和顾昭明则自动成为蓝队，红队的交通工具是节目组提供的轿车，而蓝队则要骑着自行车完成接下去的全部任务。

听上去似乎两方实力一下子就悬殊起来，但节目组既然敢这么安排，这种差距自然并不会成为游戏胜负的决定性因素。本期节目的设定是红蓝两队都是家中开酒楼的商家，互相敌对已久，而今一份宫廷中流传出来的美食秘方骤然现世，两家也因为这一张秘方而展开了激烈的争夺。

两队任务一致，都是在明天下午太阳落山之前找到这张秘方，而乔雁作为在早上集结队伍环节中胜出队的队长，额外拿到了一个别人都不知道的关键性提示。

她在看完节目组给的提示后略略一怔，随后眉头轻轻蹙起，显得有些疑惑，接着把装着提示语句的锦囊仔细收好就归了队。穆庭和苏凭都探过头来，询问地看了她一眼，乔雁摇摇头，回身看了站在另一边的蓝队一眼，压低了声音开口："我拿到了几句话，不知道是暗号类还是解谜类，在前往秘方最终的放置地点之前打开，对寻找秘方会有帮助。"

两人听罢都了然地点了点头，穆庭还戒备地扭头看了蓝队一眼。蓝队对乔雁、穆庭、苏凭三个人一直转头看他们感到不得要领，正迷惑不解的时候发现红队全员转过身来，冲他们气定神闲地挥了挥手，施施然坐上轿车走掉了。

蓝队："……"

这三个人几岁啊？！幼不幼稚！烦不烦！

接下来的任务简直千奇百怪。

两队先是分别派一人穿上巨大的鲤鱼服，头上顶着装满塑料鱼玩具的小盆，另一人背向而站，手里拿着钓鱼竿向小盆的方向甩，第三个人则负责指挥两个人的行动，两分钟内，哪一队钓上来的鱼最多，哪一队就获胜。

苏凭头顶着一小筐塑料小鱼，以一个巨大的鲤鱼精造型站在那儿，人长得够帅，这扮相居然都没搞笑到天崩地裂，眼下他正一脸担忧地看着前方大幅度挥动钓鱼竿的乔雁，想了想，还是转头向工作人员认真地发问："能给我个面具之类的东西挡一下脸吗？游戏输了事小，毁容事大啊。"

工作人员："……抱歉，这不合乎规定……"

"好吧。"苏凭失望地重新站直，倒是丝毫没有为难工作人员，只是用单手捂脸，以一个"我都没眼看"的标准表情站在原地，看上去不打算再动了。

而乔雁对苏凭的拒不配合毫不知情——或者说知情了她也不在乎，说不定还得嘲笑两句——这个鱼竿既然吸的是塑料小鱼，上面自然不是钓钩，而是柔软小巧的吸盘，加之距离又近，被打一下最多也就是有点感觉，疼都算不上，苏凭不愧是影帝，太爱演了，啧啧……

穆庭对于被分配到这个站着不用动纯耍帅的位置其实没什么意见，不过看了看正挥舞钓竿试手感的乔雁，还是疑惑地开口询问："背对着钓这个还挺难的，你干吗非要揽这活啊，在这儿指挥不好吗？"

"站着不动有什么意思，太没挑战性了。"乔雁又挥舞了下鱼竿，表情带着点隐隐的跃跃欲试，"感觉这个有难度，有挑战，我喜欢！"

穆庭眉角隐隐地抽了抽："把这么没挑战性的任务分配给我，我谢谢你啊。"

"不客气不客气。"乔雁权当自己听不懂，继续兴致勃勃地挥舞钓竿，开始命令一发出，她便调整好角度，根据穆庭的指挥，将钓竿向后方用力一挥，吸盘在空中划过一道完美的抛物线，落在了苏凭头上。

"怎么样？"乔雁期待地问。

穆庭装模作样地用手搭了个遮凉檐向几米开外的苏凭观望，过了几秒钟，一脸淡然地点点头："很好，结束了。"

"啊？不是要钓起三条鱼才算任务结束吗？"乔雁惊讶道。

"但是你的钓竿钓起了一条鱼，顺便把苏凭头上的小筐打翻了啊。"穆庭轻松地做事不关己状评价，顺手指了指旁边的蓝队，"哦，说话的工夫他们现在已经完成了。"

乔雁："……"

真是令人难过，乔雁回头看了眼塑料小鱼落满一身的苏凭，但见对方依然保持着单手捂脸的姿势，想了想，于是也跟穆庭一样端起事不关己的态度，两人一起走到苏凭身边，抬手拍了拍他的肩。

"我们输了，我们队的运气太差了。"她满脸沉痛地对苏凭叹道。

苏凭虽然没看见，但显然用膝盖猜也知道乔雁所说肯定不是事实，至少不是全部的事实，于是他想了想，深感赞同地点了点头。

"是啊。"他摆出和乔雁一模一样的表情，沉痛地说，"都怪穆庭。"

一直不怀好意围观的穆庭："啊？"

穆庭："我去，你说谁，你再说一遍？！"

于是在蓝队终于庆祝好并得到下一个地点的线索之后，红队在漫长的讨论中也甩锅完毕。锅完成了它自己的使命，不知道被甩到哪里去了，三人互相推卸完责任，轻松愉快地继续出发，很快也到了下一个任务地点。

下一个任务是让两组队员相互比试，桌上有一排味道各异的调味料，两人比试，一人用桌上这些奇怪的调味料调制黑暗料理，己队赢了这些就给对方喝，输了就要由己队的比赛者喝完两份黑暗不明的液体。

两队各自选好了参赛队员之后，四人同时出列，照面倒是有点意外——毕竟输了要喝些乱七八糟也不知道有毒没毒的东西，蓝队觉得不太好让女孩子试这个，出场的是林承骁和顾昭明，没想到红队派出的队员里乔雁却赫然在列，一时间倒是对比赛有点踌躇。

"你们又不一定赢，摆出赢定了的放心表情太早了吧？"两人的神情乔雁自然有所察觉，当初也是怕沐雪晴也参加，她这次参加算是道保险，但对现在这种情况也算有所预料，轻巧地打趣一下，也就将气氛圆了回来。

但这事虽然说起来简单，真正比试的时候男女差距还是颇为明显。她输的分比较多，穆庭虽然下一场赢了，但分差没她的这场大，累加起来自然是红队又输一筹。

比赛总有输赢，输了就受罚，这自然没什么可说的。但当两杯惩罚用的不明液体端上来时，乔雁和穆庭的脸色都微妙地变了一下。

一杯黑中透红，这看上去就已经很不妙，而另一杯居然呈现一种比较脏的绿色……

这颜色到底怎么调的？！两人叹为观止。

蓝队那边负责调制的是沐雪晴，估计是看见比赛的成员里有穆庭，于是下手毫不客气，这杯以酱油为主料佐以辣椒胡椒粉盐等成分的东西就出自她的手笔；而绿色的这杯以芥末为主料，出自苏凭之手，乔雁转头看了眼苏凭，对方抬手冲她做了个抱歉的手势。

这位就是纯粹的恶趣味了……

乔雁咬咬牙，端起那杯黑中漂红的，就要屏息闭眼一口闷，端到一半却突然被人截了过去，穆庭晃了晃两个半满的杯子，将两种液体倒在一起混合了一下，然后闭着眼喝了下去。

……

乔雁赶忙在桌上倒了一大杯水给他递过去，穆庭迅速接过，喝完后就躲到了摄像机照不到的另一边，过了好一会儿才重新回来，眼角仍然明显发红，看上去被芥末和辣椒呛得整个人都不太好。

"又没说是一人喝一杯，这东西是人喝的吗？这种时候瞎积极。"他一回来就皱着眉头数落乔雁，乔雁也不以为意，担心地看了他好几眼。

"你嗓子还好吗？"歌手的嗓子自然金贵，她刚才拿了那杯放满辣椒的，也是怕穆庭喝了对嗓子不好，眼下他不光喝了，还喝了两份，乔雁自然免不了有此一问，想了想还不忘继续，"究竟怎么样了啊，你唱两句来听听？"

穆庭回头瞪了一眼摄像，示意他走远一点。摄像听话地往远处退了几步，见穆庭的头转过去后马上又重新靠了过来。

正好听见穆庭压低了声音，还真的唱了两句。

接下去又进行了几个环节，两队有输有赢，第一天的最后一个游戏项目结束后，蓝队暂时领先红队一分，还有明天的项目等着大家挑战。

晚上几人在同一间客栈式的地方住下，这也是明天一早的任务地点。每个人都是单间，十二点左右的时候，穆庭在床上辗转反侧了好一会儿，突然起身，朝乔雁的房间走去。

他在门前敲了几声不见人应，乔雁作息健康，除非拍戏的特殊情况，这个时间的确应该已经睡了。穆庭犹豫了一会儿，推了下门发现门没锁，踌躇片刻，还是直接推开了门，悄无声息地闪了进去。

没想到进门后却借着月光的光亮，发现乔雁端正地坐在床上，听到他进来的声音，开口跟他说话："把灯打开。"

穆庭有点意外，但还是依言按下门边的开关。房间恢复明亮，穆庭转头看乔雁，发现对方也在深深地看着他。

"这么晚了，你来干什么？"乔雁问。

"给你带了感冒药来，吃了再睡，怕你感冒。"穆庭举了下手里拿着的感冒药，向乔雁走了过来。他们白天有一个任务要下水，可能在水里待得过久，乔雁出水后有点打喷嚏，出水后还被节目组安排去洗了热水澡，穆庭一直挂在心上。

"怎么这么看我？我哪里不对吗？"穆庭走了几步，发现乔雁看他的眼神不大对，于是停下来看她。

乔雁又看了他一会儿，慢慢开口："我今天早上出发之前拿到的那张线索卡上写的是，两队中每组都有一个叛变者。"

穆庭愣了一下，看着她脸色慢慢变了。

"你怀疑我？"他难以置信地问，"我担心你给你送药的啊！"

"想让我不怀疑你的话，"乔雁眯起眼，轻声说，"那你能不能解释一下，你今天为什么骗我？"

在节目正式播出的时候，当乔雁正式将这句"为什么骗我"说出口后，剪辑拼凑出的镜头画面马上同步到位，倒回了之前的游戏环节中没有播出的一个细节。

在两队下水比试的环节里，每个人都或多或少落了好几次水，一个个湿漉漉地爬上来，看上去都有些狼狈。乔雁打着小喷嚏，裹着毛巾往外走时，正巧看见穆庭看着蓝队的方向，脸上神色颇有些凝重。

"怎么了？"乔雁顺着穆庭视线的方向看了一眼，没发现什么异常，疑惑地开口询问。

"嗯？"穆庭回过头来，撇了撇嘴角，"这一路骑自行车过来也挺累的，蓝队也该是时候跟导演组申请换车了吧？"

"刷脸蹭车比较方便吧，还不算违反规则。"乔雁点点头又摇摇头，接了一句后便裹紧毛巾继续往前走，"我先去整理一下，等会儿会合。"

"行，我也去洗个热水澡。再热的天气，水底下还是太凉。"穆庭点点头，也向休息间走了过去。

乔雁走得不紧不慢，很快便被穆庭赶超过去，等到穆庭消失在视线范围的时候，乔雁扫了眼左右，抬眼直面镜头，压低声音开口："他说谎。"

镜头又切回早上执行任务的时候，在乔雁打开字条时给了个特写。

"每组中都有一名叛变者，将在最后关头为己队分别进行帮助或破坏。"

穆庭向来习惯直来直去，在她面前也算不太设防，她自己本身就是优秀的演员，而人在说违心的话时神色总会多多少少有些不自然，不常说谎的人尤甚。

穆庭的异常，乔雁自然能够察觉，但在接下来的一天中却依然不动声色，没有发表对这件事的任何看法。直到夜里穆庭摸进她的房间，两人在沉默中相互对峙，一个眼神满是错愕茫然，另一个则只是沉静地坐着，抬手挥了挥指间夹着的字条。

"明天不知道会面临什么样的新任务，想拿这个所谓的暗号，今晚就是最合适的时机。"

乔雁有些困倦地打了个哈欠，摇了摇头，让自己清醒："不枉我等了半天，你来了就好，不愿意解释的话就回去吧，其实也只是告诉你一声我识破了，明天我和苏凭会防着你，消息要不要传到那边去你随意。"

穆庭定定地看了她一会儿，突然叹了口气。

"你不是说要我解释的吗，这就不听了？"他问。

乔雁闻言怔了一下，显然没想到穆庭还有话要讲："你说。"

"那时候确实是发现了一点蓝队的异常，但不是你想的这样。当时我感觉蓝队比赛的时候总有人在拖后腿，于是留心观察了一下，感觉真的是这样，但又想不明白他为什么这么做。现在看了你的东西，大致懂了。"

穆庭迟疑了一下，抬头看向乔雁："我好像发现了蓝队里我们的卧底。"

"这么说的话，你不光怀疑蓝队里的一个人，还怀疑苏凭？"乔雁稍稍扬眉，"方便说一下理由吗？"

"有理由的话就不叫猜测了。"穆庭无所谓地摇摇头，耸了耸肩走近，在乔雁的戒备中把感冒药拆开，倒了杯温水一并递给她，"吃了赶紧睡觉吧，除了我谁能想起来看看你。"

他早在媒体面前表露了对乔雁的钟情，现在这样的举动，估计所有人都会觉得理所当然。乔雁稍稍有些迟疑，犹豫了一下还是接过水。

"谢谢。"

"你还知道说谢谢啊。"穆庭没好气地哼了一声，"我还以为你只会怀疑我呢。"

"那不一样。"乔雁吃完感冒药，冷静地说，"你现在的嫌疑是最大的。"

"你相不相信我？"穆庭问。

乔雁想了想，没有回答。

第二天依旧是一整天的任务，两队依旧实力相当，总的来说，红队渐入佳境，赢得要多些。不过对于乔雁、穆庭、苏凭三人来说，输赢不重要，推锅才重要，彼此互相不怀好意地打趣调侃，一天的时间也就飞快过去了。

对于这一天中叛变者的进展，节目组在剪辑中几乎没有提及，只在中间插了两句红队模模糊糊的对话，让人摸不着头脑。

一句是苏凭笑着摸了摸下巴，转头看向乔雁："你觉得呢？"

另一句是乔雁垂下眼睫，微笑着回答："找到了。"

最后的任务地点，在本市一座历史颇久的老宅。

因为节目拍摄需要，这里清场了一天，乔雁三人要比蓝队早一步赶到，进入宅子后便率先在各处找起了线索。

此时两队都已经知道自己队伍中存在一名叛变者的事实，已经到了最后一关，一直隐藏身份的叛变者也到了原形毕露的时候。红队三人在进到老宅时心照不宣地选择分头行动，乔雁在老宅中找了一会儿之后，幸运地找到了一块绢帛。

绢帛上就是秘方最后的提示信息，一首入眼很陌生的诗，平仄对仗不大工整，倒是隐隐感觉有些绕。乔雁低头，仔细观察了一会儿，很快发现每句诗都是一个谜面，打一个单字，合起来大约就是秘方最后的藏身地点。她看着绢帛，手不断在地上比比画画，丝毫没有发现背后有人无声靠近。

直到那人迅速出手一把捂住了她的嘴，蘸了朱砂的手指在她的脖子上抹了一道，凑到她耳边压低声音开口："抱歉。"

乔雁闭上眼，慢慢叹了口气。

"不是说不骗我的吗？"她问。

"我也是迫不得已。"穆庭解释了一句，很快又觉得自己不该解释，拉着乔雁站了起来，"现在你已经'死'了，找个地方休息一会儿吧，游戏也快结束了。"

他从乔雁手中拿过绢帛自己收好，正要转身离开，却被乔雁拉住。

"去取秘方不急在一时，听我最后跟你说句话？"

穆庭有点意外，随即站定点了点头："成，你说。"

"我想跟你说……"乔雁看着他，蓦然莞尔，笑若春风，眉眼弯弯，"这种节目里不要逞个人英雄主义，要相信队友。"

穆庭一怔，还没反应过来她说这话是什么意思，便突然感到颈上一凉。

他慢慢抬手在脖子上抹了一把，看见手上的红痕后转过头去，顾昭明站在他身后，客气地做了个抱歉的手势。

"身份在这儿，身不由己，对不住了。"

"哦，没事。"穆庭扫了他一眼，简单生疏地回了他一句，便不再看他。乔雁施施然从穆庭手上拿回她找到的绢帛，抬手扔给顾昭明。

"秘方在东厢房的一个花瓶里，顾师兄，辛苦你去跑一趟了。"

顾昭明拿了绢帛冲她点头表示明白，便匆匆去了最终的任务地点。穆庭和乔雁站在原地两相对望，大眼瞪小眼地互相看了一会儿，穆庭突然开口问她："不是说决定相信我的吗？"

他说这话的时候居然还隐约带着点委屈的意思，恶人先告状还能这么理直气

253

壮，乔雁对穆庭的脸皮厚度也是叹为观止，眨了眨眼，她斜斜地挑起半边柳眉。

"谁叫你先骗的我。"她唇畔的笑意肆意又明快，手放在颈边，干脆利落地做了个抹脖子的动作，"杀无赦。"

顾昭明拿到最终的秘方，几乎是没什么悬念的事情。

苏凭以一拖二，凭借自身强大的心理素质睁着眼睛说胡话，向蓝队两人表示自己就是那个潜伏者，两天一夜过去终于找到了组织，三人携手并进共同寻找红队成员，找到一个杀一个，找到两个杀一双。

林承骁和沐雪晴想想觉得两人总能搞定苏凭一个，多个帮手也的确没什么不好，加之线索确实还模糊不定，三人也就开始一起行动。

但他们万万没想到，苏凭完全没存着干掉他们的心思，只承担着拖住他们的任务，于是抱着轻松愉快的心情带他们游览了这座老宅，导游工作做得尽职尽责，把跟拍的工作人员都听得一愣一愣的。

等到顾昭明带着秘方与红队获胜的结果回来的时候，节目也正式录制到尾声。嘉宾们的走位已经没了限制，眼下正不受拘束地在镜头里四处乱逛，在后期制作时这种场面一般用来播放片尾BGM与滚动制作团队名单。此刻，每个人的脸上都带着点放松，又有些疲惫，只有穆庭还站在原地没有动弹。

"怎么站在这儿不动了？"有路过的工作人员路过乔雁身边，和她友好地打了个招呼，两人笑着互相寒暄几句，乔雁挥手与其道别后，转过头时才发现穆庭还没走。

"往旁边去一点，别站机位正前面。"她从旁边拿了瓶赞助商赞助的果汁递给穆庭，和他一起走到镜头取景的最边缘处站着，放松地活动了一下有些僵硬的脖子，"怎么了，感觉你精神不大对啊。"

"我还是头一回骗你。"穆庭脸色不是很好看，低头把饮料的包装拆开，"不好意思。"

乔雁顿了顿，咬着吸管略微诧异地朝他看了过来。

"嗯？没事啊。反正以你的演技其实也瞒不过我……"她诚实地接话，既是解释也是安抚，却见穆庭转过头来看她，唇线紧抿，眸光涌动。

"所以我不愿意做演员，也不喜欢演戏，总在扮演别人，说不定什么时候就和本来的自己冲突了，比如现在。我希望能永远无拘无束地做我自己，这个节目才开始第一期录制，以后说不定又会折腾出什么幺蛾子，以后如果碰到这种情况，千万别手下留情，因为……

"乔雁，我不会骗你。"

《终极战斗》在万众瞩目中如期开播，以收视率首期破2的亮眼成绩成功卡位，迅速成为街头巷尾热议的话题。

这个节目具备了所有大爆的准因素，精心筹备，巨资打造，艺人自带话题度，游戏设计巧妙，还自带悬疑属性，自然赢得了一个亮眼的首播成绩。而因为节目中六位嘉宾的出色表现，《终极战斗》在社交平台上赢得了极高的话题讨论度，远超所有人的预期，这才是让节目组和投资方都喜出望外的事情。

从苏凭推开穆庭房间门的那一刻，关于节目的讨论在社交平台上就没有停过，而后聪明的乔雁，傲娇的穆庭，腹黑的苏凭，纯良的顾昭明，踏实的林承骁，甚至于心直口快的沐雪晴，都迅速收获了大批的人气和关注度，粉丝一夜之间飙涨数万。

这其中受益最大的自然是沐雪晴，她本来是个除了不可说的背景之外平平无奇的新人，资源爆表但演技频遭诟病，是个黑比粉多几倍的争议性人物，但参加这样的真人秀之后，很多观众抱着将她再黑一遍的心思打开电视，却意外地看到了一个虽然心直口快，却并不十分让人讨厌的沐雪晴。

哈声穆庭时还有人笑她不自量力，等到节目录制中看到她的种种表现之后，很多人倒是真的对她有了些好感。真人秀的优点就在于此，一个人活到这么大，总不可能每个方面都不讨人喜欢，每个人都有她自己的长处，只不过有的方面比较难以被人发现。

而沐雪晴的优点则得因于她的出身，她因出身而高傲直率，有时不懂规矩，也有时候过分心直口快。但在真人秀中，她则意外地展现出了自己讨人喜欢的一面——起码在面对困难与挑战的时候，她的骄傲不容许她后退，有点怕但还是要坚持挺胸抬头虚张声势的样子，看着也颇有些讨人喜欢。

而在节目录制中，因为沐雪晴毕竟是个女孩子，蓝队在活动中也一直对她颇为照顾。时常状况外的顾昭明撇开不谈，林承骁名字虽然霸气，人倒是很憨厚，面对沐雪晴的颐指气使也没什么二话，让做什么做什么，沐雪晴偶尔一两句话说得过分些也不生气，满脸朴实，笑的时候看着还有些傻气，和沐雪晴居然能看出点莫名其妙的谜之般配……

很多观众抱着冷嘲热讽的心思而来，看完节目后却被莫名其妙地塞了一嘴"安利"，吃也不是吐也不是，一时被噎得进退两难。而觉得林承骁和沐雪晴般配的粉丝群也开始悄然萌发，短短几天居然也初具规模，雄踞在社交平台之上摩拳擦掌，只等看之后的节目走向到底会不会持续发糖。

然而林承骁、沐雪晴的走势和乔雁的一比，就完全不够看了。乔雁、苏凭、穆庭，红队的三个人在节目播出后的人气狂飙自然不在话下，而在粉丝话题中，他们的争论只能用一个词来形容——修罗场。

乔雁和苏凭本来就是近来人气颇高的配对，而今两人在电影合作之后的下一个工作中居然又是和对方同时出镜，说不发糖简直是昧着良心。粉丝们欢天喜地奔走相告，迅速剪辑出两个人的各种配乐视频，涉及前世今生，虐与傻白甜并存，又多了一大波入坑边缘的粉丝，风头一时无两。

而穆庭粉丝的心态在看过这一期节目之后，也迅速地产生了巨大的变化。

本来穆庭喜欢乔雁就已经是公开的事情，粉丝们虽然不得不接受这个事实，但当时正赶上乔雁黑料井喷，即便穆庭挺身而出，表达了自己坚定的支持，但粉丝们到底都是为了偶像着想，很多人难免觉得，就算穆庭的这份喜欢是真的，但从粉丝的眼光来看，当时的乔雁，的确配不上穆庭的这份喜欢。

而后来乔雁挺身而出正面回应，通过自证反转黑料证明清白，乃至电影上映成绩惊人，已经让很大一部分粉丝的心态悄然发生了改变。之前对乔雁的观感一般都很复杂，大多抱着又爱又恨的心理，作为陪伴穆庭成长走红的一批人，大家一直以挑剔的眼光注视着乔雁的成长，而今见她真的一步步踏实地成长起来，放心的同时又有点彷徨。

自家偶像喜欢着的女孩，果然优秀又美好，这固然证明了自家偶像的眼光依然令人放心，但从另一方面来看，乔雁越优秀，穆庭就越有可能真的被乔雁抢走。

这样患得患失喜欢着一个人的心情，大抵也与恋爱无异。

而在这样的疑虑之中，许多穆庭的粉丝点开这一期视频的时候，都颇有些心事重重。但在看过了视频之后，粉丝们意外而又不甘不愿地发现——乔雁这个人……有点萌啊……

穆庭其人，在外被称为穆太子，兼之行事潇洒，又酷爱打脸，平时作风自然颇有些狂拽酷炫。对粉丝虽然好，但人向来比较狂傲锋利，粉丝里苏粉和女友粉遍地都是，亲妈粉则实在凤毛麟角。

而在穆庭叫乔雁起床时被赶出来而耳根微红尴尬逃开的模样，毫不留情地打了所有认定他二十四小时三百六十度都在狂拽酷炫的粉丝的脸，粉丝们简直都惊呆了，这个节目里害羞得拔足狂奔的人是谁啊？！我们不认识啊！

而后来乔雁和苏凭你一言我一语地坑穆庭的时候，穆庭也让很多人忍俊不禁，在替乔雁喝掉不明液体时，被魔性的青藏高原洗脑的粉丝更是在社交平台上疯狂地开始刷起——

给摄像加鸡腿！

本来他和乔雁的事情虽然一直传得风风雨雨，但到底从来都只是穆庭剃头担子一头热，乔雁方面始终没有什么表态，对穆庭抛出的这样明显的橄榄枝简直视若无睹，难怪很多媒体一直都在写穆庭单相思的通稿，对两人的恋情几乎没人看好。

但在看过这期节目之后，从乔雁能一口说出穆庭在说谎的时候，很多观众都已经开始心里有数。

他们俩绝不可能真的什么都没有，一个女孩子能对另一个人的表情和反应了如指掌，绝不可能心里依然无动于衷。

但乔雁这样的反应，在穆庭的表现面前仍显得单薄。无论是开始时面对乔雁各种微妙的不自然，还是深夜里不忘送上的感冒药，抑或是节目后期面对乔雁时委屈的一句"不是说相信我吗"，喜欢与好感实在太过明显，掏心掏肺的程度简直透过屏幕呼之欲出。

而乔雁最后狡黠的一句"敢骗我杀无赦"也带着些许亲昵与活泼，一瞬间就戳爆了许多人心中隐秘的萌点。

真的……好般配啊！

大批路人转粉，以飞一样的速度，轰轰烈烈地投入到穆庭、乔雁的粉丝大军之中。社交平台上一时龙盘虎踞，各方势力割据一方，虎视眈眈地看着其他对家粉丝，就差没冲上去打成一团，估计在各自发展壮大到一定程度之后，这样的事情也为时不远。

一句话形容，万事俱备，只等发糖。

关于这些事情与话题，乔雁表示有所耳闻，然而并不关心，此时她已经如约进组，投入到热火朝天的紧张拍摄中。

这个剧组就是她在接下《终极战斗》的同时接下的周播剧，名为《纸上谈情》，是部现代都市背景的婚恋轻喜剧，每周一天，每天两集，借鉴了国外成功的周播剧模式，边拍边播，打出两集的空余量以供拍摄，随着观众与市场反响随时修改后续剧情。

乔雁在其中扮演一个做事迷糊、丢三落四的职业小说家，属性宅腐，不修边幅，热爱动漫游戏与笔下一切华丽的男性生物，对现实世界中的男人丝毫不感兴趣。在准备新文外出取景的时候，遇到了一位优质成熟的男人，竟然也只想着以之为男主角开始新小说的创作。

这样单纯可爱的傻白甜角色，乔雁还是第一次接演。她惯于演那些成熟冷静的聪明型女人，这样的角色用来卖萌可以，却实在不好体现演技。乔雁光鲜靓丽地准时进组，半个小时后走出化妆间时已经成了个顶着乱糟糟头发、戴着宽框眼镜的普通女生，扔到人群里就找不见的那种。有人转过头来看她，真情实意地感叹："你还真是拼啊。"

乔雁听到声音顿了几秒钟，随即难以置信地抬头。

"……你怎么在这儿？"

穆庭抱臂坐在椅子上，正好整以暇地打量着她。

第十二章
你的世界

穆庭张了张嘴，还没来得及回答乔雁的问话，剧组里已经有年轻活泼的小姑娘绷不住笑了出来。

这一笑仿佛戳中了剧组所有人的笑点，忍俊不禁的笑声接二连三响起，每个人的脸上都带着凑热闹的轻松与打趣，看向两人的视线中满是善意的调侃。

在《终极战斗》没有播出的时候，自那次惊天告白之后，穆庭、乔雁再无同框。娱乐圈里人精遍地，在还没有摸清楚情况之前，谁都不会主动提及这种事情徒增尴尬；而真人秀节目面世之后，该明白的自然都已经明白，就算这两人如今还没在一起，但私交甚笃却已经几乎可以确定，不好明说的话题拿出来调笑打趣助个兴也没什么问题。

更何况乔雁的态度摸不清楚，穆庭的心思已经几乎等同于写在脸上了好吗？这个周播剧也算不上什么大制作，风格也是走的轻松卖萌路线，穆庭不是向来高端大气上档次吗，这次乔雁参演，还不是迅速自打往日高岭之花定位脸，干脆利落地接下了主题曲？

知道内情的人忙着在心里十分浮夸地摇头，兼之花式翻白眼，那边乔雁被众人笑得有些不好意思，心累地单手捂脸，敷衍地挥挥手赶人。

"什么人，干吗来的，是工作人员吗就放进片场来了。影响正常拍摄工作，赶快找人来把他赶出去。"

除了你谁敢撵他啊？！众人充耳不闻。

"喂，干什么呢这是？我是来工作的，探班！探班懂吗！合同都签了，贵剧组对工作人员就这态度啊？"穆庭一秒侧过身，抱住椅子不撒手以防乔雁过来拉他，不过他很快发现乔雁明显没有走过来的意思，他显得很失望，以一种孺子不可教的复杂眼神看了乔雁一眼。

这人又发什么疯呢？乔雁平白无故地被穆庭瞪了一眼，觉得无辜极了，于是不管间歇性不定时发病的穆庭，走过去同剧组其他人逐个打招呼。

她刚才赶到片场时化妆间已经给她留着了，为了避免化妆师等太久，就先进了化妆间化妆——她在《侠义千金》当女一时可从来没有过这样的待遇，咖位和导演行事风格都是造成这种差异的重要原因。

如今上好妆出来逐次打了照面，乔雁才算把剧组的工作人员都认了个脸熟。周播剧这种年轻新颖的制作模式，在国内的发展尚不成熟，敢于操刀的大多数都是些锐意进取的年轻导演。这个剧组也不例外，导演庄奕过了年才三十岁，如今正痛苦地卡在奔三的尾巴上，雄心壮志想要干一票大的。

他这次拿到的剧本不错，执导能力也颇受好评，在电视剧界已经闯出了自己不小的名气，前不久更是幸运地得了投资方的青睐，资金到位后男女主角果然挑选得一点不含糊，乔雁和林承骁这样的一线演员都被他拉进了剧组。

乔雁也是在进组之前才知道林承骁接了这部剧的男一号，他们虽然录制了同一部真人秀，但交集其实算不上太多，不过都是优秀的演员，又没什么摩擦冲突，相安无事地好好拍戏自然也没什么问题。

乔雁和林承骁简短地寒暄完后站在一处，一起看导演庄奕拿着手持喇叭面向全剧组，容光焕发、满怀激情地开始了拍摄前的讲话。

"我们的时间非常紧张！大家好好干！不要虚！"庄奕大手一挥，豪气地指点江山，"虽然我们时间少，但我们钱够！我们还有好演员，好编剧，好灯光，好化妆，好场地，好剪辑，还有才华横溢的我，大家有没有信心拍好这部戏？"

"还行吧……"众人敷衍。

"NG三次以上扣工资扣片酬扣盒饭里的鸡腿——"

"有有有！"众人争先恐后地大声表态，唯恐说晚了鸡腿就没了，现场一片鬼哭狼嚎。

乔雁和林承骁都不禁失笑，庄奕的年龄放到社会上说大不大说小不小，好歹也到了而立之年，但实际上也不过导演系研究生毕业没几年。他上学期间就以网剧起家获得大范围关注，毕业时左手毕业证右手投资合同，就这样闯进了电视圈，履历辉煌，带着没摔过跟头那种特有的狂傲。

他还正处在满怀激情的年纪，这种激情与乔雁之前接触过的其他导演都不同。她之前所见的大多数都是成名已久的导演，除少部分以追名逐利为唯一标准，绝大多数都拥有对演戏与剧本的沉淀后深刻的爱重。

庄奕缺乏这样的稳重，但如他这般的激情与狂热看着也让人十分新鲜。乔雁没有接话或评论，在庄奕宣布开始拍摄时立刻开始找回状态，在摄像机的镜头追过来时正式开始了拍摄。

穆庭一直坐在旁边的休息区里，安静又专注地看着她。

第一场是女主角莫秋秋的单人戏，长镜头从窗外碧蓝的天空拉到年代久远的筒子楼，从一扇半开的窗子里将画面切入了女主角的房间——中途镜头画面还特意在窗台上被女主人公生生养到缺水而死的仙人掌上停了两秒钟。

在尖锐持续的电话铃声中，莫秋秋终于被吵醒。她裹被子连翻好几个身，终于还是被吵得半睁开眼皮，打了个哈欠，伸长手臂在床头柜上摸了好一阵，握住手机后接通来电，侧着脑袋躺着，手机放在耳朵旁边，吐出了两个长长的颤音：

"谁……啊……"

"莫秋秋！你这是要死了吗？！"编辑的咆哮声透过听筒大分贝地传了过来，莫秋秋被吼得吓了一跳，捂着心口把手机从耳朵旁边挪开了些，但她实在太懒了，只是换了个方向躺着，没什么精神地又打了个哈欠。

"稿费要是能按时到账的话，大概还能再活一个月……"

"你不能活得有点朝气吗？！"编辑在电话那头恨铁不成钢，"莫秋秋你给我起来！起床！码字！下个月不活了啊？！"

"活，活……"莫秋秋连声应答，顿了顿，突然茫然地自言自语，"咦，可以不活了吗？"

"你别干傻事啊！"编辑受到了惊吓，在电话那头叫起来，"你是不是还在C

市？我在这边出差，今天约个时间见面吧，轩景楼。"

"那是哪儿啊？"莫秋秋茫然地问。

编辑憋了数秒钟："你不会打车吗？！"

在编辑的抓狂中，莫秋秋唉声叹气地挂了电话，终于从床上爬了起来。满地都是散落的纸张和拖鞋，她躲避着障碍物走动，差点摔了一跤。洗漱梳理完毕，她从一个邋遢的宅女，变成了——一个只是有点邋遢的宅女，长得还不算好看。

"过！"一场戏过完，庄奕及时喊停，显然对一遍过的乔雁十分满意，眉梢眼角都带着振奋的喜色，看了眼拍摄表发现下一场没有莫秋秋的戏份，挥挥手让乔雁赶紧去休息一下，"非常好，开门红！我们马上开拍第二场，道具师准备，摄像，灯光——Action！"

不知道下一场戏究竟是会一遍过，还是会多拍些时候，乔雁换好了妆面和衣服才坐下来休息。她没有太过刻意避嫌，而是大方地坐到穆庭旁边，拧开一瓶冰镇过的矿泉水。

"这组NG过了吗？"

"第三次了，不大顺利。"穆庭接过话来，他虽然不是演员，但对片场也并不陌生，不至于看不出门道。

乔雁点了点头表示了解，回头仔细看向这一场的表演，突然听到穆庭在她旁边开口说："你好像总一次过，真厉害。"

"不……也不是总这么顺利，在顾导那里总要NG两三回，徐导那儿NG十二三回也不稀奇，NG次数和导演的要求侧重点有关。"乔雁莞尔，摇了摇头否认穆庭的说法。

"我第一次见你演戏的那场，你也是一次过。"穆庭慢悠悠地说。

"啊……那场啊。"乔雁怔了一下，刘雨萱燃烧生命闪亮一瞬的那场戏，没为她添加多大的名气，但如果说正因为那场戏她才认识了穆庭，那她的确要对这个角色充满感激。

"只是碰巧很幸运。"她最终也只是笑了笑，说得婉转又隐秘，轻轻揭过，不肯再提，转而开始好奇起穆庭怎么出现在这里，"你真接了这部戏的主题曲？感觉和你们工作室的音乐风格不太搭啊。"

穆庭工作室的音乐风格抒情摇滚各占半壁江山，流行是个绕不开的重要元素，但《纸上谈情》这种卖萌可爱类的少女风格，乔雁的确有些想象不能。

结果穆庭坦坦荡荡地道："知道你演女一就接了，我们工作交集的地方不多，有能多搭档一次的机会就没有放弃的道理。"

"别人审美疲劳不说，不怕自己和同一个人合作久了会嫌烦啊？"乔雁笑他。

穆庭闻言顿了顿，转过头来深深地看了她一眼。

"你是不是有什么地方误会了？"他问。

我误会什么了？乔雁怔了一下，不明就里。

"我在努力创造机会追你。"

哦，这样。乔雁的心不规律地跳了两下，故作镇定地点点头，想了想还是忍不住问："你不是说不喜欢演员这个职业吗，再说看着我跟别的人在戏里……嗯……不会别扭吗？"

她这个问题让穆庭也暂时停下攻势，偏过头来认真想了想。

"怎么说呢……"他斟酌了一下，慢慢地说，"看着别扭的时候肯定有，但是这显然不是我不喜欢不看就能解决的问题，不能改变你，也只能接受了。"

"但是看了越多之后，越能看明白一个事情。"穆庭说，转过头看向乔雁，"很多人都说你演技好，代入感强，演什么像什么，连点自身的习惯性小动作都没有。"

"但我不这么觉得。"他说，"无论你扮演谁，我看着都觉得还是你，你不是别人，也没变成别人，只要意识到这件事，我就觉得踏实。"

他这个说法很踏实。乔雁想了想，最终还是什么都没说，只是朝他弯起眉眼嘴角，眼睛柔柔地眯起，笑得温暖又踏实。

一天的拍摄工作让人觉得时间过得飞快，等到乔雁拍完收尾的一场后，今天的拍摄也就到此为止。众人直到此时才纷纷放松下来，收拾东西的收拾东西，也有人趁机摸出手机，随意地翻翻点点。

但很快，翻着手机的人发出了一声惊呼："怎么回事！苏凭上了尖锋娱乐的头条？！"

自从在和凯星的官司中败诉之后，尖锋娱乐很是收敛风头，低调行事了一阵。尤其是自其爆出的黑料门事件之后，乔雁就一路持续走红。打脸的滋味并不好受，每天都有网友在其评论区里冷嘲热讽。

但尖锋娱乐并没有老实几天，这家媒体是实打实的背倚靠山，上头有人，败诉也没能让它彻底一蹶不振。不过到底是比过去红口白牙胡编乱造做得更隐秘了一些，知道用一些漫天散地的话题模糊焦点，再用一些不怀好意的引导性用词，让舆论向其期待的方向发展下去。

比如这次对苏凭的报道，就是一次非常特别的头版头条。

尖锋娱乐对这一天娱乐圈的其他所有消息都没有理会，用所有的版面，刊发了这篇"苏凭疑卷入他人情感生活，轩霆或面临后院起火"。

在这样直白大胆的爆炸性标题之下，报道的实际内容却又有些语焉不详，或许是在乔雁事件中得到了教训，又或者确实考虑到苏凭的名声地位，通篇下来敢一口咬定的语句，只有声称记者拍到了苏凭与人起了争执的照片，但话里话外的意思却又无耻地暗指苏凭第三者插足，公然争风吃醋。

随这篇文章配上的几张照片中，清晰出现的只有苏凭的脸，其他人的样子都做了模糊处理。但乔雁拿出手机刷到照片时便惊得呼吸几乎一停，别人认不出来，她却和照片中的三人都有过为时不短的近距离接触，自然一眼就将人全部认了出来。

被模糊化的两人，是杨硕和刘静怡。

他们此时的脸部表情已经经过处理，乔雁无从推断，但苏凭的态度却是被拍得一清二楚。

他的脸上虽然还带着礼节性的笑容，但眼中神色已经冷冽如冰。

苏凭的确是动了真火。

拍完《初相见》之后，他除了接下《终极战斗》的真人秀邀约之外，只有一些零零散散的商演。他已经过了需要用丰富而密集的作品证明自己实力的时候，在安排工作时自然以自己的喜好为主。身为一哥总有些别人没有的特权，公司对他自然也比较纵容。

他现在正处于两部电影中间的休息期，偶尔也会接受公司的安排，去给一些比较重要的活动撑撑场面。今天他就是代表公司，在杨硕录制的一档节目中友情出镜，到了电视台后，按约定的时间，他需要去找杨硕简单对一下流程，恰巧撞见了杨硕和刘静怡在激烈争吵。

对于别人的家务事，他完全没有插手的兴趣。苏凭握着门把手顿了顿，便要悄无声息地关上门出去，不经意地抬眼扫了一下，却正巧看见杨硕对刘静怡高高扬起了手掌，而刘静怡睁大双眼看着他，眼睛里有害怕恐惧的泪光闪动，却还是坚持咬着牙站在原地，倔强得没有躲开。

从小受到的教育让苏凭下意识三步并作两步过去，按住了杨硕的手腕，杨硕显得又惊又怒，剧烈地挣扎起来，对着他大声喊："苏凭！你干什么？！"

节目组的后台自然少不了穿梭其中的工作人员，两三个挂着工作牌的姑娘被杨硕的喊声吸引过来，推开被苏凭甩上的房门，被里面的场景惊得目瞪口呆。

苏凭皱了皱眉，迅速松开握住杨硕手腕的手，后退了两步，和杨硕、刘静怡都保持一个生疏的距离，但这时已经晚了，仅仅二十分钟，尖锋娱乐就已经用一个劲爆的标题，将这件小事图文并茂地挂上了头版头条。

苏凭的公关团队事先完全没有收到半点风声，这个头条出来之后才紧急联系苏凭说明了情况，说的时候也是一头雾水。苏凭的好人缘在娱乐圈是出了名的，他站在很多人只能仰望的高度，背后的势力也不容小觑，偏偏做人又让人挑不出半点毛病，这样不打招呼就直接开打的架势，公关团队都是第一次见，一时同样百思不得其解。

"行，我知道了。"苏凭听完情况后点点头，叹了口气，对电话那头语重心长地交代。

"所以说人不能管闲事，一点都不能，不然会遭报应的。"

二十分钟哪够这么一篇煞费苦心的报道完美出炉，这种时候要是还不明白自己被人蓄意算计了，苏凭就枉在娱乐圈游刃有余地混迹这么多年了。

公关团队多少明白了一点苏凭的意思，利落地结束通话后马上开展危机处理。苏凭挂掉电话，整个人轻松地往沙发上一靠，这才好整以暇地看向依然站着的两人，没什么情绪地撑着头开口发问。

"你们还没演够啊？"他懒洋洋地说，"我知道有你们安排的记者正从四面八方赶过来，不过在你没黑倒我之前他们大概还不敢直接闯进来，不如我们先坐下来聊聊？"

苏凭微微笑着，对着沙发做了个请的手势，眼中满是兴味。

"聊聊你们怎么想起来用这种方式找我麻烦的？"他有一下没一下地抛着自己的手机，神色淡淡地说，"你们知道我的公关团队处理这种事情需要多长时间吗？"

"最多三个小时。"

"我没有！"在杨硕开口之前，刘静怡已经激烈地摇起了头。她眼中的泪光尚未彻底散去，而今因为急于解释又重新变得眼圈泛红。

"我们……我们的确是在吵架，连累了苏凭前辈，不好意思，我……我去跟他们解释。"她眉宇间带着一抹黯然，失落又无措地道着歉，说话间朝门口走去。

苏凭嘴角噙着抹意味不明的笑意冷眼旁观，直到刘静怡已经将门拉开了一个小缝才重新开口："关上，还不是和记者扯皮的时候。"

他说话的声音并不大，语气也丝毫称不上严厉，刘静怡却下意识应了一声，将门重新关起来，带着一点迷茫回头看向苏凭。苏凭没有看她。在苏凭与杨硕视线交错的时候，杨硕慢慢扬起了眉毛，脸上浮现出似笑非笑的神情。

"你们认识？"他带着一丝了然看向刘静怡，"难怪你这么坚定地要跟我分手，原来是已经找到了更好的下家。"

"别把所有人都想的跟你一样。"刘静怡厌恶地看了他一眼，努力向门板靠了靠，离他更远了些。

三人陷入短暂的沉默中，苏凭的铃声打破了这样隐隐不安的鸦雀无声。他当着杨硕、刘静怡的面接通了电话，没说几句便点点头将电话挂断，抬起头时，以一种全新的眼神将杨硕打量了一遍。

"看不出来啊，尖锋娱乐愿意给你发我的公关团队都公关不掉的头条。"他摇了摇头，又笑了一下，一双眼睛沉静平和，"这么说秦菲也参与进来了？真是有点小看你们两个了。"

他眼角眉梢都带着忍俊不禁的笑意，慢悠悠地问："你们两个，这是要造反？"

"凭哥说笑了，我们哪敢啊！"杨硕这种时候居然还能笑得很自然，面对苏凭的询问还摆出了个委屈的表情，一等一的逼真，"只不过我对我女朋友这么好，她最近却一直闹着要和我分手，我原先还摸不着头脑，现在知道她认识了你，总算想通了。"

不愧演技一直颇受好评，不要脸起来居然这么自然。苏凭失笑，刚要说些什么，门外却突然响起了砰砰砰的暴力捶门声。

"哪家的记者，行事有点嚣张啊。"苏凭有点惊讶，不过并没打算理会。

刘静怡稍微愣了一下，整个人却像是骤然抓到了救命稻草般，紧紧贴着门急切地开口询问："雁姐，是你吗？！"

"是我。"乔雁的声音从门外传了进来，一如既往的温和镇定，"静怡，开门。"

刘静怡急忙将门拉开一条缝，乔雁走了进来，刘静怡刚要关门，却突然看见穆庭也站在门外，此时正面无表情地转身，冲和工作人员有交情而挤进来的记者做了个闭嘴的手势。他积威不俗，几个记者都不敢造次，做完这些后，才在刘静怡的微怔中闪身进来。

"我们之间的事，何必牵扯外人？"杨硕看到乔雁后脸色就有些不好看，见到穆庭时更是眉头皱起，直接向刘静怡发难。

"你们不把我当外人问过我意见了吗？不都把我牵扯进来了吗？再多他们两个也不算多。"苏凭适时挤对了杨硕一句，居然还颇有闲心地冲乔雁、穆庭招招手，"红队再聚首，可喜可贺，你们为什么会一起过来，有什么我不知道的事情发生了吗？"

"你不知道的事情多了，我们还是先说眼前这件。"乔雁和苏凭交情颇深，眼下随口搪塞了苏凭一句，语气十分敷衍，心里都知道对方说的话是什么意思。现在不是叙旧的时候，乔雁转向杨硕，脸上一派笑意盈盈。

"杨硕前辈这么见外干什么，你和静怡还是我牵的线呢，现在有矛盾了，我这个媒人当然得来看看。"她带着标准的假笑跟杨硕说话，穆庭站在旁边，也跟着假笑了一下。

"有话好好说，别自己加工啊。"他跟杨硕直白地打了个招呼，指了指现在如同找到了救星般，整个人都镇定下来依偎在乔雁旁边不肯离开的刘静怡。

"我们都把静怡当自家妹妹看，杨硕妹夫，具体什么情况你们不如好好说说，我看你们现在都不够冷静，要是说不好的话，说不定等会儿我就帮你说了呢。"

"是啊，杨硕前辈，有话好好说。"乔雁和穆庭一唱一和，配合默契。

乔雁忽然转头问穆庭："你不是一直有句话想跟杨硕前辈说吗，倒是说啊？"

"哦。"穆庭不动声色地看了乔雁一眼，明白了她的意思，随后配合地点了点头，嘴角勾起抹玩世不恭的笑意。

"其实我一直想跟你说，"他真情实意地开口，"杨硕，你这次别被我们抓到把柄，我看你不爽，想整你很久了。"

"你们想要把柄啊？"一直笑着围观乔雁、穆庭和杨硕打交道的苏凭突然开口，轻飘飘地接了句话。

"我知道啊。"他笑着说。

"他们不就是想把我变成第二个罗铭吗？"

苏凭的这句话一出，所有人脸上的神色都稍稍一变。

这样语焉不详的哑谜究竟代指什么，苏凭和杨硕自然都心知肚明，穆庭身份在那儿，该知道的一件都不会落下，当初与乔雁交情不深时便能将舒丽评价为"很厉害"，自然对这件事情早便知情；而乔雁身为凯星一姐，不知道些凯星的隐情才真正说不过去。

刘静怡是几人中间唯一不知道他们到底在说什么的人，不过身为凯星的艺人，罗铭曾以艺人身份在轩霆摸爬滚打数年，这点她自然知晓。

这样的情况，显然没人有心思将罗铭的事翻出来细细地梳理一遍，众人沉默了一下之后，还是将视线放回了杨硕身上。穆庭双臂交环，坐在沙发上跷起二郎腿，一脸"你说吧，大爷，我听着"的表情，乔雁拉着刘静怡坐在休息室的椅子上，一脸波澜不惊。

杨硕在几人这样的强光注视下，依然面不改色，他抬起手腕看了看表，面带微笑地指了指外面。

"把记者晾太久不好吧。"他以询问的口气说，表情仿佛在谈论天气，"事情拖太久就解释不清了，我出去跟记者说明一下？"

他嘴上说自己出去解释，视线却一直看着苏凭没有移开。苏凭对他意味深长的目光视若无睹，赞同地点了点头，甚至鼓励地挥了挥手。

"那你去吧。"苏凭事不关己地摸出手机，低头百无聊赖地玩起了手机游戏，"分个手都这么磨磨蹭蹭的，何必呢？"

杨硕眯了下眼，柔和地笑着，慢慢地说："事情变成这样，我也没什么办法，还不是因为凭哥太有魅力，让人把持不住？"

穆庭眉头跳了跳，看了一眼乔雁的表情，见她毫无特殊的反应，连嘴角抿起的弧度都没有一丝一毫变化，只得忍耐地深深呼吸一下，将头撇向一边。苏凭稍稍扬起眉毛，转头看向刘静怡的方向，后者一直低垂着头，被乔雁推了一下才慢慢抬起头，向苏凭看了过来。

苏凭看着她："是吗？"

他只说了这两个字，多余的话一句都没有提及。刘静怡看着他，恍惚了一下，突然想起上一次见到苏凭时的情形。

她第一次见到苏凭的时候，对方正神色淡漠地训斥着她的男朋友，维护着的人却是她的师姐。她沉浸在爱情的甜蜜中没几天，之后每每细想杨硕所作所为，总觉得心头仿佛笼罩着一层阴霾，已经很久没能睡个好觉。

当时她对苏凭的做法既惊又疑，挣扎片刻后最终还是告诉了乔雁，说出口的那一刻起，心里就已经明白，她已经没有当初站在乔雁面前，坚持说杨硕很好的勇气了。

对她不好，她尚且总想着多做一些，多努力一些，再争取一下，走到一起有多巧合，走下去有多不容易，她心知肚明，因为喜欢，总有些逃避真实的杨硕本身与她印象中的差异。

但他并不稀罕她这样的小心翼翼。

她曾经把所有关于爱情的美好幻想都赋予在杨硕身上，但不久前发生的一件事让她明白，爱错人对一个姑娘来说，是多么灭顶的灾难。

提出分手只是希望现在回头是岸还为时未晚，发展成这样她始料未及，甚至把苏凭也卷了进来。刘静怡低垂眉睫，淡淡地苦笑了一下。

明明第一次见苏凭时苏凭就对她说过，以后做事不要冒进，会给人增添不必要的麻烦。她一直引以为戒，战战兢兢，想不到最终还是给苏凭带来了困扰。

"不是的。"她静静地说，神色间带着深深的倦意与寥落，却依然坚持看向苏凭。

"我没杨硕那么醒龊，这么不要脸的事我干不出来。连累了前辈不好意思，等会儿在记者面前，我一定将所有事情都说清楚。"

"你要出去？"连杨硕都有点意外，破天荒地主动开口问她。

"我为什么不能出去？"刘静怡看着他，苦笑出声。

"就算你心里的算盘打得再圆满，我还是得提醒你一句。"

"分手是我们两个人的事情，你不管想把它和谁扯上关系，都绕不开我。"

刘静怡站起身来，被乔雁拉了一下，附在耳边低低说了几句话。刘静怡一言不发地点点头，走过去打开门，在外面骤然响起的快门声中回头看向仍然站在原地的杨硕，脸上的表情带着些如释重负的解脱。

"走吧。"

外面果然来了众多的媒体记者，见到出来的人只有杨硕和刘静怡，不少人的脸上都浮现出明显的失望。这里面除了杨硕事先安排好的记者之外，大多数都专程为苏凭而来，毕竟苏凭混迹娱乐圈多年金身不破，眼下难得被挂上了头版头条，明显是有人给苏凭下了战书，一时间各方媒体都闻风而动，紧急赶来，生怕晚一步就错过了苏凭走下神坛或是反身痛击的好戏。

杨硕和刘静怡的出现虽然让记者都确定了照片中其他两人的身份，不过看到主角之一是杨硕后，不少人此时已经回过味来，敢情这次的斗争还是轩霆墙内起火，一哥二哥公然开战？这条消息居然能发出来，那么轩霆的态度简直就称得上睁一只眼闭一只眼了，暧昧得很。

这是要上下一心对付苏凭，要把苏凭拉下来？对自家一哥还这么狠，轩霆图的什么啊？

记者们好奇归好奇，本职工作却也都没忘记，争先恐后地开始提问，恨不得把话筒黏在两人的嘴上。

"请问杨硕先生，网传你和刘静怡已经分手，这是真的吗？"

"苏凭在你们的分手中究竟充当了什么角色？"

"据知情人透露，苏凭、刘静怡已经秘密同居，杨硕你怎么看？"

"苏凭在这间休息室里吗？他为什么不——"

休息室的门被人猛然拉开。

"吵死了，工作人员记录一下扰乱秩序的媒体名单，我以后的采访不接这些家。"他简洁地说完这句话，冲门外的工作人员点点头，而后当着记者的面，砰的一声把门关上了。

记者们陷入了短暂的鸦雀无声中。

没了记者提问的干扰，杨硕终于拿回话语上的主动权，此时正举起话筒，耐心地解释："很遗憾，我们的确是已经分手了，不过分手原因没有外界传得那么夸张。静怡的确和苏凭认识，不过发乎情止乎礼，大家不要多想。"

他笑着说出了这番歧义极大的话，欲盖弥彰的意味太过明显，引来了媒体的又一阵问询。在他游刃有余地应付完重要记者之后，终于有小报盯上了一直沉默的刘静怡，率先向她提问："请问刘静怡小姐，你对网传苏凭横刀夺爱拆散了你和杨硕，有什么感想吗？"

刘静怡深吸口气，拿过了话筒。

"感想是三人成虎，人言可畏。"她对着话筒清晰地说道，温柔的眉眼还是一如往常，但说这番话时不卑不亢的模样，居然隐约可见乔雁的影子。

"我和杨硕分手是因为性格不合，当时在一起全因杨硕遭遇人生低谷，我们才有这么一段古怪的缘分。如今分手，是因为我在知道了一些事情之后发现无法继续这段感情，至于苏凭前辈……"

她深吸了口气："我和苏凭前辈有过一面之缘，交情都谈不上有，我没出道时就看过很多他的电影，很尊敬他，算他的半个粉丝，但对他没有半点男女之间的感情，事情传得越来越邪乎，我不得不就这个问题发个誓。从和杨硕交往到和他分手，这期间我一心一意地喜欢着他，从没看过别人。在一起和分手都不关别人的事，如果这件事上我说了半句谎话，愿意被所有公司媒体永久封杀。"

她的这番话说得激烈又决绝，不光媒体惊得一句话都说不出来，杨硕的脸色也难看起来，休息室里的穆庭和苏凭更是同时露出了诡异的神色。

过了好一会儿，才有媒体底气不怎么足地开口："那你究竟是发现了什么事情才坚持要分手？"

休息室里的乔雁突然叹了口气，有些疲惫地靠着椅背，闭上了眼睛。

而在杨硕的脸色剧变中，刘静怡的眼中慢慢生起了晶莹的水雾，说话的声音有些颤抖：

"因为我发现，杨硕不只有我一个女朋友，我被人警告过插足没有好报……我以为在你们的见证之下，全世界都知道，我才是和他光明正大在一起的那个人。"

这场发布会峰回路转，连一向想象力丰富的记者都始料未及。

杨硕出道至今一直绯闻缠身，绯闻对象几乎一季度一个，好几年下来不带重样。粉丝们对他的情况早已习惯，一部分用炒作需要麻痹自己，另一部分则觉得偶像开心就好，随他去，反正还没结婚，花心一点不犯法，甚至劈腿都算不上。

在杨硕宣布刘静怡的正牌女友身份之后，虽然很多粉丝都对两人悬殊的身份差距有些不能接受，也不看好这段感情，但说到底这是杨硕第一次公开的恋情，大多数人还是表达了祝福，尤其是在杨硕经历了那样的婚内出轨黑料之后。

然而众人万万没有想到，这桩已经平息的旧闻居然在数月之后再起波澜，风暴中心还是杨硕的女友刘静怡——几个月前因为她的关系，杨硕得以强有力地反驳了许多关于他的传言，而今这个人证居然又自己跳了出来，说公众所知的一切都是建立在谎言之上的真相。

开什么玩笑？！很多人都破口大骂，骂什么的都有，各种难听的话横行网络。许多人首先质疑的就是刘静怡这番发言的真假，作为杨硕承认的昔日女友，虽然不排除分手后变为仇敌的可能，但她说的话还是有相当的可信度的，不少人心里都或多或少生起了些许疑问。

而当时休息室里，苏凭和穆庭一见乔雁的表情，便知道这件事怕是十有八九做不得假。

事实也的确如此。刘静怡和杨硕在一起后，围绕着她的大多数都是为讨好杨硕而做的恭维，只有乔雁认真地劝过她杨硕并非良人。是以在发生那样的事件后，刘静怡六神无主之下还是告知了乔雁，坚定分手也得到了乔雁的支持。

所以遇到杨硕发难，她第一时间就想起了乔雁，这也是乔雁和穆庭为什么能赶到得这么及时的原因。外面的记者被工作人员强行驱散，毕竟是在电视台，记者们也不敢太过造次，纷纷先行离开。杨硕也随后离开了休息室，节目都没有录，看向刘静怡的眼神中满是深深的冰冷。

而刘静怡在杨硕与记者都离开后，一个人在休息室失魂落魄地坐了一会儿，突然疲惫地将脸深深埋进双掌里。

"我其实想说得更好的，想做得更好的，但好像还是搞砸了……"她的声音有点哽咽，透过双掌闷闷地传了过来。

"我做不好，做不好……对不起，雁姐，对不起……"

"别哭啊，哭花脸不好看了。"乔雁坐在她旁边，想了想，抬手碰了碰她的肩。

"静怡，我们是什么关系？"

"啊？"刘静怡愣了一下，有些茫然地抬起通红的眼睛朝她看来，"师姐妹？"

"嗯。"乔雁点点头，拉过她的一只手，低头端详了一阵，抬头问她，"师妹的'妹'字怎么写？"

"'女'字旁……加个'未'。"刘静怡有些反应不过来乔雁的意思，下意识地开口回答。

"是啊，'女'字旁加个'未'。"乔雁笑了笑，在刘静怡的掌心里慢慢写下这个字，"还没长大的小姑娘。"

"姑娘总要经历些事情才能长大的。"乔雁将刘静怡的掌心合起，如同包好了所有的彷徨与不安，温和地说，"我们不着急，慢慢长。"

刘静怡愣了一会儿，低下头，终于还是默默地落下泪来。

在这段不平等的感情里，她掏心掏肺地付出，姿态低到了极致，却还是没能培养出善果。

她先前不愿意承认这样惨痛的经历是自己成长的必然之路，而今只求自己已经走过了，以后就真的能彻底成熟。

"这些人还真是有点过分到没眼看了。"

在杨硕走后，苏凭终于彻底卸下脸上标准的笑意，整个人都显出些陌生的漠然来。乔雁新奇地看他一眼，穆庭已经忍不住开口吐槽。

"自己都能被杨硕挂墙头了，你不装能死啊？"

"他这次是和秦菲联手，二打一的战绩我不认。"苏凭无所谓地笑笑，眼中带着点漫不经心，"这次也就钻个我队友不在的空子，他们觉得现在不下手就晚了……"

苏凭想了想，中肯地评价："人类的思维总是这么简单。"

你跳出三界之外不在尘世之中了啊？穆庭翻白眼，想了想也就明白了苏凭说的队友究竟是谁。

"她还在外面玩，别等回来了才发现你司已经改朝换代了，她这个前朝遗老打算何去何从啊？"

"谁？"乔雁不太确定苏凭和穆庭说的那个人究竟是何方神圣，开口问了一句。

"一个秦菲在轩霆折腾了这么些年，见到了还是得老老实实缩着的人。"穆庭想了想，如斯介绍。

"轩霆一姐——楚冰。"

杨硕的这件事，在消息公开后很是被讨论了一阵。

前女友现身说法痛斥杨硕脚踩两条船，还是上一次杨硕面临这种风波时跳出来力证其清白的前女友，这样一桩反目成仇的好戏，真真假假一时恐怕除了当事人，没有人真正清楚，相信杨硕的和不信杨硕的都拿不出什么实打实的证据，这件事也就慢慢平息下来。

而最开始被挂上头版头条，进而引发了后面事件的苏凭，除了最初时被尖锋语焉不详地提及一次，那之后再无关于他的消息。

媒体与公众都似乎刻意遗忘了他这个人，这自然有他的公关去疏通，然而媒体明白轩霆内部可能有点压苏凭的意思，但苏凭的背景又不是只有轩霆一哥这一个，是以对他还是非常客气，这和他的好人缘也有关系。而公众则根本不信苏凭会看得上刘静怡，大家绝口不提，仿佛他和这件事情从头到尾毫无联系。

"本来就毫无联系。"苏凭耐心地纠正，"我这是破坏别人感情的面相吗？推门进去看见家暴现场我心里也是很崩溃的，之后想起这事还做噩梦呢。"

乔雁忍耐着看他一眼，对他天马行空的满嘴跑火车不予置评。

他们刚结束新一期《终极战斗》的录制，结束了又一天的忙碌，各自收工，正往场地外面走。苏凭本来在她后面，见她旁边没有人，走过来好奇地张望了一下："真稀奇啊，穆庭今天没在你身边转悠？他人呢？"

"录制完就回工作室去做专辑了，妆都没卸，抬腿就跑，化妆师追了他好长一段路，最后没追上，气得给我卸妆时一直在念叨，我现在耳朵还疼呢。"乔雁莞尔，抬手揉了下耳朵，说话时也没刻意压低声音，旁边走着的好几个人都发出了善意的笑声，零零碎碎地感叹几句，大家成群结伴地向停车场走去。

穆庭最近忙得走路带风，他上一张专辑年初发行，现在已经开始忙起了新专辑的录制，因为中途有两个月推了工作去采风，现在恨不得把一分钟掰成两半用，自那次去剧组探班之后，两人几乎都没有时间坐下来好好说会儿话。

大家都是艺人，歌手和演员的工作也没什么太大不同，穆庭的情况乔雁完全理解，她自己也有不分白天黑夜拼命赶戏的时候，艺人这个工作就是如此，被鲜花镜头环绕下的生活固然光鲜，但那些隐秘又艰辛的汗水与努力，没经历过，很难感同身受。

现在录制《终极战斗》差不多是两人唯一能够相处的时间，虽然从始至终都会被摄像机环绕，但乔雁每次来录节目时，心情还是会很不错，惹得很多粉丝都说乔雁太上镜了，简直美颜盛世，轰轰烈烈兴高采烈地夸了好一通。

《终极战斗》目前已经播出过半，日子也安安稳稳地过到了十一月，今年的天气比去年要冷，这档节目却闯出了今年娱乐圈综艺真人秀热度的新高，在这个寒冷的初冬里点燃了公众几近沸腾的热情。

自她去年拍摄《红颜谋》到现在，也就过了一年多，乔雁这个名字却从默默无闻的女配角飙升到实打实的一线，微博粉丝突破八位数大关，片约在舒丽手上积了厚厚一摞，包括曹瑞在内，没有导演会再拒绝这个新生代的演技女王参演。

而今再看百度百科，已经不是只有乔雪一个人热火朝天的编辑，如今她多了主演的电影电视剧，参与了一档最红的真人秀，拿下了几个分量很重的代言，也开始频繁地和一个名字共同被人提及——穆庭。

其实认真说起来，乔雁虽然演了好几年的戏，但排除之前演龙套的时间，从去年年底有所起色到现在，穆庭始终在其中扮演一个颇为重要的角色，在公众眼中，他远比把握她发展大方向的凯星更加对乔雁如影随形。

这种说法当然有失偏颇，乔雁是靠自己的演技生生在娱乐圈杀出重围的，这种说法公众都比较认同，毕竟乔雁从出现在演员表至今，参演的剧集无一烂片，虽然数量不多，但连最开始饥不择食的发展期都完美规避了一切争议之作，选片眼光好得令人惊叹，实在不服不行。

但穆庭同样也在乔雁的事业发展中起到了重要作用，是个不得不提的角色，只说网友已知的内幕，穆庭唯一一次曝出的绯闻女友照片，事后侧面证实女主角是乔雁，而乔雁得以试镜曹瑞的《天涯游侠》，得益于穆庭、魏泽的联手推荐，年前穆庭更是邀请乔雁出演了自己的MV，在乔雁还没一夜爆红时，提前帮她铺下了不错的粉丝基础。

另外，乔雁主演的《侠义千金》主题曲由穆庭工作室出品，质量颇高，是至今依然被频繁传唱的高质量片曲，在各界都颇受好评，堪称电视剧制作的点睛之笔；《初相见》倒是和穆庭没什么关系，但在黑料爆发的最初，穆庭就敢拉着乔雁的手穿过记者的重围，一片心意已经容不得再有曲解。

穆庭成名在先，且至今炙手可热，背景深厚，但向来洁身自好，是很多人眼中异类一般的存在，不乏有人带着最恶毒的猜测进行诋毁，比如最初的倒穆事件，但这些都改变不了他的确足够优秀的事实。粉丝们以挑剔的眼光为偶像寻找着配得上他的姑娘，嫌弃这个演技差，那个绯闻多，挑来挑去，始终觉得没人配得上他。

结果他自己当着所有人的面，牵着一个姑娘的手走了出来。

粉丝们对乔雁的态度从一开始的"这人谁啊我们不认"，到后来乔雁洗清污蔑做出成绩时的"看上去还凑合但还要再看看"，到现在的"嗷嗷嗷你们赶快去结婚"，中间也就隔了大半年时间。

粉丝们的想法其实很简单，我捧在手心里的偶像，希望他喜欢的姑娘值得他喜欢，虽然其实大家也做不了什么。但随着乔雁踏实地一步步演戏，代言，稳扎稳打地向上走，洁身自好，不乱炒作，许多穆庭的粉丝冷眼在一旁看着看着，眼神也就软了下来。

她好像真的不错，那我们送上祝福。

《终极战斗》播出了这么多期，乔雁和穆庭的互动不光看得观众血脉贲张到处跑圈，甚至独霸天下笑傲群雄，节目组的工作人员更是已经默认了他们是一对的事实，录节目时但凡是组队类的项目几乎就没把他们拆开过，私下里说话也都当他们只是还没公开，隐晦的不隐晦的调侃几乎已成常态。

就像这个晚上，苏凭没见到穆庭也要过来问上乔雁一句，他其实是少数知道穆庭、乔雁还没有真的在一起的那个，但还是会从善如流地过来打趣两句。

他没问过乔雁，他们俩究竟是什么原因还这么拖着，舒丽倒是曾经向乔雁问起过她的意思，乔雁想了想，低眸莞尔。

"万事俱备，只差……"

奖项。

她是外柔内刚的性格，粉丝有的顾虑她也会有，配不配得上固然是如人饮水，冷暖自知，但她也不想自己的感情被人饶有深意地品头论足，曲解成一场煞费苦心上位的阴谋。穆庭的优秀她看在眼里，心中有数，感念他对自己的付出，却无法接受自己的妥协。

就像当初在《初相见》的发布会后台，重重记者团团围在外面，他们在休息室门外交换了一个短暂而静谧的吻。在一起似乎只需要一个点头的时间，但他明白，她也明白，想要坦坦荡荡地在一起，名正言顺，不受委屈，总要更努力些才行。

当初他们曾在《初相见》最后的拍摄场地外面利落地道别，各自走向自己将要面临的艰难与战争，努力固然还是原来的流程，但有了脊背相贴的那个人，无论如何，总会更明白坚持的意义。

录完了节目之后，第二天一早，乔雁去了趟凯星。

她上次来凯星还是接下真人秀节目邀请的时候，距今已是个把月，前台看到她时还是很激动。她去了趟自己专用的礼物存放室，把快要堆满一屋子的东西整理了一下，吃的分发给工作人员，用的挂在房间的各个角落，最后抱着一箱子信和粉丝亲手做的东西向外走。

"你要把这些东西带回去？"刚出房间门，就有人主动在一边问她。

"其实有时间就会看看来信，我当初想成为艺人就是因为这个来着。"乔雁弯眸，将纸箱往上抱了抱，"每次看信的时候都深刻地觉得很多人在关心自己，喜欢这种感觉。"

"不过说起来……苏凭，你怎么在这里？"

"在这里当然是因为有约啊。"苏凭冲她打了个招呼，绅士地接过乔雁手中的箱子，自然而然地和乔雁并肩往电梯方向走，"你是不是要上去找罗铭？那正好带我过去，我不认路。"

看你这气定神闲散步的架势，还真看不出来是没找到路。乔雁在心中掠过一串省略号，苏凭的这种功底还真是已经修炼到了常人不能达到的地步。她朝左右不动声色地看了两眼，两人先后进了电梯后，她才耸了耸肩。

"你们谈什么事一定要约在凯星公司楼里，不能出去找个地方吗？"她抬手按下楼层数，低头看了眼时间，叹着气随口抱怨，"这下又该传出'轩霆一哥离奇现身凯星'的消息了，我司都已经是业界著名小作坊了，你这尊大神就能让我们省点心，少添点麻烦……"

"想开一点，你见过麻烦这种事情是你不想碰见就能避开的吗？"苏凭没什么诚意地安慰她，后者装没听见。

"再者，其实无论怎么隐秘都是会被发现的，那又何必躲躲藏藏呢，就像怕了谁似的。"他淡淡地笑了笑，随口补上两句。

乔雁顿了顿，偏过头来看他，却只能看见苏凭沉静的眼睛与温和的侧脸，顿了顿才轻声开口追问："你和轩霆之间到底是什么矛盾？"

"无法调和的三观差异。"苏凭简单地答了她一句，别的话也不再多说。两人沉默地到了罗铭的办公室，推开门时却见正对着他们的方向站着一排小姑娘，罗铭背对门口，负手转来转去，时不时对着小姑娘们露出一脸恨铁不成钢的扼腕叹息表情。

"太僵硬了，真是太僵硬了，你们是机器人吗？发给你们的片酬是让你们用来买机油疏通身体关节的吗？"

姑娘们相互看看，大多数选择低着头老实挨训。只有最漂亮的那个仰脸看着罗铭，脸上是显而易见的不服气。罗铭看在眼里，点了她的名字问："颜雪芯，你这一脸上不服天下不服地的表情是怎么回事，想撸袖子跟我打一架啊？"

　　乔雁记得这个名字，颜雪芯和刘静怡是在她之后公司同时签下的两个艺人，彼时罗铭和舒丽送刘静怡到她身边当助理，对颜雪芯就一直没有什么大的动作，而现在刘静怡因为和杨硕的绯闻事件，意外地在公众面前刷成了熟脸，颜雪芯却还是没被公司正式推出来。

　　当时罗铭对两个人的评价是一个太精一个太笨，都还得再磨炼磨炼才能放出去见识世面，刘静怡因为一个意外被迫提前出道，颜雪芯被留到了现在。而今一个照面，乔雁也就明白了公司的顾虑何在。

　　这个姑娘的眼睛里，带着桀骜的野性与明亮的狡黠，比她更要锋芒毕露，过早接触这个圈子只有两种结果：要么一身逆骨撞得头破血流，要么随波逐流火速出走，哪种都是凯星不愿意看到的情况，于是也只能将她这么慢慢拖着。

　　而今有没有成效不好说，乔雁拦下苏凭，饶有兴趣地朝门内看。罗铭的话音刚落，姑娘们很多便忍俊不禁起来，颜雪芯有些窘迫，依然很不服气地将头又仰了仰。

　　"罗哥这话说得也太想当然了，演技哪是那么容易磨炼的，我们也要时间慢慢成长，罗哥要求也太高了！你现在是不是眼里只有雁姐，对我们怎么看怎么不顺眼啊？雁姐和我们一样大的时候做得就真比我们好吗？我觉得也不一定……"

　　"你不努力你还有理了啊？"罗铭几乎被她气笑了，转头冲一边沙发上坐着的舒丽抱怨，"真是人心散了队伍不好带了，这群小丫头个个主意都这么正，咱们都快压不住了，要不就别管她们了，随她们折腾，什么时候把公司折腾没了，我们俩就一起回家卖红薯去。"

　　舒丽揉了揉眉心，叹了口气，抬头不轻不重地看了一眼。姑娘们和罗铭都下意识缩了下脖子，没了声音，乖乖站好。舒丽则越过他们，直接看到了站在门口的乔雁和苏凭，站起身冲他们点了点头。

　　"真准时，快进来坐，他们就这样，闹腾了点，别介意啊。"她对苏凭招呼了一句，助理颇有眼力见儿，端了两杯茶就走了过来。乔雁进自家公司不用人招呼，自动自发地挪到舒丽旁边坐下，捧着茶杯向一群眼带兴奋打量着她的姑娘们笑盈盈地挥挥手。

"呀——"姑娘们顿时激动地尖叫成一片，凯星签下的艺人随着最近的发展有所增加，而最近签下的这一波里，能来凯星的基本都对乔雁了如指掌。面对自家公司的传奇一姐，姑娘们个个心潮彭拜，一个个难掩激动地看着她，兴奋得脸色通红。

而乔雁果然如她们听闻的那般，平易近人没什么架子，居然对着她们眉眼弯弯地笑着开始打趣："师妹们初次见面，师姐忘了准备见面礼，就告诉你们一个凯星的秘辛吧，我们罗哥其实特别喜欢摇滚乐，不光喜欢听还特别喜欢唱，但是跑调严重，下次拉他去唱K时记得给他录一段，有此等黑历史在手，他对你们会客气很多的。"

"你难得回来一趟，结果是专程过来扰乱军心的啊？"罗铭又好气又好笑，佯装要踢她，乔雁笑着往舒丽身边躲，姑娘们都忍俊不禁，一个个彻底放松下来。

显然今天的训话没法再继续下去，罗铭索性也就不再强求，和一直微笑旁观的苏凭去了里间谈事情。乔雁和师妹们说了会儿话，也和舒丽就未来发展做了意见交流。

她这次回公司就是为了和舒丽商量一下之后要接的新剧本，《纸上谈情》已经进入了拍摄后期，在各个平台上都颇受好评，又是一次成功的剧本挑选，为乔雁选剧本无一走眼的战绩又添了光彩的一笔。但接档剧本此时还没有决定，乔雁与舒丽都还比较犹豫。

在未来的发展路线上，她和舒丽的想法完全一致：贵精不贵多，无论是代言还是剧本，都要精挑细选，质量有了，数量自然慢慢也会有。她面前接下的几个代言都是类似香水化妆品服饰之类的轻奢牌子，走得很稳，剧本的挑选方面反而没这么顺利。

作为一个演员，乔雁对剧本的要求很高，好剧本没那么容易碰到，一个好剧本变成好作品也要经历无数艰辛。比如她这次接下的剧本《纸上谈情》，接下的原因一方面是挑战周播剧这种边拍边播的行事，另一方面也是为了让乔雁不拘泥于聪慧的类型，迅速在观众心中拓宽戏路。

眼下这点都完成得颇为成功，这部周播剧收视亮眼，为国内的这种尝试开了个好头，而乔雁也完成了从虞锦扇和施音到莫秋秋的转变，不再饰演乱世中美丽要强又慧极必伤的角色之后，一个平平无奇但有点萌的莫秋秋也被她演绎得栩栩如生，令人赞不绝口。

但从本质上来说，《纸上谈情》并不算是个非常优秀的剧本，庄奕虽然是个优秀的新锐导演，但这个剧组不像徐振或顾蜇声的剧组有其固定班子，剧集质量也会有所折损，是以这是一部大热的电视剧，却无法成为乔雁的代表作，尝试一次没问题，多了之后，再好的演员也难逃渐趋俗气的命运。

舒丽手边其实有一些不错的剧本邀约，然而又怕接下后错过真正心仪的明珠，最后还是决定暂时搁浅在这里，等待命运安排。

"其实有一个导演也许要开新戏，"舒丽看了看乔雁，欲言又止，"但是……大概跟我们没什么关系，也不是很确定……算了，到时消息确定再说吧。"

乔雁没有多问，她尊重舒丽的意思，没到说的时候也不过分刨根问底。自己的事情忙完之后，她又开始和师妹们聊起天来，人来来往往几轮之后，颜雪芯终于坐到了她的旁边。

"在凯星还习惯吗？"乔雁笑着问她。

"……还好。"颜雪芯有些不自然地清了清嗓子，她虽然是公认的聪明傲气，但与眼下红遍半边天的乔雁近距离接触时，还是不可避免地泄露出一丝紧张。乔雁看在眼里，不以为意，摇摇头突然想起了什么。

"你比我小多少？"乔雁好奇地问。

"四岁。"颜雪芯答了她一句，似乎因为自己的这个回答信心大增，骄傲地挺了挺胸膛，"雁姐四年前演技就很精湛了吗？我们最近总被罗哥骂，都快被骂到心灰意冷了。"

"四年前？嗯……我刚进娱乐圈，还在跑龙套啊。"乔雁回忆，看着颜雪芯轻松下来又带着点果然如此的表情，不由得莞尔，"没签凯星之前我演了三年的龙套，来凯星一年之后事业才开始有所起色，也是像你这样，第一年差不多一直被公司冷处理。"

"所以我现在这个水平已经算在同阶段还可以了吧？"颜雪芯趁机问。

乔雁不以为意，轻轻拍了拍颜雪芯的手背："但是啊，前三年我没人指导，全凭自己摸索着来，几乎没有任何进步。在凯星待着的这一年，就算是被冷处理，也终将迎来重见天日的那天，那时如果能够沸腾燃烧起来，以后的命运就会大不相同。"

"而且啊……"乔雁看着愣了一下后若有所思的颜雪芯，微笑着捏了捏她的脸颊，"他们都说你很聪明，希望你真的足够多智，意识到这里有多令人安心。"

等到罗铭和苏凭谈妥出来的时候，姑娘们都已经要散了。见两人出来，什么反应的都有，有对着苏凭尖叫的，兴奋招手的，但也有拔腿就走的——乔雁可不想被他们连累得走不了，不过后来到底还是形成了这种结局。

他们在罗铭的办公室里坐了一会儿，罗铭透过窗看见姑娘们嘻嘻哈哈地下楼，颜雪芯照例被人簇拥，回头对乔雁感叹："她们真是太闹腾了，精力太旺盛也不是什么好事。"

"很厉害。"乔雁由衷地说，她在别的公司从未感受到这样的气氛，归根结底还是因为罗铭、舒丽的观念与其他公司不同。乔雁因工作原因去过几家，森严等级之下，再无凯星这样温馨柔和的世界。

这些话她不与罗铭直说，只默默放进心底。那头姑娘们散干净了，罗铭回头看她，神情严肃起来。

"乔雁，"他说，"珠玉奖的入围名单公布了。"

第十三章
花落卿怀

珠玉奖的入围名单，在这个还未飘雪的初冬如约而至。

距离上次珠玉奖揭晓，又已经过了波澜迭起而又平凡普通的一年。娱乐圈中的起落浮沉太过常见，反正聚光灯下永远不缺几张讨喜的脸。这其实并不意味着所有人都有捧高踩低的习惯，只不过究竟是哪些人的起与落交换了位置，对于绝大多数人来说，根本毫无区别。

不过人们看不到的仅是那些悄无声音销声匿迹的人，在这一年中新晋成为焦点的人总还是会被人看见，并且大书特书的。无数双明里暗里的眼睛都在关注着这个电视剧界最高奖项的最终归属，社交平台上也已经开出了关于结果的竞猜活动。

在这些竞猜结果里，乔雁几乎全都处于领先位置，是珠玉奖今年最大的热门之一。

她去年还是个默默无闻的，连新人奖都毫无得奖可能的配角，今年却已经是"最佳女主角"的有力竞争者，最大的不确定因素只有她的年龄和资历——虽然去年就有拿奖的沐雪晴，但基本上没有人会将她们的经历拿来类比。

这就好像问一个遵守规则的运动员你为什么不靠着作弊拿个一直想要的冠军，对比赛结果与运动员本身都是一种轻蔑。

事实上大多数人都觉得，珠玉奖今年绝不会出现如去年那样爆出大冷门的情况。去年玩笑般的结果，给珠玉奖的公信力造成了深深的折损，几乎已经成为珠玉奖一道讳莫如深的伤痕，人为操纵的结果像是个巨大的巴掌打在所有评委的脸上，让人不得不引以为戒。

尤其沐雪晴虽然今年也担纲了《天涯游侠》的女二号，在参加了真人秀后人气也有所回升，但水平配不上"最佳女主角"这一奖项已经是不争的事实，她也并没有在拿奖之后就打通任督二脉，今年的珠玉奖入围名单里甚至没有她的名字，这便是最好的证明。

当然，这其中可能也有今年的"最佳女配角"竞争比较没有悬念的原因，沈嘉笙身为凌宇一姐，在《侠义千金》中的表现也十分出色，这部大热剧集也已经成为她履历表上光彩的一笔，以她的演技和资历，再加上锦妖这个颇具个性的角色，拿下这个"最佳女配角"几乎没有任何问题。

而今年珠玉奖最大的悬念，依旧出在"最佳女主角"的得主上。

珠玉奖颁奖当天，乔雁和去年一样，早早地到了颁奖晚会的举行地点。不过今年她的待遇显然不能同日而语，凯星派了辆专车送她过来，乔雁在车里坐了一会儿，初步上好妆，确定没被记者蹲点之后，戴好墨镜，风衣一裹，低调地去往休息室。

主办方今年为她安排的是宽敞的单间，乔雁其实有两个助理，总觉得用着不大顺手，是以不到必要的时候并不会让助理贴身跟着。眼下助理还在车里，她在一楼找到工作人员询问自己休息的楼层，刚到前台就顿了一下。

李莎娜正站在那里，看到助理接过房卡后便要离去，一个转身之下和乔雁打了个实打实的照面，彼此都有些意外，过了一会儿才互相客气地点点头，算作招呼。

"你没带助理过来？"李莎娜率先开口，眉目间神情疏淡，带着些莫名的自傲与矜持。她是凯星一姐的时候乔雁不过是个刚刚签进公司的新人，她在演《红颜谋》女二时乔雁不过是个演了几场戏就被迫杀青的小角色。

甚至她风光出走轩霆，乔雁拒绝她的提议时都得反过来赔着笑脸，乔雁在她眼中无论从哪个角度讲，都是毫无疑问的后辈，在自己面前要低着头小心应对的后辈。没想到风水轮流转，仅仅一年，乔雁就已经跻身一线，走到了她的前面。

那是她一直梦寐以求却又始终达不到的高度，被一个她所放弃的公司里走出的新人所抵达。李莎娜心中滋味如何，只有她自己明白，面对乔雁时到底有些不甘，转变不过态度来。

不过乔雁看上去对她的态度并不是很在意，笑了一下，从善如流地接过她的话头："不大习惯有人跟着，你来得真早。"

"我一直都这么早。"李莎娜生硬地接了一句，自己也察觉不妥，两个人之间的气氛微妙地滞了一下，李莎娜心中有些犹豫，看着乔雁微笑着的脸，心中的不舒服到底无法抹去。

她也没想对乔雁怎么样，也明白乔雁如今的成功不算是偶然，但到底有些东西如鲠在喉，心里闷闷的，发疼，让她在面对乔雁的时候，无法真正心平气和。

她这次来参加珠玉奖，争取的还是"最佳女配角"。去年这个奖项被秦菲摘得，宣告的不只是她又一次和再进一步的机会擦肩而过，也彻底让她明白了轩霆对她的态度。

轩霆将秦菲捧在掌心里护着，而今秦菲明确表示了对她的打压和排斥，轩霆自然对她也不再手软。她这一年几乎没有在公众面前露过脸，唯一的一个女二是靠着自己的关系拉来的，她离开了对她掏心掏肺的天真的凯星，而后被这个现实世界的风雨打得几乎不成人形。

她来轩霆是个错误，这点她早就明白，而让她感觉更难受的，是有人在她所放弃的道路上，走向了光明的彼端。

"哦，那挺好的。"乔雁举重若轻地说了一句，没有再继续，话题就这么不尴不尬地停在这里。李莎娜眼中光泽复杂，最终还是选择抬步继续向前走。

"我先上去了，高跟鞋不大合脚。"她淡淡地说，余光瞥见乔雁手里的房卡，心里的苦涩终于还是无可抑制地蔓延开来，"你在我楼上，我们不同路，失陪。"

休息室安排很有讲究，咖位和楼层紧密相连，越大牌就在越上面。乔雁越过李莎娜看见从正门并肩走进来的两人，抬起手示意了一下。李莎娜越过她朝电梯走的时候，乔雁略略偏头，声音柔和地向她道别。

"莎娜姐，没人会向了无斗志的人出手相助。"她轻不可闻地笑了一下，让开了两步，"再见，多保重。"

李莎娜神情复杂地回头，却正看见并肩向这里走来的穆庭和苏凭，她咬着牙转身，快步转身离去。

等到穆庭和苏凭走过来的时候，已经连李莎娜的背影都望不见了。穆庭隐约觉得刚才第一眼看见乔雁时她旁边站着人，四处张望了一下："你刚才在跟人说话吗？还是我最近太忙头昏眼花了……"

"不，你不是头昏眼花。"苏凭在一边温和地安慰他，"想开点，你只是忙傻了而已，这附近有个医院，神经科很不错，颁奖礼结束后可以去检查一下。"

乔雁失笑，走开几步，离这两个心理年龄成谜的人远远站好，打量了一下两人的衣着，露出一脸微妙的表情。

"李莎娜刚才在，和她聊了几句……你们怎么一起来了，所以是故意穿成这种斑马线效果的吗？"

"刚好碰见，我是正常西装好吗，谁像他穿那么骚包。"穆庭翻了个白眼，面向乔雁兴致勃勃地转了个圈，"我帅吗？快夸我。"

"嗯……也就那样吧，帅得很普通。"乔雁耿直地评价，穆庭宽肩窄腰，身材比例极好，天生的衣服架子，穿西装的确很抢眼，不过男人不能多夸，尤其是穆庭这样已经足够自恋的。乔雁意思意思说了几句，转向苏凭，上下打量一番。

"你倒是……真适合白西装啊。"

能驾驭白西装的男人非常少，但苏凭绝对是其中一个。乔雁也见过他黑色西装的样子，当然也英俊有型，但白西装很明显地将他身上那种温和优雅的绅士感体现了出来，微笑的嘴角与柔和的眉眼却又清朗如少年。

"是吧？我也觉得合适。"似乎是为了否定她的这种错觉，苏凭下一秒就开始开口毁气氛，"穆庭刚才居然说我活生生一个白皮下面一肚子黑水的芝麻汤圆，这人审美细胞已经坏死了，配不上你的，你一定要慎重考虑一下啊。"

他摆出一张诚恳的语重心长脸，乔雁想了一下，继续耿直地说："我觉得他说得对……"

现在时间还早，三人都不急着上去，凑在一起说说笑笑，时间过得也快。苏凭聊着聊着，突然低头看了眼手表。

"时间快到了，我去接个人，等会儿介绍给你们认识一下。"他朝穆庭、乔雁告别，看了眼他们手里的房卡，"啧啧，房间号居然挨着，主办这么懂……你们先上去吧，等会儿我带你们过去。"

"带我们过去……"穆庭抽了抽嘴角，却离奇地没有反驳。乔雁新奇地看了他一眼，不过没有多问。苏凭离开之后两人倒也没有着急上去，休息室不在一间，到时候想说个话被拍到了反而解释不清，还不如就这么坦坦荡荡地在这里站着。

"最近不是很忙吗，这个手到擒来的奖还过来领？"

乔雁眉眼弯弯地张望着落地窗外面一成不变的风景，两人并肩在窗边站着，微笑着轻声交谈。穆庭对她的打趣不以为意，也转头看向外面，出口的话倒是很坦然。

"来做个见证啊，这种时候怎么能错过？"

他说的自然是奖项的事情，乔雁心中有数，看着窗外一辆新停下的车与从里面款款走出的人，却慢慢摇了摇头。

"还不一定拿得到呢。"

今年珠玉奖的看点在于"最佳女主角"花落谁家，而目前最被看好的，除了乔雁之外，另一个人便是秦菲。

他们站在窗前，正好看见秦菲从车上走下来，一袭白裙翩然，她还是一贯清冷凛然的气质。乔雁沉吟着移开视线，穆庭却看着窗外，突然笑了一下。

"她今天可没时间和你较劲。"

乔雁闻言怔了一下，抬起头循着穆庭的视线一起看向外面。

另一辆车停在了门前，苏凭站在红地毯前，弯腰拉开车门。

而后一袭明艳的赤色裙摆，带着仿若将人灼烧的热度，款款降落在他的白西装身前。

秦菲听到后面的动静，略略侧眸，向后看了一眼。

瞬间她的脸色就变了。

乔雁和秦菲打交道的时间也不短了，对一个总是给她使绊子的人不可能毫无了解，但她的确从没见过秦菲现在的样子，这个向来人前一贯清冷高贵的人，此时脸上是佯装的镇定与掩饰不住的僵硬，看向身后的眼睛里暗沉一片，复杂难言。

而她视线尽头的那一袭红裙，摇曳款摆，逐渐靠近，而后目不斜视地与她擦肩而过，眼中自始至终，不曾倒映出她的身影。

"冰姐。"秦菲蓦地回头，压抑地低喊了一句。前方的红裙停了下来，楚冰闻声回头，漫不经心地稍稍抬眸，向她淡淡看来。

她眼中如同浸着一汪冷水，清清冷冷，黑白分明。秦菲本来也是走这样清冷淡漠的路线，面对楚冰的凝视，却不由自主地呼吸一滞，片刻之后，慢慢挑起一个亲昵热忱的笑意。

"冰姐。"她重复了一遍，语气不由自主地软了下来，"好久不见。"

楚冰和秦菲身高相仿，但两人此时站在一处，楚冰脊背笔直，秦菲的头却稍稍低了下来。她其实比楚冰还要大上一岁，但在娱乐圈这个阶级分明的地方，她纵然不情不愿，这一声姐却也不得不叫。

而走在稍前面的楚冰只是稍稍回过头来，苏凭更是连头都没回，从容站定，等待她们进行简短的寒暄。楚冰稍稍抬眉，对秦菲轻轻颔首，还礼清清淡淡，偏也挑不出什么毛病来。

"今年提名了什么奖项？"她语气随意地问。

"最佳女主角。"秦菲顿了顿，笑容倒是自然了些，"冰姐怎么也来得这么早，我记得冰姐这届没有提名奖项。"

珠玉奖作为电视剧界的最高奖项，每年除了被提名的演员参加之外，自然还要邀请一些有分量的艺人共同出场，营造出一派欣欣向荣的景象。这景象固然漂亮，但颁奖礼的重头自然还是入围的演员，其他演员排场再大，到底不过是陪衬，无法成为晚会的主角。

秦菲今年是"最佳女主角"的大热候选，她上一届就已经获得了珠玉奖的"最佳女主角"提名，没人知道她与奖项失之交臂是自己刻意为之，都在为她莫名其妙地输给沐雪晴而愤慨不已。这一届她不负众望卷土重来，本便希望极大，很有可能成为今夜的焦点。

秦菲想到这点，心里舒服不少，却见楚冰突然稍稍扬眉，看着她勾了下嘴角。

"真巧，"她感到有趣地说，"我是这一届'最佳女主角'的颁奖人。"

"那你加油。"没有看秦菲的表情，楚冰说完便转身，挽着苏凭的手臂继续向前走，"我给你颁奖也算是美谈一桩，祝你好运。"

她这一走便再也没有回头看，而在她的身后，秦菲的脸色终于彻底且毫不掩饰地冷了下来。

眼见着玻璃门缓缓打开，苏凭和楚冰走了进来，穆庭、乔雁都从落地窗前离开，上前几步打算迎接。走近了才听见两人正低声交谈，楚冰挽着苏凭的手一派明艳，出口的话倒是跟看上去的画风截然不同。

"把你曲成直角的胳膊放下来，我要收回手了。"

"怎么了？"苏凭脸上微笑的神情不变，见穆庭和乔雁走过来还装模作样地款款颔首，"现在松开不好吧，万一人家传轩霆一哥一姐貌合神离呢？"

"本来不就是吗，你有什么误解？"楚冰红唇的弧度疏离高傲，在酒店众人若有若无的打量中，似笑非笑地横了苏凭一眼，"走开，你的白西装丑到我了，衬得我皮肤爆黑，我时隔许久的亮相不能毁在你手里。"

乔雁："嗨？"

穆庭抬手捂了下眼，一脸牙酸的表情："大庭广众的呢，打情骂俏注意点影响啊。"

在穆庭、乔雁过来之后，楚冰顺势抽回挽在苏凭臂弯里的手，白皙莹润的纤长手臂从纯白西装上滑落，轻轻依附在红裙身侧，衬得乌发朱唇美人如玉，随随便便站定也自成风景。楚冰优雅地抬起眼，抬手在鼻翼间扇了扇，脸上带了点疑惑的表情。

"你们闻到没有？"她向其他三个人发问。

乔雁不清楚楚冰的路数，微笑着保持沉默，苏凭配合地接过话头。

"闻到什么？"他从善如流地问。

楚冰漠然："有人因为没法大庭广众之下打情骂俏而泛出的酸气。"

乔雁眨了眨眼，迅速反应过来，忍俊不禁地偏过头去。苏凭就没她这么客气了，也跟着一起扇了扇空气，摆出一副事不关己讨论天气的表情来："你这么一说我还真闻到了，有些人过年吃饺子都不用蘸醋的吧？"

穆庭被他们气得翻白眼，试图强行扭转话题，无果，楚冰的分寸却掌握得极好，她显然跟穆庭交情不浅，嘲笑了一下后见好就收，在穆庭有除了跳脚之外的举动之前转向乔雁，对她笑着伸出了手。

"楚冰。初次见面，久闻大名。在国外时看到你的电影，其实还是能看出些技巧上的不足，但实在太有感染力了，魅力这个东西实在是天生的，你非常有个人魅力。"

她的名字和气质都带着些冷意，真正笑起来时却明艳万分，带着点飒爽，犹如冰雪消融，美得甚至有些侵略性，能很明显看出是个强势的人，但又让人讨厌不起来。乔雁莞尔，对其一口道破自己短板并不感到意外，盈盈地回握，想了想笑着回答："过奖了，冰姐比我想象中要来得帅气许多。"

"嗯？"楚冰疑惑地轻挑柳眉，颇感兴趣地看向她。

"走路的动作。"乔雁向前走了两步模仿了一下，"这哪是礼服，分明是战袍啊。"

乔雁今天来参加颁奖礼，选的是一身湖蓝色的礼服，裙摆温柔地层叠着，款款而行时尽显优雅，如今被她走了几步转了半圈，竟然也现出些利落的美感来。楚冰眉眼舒展，看向乔雁时倒是真切地带上了些许开心。

"哎呀，真会说话，我喜欢。"她轻快地说，挽了乔雁的手向电梯方向走，"人生难得有知己，不如今天的红毯我们一起走吧？"

乔雁一头冷汗，委婉地提醒："其实我今天也提名了'最佳女主角'……"和颁奖人一起走，最后落选了还好，万一被选上的话，铁定会成为媒体笔下绝好的八卦素材吧？

"那又怎样？"楚冰不以为意，笑得云淡风轻，"技不如人就老实回去继续修炼，总折腾些乌七八糟的事情，做得太过了，早晚激起民怨，这次也好，下次也好，总有那么一天。"

媒体的通稿也都是有倾向性的，媒体发什么通稿，自然身后就有什么主使。乔雁偏头看了看楚冰，摇了摇头，笑了起来。

"我好像知道秦菲为什么这么怵你了。"

"因为总能回想起当时那个人下之人的，失败的自己。"楚冰轻笑一声，苏凭在旁边按了四个人共同的楼层号，电梯门合起，一点点掩去楚冰眉目间的云淡风轻。

"当自己是世界的主角没关系，但以为别人都是自己的配角，那才真的无药可救。"

　　他们在楼下耽搁了不少时间，各自在休息室没坐多久，便到了走红毯的时候。乔雁这次跟随《侠义千金》剧组走在倒数出场的位置，她和杨硕已经算是撕破了脸，而今也懒得维持表面上的亲厚，她挽着徐振的手臂走上聚光灯闪烁的舞台，杨硕和沈嘉笙一起并肩走在后面。

　　穆庭走红毯的时候没带女伴，好在他咖位足够，和锋辰的音乐才子刘骁同为影视剧的主题曲创作者，一起走红毯也不显得太过突兀。苏凭和楚冰到底最后并肩走了红毯，身后聚光灯闪成一片，两人一个笑若春风，一个沉静冷淡，看不出什么特别的苗头。

　　这届珠玉奖，依然群星璀璨，热闹非凡。乔雁最终落座到会场的时候，在斜前方发现了一身正装的魏泽，两人兴致盎然地交流了几句，互相祝福过后，这一届的颁奖晚会，也随着主持人热闹的串场，正式开始。

　　随着时间的流逝，一项项奖项也被逐次揭开。这一届的珠玉奖并没有爆出太多冷门，"最佳女配角"由沈嘉笙顺利斩获，而连续两年竞争失败的李莎娜，这一次甚至没有给几个正式的镜头。

　　"最佳男主角"则由魏泽毫无悬念地拿下，《天涯游侠》其他人的演绎可能都有诟病，但魏泽的表演却是实打实地放在那里，甚至获得了大部分原著粉的认可。

　　在获奖结果公布的那一刻，乔雁和在场的其他人一样微笑着用力鼓掌，甚至站起身和魏泽拥抱了一下——他们私交不错还属于媒体不太知道的事情，这一下又谋杀菲林无数。

　　而在诸多奖项都尘埃落定之后，这一届珠玉奖的最大看点——"最佳女主角"的颁发，终于在无数网友和现场艺人的翘首以待中，如约到来。

　　在主持人的介绍中，楚冰提着裙摆走上舞台。她笑着和台下的诸人问候几句，不多废话，利落地拆开了折叠好的红色信封。

　　大屏幕一分为五，清晰地展现了五位候选人此时的面部表情。乔雁屏住呼吸，定定地看着屏幕上那一块小小的自己。

　　看上去紧张得都快僵硬了。她在心里中肯地评价，面上却无论如何都摆不出一个带着酒窝的笑来。她甚至没有精力顾及秦菲的表情，只一眨不眨地看着大屏幕，听着台上的楚冰吐字清晰地念出最后的结果。

"本届珠玉奖，'最佳女主角'的获得者是——《侠义千金》，乔雁。"

那一瞬间聚光灯全部集中向自己的感觉，乔雁过后回忆，已经记不太清。

她下意识地站起身来，有些茫然，不知道该干什么，身旁的人站起来与她拥抱，她下意识地回以双臂，而后被簇拥上耀眼的舞台。

罗铭和舒丽都在台下，她看过去的时候罗铭正深深地看着她，视线感慨又复杂，而冷静沉着如舒丽，看着她的视线已经带着泪光。

他们见证了乔雁从一个懵懵懂懂的新人成长为现在的凯星一姐的全过程，发掘，信任，栽培，他们了解乔雁在这条路上所付出的努力，也给予了自己所能给予乔雁的一切，而今终于陪着她，一起走到了这里。

徐振的态度则要来得平静许多，《侠义千金》拿下了本届珠玉奖的"最具人气电视剧"奖项，刚才剧组众人已经庆祝过一回，现在全剧组的人坐在一起，对着她露出大大的笑脸。徐振坐在最中间，没有再绷起往日严肃的表情，看着她，同样露出了温和的微笑表情。

他们亲历过乔雁在这个剧组里被徐振喊过的无数次NG，寒冬腊月和她一起在剧组的高压赶戏状态里奋斗，有一起排成排蹲在墙角反思的交情，也有杀青时抱在一处流过的眼泪。更见证了电视剧播出至最后乔雁突然遭遇的蓄意抹黑风波，整个剧组当时也饱受莫大的压力，到如今，终于雨过天晴，所有人种下的因，迎来了最好的果。

而穆庭坐在第一排，笑着鼓掌，深深地看向她，眼里是毫不掩饰的热忱。

他见证了乔雁被砍一半戏份时的狼狈，在乔雁无所突破时伸出过援手。牵着她站上粉丝聚集的舞台，也曾在除夕夜分享过一次温热简单的年夜饭。乔雁记性不算差，很多事情无需刻意提及，也始终刻在心底。

比如他曾在剧组探班中将她推离镜头时对她说过的"别出来"；比如他陪着她走在落雪的冬夜里问出的那句"我算吗"；比如他在记者的围攻中说出的那句"喜欢她"；比如在那个山村泛着薄雾的清晨，背着她走在狭窄的山路中，她曾说过的那句"别放开"。

他是她最初走上这条路时遇见的贵人，也是她志趣相投彼此欣赏的友人。是在深夜的医院里看着她沉沉入眠的那个人，也是她在委屈难过时唯一愿意为之投去彷徨眼神的人。而现在，她即将走上她至今为止一个最高的，崭新的，她梦寐以求的顶点——

而他在台下，笑着为此作出最好的见证。

她忽而镇定下来。

"谢谢。"她步履平稳地走上舞台，接过送上的鲜花与奖杯，眉眼在璀璨的灯光下温柔明丽，她转向电视直播的机位，笑着挥了挥自己的奖杯。

"谢谢大家，拿到这个奖是我的荣幸。"她的声音柔和而清晰地传遍了整个会场，所有人安静下来，微笑地侧耳倾听。

"我今天能站在这里，实在要感谢许多人。"新晋的珠玉视后如是说，视线从台下她熟悉的人身上一一划过，感谢的名字一一流畅地说出口。

"感谢凯星，感谢铭哥、丽姐的栽培，感谢徐导，感谢《侠义千金》剧组的同胞。感谢我的影迷粉丝的支持，正是因为有你们，才有了今天的乔雁——"

她眉眼弯弯地垂下眼睑，对着话筒温柔地呢喃一句："感谢从始至终，一直温柔地，坚定地，陪伴着我的人。"

珠玉奖颁奖典礼结束后，评审组官方举行了酒会。地点就在艺人们下榻的宾馆某层，感觉不胜酒力的随时可以回去休息。

乔雁作为今晚最大奖项的得奖者，自然是被围攻的重点。这种人多口杂的时刻，穆庭不方便和她走得太近，于是一个不注意，就发现乔雁不见了踪影。

他打了电话过去，循着地点找到乔雁时，却见其正坐在酒店某一层的观景阳台上，桌上放着台笔记本电脑，看得聚精会神。现在大部分人都还在楼下某层的酒会里，她居然在这里寻了个清静。

穆庭找到她后便松了口气，朝她走了过去，在她旁边坐下："看什么呢？这么入神。"

"看我之前的拍戏集锦。"乔雁抬头见是穆庭，大方地把电脑屏幕移向他。穆庭第一眼却看见了她光裸着的胳膊，发觉她穿的还是领奖时的晚礼服，顿时觉得眉头一跳。

"大冷天的也不披件衣服就跑出来，想冻死啊？"他一边低声责备着，一边脱下自己的西服外套披在乔雁身上。乔雁拢了拢带着体温的外套，笑着戳了戳他的胳膊。

"赶快看，我的黑历史合集。"

穆庭低下头去看向电脑屏幕，见到屏幕上的画面顿了顿，倒是笑了："这不是你演的那个苦情小师妹吗，顾昭明主演的那部，哦秦菲居然出镜了，烦死了，谁剪的视频就不能剪干净点吗——哦这个好，你穿这身制服挺好看的，以后真该再接同类型的剧尝试一下，肯定会比以前演的效果好很多。"

"你都看过？"乔雁听了一会儿穆庭的絮叨，困惑地蹙起眉，抬头看他。

"看过啊，你以前演过的龙套角色也不多，有时间我就翻翻。"穆庭点了点头，不明白乔雁问这话的意思，"怎么了？"

"你对我这么上心啊？"乔雁眨了眨眼睛，眉眼弯弯地冲他笑。穆庭反应过来，不自觉地轻咳一下，视线移开又移回来。

"不然呢，你以为我说喜欢你是说着逗你玩的啊。"他有些闷闷地说，想了想又气不过，抬手轻掐她的脸，"我也不大知道追人应该做什么。你是大忙人，还越来越红，一起录个节目都有人每天分析来分析去的，实在不知道干什么的时候我就找点你以前演的戏看。"

他想了想，中肯地评价："有些还不错，有些太蠢了。"

乔雁失笑，微鼓起脸，摇头躲开穆庭的手："我也在成长嘛，不能以老眼光看人……不过穆庭……"她托着腮，眼都不眨地看着他，"你到底为什么喜欢我啊？"

"我怎么知道。"穆庭干巴巴地回了一句，仔细看乔雁的表情，发现后者虽然神智还蛮清醒，不过显然今晚挡不住的酒也喝了不少，眼下脸上带着不知道是冻的还是醉的浅浅红晕，眼中雾蒙蒙一片，眼神湿漉漉地看着他，心中也是一软。

"就那么喜欢上了呗，说不清楚，但横看竖看，怎么着都喜欢，我也就认了。"穆庭叹了口气，看着乔雁，也有些出神，"我每次为你做的事，说给两年前的我听，肯定得被自己骂死，并且难以置信我也有这么傻的时候。"

"怎么说？"乔雁笑眯眯地问他。

"就……差不多跟以前上大学时，看有哥们儿抱着吉他去女生宿舍楼下唱情歌一个感觉吧。"穆庭想了想，慢慢地说，"当时我还觉得音乐是个挺神圣的领域，被用来追女生简直是侮辱，心里也对这么干的人挺不屑的。"

"但遇到你之后就觉得，喜欢的女生心思这么难猜，她到底喜欢什么，想要什么，太飘忽了，根本搞不明白。慢慢地就会想，我要是真的抱着吉他去你楼下唱歌，你会不会真的喜欢啊？"

"一般般吧，我也觉得这么做有点傻。"乔雁托着腮，笑盈盈地说，"但是你喜欢的女生，喜欢你为她做的所有傻事。"

"有时候想想，觉得真是件神奇的事情，我没有什么信仰，但冥冥之中还是遇见了你。"乔雁迷茫地眨了眨眼睛，慢慢晃了晃脑袋，"我以前从来没想过会和你这样的人有牵扯，高傲，脾气大，恃才傲物，还有点锋利冷漠生人勿近……"

"喂……"穆庭听着听着感觉不大对，试图打断她，被乔雁伸出一根手指点在唇上，顿时没了声音，低头看了眼贴在自己唇上的手指，慢慢抬头看向乔雁的脸。

"所以？"他嘴唇动了动，贴着乔雁的手指问，气息温柔地打在上面。乔雁瑟缩了一下，手指却没有移开。

"我发现你真的没什么追女孩子的经验，这是该问所以的时候吗？平常看着这么精明，怎么这种时候这么笨啊。"乔雁眯着眼睛笑开，像一把羽毛柔软地落在穆庭的心上，"不过我喜欢这样的笨，希望你继续保持……"

"而我会珍惜。"她叹息着说，然后倾身靠近穆庭，两人近在咫尺，呼吸相闻。

"你想对我说什么吗？"乔雁轻声问。

穆庭垂下眼，指间下的唇慢慢扬起一个坚定的弧度。

"我爱你。"

"真巧，我也是。"

乔雁莞尔，拿开手指，温柔地靠了过去。

她眼睫低垂时看不见穆庭的眼睛，只能看见他带着隐约青色的干净下巴，以及棱角分明的唇，一根莹白纤长的手指。

他的唇色并不鲜妍明朗，触感却很柔软，指尖在上面停留了有一会儿，被无声的吐息温暖地包裹。乔雁缓缓地眨了眨眼睛，下意识地用手指在他唇上轻轻地摩挲了一下，换来穆庭的一声轻笑，嘴唇在她的指尖上蜻蜓点水般一触即离，滚烫的温度却久久萦绕在指尖，挥之不去。

走廊晕黄的灯光暖融融地照进小小的阳台，将冬夜冷冽的墨色驱散开。他们浅淡的呼吸晕开成朦胧的水汽，将人的眉眼都浸染得湿润起来。乔雁慢慢收回手指，眼角还带着一点酒意抹出的微红，眼神湿漉漉地看向他，目光中带着点羞涩，也带着点勇敢。

而更让人着迷的是，她眼底那一抹浅浅的信任与依赖，瞳色黑白分明，光华流转，犹如一泓暗色的溪流最绵延不绝生生不息之时，来得隐忍而沉默。

而唯有一人能将之掬起满饮，继而尝出无尽的沁人心脾，唇齿生津。

这个波澜迭起的晚上见证了太多激动人心的欢呼与掌声，终于在此刻远离了此起彼伏的闪光灯与衣香鬓影，重新归于静谧。

无边的黑暗袭来，乔雁轻轻闭上眼睛，被无尽清冽温暖的气息包围。

先是双唇相贴，试探性地一次次轻轻触碰，似乎在熟悉彼此唇齿间的温度，每一次分离都带着一点被冷空气侵袭的凉意与不舍。穆庭的手穿过披在乔雁肩上的西装外套，落在她晚礼服带着些微凉意的丝滑布料上，而后一路蜿蜒向上，贴上她光裸柔润的背。

他的手大抵是在桌面上放了很久，带着冬夜里特有的凉，落在乔雁温暖的背上，冰得她稍微瑟缩了一下，却分不清究竟是渴求温暖还是渴望触碰，反而更紧地依偎在他怀里。

西装外套从她肩上滑下，柔顺的长发顺势散落，轻柔地覆盖上穆庭的手。他的手臂拥得更紧了些，修长的指尖穿过长长的乌发，黑白分明，色调碰撞出激烈的性感。

他用舌尖感受着乔雁的唇形，描画得慢而仔细。乔雁顺从地微仰起脸，红唇很快被浸染上一层光润的水痕，衬得朱唇饱满，和脸上越来越深的红晕一样诱人得过分。穆庭快要将她整个人都嵌入怀中，却还是觉得不够，轻咬住她的下唇，消散于唇齿交缠间的呢喃轻如叹息。

"太危险了。"他低声说，虔诚地亲吻她浓密的羽睫，"他们都说别和能把自己吃得死死的人谈恋爱，这话是有道理的……"

"我先动心，我认输，我当战俘。"他有点语无伦次，笨拙地舔舐着她的耳垂，将耳垂后的一点暗香全都含在嘴里，"战俘有优待吗，能申请优待吗？看在我态度积极送上门认输的分上，对我好一点……"

"不好的话我也挣扎不动了。"

乔雁被他亲得迷迷糊糊，无力地靠在他怀里，闻言抬起头，眼神迷蒙地向上望，在穆庭还没来得及有所动作之前，水色潋滟的红唇突然愉悦地翘起，眉眼弯弯地抬头看他。

她笑得明媚又单纯，和平时温柔平和的笑意又不大一样。穆庭低头，注视着她的眉眼，乔雁却主动伸出纤长的双臂环住穆庭的脖子，向他贴近一些，笑盈盈地在他挺直的鼻梁上亲了一下。

"这是我的……嗯，这里也是。"
"这里也是。"
"这里也是。"

她脸上带着深深的梨涡，不太有章法地一下下轻啄着他的眼睑，嘴唇，耳垂，侧脸，他们中途又交换了一个缠绵的深吻，唇舌分开时，她深深浅浅的呼吸尚未平息，突然低头抬手，解开了他衬衫的前三颗扣子。

在这样寒冷的天气里，穆庭身穿正装出席，衬衫扣得很正式，但毕竟颁奖地点是在温暖的室内，也就没穿什么御寒的衣物，解开衬衫扣子，大片温热的胸膛就露了出来。

而乔雁眯着眼睛仔细看了看，似乎是在确认什么，突然在他的胸膛上咬了一口，力道不轻，穆庭吃痛，却没有躲开。

因为乔雁在咬过之后，慢慢把侧脸贴了上去。

"这里也是我的。"

她依偎在穆庭怀里，抱着他的腰，在她的新领地上蹭了蹭脸，听着耳畔逐渐加速的心跳，偏头在他的胸膛上也落下一个轻吻。

"而我是你的。"

乔雪在凛冽的西北风里考完了最后一门，把自己成功武装成一个毛茸茸的人形自走绒球怪后，在同学们的依依不舍夹道欢送之下，神气万分地奔向了剧组。

口袋里的手机振动个不停，乔雁粉丝后援群的群主得知她要去给乔雁探班的消息，已陷入癫狂之中，最近几天都在不断地骚扰她，今天更是死命地给她发来消息轰炸。

"雪大！雪大！你到剧组了吗？见到雁宝没有？"

"我们雁宝过得好吗？吃得好吗？穿得好吗？心情好吗？"

"剧组拍摄到什么程度啦？能透露几张雁宝的剧照吗？"

"雪大，雪大，你在听吗？"

"雪、雪、雪、雪、雪大、大、大、大、大——"

"你太吵了，怎么跟那谁一样就喜欢刷屏，再发我屏蔽你了啊？"乔雪实力威胁。

群主丝毫不敢怠慢，马上就噤了声，过了好一会儿才弱弱地发过来一句："那……那雁宝最近怎么样了啊……"

"好着呢，我姐刚拿了视后，视后！待遇能不好吗？"最近求到她这儿要乔雁签名的那些人，已经从拉人情关系升级到直接请她吃饭送礼，花样之丰富无所不包，令人大开眼界。

怀揣一打乔雁签名照的隐形小富婆乔雪信心满满地拍拍胸脯，跟群主如是保证，在剧组门口填了登记表后，顺利地混了进来。

从乔雁演的戏份够得上探班的配置之后，乔雁演的每一部戏她都来探过班，这部戏因为战线拉得长，来探班甚至已经不是第一次了。乔雪轻车熟路地推开片场厚重的大门，兴高采烈地抬头一看——

一个巨大的喷头正在向乔雁身上洒着水，乔雁浑身上下被淋得湿透了，她狼狈地抹了把脸上的水和泪，抹着眼睛跌跌撞撞地向前跑，随着她推开门，脚下一滑跌倒了，溅起的水花落了一身。

乔雪："咦，这？"

好在她也没有误会太久，乔雁哎哟了一声抚着额头坐起来，剧组的工作人员匆匆跑过来查看她露在外面的胳膊和膝盖——她还穿着夏装，眼下被冷水淋得看上去有点惨兮兮的，工作人员检查后发现没什么大事，忍不住转头冲导演庄奕抱怨。

"地上真的不能铺点什么东西吗？这一上午摔了三个了，也太不吉利了……"

"不行，铺了之后后期还要处理掉，时间太赶，来不及。"庄奕毫不留情地拒绝，探身向乔雁招呼了一下，"感觉怎么样？还能继续拍吗？"

"还行。"乔雁平淡地笑笑，站起身活动了一下关节，"继续吧，从刚才那场戏开始？"

"好！我们搞周播剧的要的就是这种精神！"庄奕精神抖擞，亢奋地挥舞着自己的手持喇叭，指挥着工作人员重新布景。

"来来来！道具灯光准备！还剩最后几场，争取又快又好地通过！"

《纸上谈情》周播剧的拍摄，也已经到了收尾的阶段。这部周播剧本来是九月初开始拍摄，中途因为电视台调档的问题延后了一个月，以一周两集的速度拍摄，市场反应热烈，拍摄也一直算得上是顺风顺水。

不过一周两集的制作任务对任何一个剧组来说都不轻松，他们这次还打出了"下集剧情，由你决定"的标签，改剧本，演员拍摄，后期制作，零零碎碎加起来，每一周的时间都捉襟见肘。

甚至连乔雁去参加珠玉奖的颁奖礼都是跟剧组这边请了假才去的，当晚她摘下了珠玉奖的视后桂冠，第二天还是敬业地按时回到了剧组继续拍摄。剧组的许多人嘴上不说，心中对乔雁倒是真真切切地多了几分敬佩。

道具师重新布景的时候，乔雁下去换了套一模一样的干衣服，快速补好妆又回到了拍摄地点。她此时才看见来探班的乔雪，冲她笑着挥挥手打了个招呼，就匆匆继续上场拍摄。有闲着的片场助理顺着乔雁的视线发现了乔雪，笑着凑过来同她说话。

"小雪什么时候来的？刚才都没注意。"她的态度亲昵，乔雪也是一等一的人精，两人熟络地凑到一起说话。乔雪指指在大雨里奔跑的拍摄状况，疑惑地悄声问："现在是拍摄到什么剧情了啊，看上去怎么这么狗血……"

"你也觉得有点狗血是吧？"助理无奈地耸了耸肩，看着正在拍摄的镜头叹了口气，"怎么说呢……这部周播剧很火你也知道啦，但是剧情让观众决定还是有点……怎么说呢，太按照自己的想法来，不太在乎剧集内容的整体性。"

"观众爱看这些狗血言情的桥段，这个大家都懂，但是放在这里的话其实真的不算很合适，《纸上谈情》都已经进行到剧集末期了，莫秋秋都摆脱宅女形象重新做人了，结果又来了这么一出雨中奔跑挽回男主的戏码，这不捣乱吗？但是观众爱看，也没办法，那就拍喽。"

乔雪点点头，这样的情况乔雁之前也跟她提过两句，这部剧不是不好，但周播剧作为一个在国内新兴起来的模式，《纸上谈情》还是有许多不足。导演无法完全掌握剧本，导致拍摄过程比想的要艰辛，收视一路上涨，整体质量却没有提升。

然而她是个敬业的演员，这些事情她有可能说，有可能不说，但已经接下的剧本，无论如何，她都会认认真真地将之完成。

等到乔雁拍摄结束的时候，乔雪已经又和剧组认识的人都侃了一圈。剧组的人对她们姐妹的印象都不错。拍摄完该收拾东西离开了，姐妹俩寒暄了许久，重新走在影视城外面的冷风中时，街道上已经亮起了路灯。

"好冷！好冷！好冷……"乔雪推着乔雁进了出租车后座，自己也哆哆嗦嗦地钻了进去，"师傅，师傅，长岐路86号，暖风开足点啊——"

"去那儿干吗？"乔雁正靠在椅背上，按着眉心闭目养神，听到穆庭工作室的地址后抬起头来，好奇地看了一眼乔雪。乔雪扬了扬手机里一长串工作室附近的外卖电话，笑得有些狡黠。

"这不是制造机会去看姐夫吗？一工作起来就成牛郎织女不大好吧？"

和穆庭谈恋爱的事情，乔雁没瞒着乔雪。既没必要，也瞒不住。乔雪本人从一开始就比较粉穆庭，后来更是看好穆庭和乔雁，而今总算美梦成真。

穆庭则更是个猪队友——他在他们确定关系的第二天居然就打电话给乔雪自亮身份，拉着她促膝长谈，之后也三五不时地积极给乔雪洗脑，塑造自己的天下第一好姐夫形象。乔雁本来还被蒙在鼓里，发现这件事后简直哭笑不得。

她其实一直以为穆庭已经在她的生活中占据了足够重的分量，但真正谈起恋爱来才发现，他能做到的，比她所想到的要多得多。

姐妹俩下车后又等了一会儿，把乔雪叫的外卖全都拿齐后才上了楼。在这个大多数人都已经下班的时间，穆庭工作室依然灯火通明，且嘈杂吵闹。乔雪打头进门，推开门后被狂躁的乐器声震得捂紧胸口，赶紧就近一掌拍在旁边人的脸上。

"别弹了！吃饭！"她贴着吉他手的耳朵大喊。

被巴掌拍了一脸的商晨吓了一跳，刚要抬起头又被乔雪吼了一句，他一脸痛苦地揉着耳朵，哀怨地看了一眼乔雪……手上的饭，在生气与不生气之间挣扎了一下，向美食屈服了。

"穆庭——你老婆和小姨子来了——"他用自己面前话筒拖长了声音喊，被乔雪又捅了一胳膊肘，捂着肚子终于消停下来。工作室的其他人也纷纷停下手来，又是嫂子又是小雪地胡乱招呼，手底下却不含糊，在乔雪把外卖盒放下的那一瞬间就开始了漫天的疯抢。

"干什么呢？"乔雁把给穆庭留的外卖盒放在桌上，打包的是外带水煮鱼，鲜香麻辣，他的新专辑干音已经录制完毕，可以适当吃些自己喜欢的麻辣菜品。一小碗银耳百合粥放在旁边——乔雁口味偏淡，穆庭立志转变口味向乔雁靠拢，坚持从常喝些清淡的粥开始练习。

穆庭还在一张纸上写写画画，似乎一直不是很满意，旁边的废稿乱七八糟摆了一桌子。乔雁帮他整理好归拢到一边，而后才拿起来仔细翻看，居然翻到一张废稿上还潦草地写着她的名字，她好笑地将纸卷起来打了下穆庭的脑袋。

"工作时候还溜号啊？"她笑吟吟地问。

"没……没有，哪能啊？我工作起来质量一等一的，没有进展的时候也并不会溜号！"穆庭看见乔雁亮给他看的纸，有些不好意思地咳了一下，梗着脖子死不承认，努力回想怎么转移话题，这么一想还真让他想到了写下乔雁名字的原因。

"对了，白天听到个消息，虽然应该和你没什么关系，但还是想到了你……我拿到消息比较早，消息还没公布，说给你听。"他正了正神色对乔雁说道。

乔雁一怔，也跟着严肃起来。

"什么事？"

穆庭说："我知道最近要拍新电影的名导是谁了。"

"顾蜇声。"

顾蜇声的新电影。

当初拍摄《初相见》的时候，顾蜇声筹备了很长时间。演员，剧本，工作人员配置，投资方，院线上映，顾蜇声面面俱到地统筹安排着这些事情，一点点将这部电影的制作班子拉了起来，固然是因为他自己的高标准严要求，但其中有很大一部分原因，也是顾蜇声的身体的确不容他不去注意。

他是活跃在上个世纪的一代知名导演，也是那个年代的名导中唯一一个还活跃在当下影坛的老前辈。乔雁上次见到他，还是电影上映期间全剧组上一个访谈节目的时候，顾蜇声依旧和蔼又亲切，但当时电影未能入选金谭奖的消息已经成为现实，再奔波，再努力，相顾难免也有些黯然。

乔雁其实不常想起剧组杀青的那天晚上，她和苏凭、顾蜇声坐在一起，豪情壮志誓要摘下金谭奖的样子，但每每想起，总是会不可抑制地有些遗憾。

好在电影虽然没能拿奖，但却收获了一个非常亮眼的票房，媒体也没因为奖项的问题对这个剧组过分刁难，甚至还有媒体发通稿评价这是乔雁一个非常成功的大银幕首秀，如果不是乔雁只参演了这一部电影，大有将她吹捧为票房女王的架势。

她对这样的评价不置可否，未曾发表过言论，心中却很清楚，提到这部电影，她的心中是有遗憾的。

顾蜇声的身体状况实在不容乐观，听说拍摄结束之后就一直闭门谢客，在家静养。距离《初相见》杀青也已经好几个月了，顾蜇声一直没有新的消息。乔雁也没想到顾蜇声最终还是决定扯起大旗，筹划起了又一部新的电影。

她目前正在拍摄的电视剧《纸上谈情》已经到了收尾阶段，真人秀节目《终极战斗》也只差最后一期的录制。接下来除了几个商业代言行程之外，正式的拍摄计划迟迟没有定下。她已经拿了一个电视剧界分量最重的视后，眼下正需要一个好的电影剧组来实现双向提升。

顾蜇声的新电影，从方方面面来看都是她最好的选择，除了——顾蜇声的电影，她已经出演过了。

顾蜇声没有两部电影用同一个女演员做主角的先例，乔雁也不觉得自己能让顾蜚声为了她而破例。这件事目前还没有正式放出消息，她也只是在心里思量了一会儿，暂时将这件事压回心底。

她微仰起脸，化妆师的粉扑轻柔地在她的脸上拂过去。乔雁睁开眼，看向镜中上妆完毕的自己，抿出个浅浅的笑来。

《终极战斗》最后一期的录制，马上就要开始了。

这档真人秀节目播出这一季以来，热度一升再升，将真人秀节目引爆至一个全新的热潮。不断飙升的收视率与飞速增长的粉丝量见证了这档节目强势上扬的走势，电视台对节目效果深感满意，已经在与六位嘉宾的经纪公司洽谈第二季邀约的事情。

不过合同到底还没谈妥，娱乐圈每年都在重新洗牌，无数人浮浮沉沉，谁都不知道下一个自己究竟是什么样子，站在哪个位置。是以节目录制到最后一期，所有人的心中难免都有些不舍。人非草木，孰能无情，而且这档节目的录制显然要比拍戏或其他工作容易许多，兼之与粉丝的距离贴近了不少，百利而无一害。

总归也算是一次难得的开怀与放松。

乔雁走出自己的化妆间时，正好碰见同时化好妆出来的沐雪晴。她们相识于《红颜谋》剧组，真正熟悉起来却是在拍摄这档真人秀期间。

沐雪晴是真有背景，人也是真心高气傲，不过却远没有外界传得那么面目可憎，狠辣高明的手段基本都出自幕后团队，她本身只是个颇有些大小姐脾气的小姑娘而已，没什么坏心思，顺着哄也不算难相处。

而乔雁恰好是个极易相处的人，言辞进退都是教科书般得体。这档节目只有两个女嘉宾，十来期节目录制下来，两人倒也真有了不浅的交情。沐雪晴看见乔雁便高高兴兴地冲她挥了挥手，和乔雁并肩向前走。

"乔雁，你知道今天的游戏规则是什么吗？"她兴致勃勃地问，似乎也并不真的在意乔雁的回答，一个人在那里想来想去，嘴上说个不停，"希望有些新东西，最好能重新分个组，摆脱林承骁那个傻子，我最近怎么总是跟他一队，就知道傻笑，也帮不上什么忙……"

林承骁只是帮不上忙，而你却总是在帮倒忙啊。乔雁转头默默清了清嗓子，将这句话死死压回心底，温和地安抚起不自觉总会有点大小姐脾气的沐雪晴。

"最后一期了，总会有点不同吧……不过这期节目录制结束之后，我们大概也就很难再聚到一起了，还是有点舍不得。"

男人上妆要比女人容易，她们走到集合地点时，其他四个人已经等在那里。沐雪晴到场后就推了推林承骁说了句什么，林承骁看上去有点无奈，还是点点头答应了下来，眼中是无法掩饰的笑意和宠溺。

看来假戏真做了嘛，眼神和跟她拍戏时的男主角配置可不怎么一样。原来演员在演谈恋爱和真的谈恋爱时，还是有很大区别的。乔雁撑着下巴，饶有兴趣地观察起自己还在合作期的搭档，直到面前出现一罐赞助商品牌的汽水挡住了她的视线。

乔雁顺着挡在眼前的胳膊往旁边看去，果然是穆庭在捣乱，见她望过来便收回手臂，居然还十分理直气壮："嘿，我在这儿呢，你看哪里啊？"

"我在劳逸结合。"乔雁神神秘秘地压低声音，穆庭好奇地靠近了些，就听见乔雁一本正经地说，"看看远处的风景，避免审美疲劳，积极保护视力。"

看男朋友一下还能累死啊？穆庭气也不是笑也不是，趁着摄像机还没开始拍摄，左右望望，飞快地扯了一下乔雁的马尾辫，意思性地表达不满。

这造的什么孽，为什么录个节目还得看他们出双入对来虐狗？！顾昭明将两组的情况都看在眼里，他又不是真的笨，不用明说自然也知道两边是什么情况，看着自己曾经喜欢过的人开始了恋情，心里也不知道是什么滋味，只好把头偏向一边。

这一偏头却发现，苏凭正在看他。

"……凭哥？怎么了？"顾昭明吓了一跳，小心翼翼地问。虽然录节目理论上来说都已经比较熟悉，但温和如苏凭却始终让他下意识地有些犯怵。

有些人的直觉很敏锐，顾昭明就是其中之一，他对自己的直觉深信不疑。他既不像穆庭、乔雁那样和苏凭之前便有交情，也不像林承骁、沐雪晴那样大大咧咧什么都不多想，是以到头来反倒是他和苏凭最为生疏，这声凭哥叫起来都没什么底气。

"嗯？没什么。"好在苏凭看上去也不是在故意找他麻烦，应答也很温和。

顾昭明松了口气，冷不防却听见苏凭突然闲聊一般地随口问他："你和秦菲复合了？"

顾昭明心中猛地一惊，他和秦菲的事情从开始到结束，都一直是段不能与人明说的隐秘关系，眼下被苏凭随口捅破，心里难免掀起惊涛骇浪。

然而他毕竟也是个演员，苏凭要是有意打听，知道也不是什么很稀奇的事情。短暂的惊诧过后，顾昭明也就恢复了正常，坦然地摇摇头："没有，怎么了凭哥？"

"哦，那就奇怪了。"苏凭摸了摸下巴，疑惑地扬了下眉，"我听说有家报社拍到了你们的照片，正打算公开呢，双方我都熟，就关注了一下，原来是旧照吗？"

旧照该曝光早就曝了，现在曝出来又有什么意思。顾昭明心中雪亮，思索了一下，慎重地点点头。

"谢谢凭哥，我也去关注一下。"

"嗯。"苏凭笑笑，多余的话一句也没有，走远几步，在节目组导演的提示下，率先走进了摄像机的拍摄范围里。

"《终极战斗》第一季最后一期节目录制——开始！"

他们这一次的集合是在一座无人岛上，规则简单粗暴，六人各自战斗，只有最终活下来的那个人才能成功逃离这里。每个人都有自己的一项保命技能，技能之间犹如五行相生相克，总能制住一个人，而后被另一个人反制住。

乔雁小心地展开自己的提示卡，确定了自己的保命技能，心里顿时凉了一下。

她的技能是一项被动技，不被触发无法主动施展。

这样的技能有什么用，除了那个被她克的人之外，不是坐等被其他人杀吗？乔雁心里无奈，面上却分毫不露，甚至在顾昭明主动提议在最后决战之前先分组行动的时候投了赞成票。

"那还是两人一组吧。"乔雁熟门熟路地说，"谁想跟我一组？"

"我来。"

两道声音同时响起，顾昭明和穆庭都愣了一下，互相看了一眼。乔雁略略扬眉，稍作思考后笑了笑。

"总跟穆庭一组，观众也都审美疲劳了吧，最后一期换个搭档，顾师兄，我们一起。"

她和顾昭明离开的时候，另外四人也自动分为不怎么常见的两组：穆庭和林承骁站在了一处，苏凭则带了一脸跃跃欲试的沐雪晴。三组成员分三个方向各自前进，暂时远离了其他四人，眼下只有一个问题需要弄清楚。

同行的队友，对自己来说是否安全？

这种问题当然不好直接问出口，就算问了，得到的回答也未必有什么参考价值，一时六个人两两一组，都在天马行空地聊着些不着边际的事情，默契地都没有提起半句关于任务的事情。

苏凭靠着一张天生可信的脸，此时正睁着眼睛信马由缰地胡编乱造，沐雪晴打起精神听了一会儿，觉得不明觉厉，很快便目光发直地看着他，早不知神游到哪里去了。苏凭也不在意，一路走一路聊，丝毫没有冷场。

他们选的是条平坦顺畅的石板路，一路前进，轻轻松松，顺顺利利。其他组就没有这么好的运气，穆庭和林承骁选的是条越来越陡的上坡路，开始不觉得什么，到了后来连走带跳，迂回前行，体力最好的这一组也难免觉得有些吃不消，在心里将节目组翻来覆去腹诽了个遍。

而同一时间，在另一个地点，顾昭明维持着目瞪口呆的表情，张口结舌地看着在路上走着走着突然就消失了的乔雁："你……你还好吗？"

"……还好还好。"乔雁抹了把脸，站在坑底下抬头看着蹲在坑边俯视她的顾昭明，两人大眼瞪小眼地看了一会儿。

乔雁无奈："顾师兄你让一下，我要自己翻跟头翻出去。"

顾昭明茫然又怀疑地看着她："啊？这么深的坑你能自己翻出来？"

乔雁深吸一口气，报以标准的微笑："既然知道我翻不出来……"

"那顾师兄你倒是搭把手啊？！"

"啊？啊啊啊……不好意思不好意思。"顾昭明如梦初醒，连连道歉，试了一下伸手臂下去，发现胳膊不够长后，迅速开始在附近找起了趁手的东西。

节目组设计出这个莫名其妙的伪装陷阱深坑，当然并不是想让他们全员灭在这里，顾昭明很快在附近找到了趁手的结实麻绳，将绳子垂下坑，将乔雁拉了出来。

乔雁被拉出来时，手上拿着一张盖着节目logo的任务卡。顾昭明心里一跳，凑上前问：“在坑里发现的？”

"嗯。"乔雁简洁地点了点头，既然顾昭明已经发现，她也没有过多遮掩，爽快地打开了任务卡，一行小字出现在了两人眼前。

"骁勇善战。"

恭喜玩家掉进坑里，系统奖励您"骁勇善战"称号？

虽然心里明白接下来的剧情肯定不是这种展开，两个人还是都在心里无语了一下。翻来覆去地看了几遍手中的卡片，确定没有任何其他信息后两人面面相觑。

"骁是林承骁的话……"顾昭明沉思着开口。

乔雁莞尔，心领神会地接上下半句："那这句话就是指林承骁的技能了。"

两人初步确定好卡片的用意后不再废话，马上开始了寻找其他卡片的行程。与此同时，其他两组也都先后开始有所收获。

苏凭和沐雪晴在一棵巨大的冬柏树上找到了一张任务卡，苏凭看着卡片上的"苏智多谋"四个字有趣地扬了扬眉，将卡片笑着亮给沐雪晴看了看。

"节目组真会做人。"他愉快地说，"夸我智商属于碾压级别，有理有据，令人信服。怕了没？"

"怕什么？"沐雪晴不甘示弱地哼了哼，觉得苏凭此举简直是在挑衅，马上一板一眼地反驳了回去。苏凭观察了一下她的表情，而后笑着主动求和。

"行行行，你不怕，你当然不怕。"

以苏凭的段数，安抚一个沐雪晴简直是再轻松不过的事情，没几句话就说得沐雪晴重又开心起来，对苏凭宽容地既往不咎，率先从冬柏下回到石板路上，继续向前走，而苏凭朝摄像师傅的镜头晃了晃他手里的卡片，轻松地将任务卡收了起来。

队友的技能奈何不了他，三个队伍中苏凭最先确认了这一点，不动声色地紧走几步，追了上去。

而在无人岛的另一端，林承骁紧走几步，穆庭就又向后退了一些，他只好站定，莫名其妙地看着穆庭："躲什么啊，你拿到我的卡了？"

"拿到你的我早就把你干掉了，还能让你在这儿跟我说话？"穆庭以一脸你在说什么鬼话的表情看着他。

林承骁想想觉得也是，于是更加好奇道："你拿到你的了？"

穆庭想了想，没有回答，算作默认。林承骁思考了一下穆庭私藏自己的卡这件事厚不厚道，想了想，觉得换作他自己，估计也会这么做，结果耿直地没觉得有丝毫不对，轻易地替穆庭的行为找到了开脱的理由，于是不再纠缠，两人继续向前探索。

我女朋友的卡当然也算我的，穆庭用自己的流氓逻辑说服了自己，摇晃的镜头给了他手里拿着的任务卡一个特写，又倒回他展开任务卡的那一瞬间。

雁归来兮。

这也是六张任务卡中最晚被发现的一张，在穆庭拿到这张卡后，所有的提示信息都已被找到，每个人身上的能力正式开启。

每个技能都必有一次被施展的机会，只有当碰到了自己能克住的技能，才等于捕杀成功，被捕杀者淘汰出局。如果施展能力的对象所拥有的能力没有相生相克关系，则视为攻击无效，技能也随之报废；而如果施展到了能克住自己的对象身上，则会被马上淘汰。

了解好比赛规则之后，也交换了自己组所发现的卡片情况，几人心照不宣各自散开，至此进入单打独斗阶段。三条道路也结束了各自崎岖盘折的路线，开始向同一个中心渐渐重合靠拢。

乔雁独自走在路上，顾昭明已经转头走了另外一条路，只剩下乔雁一个人还在磕磕绊绊地向前。她沿着路向前走了一会儿，在尽头处发现人影时精神一振，悄无声息地小心靠近，却因为对方敏锐的一个回眸，计划顿时被扼杀在了萌芽之中。

"哎呀。"乔雁摆出个遗憾的表情，发现对方是穆庭时遗憾得更是真切，"没吓成功……怎么又是你，你知道我的能力是什么吗，说出来吓你一跳——"

"知道啊，你卡片在我手里呢。"穆庭自然而然地答。

乔雁本来只是顺势而为地随口一说，万万没想到穆庭居然就这么随随便便地交代了出来，并且真的这么巧就被他找到了自己的卡，虚张声势失败，一时被噎得说不出话来。想想又觉得有点怀疑，犹豫地上下打量他两眼。

"真的假的，你胡诌的吧……"

穆庭笑了，工作人员还在尽职尽责地拍着，他在众目睽睽中倾身过来凑到乔雁耳边低语起来。乔雁心里暗骂这人真是越来越胆大妄为，对他的靠近却还是没有躲开。

不过穆庭显然也没什么在无数人亢奋的围观之下公然调情的兴趣，他对乔雁说的话也很简单，不过是"雁归来兮"四个字，却因为压低的声线而温柔得如同呢喃。

她的这个成语选得真是太糟糕了，乔雁心想，耳朵却悄然红了起来。

不过该揭的短还是要揭，乔雁听完穆庭的话之后抬起头，似笑非笑地看了他一眼："不是不想杀，是杀不了吧？我也知道你的，我们就别互相浪费技能了，坦诚一点。"

穆庭扬眉，刚要说些什么，那边已经传来了林承骁的声音。

"嗯？你们是在结盟吗？"他兴致盎然地过来，丝毫不觉得自己这个电灯泡的瓦数有多高，走过来就要说话。穆庭和乔雁对看一眼，两人突然齐齐后退一步。

然而这时已经晚了，林承骁突然加速向他们冲了过来，乔雁刚才又是掉进坑里，又是走了好长一段坎坷崎岖的路，体力不支，没跑多久就落在了后面。穆庭拽着她一起向前跑，乔雁却甩开了他的手，猛地回头，直接面向林承骁。

她知道林承骁的能力是什么，但是不确定自己的被动技能是否对其有用。他们获得的卡片数与路的难走程度成正比，乔雁和顾昭明一组的路最难走，沿路发现了林承骁、沐雪晴和穆庭的三张能力卡，林承骁和穆庭则发现了顾昭明和乔雁的卡片，苏凭一组只得到了一张卡片。

她和顾昭明获得的第三张卡片上的技能是"文昭武穆"，乔雁其实不大确定这张卡片到底属于顾昭明还是穆庭，但根据顾昭明的反应来看，属于穆庭的概率更大些。乔雁几乎已经确认相生相克关系，她拦一下若是不能成功，也不过就是浪费了能力卡……

她算盘打得很好，然而下一秒钟，林承骁追上她的时候，穆庭却将她向后猛地拽离林承骁的攻击范围，自己挡在了她的身前。

林承骁的攻击精准地落在了穆庭的身上，随着工作人员尽职尽责地提醒穆庭已被淘汰，乔雁怔了一下，才拉过穆庭，压低声音快速地轻斥他。

"我拿到林承骁的任务卡了，他的能力对我无效！"乔雁气得打了他一下，无可奈何地说，"你突然挡一下干什么，现在被淘汰了吧？"

"我又不知道，刚才你没来得及说啊。"穆庭无所谓地耸了耸肩，看乔雁一副气郁难平的样子，反倒是笑了。工作人员将他带离录制现场，在镜头拍不到的地方，他笑着捏了捏她的脸。

"这种情况，当然是保护你要紧，有我在，还能让你上前拦着啊。"他对乔雁说，在被抓着胳膊带走之前，轻松地向乔雁挥了挥手。

"第一期是骗过你一次，现在以命相抵了，能功过相抵吗？"

抵什么抵，乔雁又好气又好笑，却见穆庭最后对她笑了一下。

"玩的虽然是游戏，"穆庭看着她，轻声说，"总不能就把人生抛弃了吧，我不是演员，没法入戏太深，看你有危险，也就那么跑过去了。"

乔雁无言地看了他片刻，最终还是摇摇头，笑了起来。

"那你等一会儿。"她跟工作人员示意了一下，工作人员了然，暂时放开穆庭，自己走远了一些。

"等我去把冠军给你拿回来。"她附在穆庭耳边，温柔地低语。

"然后再去和你一起慢慢过日子。"

第十四章
劲爆消息

在这一年最后的一个月里，《终极战斗》与《纸上谈情》的录制拍摄工作相继结束，乔雁却没能像去年一样，在这样年关末尾的日子里清闲下来。

她最近收获了一个流传甚广的新外号：雁三奖。听上去有点滑稽，写出来还带着浓浓的中二即视感，提起的人却无不认认真真，郑重其事，一半阴阳怪气，一半肃然起敬。

在这个颁奖季扎堆的月份里，乔雁不鸣则已，一鸣惊人，以摧枯拉朽、无可争锋的姿态，连拿三座重量级奖杯。除却最开始拿下的珠玉奖"最佳女主角"之外，没过多久，她又顺利收下了一座白鹭奖的水晶奖杯，而仅在两天之后，她又在另一座城市，以"年度最受欢迎女演员"的新身份站在舞台中央，笑着迎接全场震耳欲聋的欢呼与掌声。

珠玉奖是华语电视剧界的最高奖项，白鹭奖则是国内电影界的标杆。虽然这和顾謩声所追逐的国际性大奖金谭奖尚有差距，不过也是国内媒体愿意以头版头条报道的重要奖项。

《初相见》不仅摘得了"最佳女主角"奖项，更是斩获本届白鹭奖的压轴大奖"最佳影片"，总算摆脱了叫好叫座却没奖的尴尬处境，为已经下映的电影画上了一个完美的句号。至此，乔雁的大银幕处女秀正式宣告大获成功，她这一年的经历，也终于丰厚到无与伦比。

从年初参演穆庭MV开始，到接拍徐振执导的电视剧《侠义千金》，经历了黑料反转的年度热搜关键词风波，同时期主演顾蜚声的新电影《初相见》又出人意料地大获成功，而后参加周播剧《纸上谈情》，真人秀《终极战斗》，从年头到年尾，每个月的头条上几乎都有她的名字。

甚至连头条上有她的名字都不是重点，重点是每一次出现，迎接的都不是公众审美疲劳的反感，而是铺天盖地的赞美——就连那次几乎成功的抹黑，最终都以乔雁的粉丝翻了数倍为结束，有这样高的曝光率与这样亮眼的成绩，她拿下今年的"最受欢迎女演员"奖，实在称得上是众望所归。

而最难能可贵的是，她虽然在今年从电视剧到电影到人气，都几乎处于不可挑战的高度，却又实在不是一个非常高产与乐意刷存在感的女演员。她几乎没有街拍，没用各种各样自己的消息炒过新闻，除了演戏和录节目，几乎不在公众面前露脸。

而每次露面，都从未让人失望。

她不是传统意义上的高产演员，一年两部戏一部电影其实真的不多，因此这几部戏都大获成功才更令人瞠目结舌。而唯一参演的一档真人秀节目中的表现又实在可圈可点，聪明又内敛，从不会过分发挥抢队友的风头，最后一期却默默将其他所有人都淘汰下场，拿下了本季《终极战斗》的冠军。

当然，这个游戏节目的冠军其实非常随便，而且没什么重大意义。但乔雁一个看上去温婉纯良又无害的漂亮姑娘，拼起来却是实打实的坚韧又厉害，颇有些虞锦扇的影子，实在是在观众心里刷足了好感度，连路人的评价都是一水的赞美。

乔雁看到这个电视台播放的最后一期时，已经离节目首播过了好几天。她最近实在太忙，在各种颁奖礼之间奔波辗转，有时候三天能走两个城市，坐飞机已经和坐车一样成为每天日常，实在是抽不出看节目放松的时间。

事实上，现在也不算是个实打实的休息时间——她正身处朝华电视台的单人化妆间，刚上好舞台妆，正忙里偷闲地掏出平板看节目，等待着排到自己上场。

这是朝华电视台跨年演唱会的第四次彩排，也是在正式直播之前的最后一次预演。灯光音响，服装道具，一切都按直播的配置来，这次彩排也将成为跨年演唱会的备播带，如果正式直播时临场出现事故，就将紧急播送今天录制好的镜头。

不过虽然说得这么正式，其实基本上也出不了什么大问题。朝华电视台又不是第一次办跨年，何况歌手们大多数也都选择轻松又稳妥的假唱，到时上去也就是对对口型的事情而已。

而为数不多真唱的那部分，现在还在一遍遍彩排，力争把自己的状态调整到最好。乔雁撇撇嘴，低头看着视频，有些短暂的出神。

穆庭昨晚就已经开始调整自己的状态，留到今天去临阵抱佛脚找状态显然不是他一贯的作风。乔雁昨天下午刚拿着奖从另一座城市风尘仆仆地回来，演员和歌手虽说都是圈内人，工作分工到底并不完全重合，两人自真人秀节目录制结束后，又是有段时间没能见面。

好在都在为了各自的事业努力奋斗，都是一样的人，彼此都能理解。

于是昨天下午乔雁出了机场，根据短信的提示找到穆庭停在一边的车后就不觉得有什么意外了，两人都忙，基本也没有多诉什么衷肠，在一起吃了顿饭就算给乔雁接风洗尘，而后一起回了穆庭工作室。

穆庭进了公司，马上又切换回了自己的工作狂模式，一头扎进了录音棚，几个小时没出来，而乔雁则坐在录音棚外面，从包里翻出近期的行程和彩排时演唱曲目的歌词仔细地看，耳机里《侠情天下》的旋律不断地单曲循环。

互不打扰，又互相陪伴，忙着自己的事情，偶尔一个抬头，对方就在眼前。

他们身处在一个最为纷繁复杂的环境中，却满足于同样一份纯粹的温暖。有的人向往波澜起伏轰轰烈烈的旷世绝恋，但对有的人来说，爱情与陪伴，就这么简单。

乔雁收回不自觉发散开来的思绪，兀自莞尔，带着浅浅的梨涡，低头继续看着节目视频。随着最后一期节目组可谓非常懂的剪辑，穆庭和乔雁的粉丝幸福地吃糖吃到了最后一秒，一时都在幸福地跑圈嗷嗷叫，乔雁看完节目又去翻网上的评论，显得兴致颇高。

在最后一期节目录制中，穆庭帮她挡了一下后被淘汰的事情，自然毫无意外被忠实地记录在了镜头里，而让乔雁意外的是，她和穆庭随后的那段对话，节目组也选择播了出来，虽然之后她让摄像走远些的时候画面里没了声音……

不过只要不瞎都能看出来这么显而易见的端倪吧？！

播都播了，而且已经播出了好几天，该看的都已经看过了，也已经错过了跟电视台提意见的最好时期，乔雁索性就当自己没看见这一分钟的画面，任由两方各自心照不宣。

反正她跟穆庭从根本上来说，也并不真的是十分坦荡的关系，暂时还没公布只是还没找到合适的时机，因为公开恋情而造成的人气下滑或是支持率下降之类的事情，从来都不在两个人的考虑范围之内，凯星纵容她，穆庭更是完全能够自己做主。

谈恋爱就谈恋爱，她和穆庭都是足够坦荡的人，有了喜事也愿意和粉丝分享。这样的事两人还没有正式商量过，不过对方是什么想法，显然一直都心中有数。

视频看完之后，乔雁伸了个懒腰，疲惫地想要揉一下有些发涩的眼睛，又想起自己已经上好了妆，这一揉可就是再耗费两个小时补妆的节奏，乔雁没怎么挣扎就放弃了自己最初的想法，转而拉开化妆间的门，想要去四处转转透会儿气。

然而一拉开门，她顿时就深深地后悔起自己的决定来。

在她对面的化妆间，门几乎同时被打开。一个中年男人从化妆间里满脸带笑地出来，手还揽在旁边人纤细的腰上没来得及放开。

而被揽住腰的可实在是乔雁的老熟人，并且在第一时间就发现了她，一双带着霜意的眼睛正冷冷地看过来。为何这个人每次做什么暗地里的事情都会被她发现呢，还是对方针对她的原因又可以再加一条？

不过这个照面下来，她倒是知道秦菲的新恋情是和谁了。

这个男人，她恰好认识。

秦菲的视线还定定地锁在她身上，乔雁没有低头转身关门回去，而是保持着微笑，不闪不避地看了回去。

她早已不是那个三年前撞破秦菲好事只能仓促回避的新人，若是有人到现在还认识不清，她也不介意适时提醒。

秦菲的脸色更差了一些。

"乔雁。"她一字一顿地慢慢叫着她的名字，并无咬牙切齿，声音里带着的意味，却让人从里到外都不舒服，"你不回避一下？"

"为什么？"乔雁微笑着反问，甚至好整以暇地挑了下眉，"秦菲姐的男友我又不是没见过，还挺熟的，眼下你换了一个，我也得跟着更新一下数据库不是？"

"哦。"秦菲看着她，淡淡地笑了一声，"看来最近被捧得太高，乔师妹有点分不清自己踩在哪里了，毕竟'雁三奖'的名头这么好听，是吧？"

"是挺好听的，从秦菲姐嘴里听到更觉得高兴。"乔雁点头附议，随口提醒秦菲珠玉奖女主角她是从谁手里抢来的事情，"秦菲姐还是快关门回去吧，毕竟是电视台后台，人多口杂，被拍到了多不好啊。"

她笑盈盈地抬起手来，对着秦菲就做了个拍摄的姿势，嘴里轻轻说了两个字："咔嚓。"

"我要是记者……"乔雁放下手来，眨了眨眼，笑得天真烂漫，"秦菲姐就是明天的头条了。"

站在秦菲身旁的中年人稍微皱了皱眉，打量了乔雁两眼，嘴唇动了一下，还没来得及说出些什么，就听见旁边另一个声音突兀地响起："这儿怎么回事，你们在化妆间外面开会啊？"

三人都转过头去，穆庭脚步带风地大踏步走了过来，西装领带板正有型，外套被他脱下来挂在胳膊上，走动间猎猎飞扬在身侧，显得整个人张扬又帅气。

他也不是什么扭捏的人，走过来就直接在乔雁旁边站定抬眼，眼风迅速从对面两人身上扫过，而后撇下两人不理，稍稍侧身先同乔雁说话。

"刚下台时看了眼最新的节目流程，离排到我们的节目还差四个，估计一会儿就有人来通知了，你出来这么早干什么，回去坐会儿。"

"出来透个气，恰好碰见秦师姐。"乔雁笑了笑，在对面两人的注视下落落大方地抬起手，帮穆庭重新系了一下走动间有些歪掉的领带。穆庭配合地稍微弯下腰，仰起下颌方便她动作，忙着享受女友的贴心之举，对旁边两个人连正眼都吝于给予。

但对面投射过来的视线实在太过强烈，已经到了让人不舒服的地步，像是阴冷剧毒的蛇吐着信子虎视眈眈地注视着猎物，乔雁在心里皱眉，面上反而微笑起来，突然转眸，与秦菲的视线撞个正着。

"秦师姐怎么一直在看我？"她微弯了眼眸，温温柔柔地说，"有时间不如也试试？还挺简单的。"

男友能公开的话，你也尽管明着来秀恩爱啊。

而穆庭则比她来得直接得多，看都不看他们就直接翻了个白眼："看什么看，没见过帮男朋友系领带的啊？"

这话就有些太过直白了，乔雁心里忍俊不禁，面上却还是象征性地抬手要打他一下意思意思。手还没来得及伸出去，却见穆庭突然又转过头来，正儿八经地看了对面的两个人一眼，面上顿时露出一个吃惊的表情。

"哎哟，刚才没看清楚，您怎么也在？"他浮夸地惊叹一声，转头对着乔雁做作地高兴道，"没想到能在这儿遇见，乔雁，来，我给你介绍个人……"

他屈指在乔雁的胳膊上划了一下，乔雁一顿后便明白过来他的意思。虽然认识对方是什么人，对方显然对她也不陌生，不过说到底两人的确没有正式见过面，于是也就顺水推舟地配合了一下，摆出好奇的表情洗耳恭听："嗯？"

"轩霆的老总严钧，和我爸关系挺好的，在家里见过，第一次见面时他还夸我是大富大贵的好面相呢。"穆庭认认真真地给她科普，而后看了一眼站在一旁紧抿着嘴的严钧，笑着补上一刀。

"他和我爸算是忘年交，你就跟着我，一起叫他严叔吧。"

他边说着话边看向秦菲，眼眉一扬，冲她勾起嘴角笑了一下，目光不闪不避，满是挑衅。在这个地位决定行为的圈子里，他甚至不屑于做一丝一毫的掩饰。

这样的话虽然说起来很爽，但没有穆庭的背景，还是别这么得罪人为好。乔雁的手到底还是落在穆庭的胳膊上，轻打了一下做做样子。她没接穆庭的话，但也没说话圆场，场面一时陷入僵局，直到有新的声音再次出现。

"让一下。"

这个声音乔雁实在太熟悉，闻声转头，对来人笑了笑，拉着穆庭主动向后退了一步让出走廊，中间形成一道半人宽的空隙。做出了让路的姿态，却也没退到能让对方通过，只等秦菲那边也让出一步，才好供人穿行。来人对乔雁礼貌地道了声谢，再转头看向另一边时，耐心十足地将话又重复了一遍："麻烦让一下，你们挡路了……"

"严哥。"

而他在招呼了中年男人后，接下来甚至没有叫秦菲的名字，只轻飘飘地看了她一眼。秦菲下意识看向旁边站着的严钧，见到对方一瞬间难以掩饰的尴尬之色，便已经明白自己接下来该做什么了。

"凭哥。"于是她能屈能伸地低下头，对苏凭展现出一个相对柔和的态度。而在她低下头的瞬间，心里不可抑制地稍微凉了几分——她身旁的严钧，带着她，不动声色地向后退了一步。

这一步的意义之重大，从她再抬起头看到对面乔雁脸上毫不掩饰的微笑时就能看得出来。路让了出来，苏凭却没有着急通过，而是看了眼严钧又看了眼秦菲，似笑非笑地扬起半边眉。

"还挺般配的。"他一脸认真地评价，似赞美也像讽刺。严钧神色紧了紧，定定地看住了他，一言不发，没有接话。苏凭看了眼严钧，似乎觉得他如临大敌的样子很好笑，好整以暇地对其进行安抚。

"放心吧，严哥，做什么是你的自由，我最近都没见到王姐，多余的事不会特意跟她去讲，不过……"

他突兀地顿了顿，严钧和秦菲都下意识地紧盯着他，猜测他即将说出口的话。

"不，没什么。"谁知顿了顿后，他又非常无所谓地耸了耸肩，别的再没多说，从容写意地从两组人中间穿行而去。

"去彩排了，诸位回见。"

他云淡风轻地撂下话就走，丝毫不顾及身后两人的脸色，转眼就消失在了走廊尽头。走廊上的四人面面相觑，来通知乔雁该上场彩排的工作人员见到这场面吓了一跳，左右看看，不知道该不该插话。乔雁看到后拉了穆庭一下，她和穆庭离去，秦菲和严钧则站在原地，终于暂时错开。

"我还一直都在纳闷，秦菲究竟是哪里找的后台，杨硕想对付苏凭她都敢插手帮忙，如今一看，果然事出有因。"

前面的一组还在台上唱着，乔雁和穆庭站在幕后看着台上的情况，站在一处轻声交谈。乔雁叹了口气，脸上显出恍然与担忧并存的表情："轩霆是怎么想的，苏凭处境还好吗？"

"挺好。"穆庭毫不迟疑地回答，不屑地笑了笑，"秦菲和杨硕以为一个严钧就能动得了苏凭？轩霆娱乐老总又能怎样，你知道他夸我面相大好的时候是哪年

317

吗？"

这个问题听着奇怪，乔雁不明所以地转头看他。

"我五岁那年。"穆庭眯起眼，淡淡笑了一声，轻描淡写如谈论天气，"当时轩霆也已经是个能和锋辰抗衡的庞然大物了，但他还是得这么挖空心思地奉承我家老头。"

"从过去到现在，他都不足为虑。"

工作人员提示他们准备上场，乔雁收敛心思，准时踩着节拍和穆庭一起走上舞台。他们应电视台的要求合唱一首《侠义千金》的主题曲《侠情天下》，本来安排的是乔雁独唱，但乔雁基本上也就是KTV水平，这首歌本来便是穆庭词曲唱一手打造，两人合唱也方便刷新闻，节目组后来也就改成了两人对唱。

别的歌不说，这首歌乔雁还算比较拿手。本来就是虞锦扇的角色歌，市面上也有她独唱的版本，不过KTV不经修音的歌声估计并不能讨观众欢心，和穆庭合唱也算是件好事。两个人平稳顺利地唱完了这首歌，一起走下舞台，刚出了舞台就听见工作人员奔来走去的慌乱动静，以及外面远远传来的，巨大的嘈杂声。

怎么回事？两人对视一眼，都若有所思。乔雁想了想，拉过穆庭，转身朝另一个方向走："我知道有个看楼下视角不错的地方，跟我来。"

他们来到三楼一个房间，这里的窗户正对着电视台大门，视野极佳。乔雁推开门，两人却惊诧地发现——这里已经有人在了。

苏凭站在窗边，透过玻璃看着楼下潮水般涌动的人群。聚光灯密集地闪成一片，如水面上泛起的粼光，风吹之下璀璨纷繁。喧闹声传至楼上，化作一片模糊连贯的杂音，苏凭好整以暇地转过头来，冲着他们笑了一下。

"你们来了？"他冲穆庭和乔雁微笑着颔首招呼，姿态轻松地招了招手，示意他们走近些，"正是时候，这儿视角不错，请你们看场好戏。"

"什么好戏？"乔雁微怔之后便重归平静，轻描淡写地问了一句，走到窗边一起向楼下看去。穆庭也探身过来，高高在上地俯视着楼下被团团围住的秦菲。

早已熟悉聚光灯包围滋味的人气小天后怕是从没这般狼狈过，无人真的在听她说话，一个个咄咄逼人的问题尖锐地揭露着不堪的事实，将阴暗与龌龊堂而皇之地拖曳到光天化日之下，每个人高亢到破音的声线都显得激动又浮夸。

他看得兴起，一时甚至还掏出手机朝楼下拍了几张，自然而然地接过乔雁的问话："人性。"

他和苏凭向来一个温雅一个高傲，气质截然不同，但此时此刻，嘴角却难得地勾起了相似的弧度。眼中带着同样的高高在上与冷眼旁观，饶有兴趣地闪着光，又无动于衷到漠然。

从他们在后台等候到上场彩排，短短半个小时，电视台外面的记者就从无到有地将广播电视楼层层包围了起来。每个人脸上都带着呼之欲出的激动与亢奋，等待与炮制着又一条轰动娱乐圈的头号新闻。

明天就是这一年的最后一天，谁都没想到这样的大新闻会在今年的最后时刻横空出现。虽然具体是何新闻如今还没有见诸报端，但只需这一个人名，便足以让所有人疯狂。

秦菲，这是今年的新闻大事件主角中最有分量的名字！

明星的咖位对新闻的影响有多大？只拿今年的新闻举例，年初穆庭一张模糊的绯闻照片就能让圈里圈外猜测女主角数日，即使穆庭光速出来打脸也于事无补；而杨硕的新闻则最开始只不过被当成他的又一桩风流事来八卦，直到疑似婚内出轨的消息出现，事态才严重起来。

乔雁当初上了热搜的黑料新闻虽然也占了一个头条，但稍加辨识就能从中看到明显的水军造势成分，能快速形成讨论度全靠幕后黑手；而今天秦菲的消息，只需要"秦菲"这两个字出现，就能让众多媒体不顾一切地赶过来。

秦菲和乔雁狭路相逢时今天的彩排已经结束了，她正在化妆间里和严钧找准机会耳鬓厮磨，眼下被打扰了兴致，只得简单休整了一下，便要从后门离开电视台，根本没想到外面重重记者在等着对她围追堵截，有数不尽的问题等着向她逼问。

她消息向来灵通，但这次记者的到来实在太过突然，加之今天是朝华电视台的跨年晚会最后一次彩排，本来便有记者过来采访，也增加了一定的迷惑性，等工作人员发现大事不妙时，为时已晚。

车已经寸步难行，半点都开不动，记者用血肉之躯挡在那里，司机也不敢真的撞上去，否则不光是秦菲的星路玩完，更可能背负上刑事责任，再无翻身之地。保安被迫拉开车门护送秦菲下来，瞬间记者们的话筒和相机就一窝蜂地堵了上去。

"请问秦菲小姐，你对被拍到和顾昭明的亲密照片如何看？这段地下恋情曝光后您会承认吗？"

"请问秦菲小姐，今天曝光的一段您在片场内和轩霆总裁严钧的亲热镜头是否属实？您对此作何解释？对被包养的事实是否承认？"

"请问秦菲小姐，据闻您曾多次雇水军在网络上诋毁造谣其他艺人，这是不是真的？"

嘈杂纷乱的提问声响成一片，而很多记者听到纷乱的问题中三个明显的分支都愣了一下。

秦菲这次爆出的，竟然不是一条消息？！

而在同一时间，早有敏锐的媒体将前线的最新进展第一时间公布到网上，一石激起千层浪，所有人都被冲击得措手不及，一个个张口结舌，觉得世界荒谬无比。

这些新闻说的是秦菲？

这怎么可能是秦菲？！

秦菲的粉丝简直气到七窍生烟，发疯般在网上刷着替秦菲辩驳的消息，更多人在震惊错愕过后，也都屏气凝神，等待着现场传来的秦菲的回应。在事情没有定论之前，绝大多数人情感上都绝不愿意接受这样的事实。

秦菲不是乔雁，后者在被黑时连铁粉都还几乎没有，大家感叹一声人不可貌相，便能继续奚落下去。秦菲走红多年，成绩斐然，且一直以冰清玉洁的形象示人，如今曝出的消息，不光将她平日的清冷高贵折毁得一干二净，更是生生打造出了一个公众无比陌生的新形象。

这个私生活混乱，被包养上位，甚至惯于使用不正当竞争手段的歹毒之人，哪里是那个众人眼中清冷如仙的秦菲？！

然而令众人失望的是，在那一天，秦菲并没有给出公众一个满意的回答，她在众目睽睽之中当场黑了脸，对所有事情断然否认之后，多余的解释一句都没有，迅速又重新坐回车内，任凭记者提问的声音再次响起，她始终都没有出来。

尽管数分钟后，网络上的话题与言论就在以肉眼可见的速度减少消失，很快轩霆官方也发出了正式通稿，严正谴责了"某些为吸引眼球不择手段的媒体"，但这些无法将公众的视线模糊过去，更像是画蛇添足般加重了众人的质疑，毕竟……

秦菲当日的表现，已经如同猝不及防下的默认。

这世上毕竟没有不透风的墙，也没有人能够一直高高在上。秦菲在轩霆这么多年顺风顺水地走下来，从来没有被公众和媒体这么咄咄逼人地质问过，一时躲避不及，也准备不足，难免一开始就吃了闷亏。然而等她想要扭转局面的时候，事情却早已脱离了她的控制——在这样的风口浪尖，作为被牵连的人员之一，顾昭明站了出来。

秦菲一事作为最近最为炙手可热的事件，本人又拒不接受任何采访，严钧作为娱乐公司的幕后人物，只要他不想，曝光率也不会太高。顾昭明作为事件中唯一一个有名有姓还能找得到的人，走到哪里都会被围追堵截。

而在又一次被媒体围攻的时候，顾昭明终于面露疲惫，带着深深的倦意松了口。

"我和秦菲曾经有过恋爱关系。"他向媒体坦率地承认，原原本本地将故事的梗概告知媒体，"我们因为拍摄我的代表作相识相恋，确定关系，大约有两年多的时间，但已经在半年前分手。这张照片拍摄的时间是去年的这个时候，媒体朋友们可以自行查证。"

但无论是对前女友最后的保护，还是出于自己性格的原因抑或其他考虑，顾昭明从头到尾都没有提及秦菲半个"不"字，对分手原因也表示并不愿意详谈："其实分手也没什么特殊的原因，干我们这一行的，向来聚少离多，感情慢慢也就淡了。如今虽然已经没有亲密的关系，但还是祝她一切都好，也希望大家不要在这件事上过多计较。"

他说的话基本属实，媒体也很快查证了照片的拍摄时间。顾昭明在秦菲事件爆发后很快便自行脱身，更是因为在这件事上的得体回应圈了一批新粉，自身毫无损失。

而苏凭之前曾对顾昭明有所提醒的事情，天知地知，你知我知，被顾昭明深深压回心底，再也不曾提起。

他虽然对乔雁一直有那么点若有若无的放不下，但两年多的时间并不短，他对秦菲也的确有真感情，不然也不会在这么好的落井下石机会之下，到最后也没有跟着插上一刀。抽身之后，顾昭明同样关注着事件的进展，看着看着，渐渐觉得哪里不对。

秦菲的应对，实在太过笨拙，处处都是破绽，是以才让这件事的反应如滚雪球般越来越大，波及越来越广，秦菲的形象也早已经处于岌岌可危的边缘，除了部分死忠粉死死撑住，不愿相信事实之外，越来越多的人对秦菲的态度已然发生了转变，讨论此事的态度越来越有冷嘲热讽的意味。

秦菲的公关团队，怎么了？

"她原来的公关团队被抽调走了，现在的是一批严钧临时组建给她的新人，用着自然不够顺手。不过也在于她有些事做得实在太过明目张胆，以前仗着有严钧给她撑腰，坏事做尽还不知收敛，现在被翻出来，也算活该。"

咖啡厅内萦绕着悠然舒缓的轻音乐，侍者送上两杯冒着迷人香气的咖啡，微笑着礼貌地远远退开。楚冰端起咖啡，低眸轻啜一口，动作并不如何考究，优雅的意味却浑然天成。

她放下精致的白瓷杯，抬眼看向对面，正看见乔雁向咖啡里加着奶昔和方糖，察觉到她看过来的视线，抬头冲她笑了一下。

"喝得惯苦茶，但苦咖啡不是很喜欢。"乔雁微笑着抬起杯向楚冰示意了一下，随后轻抿了一口便放到一边，"这样的话，公关到这种糟糕程度就不奇怪了……不过轩霆既然还在替秦菲奔波这个事情，怎么会让事态发展到这么严重的地步？"

"不是轩霆，是严钧在管她。"楚冰纠正了一下乔雁的说法，面上看不出分毫的情绪波动，"发展成这样有两个原因。"

"第一，这件事本身是苏凭翻出来的，他下了决心要让秦菲吃点苦头，那秦菲经历的就肯定不是吃点苦头这么简单。苏凭这个人，看着温和友善，其实比谁都冷漠无情，我行我素，你以后慢慢就会知道。"

楚冰顿了顿，思索着看了乔雁一眼："而且开始是苏凭弄出来的，但之后凯星和锋辰暗中都有插手，看报道跟进的媒体就知道了……凯星肯定是要为你出口气，至于锋辰嘛……估计也是吧。"

"说得我好像红颜祸水一样。"乔雁失笑，无辜地耸了耸肩，表示自己躺着也中枪，"凯星可能多少还有点，锋辰就是说笑了。不过归根结底，出力都是因为对自己有好处而已，一个当红一线陨落，空出来的资源与位置，实在让人垂涎。"

"你倒是看得很明白。"楚冰莞尔，纤长的手指摩挲着杯壁，眉目平静地继续开口。

"第二就是，严钧虽然目前是轩霆的一把手，但轩霆一直姓王，不姓严。"

她说的是严钧的妻子王筠，虽然婚后这些年一直让位给严钧，但轩霆是王筠的父亲一手打拼出来的，继承人的确是王筠无误。乔雁默然无话，楚冰却抬起头来。

"王姐对我有恩，很大的恩情。"她轻声说，眉宇间也有着些许叹息，"轩霆是她的，我是轩霆的一姐，不能眼睁睁看着严钧或是苏凭把轩霆拖垮。"

"所以乔雁，我提前知会你一句。"

"轩霆到了该清理门户的时候，你和凯星……多加小心。"

轩霆要清理门户，关凯星什么事？乔雁当时多少有些不大明白，不过楚冰的好意显而易见，她也就笑着接受下来。她做事稳妥惯了，这件事也与舒丽提起过，电话那头的舒丽没说什么，只同样让她多加小心。

而很快，她就明白了这句话的意思。

秦菲的事情已经闹得沸沸扬扬，在众多视线都盯紧轩霆之时，轩霆居然又生事端。乔雁大早上被急促的电话铃声吵醒，挣扎着爬起身奔向电脑，刷出的消息简直让她瞠目结舌。

"秦菲新闻事件真相水落石出，系为同公司艺人倾轧排挤一手炮制。"

这种洗白的姿势是不是有点清奇了？乔雁惊愕地快速下拉新闻页面，另一个名字迫不及待地跃入眼帘。

乔雁轻轻一哂，浏览的速度骤然变慢，仔仔细细地看完了整篇通稿，才沉思着关掉页面，想了想，拿出手机打给了罗铭。

她打了好几遍罗铭才接通，罗铭的语速很快，在电话那头不知道冲着谁接连说了一串什么，百忙之中抽出空来，难得简洁地招呼了一声乔雁："喂，乔雁？哪儿呢？有事？"

"新闻我看到了。"乔雁用肩膀和侧脸夹着电话，在房间里走来走去匆匆收拾东西，换好衣服就要出门，"公司现在是不是被围住了，我这就过去，有没有什么需要事先通气的？"

"是啊，我这儿正赶上周一开例会，公司里大大小小的艺人八成都在，这是要一网打尽啊？通气啊……你来时自己看着办吧，相信你的分寸。"那头罗铭说明形势严峻还不忘自嘲，乔雁失笑，却也稍微放下心来。

罗铭这个人，大事上从来不会含糊，既然他看起来还算轻松，那总归事情也还没糟糕到无可挽回的地步。

乔雁点点头，意识到罗铭看不见后又开口说了一遍："行，那我自己看着办。"

她顿了顿，临出门时扶着门框，挂断电话前到底还是犹豫着问了一句："罗哥，新闻上说的这个消息……是不是真的？"

那边罗铭的回答如同行云流水，丝毫不见停顿："真的。"

乔雁赶到凯星，见到这儿里三层外三层的阵势，已经习以为常。她这一年里见得太多，自己经历的也不在少数，甚至此时还很有闲心地观察着来访记者的规模，相比之下要比前些天围攻秦菲时小了不少，果然凯星依然不算媒体眼中的庞然大物，艺人的分量照旧决定一切。

令她有些意外的反而是正在凯星办公楼外面应对记者的两个人，这种混乱的场面下显然不能让老板罗铭率先出来应对，不然未免太过自降身份，舒丽平日里都是助力，但今天这样的局面，显然也并不方便现身。

除了罗铭、舒丽之外，最能代表公司的她又恰好不在，因而公司派出的这两个人，乍一见着有点意外，仔细想来却很合理。

刘静怡和颜雪芯，的确是目前凯星唯一勉强能推得出来的人选了。

她们此时站在走向凯星的台阶上，背靠着公司紧闭的大门，前面是被保安拦下的一点空隙，两个人都不算太高挑，几乎被层层叠叠的记者淹没在人海里。乔雁走下车来，踮起脚往前看，甚至不太能看见她们的发顶，只有被话筒扩大的声音，不断地传进耳底。

颜雪芯第一次经历这般场面，虽说并不害怕，但性格使然，应对之间多少有点鲁莽。刘静怡的应答则要相对平和圆润一些，两人一唱一和，听着居然有点默契的意味。

"苏凭要跳槽凯星是不是真的？"

"不知道。"刘静怡回答，条理清楚地反问记者，"我们是凯星的艺人，也没有听过这条消息，这是谁放出来的新闻，记者朋友们怎么不找当事人考证？"

颜雪芯撇嘴："难道苏凭前辈现在还能在凯星不成，现在不是应该去找他求证吗？"

"那杨硕是否真如报道所言，联合外人对苏凭进行打压？秦菲事件只是他一次小小的练手？最终的目的是将轩霆掌握在手里？"

"这算是商业机密吧，我们怎么会知道？"颜雪芯皮笑肉不笑，阴阳怪气地冷嘲热讽，"挖掘隐情不是记者朋友们的事吗？我们不兼任这个啊。"

"刘静怡小姐！你怎么看？"一道尖锐的声音响起，矛头直指在一旁陷入沉默的刘静怡。颜雪芯皱了皱眉，转头看了刘静怡一眼，刘静怡察觉到她的视线，转头冲她笑了一下，举起了话筒。

她的背倚着凯星大门，站直身，吐字清楚，声音透过麦克风传了出去，平静得不起一丝波澜。

"我们已经分手了，原因大家都了解。

"你们指望我还知道这些隐情是不现实的。

"我们是凯星的艺人，所有发言的立场都不会与凯星的立场相悖，如果有记者朋友觉得得不到自己想要的回答，那可以请回。

"我们凯星知道的，能说的，不能说的，加起来也就只有这些。"

记者们短暂地静了一下，随即三两成群地低声耳语起来。对凯星派出的这两个门神一样的艺人，他们都有些无可奈何，毕竟是两个女艺人，也不能真把她们怎么样，场面一时僵了下来。

而在这样略显低迷的气氛中，乔雁的声音透过话筒骤然响起，带着一点亲切温和的笑意，却没有记者敢对此掉以轻心。

"其实从我们公司到轩霆娱乐的话，打车过去起步价就到，钱也不多，这里要是没什么消息的话，不如去这些消息的起源地去看看。"

她说："记者朋友们麻烦让一下，我要回公司了。"

在场的记者们面面相觑，沉默一会儿，倒真的推推搡搡地后退，从中间给她让了条路出来。

骤然压力大减的刘静怡和颜雪芯都有些回不过神来，呆呆地看着她，眼中满是同样的惊叹与向往，刘静怡多一分惊喜，颜雪芯则多一分不服气。

"杨硕、秦菲、苏凭，说到底都是轩霆的艺人，我其实有点不明白，大家为什么都盯着凯星不放，这个重点抓得令人很意外。"乔雁笑笑，从容地抬步向颜雪芯和刘静怡走过去，一路灯光闪烁，乱七八糟的话筒从两边伸出来，她的声音从无数个话筒上拂过，随着她一起并肩向前。

"苏凭身为一个绝对的一线当红男星，他的走留都应该相当自由，想走轩霆拦不住，想来的话凯星自然也欢迎。"她好看的梨涡泛起，接着停顿了两次，向两边各摆了个短暂好看的poss，"大家都知道我和他私交还不错，我差不多也能代表凯星说句话。"

"不如就说，作为朋友，他的决定我都表示理解支持，如果真的想来凯星，凯星公司上下全都表示热烈欢迎。"

"那乔雁小姐认为，苏凭有可能离开轩霆的原因是什么？内部排挤吗？"有记者抓住机会尖声发问。

乔雁看向发问的记者，眨了眨眼，笑得云淡风轻："我觉得是。"

说话间乔雁已经到了公司门前，不顾记者们再次掀起的轩然大波，在大楼保安的护送下带着刘静怡、颜雪芯向门内走去，拒绝的姿态摆得十分明显。

记者们终于得到了一些自己想要的答案，这场突如其来的采访，也该是时候结束了。

进到凯星公司的楼内之后，刘静怡和颜雪芯才算真的放松下来。刘静怡下意识地向乔雁靠了靠，颜雪芯则恰恰相反，将自己和乔雁的距离刻意拉远了些，眼中尚带着点掩饰不了的被抢了风头的不服气。

乔雁暂时没去管颜雪芯这个中二少女，她看了刘静怡一会儿，而后笑着抬起手，摸了摸她软软的头发。

"挺好的。"

她没有明说是哪方面挺好，应对时的从容还是提起杨硕时的平静？挺身而出的勇敢还是应对提问时的周密？不需要别人听懂，刘静怡自然明白。

一个人的改变与成长需要时间，需要挫折，也需要自己的勇气和坚定的心。刘静怡顿了顿，最终却什么都没说，只朝乔雁露出了一个抿着唇有点拘谨的笑来，默默挽紧了她的手臂。

那头颜雪芯安静了一会儿，到底有些沉不住气，探过头来做不在乎状问："不过无风不起浪吧，他们说的是真的还是假的，苏凭要来凯星？"

"真的。"消息估计很快便要公开，乔雁也不瞒她们，随口就扔出个重磅消息。

"为……为什么啊？"两个人都惊呆了，结结巴巴地说不出话，"呃……凯星何德何能，迎来这尊大神……"

"这个故事讲起来就不算短了。"乔雁微笑起来，食指放在唇上，冲她们比了个安静的手势，"事关我们家罗哥和轩霆的恩怨纠葛，等哪天罗哥不在的时候，我再跟你们慢慢八卦。"

"现在我们先上去找他，他肯定已经等不及要夸你们了，今天做得真好。"

记者们自然不会错过在凯星得到的这句重要的话，将乔雁的那句"我觉得是"原原本本地写进了头条。有乔雁的这句话作为佐证，加之记者们后来挖出的料，秦菲一事尚且还不能盖棺论定，杨硕和轩霆内部在打压苏凭已经是不争的事实。

这样的结论一出，太多人都表示不能接受。苏凭稳坐轩霆一哥多年，为轩霆斩获荣誉无数，为人也是娱乐圈中出了名的优秀清白，众人实在想不明白，轩霆到底能对苏凭有什么不满？

然而事实已经摆在面前，轩霆与苏凭决裂已成定局。现在网络上两种不同的声音争执着这件事究竟过错在谁，吵得无比激烈，谁也不服气谁，但争吵总会分出个结果。目前看来，苏凭几乎毫无疑问会笑到最后，而苏凭将何去何从，也得到了众人持续的高度关注。

这些事情，都会在不久后的将来如约而至，然而现在，有更重要的事情在等着乔雁——

顾萤声打电话给她，约了她见面，谈论新电影的事宜。

乔雁虽然一直空着档期就是在等顾萤声的新电影，但其实从来都没有把握自己会再度被选中。一时间实在惊喜万分，按着约定的时间早早敲响了顾萤声家的门。

这次没有秦菲的经纪人在外面拦着，接她进来的仍是顾萤声的小孙女，眼下已经长大了些，居然还记得她，甜甜地叫她姐姐。乔雁心情愉悦地来到了顾萤声的客厅，除了顾萤声，同时见到了另一个熟人。

苏凭见到她，显然也同样愣了愣，而后乔雁敏锐地发现——他眼中的光不甚明显地暗了暗。

"来了？"顾萤声温和熟稔地招呼着她，转头看向苏凭，"这次又是你们俩，老搭档了，有什么想法吗？"

"对乔雁很满意，这次肯定是要继续冲奖的。"苏凭欣悦点头，眉宇间并没有勉强的神色，但是顿了顿后，还是多说了一句，"不过我没想到……"

"没想到我选中了乔雁？"顾萤声温和地接话，"其实之前想起过另一个人，觉得她会非常非常适合这个角色。在她和乔雁之间犹豫过，但用乔雁感觉很稳妥。"

"但是她先一步拒绝了。"

"嗯，猜到了。"

苏凭顿了顿后笑起来，低头喝了一口顾萤声这里特有的莲心苦茶。

"《初相见》里凌彻的那句话怎么说的来着？"

"这是代价，我早该知晓。"

乔雁坐在穆庭工作室的办公桌前，和穆庭一五一十地说起这些时，穆庭盯着手中文件的视线都没有晃动半分，伸长手臂揽住她的肩向自己靠了靠，平淡地应了一声，表示听到了。

"给点反应啊。"乔雁枕在穆庭的肩上，抬手戳了他两下示意他认真点。这是一个工作室众人难得没有加班的下午六点，乔雁到时其他人正收拾东西将要离开，见她过来，几个单身狗纷纷争先恐后地开始跟她告小状，力图在她面前能抹黑穆庭一点是一点。

乔雁莫名其妙地多了几个积极异常的眼线，感觉自己无辜极了，不过她向来不辜负他人好意，在穆庭出来赶人的时候笑着拦了他一下，众人高呼着"嫂子万岁"，一个个脚底抹油溜之大吉。

因为和顾蜚声约了见面，她下午也没有安排什么别的行程。无论是顾蜚声还是苏凭，和她都已经有过合作电影的经历，现在谈起诸多细节，都颇为驾轻就熟，临走时顾蜚声甚至已经将电影的草拟剧本给了她，而她拿着剧本出来时，又将近黄昏。

此时此景，旧事重现。上一次她踏着夕阳走在这条泛着幽淡桂花香气的路上时，心情远不如此时平静。她和舒丽简单地报备过此事之后，将电话扣在掌心里，突然特别想见穆庭。

此一时彼一时，当时穆庭尚且只能隔着电话对她别扭而温柔地道喜，如今她想见穆庭，自然而然地就自己开着车直接过去了。不过到底只是临时起意，穆庭边收拾东西边问她想去哪里时，乔雁愣了愣，沉思着琢磨了一会儿，拽过一把椅子就坐到了穆庭旁边。

"其实也没什么事，临时计划也太麻烦了。"她撑着下巴看向的穆庭，笑眯眯地说，"你还是留这儿加班吧，有我陪着效率会不会更高一些？"

"有你在旁边哪还有什么效率，你也太小看你自己的负面加成作用了。"穆庭笑她对自己定位认知不准，不过却也没有驳她的意思，想了想将写到一半的曲谱收到一边，抽出了自己的行程表看。

两个人其实都不算用生命在奋斗的工作狂，不过同样也都没什么充沛的浪漫细胞，很多时候想法都惊人的朴实且一致。比如他们认为，谈恋爱这种事情，做什么不重要，身边有这个人在就好。

此时被乔雁戳了两下，穆庭低头看她，想了想，呀了两下嘴。

"该说什么好，善恶终有报，天道好轮回？"他说完后自己又摇了摇头，"不对，应该说，该来的总是会来。"

"严钧当年将苏凭八抬大轿迎进轩霆，才终于得偿所愿地挤走了罗铭，当时他就没想到舒丽会跟着罗铭一起出走，估计以后更是后悔。苏凭不是他以为的天真单纯好拿捏的星二代，自己亲手迎来的这尊神，想送走可太难了。"

这桩数年前的娱乐圈旧事，知情人全部三缄其口，时至今日，也早已沉寂在了悠悠的岁月之中，于无声处，成为散落一地的埃尘。如果不是因为轩霆出现的这件事，恐怕已鲜少有人再去回忆这些陈年旧事。

然而如今回忆起来，当时现在，波澜种种，犹如轮回推演，一一重现。

数年之前，罗铭与严钧几乎同一时间进入轩霆，罗铭是以艺人身份出道，他外形出色，人又爽朗，性格还颇为有趣，不费吹灰之力就迅速走红，很快便成为颇具名气的当红小生，徘徊在二线的位置，离攀升至一线差的不过是一个机会。

而严钧则是轩霆新近招募的工作人员，一路摸爬滚打，在罗铭开始被公司上下重点培养时，他也已经跻身轩霆新近提拔的年轻得力的新锐管理层。

而差不多就在这个时候，他们在同一场商业活动中，认识了轩霆娱乐董事长的女儿王筠。

在轩霆这样的娱乐王朝中，王筠说是皇太女也并不为过。偏偏她身上又毫无豪门小姐的那种骄娇二气，整个人温婉又善良，带着被保护得极好的那种单纯。

之后他们中间到底具体都发生了什么，恐怕只有严钧夫妇与罗铭夫妇四个人对一切都心知肚明。个中细节，即使消息灵通信息网强大如穆庭，深得罗铭、舒丽青眼爱重如乔雁，知道得也都比较模糊，总归当初王筠似乎是对罗铭有所好感，然而最后爱上的却是严钧。

而严钧为了得到王筠的芳心，究竟对罗铭做了什么，罗铭也不可能真的去详细了解。从当时保留下来的老新闻来看，抹黑雪藏暗害排挤几乎来了个遍，而罗铭终归不是愿意为了往上爬而忍辱负重或是同流合污的人，很早便去意已决，只等恰当的时机出现。

而严钧为他提供的这个时机，是他将当时已经获封万众瞩目的金谭奖新科影帝，年轻又耀眼的独立艺人苏凭，拉拢至了轩霆。

苏凭与楚冰同一年来到轩霆，也在同一年各自成为轩霆的一哥一姐。罗铭原本是公司着力打造的明日之星，而当真正的明日之星从天降临轩霆，他的存在，也终至可有可无的境地。

将罗铭排挤出轩霆本来是严钧梦寐以求的事，但最终罗铭的出走，却成了严钧心中摘不掉的一根刺。

罗铭带走了轩霆当时最为年轻也最有潜力的经纪人舒丽，他冷眼看着罗铭与舒丽付清违约金，拉拢投资，成立凯星。而后数年过去，纵然他不断地将凯星稍好一点的苗子都挖至轩霆，凯星却到底在这样密集的捕杀之下，一点点站稳了脚跟，培养出了乔雁，在每一个明天，都比前一天要更壮大成长一分。

而他执掌轩霆的日子却远没有他想的那么令人心生快意，轩霆是王氏的江山，楚冰是王筠的一姐，苏凭虽是他一手争取而来，却自始至终没有回应过他的拉拢，永远站在他的更高处，对他的一切所作所为微笑着冷眼旁观，令他时常感觉如芒刺背，异常恼怒而难堪。

因此，面对秦菲的示好与归顺，他才真正为之受用无比，并且愿意为她各处奔波，无非是满足一些不可言说的虚荣心，在被轩霆所阻止后更加心生不平。杨硕对他可有可无，但是轩霆现在分明是对他护着的人也要开刀。

他此时已经完全想不起轩霆终归姓王的事实，心中只剩下愤慨怨怼，与鱼死网破的决心。

凭什么这么做？！他才是轩霆的当家！如果事情终归不可挽回，那就谁都别想好过！

"那他现在岂不也算是得偿所愿？"乔雁困扰地皱了下眉，"虽然杨硕和秦菲也都元气大伤，但看着他继续耀武扬威，不大让人高兴啊。"

"哪儿能啊。"穆庭摇头否认，颇有深意地屈起指节，敲了敲桌子，"轩霆为什么被严钧执掌了这么多年，看上去还没被玩废，无非是因为严钧、苏凭、楚冰，这三个人形成一个相互制衡的关系，严钧根本没办法轻举妄动。"

"而现在苏凭要是走了……"

"严钧这个人，楚冰就容不下了。"

"好了，不说外人的事，让他们自己一边玩去。你接了顾蜚声的新电影啊……"穆庭收起对这件事的谈论，一边念叨一边在桌上翻来翻去，从一堆邀请书中翻出来一张摊平，"我就说我接到过顾导的主题曲创作邀请，果然让我翻到了……"

"原本不想接的，你要出演的话我这边就答应了。"

"你现在眼光这么高了，顾导的邀请都不理？"乔雁有些意外，顺口调侃他，"那你什么时候来探班提前说一声，我在剧组恭候大驾啊穆太子！"

"没有没有，顾导的邀请我其实还是挺看重的，上次《初相见》档期对不上我还挺遗憾的。"穆庭虽然自恋，但胜在人比较诚实，有一说一二说二，眼下摇了摇头，指指自己的行程表。

"实在是我今年的计划太忙了……除了筹备专辑，还有件事也得提上日程。"

乔雁好奇地凑过去看，随即惊讶又恍然地"哦"了一声。

六个月后电影上映的预定时间那里，明明白白地写着三个字：演唱会。

六个月后的事情，从现在开始准备已经不算太早，而这场围绕着轩霆延续了数年的战争，终于在此刻又一次迎来了新的战果。

随着媒体调查的深入，在一些有意无意的引导之下，杨硕所做的一些事情，终于彻彻底底地曝光出来。包括他年初时被指控的婚内出轨坐实，刘静怡的话语应验，而他蓄意排挤苏凭的事情也水落石出，尖锋娱乐彼时的报道犹在，堪称铁证如山。

在事实面前，无论是杨硕的粉丝还是苏凭的粉丝，伤心或是恼怒，最终也只能接受。而久久没有露面的苏凭，终于在这件事过后，正式公开了一份声明：出走轩霆，进驻凯星。

第十五章
爱莫能弃

虽然在杨硕的消息曝光之后，苏凭出走轩霆已成必然，他最终选择凯星成为新东家这件事，之前也不是没有过消息铺垫，但媒体和公众还是对这样的选择感到无法理解，纷纷在社交平台上沸沸扬扬地讨论开来。

毕竟知道当年内情的人寥寥可数，个中真相实在难得窥见，众人分析来分析去，最终倒也真的勉强找出几点说得过去的原因。

首先是凯星的一姐乔雁和苏凭是盖了章的关系好，合作也是一直密切相连。在《初相见》搭档拍摄之后，两人紧接着便共同参加了真人秀节目《终极战斗》，而节目收官后也先后公布了将继续参与第二季的消息。

这还不算，就在苏凭宣布进驻凯星的几天之后，顾蜚声那里又传出来新的消息——继《初相见》之后，新电影《清君侧》依然由苏凭、乔雁这对荧幕情侣联袂出演，有关系如此融洽的搭档在，苏凭在凯星的日子肯定好过。

再有凯星如今也逐渐摆脱了小作坊的帽子，公司对乔雁这种少而精的培养发展模式，短期效果不明显，却对艺人和公司的长远发展都十分有利。苏凭走的也一直是这样的尖端路线，凯星已经有了自己的经验，总归要比别的公司好些。

而最重要的一点是，当今娱乐圈排得上号的几家知名娱乐公司，除了凯星之外，再没有哪一家如今只有一姐，没有一哥。自然，凯星会以最好的诚意与礼遇，将苏凭小心翼翼地迎过去。

众人分析来分析去，倒也慢慢品出些苏凭做出这个选择的原因来。风波慢慢平息下去，无论是苏凭的粉丝还是整件事的路人，都慢慢对他的这一决定表示支持与理解。平稳度过舆论波动期，凯星上下自然是松了口气，对这种状态乐见其成。

不过，苏凭本人对此表示——

"我当初决定跳槽时也没想这么多啊。"他无辜地说，"就是当时正好想走，然后罗铭老板刚好抛出了橄榄枝……"

"好好好，你开心就好。"乔雁抽空翻着剧本，头也不抬，从善如流地接话，态度十分敷衍。苏凭看她一眼，笃定地对她进行指认。

"你刚才肯定在腹诽我来着，比如'鬼才信你这番说辞，对你抛橄榄枝的能只有凯星一家？'之类的。"

乔雁："……哦，是啊，您老真是料事如神。"

两人已经足够熟稔，苏凭不以为意，托着下巴认真思考了一会儿，主动剖析自己的心路历程："数来数去其实也就那么几家，凌宇栽培艺人的方向我不大喜欢，空有数量没有质量，短期内恐怕公司也没法转型，共同尝试还是比较冒险。"

"所以除了凯星，可选择的也就只有锋辰了。锋辰倒是没什么不好……"苏凭偏头想了想，诚恳地表明心迹，"但是一想到以后要被穆庭管着，心中就会油然而生一阵忧虑……你老公这种娇生惯养大的小王子，看上去只会任性，不会管公司啊。"

乔雁正翻着剧本，对苏凭的话左耳进右耳出，根本没想到苏凭会放出这样的大杀器，过了几秒钟才反应过来，顿时就被自己的口水呛了一下："……你别趁着他不在就撒着欢地黑他啊，他过几天就来探班了，把话留着等他来了再说！"

"啧啧啧，又来探班，对你也看得太严了，简直像守财奴看着自己的保险柜……"苏凭摇头叹息，想了想倒是好奇地问她，"不过最近都没怎么见他人，忙什么呢？"

"新专辑和演唱会……"乔雁一句话刚开了个头，不远处就传来顾蜇声招呼他们开始拍摄的声音。两人应了一声，各自站起身，乔雁合上剧本，转头冲苏凭轻快地扬眉。

"开工了……走吧，王夫？"

苏凭闻言失笑，随即又收起笑容，换上一个清冷寡淡的表情，稍作颔首。

"如你所愿，陛下。"

《清君侧》的相关消息一经放出，绝大多数人最先在意的自然是顾蜇声和苏凭、乔雁的连续再度合作，但在电影的开机发布会完毕之后，电影的剧情讨论却强势压过了一直在狂喜乱舞的顾蜇声个人粉、苏乔粉以及各式各样表达期待的路人，也终结了苏凭进驻凯星的话题热度巅峰，迅速成为新的讨论话题。

"清君侧"这三个字，每个人都不陌生。自古伴随着"清君侧"这一口号出现的，往往都是江山的倾覆与王朝的更迭。许多人也将思维定位在了这里，然而看着电影官网发布的主角名单，下意识又觉得不对。

这种思路是很明显的男人戏，女主角可以有，但不应该是在乔雁的这个位置——她的名字在苏凭之前，排在演员表的第一位，和《初相见》一样，是电影的第一主角。

女主中心的宫廷之争？那这个女主角是什么身份？皇后？嫔妃？君王的爱而不得之人？众人议论纷纷，各种猜测乱飞，而直到电影发布会的时候，这个谜底才终于被揭开。

肃清君侧，女帝江山。

君王与嫔妃这个设定常见，女王和王夫的这个设定就很少在影视中出现了。回溯历史，这片土地上下五千年也就出了一位女性江山之主，尚且是从嫔妃到皇后到太后再到自立登基这条路慢慢走下来，在这个男女分工沿袭长久的国度，这样的题材处理得稍不得当，多少就会有些敏感。

而更关键的是，"清君侧"这个朝堂江山意味浓厚的词，显然不能以女性钩心斗角的方式诠释，然而若是全然男性视角刻画，女王的身份设定又会显得毫无意义。电影发布会上对具体的剧情没有多谈，只能从公布的定妆照上初见端倪。

女王锦衣华服，明明是勾着唇笑得清冽美丽，一双眼却平静坚定。而王夫长身玉立，眉宇间沉静淡漠，仿若波澜不惊。

这到底是怎样一个故事，公众暂且不得而知，只知道虽是女主设定，却并不算是女尊男卑的社会，而剧组则在顾蜇声的统筹之下，始终有条不紊地组建班底，集结人马，在发布会举行完毕之后，全员进组，正式开始了新一轮的拍摄。

他们眼下要拍摄的这一幕戏，就是整个剧组要进行的第一场拍摄。

曲水回廊，夜色缱绻。宫灯千盏，照亮殿上笑语欢歌，年轻美丽的君上端坐于王座之上，手中莹润玉杯递至唇边，含笑浅酌，羽睫低回间，眸中似有艳光闪过。

户部尚书自案旁起身，躬身至殿前拜倒，唱喏恭贺着大越千秋万载，继而提议舞剑以作助兴。君上温声应允，很快便上来个一身华服打扮的少年，一柄秋水长剑微鸣，舞起时恰如白练。

说是舞剑，起舞的成分显然更要重些，少年眼尾微翘，薄唇轻抿，长袖翻飞之际偶尔瞥来的眼神火热直白。女王不知是否意会，全程笑意都未曾变过。直到少年舞毕，伏于案前，女王方才从容开口。

"谁家的公子？"

"是犬子，让君上见笑了。"户部尚书掩住眸中惊喜之色，躬身出列，恭敬开口，"如今也到了适婚的年纪，今日君上宴请群臣，小儿仰慕君上多时，吵着要过来，微臣无法，也只得将他带了来。若是有哪里冲撞了君上，还望君上海涵。"

"余大人不必拘谨。"锦岚莞尔，让两人都先行起来，她笑容温淡而平稳，"早闻余大人家的小公子出众得很，今日一见，果然名不虚传。不过孤记得余大人还有个同样出色的长公子，今次怎么没一并带来让孤见见？"

余尚书脸色顿时有些僵硬，她膝下只得两个儿子，都是京城中声名广传的翩翩佳公子。大儿子年龄更大，也更出色，她咬牙决定把小儿子送进宫里，大儿子却一定要留在身边娶妻生子，为余家开枝散叶。她已经相中了礼部尚书家的千金，只等着再过些日子就上门议亲……

"君上，微臣长子近日着了凉，眼下正在府上养病，怕惹得君上不高兴，便没有一并带来。"余尚书躬身回应锦岚的问话，想了想又觉得不甘心，再次试图道，"君上，小儿仰慕君上时日已久，若是君上觉得……"

"孤也觉得令公子的确出色……"锦岚截下余尚书的话，目光在少年略显紧张的脸上轻飘飘扫了一眼，出口的话没什么锐气，却让余尚书心中骤然一紧。

"看着和李尚书家的姑娘真是般配。"

李尚书就是余尚书想要说亲的人家，还没来得及行动，甚至只是在心里想好，未曾与任何人提起，锦岚如何得知？！余尚书心中一紧，这句话无疑断送了她将小儿子送进宫中的念头，但更是等同于给她提了个醒。她带着凛然之色看向殿上之人时，却只见王座之上的人单手撑住额头，露出了明显的倦色。

"孤今日甚觉乏惫，先行回宫。"她说着便已站起身，裙摆长长曳地，如铺展开的华美扇面，款款地拂在后面，"诸卿自便。"

从灯火通明的前殿中出来，行过数重回廊，灯光渐暗之处，一簇烛火摇曳的微弱光亮渐渐明晰。锦岚向前又走了几步，在廊下提灯看月的人似有所觉，抬眸向她看来。

一眼灯火阑珊。

除了是与顾蜚声、苏凭的再度合作之外，乔雁在《清君侧》的剧组里，居然意外地碰见了个熟人。

说是熟人也不尽然，不过是有两面之缘而已，但这两面都在她还没有真正成名的时候所见，第一次她帮乔雁解决了临时赶戏的换装问题，第二次两人更是坐在一起，听她讲了好一会儿穆庭的八卦。

当初拍《红颜谋》时剧组的化妆师在《清君侧》的剧组里出现，看到乔雁时显然心中有数，不过倒是对乔雁还记得自己有些惊讶。两人凑在一起其实也没叙多久的旧，顺利拍完第一场宫宴之后，接下来的戏有条不紊地进行，锦岚与王夫的对手戏也随之展开。

之后的拍摄进度就远没有第一场来得顺利。

当今天下三足鼎立，越国作为唯一女主当政的国家，行事之间多少有些特别之处，比如宫中不若寻常君王嫔妃三千，昔年住了佳丽无数的后宫之苑而今人员寥寥，多少显得冷清。一方面是锦岚即位不久，尚没开始广选夫君，另一方面，也是为了宫中一个足够特别的人。

在这个宫中唯一能称为王夫的人。

王夫许忘，是锦岚即位不久后从宫外带回来的年轻男子。说是自己的救命恩人，但不光只是个不会武功的寻常人，他似乎带着旧疾，在宫里时不时就要紧急召御医看上一回。

他甚至也没有任何拿得出手的身世，进到宫里时孑然一身，彼时朝臣都以为扶这样一人登上王夫之位，不过是年轻的君上方便掌控之举，未想这个当初根本没放在眼里的小角色，最后却成了一举一动都牵动着女王心绪的那个关键之人。

他们眼下正在拍摄的，是锦岚即将继承越国大统之时，在宫外被人泄露行踪，遭遇了伏击。锦岚有武功底子在身，但追命之人锲而不舍，且人数众多，打得又是出其不备，应对得久了，难免吃力。

侍卫已经被数量众多的伏击者缠斗住，锦岚咬着牙独自在王城中无声行动，不断掩藏着身形，试图甩掉身后的尾巴。天上开始零星下起了雪，好处是能扰乱视线，体力却也消耗得更加快。锦岚翻过一户人家的院墙之后，猝不及防地就与拿着伞正要出门的许忘碰了个正着。

两人沉默地对视了两秒钟，一时都没有说话。锦岚深吸一口气，还没来得及开口，远处已经隐隐约约地传来了破空的声音。

锦岚眼力极好，一眼看见身后自己的侍卫追了过来。但追杀者要更快一步，持暗器便向这里破空而来。锦岚咬牙，手中长剑一翻叮叮当当拦下大半，却难免留下漏网之鱼，没留神便有暗器向她胸前袭来。

而后被半空截停，结实地扎进一只手臂里。

锦岚怔了一下，显然没想到这个萍水相逢的人会替她挡这么一下，而许忘只是低头看了一眼，便置后方侍卫与追杀者的交战声不顾，自己继续向前行去。

后来锦岚才知道，他是不在乎。

"我出去一趟。"他说，"姑娘自便。"

他撑起一把素色的伞，举步踏入雪中。

纷飞的静雪中，他一身长衫，徐步缓行。万物都来得凝肃而沉默，这样挺拔清瘦的侧影，显得格外坚韧又单薄。

他背对着锦岚渐行渐远，伞稍稍抬起，露出的一双眼睛无悲无喜，眼底的暗色几乎倒映不出光来。而锦岚躲在门后，注视着许忘的背影渐行渐远，自始至终，到底没来得及道出一声谢字。

这样一眼成劫的种子已然种下，即使在日后将开出那样脆弱不堪的花此刻却是无人知晓。

不如不遇倾城色，总归如此。

"Cut！"在苏凭撑着伞走出摄像机的拍摄范围之后，顾蜚声终于喊了停。他起身走到摄像机面前，仔细回放了好一会儿刚才拍摄的镜头，沉吟不语片刻，终于在所有人眼巴巴的注视下，慢慢点了点头。

"演得很好。"他温和地说，赞许地点点头，率先拍起了掌，"就是这种感觉，找到了之后，接下来就好拍多了。"

在顾蜚声这里拿到一个"过"字可不容易，这场戏也来来回回走了数遍。所有人都不由得松了口气。乔雁抬起手，在掌心处呼了几口热气，合在一起用力搓了两下，又跺了几下因长久站在一处不动，而冻得有些僵硬的脚，带着掩盖不住的笑意，主动凑到苏凭身前发来亲切慰问。

这场戏虽然显眼的镜头属于苏凭，内心的挣扎与剖析却要由她来完成。因为她关于这个场景的戏感比较飘忽，苏凭也跟着一起NG了不少次。虽然剧组用的雪只是形似雪花的道具，但北国冬天的冷却是实打实的，为了突出那一点消瘦的感觉，他的戏服又都很单薄，眼下这么折腾下来，也实在是被冻得够呛。

"辛苦了，辛苦了，不好意思啊，苏凭……"乔雁凑上前诚恳地双掌合十，做了个抱歉的手势，歪着头看向苏凭。她还穿着锦岚华丽的王袍，眼下的神情却已经彻底脱离了锦岚高贵清傲的气质，显出一种原本的温和与爽朗来。

苏凭和她不是一般的交情，片场里NG也实在是比吃饭喝水还要平常的事。乔雁道歉道得还算认真，苏凭的调侃则是纯粹的插科打诨。两人你来我往了几句，哥俩好一般互相拍拍肩膀，也就各自回身，开始跟着剧组一起声势浩大地收拾东西。

从开机到现在，剧组经历了一月份凛冽的风雪严寒，进入二月份，拍摄却反而更要艰难一些。临近年关，有家的人多多少少也都开始惦念回家的事，效率不能说后退，但的确干劲并不太足。

顾蜚声的年纪已经足够大了，家里人虽然理解他为电影奋斗了一生的这份坚持与热爱，但身体同样不容忽视，尤其顾蜚声身体状况也不容乐观，实在也不允许他这么不管不顾地继续拍下去。

于是，随着乔雁过了一道困扰多时的难关，《清君侧》这个剧组，在腊月二十六的时候终于结束了阶段性的拍摄，大家收拾好东西，先行各自回家过年。

乔雁换下戏服，找到化妆师让她给自己卸妆的时候，化妆师还有些愣愣地回不过神来。乔雁拿手在她眼前晃了两下，有些好笑地问："想什么呢，这么入神？"

"啊？嗯……没什么。"化妆师回过神来，连忙不好意思地冲她笑了笑，走过来给她卸妆。不过从两人第二次见面时她就开始给乔雁科普八卦的情况来看，她也实在不是能安静下来的人，果然没过一会儿，她就悄悄凑近乔雁，八卦兮兮的。

"乔雁，"她拿胳膊肘轻轻碰了下乔雁，左右看看，压低声音，难掩兴奋与好奇地问，"你对苏凭的态度怎么这么自然啊？"

"嗯？我们是朋友啊。"乔雁茫然地看她一眼，并不知道她这突如其来的一问是什么意思。不过她也是七窍玲珑的人，转眼就明白了化妆师的意思，失笑着摇了摇头。

"24K纯友情，不要多想，来，好好卸妆。"

"哦……"化妆师失望地哦了一声，看起来有点失望，不过很快又重新打起精神，一边用卸妆水在乔雁脸上仔细擦拭，一边半是打趣半是认真地继续开始。

"可是苏凭真的很帅啊……我看过你很久远的百度百科，去年你刚拍完《红颜谋》的时候搜的，当时上面有写你喜欢温和朗润型的异性……虽然现在这条已经没有了。"

"接触这么多，总在戏里山盟海誓死去活来，现实里真的不会心动吗？"

"我们是演员，理论上每拍一部戏就会有一个新搭档，哪有那么多真心可以动……"乔雁莞尔，微闭着眼仰起脸，任化妆师在脸上涂抹，声音不疾不徐，难得真有些感怀，"在拍戏的时候，代入角色只是基本功之一，学会区别演戏和现实，其实要比代入更重要。"

"像是刚才，许忘撑着伞走进风雪中那一幕，构图配色无不精巧细致，肯定会是日后这部电影被拿出来反复回味的经典镜头……身处戏中，站在锦岚的位置上，自然是感动的，不过下了戏，我是乔雁，他是苏凭，他的背影再怎么好看也跟我没什么关系……"

"而我喜欢那个为我撑伞的人。"

卸妆已经基本完毕，乔雁睁开眼，道了谢，同剧组的其他人道别，便就此先走一步。化妆师心里还想着乔雁刚才说过的话，此时也已经出了片场，下意识就朝乔雁离去的方向看了一眼，却正好看见她走到停在片场旁边的一辆黑色轿车旁，弯腰在车窗上敲了敲。

化妆师的动作不由得顿了一下，而在这停顿的片刻之中，穆庭已经推开车门走了下来。他打扮得已经算是低调，但明星做得久了，自然会有一种特别的气场，决不至于被人错认。

听不见他们具体说了些什么，只能看见穆庭将从车里带出来的围巾绕到乔雁颈上，抬手摸了两下她的长发，拂去发间没有清理干净的道具雪花。乔雁则配合地低下头由他动作，不知道听见了什么话，笑得眉眼弯弯，温暖又灿烂。

化妆师在同伴的招呼下回神，最后看了一眼不远处已经坐进车中的两人，转身向同伴招了招手："这边！莉莉我跟你说，今天过后，我感觉我真是又相信爱情了……"

"看个拍戏你怎么真情实感成这样？"同行的女伴笑她，化妆师摇了摇头，在心里默默地说——为你撑伞的那个人，果然值得珍惜。

此时在车里，穆庭踩下油门，车子平稳地滑行在熙熙攘攘的街道上，融入川流如潮的车群。

乔雁靠在副驾驶的椅背上闭目养神，冷不防听见穆庭问她："你今年要不要回那边一趟？"

乔雁顿了顿，睁开眼转头看他。她的情况穆庭知道，虽然和父母双方都一直不怎么亲，但到底血缘关系无法割断，每年过年的时候乔雪都要回去看看。

不过她从大学毕业进入娱乐圈，能负担起自己和乔雪的生活之后，就几乎没怎么回去过了。如今穆庭特意提起来，显然不是只打算问问。乔雁没有接话，穆庭在她的注视中有些不自在地抬手摸了下鼻子，却依然继续道："也不一定是今年过年，就是如果什么时候，你有回去看看的打算的话……"

"用不用我陪你一起？"

虽然对见家长这种事情表现得积极又主动，但到底也是头一回经历这样的事情，向来敢拼敢闯又自我感觉良好如穆庭，拖着行李箱站在人来人往的机场时，脸上的表情也还是有点微妙的凝滞。

"我们……"他咳嗽了两下，看向一旁轻声交谈的姐妹俩，"这就到了？"

"是啊，坐飞机坐这么久，感觉浑身都僵掉了。"乔雪伸了个大大的懒腰，没骨头一样往旁边站着的乔雁身上一靠，新奇地上下打量穆庭一圈，嘴里啧啧有声。

"哎呀姐夫，别这么紧张嘛，来跟我一起念，不要问我是谁，我本来就很美——"

"好了小雪，别闹他。"乔雁失笑，拦了乔雪一句，三人站在机场的角落处，周围人群穿梭如流。临近春节，机场处蹲守的狗仔也越来越多，两人虽然并不害怕公开，但多一事不如少一事，他们打扮得都很低调，大口罩遮住脸，黑框眼镜挡住眼睛，头上压着棒球帽。

"不过说真的，不用紧张。"她侧头看了看穆庭，安抚地冲他笑了笑，"其实也真的只是见见……别想太多，见不见得到还不一定呢。"

"嗯。"穆庭绷着脸点了点头，这种时候完全没有插科打诨的闲心。过了几秒钟才意识到乔雁的句意，"怎么，还有可能见不到啊？"

"或许吧，我也不知道……"司机的电话已经打了过来，乔雁摇了摇头，招呼了两人一下，率先举步向机场外面走。

"很久没见他们了。"

他们回的是乔雁和乔雪原来的住处，两人父母在乔雁高中时便已经各自成家，因为当时觉得自己尚年轻，都有再要孩子的打算，带着拖油瓶总归不好另寻真爱。七窍玲珑如乔雁自然不会看不出来，征询了乔雪的意思后，主动向父母提了自己住的想法。

她素来稳重乖巧，父母也乐得见她如此善解人意，象征性挽留了几句后便满口承诺抚养费一定按时就位，把原先共同的房子留给了姐妹俩，就各自开始寻找自己的海阔天空。几年过去，两人都已经各自成家，抚养费也在两年前就已经成为历史。

"这个倒是不能怪他们。"乔雁说，谈论起这件事时并没有太多芥蒂，"两年前乔雪也成年了，我父母都明确表示过不用我们养老送终，虽然以后如果真的有困难也不可能不帮一把，但这种不求回报的抚养关系，受之有愧，成年之后也就该停下来了。"

"当时我也差不多能养我们俩了。"

他们此时正在给原来的家做着大扫除，虽然久未住人，但好在有定时请人打扫，如今清理起来也不算费事。穆庭站在高处擦灯管，乔雁帮他在下面扶着椅子。穆庭抹去灯管上一层厚厚的灰，听到乔雁的话，分神思考了一下。

"正好是你进娱乐圈的时间？"他问。

"是啊，读的专业不好找薪水比较高的兼职，阴错阳差就去了片场跑龙套。"乔雁笑着承认，抬手轻轻敲了敲穆庭踩着的椅子，"擦完了赶快下来，站那么高多危险。"

"嗯，这就下来。"穆庭老老实实地应了一声，抓紧时间处理干净，从椅子上灵活地跳下来。乔雪已经擦完了家具上的浮灰，乔雁扫了一下地，家里差不多也就初步恢复成了能住人的样子。

乔雪出门买三人这几天要吃的东西，乔雁则接到了凯星发来的视频会议邀请，捧着笔记本便回到房间里参与了进去。于是这个家里暂时就只剩下穆庭无所事事，所幸他对这个地方抱有浓厚的兴趣，一刻不停地在各个房间转来转去。

乔雁在乔雪的房间里开视频会议，穆庭则探进头去看了乔雁好几眼，确定她短时间不会结束会议后，摸出乔雁刚才偶然翻出来的相册，坐在客厅的沙发上，饶有兴趣地看了起来。

这本相册的照片不多，乔雁到现在都还不怎么喜欢照相，除了工作以外很少摆弄镜头，微博上也几乎没有自拍，每每粉丝打滚卖萌求近照时才会想起来拍两张。这本相册不过被塞了小半本，还是以小时候的照片居多——穆庭对着照片左看右看，心中无法抑制地生出些难以言说的满足感。

我媳妇！从小就好看！他暗暗地想。

在这本相册里，姐妹俩的性格就已经初现端倪。乔雪从小就是表情帝，小时候每张照片都哭得五官挤在一起，稍大些开始就笑得见牙不见眼，无论是哭是笑，每张照片咧开的嘴能有小半张脸那么大。

而乔雁则要文静得多，大多数照片里她都是微抿着唇，微笑着面向镜头，只有被人抱起来时，才会露出和乔雪相似的大大笑脸，露出可爱的酒窝。

不过她被抱起来的时候似乎并不多，穆庭翻遍了整本相册也没找到几张，不过倒是终于见到了乔雁父母的真容。

能生出乔雁、乔雪这对漂亮的姐妹，父母自然长得都十分过关，穆庭翻了几页，照片上的人都笑靥如花，丝毫看不出两人曾经到底有多貌合神离。

穆庭将相册翻到最后一页，手下的动作微微一顿。

照片的背景是他身下的这个布艺沙发，难得一家四口都出现在照片里。乔雁和乔雪并肩站在父母身后，看着都是十几岁的少女模样。两个成年人的脸上都没有什么别的表情，而乔雪却是双眼通红的样子，明显是狠狠哭过一场。

而这样的乔雁……穆庭将手指移到乔雁的脸上，慢慢摩挲了一下。

她是照片里唯一还保持着微笑的人，不同于父母的云淡风轻，也不同于乔雪的伤心悲痛，她看上去神情如常，精神状态良好，带着根本不需要他人安慰的坚强，笔直地站在那儿。

个中那样隐秘而不肯显露的难过，或许只有时隔数年后的此刻，摩挲这张照片的穆庭懂得。

敲门声响起，穆庭回过神来，想起乔雪出门买菜的事情，连忙站起身去给乔雪开门。门打开后门里门外的人打了个照面，却是同时结结实实地愣了一下。

"穆庭？"妆容精致的中年女人脱口而出他的名字，看了他一会儿，探身向门内看，"乔雁……回来了？"

"啊……嗯。"穆庭张了张口，侧身让出位置，让这个刚刚才在照片上见过的女人进来，"她在里面有工作忙，阿姨您随便坐吧。"

等到穆庭翻箱倒柜，从厨房里翻出茶具和半罐茶叶，泡好后端到客厅里的时候，就着茶水的雾气，两个人之间的尴尬终于淡了些。穆庭动作机械地喝茶，心里高度戒备，对跟丈母娘打了个照面这样突如其来的事情明显准备不足。

而乔雁的母亲显然也需要一段时间缓冲一下，两人相对无言地坐了一会儿，姿态优雅的女人终于将茶杯放下，抬眼看向穆庭。

"我们只听说了乔雪回来的消息，今年轮到我来看看乔雪，她爸爸就没有过来……如果知道乔雁也回来了，我该叫他也来见见的。"

"当然，更没想到她是带着你回来的……你们在一起了？"

为人父母的，知道自己女儿回来后，居然要按顺序一年来一个见见？穆庭抬起头看了一眼，随后波澜不惊地低下头去，也将茶杯放在茶几上，碰出一声轻响。

"阿姨好，怎么称呼？"他平静而礼貌地问，对她的回答点了点头，"嗯，在一起了，我想着应该见见您，也是前几天刚跟乔雁提起，来得仓促，您见谅，可能乔雪也忘了提。"

"我姓赵，你叫我赵阿姨就好。"赵丹枫点了点头，看了他一眼，有些喟叹地轻轻摇头，"说实话，我有点意外……乔雁这孩子，从小性子就静，我以为她以后会找一个稳重些的人，之前耳闻你们的绯闻时还以为是炒作，没想到是真的。"

"你以为"值几毛钱啊？

"这么多年过去了，赵阿姨也不能总以老眼光看人。"穆庭深呼吸一下，笑得标准又诚恳，不咸不淡地回答，"乔雁其实也有很活泼的一面，可能您以前没注意吧。"

那边房间里的乔雁已经结束了和凯星的视频会议，听见客厅里有说话的动静，边关电脑，边疑惑地扬声问了一句："穆庭？小雪回来了？"

"我去叫她过来。"客厅里两人面面相觑，穆庭站起身，走过去拉开乔雁的房间门，进去后又回身关上。

"怎么了？"乔雁察觉他面色不太对，有些疑惑地问他。

"赵阿姨来了。"

乔雁怔了一下，随即便点点头表示理解，关好电脑站起身来："她性格比较内敛，未必是不喜欢你，你不要多想……嗯？"

她说到一半便停下来，疑惑地伸手拍了拍突然上前将她抱进怀里的穆庭："……受委屈了？"

"没有。"穆庭摇头否认，却将她又抱紧了一些，"突然想抱抱你。"

"你被抱住的时候不是会笑出酒窝吗？翻照片时看到的。"他戳戳乔雁的脸，"现在还有吗？"

乔雁怔了怔，而后忍俊不禁，真的露出一个浅浅的酒窝来。

"那是多久以前的事情了。"她柔和地说。

"不过的确……还是会很开心。"

客厅里到底还有不容忽视的人等着，两人也没有耽搁很久，简单交流过之后便一起走了出来。乔雁自从上了大学之后便极少回来，仅有的几次归家也都是为了乔雪，并没有主动联系过父母。

她不联系，父母也就真的无人想起来过问她两句，这么算下来，她和赵丹枫已经四五年没见过面，那点苍白的血浓于水也不知道还能剩下几分。

几年过去，赵丹枫优雅美丽依旧，岁月似乎并没有在她脸上留下明显的风霜痕迹，看上去最近几年过得的确舒心。而乔雁比之当年那个十七岁的小姑娘来说，变化委实太大，赵丹枫的目光从乔雁脸上划过，甚至轻微地恍惚了一下。

虽然今年没少从电视上看到乔雁的样子，但荧屏上的人到底没什么真实感，总觉得离自己很远，很难将那个光彩照人的大明星和自己久未照料的女儿联系到一起。

如今两人隔着两张茶几的距离对视，她仿佛此刻方才发觉，这个与她一直不太亲近的女儿，已经从记忆中那个温柔沉静的少女蜕变成如今眉目如画洒脱自信的大姑娘，此刻微笑着的样子虽然依然找得到昔日的影子，但已经和荧幕上的那个大明星重合到了一起。

她们一时都没有说话，各自面带得体的微笑，无声地相互打量。穆庭看了一下眼前的景况，没多说话，坐在刚才的位置上沏了杯热茶，放在自己的茶杯旁边，过了一会儿摸摸杯壁，招呼乔雁过来。

"不凉不烫，这温度入口刚刚好。"他把茶杯拿起来冲乔雁示意了一下，"我完全不懂这个，刚才在厨房找到的半罐茶叶，喝着感觉还不错，你尝尝看？"

"厨房找到的？那是我以前留下来的，乔雪不大愿意喝茶，估计一直搁在那里没动过。"乔雁闻声转头，向穆庭看来，顿了顿，从善如流地走过去在他旁边坐下。

"作为新手的话……沏得还不错，挺好喝的。"她尝了两口，体会了一下唇齿间的味道，捧着茶杯认真评价。对面的赵丹枫看见她的动作，此刻方才拿起穆庭刚才给她沏的茶水，慢慢喝了一口。

只这一口，她便轻轻蹙起了眉头。乔雁看在眼里，对她友好地笑了笑，一声招呼出口，云淡风轻，礼貌温和，似乎对她的突然出现与此刻的面色有变都毫无芥蒂。

她说："妈，这茶叶放了很久，潮得厉害，我喝还可以，您不要勉强。"

赵丹枫放下茶杯，深深看着她，没有接话。

眼见场面即将再次陷入尴尬，乔雪的出现及时打破了僵局。虽然有乔雁和穆庭在家，但这几年来，她回到这个冷冷清清的家时从来不会有人能从里面出来给她开门，也就养成了她出门自己带钥匙的习惯。

她拎着满手的东西闯进来时，嘴里重死了累死了念叨个不停，一抬头就看见客厅里的三个人都转头看着她，一时也是惊了一下，差点咬了舌头："妈，你来了啊？怎么没提前给我打个电话？"

"来这附近办点事，想起来你这个时间应该回来了，就过来看看你。"

面对乔雪时，赵丹枫的脸色显然要相对柔和许多。乔雪把东西放进厨房，哼着歌蹦蹦跳跳地到她身边坐下，兴致勃勃地朝她伸出手。

"我刚才出去买东西了！买了好多，提回来累死啦！"她轻快地说，正反翻着手给赵丹枫看，"都勒出红印了，现在手好酸……"

"提那么多干什么？"赵丹枫温和地说了她一句，若有若无地看了乔雁一眼，"怎么把你支使出去买东西了？"

穆庭眉头顿时便是一皱，被乔雁不动声色地拍了拍后，自己转过头去几秒钟，然后一言不发地低头喝茶。

"什么支使？"乔雪有些僵硬地顿了一下，而后勉强露出个活泼的笑脸，"我们分工很明确啦，我去买菜，姐姐在家做饭，姐夫负责其他一切苦力活……啊，不我是说……嗯，就是这样。"

乔雪话刚出口便马上反应过来，这段时间管穆庭叫姐夫叫顺了口，但在第一次穆庭见自己母亲面前，却实在不该这么大大咧咧。但话已经说出去了，再更正显得更加别扭，索性也就那么含含糊糊地一笔带过，转而开始絮絮叨叨最近一年的日常，中途兼有跟乔雁、穆庭的互动，有她这个粘合剂在，四个人居然也就这么聊了下去。

而在她花了二十来分钟事无巨细地从自己有一次修毁了眉毛，讲到期末考时有道复习过的题目没写上后，赵丹枫点点头，转而看向乔雁。

"你呢？"她问，"最近过得怎么样？"

乔雁不知道她这个"最近"，问的到底是这几个月，这一整年，抑或是从她们上次见面开始算起的全部时间。

在这几年中，她婉拒了父母的经济抚养，和乔雪一起两个人做兼职找工作，就着一点微薄的积蓄和奖学金过日子，她在各个剧组中跑着微不足道的龙套，生活琐碎而艰难。

在最近一年里，她经历过一夜爆红，也尝过骤然跌进谷底，被记者们的话筒和摄像机已经包围出了习惯，拼尽浑身解数，艰难地打赢了一场自证清白的官司。

就算是在最近几个月里，她也经历过《初相见》没能入选金谭奖的失利，拿起过珠玉奖视后的奖杯，牵起了那个一直与她并肩前行的男人的手，眼下正带着他坐在家长面前，接受着来自母亲若有若无的抗拒。

然而这些当初曾经感受过的激动、心酸、难过、委屈、紧张、期待、幸福、悲哀，时过境迁，便再没有了当初的心境，而今提起，心中多少滋味，到了唇边也已经碾磨成了云淡风轻。于是乔雁眨眨眼，轻松又无所谓地淡淡莞尔。

"都还挺好的。"她说，"不用担心。"

而赵丹枫在顿了顿后，依旧点了点头。

她说："你始终这么让人放心。"

赵丹枫是被一个电话叫走的，似乎是接到了自己小儿子的电话，客厅里的其他三人眼见着赵丹枫在听到电话那边声音的瞬间，露出了一个耐心又温柔的笑容，一时都有些感叹。

有些人并非不会笑，只是不肯冲你笑罢了。

而就在接到这个电话之前，她还询问着乔雪今年的过年计划，委婉地说着今年要和丈夫儿子一起去公婆家过年，如果乔雪有在这边过年的打算的话，可以去姐妹俩的爸爸那边。乔雪自然笑着婉拒，表示会跟乔雁一起回去，留不到除夕那天，换回对方一个如释重负的颔首。

穆庭不知道乔雁、乔雪是否对这样的情况已经习以为常，他从赵丹枫来了之后一直都颇为沉默，顶多乔雁问一句他答一句，没有半点平常的精神焕发，乔雁拉着他出了门都没能让他精神起来。乔雁明白他的感受，碰了碰他的胳膊，冲他弯起眉眼笑笑。

"打起精神来，我带你回来其实不是来见她的，是想带你去见另外一个人，我们这就过去……别这么没精打采的啊。"她轻松地说，"我都习惯了……其实这样也挺好的，互不干涉。"

"什么互不干涉。"穆庭哼了一下，恨铁不成钢地看她一眼，"会哭的小孩有糖吃没听过啊？不会撒娇讨好卖个乖争个宠吗？！"

"我的确始终不太会啊……"乔雁失笑，挽住穆庭的胳膊靠近他，"要不你教教我？"

"我不教。"穆庭干脆利落地一口否决，似乎还是有点气不过，反手扣住她的腰。

沉默片刻后，他回答道："你不用跟我撒娇讨好卖乖争宠……我就这么一直待在你身边，你有什么事情，我第一个知道，不用你开口，我知道该怎么做。"

乔雁莞尔，两人又向前走了几步，才听到她的回应声轻轻响起："信你一回……别骗我啊。"

他们把自己用帽子围巾眼镜武装好，从家里出来，走在小区的小广场上。这里看起来治安不错，也很安静，南国的城市二月初已有明媚晴朗的好天气，两人在小区里又走了会儿，终于来到了乔雁的目的地。

是间规模不大的小超市。

他们刚刚走过来时还在小区里路过了另一个超市，比这间要大上很多，生意也好上不少，这个小超市门前几乎没什么人，只有一个老人在外面闭着眼睛晒太阳，头发已经斑白，不过看上去还算健朗。

乔雁松开穆庭，走到老人身前蹲下，笑着喊了他一声："阿伯。"

"嗯？"老人眼皮动了动，疑惑地睁开眼睛，正对上乔雁笑眯眯的脸，一时间吓了一跳，差点没跳起来，"哎哟！这是谁呀！你什么时候回来的？！"

他喊得很大声，喊到一半突然意识到什么，声音骤然压低，还警惕地往四周看了看："哎哟，我可不能大声喊，小乔现在是大明星了是不是？我在电视上看见过……咦，这不是那个谁吗？"

　　他一转眼就看见了在乔雁身后站着的穆庭，挑剔地看了他几眼："就是那个少年郎……你把他带回来了？他对你好不好啊？你都瘦了哦——"

　　"刚回来呀。"乔雁笑着扶了他一把，蹲在他旁边眉眼弯弯地笑，"哪里瘦了，阿伯上次见我还是好几年前呢，我肯定比那个时候胖了呀。"

　　"怎么可能哦！在外面吃了苦头哪里还胖得起来哦！"老人不满，声音不自觉又大了几分。他们说的是当地的方言，穆庭只能模模糊糊听懂个大概，倒是能见着老人一直在说，而乔雁则边点头边笑着应下来。

　　这应该就是乔雁说过的，那个对她很好的商店老板了。穆庭默默地想，蓦地却听到一句他差不多能听懂的话："你同阿伯讲，你真系中意个后生仔呀？"

　　穆庭愣了一下，赶紧转过头去看向乔雁，却见她温柔地露出一个浅浅的笑容来，眉眼低垂，笑着应了一声："中意呀。"

第十六章
喧嚣相爱

顾蜚声的剧组恢复开工的时间颇早，满打满算放了不到十天，正月初八的时候，整个剧组的演员和工作人员就已经重新聚集在剧组，和假期结束的上班族与高三党一起，再次开始了忙碌繁重的赶工。

每年的这个时候，社交平台上节后综合征的话题总是要被人们不厌其烦地反复提起，唉声叹气，连天抱怨。剧组的人却没有这种犯病抽风的闲工夫，每个人都在这短短的休假中竭尽全力地养精蓄锐，以争取用最好的状态来重新投入工作。

乔雁提早了些许来到剧组，到了之后才发现自己还是来得偏晚的那一批。道具灯光差不多都已经准备完毕，顾蜚声坐在摄像机旁边，低着头逐页整理今天要拍的分镜。

乔雁进来时，剧组中还没忙到无暇分心，大家都纷纷冲她打着招呼。顾蜚声听到响动，抬起头来，也带着温和的笑容冲乔雁点点头。乔雁手上提着两个礼品袋，里面装着南国城市特产的糖果，一路走一路发，到了顾蜚声旁边时，也在他的剧本上放了数颗。

这种糖果的牌子是家老字号，在国内零售店遍布大江南北，众人平时当然也能吃得到，不过乔雁的这份心意倒是难得，不重不轻恰恰好，为人之玲珑剔透，实在可见一斑。

"新年快乐啊，顾导。"她笑着跟顾蜚声拜年，面色红润，笑靥甜美，看上去这段时间休整得相当不错，"这糖太甜了，顾导不要多吃，拿回去给婉婉，帮我跟她也问声好。"

她和顾蜚声的小孙女见过两次，说这番话也不显得突兀，顾蜚声无奈地笑着摇摇头，替小孙女谢过之后把糖收下，总归完全不是什么贵重东西，一点心意，拿了也没什么要紧。

而片场中唯一对乔雁的行为有所微词的大概就是苏凭了，他长久凝视着手里的糖果，好长一段时间没有移开视线。乔雁在他身边的椅子上坐下掏出剧本时，好奇地用剧本在他眼前晃晃。

"你怎么了，苏凭？"她关切地问，"过年过傻了？"

"过傻的明明是你啊。"苏凭闻声转头，摊开掌心示意她自己过来看，"我以为你会给我带那种你说过的不太甜又很好吃的品种，结果并没有。"

他有板有眼地控诉："我明明还在你的那条朋友圈里点了赞，昨天怕你忘记，还特意翻出那条朋友圈重赞了一遍，结果你还是忘了。"

"没忘啊，我记着呢，也给你带了。"乔雁表示自己巨冤，一头雾水地凑上前去看，扫了眼苏凭手里的糖果和角落里空了的糖果袋子，仔细想了想，终于明白过来。

"可能是早上下车的时候和穆庭带去工作室的礼品袋拿错了。"她摸出手机，开始联系穆庭，"我让他把给你的糖留一下，晚上来接我时送你……啊，不，已经晚了。"

乔雁脸色沉重地举起手机，让苏凭看清屏幕上穆庭发来的，一个装着满满糖纸的空盒："节哀吧，羊入虎口，有去无回，已经被吃得只剩下皮了。"

苏凭觉得一时想找个突破口说出来都显得艰难，于是他酝酿了半天，最后还是无可避免地摆出一副痛心疾首的表情。

"有男朋友了不起吗？"他一脸肃穆地质疑。

乔雁稍稍偏头想了想，而后打量了苏凭几眼，郑重地问："你羡慕吗？"

两个人对着看了几秒钟，同时绷不住笑了出来。

"心情这么好，看来有好事发生？"顾蜚声和道具组在那边做着最后一遍调整与确认，两位主演抓紧时间坐在休息区里忙里偷闲开了个小差。苏凭剥开糖纸，咬着糖声音有点含糊，"我猜猜……你带着穆庭回去见家长了？"

"嗯。"乔雁低着头翻过剧本的又一页，顿了顿，不自觉地微笑了一下。

她和穆庭加上乔雪年前几天一直待在一起，在那边的家里过完了除夕，三个人趁着晚上偷偷溜出去放烟花，其实也没有玩得很尽兴，反倒是久不回家的乔雁、乔雪都被冻了个够呛，只剩穆庭一个人继续生龙活虎，被裹着围巾缩在一处的姐妹俩一致冷落在一边。

天上更璀璨的烟火她们也见过许多，却没有一次是像这样，经由自己亲手点燃，绽放于夜空。未必美得那么盛大，但对自己来说却已经足够特别。晚上回来时乔雁在厨房里折腾出一桌色香味俱全的年夜饭，三人一起跨过十二点新年的钟声，而后在凌晨一点多的时候送穆庭出门。

赶着年夜最后的余温，穆庭也要回自己的家里，见他自己的家人。

这趟探亲之旅对乔雁来说差不多已经习以为常，穆庭却在见过她的母亲之后就开始有些若有所思。乔雁送他在南国湿冷的冬夜里出门的时候，他抱了她一下，将她裹进自己厚实的大衣里，紧紧地拥了一下后松开。

"回去见。"他说，想了想又补充一句，"早点回去。"

乔雁失笑，答应他之后穆庭才从她的视线中渐渐走远。乔雁在原处又站了一会儿，感觉到风吹过来时才裹了下身上的大衣，转身向楼道里走。

真冷啊。

仿佛这个人走的时候，把热量带光了一样。

"还挺顺利的。"这种琐碎的细节自然不足为外人道，乔雁也绝不是什么热衷于分享生活点滴的人。她轻描淡写地将这些天的经历一笔带过，两人也没有继续聊上很久，那边顾蜇声校对好了片场的一切细节，正在招呼他们过去正式开工。

上次春节前他们收工的时候，拍摄进度停留在回放锦岚与许忘的初遇上。彼时锦岚在宫宴上再一次经历了一番占了上风的钩心斗角，款款回宫时笑若春风，如同打了胜仗，却在见了王夫许忘那于阑珊处的一个清冷回眸之后，眼神中的锋锐之意终于慢慢柔和下来。

她挥退了侍从，沐浴更衣之后倚在他的书桌旁边，看他纤长苍白骨节分明的手指捻过书页，眼神柔软而眷恋。她是即位不久的新君，群臣虎视眈眈，身边又无许多得力之人，日子过得远没有看上去那么风光。

这些重担里带着她身为大越女王的骄傲，不容许她去同旁人分享，然而当初即位大典之上，牵着她的手共同登临高台的许忘，是与她并肩前行共同经历一切风雨的同伴，也是她如今尚存的那些柔软感情里唯一的归港。她半倚在书案边，眼神柔和地看着许忘，看了一会儿，抬袖将灯芯挑亮了些。

"你今晚也看了许久，感觉还好吗？累不累？"她关切地问。

"还好。"烛火挑亮了些，许忘却反而顿了顿后放下书册，手指穿过锦岚披散至腰间的三千青丝，转身拿了梨木梳，帮她梳理一头柔顺如瀑的乌发。

"原以为陛下今夜该有个苦短良宵，想着正好多待上一会儿，将这一卷看完。"他慢慢地同她说着话，语气随意如闲话家常。他们患难之中相识，相处之间不像是王上与王夫，更像是民间寻常夫妻。锦岚转了转头，青丝拂过身后许忘的面颊，忽而转身去看他，带着一点狡黠的轻笑。

"王夫可是不喜欢？"她眼眸流光溢彩，灯下映出一抹暖融融的光晕，两人靠得极近，锦岚几乎是依偎在许忘的怀里，笑着在他耳边问他。

"许忘……"她顿了顿，垂下眼睫，柔和地轻声开口，"你若是不喜欢，我……散了这后宫可好？"

而许忘只是稍微停顿了一瞬，随即摇摇头，垂下眼帘，给她绾了个简单的发髻。

"不好。"他说，说话时间或有几声零落的咳嗽，短促地咳了一声后很快便被刻意压住，"以后莫要再说这些任性话，也不要再像今日这般撇下群臣，自己跑过来。"

"陛下，你是大越的凤凰……"

"而我希望有幸见证你千古流芳。"

我的千古流芳里，可还有你在侧？锦岚低下头，没有再说什么，只是抬手抱住了他。这个胸膛单薄如斯，却是唯一让她有安全感的地方。她靠在许忘怀里，两人颈项相贴，呼吸交错，紧密相拥的时候，眉间心上，依然带着叹息的皱痕。

烛火摇曳之下，夜色扑朔迷离。

第二日下朝比平常都要晚上几分，有几个大臣吵得厉害，到最后也没有个结果，锦岚下了朝，只觉身心俱疲。

然而这却不是可以休息的时候，在前殿通往她寝宫的路上，许忘的贴身小厮正跪在那里，见她出来后抬起头来，整张脸上满是泪痕。

"君上……"他带着哭腔颤声开口，深深跪伏下去。

"救救公子！"

锦岚的心骤然一紧。

"怎么回事？"她皱起眉上前几步。

小厮瑟缩了一下，双手抬起手上的卷轴，低声回道："君上，公子早上喝过了送来的汤药，而后没过多久便……便胸腹剧痛，不过是转瞬间的工夫便倒在了地上，太医来得尚算及时，但总也诊断不出个由头，公子至今……至今昏迷不醒。"

旁边随侍众人大气都不敢出，只拿眼悄悄瞟着面沉如水的君上。锦岚沉默地看着仍旧伏在地上的小厮清禾，慢慢俯身，拿起他呈上来的卷轴。

"这是什么？"她语气平缓地问，声音听不出喜怒。

清禾不敢怠慢，垂着头道："这是在案上发现的公子笔迹，算是……算是公子昏迷前最后的……"

他回话间锦岚已经将卷轴展开，凝视着上面熟悉的笔迹，心中酸涩难言，犹如被这短短的几个字刺伤了眼睛，一时不知该作何表情。

不如不遇倾城色。

那样清冽淡漠的人，究竟是怀着何种心情，在那样烛火摇曳的夜里，将满心的挣扎压抑蘸入墨里，写下这样伤情的话语。

"我出去一趟，姑娘自便。"
"你的伤……"
"无妨。"

"留在我身边可好？"
"陛下，草民身份低微，何德何……"

"你可愿意？"

"愿意。"

"若你不喜欢，我散了这后宫可好？"

"不好。"

"陛下，你是大越的凤凰。"

"而我希望，有幸见证你千古流芳。"

言犹在耳。

许忘，遇见我，你终究是……后悔了吗？

她在王夫的寝宫里向太医们发了好大一阵脾气，许忘依旧昏迷不醒，他缠绵病榻已久，也曾有过这般了无生气躺在床上的时候。彼时锦岚每每都不忍多看，多一眼便要多一分无可奈何的伤感。这次却在他床边坐了很长时间，握住他一只冰凉彻骨的手，眼中是未曾展露于人前的凌厉与坚决。

若是旁人的毒都已经能下到王夫的身上，那么这偌大深宫之内，何处可供安眠？

锦岚在这宫中如今倚靠得住的人不多，最能托付的便是宫廷的带刀侍卫统领肖湛。两人青梅竹马，肖湛当了她许多年的贴身侍卫，她登基之后便让他总领宫中巡卫。如今再度相见，面对此番境地，已然无需多言。

"此番便将性命托付于你。"她沉静地交代，拿起案上代代相传的长剑，拔剑出鞘，一片凛冽寒芒划过，剑身上映出一双沉寂如水的眼睛。

"而我倒要看看，这宫中四起的风，终将吹散谁的迷局！"

"肖湛。"她定定地看了一会儿剑光中的自己，突然开口询问，"你平日里巡守宫中，从未出错，何以今日出了如此纰漏，让闲杂人等混了进来？"

"回禀王上，未曾发现闲杂人等。"肖湛略皱起眉，思索片刻，还是摇了摇头。他向来说一不二，若是没有发现，那便是真的并无异动。

锦岚不置可否，抬起头看他，肖湛迎上她的视线，两人相对无言片刻，肖湛突然开口询问："王上可知今日你上朝期间，余尚书上朝途中遇刺受了惊吓，曾要求臣借调部分宫中守卫排查可疑人等？"

"余尚书遇刺？"锦岚有些疑惑地重复了一遍，屈起指节，若有所思地轻叩起了桌面。

余尚书即户部尚书余巷，昨日还在群臣晚宴上带着自己的儿子前来献宠，被她不轻不重地敲打了两下。虽然不算什么正式的表态，但警告之意并不难看出来，不知余尚书为何仅在一夜之后，又迫不及待地折腾出了一点波澜。

更多的个中隐秘她虽并不知情，但有一点却是现在可以肯定的——

"余尚书今日并未缺席早朝。"

锦岚轻声道，一双眼慢慢眯起。

"是谁来同你说的这个消息？"

肖湛深深地看着她，而后轻不可闻地叹了口气："余尚书的长子。"

第二天早朝，上朝时分，锦岚准时出现在王座之上，华服加身，青丝玉冠，淡扫蛾眉冷凝，眼尾斜飞入鬓。开口时分言笑晏晏，凤眸微眯，语气柔和，淡遮眸光晦暗，笑颜如沐春风。

"余尚书，听闻你昨日上朝前遇刺，而后依然坚持前来上朝，孤心甚慰，余尚书如今身体如何？"

"回禀王上，臣……"余尚书在众人神色各异的注视中行出来，躬身应对，眉宇间难掩嗫嚅，"臣昨日虽身历艰险，然则思及王上，虽犹惊魂未定，仍不辞劳苦前来……"

"辛苦爱卿。"话说到一半被锦岚打断，锦岚微微笑着，神色越发柔和。

"爱卿如此劳苦，倒是孤的不对，既如此，便许爱卿三月长休，好好养养身子。"

"王上？！"余尚书神情大变，两人仅一个照面，她便明白过来，锦岚这是已经知道了她遣使长子调离巡卫的消息，来与她算起账了。

"王上，臣并无过失，也不想休息，可否请王上收回成命？"事既至此，余巷反倒出奇镇定，面无愧色，昂首挺胸地与她理论。锦岚闻言莞尔，笑得客客气气，眼中冷意深深浅浅，谁也看不明白。

"孤之一言九鼎，哪容收回成命？"她端坐于王座之上，神情不悲不喜，居高临下地看着余巷，眼中暗藏锋芒，"余尚书对孤有什么不满？"

"臣不敢。"余巷定定地注视锦岚半晌，咬着牙躬身下去，做足了姿态，脸上却勾起了淡淡的嘲讽之色，"只想提醒王上一句，以色乱国自古有之，王上初临御宇，难免一时犯些糊涂，臣经两代君王，看得多少更分明些，还请千万当心。"

"哦？"锦岚扬眉，淡笑一声，"余尚书真是见识广博，那想必也听过这样一句话……"

她神色骤然转厉，眼中的锋芒终于毫不掩饰地展现出来。

"朝臣干涉宫中内务，不设先例，有则当诛！"

"Cut！"又取了一个近景拉远景的长镜头，顾蛮声意犹未尽地喊了声停，点点头示意这一场也顺利通过。每个人都多多少少松了口气，早已原地待命的道具组上前收拾东西，刚刚还寂静一片的剧组瞬间无缝切换成热闹忙碌的景象，每个人都忠实地履行着自己的职责，场面嘈杂喧闹而又有条不紊。

乔雁从"王座"上站起身下台阶时，不小心被宽大的裙摆绊了一下，整个人差点没摔下来。旁边路过收拾道具的道具师吓了一跳，及时扶住她，换来乔雁一个感激的笑脸。道具师立刻展现粉丝本色，带着羞涩拘谨的笑容，整个人踩着棉花一样飘着就走了。

"出什么神呢？"苏凭在一旁咬着盒酸奶问她，他身上还是那套昏迷前夜穿着的衣服，整个电影拍摄进度过了三分之一，男主连一套衣服都没换过，并且睡美人一样睡了好一段时间。顾蛮声这次没有选择反复的插叙倒叙手法，随着时间推进很平实地讲着故事，导致他这几天很集中地没戏份，整个人都闲得快要长毛了。

然而他毕竟是男主角，顾蛮声的面子也要给，就算现在没戏份，每天也依旧要准时过来打卡签到，无所事事地转来转去，无聊程度已经到了开微博刷小号的地步。

乔雁有次不经意间看到苏凭正在刷的手机页面，上面一个大写的苏凭个人鬼畜视频系列合集，她应邀跟着看了一会儿，对苏凭简直肃然起敬——这个人谜一样的品位真是太可怕了，乔雁叹为观止，连着好几天看见苏凭就绕着走。

然而现在绕是绕不过了，乔雁提着裙摆去化妆间换衣服，路过苏凭时转头看了他两眼，啧啧有声地感叹了两句："不过是闲了几天，你胖得好明显啊。"

她轻飘飘地说完，来去如风地走远了。

苏凭咬着酸奶："……"

学坏了，真是学坏了，苏凭摸了摸自己其实并没有长胖的脸沉痛地想，好好一个小姑娘，怎么就学会睁着眼睛说瞎话了呢？一定怪穆庭。

无辜中枪的穆庭打着喷嚏来了："谁骂我……苏凭是不是你，我听到你在骂我了！"

"你是顺风耳吗？葫芦娃就该回去找蛇精和爷爷玩，不要乱入片场。"苏凭慢悠悠地过去。穆庭虽然今天还是第一次来剧组探班，不过完全没拿自己当外人，眼下正熟门熟路地坐在休息区的椅子上饶有兴趣地看布景，手边放着一杯冒着热气的花茶，时不时拿起杯子喝上一口，惬意得像是在度假。

认出来是乔雁的杯子的苏凭："玫瑰花茶美容养颜，太子您很注重养生啊。"

穆庭正在喝水，闻言顿时呛了一下，显然根本不知道乔雁泡的到底是什么。他虽然对茶一窍不通，不过胜在脸皮够厚，调整了一下状态便顺势跷起二郎腿凹了个造型，冲苏凭满脸正经地点了点头。

"是啊是啊，我女朋友这么年轻貌美，我一快步入三十的老男人不懂保养怎么行！"二十七岁的穆庭理直气壮地说，摇着头做痛心疾首状，"男人过了三十不保养那还有救吗？还能有女朋友吗？先天条件差，后天还不努力，简直注定孤独一生，凭哥你说是不是？"

他和苏凭虽然认识的时间很长，不过穆太子天生反骨，从小上天入地谁都不服，跟别人说起自家亲爸都向来用我家老头儿代替，平日里是绝不会说出这种敬语的——而说的时候大多也就是在埋汰人。

年过三十但是依然单身的苏凭中了一枪，不过他的段数显然不是穆庭所能比拟的——他风度翩翩地保持着笑意，到自己座位上拿出剧本，回来翻开一页，精准地拍到了穆庭脸上。

"我和乔雁继续去拍戏了，您老人家慢慢在这儿养生啊。"他带着十分亲切的笑容冲穆庭挥了挥手，那边乔雁也换好戏服出来，两人都向布置好的拍摄地点走过去。穆庭怀疑地看了苏凭的背影一眼，低头看了看特意被苏凭翻开的一页，细看之下顿时叫了一声，无辜的剧本被利落干脆地甩在了地上。

说来凑巧，他探过这么多次乔雁的班，的确还是在今天第一次探到乔雁的——吻戏。

他们要拍摄的下一幕戏，是王夫许忘终于醒过来这一场。

电影中的时间已经又过去了半个月，后期会剪一些之前乔雁锦衣华服时的镜头补上，一连串的快节奏剪辑之后，节奏重新放慢，镜头慢慢拉近时，已经又是王夫寝宫里一簇小小的烛光。乔雁这场戏的戏服很是素淡，卸下了杀伐果决的气势，上妆之后整个人显得比上一场戏清减了一大圈。

她正借着烛火的光亮翻着递上来的折子，指尖划过翻开的奏折，满纸的慷慨陈词，王夫祸国殃民，自己愚昧昏君，她眉头都没皱一下便合起折子撇到了一边。她连着打开又扔了数个折子，越是被步步紧逼，越是冷静清醒。

朝中都在传，她这个初登大宝的年轻君上沉溺于美色，不理政事，残暴失德，这样的话传得多了，即使本来对这般流言蜚语不屑一顾的朝臣慢慢也开始将信将疑，所有人都在观望着她的新动向，就盼着能从其中找出些不得了的过失，好将一切强加于她身上的罪状尽数坐实。

越是如此，她便越是要坚持。

锦岚揉揉眉头，掩去脸上不自觉流露的一抹疲惫之色，继续埋头案牍之中。小厮清禾此时却突然从内间跑了出来，带着激动的神色匆匆拜倒。

"君上！公子……公子他醒了！"

许忘已经昏迷半月，锦岚已不如最初那样每日忐忑地盼他醒来，如今没消息便是好消息，他本就身体不好，这次情况又如此严重，便是哪天静悄悄地就此离去也不算什么特别意外的消息，太医早已小心翼翼地旁敲侧击着与她提起。

是以如今听到这样的消息，锦岚反而有些不敢相信，怔了怔后才骤然一把推开书案急忙站起，匆匆向内室行去，脚步因急切甚至显得有些踉跄。她匆匆行到床榻旁边，抬手便要抚上他的脸，手伸到一半，却又堪堪停了下来。

他紧闭的双眼是无声的拒绝。

清禾在她身后跟上来，从旁边悄悄看了一眼，有些疑惑地挠挠头："公子刚刚明明醒了啊，我是看着公子转醒了才来禀报君上的……"

"无妨。"锦岚静静地看着床上双目紧闭面色苍白的人，过了一会儿，摇了摇头，"你先退下。"

清禾领命躬身退下。锦岚在榻前坐下，滞停在空中的手终于落下，拉起锦被，向他身上又掩了掩。

"你睡了许多日，如今转醒，难免还是有些虚弱，想来该多注意些。我过会儿便唤太医来瞧瞧，你先不要继续昏睡过去。

"你别怪清禾莽撞，我就在外间，想来他也是一时高兴过了头才跑出去与我禀明，并非刻意不顺你的意……这些时日我将公务移到了你这里处理，卷折案轴就安置在外间，你总也不醒，我心里担忧得紧，总是怕若现在不多加注意，往后便再没这个机会了。

"近几日寻了你爱看的书册，等你明后日若是身体转好了些，我拿来与你……你若是见了一定会喜欢，不过这次可不要挑灯贪读，都是你的了，慢慢来就好。

"朝中如今乱成一片，流言蜚语不胫而走，我最近撑得吃力，每每觉得难过时便总能想起你……"

话一说开来便有些止不住的架势，锦岚只觉越说心中越难过，抬手抹去眼角泛起的湿润，语声终于无可抑制地带出了些哽咽。

"许忘，你都……不想我的吗？"

片刻冷清的沉默过后，许忘终究还是睁开眼睛，稍稍偏头看她，抬手摸了摸她微微泛红的眼角。

"陛下头发乱了。"他的声音带着久眠初醒的沙哑与低沉，出口的话也语气平平，锦岚却在听到的一瞬间，终于落下泪来。

"倘使荣华君不顾……"她握住许忘的手贴在颊边，到底泪落如雨。

"青丝为谁梳？"

许忘似是被她眼泪的温度灼伤了一般，下意识想要抽回手，却被锦岚握得更紧了。他看着自己手上慢慢溅起的晶莹泪滴，似是无可奈何般苦笑了一下。

他从未见过锦岚如此失态的样子，即便是初见时分最狼狈的时候，她也来得骄傲而明艳。这个大越年轻的君上谋识过人，武功高强，美丽而强大，即便面对而今这般重压，也依然一直有条不紊地沿着自己既定的路稳而坚定地前行。

"你也是会哭的吗？"他叹息着问，心头阵阵抽紧，只觉复杂难明的思绪潮水般汹涌而来，令人窒息，却又不想反抗。见其泪水涟涟却又强自压抑，欣喜展眉却又犹豫着不敢靠近的样子，他骤然抬手按住其后脑，拉下她便贴了上去。

却又在即将吻上她颤抖的唇时骤然停了下来。

停在这儿发什么呆，剧本里没有这一段啊？乔雁用眼神向他示意，苏凭回了她一个无奈的笑，转头看向休息区，脸上的表情一言难尽。

乔雁不明就里，脱离入戏拍摄状态，顺着他的视线转过头去一看，顿时也忍不住有抬手扶额的冲动。

穆庭在休息区里大刀阔斧地坐着，眼下正跷着二郎腿抱臂观看他们的拍摄，面带微笑，甚至在他们看过来时还招了招手。

如果地上没有散落一地的剧本，看上去还蛮有贤良大度的说服力……

顾蛰声在监视器后面叹着气摇了摇头，看了穆庭一眼却没有说什么。这场戏多少有些滞涩，他本来便要重来一遍，如今也不算添了太大的麻烦。穆庭是他看着长大的，眼下虽然打乱了一点拍摄进度，但有深厚的交情在，顾蛰声也就没有开口说他，何况他也不是真的不懂规矩，只是心里不喜欢所以闹个脾气而已。

顾蛰声看了眼乔雁，穆庭的这种反应他也能够理解。

"你干什么来的，捣乱吗？"苏凭坐起身，拿褟边放着的装饰性佩饰远远地丢他，"剧组又不是动物园，我们不开放家属参观，赶紧出去！"

"干什么干什么，你们剧组要杀人灭口啊？我什么都没干！都没发出声音！找碴想打架吗？！"苏凭好歹也是在无数部戏里经受过武术指导摧残的敬业演员，准头居然真的不错，排除万难地笔直朝穆庭飞了过去。穆庭敏捷地矮身躲了一下，伸长手臂接住扔过来的东西，拿在手上有一下没一下地抛来抛去。

"怎么了？赶快继续演啊，我在这儿等着看你们拍摄找作曲灵感呢。"

"装什么无辜，刚才那个恨不得把我吃了的眼神不是你的啊？"苏凭被穆庭这副"老子巨冤"的表情气笑了，抱臂毫不客气地指出，"刚才你说的话除了'找碴想打架'这五个字之外，剩下的我连标点符号都不信。不过说起打架的话也行，来跟我比画比画？"

还是那句话，苏凭是被武术指导摧残过许多回的、一个敬业的演员，虽说现在的扮相看上去弱不禁风的，像是随时都能吐口血出来，而穆庭也能扛着设备器材走遍大江南北，并不是什么战斗力不足的宅男，但是以两人从小到大打架的战绩来看，穆庭明显输多赢少——

不是打不过，是苏凭这个黑芝麻汤圆型选手根本不和人正面冲突，向来都是随手随处不动声色开黑使坏，谁要和他用脑子打架啊！

于是穆庭在思考了五秒钟后，干脆果断地选择装没听见苏凭的约架，不知道从哪儿又翻出两张散落的剧本，放在膝盖上装模作样地表示自己在专业地鉴赏品评，自导自演地做完了这一切后，顺便变脸，做路过围观的正义路人状，义正词严地催促起了进度。

"磨蹭什么呢？赶快拍赶快拍，你们这样还想着赶什么进度，扣钱！"

苏凭："你可真有出息。"

乔雁在一边围观两人互动，忍俊不禁，数次笑场，转眼就把属于锦岚的角色定位不知丢到了哪里。苏凭转过头，恨铁不成钢地看了她一眼。

"不管管？"他语重心长地问。

"管管也行……"乔雁想了想，对穆庭招了招手，"这儿正工作呢，别捣乱啊。"

"没捣乱啊。"穆庭嘴硬，不过嘀咕了两句之后还是抬手在嘴上做了个拉拉链的手势，而后果真便安静了下来。乔雁和苏凭被他NG了一次之后各自找了下状态，而后再次开始拍摄时风平浪静，最终顺顺当当地拍完了这一场。天色不早了，今晚没有夜戏，剧组再拍一场配角的戏份就可以收工了。

"调教得不错啊。"苏凭对乔雁一句话的能力叹为观止，啧啧有声地感慨两句，看向穆庭的方向准备好好嘲笑一下他，转头去看的时候却正发现乔雁走了过去，于是微微一哂，摇了摇头，自己先行过去卸妆，没有打扰两人在一处说话。

不过乔雁和穆庭此刻进行的话题倒是没什么旁人免听的说法，乔雁下了戏之后还穿着戏服就朝穆庭走了过来。穆庭拿过旁边放着的花茶递给她，乔雁低头，小口啜着热水润嗓子，一抬头却发现穆庭正直直地盯着她看。

"怎么了？"乔雁摸摸脸，奇怪地开口询问。

穆庭看着她，表情复杂难言："虽然心里知道这都是工作，没办法避免的事，但是知道归知道，看在眼里实在是……太碍眼了……"

乔雁不置可否地扬眉，似笑非笑地看着他。

"不是，你别这么看我啊……设身处地，你不会也觉得心里有点别扭吗？"穆庭摸摸鼻子，梗着脖子据理论争，"比如说我工作的时候需要和女嘉宾有亲密动作，你心里就不会不高兴吗？"

"会啊。"乔雁大大方方地承认，而后笑吟吟地问，"不过你先告诉我，你什么时候做什么工作需要和女嘉宾有亲密动作？唱歌伴舞还是拍MV啊？"

穆庭看着她："要说这些吧也不一定非要有……"

他认认真真地想了一会儿，然后又从记忆中翻出近年来自己知道的绯闻挨个分析，最后生气地发现能传出绯闻的要么是你情我愿要么是炒作需要，而自己前些年也凭借得理不饶人的毒舌与打脸本事吓退了一批又一批狂蜂浪蝶，左思右想找不出理由，于是果断开始强词夺理。

"总之可以理解，但并不高兴。"他着实想了很久，久到乔雁中途还去卸了个妆换回常服，又在他身边坐了一会儿之后才开始总结陈词。剧组今天的最后一幕戏NG了一次，此时也已经快要拍完，工作人员大部分都在全神贯注地注意着正在拍摄的戏份，乔雁想了想，向穆庭靠近了些，用自己的包挡出脸。

"你过来一点。"她朝穆庭耳语，穆庭刚结束自己的论点表达，有点疑惑地凑了过来，"嗯？什么……"

他的话只说到一半，剩下的一半消失于温软的触感之间。乔雁的拎包挡住他们各自半张脸，也挡住剧组零星若有若无看过来的视线，乔雁笑着靠过来，仰头在他唇上轻啄了一下，并没有停留很久，双唇分开之后，拎包却没有放下。

剧组那边是演员们有板有眼的台词对话，两三层人群把演员们包围了起来。无人注意的休息区里，拎包挡住了不少光线，稍稍昏暗的光线中，乔雁的眼中如有一层莹润的芒泽流动，对着他慢慢眨了眨眼。

"高兴了吗？"她用气音带着一抹笑意问，狡黠又娇俏，说话间的吐息听得清清楚楚。两人谈恋爱也已经有一段时间，到现在已经不至于这种程度就无法自持，但穆庭看着近在咫尺的恋人的脸，还是发现自己的心跳诚实地大幅度加快。

"你是上天派来克我的吧？"最终他也只能抬手捏捏乔雁的脸，深深地察觉自己对这个人实在是没什么应对的办法可言。

我就这么被一个蜻蜓点水一样的吻收服了……他在心里客观地评估，我以后一定是个重度妻管严。

不过话又说回来，这病多富贵啊，起码我还比单身狗多个老婆。他思路清奇，再一转念就又想到了别的地方去，想到这点又让他迅速地高兴起来，非常会给自己的行为找理由。于是看着乔雁还是怎么看怎么顺眼，心里头那点古怪也就这么放了下来。

现实与虚幻的界线，他向来分得清楚，而乔雁也明白，这样就足够了。

乔雁的拎包放下之后，两个人迅速地恢复一本正经纯聊天的态度。穆庭从自己的包里东翻西翻，结果又翻了一张专辑出来。

乔雁看见专辑就忍不住笑了："你又来给我千里送专辑啊？"

去年年初她在进组拍摄《侠义千金》的时候，穆庭来探班就给她带了张专辑过来，在她表达在剧组里条件艰难没法放碟片的时候，又非常周到地给她传了高音质无损的电子版，那之后她倒是真的听了很久，不过到底算是件两人还没开始谈恋爱时的趣事，现在拿出来说说也颇有意思。

没想到穆庭却选择摇头否认。

"不，不是来送专辑的，我像是会为了送张CD专门跑过来一趟的人吗？"穆庭拒不承认去年那个在乔雁面前献殷勤的人是自己，不过本性难改，很快就开始自己给自己补充设定，"其实这张CD成精了，今天就是他送我过来的——对没错，今天这张CD要把我送给你，我呢，你知道的，能签名，会照相，可暖床……"

"好的知道你是最棒的了，下一个。"乔雁笑着接话，眼都不眨，实力敷衍。穆庭从善如流，把专辑放回包里，酝酿了三秒钟，又像是刚才什么都没发生一样地把专辑取出来放到眼前，满脸正色。

"下一个就是我带过来的这款专辑了，轻便小巧，方便携带，男友牌CD，听了之后神清气爽，一夜好梦！"

"是被你说催眠了吗？"乔雁忍俊不禁，说话间就把专辑拿了过来仔细查看。

这张专辑和上一张相比要平和许多，穆庭虽不是以摇滚歌手的类型出道，不过他和他工作室的其他几人凑在一起本身就是个完整的标准配置乐队，无论是专辑收录曲目还是从他本身的爱好来说，摇滚一般都是比较侧重的部分。

而这张专辑的确在风格上有了很大的突破，穆庭不常唱柔软的情歌，虽然基本上创作避不开爱情这个范畴，但因为有去年两三个月走遍大江南北，调查风俗人情的积累，在这张专辑里，创作上便多了许多之前没有使用过的元素。

总的来说，柔软，平和，温情，是这张专辑的主流，主打歌是首每句歌词都能掰开揉碎细细品味的慢情歌，专辑封面也是漂亮的深深浅浅的蓝色。乔雁看了一会儿封面，翻到封底去看卡司表时有些惊讶地轻咦一声，指指创作人员名单上的两个字。

"……你怎么把我也写上去了？"

名字跟在特别鸣谢四个字后面，不是乔雁这个名字，是他们玩笑间曾起过的一个化名。乔雁扬着眉低头看专辑，穆庭坐在她旁边看她，听见乔雁的疑问时反问："不该特别鸣谢吗？这张专辑从制作到成型你不是都有参与吗？"

"那个不叫参与吧……"乔雁失笑。她虽然唱歌有声线好听和不跑调等一系列优点，不过公正公开地客观评价的话，在歌唱方面的造诣也就是个普通KTV水平，说能参加穆庭专辑的制作实在是夸得太过分。

不过说起来，穆庭的这张专辑她的确从头到尾都有参与——创作与谱曲阶段她去探过班，录制MV她也参与过一首，就连素材选择与采风阶段他们都在拍戏的深山老林里碰见过……如此算来，也的确能算是全程跟进，"特别鸣谢"也不算特别夸张。

而且穆庭到底很有分寸，用了化名不会让公众多想，有心人也差不多会知道，乔雁本来想批评他一句胡闹，想了又想，却还是难以忽视心中那一些摇曳的喜悦，于是只是莞尔笑笑，就将这个问题揭了过去。

"你这次专辑成型这么早啊？三月初就出来了，去年不是四月初才给我？"她问。

"去年其实也是这个时候做出来的……不过关系远近不一样，拿到的时间肯定也就不一样，今年你是第一份。"穆庭坦率地回答，习惯性地开始报备求夸奖，

"明天就要专辑发布会了，还是在去年的老地方，你能不能来？"

"嗯，能来。"

穆庭知道乔雁正在拍戏赶进度，这个时候肯定不可能空出来一天去参加自己的发布会，他也就是那么一说，完全没意识到乔雁已经答应，还在卖力地争取福利。

"去不了的话要不要在今天就给我一个爱的……嗯？"穆庭顿了顿，突然又惊又喜地转头看她，"你陪我去？！"

"嗯，是啊。"乔雁点头，那边剧组今天的最后一场戏已经拍摄完毕，道具场务开始收拾东西，陆陆续续有下工的人来休息区稍作休息，乔雁和他们一一打过招呼，拎起自己的包站起来。

"知道你要在那里开发布会，官网上看见的。"她柔和地笑着，现出浅浅的酒窝，朝顾蜚声的方向示意了一下。

"因为最近赶戏赶得还比较顺利，所以就跟顾导提过要一天假期的事情。我们演员基本上每部戏都是允许一两天有事请假的，正好我还没用过，再加上也赶了戏，顾导就同意了。"

"走吧，穆少爷？"她挽住穆庭的胳膊，两个人并肩向外走，"怎么都不说话，想什么呢？"

"我在想……"穆庭深吸一口气，发自内心地说，"顾导真是太懂了，感谢顾导，我决定给《清君侧》的主题曲写四个版本……"

"那你的演唱会排练？"

"加班！加加加！"

虽然是说要陪穆庭过去，不过乔雁按照自己规律的作息起床洗漱穿戴好时，离穆庭发来的他到会场了的消息已经过去了两个多小时。

所幸是穆庭太早而不是乔雁太晚，乔雁出门的时候还没赶上这座城市的早高峰，幸运地只是小堵了一下，而没被彻底堵死在路上。

她从后门进入会场的时候前面已经在开始排队进场，来到二楼后台，每个化妆间里都传来一个似曾相识的鬼叫声。乔雁谨慎地穿行过这些群魔乱舞的房间，正经过一间化妆间时有人推门出来，两人猝不及防地打了个照面。

乔雁："……"

乔雪："姐你怎么在这儿？你不是在拍戏吗？！哦哦哦你来了真是好好好，他们刚才买的早餐好吃到哭！我去看看谁那儿还有，给你搜刮一点……"

她一连串的话说下来也不觉得累，说到吃的就立马兴致勃勃地撸起袖子打算去别的房间来次大扫荡，被乔雁及时拉住衣领，看上去随时一副撒手没的样子。

"在剧组赶了戏，今天特意空出一天过来。剧组离这里比较近，昨天就没有回家睡，直接在剧组那边过来的……穆庭也是昨天才知道的，可能还没来得及和你说。"

她简洁地解释了一下，转而稍稍扬起眉问乔雪："你怎么在这里？我也没听说你要过来。"

"我？我来帮忙啊？商晨说这边人手不够让我过来凑个数，我想了想觉得反正假期也没有什么别的事，就过来帮忙了啊。"乔雪高高兴兴地回答，化妆间里的人听到门外的响动，叼着包子探出头来。

"怎么了，乔雪……哎哟，大嫂你来了？"商晨冲乔雁很有精神地打了个招呼。乔雪一眼看见他嘴里叼的包子，在乔雁还没来得及说出任何话之前，就率先把话题歪到了早点上面。

"你那儿还有没有早餐？"乔雪问商晨。

"没啊，就嘴里这一个了……"商晨说着又咬了一口，"哦，半个。"

"等等，难道说你刚才还没吃饱？"他以怀疑的眼神上上下下打量乔雪，"你为什么能吃这么多，你脖子以下全是胃吗？"

"就你话多。"乔雪捂着额满脸嫌弃，挥挥手示意他赶紧走，"我姐还没吃早饭呢，你去各个化妆间搜刮一下，有吃的都拿过来。"

"哦，好。"工作室这一帮人和乔雁、乔雪姐妹俩都很熟，不过和乔雪明显熟得更亲昵自然，对乔雁则还保持着对大嫂的基本尊敬。于是商晨老老实实地点点头，叼着剩下的半个包子挨个化妆间敲门去了。

乔雁："其实我吃过早饭了。"

乔雁满含深意地看向乔雪："小雪……"

乔雪茫然："啊？怎么了姐？"

"没什么。"乔雁默默咽下已经到嘴边的叮嘱，最后只是拉住乔雪的手，郑重地说，"外面骗子很多，要自己多注意知道吗？"

"啊？哦，好……"乔雪茫然地点了点头，不知道乔雁为什么会突然想起这个。不过这话并没有什么不对，她也就痛快地答应了下来。

妹妹大了不中留啊。乔雁站在另一边微不可察地叹了口气，心情沉重地想。

乔雪为她积极地征用了李潇的化妆间化妆，李潇刚化妆完就被乔雪赶了出来，顶着漂染了一缕金色头发的造型在走廊里彷徨片刻，最终不知道挤进了谁的化妆间，隐约又传来一阵鬼哭狼嚎。乔雁这次不上场，是以只是简单地化了个淡妆。穆庭按照她发的消息找过来时她已经不在化妆间里，正掀起二楼后台的幕布一角往下看。

这个动作何其熟悉，去年差不多同样的时候，他们也曾在同样的地方，共同看向下面熙熙攘攘的人群。穆庭走到她身边，乔雁回过头来，示意他一起往下面看。

"看到了吗？布置和去年的不大一样。"她仔细地将不同的地方一处一处指给穆庭看，"昨天刚好看了去年的照片，所以印象比较深……好用心的感觉，你看，这是你今年一次采访里提到的最喜欢的动物，四角的那几束花里就都是扎着丝带的玩偶。"

"哪儿呢？哦，看到了……"穆庭把幕布一角又拉开些，两人一起凑过去看，"挺可爱的，散场之后我拿一束回来……你看到了吗？那边。"

嗯？乔雁顺着他的视线望过去，会场中代表着穆庭的红色热烈张扬铺天盖地，而两人视线却落在了悬在半空中的四条气球彩带上。

这四条气球彩带以会场中心为中点，下面悬着穆庭的巨幅海报，从中点向会场四角分别拉出一条气球彩带。说是彩带倒也不算，其实主体依然全都是穆庭的应援红色，不过两人身处二楼角落，离气球彩带近些，有一条更是拉到了他们的脚下。

所有铺天盖地的红气球都被细细的蓝色丝带系着，其整齐划一程度，显然是应援会有意为之。两个人同时低头看去，一时都不知该作何表情。

在这样的单人兴致的专辑发布会上，带着别家的应援颜色一同布置其实并不常见，就算网上炒得再火热，总也有个人粉会对这样的情形大为光火。穆庭的粉丝们显然也对这样的事情心知肚明，但依然做出了这样的布置，实在只是单纯地希望能让穆庭高兴。

因为两人在录制《终极战斗》时，曾经有得知行程的粉丝前去应援探班。当时正是如火如荼的时候，因为穆庭有对乔雁的帮助与告白在先，所以两家粉丝的关系一直都还不错，探班也选在了同一天。

当时两人正一起出着任务，先来探班的是人数上更为庞大的穆庭粉丝群，以穆庭的亲和程度，每见面一次都能稳定地多圈一波粉，这次也自然气氛融洽无比，乔雁因为和穆庭有共同任务在身，也就没有刻意回避，言行举止都很得体。

而后来乔雁的粉丝在另一个地点前来探班时，她如何得体如何温柔亲切无需多谈，摄像机和粉丝们却共同忠实记录下了——在看见代表乔雁的蓝色出现在视线中的瞬间，穆庭的脸上露出了怎样一个温柔至极的表情。

这样的镜头自然不可能在节目中播出，算起来当时见到这样画面的粉丝也并不很多，各种社交平台上流传得同样不怎么广，但后援会显然记得清清楚楚，每一个细节的布置，都完全比照着穆庭的心意与喜好来。

我们喜欢你，所以你喜欢的东西，你喜欢的人，我们也会喜欢，双手捧给你看。

现在距离发布会开始还有一小段时间，粉丝们对于现场的布置也还差一个收尾。穆庭的粉丝们爬上踩下地继续布置，检查之前的布置是否妥当，有个姑娘检查悬挂的四条气球时无意识地抬头向气球尽处看了一眼。

乔雁和穆庭同时吓了一跳。

然而这时候已经晚了，姑娘在看到他们时愣了一下，而后顿时尖叫起来，会场里的众人都吓了一跳，纷纷看向声音的发源处，继而随着她的视线方向看了过去。

很快，更多的人就加入了尖叫的行列。乔雁在第一个姑娘尖叫起来的时候下意识便要马上回避，却被穆庭按住了手。她怔了一下，随后明白过来穆庭的意思，定了定神后，也开始和穆庭一样，带着明亮的笑意向楼下挥了挥手。

拉开幕布的缝隙只够两人露出头，穆庭一只手牵着乔雁，伸出空着的另一只手向下挥了挥，在此起彼伏的尖叫声中将食指竖起在唇上。

粉丝们渐渐安静下来，他清了清嗓子，笑着将胳膊搭在栏杆上，他在更靠角落的地方，粉丝们能看见他的大半个身子和乔雁的头，他们兴奋地仰起头看着穆庭，等待着他发出声音。

"离开场还有一会儿呢，我这就被你们发现了，太失败了，这要是现场有掌管流程的主持人，不得把我骂到再也不敢出现在发布会上啊。"

粉丝们善意地哄笑成一片，穆庭的发布会向来没有过主持人，这样的调侃没有任何恶意。穆庭等粉丝们笑过之后，接着又开始继续："更多的话等会儿到台上去跟你们说，现在手边没话筒，没大屏幕，又没有好灯光能让我显得更帅气——"

"这个人大家都认识。"他侧过头看了一眼乔雁，转身对粉丝们笑着介绍，"乔雁，本来应该在拍戏的，结果我开发布会心里比较没底，毕竟我这么单纯又年轻——你们不要笑——就拉她过来镇场子了，刚才本来想偷偷看一眼你们，没想到这么快就暴露了，还是你们厉害。"

"还是想跟大家说声谢谢。"穆庭说，一道幕布隔断楼下，楼下是他的粉丝，此刻全都在仰着头听他说话，而幕布之后，他牵着的姑娘，此刻正站在他旁边，笑靥如花。

"今天要跟大家说个消息，"穆庭说，"筹备这个计划很久了，一会儿就跟大家说明，现在让我们先稍等片刻——我去准备一下，大家一会儿见。"

幕布放下，粉丝们在发出阵阵挽留的声音之后，懂事的没有跟上前来。穆庭拉着乔雁往前面走，牵着的手一直没有放开。

"什么感觉？"他问。

乔雁偏头想了想，轻轻莞尔。

"你记不记得以前有一次你给我打电话……嗯，我们第一次传绯闻那次，你问我怎么对我们传绯闻的事情反应那么激烈，是不是因为凯星平时没有这方面的炒作和宣发。"

"记得啊，印象特别深刻。"穆庭回想起当时情景，也笑了起来，"你当时连'我一直当你是朋友'这种话都说出来了，我问你说这话的意思是不是'我感觉我们不合适所以我们还是做朋友吧'，你居然还默认了。"

"是啊，当时还没有现在这样的心思，但已经开始觉得不合适。"乔雁牵着他的手慢慢地走，做出个类似回忆的表情，"我当时说……我现在要人气没人气，要作品没作品，绯闻这种东西锦上添花增加关注度倒还好，但如果是因为它出现在公

371

众面前，那未来想摘掉炒作的帽子也太难了。"

"虽然我一直觉得自己有红的面相，但是客观上来说，穆庭，我现在的确还没有正大光明和你的任何方面牵扯在一起的资格，你是我的贵人，以后可能很多方面我都会受你帮助，但最开始的这一步，怎么从这个厮杀激烈的圈子里挣扎出头，不能靠任何人帮忙，我得自己走。"

"你感觉到了吗？"她语气轻松地笑着说，"我在一步步地朝你走啊。"

现在以这样轻描淡写的语气说出的这番话，是当初用了不知道多少努力所换来的，最终浇灌成型的花。她与穆庭都深知这点，因而现在也格外珍惜，珍惜对方的努力，珍惜自己的心意，珍惜现在的成绩，更珍惜一路上所收到的所有善良的、真诚的、美好的祝福与期许。

感谢这个世界，也感谢你。

虽然现在乔雁已经被粉丝们发现，不过两人商量了一下，乔雁今天还是没有上场。一来是因为露面还可以说是朋友来友情镇场，但若是上台的话估计会被问个底朝天，最后还是决定不多冒险。

二来乔雁不过是客串出场，穆庭这次发布会是正式邀请了嘉宾的，喧宾夺主不是那么回事，何况这次的嘉宾与他们彼此也都熟悉——穆庭这次的主打MV自己没有参演，共同合作的是锋辰的新人王沐雪晴和凌宇的人气小生林承骁。

这几个名字聚在一起之后，使得这次会面的画风有点活泼过了头。他们引起骚动的时候林承骁和沐雪晴还没到，又过了一会儿两人才卡着迟到线姗姗来迟。站稳化完妆喘口气之后，第一句话异口同声、有志一同地抱怨起了不分早晚的严重堵车。

"在路上滞留了好几个小时，等得烦心死了。"沐雪晴在抱怨完糟糕的交通之后，就自然而然地把怒火波及林承骁身上，"都怪你，你昨天怎么不定这边的酒店？这样早上就不会这么狼狈了。"

"昨晚你收工的时候太晚了，我又有事情，你一个人过来这边我不大放心。"林承骁老老实实地回答，态度良好，有一说一，熟门熟路，显然已经摸清楚了沐雪晴的脾气。

"哦。"果然，沐雪晴想了想，哼了一声，决定原谅林承骁的失职，"那这次就算了，下次机灵点懂吗？"

"懂懂懂。"林承骁好脾气地点头，在旁边四下看了一圈，指指那边的长椅，"离我们上场还有一会儿，不然你先去那边坐一下？这么高的高跟鞋，站着很累吧……"

"一个人坐在那里显得多傻？"沐雪晴眼都不眨地否决了这个提议，而后倒是向那边走了过去，"你过来陪我一起坐！"

"好……你要水吗？旁边有自动贩售机。"

"可乐。"

"早上喝这个不太好吧……橙汁怎么样？"

"可乐！"

"可乐不行。奶茶？"

"好吧奶茶……"

穆庭和乔雁在一旁听得兴致盎然，林承骁买完奶茶路过他们，冲他们耸了耸肩。

"她就那样，小脾气多……"他压低了声音跟他们说，显然不想让沐雪晴听见，"怎么说都不听，我也拿她没办法……我们没耽误你事吧穆庭？"

"放心吧，没有。"穆庭好笑地拍拍他的肩，一副"兄弟，我理解你"的样子，"解释这么多干什么，沐雪晴我们又不是不认识。还有你明明就乐在其中，还摆出这么一副苦兮兮的样子干什么，拉仇恨用的吗？"

沐雪晴和林承骁，因为录制《终极战斗》而结缘，穆庭和乔雁对个中内情知道得不算清楚，但两人的般配倒是有目共睹。沐雪晴娇蛮直率，林承骁稳重木讷，在一起的确妥帖又互补。

有句话怎么说的来着？性格能力，长处短板，全都无所谓好与不好，遇见了那个对的人，你的一身毛病，也是千般好。

两人不光合适，发展还很迅速。《终极战斗》录制前还是素昧平生尚不相识，年前就已经公布了恋情。而今双双出演穆庭的新专辑主打歌MV，一方面是因为穆庭工作室延续了专辑与不同娱乐公司合作的传统，原本去年就该轮到轩霆，结果因为姚曼欣的自作主张而推迟了一年，机会落到了沐雪晴头上。

　　而另一方面，无论是因为在娱乐圈摸爬滚打久了，还是因为有了个靠谱稳妥的知心人，沐雪晴虽然演技还是颇受诟病，但对待演戏与娱乐圈的态度明显都要比以往端正许多。就比如昨天，她虽拍戏拍到了晚上十点多，今天仍在拥堵的交通里准时出席了穆庭的新专辑发布会，放在以往，都绝对不像是她会做得到的。

　　这样的沐雪晴就显得比过去那个一场戏NG二十遍的废柴要顺眼多了。穆庭人虽然恃才傲物了些，但是该有的气度胸襟一样不少，和沐雪晴的那点冲突还不值得他记着，这次眼见着沐雪晴的发展方向越来越正，他把新专辑的主打MV交给沐雪晴，也不觉得担心。

　　至于林承骁这个搭档就是从炒作的角度来考虑的，加之凌宇也是一个值得合作的公司，是以两人也在今天准时出现，为穆庭发布会站台。

　　不过就像林承骁说的，离嘉宾上场还要等好一会儿，加上不用上场的乔雁，三人坐在一边看着下面的舞台，上面已经摆好了工作室众人的乐器，键盘架子鼓一应俱全，舞台上的灯光骤然暗下，而后乱晃的光点打至一处，刚才空无一人的架子鼓前已经坐上了李潇，正朝下面的粉丝微笑着挥手。

　　随着粉丝呼声的越演越烈，乐手们也都依次各就各位。李潇、宋欢、卓度、商晨、穆庭，五人依次亮相之后，随着李潇一声铿锵有力的架子鼓，这一次的新专辑发布会表演阶段正式开始。

　　这是首偏摇滚风格的歌，毕竟这不是演唱会的舞台，是以并没有夸张的动作和涨满的表现力，每个人只是在投入地做着自己的事情。穆庭很喜欢这类歌曲，平常听的基本上都是这种风格。乔雁换了块地方站着，这样的穆庭是她所陌生的，然而这样兴致高昂又热烈的神情又让她觉得熟悉。

　　那是一种真正喜欢与倾心投入时脸上才会显现出的光芒，她在一些人脸上见过，或许其中也包括她自己。

　　开场表演秀过后，灯光重新亮起，穆庭依旧和从前一样，一个人站在舞台上，有时也蹲下，有时还像现在这样盘腿坐着，与粉丝随便聊聊。

　　他们难免聊起刚才见到乔雁的话题，穆庭对此的反应是笑了一下，摊手表示无可奉告，在粉丝一片失望的叫声中突然话头一转。

　　"刚才跟你们说过，等下上台时有事要说，你们还记得吧？"他问台下的粉丝们。

"记——得——"粉丝们拖长了声音开心地回答,穆庭也像是被这样的气氛所感染,坐回椅子上,转身示意了一下工作人员。

粉丝们屏息翘首看向舞台两侧的大屏幕,上面很快显示了——

"一场演唱会。"

欢呼与喊声快要掀破屋顶,穆庭简单地介绍了参与方式与相关内容,这是他出道以来的第一场演唱会,以前只发单曲的时候没资格开演唱会,后来锋辰娱乐太子爷身份曝光之后事情又反而麻烦起来,而今终于挑了个不早不晚的好时机,就像他自己说的那样:"所有的这些成长、进步与转变,愿意与大家一同分享。"

当天的发布会进行得异常成功,结束时还有粉丝徘徊在会场里,久久不愿散去,好在后勤疏通足够强力,总算平安地办完了这场发布会。一群人聚在一起吃了顿饭算作庆功宴,饭后穆庭送乔雁回片场,回去的路上乔雁想起演唱会的事情,偏过头来问他:"演唱会具体是什么时间?"

之前虽然在行程表上看见过,不过当时具体月份日期并没有填写,她也没刻意问起过,是以一直知道得不算很清楚。

"六月份。"穆庭回答,走在她的身边,挡住三月初料峭的春风,"《清君侧》杀青之后的那个月,杀青之后就来我这儿吧。"

"杀青之后就来我这儿吧——"

苏凭拖长声音重复一遍,而后看向乔雁:"然后你就又调了段档期给他……我以为你们俩中间他是忠犬啊,为什么你也开始有这种倾向了?"

"你要是始终把付出和收获放到天平上比对衡量,那会找不到女朋友的。"乔雁莞尔,坐在休息区收拾着剧本,用夹子把已经演完的部分夹到一起,"我知道你追求者众,你要是真想和她们发展一下的话,那怎么玩当然随你。"

"不过要是那个你想追求的人的话……"乔雁夹好夹子,抬头冲他笑笑,"别等来不及了才开始后悔。苏凭,有机会就抓紧点吧。"

"别像《清君侧》里的许忘一样……人可以为自己的聪明而自傲,但不能以为别人就全都愚笨不堪。情深不寿,慧极必伤,爱情容不得欺骗,不如简单一点。"

《清君侧》这部电影中，许忘的转醒是整部电影的一个转折点。

在许忘由昏迷至转醒之前，他是锦岚心心念念的王夫，相濡以沫的枕边人，加之缠绵病榻，身世凄苦，将锦岚的怜惜与心疼赚了个十成十，她虽不至于因为许忘而坏事误国，却已将心中残存的所有柔情尽数交付给了他。

而在许忘昏迷转醒之后，第二日清晨，锦岚调了一批新的小厮来供许忘挑选，转告他身边只清禾一个到底不够周密，让他再挑几个带在身边。

而他看了一会儿，只留下了最不起眼的一个。

支使清禾去领当月新到的茶叶，殿中唯余两人之时，许忘起身泡了杯君山银针，敛目轻声开口："若不是见过你的真容，恐怕还真是认不出你。"

"耐得住寂寞，抓得准时机，出手即成，毫不拖拉……你倒是让人惊喜得很。"

"公子谬赞。"那人轻巧地作了个揖，抬起头时往脸上一抹，已经从那般不起眼的模样变成了个风度翩翩的佳公子。

不是那余尚书家的长公子又能是谁？

"余尚书是怎么回事？如斯配合，倒是奇怪。"许忘泛着些许青色的指节扣住白瓷杯，殿前之人早已自行站起了身，占了张好椅子舒服地坐着，闻言泛起一个讥诮的笑意，带着些许奚落地摇了摇头。

"行事那日，恰赶上余巷也有此意，想着趁宫中巡卫力量薄弱时将自己的小儿子弄进宫里。不过是借东风，想不到却颇为好用。只可惜锦岚翻到了余巷这里便就此罢手，不然还可以捞些别的好处。"

"过犹不及，小心弄巧成拙。"许忘淡淡提醒，在木犀露出个满不在乎的笑容时似不经意般提起，"余尚书也算养了你这么多年，尽心尽力，你若是下不去狠手，倒也未尝不能理解，只是这任务……"

木犀不甚明显地僵了一下，沉默着没有接话。许忘看在眼里，唇畔勾勒出些许微讽，吊足了胃口，方才慢悠悠道："反正你也不过是只剩一年活头，恩怨情仇，不如生前了断干净。"

木犀低着头，陷入短暂的沉默中。许忘也不催他，殿中一时间安静下来。

安静下来的时候，殿外却反倒传来了一声轻响。木犀瞬间反应过来：

"谁？！"他短促地呵斥一声，迅速从窗外翻出去查看，片刻后回来时手上却只捏着一点布料。

"让他溜了。"木犀阴沉着脸说，许忘从他手中接过衣料，两指轻轻一捻。

"侍卫统领肖湛。"

他松开衣料，任其飘落着消失不见，一张脸上毫无波澜，平和沉静地重新阖眸。

"灭口。"

近几日，朝堂之上出了几件大事。

首先是原本被锦岚禁足的户部尚书余巷家中长子离奇失踪，这个一表人才加之文采风流的长子，余巷平日里最为看重，如今骤然失踪，余巷整个人都慌了阵脚，不顾禁令慌慌张张出城四处找寻，被仇家近了身，话还没得及留上一句便死了，堂堂朝廷重臣，死相竟凄惨凉薄至斯，令人唏嘘不已。

锦岚虽心中诧异万分，但现在显然不是吃惊的时候。吊唁之日锦岚亲自前往，也算是给这位老臣留了最后的体面。户部尚书一职缺不得人，锦岚很快选出一名继任者，交递了锦书后便可走马上任。

而这位继任者更是短命，还没有坐上户部尚书的位子，便突然暴毙，撒手人寰。

一次若是巧合，两次便不容忽视了。朝堂议论之声渐起，因着余巷是得了锦岚的御令方被禁足，虽最后违背了禁令方才遇害，但到底用不上三折两转便能扯上关系。一时流言蜚语四起，各处人心惶惶。

锦岚顶着压力，迅速又派了新的户部尚书上任，这一任倒是踏实地干了下来，却如同拆了东墙补西墙般，似乎承受了太多强压，整面墙终于不堪重负，一寸寸轰然塌陷下来。

朝中重臣开始连番暴毙。

连番的告老还乡折子堆满了锦岚的书案，金銮殿上，锦岚咬着牙接下群臣步步紧逼出的军令状，召集了几个自己得力的朝臣共商计策。几人依次部署完毕，刑部尚书荆擅不经意间瞥见锦岚案上的一卷书，脚步立时便顿了顿。

"《惊华录》？！"荆擅不自觉地喃喃出声。锦岚听见他的话，同样回身看了眼案上的书卷。她这段时日被朝中一干事务折腾得心烦意乱，眼底已经有了深深的疲惫与青痕，但在看见了这卷书之后，眉宇间还是不自觉流露出些许温柔之色。

"是王夫要看的书卷，我在御书房发现了这本，想着什么时候给他送去。"

"王夫要看……"荆擅略带着些许沉思，神色古怪，"君上可知……有关《惊华录》的传说？"

锦岚一怔，脸上的笑容慢慢淡了下去。

"这卷书……有什么问题？"

当夜凉风缭绕，处理好奏折，锦岚单手撑额靠在桌上看他灯下静淡持卷慢读，眸色柔软，眉眼弯弯。

"许忘，你想看的那卷《惊华录》，我给你寻了来。"

"在哪儿？"许忘眉间神色一动，从书卷上抬起头来看了过去。锦岚抽出《惊华录》向他递了过去，眉间神色带着些许好奇。

"在这儿。找是找到了……不过一本如此偏门的地理风俗志，许忘，你怎会想到寻它？"

"事关家母往事。"许忘顿了顿，将锦岚拥入怀中，阖眸淡淡叹息一声。

"那时候我还小，只记得自幼是和母亲一同生活，家中除了一座不知如何得来的院子，其余也别无他物。那时母亲偏爱读这些冷僻的孤本，生平最爱地理游记，对一样东西喜爱得久了，难免总会生出些执念来。"

"这卷书我母亲寻了一辈子，至死未曾寻着。以前总是不懂为何母亲执念如斯，当年情景，如今想来，怕是多半和父亲有关，至于究竟是何关系，斯人已逝，无从知晓，如今寻来，也不过是寻个念想，多谢陛下圆了心愿。"

"原来如此。"锦岚被他拥在怀中，耳畔是他清冷的声线在絮语旧时经年，头枕在他胸膛上听着平稳的心跳，看不见他此时的表情，锦岚迷茫睁着眼，怔怔的，没有焦距，羽睫忽地落下泪来，只觉心痛如绞。

"你不知道女人到底会以怎样的执念对待她来之不易的爱情。你娘她未必对那个男人与什么卷册有哪些执念……一直缅怀着的只是她那时最好的爱情，到死不愿清醒。"

既然经历过这样的事情……许忘，你怎么依然能无动于衷为我编织一个同样虚幻的梦境，让我一步步走向致命的陷阱，你怎么能狠得下心？

"王夫要寻《惊华录》？"

"寻《惊华录》……又如何？"

"无碍，只是大越昔年有传言称《惊华录》乃大越金戈之脉，得之可逆国运。传说虽多无稽之谈，但《惊华录》中著有大越之秘倒似乎确有其事，据称是以游记之形写于卷上的两阙词，此等传说之古早，先王大抵都未曾听过，臣家中数代钻研古籍，故尝闻得此事。"

《惊华录》中有一首地理游记的词不假，本身却并非一本风物志，而是卷实打实的兵书剑录。

一册篡改后的书卷，以其作底道出的迎合谎言的真实，到底能有几分真？

"许忘……"

止不住的泪水似要抽干全身力气，锦岚抬手抓住他的前襟，闭上眼慢慢攥紧。

"我们……绝对不会走你爹娘的老路。"

我是这大越的女王，许忘。

怎么可能……放任自己沉浸在一个华丽的噩梦里，一辈子逃避现实。

《清君侧》拍摄至此，已经完成剧本的三分之二。

整个拍摄过程要比想象中来得艰难一些，乔雁各种各样的角色演过不少，但女帝这种角色因为其特殊性，平常的确难以碰见，她还是第一次尝试驾驭这种刚柔并济的上位者形象。好在她出身历史系，对这样的角色揣摩还算颇有心得，也就这么一路磕磕绊绊地演了下去。

好在她与苏凭关系确实不错，配合也很默契，少了许多配合间的难题，而苏凭在演员的自身修养方面，也的确是个足够优秀的楷模，交流中并不藏私，对于经验的分享与提点都很坦诚。乔雁记着这份好，《清君侧》一场场地演下去，人物性格的复杂性与挣扎状态，剧情的转折性与戏剧性也都一一浮现，每一天都是个新的开始，都要打起十二万分的精神。

又是一天初始，剧组照常开始了新一天的工作。时间进入到五月，片场也已经是融融的青葱春色，虽然与戏中时节不同，后期特效工作艰巨，然而看到好风景心情总要好上一些，这也是人之常情。

乔雁早早到了剧组，与同剧组的人熟稔地打着招呼，上好妆换好戏服后便开始坐在一边看剧本。中间顾蜚声来找她确认过一次今天的分镜，化妆师来给她补过一次妆面，道具师过来跟她要了个签名，她把昨天拍完的十页剧本和之前的夹到了一起。

等到差不多到了该开工的时候，乔雁收起剧本，四下环顾一圈，才发现从早上到现在一直隐隐觉得不太对劲是什么原因了。

这个剧组的男主角不见了。

平常这个时候，苏凭也是该和她现在一样在这里翻剧本的，这部戏是女主视角，他偶尔清闲时会在旁边看看视频，或者打击一下乔雁，总之每天准时准点打卡报到，风雨无阻，乔雁还曾经请过一天的假，苏凭却是这几个月来一天都没有迟到早退过的。

今天他去哪儿了？

"苏凭人呢？"她四下找了一圈，错愕地去问过来给她补妆的八卦小能手化妆师。

"具体的不知道。"化妆师沉吟了一下，犹豫着说，"不过……也许和今天的头条有关？"

乔雁顿了顿，心中生起不好的预感，连忙翻出手机打开社交页面来看，被首页上的头条新闻惊得一时不知该作何反应。

楚冰打人？

乔雁粗粗扫了一下，这一次的新闻说起来不大不小，标题虽然起得骇人听闻，整版新闻却只配了一张楚冰的照片，别说现场情况记录，连被打之人的伤处照片都没有一张，一看便知是拿不出来关键性的证据，不然怎么会爆出这样的标题又不放出猛料，效果不痛不痒不说，还顺便给被打击的人提了个醒。

但这条新闻的话题讨论却极高，不光在这条新闻下面，社交平台上更是如此，仅仅一夜之间，便已经遍布关于这条新闻的内情八卦。

这也和今年娱乐圈八卦新闻的疲软有关系，比之去年从年初到年终的不间断高能娱乐八卦，今年的娱乐圈已经行进过半，却着实太过风平浪静了些。小打小闹无法满足观众的胃口，而这条与楚冰有关的消息一经曝光，公众偃旗息鼓了小半年的八卦之心，自然一下子便被彻底点燃开来。

乔雁没时间仔细浏览，又觉得苏凭和楚冰可能暂时都没什么工夫回应八方问询，于是直接一个电话打给了穆庭，问问看他会不会知道更多的消息。

穆庭和苏凭、楚冰一直都是一个圈子的人，生长环境相同，彼此间也认识已久。虽说算不上发小，在有乔雁为纽带之前也谈不上有多熟悉，但有关于这个圈子里的内情，以他的能耐，想知道的自然都会知道。

"楚冰今天这件事，说出来特别简单，但听着都抑制不住恶心。"穆庭在电话那头说，语气听起来颇为嫌恶，"楚冰打的是狗仔，原因不用我多说了吧。"

乔雁了然地应了一声，两人简短交谈几句后便挂了电话。

明星打狗仔，这种事情不是头一回发生，因为这个上头条的，每年都能出那么一两个。作为明星，纵然每个人都清楚自己的一举一动都受着公众的关注与监督，但当这种关注与监督变成恶意的监视与中伤，脾气再好的明星，也难免会被逼到发狂。

狗仔对于明星来说，就是这样一种恶性的催生剂。在普通民众眼中，狗仔可能是个英雄，隐秘地战斗于第一线，为公众揭露明星光鲜亮丽的外表下不为人知的肮脏丑陋，但不设身处地去想，很难感同身受的是，狗仔到底是如何获取到的消息，又究竟是抱着怎样的目的？

跟踪，偷拍，蓄意炒作，为名为利，总而言之是一场交易，一手交钱一手交料，明星的隐私抑或公众的求知欲，其实从来不在狗仔的考虑范围里。

乔雁这一年多成名以来，也数次与狗仔正面打过交道。除开她被爆出黑料时全世界都在无孔不入地黑她那段时间，在其余的时间里，狗仔也并未因她公众形象一直极佳便对她手下留情。无所不在的跟拍与镜头，无孔不入的纠缠与敲诈，甚至有一次有狗仔拍到过她和穆庭并肩而行的照片，公然将照片发到舒丽的邮箱里对她进行勒索。

她和穆庭在外向来没什么亲密动作，然而就是这样的照片，也有人想过来碰碰运气，看看能不能发一笔横财。舒丽处理得悄无声息，也并未与乔雁多讲个中细节，但乔雁与穆庭说起这件事时，两人面面相觑，还是不约而同地齐齐叹了口气。

不是不愿把消息说与公众分享，但很多时候感情的培养需要私人的空间与温和的土壤，过早曝光只会揠苗助长，这个世界上从来不乏有人对一切事情都怀有最大的恶意，到时因工作分开得稍久就要被报道疑似分手，与其他艺人但凡合作总要被质疑是否移情别恋，任何正常生活中的风吹草动都会被无限放大，甚至有可能沉重到让双方都觉得成为莫大的累赘。

他们从未质疑过彼此间的感情，但也都觉得没必要让这份感情承担太多这种莫名其妙的压力与考验。

有这样的经历在前，如今再浏览楚冰打人的新闻，乔雁的心情就放松下来不少。虽然新闻已经上了头条，但楚冰的咖位摆在那儿，可能在什么地方稍微黑个脸也是要上头条的，既然没见照片，就说明事态并不太严重，想来吵吵闹闹一番后，自然就会慢慢平息下来。

了解事情的内幕之后，乔雁也就不再催促，和顾蜚声说明了一下情况，得知苏凭并没有请假的消息，也就调整了今天的拍摄顺序，先挑没有苏凭戏份的部分拍了起来。乔雁拍完两场，接下来是一幕重要的配角戏份，她从摄像机包围中走出来的时候，果然已经在休息区见到了已经换好戏服上妆完毕的苏凭。

"冰姐没事吧？"她轻声问了一句，苏凭抬起头看她，乔雁瞬间吓了一跳。

他眼中满是血丝，眼底泛出隐隐的青色，一看就是熬了整夜的样子。乔雁迅速意识到事情可能没她想象中那么简单，在他旁边坐下后先看了眼四周，而后不动声色地垂下眼睑。

"我听穆庭说冰姐是和狗仔打起来了，情况很不好吗？"

"单从打人这件事上来说，还好。楚冰是在自己家附近动的手，过后这个狗仔也被她自行带走处理了，报社打电话过来要人，交涉不成功所以发出了这篇头条通稿，因为狗仔的相机和录音设备都在我们手里，所以报社也只能凭空动笔，没有实际证据。"

苏凭简短地把大致情况介绍完，乔雁琢磨了一下，有些疑惑地皱起眉。

"我是在社交网站的头条推送上看到的消息，没注意来源，这是哪家媒体的通稿？"她问，"怎么不惜公然得罪冰姐，也一定要把狗仔换回去……"

她顿了顿，心中骤然生起不好的预感："那个狗仔的手里有冰姐的什么？"

"我先回答你第一个问题。"苏凭这个时候思维居然还保持着冷静，甚至讽刺地笑了一下，"尖锋娱乐。"

那还真是不用顾及脸面和得罪的问题了，彻头彻尾地一不做二不休，乔雁无话可说。

"至于那个狗仔……"

"楚冰家里客厅被安了针孔摄像头，他手里拿着拷贝的录像带。"

听到这句话的时候，乔雁感觉自己的呼吸都停了两秒钟。

"客厅里？针孔摄像头？！"乔雁悚然而惊，难以置信地问，"狗仔怎么能进到她家？！能进到她家的人谁做得出这种事？！"

她说到这里的时候，整个人像是突然被雷劈了一下，脸色骤然难看起来。苏凭看了她一眼，微微点头，肯定了她的猜测。

"看来想到一起去了。"他说，"我原先不知道一个女人到底能阴损到什么地步，现在也算见识到了。吃一堑长一智，秦菲这个人，我就算赔上自己，也一定要把她彻底从这个圈子里抹杀出去。"

"为这么个人赔上自己太不值了。"乔雁深深吸了口气又慢慢呼出来，翻开剧本递给苏凭，"顾导这边耽误不得，先拍戏，你有本事赶戏我就舍命陪君子，只要能在顾导那边点头，一天拍二十个小时我也奉陪。"

"谢了，可能还会占用你预留给穆庭的档期，我等会儿打电话去跟他道个歉。"苏凭道了声谢，接过剧本翻了翻厚度，又把剧本合上。

"一周？"他问。

乔雁倒吸一口凉气，而后点点头站起身。

"那就一周。"

"我还有最后一个问题。"乔雁接下来还有一场和配角的戏，苏凭尚有时间准备，她却已经要继续上场开拍。乔雁起身整理了一下衣摆，将要走过去时却又转过头来。

"那个狗仔的针孔摄像头里……到底拍到了什么？"

"我们在接吻。"他神色平静地答，"或许还有点别的什么。"

接下来要拍摄的，是一场锦岚和侍卫统领肖湛的对手戏。

从锦岚立下军令状要彻查朝堂连环遇害事件后，情况越发糟糕。她在这件事上进展甚微，而宫中同样不得安宁，许忘的欺骗不仅让她如坠冰窖遍体生寒，也让她无可避免地对一切都开始高度警惕，这些日子下来清减了一大圈，整个人身心俱疲。

肖湛在这个深夜突兀地闯进来时她才刚刚睡下，练武之人的警觉性让她立刻从浅眠中惊醒，抓起放在枕边的剑弹剑出鞘，在黑暗中神色同样锋利："谁？！"

"是我。"肖湛的声音传了过来，锦岚稍稍放松下来，将剑重新搁回原处，揉着因极度疲惫而隐隐作痛的头皱眉，抬手去揭遮在夜明珠上的丝锦，"肖湛，谁允许你不经许可闯进我寝宫的，下不为例，这次就……"

"陛下。"她的话还没说完，突然就被肖湛打断，语气中甚至带上了急切的恳求之意，"别揭开……我只说几句话。"

他的声音有些虚浮的急促，空气中也似乎弥漫着淡淡的血腥气。锦岚心觉不妙，迅速将丝锦揭开。夜明珠柔和的光照亮了内室，锦岚看向肖湛："你今天怎么……肖湛？！"

肖湛脸色惨白地站在她床前，额角滴落大滴的冷汗，看向她的视线依然平静，却似乎带了些说不清道不明的不舍。他用手捂住胸口，却依然有鲜血不断地涌出来，在她看过去的这一小段时间，刺目的血色就又晕开了一大片。

她大惊之下跟跄奔下榻，鞋都来不及穿，扶住肖湛时后者再也支撑不住，靠着她慢慢滑了下去。锦岚被他带得坐到了地上，在他胸前连点数下，血却依然不受控制地向外奔涌。

"没用的。"肖湛微微笑着，握了握她的手，"我剩下的时间也不多了，就想着过来与陛下说说话。"

"这个时候还说什么话，你运功调理啊？！"锦岚眼中已经弥漫了一层薄薄的水雾，强忍着泪意，继续急切地问，"是谁把你……把你害成这个样子的？！"

肖湛静静地看着她："许忘。"

锦岚骤然一愣，而后脸色慢慢变白。

"他不会武功……"

"陛下。"肖湛打断她的话，声音低不可闻。

"你……信他还是信我？"

你信他还是信我。

锦岚呆了呆，扶住他的手不自觉地稍稍松开了些。肖湛意识已经模糊，察觉到她的迟疑，却依然从眉梢眼角泄出一点细微的失落与自嘲来。

却很快被温热的触感烫得恍惚了一下。

锦岚双臂收紧，抱起他的上半身，咬着牙低头，散落的长发遮住了半张脸，只有大滴大滴的眼泪不断掉落下来，骤雨般狠狠打在肖湛的心口。

在无边的暗色里，他们以冰冷的温度相互依偎，锦岚哭得上气不接下气，胸口用力起伏，出口的话语哽咽不成句。

"我信你，我都信你……肖湛，你不生气好不好？不要死好不好？"

"好，我不死。"肖湛费力地笑了笑，抬手小心地去碰锦岚的脸颊，将要碰到时手迟疑地向后瑟缩了些许，最终还是慢慢落在锦岚的脸上，"王上，公主……好久没见你哭了。"

"虽然知道不应该，可心里还是觉得，还能见这样一面的你，真好。"

他与锦岚相识多年。十年前他刚刚出师，成为宫里数一数二的高手时，便被派到了皇长女锦岚身边做贴身侍卫。当时锦岚不过七八岁，是个还没长到他胸口高的小姑娘，人前已经是一副稳重大方的得体样子。

而只有他知道，锦岚那些属于一个小姑娘的柔软心思，都被自己硬生生锁在了无人看见的角落里。她知道自己未来将肩负起大越的江山，在前狼后虎环伺中守住这片安宁的故土。

她用功，努力，勤勉，坚韧，这十年来他见证了锦岚成长为如今大越君上该有的样子，也最清楚不过地知道，为了做到这些，她究竟付出了怎样的艰辛。他一直默默地看着，保护着，却又只能眼睁睁地看着锦岚一步步走进那个名为爱情的危险境地里，宁愿沉醉不醒。

如果我的死能让你走出这个甜蜜的梦魇……

"我前些时日，在许忘寝宫外面，曾听见他与一人促膝对话。"肖湛深深吸了口气，换来几声咳嗽与无尽的气血翻涌。他勉强压下喉间腥甜，一五一十地将自己所见所闻，与这几天顺藤摸瓜的调查结果和盘托出，末了稍作犹豫，还是慢慢说出了口。

"我怀疑王夫……和季国有所联系。"

他说完这些后，如同终于卸下了自己心头的所有重担，整个人都觉得轻松起来，仿佛很快便要从这极致的痛苦中解脱出来。锦岚流着泪用力点头，看着他开始了无生志的涣散眼神，一时声音都染上了一层厚重的沙哑。

"你说的这些我都记在心里，我们说说别的，说说别的……肖湛，你不是答应我不要死的吗？！若是你也走了，这王宫里，我还有谁可与之说话？"

"我或许要食言了吧。"肖湛微微笑着，慢慢闭上了眼睛，"锦岚，若有来生，你还是大越的女王，我依然护你到地老天荒……"

"肖湛，肖湛？！"他安详地闭上了眼睛，呼吸声越来越低，直至彻底归于沉寂。锦岚愣愣地坐在地上抱着他，突然仰起头向天空发出一声哀鸣，放声大哭。

"还说什么来生，这一世我还没有走完，你为什么要让我面对孤独凄冷的漫长余生？！"

我下辈子，再也不要做女王……

这个位置，实在是太冷，太冷，太冷了。

第二日，她将肖湛葬于宫外风景秀丽的皇家墓陵，行事用度一切从简，所带携从不过寥寥数人，却几乎皆是朝中有头有脸的重臣。锦岚在修整好的墓前站定，掏出随身用的短剑，倾身在木制的碑上一笔一画刻下此间主人的名讳。

"吾爱肖湛安眠于此。"

"待孤百年之后，与他葬在一起，迁至皇陵中心。"她站起身时，将自己的短剑就此留在墓上。书记官诚惶诚恐应下，早有专人将此言行记录在案。锦岚环顾四周，朝臣们或是不以为然，或是面带疑惑，但无人贸然开口询问，一时也就这么沉默着揭过了这句怎么看怎么不合情理的口谕。

而昔日被王上捧在掌心里护着的王夫许忘，只是和朝臣站在一处，带着不带一丝多余情感的眼神，静静看向这边。锦岚慢慢勾出一抹笑，不闪不避地对上许忘的眼睛，出口的话语平淡而坚定，带着旁人无从知晓的狠戾与决绝。

"肖湛一事，疑团重重。孤与肖湛相识相知数年，如今肖湛惨遭歹人毒手，这件事情，孤不会放弃追究。那个害死肖湛的人，无论他是谁……

"孤都留他不得。"

他们的视线在空中短暂交错了几秒钟，各自心绪都是复杂难言，一时两人都不能看得分明。但此时两个人心中都心知肚明，一场无声的战斗已经拉开序幕，接下来便是精心筹备，抽丝剥茧，攘除奸凶，等待最终决战的时候。

戏里他们的这场战斗已然剑拔弩张到无从掩饰，而在戏外，一场更为隐秘危险却又拼尽全力的战斗，也在不为人知中，悄无声息地备齐了人马，低调沉默地开了场。

《清君侧》剩下的戏份，按照他们平时的拍摄进度来说，差不多要半个月以后才能正式杀青，如今苏凭说要缩减到一周，乔雁二话不说毅然奉陪，其他事情都可以不管，首先当然是要和顾蜇声商量。

顾蜇声作为一个对电影质量有着极严苛要求的导演，以他的身体状况来说，这也极有可能就是他这辈子最后一部电影作品，是想靠着这部《清君侧》弥补上次《初相见》所留的缺憾的。顾蜇声拍了这么多年的戏，向来有头有尾，严谨完整，如今要和他商量的这件事，在外人看来会极大影响电影的质量，敬业如乔雁、苏凭，这个时候都觉得有点底气不足。

就算提出了赶戏的想法，他们也从未打算对《清君侧》敷衍以待。这部戏他们从年前拍到现在，小半年时间都耗费在这上面，中间多少次的NG都熬了过去，怎么可能在这种时候主动放弃。

但他们想要赶戏提前杀青也的确是既定事实，就算不被理解，也终于还是咬着牙跟顾蜇声提了出来。顾蜇声意料之中地表达出了极大的困惑和不解，但在了解清楚情况之后，出乎他们意料的，顾蜚声同意了他们的请求。

"虽然我们总说戏如人生，不容轻视。"他温和地说，"但人生毕竟还是人生，分得清楚没什么不好。"

"我已经老了，想要的东西有很多，有些得到了，有些错过了，到了我这个岁数，对什么也就都没了强求的心思。但你们还这么年轻，尽情按照自己的想法做吧，别在未来为了今天的妥协而感到后悔。"

有了顾蜚声的应允，整个剧组在一夜之间，瞬间进入了三班倒的拍戏模式。配角演员还好，一天轮一次两次，工作强度的增加还在可以承受的范围之内，而剧组的工作人员则多半有些苦不堪言，即使是顾蜚声这样的剧组，工作人员也还没经历过这般辛苦。

这本来几乎也就算是乔雁和苏凭的私事，整个剧组能这么配合，全赖平时乔雁和苏凭在剧组的形象为人都非常良好，有了往日的交情在，这次才不至于掉链子。但用人情撑一周也实在太过勉强，就在这时，穆庭再次出现在剧组里，给他们帮了大忙。

他给剧组带来了一冷藏车的食物，和两个厨艺精湛的厨师。

大家在剧组拍戏，条件是算不上好的，天天的剧组餐都是廉价盒饭供应着，里面三菜一汤都不一定找得出来肉丝。穆庭简单粗暴地用钱解决了这个问题，他跟着车一起过来时，整个剧组的人像是一群土包子一样围在车旁边，带着梦幻又憧憬的笑容看着厨师往下搬东西。

这一招就是毫无争议的收买人心，然而美食的诱惑力太大，在这种条件本就艰苦的地方，这种高额度的付出，所有人都必然会买账。

他在人群里一眼就发现了乔雁，把她拉出人群时她的表情还没恢复正常。穆庭好笑地伸手在她眼前晃了晃："看哪儿呢，赶快看我一眼啊。我可马上就要走了。"

乔雁有点惊讶地回过神来："谢谢你啊，帮了大忙……不多待会儿？"

"我那边也正忙着，跟过来就是想看看你。"旁边还有人看着，穆庭也没做什么额外的举动，只是想了想觉得就这么走了又有点不甘心，于是用力抱了她一下。

"这次情有可原，苏凭也还算靠得住，下不为例。以后跟谁关系再好也别陪着他瞎胡闹。"穆庭在她耳边警告，瞪了在另一边站着的苏凭一眼。苏凭察觉到他的视线，看向他做了个多谢的手势，穆庭不是很认真地随手挥挥算作回应，回头继续对乔雁叮嘱。

"他们不会管你的人气会不会因为这些胡闹的事情下滑或是动摇的……凡事多想着自己点，别被卖了还帮人数钱啊。"

"我不是还有你嘛……"乔雁眉眼弯弯地冲他笑，平时那么温和聪明的人，现在笑起来居然有点娇憨又傻乎乎的样子，个中亲昵与信任依赖让他觉得再抽出空来多跑十趟也是值得的。穆庭蠢蠢欲动地又捏了捏她的脸，不甘不愿地放开手后退两步，以免自己再把持不住。

"你们过几天杀青了就去找楚冰。"他对乔雁说，"楚冰也不是什么任人欺负的善茬，秦菲要倒霉了。"

乔雁自然痛快应下。穆庭的这一举动，迅速将剧组隐约升腾起的些许不满迅速消弭于无形，大家尽心尽力日夜不分地赶戏拍摄，最后真的在一周内成功将《清君侧》顺利杀青。顾蜚声宣布杀青时整个剧组爆发的欢呼声震耳欲聋，乔雁和苏凭吃过了庆功宴之后双双先走一步，去了楚冰的家里。

这是楚冰的另一栋房子，那栋客厅被安了监控的住处她之后再没回去过。虽然知情人都知道上次的打人事件究竟是如何卑劣的行径，但在大众眼里这其实已经是一条没溅起应有水花的过气新闻，还被许多人断言为炒作需要故意放出的消息。

不过楚冰还是停了最近的一些通告，她咖位够大，这么做也顶多被冠以耍大牌的名头，并没有什么大问题。在他们赶去的当日，稍后些时分，穆庭也匆匆过来，四个人坐在客厅沙发里面面相觑，同盟战线拉起来那么久，第一次见面，倒还真的有点不知道该说什么。

"这是我和秦菲的事，你们帮忙我心里感激，但不要让自己陷进去太多。"最后还是楚冰率先开口，干脆利落地表明了立场与态度。乔雁眨了眨眼，笑着摇了摇头。

"我跟秦菲闹翻的时间更早，冰姐是知道的。"她笑着耸耸肩，带着点愉快地回答，"早晚都会有这么一天的，现在身边有了帮手，我也很高兴啊。"

　　"我是家属，帮乔雁的，你们不用管我。"穆庭紧随其后，旗帜鲜明地表明态度，换来楚冰"你真是够了"的眼神和乔雁忍俊不禁的笑脸。

　　乔雁和穆庭都已经表明过态度，楚冰点点头，转而看向苏凭。

　　"我们亲都亲过了，我插手不是理所应当的吗？"苏凭问。

　　楚冰看着他："这是一个成年人应该有的思维吗？"

　　"那好吧。"苏凭顿了顿，笑着叹了口气。

　　"那我们把话说开了。"他忽而收起了脸上全部的戏谑神情，眸色深深地向楚冰看去。

　　"楚冰，我们别互相耽搁了，在一起吧。"

第十七章
全面开战

苏凭这个人，释放真我的时候，真是一点脸都懒得要。

乔雁和穆庭作为经历了苏影帝告白现场的"唯二"见证人，这个结论的得出都不假思索而毫不犹豫——穆庭象征性地盖了下眼睛，满脸的生不如死。

"你还真不把我们当外人啊！谁想听你给人姑娘灌迷魂汤，也不怕我们拆穿你？"他朝苏凭猛翻白眼，根本停不下来，"真是尴尬疯了，当时真恨不得自己从未出现在那里——不过说起来我们找借口走了之后，你的告白是成功了还是失败了啊？"

苏凭坐在一边，冷静地看他一眼："你从乔雁腿上下来我就跟你说。"

"我不。"穆庭迅速拒绝，得寸进尺地伸出一条手臂环住乔雁的腰，动了动脑袋，找了个更舒服的姿势枕着，朝苏凭呵呵一笑，"爱说不说，嫉妒的男人嘴脸真是丑陋。"

他们此时正在穆庭的工作室里，已经到了下班时间，其他成员都已经各回各家，他们三个聚在一起，开起了小会。

随着《清君侧》的杀青，乔雁近期的工作便只剩下为电影补配一些声音，舒丽心疼她赶戏辛苦，最近也没给她安排什么繁重的公告。好剧本还在寻觅，她骤然清闲下来，甚至已经恢复了成名前的规律作息，进入了早睡早起模式，每晚十一点后根本联系不到人，给夜生活丰富的圈内好友们点赞都生生弄出了有时差的感觉。

而与她相反，随着六月的到来，穆庭的演唱会工作已经到了最后关头，进入整场排练阶段，除了台上努力的时间，台下状态的把握同样都需要他自己多费工夫，最近整个人忙得脚不沾地，起早贪黑，每天都在为各种各样的事情头疼。

乔雁心疼他，来工作室的时候总要给他带点自己煲的靓汤或是做好的营养便当。今天来的时候见穆庭头疼得眉都皱在一起，就让他枕在自己腿上，给他按按放松一下。她手法一般，不过心意十足，态度也认真，关键是穆庭喜欢，于是果真也觉得自己舒服许多，躺在沙发上枕着乔雁的腿，一副打算躺到地老天荒的架势。

苏凭看向乔雁，语重心长地叮嘱："别总这么惯着他，慈母多败儿知道吗？"

在穆庭的"苏凭你说谁呢不服想打架是不是那就单挑啊来啊来啊"的聒噪背景音中，乔雁拍了拍穆庭的肩膀，示意他安静一点，后者果然乖乖闭了嘴，乔雁朝苏凭了笑笑，对他刚才的建议装没听见。

"其实我也挺好奇的，"她说，"你们认识这么多年，怎么就耽误到现在了？"

"那句话失败了，不过我成功了。"苏凭耸耸肩，看着他们依偎在一起的样子，有些感慨地靠在另一边的沙发上，露出回忆的神色，脸上的表情带着点唏嘘。

"可能没你们来得简单坦诚吧。"

"以前和他们俩不大熟，不过我倒是知道你们的一点事。"穆庭打了个哈欠，懒洋洋地问他，"你们以前是不是差一点就订婚了？"

乔雁闻言，有些诧异地稍稍扬眉，转向苏凭等着他的回答。

"差很多点。"苏凭开口纠正，自己也耸了耸肩，"两方父母当时有这个意向……"

"不过第一次见面时就被我搞砸了。"

当初他们都还是二十出头，风华正茂，各自都是圈子里的出挑人物，他苏凭的名头响彻这座城市的世家圈，也风靡国内娱乐圈，那时的穆庭还不知道在哪个地方背着书包上学呢。

而楚冰从小跟随外祖父在国外长大，一身传统名门养尊处优培养出来的高贵冷淡，当时作为新人演员便已经在国外小有名气，因为父母想得紧，念完了表演系的学士刚刚回国，与苏凭素昧平生，之前连彼此的名字都没听过。

得知双方父母有这个意思的时候，苏凭有片刻愕然。他的家庭并非热衷于靠联姻巩固地位的老式家庭，这种类似于包办婚姻的行径的确让他不是很能理解。而更不能理解的是，当时一个交情不错的朋友辗转从家中长辈口中听到了这个消息，在一次酒会的见面中把他拖到一边，拉住他，满眼难过。

"苏凭，你和楚冰还没定下是不是？"他急切地问，拉住苏凭不让他离开，"我喜欢楚冰，一直喜欢她，很多年了……我是不是还没开始就已经没有机会了？"

"你喜欢……那就去追啊！"苏凭有点愕然，他知道这位好友在国外待过几年，万万没想到还和楚冰有所牵连，"君子不夺人之美，她要是你喜欢的人，我回头就跟家里说一声，不考虑订婚的事情了，把机会让给你。"

"能行吗？"好友带着些许忐忑与莫大的惊喜问他。

而他稍稍扬眉，带着云淡风轻的温和笑意点头："无所谓。"

穆庭听到这里，忍不住打断苏凭："怎么就无所谓了，自己老婆说让就让，你当她是你随意处置的东西吗，你脑子有坑啊？"

"我要是有这个先见之明，当初无论如何都不会那么说，所以后悔药才是这个世界上最珍贵的东西，对吧。"苏凭也苦笑了一下，而后摇摇头，"我以前怎么说呢……因为从小什么都不缺，过得太过顺风顺水，所以一直对什么都不大有执念，不觉得什么是必须要争取的，可惜后来发现自己真正想要的东西时已经晚了。"

"当时楚冰正巧听到……事情总是在这种凑巧。她那么骄傲的人，我漫不经心，她也就不考虑了解试试了，总归觉得我是个被宠坏的公子哥，不值得浪费精力。"

"你活该。"冷场了一会儿之后，穆庭精准地概括。

"是啊，后来又发生了一些事，这不是花了十几年的时间去弥补当时的错吗？"苏凭点点头，抬手揉了揉眉心，"我为她进了轩霆，没想到最后却是离开了轩霆才终于和她在一起，也不知道自己这十来年都在干些什么。"

"我要是冰姐，现在都不会答应你。"乔雁平静地说。

穆庭和苏凭一起朝她看过来。

"在你明白你这十来年的意义之前，我其实不大能确定你现在的执念到底是为了冰姐，还是为了这些年因为冰姐耗去的时间。"她慢慢地说，有些感慨地摇了摇头，"有个说法是，在感情方面，女孩子总是要比同龄的男孩子成熟，说不定男人在成家立业之后会好点，但是说真的，你们有时候真的很幼稚。"

"你珍惜吧，苏凭，冰姐心软了。"

"为这种人心软多不值啊，楚冰的标准也太低了，起码得我这种才行吧，是吧乔雁？"穆庭有点不明就里，不过占便宜的事情他向来很积极，眼都不眨地抱着乔雁，光明正大地邀功求夸奖。

乔雁失笑，看了穆庭一眼，诚实地回答他："其实你也并没有好到哪里去。"

说完越过一脸饱受打击表情的穆庭，看向若有所思的苏凭，柔和地笑笑。

"我觉得应该让你明白她为什么心软，你和她磕磕绊绊地过了这么多年，从二十来岁互相耽搁到三十而立，你从幼稚到成熟的每一个场景，里面都有她的影子。你现在可能也不是最完美的时候，但所有的缺憾她都曾为之见证，可能以后再也找不到一个像你这样互相参与过彼此最好的时候的人了。"

"她在珍惜，所以你也要努力。"

乔雁那天跟苏凭说过的话到底起了怎样的作用，乔雁无从知晓，但两人走到一起不容易，她和穆庭都还是由衷地希望两个人能就此一路走下去。

未曾停歇的时间在忙碌的生活中飞快掠去，又是几天之后，在偷拍事件之后一直保持沉默的楚冰，在公众几乎要将这件事彻底忘记之前，终于有了动作。

一出手便是翻天覆地之举，在整个娱乐圈里掀起了一阵惊涛骇浪。

一个普通的清晨，轩霆在网络上与本市的电视台中，同时公布了轩霆内部的管理高层人员调整，王筠作为轩霆一直以来的最大股东，宣布从今往后将由自己兼任公司CEO一职，而这一职位的上任管理者，正是她的丈夫严钧。

"她和严钧已经离婚了。"楚冰在和乔雁的通话中交了实底，"考虑到股市的波动情况，没有正式对外公布。她担任CEO也是暂时稳定军心之举，她没那个心思，也不愿意涉足这些不干不净的领域，以后还是会安安稳稳地继续当自己的董事长，CEO还是选择外聘。"

"等到把严钧和秦菲彻底解决掉之后。"

公众虽然不知道王筠和严钧之间的事情，但原本是夫妻俩共同管理公司，如今变成了一个，多少猜得出些端倪。一时街头巷尾议论纷纷，但股市上轩霆的股价却没有什么大的波动——在苏凭走后，股票的价格曾大幅度跌过一次，但因为公司一姐楚冰身为公司股东，对公司的举动明确表达了理解和支持，多少让人安心许多。

这个公司最红的人尚坚守在原地，怎么也不会轻易散了去。

而尖锋娱乐作为轩霆的喉舌，却多年被严钧所一手掌握，在严钧与轩霆决裂之后，尖锋娱乐最终也被严钧一并带走。不过以轩霆这样的庞然大物，公关媒体自然不止一家，迅速调了备用媒体上来，也算应付得过去。

不过没了轩霆作为后盾的严钧，统领起尖锋时自然开始有些力不从心。秦菲尚留在轩霆，严钧如此自顾不暇的时刻，居然还想着替秦菲给轩霆添些乱，也不知道是被秦菲灌了什么迷魂汤。尖锋一向是轩霆的代表，如今反水之后，公众一时却理不清这些弯弯绕绕，给轩霆的工作带来了极大的阻力。

而在这种时候，穆庭出手了。

在第二天娱乐周刊的头版头条，曝光了大量的照片，内容之不堪入目，各家媒体转载的时候都不得不给部分图片打上马赛克。照片中的主角都是同一个人，就是轩霆娱乐的前CEO严钧，他和轩霆乃至娱乐圈的年轻艺人、嫩模的各种亲密照片大量流传开来，照片中的姑娘们大多数被打了码，只有严钧在每张照片中笑得猥琐无比。

而在头条的照片中，是他和秦菲的床照，高清无码，赤裸裸地摆在了所有人的面前。

"严钧这种百花丛中过的人，秦菲能有什么高级的迷魂汤起这么大用处？不过是手里有严钧的照片，以此要挟而已。"

穆庭哼笑一声，不无嘲讽地打开网页，点开在热搜榜第一上持续飘红的"严钧秦菲奸情曝光"话题，眼底一片漠然。

"她既然迟迟不拿出来用，锋辰不介意帮她一点小忙。"

这样的头版头条一出，迅速在娱乐圈刮起了一阵惊天风暴，消息所到之处，掀起了前所未有的汹涌热议狂潮。无论是乔雁还是楚冰，对这样的情况其实都已经早有预料，但这条新闻所引出的反响之浩大，连一手放料促成这些事件的穆庭都有些没有想到。

"这才第二天而已吧，话题讨论量比得上你和杨硕两件事加起来的话题热度了。"穆庭惊讶地咂咂嘴，对这样的结果感到有点诧异，"秦菲人气有这么高吗？以前我怎么都没觉得？"

"这和她拍戏时的角色定位有关系，你不是演员，对这种情况应该不怎么能理解。"乔雁接过话来，放弃了工作室还算舒服的沙发，靠着穆庭坐在一边，和他一起看向电脑屏幕，不时刷新着网页上铺天盖地的情绪激愤的讨论。

"秦菲对你来说可能只是一个艺人，但在我们这些同行眼里，她在作为艺人之前，首先是一个演员——不谈她为人如何，手段如何，只从客观角度来讲，她的演技还是相当不错的。"

她和苏凭、楚冰同为优秀的演员，对于秦菲现在得到的待遇和关注，以及公众出乎意料的愤怒都非常理解，但想要三言两语跟穆庭说明却并不算是件非常容易的事情。乔雁沉吟一下，慢慢梳理着自己的逻辑与措辞。

"对于公众来说，这个演员私底下的生活如何，到底是爱耍大牌还是尖酸刻薄，他们都几乎接触不到，所以对演员的关注，基本还是集中在她的颜值和演技上。秦菲两者都不缺，加之挑选的角色几乎又都是清冷高贵冰清玉洁的角色，非常讨喜，公众就会不自觉把她代入到她的角色里面，她又几乎没有转过型，公众对她的印象就更加稳固了。"

"这什么逻辑？"穆庭对这样的结论嗤之以鼻，"演过圣女她还真以为自己就干净了？"

"不是她，是大多数人。"乔雁摇摇头，又指指自己，"比如你看，我因为在《侠义千金》里演了嬉笑怒骂的虞锦扇，《初相见》里演了杀伐果决的施音，现在好多粉丝都管我叫雁哥……等《清君侧》播出之后八成会进化到一个更夸张的称呼，其实是一个道理。"

"粉丝现在不是都管你叫大嫂吗？"穆庭想了想，觉得乔雁说得有道理，不过又惯于口头上不服输，于是拿了粉丝最近越演越烈的称呼调侃她。

乔雁闻言一顿，随即突然朝他展露出一个非常柔和亲切的笑意，看得穆庭身上莫名一冷。

"那明明是你的粉丝。"乔雁清晰地指出被穆庭刻意省略的主语部分，随即轻松愉快地问他，"那你知道自从《终极战斗》播出之后，你的粉丝都在嚷'大嫂霸气大哥真萌'吗？"

"我没有这样的墙头草粉丝！一个个的都是叛徒！"穆庭张口结舌地看了她几秒钟，脸上的表情一言难尽，而后迅速地将话题一秒转至另一个方向，对刚才乔雁的提问不置一词，"哦，所以秦菲的真面目和大家心里的白莲花形象差距甚远，所以现在公众才会这么生气？"

"差不多吧，不过当大家发现两者相去甚远的时候，第一反应其实是失望来得更多。"乔雁知道穆庭的性子，也不去刨根问底，调侃了两句就笑眯眯地收手，对于火候时机的掌握精准贴切，同样正了正脸色，点点头又摇摇头，回答了穆庭的问题。

"在明星出事的时候，最生气的那一拨永远不是路人，也不是黑，而是她的粉。"乔雁唏嘘了一下，悠悠地说，"像是一个伪装得将自己都骗过去的绝妙小丑，穿上华服时人人为之痴迷，然而等到真相大白的一天，拆穿所有谎言之后，真相过分丑陋，让人难以接受。"

"粉丝爱的其实不是秦菲，而是那个陪伴过自己青春，认认真真放在心上的，美丽勤勉的美好象征，所以当时有多爱，现在就有多恨。"

"这样失望与愤怒掺杂的重量，是可以将人逼疯和压垮的，对粉丝和艺人本身都是如此。"

接下来的两天，公众果然如乔雁所预判的那样，因为秦菲事件，彻底陷入了疯狂。

穆庭抛出不容置疑的正面照片时是周四，依然只用了一个上午，便牢牢占据了热门榜榜首。在接下来的两天持续升温之后，整个事件终于随着周末的到来，热度彻底被推上了近几年来娱乐圈事件的新高度。

秦菲走红是一个方面，与她给人的印象不符是另一个方面。

而第三个方面是，这次的证据，实在是太多太全。

杨硕去年只是几个八卦账号所发的模模糊糊的八卦就被推上了风口浪尖，而乔雁则是被一张曹瑞和姚曼欣共同出入酒店的照片黑了好久，苏凭则是一家媒体的疑似新闻就上了热搜，楚冰的这次打人新闻甚至连照片都没有，照样被人兴致勃勃地议论了好一阵。

这是个信息爆炸的社会，新闻不管真的假的，总有一部分人每次都会当真。不管这个事情的真相如何，只要提出了假设，总可以当谈资讨论一阵，过后信的继续信，不信的依然不信，对艺人来说着实有些无关痛痒。

而这次的情况却与前几次都不一样，这次的证据太过充足而无可辩驳，根本容不得人负隅顽抗，这样巨大的形象落差，在让所有人都瞠目结舌的同时，一场关于秦菲的深度扒皮，在推迟了几个月之后，终究还是轰轰烈烈地开展了起来。

早在几个月前，秦菲就曾经历过一次这样的阵仗。在跨年晚会的前一天，秦菲也是被同时曝光和顾昭明交往、被严钧包养，以及欺负打压其他演员的事情。当时舆论便已经对这样的新闻表示了足够的震惊，但因为证据不够确凿，也有严钧牺牲性地雪藏了杨硕为其转移注意力，那段时间过去后，公众关注度消退下去，秦菲也就逃过了一劫。

但无论早或是晚，真相终会呈现在所有人的面前，面对这样的事实，不可置信的粉丝与态度严谨的路人将照片翻来覆去地考证了一遍又一遍，最后同时得出结论——照片高清无码，无PS痕迹，做不得假。

这样的照片，本该是严钧最大的弱点，也是秦菲最后的底牌，两人都捂得死死的，一般人根本没有机会接触到这些。如果没有穆庭的身份摆在那里，这些照片绝无可能被泄露出去——即便狗仔拍到了这样的照片也不见得能发得出去，高层们的利益盘根错节，没有足够的底气，体制内的媒体绝对不敢冒这个得罪整个轩霆的险。

而如今有了锋辰娱乐表明态度，整个事情骤然就变得有机会了。锋辰的穆总裁显然不介意爆点其他公司家的猛料，如今落井下石还能让轩霆欠下一份人情，百利而无一害，自然默许了儿子的高调行事，甚至在穆庭有所疏忽的地方还不动声色地帮了一把。

而经此事件过后，首当其冲倒了大霉的便是严钧，他脱离轩霆后本便只能吃老本，还没来得及东山再起便被人掀了老底，一时沦为整个娱乐圈的笑柄，资金人脉两失，挣扎无果后因为其离开轩霆后的疲软表现，和尖锋娱乐的负责人也起了争执，一时山穷水尽，到最后不得不开始变卖起了自己一手"拐带"出来的尖锋娱乐。

而轩霆则在王筠做主，楚冰出面的情况下，将尖锋娱乐重新买了过来。

这实在是很有些意味，尖锋娱乐本便属于轩霆，在选择跟随严钧出走轩霆后惨遭兜头冷水，入不敷出，与严钧决裂，出现资金问题，而后兜兜转转，最后还是回到了轩霆手里。这家媒体这些日子在头版上不知刊登了多少抹黑轩霆鼓吹严钧、秦菲的新闻，万万没想到如今又归于轩霆。

将公司高层彻底得罪个遍后又回到老东家手下是什么心情，除了尖锋娱乐的负责人，恐怕没人真正清楚。然而这一举动却让时刻关注着事件进展的公众感到扬眉吐气，大快人心，连带着轩霆的股票走势都往上，一时为人津津乐道。

而尖锋娱乐在被轩霆收购的第二天，这家媒体的头版头条上，便放出了对于严钧和秦菲事件的独家详细揭秘报道，与最新的后续追踪消息。

被这家一直以来的喉舌媒体公然讨伐，当事人心情如何？众人都不得而知。从消息曝光之后，无论是严钧还是秦菲都没有再露面。严钧如今败局已定，露不露面无关紧要，秦菲却一直静悄悄地人间蒸发，对所有的事情都不予回应。

然而她这样的日子，也差不多到了尽头——她的合约还在轩霆，再这么默不作声下去，或许轩霆就永远不会给她再次出现于人前的机会了。

在又一个周末，乔雁刚从一夜好梦中悠悠转醒，舒丽的电话就掐着她每天晨起的时间，精准地打了过来。

"乔雁，你赶快上网看一下。"她说，声音因极度的愤怒而绷得死紧。

"秦菲露面了。"

早起的倦意被舒丽的一通电话骤然驱散，乔雁应了一声，挂了电话后便利落地打开网页，飘红的消息被固定在网页最醒目的位置，点进去后是秦菲个人账号发布的一段视频。

乔雁对着这条带着视频链接的新动态看了一会儿，慢慢按下了播放键。

视频的主角正是数日未曾露面的秦菲，纵使这几日漫天流言蜚语已经足够分明，她却似乎依然没有露出半点真面目曝光后的慌张。这段视频以病房为背景，她坐在病床上，看上去似乎果真清瘦憔悴了不少，然而对着镜头露出第一个苍白微笑的时候，乔雁心里骤然便是一沉。

秦菲眼角隐约的水汽绝非惶恐与忏悔。

她的应战与反击，已经开始。

"大家好，我是秦菲。"在视频里，秦菲面向镜头开口，神情从容而平静，"这些日子生了场大病，赶戏赶得太拼，精神还没觉得怎么样，身体就先受不了了，在剧组便倒了下去，还是片场的大家将我送来了这里。"

"我这段时间一直忙于拍戏，对圈中事情本来不甚关注……外界的消息我隐约知道一些，本以为又是无良媒体的捕风捉影，搬弄是非，没想到这一次的影响范围会这么大，实在超出我的预计……"

她说着便露出个苦笑来："本以为清者自清，但看到这么多关心我的朋友和粉丝为此担惊受怕，我还是觉得应该站出来说明一番，不管怎么说，我并不想辜负大家的喜欢。"

同一时间，在网络上，不知有多少人在同步观看着秦菲的视频。怀疑的，支持的，嘲讽的，咒骂的……出发点不一而足，此时却都密切关心着秦菲接下来的自白。乔雁抱臂坐在电脑前，和视频前的秦菲遥遥相对，一个抬手擦着眼角的湿意，又捂着胸口咳嗽两下，拿起杯子喝了口水，还顺带理了下头发，另一个只是沉静地坐着，对她所做的一切冷眼旁观。

"所以呢，"乔雁看着屏幕里的秦菲，眯起眼睛轻声问，"你要把责任推给谁？"

"我接下来要说的这件事情，有些粉丝可能无法接受，但今天我把它说出来，不是希望能得到大家的谅解，只是希望能还原事情的本真给大家看。"视频中的秦菲还在继续，面向镜头时稍稍低下头去，显出一点羞涩和黯然兼而有之的表情。

"我和严钧的确曾经在一起过，但目前已经分手。"

在视频里，她说完这句话后长长地顿了几秒钟，似乎是有预见性地等着电脑前的公众的惊呼浪潮过去，而后才继续开口："分手原因有很多，最大的原因是，我想我已经无法忍受这样的地下关系。"

"良心的谴责是一方面，而另一方面是，我不当他是金主，是靠山，对我而言，他只是我喜欢的男人……而他甚至连一个安稳且光明正大的婚姻都无法给我，我也不是他完整的爱情，我秦菲喜欢谁，什么都可以给他，尊严却不能给，于是最后还是无可避免地分开了。"

　　"而为什么分开之后这段一直隐秘的关系瞬间便被曝光……"秦菲顿了顿，捂着嘴有些失态地猛地将头扭到了一边，泪水顺着腮颊大颗大颗落下，"我不想知道，也不愿深究。"

　　眼泪是女人最好的武器，她平日里的角色素来都是不食人间烟火的仙子，出席任何场合也永远是一副清冷高贵的扮相，公众何曾见过她这般楚楚可怜泪盈于睫的样子。秦菲的这一手玩得漂亮，不知屏幕前有多少人都在这一刻怔了一下。

　　即便她言辞清晰地承认了被包养的事情，但被她这么一哭，如斯丑陋的事实似乎都被披上了一层关于爱情的浪漫华丽的纱锦，骤然间不那么面目可憎起来。

　　然而她的反击还没有结束，秦菲在避重就轻地承认了这件事之后，对尖锋娱乐上曝出的其他消息闭口不谈，转而开始大谈起她和严钧之间的真爱来。

　　"我和严哥认识得很早，当年我还在凯星的时候，虽然算是熬出了头，但是每一天都感觉自己过得特别疲惫，无奈又没有安全感……就是在那个时候，我认识了严哥，他给了我凯星所不能给予我的依靠，我因为他才来到了轩霆，这些年也感谢他的照顾……我们都没想到如今会走到这一步，我不知道严哥如今怎么看我，我也自知不好意思再出现于人前。"

　　"即使我们已经分手了，即使他辜负了我，如今似乎又把我推到了风口浪尖上……"秦菲的眼神忽而坚定起来，深深吸了口气，"但是我还是感谢他。"

　　"可能以后都没机会再和大家见面了，最后再说一句谢谢你们吧。"她微笑着冲镜头挥了挥手，而后视频的画面骤然切断，一切重新归于沉寂。

　　乔雁坐在电脑前，把视频从头到尾看了一遍，对着播放完毕自动重归漆黑的屏幕沉默了半晌，方才十分难以置信地惊笑了一声。

　　是非曲直，人心总要见证之后才能有所公论，然而阴阳黑白，一张嘴双唇一碰便能颠倒是非。

　　在她看完视频后没多久，穆庭的电话就打了过来。乔雁看了一下，划开接起，穆庭的声音从话筒中传过来，能听出他此刻惊愕又复杂的心情。

"她这算是什么，卖惨然后强行起白？最后那话是什么意思，她还有胆量真的去死？真去死我也敬她是条汉子。"穆庭匪夷所思地说。

乔雁眨了眨眼，不带什么情绪地笑了一下。

"只是在炫耀自己是个合格的演员而已。"她平静地说。

"然而，和她去飙演技比较费力，我都觉得是侮辱自己。"

秦菲的话，如她所料般，在社会上引起了巨大的轰动。

讨厌她的人此时已经对她厌恶到一个无以复加的地步，一个插足他人婚姻还理直气壮说是真爱的第三者，与她的公众形象差了十万八千里不止。但与此同时，有相当一部分人却又莫名其妙地对她开始黑转粉，陆陆续续有人在如此确凿的证据下站出来为她辩驳。

公众基础加上真爱无敌，还真有人就这么被唬了过去。

而更多人此时则开始意味深长地品味起了秦菲在视频里说过的话，提到昔日的老东家凯星之时，她一连用了"疲惫""无奈""没安全感"三个词来形容，但当时凯星将她一手捧红，她在凯星也是当之无愧的一姐，算是和公司共同成长起来的那一批，公司应该不会亏待她才对，她又为什么会说出这样的话来？

正在网络上一片沸沸扬扬的时候，这天晚上，秦菲那边又传来了新的消息。

秦菲在医院服用大量安眠药意欲自杀，被医院尽全力抢救了回来，刚刚脱离生命危险。

这话一出，就连一直什么恶毒话都泼得出来的公众平台，一时也陷入了诡异的沉默。大家愕然无语半响，脑中涌现的都是一个想法——

还好及时抢救回来，也算是虚惊一场，若是抢救无效，他们……他们岂不是就成了将人千夫所指逼迫而死的刽子手？

那些最具正义感的路人与最想搅浑水的黑子一时都不大敢发出声音，而秦菲的粉丝则迅速抓住机会，开始铺天盖地地大声叫屈，大吐苦水，声泪俱下地控诉这个社会的冷漠无情，对艺人的毫不宽容，仿佛连还原真相也成了罪大恶极，让秦菲受了伤害就是这个世界的错。

粉丝不光开始声讨在这次新闻中指责秦菲的人，更是将战火直接波及经纪公司。锋辰凌宇与这件事情面上毫无关联，幸运地躲过一劫。轩霆虽然在这次秦菲事件中几乎毫无作为，不过因为秦菲还是轩霆的人，秦菲的粉丝理智尚存，也没有太过找轩霆的麻烦。

于是到最后，秦菲的粉丝便将怒火全都发泄到了凯星身上，千错万错都是凯星的错，都是凯星让秦菲受了苦，心里委屈，所以才会跳槽到轩霆，才会被包养，才会在今天被迫自杀！秦菲说在凯星过得累，一定是在凯星被过度压榨了！

说不定……还被罗铭强迫了！

秦菲的粉丝们越想越觉得有道理，在秦菲的粉丝没有其他选择的情况下，这样的说法居然越演越烈，战火不知道怎么便烧到了凯星头上。

而当记者们敏锐地嗅到大新闻的要素，争相去采访凯星相关人员时，万万没想到第一个站出来回应记者提问的，会是凯星现在的当家一姐——乔雁。

面对记者们蜂拥而至涌上来的问题，她站在人群中间，一个问题都没有回答，反而示意记者跟住她后便坐上了车。记者们不明就里，不过反正绝不能就这么放过乔雁，索性也就一起跟了上去。

他们在乔雁的车停下之后跟着停下，很快发现这是一家私人医院的大门口。而乔雁从自己的车上下来，微笑着拿过一个记者的话筒。

"跟记者朋友们说再多，也难免你们最后写出来的报道素材不够。我今天正好约了人要过来，索性也就带着记者朋友们一起。

"这里就是秦菲正住着的医院，有什么话，我和她等下面对面交流，不能让大家产生不必要的误会，也请大家好好报道，凯星、轩霆和我本人都感激不尽。"

她这一句话不光牵扯到了凯星、轩霆，还特意提了句她本人，自然也将穆庭身后的锋辰算了进去。记者们权衡了一下，纷纷安静下来，就听她兀自笑了笑，摇了摇头。

"而且不光是我和秦菲姐要当面交流，我约了莎娜姐，我们三个也是时候好好聊聊了。"

在她说话的同时，旁边的车门打开，李莎娜从乔雁的车里走了出来。她面色平静，面对镜头与话筒未发一言，只是朝记者们点了点头，便和乔雁一起向医院走去。

凯星的前后三任一姐，时隔良久，终于再次，聚到了一起。

她们进入医院的时候费了点工夫，这是家全市排名颇靠前的私人医院，声誉良好，接待过多位明星住院就诊，在这里并不会被特殊对待，来的时候甚至需要做些打点。

乔雁当初在剧组吊威压摔伤了腿那会儿，转院时他们便考虑过这家医院，彼时乔雁的身价还摸不到这家医院的边，有机会住进去是靠着顾蜇声的面子，最后因为得到了她受伤的消息之后早早有记者蹲守在那里等她出现方才作罢。

当然，现在的她踏进这家医院时，已经可以得到医院派专人来接待的待遇，然而她进得去，记者们却尽数被医院方面拦在外面，医院里入住过的大牌明星太多，自然也有自己一套应付记者的路子。何况这里入住的重要人物不少，秦菲这样的几乎排不上什么号，医院方自然也不希望为了这样一个人，惊扰了住院的其他人。

双方各持己见，最后协商了一下，大部分记者还是被留在外面，而几家与凯星和锋辰关系良好的媒体被允许进入，在医院方的陪同下，前往秦菲的病房。

"雁姐，具体怎么录，你这儿有没有什么具体的要求？"

媒体中率先开口的是与凯星关系最好的那一家，与凯星是合作媒体关系，摊子铺得不算大，信誉却是一等一的，在过去几次凯星大的风浪来临之时，这家媒体顶着极大的压力，没刊发过凯星的半个"不"字，如今也算是凯星的喉舌门面。

尤其是在凯星出了乔雁之后，随着乔雁的一路走红，凯星发展得越来越顺利，在苏凭加入之后更甚。这家媒体时常有凯星的独家新闻与最新消息，也算是靠着凯星发展了起来。这次来的记者平日里和乔雁交集颇多，如今交谈起来也比别人来得熟稔。

他这话说得熟络又直白，在场的记者都是见过大风大浪的人精，听他提这一句便知道是什么意思。这次的突发探访一定是条大新闻，而能被从众多记者中挑选出来进入医院靠的是什么，所有人也都心里有数。

无论交好的是凯星还是锋辰，这次对秦菲的态度都是一致的——打压与封杀。

然而意思虽然如此，但究竟要如何展现在大众面前，让公众觉得智商被藐视进而义愤填膺，还是觉得为民除害到大快人心，这样的差别，主要还是来源于媒体刊发稿件中不动声色的倾向。他们是和凯星、锋辰交好的媒体，面对秦菲时往黑里写是肯定的，但具体要黑到哪个方向，和凯星原本的计划是否一致，的确还是事先问过乔雁比较保险。

乔雁转头看了问话的记者一眼，做出了个思索的表情，而后出口的话语却大大出乎他们的预料："我觉得事后放照片发稿件效果不是特别好，似乎我们对事情进行了很多再造与加工，但其实这些都并不需要。"她说，侧过身去征求了一下李莎娜的意愿，而后转过身，面向一众记者与摄像师开口相询。

"你们的设备能够进行网络同步直播吗？"她问。

"能。"记者们互相看看，而后几乎都点点头，做了肯定的答复。乔雁笑了笑，双掌合十，对他们做了个拜托的动作。

"那就辛苦大家了。"她说，"请记者朋友们在各自的官媒上分别进行直播。"

"真真假假留给网友去评判，我想把这件事情原原本本地展现给大家。"

这是一条多么具有震撼力的消息，数分钟后即将开始怎样的腥风血雨，所有人都可以预见。记者们面面相觑，而后缓慢地，沉着地，点了点头。

这一桩本年度又或是最近几年来最为重大的一条新闻，也许马上，就要在他们的见证和参与之下，撕裂一切谎言与假象，血淋淋地诞生了。

调整与连接直播设备之后，他们终于抵达了秦菲的病房。此时几家媒体的直播已经同步开始，每一家的直播平台在线人数都在飞速飙升。他们站在门口围成一圈，乔雁抬手敲了敲门，过了一会儿，秦菲的经纪人过来打开了门，见到乔雁时脸色便微微难看起来，等发现了她身后的记者之后更是脸色一变，迅速就要将门重新关上。

然而此时已经晚了，乔雁一手撑在门上，在经纪人震惊又带着慌乱惶恐的脸色里，将门慢慢推开。

"听说秦菲姐最近的状态不好，刚脱离生命危险。"她对着秦菲的经纪人笑笑，语气柔和地说，"所以我们就来看看——我这个昔日师妹，还有莎娜姐这个现经纪人已经明白过来来者何意，被数台摄像机包围之下显得又惊又怒，张牙舞爪地便要来拦摄像机，不让他们进去。乔雁在一旁看了一会儿，适时提醒。

"摄像机都是开着的，现在都正在网络同步直播，为了秦菲姐的形象着想，也请你谨言慎行。"

她说话的时候温和又平静，毫无攻击性。秦菲的经纪人脸上的肌肉剧烈地抖了一下，看她的眼神中带着不知多少怨毒。乔雁回以礼貌的微笑，带着李莎娜和记者一起绕过经纪人，走进了秦菲的病房。

这家私人医院里向来以良好的服务著称，病房都是一个个独立的单人间，里面按着三星级酒店的标准，空调电视配置一应俱全。门口的动静自然早已传到了秦菲的耳朵里，他们进去时秦菲在病床上闭着眼睛一动不动地躺着，眉头微蹙，似是陷入了疲惫的沉眠之中，而即使在梦中依然不得安稳。

乔雁走到床前，低头看向秦菲。

她与秦菲从未有过这样一站一躺的时候，往日里秦菲见到她总是站在仿若高三级的地方俯视着，纵使做的都是些阴损的事情，面上却来得高贵而目空一切，看向她的眼神通常来得漠然又讥诮，一举一动仿若都带着嘲弄。

然而现在，我站在这里，而你倒在我面前。

乔雁默默地看着她，突然露出了一个好看的笑容："秦菲姐可能不知道，我看过你演的很多部电影，你拍睡戏的时候脸上的表情不错，不过若是平躺着，胳膊的动作一直只有一个，就是规规矩矩地并拢在身侧。"

"但我在几年前的片场里就见过你真正睡着的样子，过后在去年你的拍戏花絮中我也曾见到过，真正睡着的时候……你的手都放在身上。"

乔雁在说话的同时，一手拉住被角，慢慢掀开了秦菲的被子。过了几秒钟，秦菲睁开眼睛，波澜不惊地看着她，眼中的神色淡漠而冷清。

"乔雁，"秦菲轻声开口，"你这样带着人来，是不是已经算是侵犯了我的隐私？我从头到尾没说过你半句不好，对凯星也没什么怨言，你究竟为什么要屡次针对我？难道是因为……"

她说到此处，突然瑟缩了一下，抬头看了眼乔雁，不再开口出声。

又是这套欲言又止令人想入非非的招式，乔雁不怒反笑，拉了张病床旁边的椅子坐下，如闲话家常般亲切地开口。

"我承认我的确对你很关注，说不定也有点针对，不过这也是没办法的事，你可别说我，明明是你针对我在先。"她坦诚地说，眼都不眨地看向秦菲，叹了口气。

"事实上我也一直想问，我们之间有什么深仇大恨，你非要针对我不可？不就是三年前撞见过你和严钧在片场私会吗？如今既然你和严钧已经分手了，那我们能不能重归于好？"

"至于《初相见》里顾导选了我当女主角，而没有选择热情积极自荐的你，我相信你不是因为这件事对我记恨在心，那样实在也太没意思了。"

在场的所有人俱是暗自一惊。

乔雁……撞见过秦菲与严钧的私会？！三年前就撞见过？！究竟是确有其事还是乔雁在刻意给秦菲扣上罪名？

秦菲也同样愣了一下，不过她很快反应过来，眼睛里骤然含满了泪水，看着乔雁，一副委屈而又隐忍的表情。

"是如今我落魄了，所以谁都想来给我泼上盆冷水，踩上一脚吗？"她惨然笑问，捂着胸口连连咳嗽数声，"我知道你想逼我去死，你们所有人此时都恨透了我，觉得我该去死……我承认，这些我都承认行不行？我去死好不好，死了之后你们能放过我吗？能还我一个清白吗？"

"秦菲姐小心些，咳得厉害就别说这么多话，费嗓子。"乔雁对秦菲的含血喷人充耳未闻，转头拿起床头柜上秦菲的病历，随手翻了几页。

"焦虑上火，建议静养……秦菲姐情绪不要太激动啊，你看病历里都让你静养了。"她对着病历念了几句，而后将病历递给一旁的记者。摄像们一拥而上，镜头对准病历翻来覆去地拍，而秦菲此时已经坐了起来，和乔雁两相对视，眼中的厉色已经毫不掩藏。

医院能收留秦菲，却绝不会帮着她在病历上造假。秦菲与乔雁都心知肚明，那份病历上怎么可能真的有什么自杀抢救重症观察的记录，恐怕公众尤其是秦菲粉的玻璃心又要碎上一次了，不过反正秦菲撒的谎已经够多了，这在今天要揭露的事情中也绝非是最重要的一个，有这么道开胃菜让公众适应一下也好。

等到媒体们拍完了病历，转而去拍秦菲和乔雁的时候，那头的两人已经又重新是一个微笑一个流泪的情景，此刻秦菲注视着乔雁，脸上的表情复杂难言，变换数次，最后变成一个自嘲落败的惨笑。

"乔雁，"秦菲轻声说，"你是想要我死啊。"

"这么说你承认因为我撞见你们的私会，所以这几年一直拼命地针对我打压我了？"秦菲没有就严钧还是顾昭明的事情另生事端，她多少松了口气。乔雁敏锐地指出秦菲刻意忽略的部分，而后冷静地坐在原处看着她，眸光坚定。

"那秦菲姐——"她轻声开口，神情冷漠而锋利，"我那次在顾蜇声导演的剧组里出了事故，从威亚上摔了下来，这件事是你做的，你承不承认？"

乔雁片场吊威亚出事故摔伤腿的事情，在乔雁亲口说出来之前，都还是娱乐圈一个模模糊糊、捕风捉影的秘辛。

顾蜇声当时的应对很及时，他是拍戏期间从不接受记者探班的导演，这样的惯例最大限度地掩盖了当时所发生的一切，所以尽管当时片场有别有用心的人散播出去消息，但记者们当时挖空心思沿着所有线索追查了一路，最后到底还是没找到乔雁住着的那家医院。

是以这件事情，许多公众根本毫不知情，当初放出消息的几家媒体也都因为没有确切消息与证据，没来得及作为新闻重点宣发，这件事情在热门消息的边角处停了一两天，而后便悄无声息地湮没在了每日潮水般磅礴的信息流中，再未有人提起。

如今乔雁旧事重提，震惊的不只是电脑前关注着这次直播的网友，很多记者也是直到此时才露出恍然大悟的表情，也算是解开了心中的一团疑云。

而在穆庭工作室里，已经放下各自手头工作，一起收看着网络同步直播的众人，此时都已经陷入了死一般的沉默。他们自认因为穆庭的关系，已经对乔雁算是十分熟悉，一声大嫂也叫得实心实意，的确是很为她着想。眼下骤然听说一件他们都不知道的事情，几个人吃惊又茫然地相互看看，最后不约而同地小心看向穆庭。

"穆庭，你……"李潇小心地问了一句，穆庭将视线从电脑上移开，看了他们一眼。

"我知道。"他平静地说，稍稍敛目，而后很快抬眼，眼神里的光泽疏冷又平淡，"就是去年和商晨临走前那一晚，夜里我去医院看过她。"

"哦……"几人小心地应了一声，穆庭的知情多少让他们放心了一些，不然女朋友以前受过的苦自己是最后知道的，强势如穆庭一定无法接受。商晨刚要低下头，最后时刻眼角的余光却看到穆庭又看了眼电脑，而后突然站起身。

"怎么了你？"他吓了一跳地问，穆庭一把拽下搭在椅背上的外套，边穿边往门口走，拉开门时顿了一下，回头看了眼正目瞪口呆看着他的一举一动的几人。

"等会儿直播里见。"他简洁地说，在几人的无声注目中用力拉开门，身影消失在门后。

几人在门被用力甩上的砰然巨响中久久不能回神，卓度保持着张口结舌的姿势，喃喃地问其他三人："他怎么了……这是疯了？"

李潇和宋欢默默地摇了摇头，商晨无意中看了一眼屏幕，随即被吓了一跳，整个人差点扑到屏幕上去。

就在他们将关注的视线投向穆庭的这一点时间，屏幕上的情况已经发生了堪称翻天覆地的变化。媒体们给乔雁和秦菲拉了个近镜头，两人隔着很近的距离相互对视，乔雁攥着秦菲的手腕，而在秦菲的手中，拿着一把水果刀，刀尖摇摇晃晃地指向镜头方向，似乎哪一方一个松劲，刀尖就要划到另一个人的脸上。

"这……"商晨惊得话都说不太清楚了，组织了好几次语言，和同样震惊的其他三人对视一眼，吞了吞口水，问出了此处屏幕前许许多多人的心声，"秦菲这个女人……是疯了吗？"

秦菲当然没疯，事实上，她此刻握着刀的手稳定有力，若不是乔雁此时死死按住她的手腕，这把刀下一刻就会——刺进她自己的身体里。

在乔雁问出那句"我那次在顾蜚声导演的剧组里出了事故，从威亚上摔了下来，这件事是你做的，你承不承认"之后，秦菲的脸色一瞬间变化数次，最初的未想到乔雁当众揭底的错愕，瞬间演变成一副被冤枉后的屈辱与难以置信。

"我懂了，乔雁。"秦菲看着她，眼中充满泪水，声音低哑地说，"看来今天，你是一定要我死了。"

"那我就如你所愿，让这摊血见证我的清白！"

乔雁被秦菲带着怨毒的幽幽眼神看得周身蓦然一冷，下一秒钟，她心中不好的猜测果然立刻应验，秦菲突然不知道从哪里抽出了一把水果刀，凌空用力向自己挥去。

乔雁离她最近，刀锋扬起一阵凛冽的凉意，几乎要破空划过她的脸，那一瞬间她的呼吸几乎都滞了一下，然而下一秒她便迅速反应过来，跟着她刀的挥势，迅速握住了她的手腕。

她与秦菲隔着一把水果刀互相对视，秦菲满脸哀伤的泪水，乔雁的神情却愤怒到近乎冷酷。若非观看直播的网友都是从开始看到刚才秦菲突然发飙，定然都会以为是乔雁把秦菲欺负到了一个如何过分的地步。

所以说表象到底有多少可信度？看上去的事实，个中到底都有几分真？屏幕前的网友不知有多少心中都带上了这样的反思。而在此时，病房内的记者与摄影师们都屏住了呼吸，紧张地注视着相持不下的两人。刚才的一切来得太过突然，他们根本来不及反应，现在顾及秦菲已经近乎疯狂，也根本无法贸然靠近。

千万别出大事才好，不少记者的心中此时都涌现出了这样恳切的请求来。虽然生为新闻工作者，他们的工作就是发掘出一切潜在的重大新闻，但同时作为一个有良知的媒体人，他们也同样不希望见到如乔雁这般磊落清白的好演员，没有倒在孜孜不倦追求的事业上，反而殒灭在一个疯子的手中。

那也实在太过可惜。

此时的乔雁，比所有人以为的都要来得镇静。

她与秦菲此时几乎是平齐的高度，她看着秦菲的感觉却生生带出了居高临下的睥睨感。在秦菲不知是真是假的满脸泪水面前，她的眉梢眼底都是一片几乎冷漠无情的平静，看向秦菲不紧不慢淡淡开口："既然选择走上这条路，那就该只对镜头展现最好的样子，再多心酸委屈都别展现给别人看，既想风光无限又想博取同情，世上哪有那么好的事情？"

"所以，秦菲姐，最好别哭给别人看。"她低头从自己随身的包里翻出几张打印纸，在秦菲眼前慢慢晃了晃，"秦菲姐觉得熟悉吗？当时你和剧组场务的通话记录。找出你在剧组的内应费了些工夫，不过从他那里调取通话记录就很容易了，以后想做坏事记得千万别电话联系，面谈的诚意显然更足，不过对付我这种小喽啰，大概秦菲姐还不屑于露面吧。"

"轻敌可不是个好习惯。"

这份通话记录，她也是前天才从苏凭那里拿到手。当初她摔伤住院的时候就与苏凭达成了同盟协议，苏凭介入了这件事进行调查肃清，但这件事由当时轩霆的总经理严钧一手操纵，苏凭发现的蛛丝马迹，还不怎么能够成为决定性的证据。

而这件事的进展则出现于严钧走至穷途末路，轩霆重新收购尖锋娱乐之刻。尖锋娱乐当初在轩霆时站错了队伍，而今重新回归，负责人自然要拿出点诚意来作为归顺的表现，否则想要再次成为轩霆的门面媒体谈何容易。

尖锋娱乐的负责人当时给轩霆提供了一些严钧操纵的娱乐新闻事件的详细背景与消息来源，其中便包括将乔雁摔伤的真相推上新闻头条的事情。这件事虽然没有成功，但楚冰在排查尖锋提供的线索时敏锐地发现了这一条消息，轩霆、凯星联手，抽丝剥茧之下，通风报信的场务身份自然很快便暴露无遗。

而今乔雁单手抽出这几张通话资料，向天上随手一扔，几张纸纷纷扬扬地落下，记者们顾不上礼仪，饿狼般一窝蜂扑上前，争先恐后地拍个不停，各个频道上的直播都乱成了一片，顺序错乱的几张纸交替出现，不堪入目的恶毒通话内容暴露无遗。

秦菲的脸色骤然白了一下，看着她缓缓眯起了眼睛。这样的通话记录已经摆在这里，证据确凿，她一时无法辩驳，眼泪既然无用，她也便就此停住了无意义的哭泣，只拿一双眼睛看着乔雁，脸上的神情阴厉无比。

然而等待着秦菲的远远不止这些，乔雁扔完了这几张通话记录，重新看向秦菲，同样眯起了眼睛，淡淡笑了一下。

"有样东西想交给秦菲姐很久了，今天终于有机会亲手交给你，也算圆了我一桩心愿。"她淡淡地说，从包里翻出另外一份打印纸，亲手递到秦菲面前。

秦菲看了她片刻，慢慢垂眸，看了打印纸一眼，媒体们抓住时机狂拉近镜头，这张打印纸上的内容，终于完整地呈现在了观看直播的网友眼前。

这一份材料，公众并不陌生，也不是第一次见到。

这是乔雁当初起诉尖锋娱乐时，凯星公司出具的起诉书。

许多人未必能回忆起当日《初相见》剧组全体去往深山取景时，在机场与秦菲不期而遇过，两人当时言笑晏晏，气氛友好，她们两人之前没有传过矛盾，这样的通稿简直不痛不痒，网上都不一定找得到多少图片。

几乎没有人知道，当初乔雁尚未伤愈，咬着牙休养了短短三天便回剧组继续拍戏，一路拼表演赶进度，为了能在媒体面前粉饰太平，一双肿痛的脚穿着高跟鞋，与害她变成这样的罪魁祸首站在一处相视莞尔，神情亲昵，彼此间多少交锋，都不得不隐忍在不动声色的笑脸之下。

当时她甚至还邀请秦菲去看了这场几乎载入娱乐圈发展史的官司，当时两人一个在庭上，一个在庭下，散庭之时隔着人山人海向对方的方向投去一瞥，彼此都心知肚明这场战争才刚刚开始。

之前一直都是秦菲率先挑起事端，而今终于轮到乔雁出手，她维持着将起诉书放到秦菲眼前的姿势，慢条斯理地微笑着。

"这一天来得实在太慢了。"她轻声说，"所幸还不算晚。"

在直播过程中间，千万网友的见证之下，秦菲抬手接过这份起诉书，捏成一团，向天上一扬。

她冲乔雁扬起半边眉毛，神情已经处于压抑与爆发的边缘，只是勉强维持着脸上的镇定与思路的清醒，脸上的神色甚至都有些扭曲。

"乔雁，当时机场相遇，彼时你身份地位都不如我，拉着我的胳膊在记者面前说我们俩关系很好的时候，你可不是这么说的。情义这种东西，红口白牙之间就能颠倒是非，你能对我发这份起诉书，我是不是也该让你等我的律师函，告你一个诽谤抹黑？"

"随你的便。"乔雁的神色自始至终都很平静，而在秦菲近乎歇斯底里的控诉之下，她的眼中终于流露出了些许凛冽的弧光，声音骤然转冷。

"当初我当你是师姐，处处退让不予计较，但架不住你越来越肆无忌惮，对有些人就不适合以礼相待，因为她只会得寸进尺。"

"我今天不说你我的事情。"她看着秦菲，握着秦菲手腕的手慢慢使力，一点点慢慢地向秦菲的方向压去。

"秦菲。"直播镜头里，刀尖已经逼近了秦菲美丽清冷依旧的脸，而乔雁对此无动于衷，在观看直播的所有人都屏住呼吸提心吊胆之下，终于问出了最后一个问题。

她说："你在楚冰的客厅里安了针孔摄像头的事情，真以为自己做得天衣无缝？"

公众在今天不知道第几次沉默之后，无数人在电脑面前，终于发出了难以置信的呐喊。

她怎么能？！她怎么敢？！

同公司的同门师姐妹，虽然地位有别，但都算是当红一线的两位顶梁柱，在苏凭离开轩霆之后，不少人都指望着楚冰与秦菲联手，为轩霆创造出一份新的辉煌来。

但如今这是什么消息？！秦菲在楚冰的家里安装摄像头？！她为什么这么做，她又何必这样做？！

纵然早知娱乐圈浑浊黑暗，纵然今天秦菲的昔日形象已经破灭得近乎一干二净，但还是有许多人心中尚存一丝幻想，这个在许多人心中月光般高洁出尘的女明星即使没有她所扮演的角色那么干净，但也不该污浊到不堪入目，但现实却狠狠地甩了这些人一记响亮的耳光，使他们不得不认清这个现实。

秦菲这个人，真的已经到了丧心病狂的地步。

而秦菲在面对这样的指控时，脸上已经连歇斯底里的表情都做不出来，她最担心的事情而今终于成了事实，此时一片落败之色浮于脸上，她却依然阴森森地看着乔雁，纵使已经被逼到眼前的刀光惊得说不出话来。

而更让她恐惧的事情在后面，乔雁突然偏过头，笑着看了一眼从进房门起，便一直站在人群后面默不作声，几乎毫无存在感的李莎娜。

秦菲在愣了一下后，心中突然泛起了巨大的恐慌。

她和楚冰素来不和，两人之间从来就不是可以出入对方家的亲密友人关系，那次去楚冰家也算事出有因，她要录制电视台的一个节目，碰巧李莎娜也在同一电视台的其他节目组商谈合作细节，她的节目组有意体现一下轩霆和睦的关系，她奉命去楚冰的家中提前看一圈，以免到时在节目中太过生疏徒增尴尬。

　　楚冰自然是不放心她一个人过来的，一句话的工夫就叫了李莎娜和她一起。她到了楚冰家后苦等许久，终于等到一个楚冰与李莎娜同时短暂离开的机会，便迅速将针孔摄像机偷偷放在了客厅。

　　她以为当时两人都没有注意，以为自己做得天衣无缝，但李莎娜走到门口时，向客厅看了一眼。

　　她的手机比她的眼睛更清楚地记录了这一段事实，这一小段不过十几秒的视频，终究是被李莎娜当着所有直播媒体的面，就这么放了出来。

　　在这个视频出现的一瞬间，秦菲瞬间面如死灰。

　　这是无可辩驳的证据，也是无法否认的事实，饶是秦菲再怎么巧舌如簧，这样实打实的视频她也绝对无法辩驳，何况乔雁这最后一个问题也实在是一锤定音。楚冰不是今天才彻底大红大紫的乔雁，她家世优渥，成名多年，如今又有男友苏凭保驾护航，粉丝群体同样不容小觑。

　　秦菲有严钧这个靠山，在轩霆折腾了这么久，都没能动摇楚冰的位置。就算前几年楚冰作品渐少的时候，又赶上秦菲的上升期被提为轩霆一姐，除了楚冰之外所有人都绝对没有二话。

　　她在为了名利未来铺路的同时，也牺牲了很多东西，性格温和又对她有真感情的顾昭明是一个，为了拉拢沐雪晴所失之交臂的珠玉奖"最佳女主角"是一个，而更多更多的东西，甚至她自己也已经忘记了。

　　但再多的牺牲也改变不了肮脏的事实与丑陋的真相，秦菲的那张脸依然赏心悦目，然而此时此刻，屏幕内外，所有人看她的眼神，已经只剩嫌恶。

　　秦菲这个人，算是彻底废了。

　　对于秦菲此刻的表情变化，乔雁冷眼旁观了一会儿，突然将手猛地向前一碾，她的这只手攥着秦菲拿着水果刀的手腕，这样一递几乎将水果刀直接戳上了她的鼻尖。秦菲吓下了一跳，身子猛地后仰，脑袋磕上了墙也顾不上。

　　"干什么，你疯了？！"秦菲又惊又怒地看着乔雁，一时甚至忘了掩饰语调中的尖刻。

　　乔雁忽而笑了一下。

　　"你连这一刀都不敢，还谈什么寻死觅活，是不是太可笑了些？"

乔雁淡淡开口，不无讽刺地摇了摇头，从动作已经僵住的秦菲手中抽出水果刀扔到一旁的地上，与被捏成一团的起诉书横陈在一起，泛出刺眼的冷光。

她在所有观看直播网友的注目中站起身，和李莎娜一起向门外走去，记者们犹豫了一下，还是将镜头先对准了秦菲，拍了几个她呆滞恍惚的落魄表情，方才涌到门前，循着乔雁的方向追了过去。

在这片刻之内，李莎娜已经不见踪影，只剩乔雁一个人，一步一步地往楼下走。

在记者追上来之前，她与李莎娜曾有过短暂的对话。

"莎娜姐，一起走？"出了病房，乔雁一身凌厉与冷淡便尽数退去，只余平日里温和好说话的样子，偏过头微笑着邀请李莎娜。李莎娜看了她一眼，转过身，干脆地摇了摇头。

"下面有人来接你吧？"李莎娜平淡地说，举步向前走，"我不跟你过去了，没脸再见面。"

"嗯，那你自己小心些。"乔雁明白她的意思，点了点头，没过分强求。

说完后却又想了想，笑着补充了一句："莎娜姐加油啊，笨鸟先飞，勤能补拙，就这么坚持努力下去，总会成功的。"

李莎娜脚步稍顿，没有回身，最终慢慢地点了点头。

这一段小插曲，只有当事人心知肚明。乔雁向下走的时候，记者们便在身后不远不近地跟着，直到乔雁走出医院大门，记者们依然保持着直播的行头跟在她的身后。

门外还有被拦在外面没能进去的其他媒体记者，此时都已经知道自己究竟错过了怎样的头条新闻，却也只能无可奈何又不甘心地蹲守在一旁，等着乔雁出来。然而此时他们的表情却都有点说不出的嗟叹与古怪，参与直播的记者心下奇怪，但看向乔雁时，却突然明白过来。

她正走向在医院门口并排停着的四辆车。

此时三辆车上都已经有人下来，左起第一辆上下来的是颜雪芯和刘静怡，冲乔雁活泼地笑着招了招手，右起第一辆上下来的是罗铭和舒丽，画风看上去严谨许多，罗铭似乎有点蠢蠢欲动，被舒丽一个眼神看了回去，两人矜持地微笑着，冲四周的媒体露出个微笑来。

而右起第二辆上，下来的是一身正装打扮的苏凭，黑色西装剪裁流畅，完美地勾勒出他的身形气质。他的手插在西裤口袋里，只是冲乔雁随意地笑了笑，立时现场便被快门声迅速包围。

而乔雁在看到他们的时候，脸上终于露出了灿烂的笑容。她一步步走向她的公司，走向公司为她准备的左起第二辆虚位以待的心脏位置。在一路聚光灯的照耀下，走向了她光耀明澈的未来。

前排的司机大刘冲她摆了摆手，她拉开后座的车门坐了进去，果然在里面发现了等着她坐进来的穆庭。

外面的聚光灯还没有半分消退的意思，她把车门拉开一点，自己钻进去，而后迅速关上车门。穆庭转过头来，询问地看向她。

"是不是特别累了？"穆庭认真地问，"靠我肩上睡会儿？"

乔雁摇了摇头，把手伸了过去握住穆庭的手，两人十指交缠，彼此都感受到了对方掌心的一点湿意。乔雁莞尔，整个人靠在穆庭肩上，闭上眼睛，长长地舒了口气。

"其实没有很累。"她温柔地说。

"但是想靠一会儿。"

第十八章
万千祝福

秦菲的这件事究竟已经达到了一个什么样的热度，恐怕没人能准确地说清楚。

这是娱乐圈从未曾有的事情，一个当红艺人在面向所有网友的直播中与另一个当红艺人隔着一把水果刀正面对质，结果全面落败，被所有人见到了自己最真实的一面与最狼狈的样子，并且曝光了自己做的所有人都无法原谅的丑闻……

这场直播结束之后，乔雁和楚冰的粉丝都彻底疯了。

秦菲这个女人对我们家偶像究竟做了多少过分的事情？！

身为粉丝，对于很多关于偶像的事情，自己是最后知道的事实，他们已经习惯，但听到每一件事的时候，就算再晚，也依然会感同身受，尤其看到偶像如今一副事情都已经过去了的云淡风轻的样子，这种心疼与愤怒更甚。

乔雁的粉丝至今才知道乔雁曾经有过吊威亚被害出事故的事情，而楚冰的粉丝更是刚知道以楚冰的身份居然也会被人在家里安装针孔摄像头。很多事情在露出冰山一角之后，剩下的事情便也会随之浮出水面，真相不会永远被掩盖，而水落石出的那天，所爆发出来的威力绝不会因长时间的沉淀而有所消弭。

比如粉丝们通过对比当时的娱乐新闻，仔细推敲，很快发现乔雁几年前能撞见秦菲的剧组只有那么一个，而那个剧组的男主角是顾昭明，女主角是秦菲，结合顾昭明两人谈过恋爱的证词，显然两人当时处于交往之中，乔雁撞见的应该是他们。

是以秦菲的那套自己和严钧真爱相恋多年的苦情说辞立时又被戳破，成为她的又一条笑柄，这样遮遮掩掩不坦诚的态度，更加让她的一切举动都显得可笑而遭人鄙夷。

楚冰和乔雁同样都是圈内娱乐公司的当家花旦，两人都是一线正当红的时候，同样演技精良、工作敬业，戏路不算冲突，性格又一冷一热恰好互补，竞争关系并不算明显，又私交甚笃，所以两人甚至拥有相当一部分同样的粉丝——如今粉丝们在双重打击之下，滔天的怒火与爆发出的威力让圈内圈外都感到了震惊。

他们在网上发起了一个又一个热门话题，"乔雁楚冰对不起"这个话题在热门榜第一上高居不下，是粉丝们对偶像受了委屈的心疼与控诉，也是督促自己战斗到底的勉励光环。在此后的数天里，他们疯狂地向凯星寄去给乔雁的礼物，也向轩霆声讨对秦菲的尽快起诉与处决，最后还是楚冰、乔雁联合发了微博制止劝阻，这股势头方才稍稍理智了些。

楚冰不屑于也没兴趣去理会秦菲的最终命运，她最近接了新戏，进组后就再没走出来过，完全对外界的纷繁嘈杂置之不理。乔雁对此十分向往，却不能和她做出同样的选择。《清君侧》已经制作完毕正式定档，秦菲事件风波正劲时正赶上剧组定下的跑宣传日子，那段时间乔雁简直无时无刻不面对着层出不穷的话筒和镜头，忙碌得整个人都清减了许多。

不过好在这样的日子已经到头——就在前几天，轩霆娱乐正式给出了对于秦菲的宣判。

保留一切起诉权利，解约封杀。

轩霆总裁王筠是个很念旧的人，否则不会在严钧如此过分的情况下也将就着一起过了许多年。然而有些事可以将就，有些却不行，他们最终没有诉诸法庭是为了保全轩霆最后一点面子，秦菲虽然免于诉诸公堂的再一次丢脸，却迎来了对她来说更为难以忍受的事情。

这不是轩霆对她的单方面封杀，对于这样面甜心毒到已经完全失去做人基本道德底线的艺人，整个娱乐圈都选择了将她剥离出去。

轩霆、锋辰、凯星、凌宇，以及所有媒体，从今往后，对于秦菲的一切行为与活动，采取严密控制，但在版面上，不予以关注和报道，永远不将公众的视线，重新移回她的身上。

这些人知道怎么能把她从一个默默无闻的新人演员捧到现在的高度，自然也知道如何让她重新跌落回泥沼中。说到底人不要自视过高，否则总有人能够让你知道，自己是多么的微不足道又一无是处。

每一天都是崭新的一天，每个人都有自己的世界。秦菲这件轰动了娱乐圈的事情也终将随着时间的流逝一点点淡去，这次事件的几个主力在谈起来的时候，已经都显得非常平静。

"其实她就像是个管底boss。"苏凭如是总结，"打的时候该找攻略找攻略，该喝药剂喝药剂，总有一天能通关，通关了就继续往前走，谁难道还回去缅怀一下它立个碑不成？"

这个比喻有意思，乔雁闻言失笑，穆庭走过来，奇怪地看了他们一眼。

"笑什么呢？"他有点好奇地问乔雁，又看了看一脸高深莫测的苏凭，随即一脸警惕地伸出手，将乔雁拉离苏凭一点，"他说什么你都别信，这个人最近女朋友不在身边，整个人都开始向欲求不满的变态方向发展了。"

乔雁对他的间歇性幼稚已经习以为常，顺势抬手将他的领带稍微理正。不远处顾蜇声朝乔雁示意了一下，让他们三个过去一趟，乔雁应声而去。

苏凭全程保持微笑，在乔雁几步之后上前几步靠近穆庭，悄声问了一句："你满过吗？"

穆庭假笑了一下，胳膊肘毫不犹疑地向后用力一拐，在苏凭的一声闷哼中目不斜视地追上乔雁，一起朝顾蜇声方向走。

今天是《清君侧》正式首映的日子，顾蜇声选择了他们拍戏地点附近的一家影院，举办了一个简单的首映礼。虽然规模不大，媒体却极给面子，有头有脸的媒体悉数到场，顾蜇声加上乔雁三人压阵，这样的咖位，无论如何都值得他们来上一趟。

不过这次记者们明显收敛了许多，在剧组主创接受采访时非常规矩，基本上只问了与电影相关的问题，偶尔才偷偷摸摸地擦边夹带一个私人问题，甚至几乎没有问穆庭什么问题，他也乐得清闲，全程保持标准微笑，看上去心情不错。

媒体们如此规矩也算事出有因。顾蜇声是非常不喜欢记者问与电影无关问题的那种导演，得罪他显然绝不是个明智的选择，不过穆庭能如此清净到并非是因为这个原因，而是因为他自己的态度——不要把他作为焦点。

是以就算秦菲事件当日，他被两家直播的媒体拍到坐在乔雁进去的左起第二辆车里，媒体们也依旧在过后的新闻通稿中非常有默契地没有提及半句。他们懂得穆庭的意思与潜台词，这是乔雁和秦菲的战争，他去是表达对乔雁的支持与力挺，却绝不希望因为自己而让这次千辛万苦得来的胜利看上去像是走了捷径，更不希望事件在桃色新闻掩盖中失去本身的严肃与正式。

就连今天也是如此，他明明负责了《清君侧》的影视主题曲，最后词曲编自己一手包揽，却唯独没有唱，这首歌是由乔雁录制，电影放映时公众听到的也将是她的版本。

乔雁虽然声线温柔好听，唱歌却实在也就是不跑调的KTV标准，将一首这么重要的歌放手交给乔雁来唱，简直就是任性。

只能说"如果这都不算爱"，记者们心知肚明。

此时记者们已经进入到采访的尾声阶段，马上就要进入电影的首场放映。记者们翻翻准备好的问题，纷纷打算再问一两个就收尾，此时却纷纷从自己的编辑室几乎同时接到了一个新的重磅消息。

此时此刻，新一届金谭奖的入围名单已经公布，《清君侧》赫然在列，入围了包括"最佳女主角"和"最佳影片"在内的五个奖项。

这是国内近五年来，第一个杀进金谭奖的影片！

所有记者顿时激动起来，他们的话筒纷纷向前递了又递，剧组的几人同样感到震惊又高兴，在又一轮忙碌的记者提问结束之后，影片终于卡着时间开始放映。

电影场里暗了下来，穆庭坐在乔雁旁边，两人的手在黑暗中无声地牵在一起，直到此时，穆庭才发觉到乔雁的手正微微颤抖，这样令人高兴的大事，同样让她觉得激动无比。

"我还记得第二次见面时你跟我说的那句话。"穆庭笑了笑，将她的手包在自己掌心里，"你早晚会红，一定会成功。而现在，这一天终于到了。"

乔雁在他旁边无声地点点头，沉默了半响，轻轻应了一下，有些僵硬的表情松动了不少，终于微笑起来。

不过当电影真正开始播放时，这种笑意很快便消失了——《清君侧》实在并不是个能让人笑得出来的电影。

在巡卫统领肖湛死后，锦岚终于下定决心，对王夫许忘展开了彻查。而一切线索果然也指向邻国，锦岚咬紧牙关一路追查下去，就算痛彻心扉，也一定要将事情的真相彻底找出来。

而她与许忘都没想到，这件事以一个他们都没有预料到的角度，横生枝节。

许忘曾对锦岚说过的母亲之事，半真半假，他母亲的确爱读风物志，只不过读的不是《惊华录》罢了，而他的父亲却并非早亡，是他明知其身份，却无法对锦岚坦诚相告的人——兵部尚书王植。

他母亲约莫是王植的外室，王植一年到头几乎不来这个凄清肃静的别院一次，他从小长到大也只见过王植几次，更勿论见王家的其他成员，王家众人更从来不知道王夫是王家人——事实上他甚至没有随父姓的资格，"许"是母亲的姓氏，"忘"是"王"字的谐音。

不过平日里他母亲的吃穿用度都不算朴素，王植也没有刻意亏待他们母子，许忘一直以为王植对他们只是谈不上上心，但就在锦岚对他产生疑心的这段时间——他的母亲被王植所杀。

他母亲大家出身，识文断字，自有一套留给他的联系方式，又有随身侍卫一名，忠心耿耿，那日被他母亲支开，等到回来时却已经无力回天，只见到了匆匆离去的王植和他母亲留给他的字条。

字条上写着让他不要怪王植。

锦岚闻信踏足许忘寝宫的时候，这里已经布置起了一个小小的灵堂，许忘一身素服站在那里，抬头看向她时清冷依旧，她却莫名从中感到了许忘的一丝难过。

但这又有什么用呢？锦岚挺直脊背走进寝宫，面向许忘笑了一声，淡淡眯起眼。

"在孤的寝宫里做这等不吉之事，王夫好大的胆子。"

她冷淡地撇出一抹笑来，随后抬手一把抓住垂下来的白色幕帐踩在脚下，厉声开口："把这些碍眼的东西，给我一把火烧了！"

她身后跟来的人纷纷应是，迅速动手开始拆起了东西。在满室乱响的躁动中，她和许忘定定地相互对视，心中都明白，这一烧，烧去的便是两人之间的所有情分。

"锦岚，"许忘开口，第一次清清楚楚地叫了她的名字，"我娘原不姓许。"

"她姓徐。"

徐。

早在上一任君上时期，便因犯了谋逆之罪而被满门抄斩的家族。

锦岚看着他，眼中慢慢浮起了一层薄薄的雾气。

"你是来复仇的吗？"她轻声问。

许忘深深地看着她。

他从小到大，身边一直只有母亲。原想着以后有了出息，也能让她过上更好的日子，现在已经没这个必要了。虽然其实也并未与王植真的做了什么交易，但既然一开始便是动机不纯，那便也不用再去寻其他借口。

于是，他缓缓点头。

他说："是。"

所有的故事都将有属于自己的结局，在这个故事里，锦岚最终平息了这场叛乱与骚动，稳固了自己的位置，成为大越年轻美丽又充满威严的君上，治国有方，名垂青史。

而翻遍二十四卷史，并无许忘名字。

影片的最末，是锦岚一个人穿着宫装，行走在长长的回廊里，旁边是高高的宫墙，她瘦长的影子渐渐向宫墙更深处行去，直至彻底湮没在里面。

乔雁的声音此时幽幽响起，唱的是电影主题曲《王独行》。

乔雁看着看着，突然用力地回握了一下穆庭的手。在穆庭转头发出一声疑问时，明知他不一定看得见，依然对着他露出一张沉静美好的笑脸。

当时共我赏花人。

你还在，就是最好的事情。

《清君侧》的首映礼，取得的成绩远比他们所预计的还要好。

顾蜚声拍了大半辈子的电影，获得的荣誉奖杯堆了两间屋子，却也往往因为格调与文艺，大多曲高和寡，还是在《初相见》之后第一次尝到电影票房大卖的滋味，这一部新电影其实没有多少迎合观众的意味，但剧组所有人员与投资方都暗暗捏了一把汗——曾经拥有过好票房带来的实际利益之后，如果再度面临失败，这种滋味远比未曾拥有过更加难受。

不过好在名誉与口碑向来都会逐次积累，就像人们以前一看到他的电影就断定是部艰深的佳作一样，如今顾蜚声与乔雁、苏凭的再度联手，人们对《清君侧》同样怀有极高的期待，许多人选择在电影开始上映的首日便走进影院，第一时间观看了这部电影。

尤其是当全国影院的第一场电影放映结束之后，很多观众意犹未尽地从影院走出来时，掏出手机一看，铺天盖地全是《清君侧》首映礼当日入选金谭奖的消息。

这是件足够让国人扬眉吐气的喜讯，稳重一点的赶忙在社交平台上晒出电影票，炫耀自己第一时间观看了电影，冲动一些的当场掉头回去第二次观看的也大有人在，不出半天，电影院里已经涌进了大批闻风而动观影的人群，也让各大院线都不得不在第二天为《清君侧》增加了百分之二十的排片量，已经占到了影院排片率的大半。

这也让《清君侧》的票房在首日破亿的喜人票房之下，第二天票房又出现了强势增长，三天破四亿，迅速占领了国内电影周票房榜榜首位置，并且以这个涨势来看，最终将会收获一个排在国内影史票房前列的一个数字，成功刷新原班人马去年刚刚创下的亮眼成绩。

会出现这样的盛况，第一是入围金谭奖的消息实在振奋人心，本来可能不打算看的也都纷纷慕名前来看；第二是如今圈内圈外都还处于对乔雁的怜惜心疼期，她自己的粉丝虽然阵势也浩浩荡荡，但当然不能和基数广大的路人相比，不过眼下秦菲还在被全民声讨，乔雁已经勤勤恳恳地带着新作品出现，自然赢得了几乎所有人的好感。

这两点下来，电影票房每天都在以一个令人惊叹的走势上升便不足为奇了，而这部电影最大的亮点却不在于票房突出，而是它在兼顾票房的同时，终于在《初相见》之后，重新回归顾蜚声一贯以来的艺术审美档次。

当初《初相见》出现，叫座的同时也不乏批评质疑的声音。这部电影毕竟当年冲击金谭奖失败，就艺术立意而言，的确不如顾蜚声的历部作品深刻，许多他的粉丝也在担心他老来犯了糊涂，为了追求票房启用年轻的当红演员，把自己骨子里的孤高与情怀都丢掉了。

而顾蜚声用一部《清君侧》，让他们笑着放下心来。

很难将这部电影规整地归入到某类影片之中，它似乎每样东西都有涉及一点，但又并不典型，君王宠妃的故事，影视作品中上演过的跌宕起伏不知凡几，但女王与王夫的设定却又给这个老题材带上了一点新鲜味道。不管是锦岚的坚强温柔交织在一起的复杂性格，还是王夫许忘恭谨但不显卑微的身份定位，都在演员的出色诠释中达到了一种微妙的平衡。

这样的平衡感体现在影片各处，不同的人以不同的眼光看这部电影，看到的可能是完全不同的故事：有的人觉得这是一个凄美的爱情悲剧，也有人看着电影分明觉得是王权与君臣的制衡关系手段，还有人则坚持表示这是部帝王视角细腻沉重的君临天下录。这种复杂元素的运用，为电影增添了丰富的层次和许多讨论的焦点，也让电影在口口相传中越发炙手可热。

影片炙手可热，自然连带着整个剧组都受到了更多的关注，乔雁被人从背后拍了一下后，简直整个人都下了一跳，迅速转过身去，猛然脚一蹬地，椅子滑出去半米远，刚摆出一副温和又礼貌的表情来，见是穆庭之后才松了口气，鼓着脸颊拿旁边小几果盘里的葡萄扔他。

"别在背后拍我，最近真是被拍怕了，刚才简直忍不住回身给你一肘……"她抱怨地说，注意到穆庭已经上妆完毕，整个人穿着造型夸张的衣服，又梳了个好配衣服的百搭头型，合在一起简直开始违和，好在他这张脸长得的确过硬，这种舞台上酷炫帅、舞台下神经病的搭配，穿起来居然并也不难看。

乔雁从纯粹欣赏的角度上下打量他一番，穆庭很快敏锐地察觉到她的态度已经转好，单手接住她扔过来的葡萄凑到乔雁旁边去，又从旁边小几上顺了几颗一起塞进嘴里，脸颊鼓起一小块，努力咀嚼中还要坚持说话。

"你怎么还没化妆换衣服，赶紧的啊，演唱会都要开始了，我给你留了至尊VIP座位，保证能非常清楚地看清我的一举一动，三百六十度高清无死角。"

难为他吃东西的时候话还能说得这么清楚，乔雁有些好笑地用指尖轻轻戳戳他脸上鼓起来的那一小块："什么VIP座位，摄像师旁边？我这身衣服不行吗，仔细挑了一套才过来的，很低调又不显得失礼啊。"

穆庭闻言顿了顿，把嘴里的葡萄咽下去，转过头来握住她的指尖，将她的手扣进自己掌心，看了她一会儿。

"我叫人定制了一套衣服送过来，你要是觉得喜欢的话也可以考虑穿那套。"他轻描淡写地说。

乔雁闻言稍稍怔了一下，而后反应过来，眨了眨眼看向穆庭，对方也正看着自己，脸上没什么多余的表情。

乔雁沉吟了一下："你知道吗，你特别紧张的时候脸上的表情会显得很凝重，五官都紧绷着，特别容易看出来……来，放松一点。"

穆庭："哦。"

穆庭抬头看向一旁的化妆镜，努力调整表情。

"有个演员女朋友真是麻烦。"他嘀嘀咕咕地说，今天的话比平常还要多，"连紧张一下都能看出来，你们演员平常演戏连微表情也要学吗，那是不是我平常什么表情你都能看出端倪，这么想想突然觉得有点丢人是怎么回事……"

乔雁在他有点语无伦次的抱怨中失笑，一本正经地点了点头。

"是啊，能看出来。"她轻快地说，打蛇随棍上地开始吓唬穆庭，"所以以后千万别做什么对不起我的事啊，不然我给粉丝全程录像分析你微表情，我那些粉丝能一人一口唾沫淹死你信不信？"

"信信信。"他迅速点头，连声应是，试探地看着她，"那你……"

乔雁莞尔，朝他伸出手。

"衣服呢？"她问。

"提前放在柜子里了。"穆庭一秒作答，像是终于卸下了悬着的一桩心事，整个人都轻松下来，脸上重新浮现出明亮的笑容，眼睛中仿佛一瞬间盛满了灿烂的光辉。乔雁依言打开柜子，果然发现了一个精心包装过的礼盒。她把礼盒取出来，起身赶穆庭出去。

"我要重新换衣服化妆，你走开，去忙自己的。"

穆庭离开后，她捧着礼盒坐回原处，拆开盒子看里面的衣服。礼盒里装的是条湖蓝色的裙子，胸前一朵白色珠花点缀，样式简洁大方，剪裁妥帖得体，下面还放着一双精致的高跟鞋，她对着盒子看了一会儿，抬手拿起手机，拨通了舒丽的电话。

"喂，丽姐？"她拿着电话面向化妆镜，镜中的自己看着她，脸上是一片温柔的羞涩与喜悦，"我和穆庭今天要公开了。"

"嗯，知道了。"乔雁和穆庭在一起的时间已经不短了，她谈恋爱后第一时间告知了公司，凯星对她的恋情公开与应对公关准备已久，今天又是穆庭的演唱会，接到乔雁的这个电话，舒丽并不感到意外，她利落地应了一声，表示公司会予以配合，两人又聊了几句便要结束对话。

"对了，你怎么突然就答应穆庭要公开了？他怎么说服你的？"舒丽临到挂电话时突然想到了这一点，难掩好奇地问。

"嗯……"乔雁认真地想了想，"我今天来演唱会现场的时候，路过他排练的地方，站在舞台下面看了他一眼。那时他已经上好了舞台妆，眉眼深刻，不笑时锋利得如同出鞘的剑。"

"他在台上唱歌，扫视台下的时候突然就看到了我，当时伴奏还在继续，他没有开口说话，只是看着我笑了一下，很开心的样子，整个人都从那种冷漠的感觉中脱离了出来，温暖得过分。"

她轻轻莞尔："那个时候我就觉得，实在是拿他没办法了。"

越是忙碌时间越是过得飞快，在演唱会现场工作人员有条不紊的布置准备下，很快也就到了夜幕低垂，演唱会即将开始的时候。观众们已经陆续进场，黑暗中的观众席一点点被红色的荧光棒填满，场馆内只剩下舞台依然漆黑一片。

穆庭出道至今，算起来时间也不算太短，专辑都已经发了四张，演唱会这的确还是头一遭，这次演唱会甚至还不是巡演，总共也只有这么一场，尽管场地够大，依然一票难求。四周的歌迷们抑制不住兴奋的心情，讨论着穆庭与他的歌曲专辑性格经历，语调轻快又昂扬，嗡鸣融汇成颤动的合音。

乔雁坐在这些声音的中间，看上去有些紧张。

不光是今天要公开恋情所带来的紧张，也是因为她很久没有这样和粉丝距离如此之近地坐在一起。穆庭为她安排的果然是个视线最佳的好位置，这个区域就在舞台正下方，分成左右两个区域，中间隔着宽阔的过道，走下来演唱也不会显得空间逼仄。

好在过道右边的区域坐的是花了高价还要经过身份验证，穆庭最为核心的粉丝，左边这个区域坐的则是一些手持赠票，被邀请而来的特殊人物。乔雁坐在区域中间并不显得突兀，她左右张望了一下，甚至看到了锋辰娱乐的副总。后者察觉到视线抬起头来，朝乔雁温和地点了点头，乔雁连忙回以笑脸，随后有些不好意思地转过头去。

七点半一过，舞台周围的音响里便出现了有节奏的清晰鼓声，观众席上渐渐安静下来，鼓声则渐渐转响，随后更多的声音跟着节奏加入进来，是一种整齐又规律的击打音，舞台上的灯光也一盏盏逐次亮起。

在漫山遍野的红色荧光棒下，这些于漆黑舞台中亮起的小小光源，如同夜幕中慢慢闪现的星星。随着鼓声与清脆的击打音渐重渐快，光源也越亮越多，直到漫天的灯光如同繁星照亮夜空般缀满舞台上空，被音响放大的脚步声，终于慢慢靠近。

一个摇摇晃晃的白色光圈照亮他脚下的路，随着他的前行慢慢向前，而他带着这束光自远处独自行来，在舞台中央站定，抬眼——

刹那间，无数光源坠落，如同流星划破沉重的夜幕，照耀出闪烁灿烂的世界，而穆庭站在舞台中间，光雨照亮他英俊的脸。他在无数道下落的星辰中，抬起握着麦克风的手举到唇边，随着一声音响中爆裂般的轰鸣与重击之声，将拂晓与黎明从黑夜中一击脱离。

对他的世界赋予光明。

舞台瞬间大亮，音乐四起，光束横行，节奏感强烈的开场乐鼓动全场，歌迷们亢奋地挥舞着手中的荧光棒，在穆庭的歌声里尖叫着欢呼雀跃，跟着他的节奏一起躁动开来。乔雁的位置离他颇近，他回身跃起时矫健有力的肢体动作都看得一清二楚，乔雁认真地看着，一时竟也像穆庭的歌迷那样，有些抑制不住心中的雀跃与兴奋。

她几乎没见过这样的穆庭。平日里两人工作都忙，聚在一起都算不易，谈个恋爱简直要争分夺秒，几乎没什么机会像这样坐在台下，全身心投入地看他的一次表演。

穆庭的工作室她去得不算少，演唱视频她也不是没看过，当时固然同样觉得颇为帅气，但从未像今天这样，认真地感受这个男人全身心投入工作，把这种最好的状态展现给大家的耀眼夺目之感。这是一种语言与图像都无法准确记录出来的魅力与感染力，不身临其境很难感受得到。

穆庭的自恋她已经颇为习惯，平时听他总在说自己帅，乔雁虽然对这个说法心里表示认同，但穆庭和她相处时总是一副只要有老婆脸要来何用的样子，这样的宣言也就难免总会带上一些有些好笑的调侃意味。

然而现在，她坐在台下，看着这个天生适合舞台的人所毫无保留释放出的野性，还有那份桀骜不驯与意气风发，她实实在在地感受到了一个事实——他真的是非常帅气。

乔雁看着看着，慢慢地叹出口气来，她并不觉得惆怅或紧张，但似乎只有叹气这样的动作，能让她心里满溢的开心释放出一些。但这个方法的用处也不是很大。

她看着舞台上愉悦地想：这个帅裂天际的男人是我的，谁都抢不走。

只要意识到这一点，就觉得幸福。

在富有感染力的动感开场曲目之后，穆庭工作室的其他人也尽数上场。他们都是优秀的音乐人，在这样的舞台中出现，远比平时更能展现出属于团队的独特魅力。这里是穆庭的王国，却不是他一个人所能撑起来的世界，在吉他、架子鼓、键盘与贝斯的交织旋律中，主唱穆庭始终站在中央，共同为歌迷粉丝送上一场淋漓尽致的盛宴，也让这个夜晚更加令人难忘。

他的这场演唱会带着浓厚的个人风格，很多他平常使用不到的元素这次使用了个遍。他是那种天生适合现场live的歌手，这样的爆发力与感染力无法在录音棚中完成，也无法录制到专辑里，只有这样的演唱会才能将他的这种锐气淋漓尽致地表现出来。粉丝们随着他的演唱或激动兴奋，或安静聆听，他们未必听得出穆庭在演唱过程中加了什么奇妙的新元素进去，但对偶像的热爱，让他们始终处于完美的倾听状态。

穆庭在演唱会期间换了好几次衣服，配合着不同曲风的板块演唱，从乔雁见过的那身铆钉装扮到优雅贵气的英伦绅士风，从明朗青涩的校园打扮到冷酷神秘的异域风格，中间甚至不知道怎么抢出来的时间，硬是换了身古装出来，唱的是观众们耳熟能详的影视贴片曲，完完全全地调动起了粉丝们的兴奋与热情，他们挥舞着荧光棒，如同潮水般层层叠叠。

两个半小时很快过去了，他的专辑本来就只出了四张，加上影视主题曲，总数量也不算太过丰裕，他又没有在演唱会里选择翻唱曲目，两个半小时下来歌已经几乎唱遍。这时有细心的粉丝已经注意到他还有几首很知名的歌迟迟没有唱，这样的疑问在穆庭换了最后一身衣服后得到了解答。

这场演唱会的最后一套衣服，他换回了一身简单的黑西装白衬衫，发型也颇为简单自然，看上去和平时参加各种发布会的那个穆庭没什么两样。他这次一个人上来，灯光也只落下一束打在他的身上，他站在舞台一侧，旋律响起的时候，很多粉丝都有些湿了眼眶。

这是穆庭的第一首作品，也是唯一一首他还未曾暴露身份时所创作发布的曲目。在这首歌公布之后，他一夜成名，作为才华横溢的新锐歌手进入公众视线，得到了许多知名乐评人的赏识，另一方面却也同时经受了更多人的质疑嘲讽。

说他运气好有人捧的有之，说水军炒作嘴脸难看的有之，质疑他走红的速度而酸溜溜批评挑刺的有之，之后的倒穆事件更是成为如今媒体讳莫如深的一个乌龙事件，作为害人不成反被打脸的经典反转事件，每个人都因为自己当时的鬼迷心窍而感到羞愧而不愿提及。

身份曝光之后，穆庭再也没有在公众面前唱过这首歌。

一方面是他刚出道时发歌速度还很快，出道前准备好了一些歌曲，随着时间推移一首一首慢慢公布出来，一直有新曲需要宣传，他当时又不接乱七八糟的商演，唱自己旧曲目的时候自然不多。

另一方面可能也是因为这虽然是他最早的歌，却并不是他最红的，加之或许这首歌让他经历了可能是人生中唯一一次如此糟糕的事件，种种原因之下，这首歌他的确没再唱过，甚至他唱这首歌的视频如今也已经成为珍贵的资源，被粉丝们翻来覆去地品味琢磨。

如今他在演唱会即将结束的时候再次唱起这首歌，场中已经有粉丝忍不住有点哽咽。贵宾席右侧的区域更是传来一阵骚动，这些粉丝能坐在这个位置，基本上都是喜欢穆庭许久了，甚至从他刚出道时就关注着他的长情粉，对这首歌的感触自然也就最深。

穆庭刚出道的时候，骄傲，热烈，恃才傲物，桀骜不驯，完全没有一个新人该有的低调，信心爆棚得令人诧异。很多人因为这样的性格而喜欢他，也有很多人因为这样的性格对他颇为反感。在他的身份曝光之后似乎一切性格都可以被家世解释，没人再去对他进行质疑，但粉丝们看着他如今和当初如出一辙，心里还是觉得高兴又感恩。

他一直这样向前走着，自信而强大，端正而骄傲，外界的一切风雨，从来不入眼底。

喜欢上这样的偶像，真的是件特别特别幸运的事情。

这首歌的时间也来得不长，穆庭只是简单地站在那里，将自己过去的这几年一点一点地唱出来。观众席中已经有了不少关于离别与感动啜泣的声音。演唱会的最后一首歌，前奏响起时，众人不约而同地安静下来。

穆庭把演唱会的最后一首歌曲，留给了《美梦成真》。

这是他去年发行专辑的主打歌曲，也是邀请了乔雁来当MV女主角的那一首。这一年多以来，穆乔粉几乎将这首歌作为入教必听曲目来用，不知道用这首歌的MV和两人的节目镜头剪出了多少跌宕起伏的故事，如今前奏一响，在场的穆乔粉愣了一下，几乎高兴到想要尖叫。

然而让他们真正尖叫起来的事情在这之后，当穆庭唱完了这首歌的最后一句"我爱的人，愿你美梦成真"之后，歌曲伴奏声渐渐低弱下去，穆庭重新举起话筒，说了演唱会开始后的第一句话。

"马上要跟大家说再见了。"他平静地开口，声音透过话筒传遍会场的每一个角落，"唱这最后一首歌的时候心里想了很多，感慨零零碎碎地闪过了无数个，不过好歹在唱完之后真的确定了一个愿望，希望今天就让它美梦成真。"

随着他的声音落下，VIP区的过道突然被灯光照亮。舞台两侧的大屏幕也及时切换到了铺着红毯的过道上，穆庭走了下来。

"出道以来，红毯我走了不知多少，然而没有一次身边站着我的姑娘，还是有点遗憾。"

"按理说，牵着心上人的手走的那条红毯，该是婚礼上一生走一次的那条。"穆庭说，面向左侧的贵宾席站定，深深吸了口气。

"但是现在，我觉得我等不及了。"

他伸出手："乔雁，过来。"

粉丝们爆发出震耳欲聋的尖叫，他们明白过来穆庭话里的意思，心都快要跳出来了。而大屏幕对准了舞台左侧的贵宾席，在许多有头有脸的娱乐圈大人物的张望之下，乔雁慢慢站了起来。

她的头发松松绾在一起，温婉优雅地垂在颈侧，湖蓝色裙摆如澄澈的湖水般摇曳过席间，停在了过道上的红毯上面。穆庭对她露出一个灿烂的笑来，牵住她的手，乔雁也随之莞尔，两人五指交缠，在粉丝们持续的亢奋尖叫中，两人并肩走过红毯，重新返回了舞台。

穆庭踏上舞台，回身看了一眼刚刚走过的红毯，笑着举起话筒。

他说："我已经美梦成真，希望你们也能得偿所愿。"

在场的许多粉丝都捂着嘴哭了出来，更多的粉丝尖叫到已经近乎沙哑，许多人大声地朝穆庭喊着什么，拼命挥舞着手里的荧光棒，场中灯光与呼声嘈杂喧闹地交织在一起。在这样有些混乱的场面下，穆庭的声音让场中再次安静下来。

"当然，我有很多梦想，这个已经实现了，但还有很多等着我去完成。"穆庭一手拿着话筒，牵着乔雁的手却也没有放开，"我明年想开巡演，想做一张新风格的专辑，想拿遍音乐圈所有大奖，想以后即使重心转移到锋辰身上了，依然能有一些东西能让大家记得。"

"如大家所见，这些事情，我都想和我身边的这个姑娘共同完成。"

场中骤然爆发出的嗡鸣一时甚至盖过了穆庭的声音，乔雁转头去看穆庭，却见穆庭将话筒握紧，深吸一口气。

"给大家介绍一下，她叫乔雁，是我女朋友！"他对着话筒大声喊，舞台音响忠实地将他的声音放大无数倍充斥整个场馆，"我喜欢她，一直喜欢她，只喜欢过她！我长这么大到现在，最自豪的事就是把她追到手，我想告诉全世界这个姑娘是我的心上人，我想牵着她接受所有人的祝福，以后我还想和她结婚生孩子一起过百八十年，提到我就想起她，提到她就想起我，墓碑上名字刻成一排！"

"现在我想把我最爱的这个人，介绍给最爱我的你们！"

场中的嘈杂已经低弱下去许多，穆庭放轻了声音，近乎温柔地向台下露出一个笑容。

"表现得好一点，给我长长脸。"他说。

"来，叫嫂子。"

现场哽咽的声音骤然增大，而渐渐地，这两个字却慢慢清楚起来。

无数粉丝哽咽着大声喊："嫂子！嫂子！嫂子！"

乔雁捂住嘴，难以抑制地红了眼眶，而此时穆庭却放开了她的手走到舞台边缘，从台下捧过来一束花。

那就是一束很普通的花束，各种花朵被束在一起，包装得很精致，他们都收到过很多。穆庭不自然地咳了一下，把这束花递给乔雁。

"本来我精心挑选了一大束玫瑰，结果有人非要抢我风头……但考虑了一下，还是这束花送你合适。"他不甘不愿地说，当着所有人的面冲乔雁抱怨，"接过这束花别光感谢送花的人啊，记得抱我一下，知道吗？"

穆庭之前没跟她说过还有这么一段，乔雁有些诧异地接过花束，与推进的镜头一起看向了花束上面的便笺。

两句很普通的祝福语，特殊的只有落款的名字。

这束花来自锋辰总裁——穆庭的父亲。

乔雁泪如雨下，满场哽咽的声音还没停，而穆庭朝她张开了双臂。

她扑进了穆庭怀里。

第十九章
璀璨无双

　　对于穆庭与乔雁公开恋情这件事，许多人并不感到意外。穆庭与乔雁谈恋爱的时间已经不算太短，也没怎么避着旁人，许多曾经跟乔雁一个剧组共事过的人，心里都多多少少有点数。

　　但他们公开恋情的这种轰轰烈烈的方式，仍然让所有人都为之震惊了一把。

　　"穆庭乔雁公开恋情"这个话题随着演唱会的结束，半个小时之内便猛蹿上了实时热门话题第一名。点开话题详情，媒体从演唱会上实时拍摄到的画面被置顶到最上方，从穆庭走下舞台开始到乔雁扑到他怀里结束，视频半点不落地忠实记录下了所有细节，短短半个小时，点击量与回复量就已经达到一个恐怖的地步。

　　各家媒体的通稿紧随其后，很快便跟进了这件事，稍一刷新有关他们的消息便已经铺天盖地。媒体们本来都事先收到了凯星和锋辰的消息，都已经早早备好一份通稿模板，只等两人正式公开后便第一时间发表出去，然而谁都未曾预料到这场告白会这么浩大惊人，一时间忙着补充鼓吹诸多细节，原先的通稿几乎通通作废。

　　公众的反应是迅速的，在穆庭结束演唱会带着自己的一众人马去开庆功宴的时候，网络上已经出现了数个点击量惊人的话题讨论帖。跟着来蹭饭的乔雪在庆功宴间隙摸出手机，清理回复完手机里来自同学和群里的消息后，点开了盖楼速度最快也最热门的帖子。

【××论坛】（网友交流区）看到穆庭乔雁公开恋情的消息，一个人在电脑前哭成傻子

01：如题，楼主穆庭粉，在穆庭刚出道时就开始关注他，粉他的时间应该比大多数人都长。看着这些年我所支持喜欢的这个人，在娱乐圈游刃有余地独善其身了这么多年，终于栽到了一个女孩子手里，说不上心里是什么感觉，高兴又难受，现在眼泪根本止不住。

追的时间不长，感觉一夜之间、一念之间就经历了很多，心里特别多感慨，又觉得什么话都说不出来。我应该祝他们幸福吗？虽然心里一直明白这个人并不属于我，但心里还是会觉得不甘心，大概是我的问题吧。

15l：回答楼主的问题，你应该。如果真拿穆庭当你的偶像，那他找到了属于自己幸福的时候，你含着多少哭不出的泪也该笑着说恭喜。你看演唱会的视频了吗，别给他丢人，赶快叫嫂子。

184l：呜呜呜啊啊啊，活久见发糖啦！楼主你不祝福你想干什么！醒醒啊，你这么想，男神虽然有主了，但是女神同样也美颜盛世啊，哈哈哈哈，这桩亲事我准了！（你谁）

291l：理解楼主的心情，我也是穆庭粉，粉得没有楼主久，是在倒穆事件里穆庭晒出诸多合照的时候粉上的……特别迷他有颜有背景还这么桀骜不驯的性格，觉得他简直是帅炸了好吗！不过不同意楼主说的一点，他从来没有在娱乐圈游刃有余地独善其身过。

其实以穆庭这样棱角分明的性格，如果没有锋辰太子爷这个身份在，简直必会处处碰壁受挫，但我觉得他最难能可贵的是，他这样的性格并非因为是有后台底气足，他是真的觉得就算在这个充斥着规则暗流的污浊圈子里，有本事的人才该脱颖而出，才有资格被青睐被提拔，这和背景无关，这就是纯粹的端正三观，这也是我最喜欢他的地方。

所以，如今他和乔雁公布恋情，我一点都不觉得奇怪，乔雁真是我在这个圈子里见过的最脚踏实地的演员，我不太愿把她分到明星或艺人这个范畴，她真的就只是个纯粹的演员，是百十年之后重温她的作品依然能感受到她的魅力的美人。平心而论，我要是穆庭，我也愿意把我所有的

最好的东西都捧到乔雁面前，包括我自己，因为她真的值得拥有一切最好的东西。

3461：他们公布恋情我真的一点都不觉得奇怪……一直存着一张动图，是去年穆庭新专辑签售会时他们同台的照片，估计也是这两个人最早的合照了吧？我发上来给你们分享一下，乔雁当时在场上说工作室制作细节的时候，穆庭侧过头去看她，那一瞬间的眼神，我当时看到就愣了一下。

不见得有多温柔宠溺，但那种我的世界你全都懂的踏实的信任感，我真的是那个时候就开始觉得他们两个肯定要有一段。

4825l：好幸福！好开心！感觉一路走下来超级不容易啊！不知道说什么了，呜呜呜呜，肯定会幸福的！如果说有一个人能娶走我家女神，那一定是穆庭啦！

8473l：这个动图太珍贵了……现在回过头看真的是啊，今年穆庭专辑签售会的时候我也去了，签售会还没开始的时候有一小段花絮，电视台没播，好像也没有媒体报道，但是穆庭和乔雁的后援会应该都知道。

当时我们在会长的安排下布置场地，争论了很久，最后还是决定在天花板上的红色气球间隙里挂上很细的蓝丝带，那是乔雁的应援色，当时他们俩已经被《终极战斗》几乎炒成国民恋人了，我们知道他爱看，虽然不合规矩，但还是这么布置了，希望他看到能觉得高兴。

结果他真的看到了，签售会开始之前他和乔雁站在一起，从二楼的幕布后面往下看，被我们发现之后两人还一起冲我们招了手。当时都知道乔雁在拍《清君侧》，出剧组很难，我们都没想到她会来，事实上签售会整场她也根本没上场，但事后我们群里讨论，都觉得这样明朗而隐秘的支持，就算他们真的是那种关系，我们也觉得她做得已经够到位了。

113922l：啊，还有这段？！我居然不知道，我不是个合格的粉……但是这不重要！大家让开让我来！楼主我给你推荐几个视频吼：

（穆庭乔雁跨年合唱《侠情天下》.mp4）

（乔雁参加节目回头向穆庭投去求助一瞥穆庭把她举高.rmvb）

435

（穆庭在乔雁耳边低语.rmvb）

（穆庭看着乔雁笑.wmv）

13859l：楼主纠结该不该祝福有何意义，你看不出来两人里面大写的痴汉忠犬明明是你家画风都崩裂了的穆太子吗……

讲真，我对穆庭乔雁都属于路人好感那种，负责任地说一句，穆庭不碰上乔雁时就是桀骜不驯打脸狂魔画风，自从遇到乔雁之后整个人都进化成妻奴傻白甜的感觉，默哀30秒！

15279l：乔雁粉，那张动图不是他们最早的合照，最早的是穆庭第一次传绯闻时只有背影的那张，比对一下背影，真的就是乔雁。看到他们公布的消息我是真的哭了，从最初到最终，身边始终就真的只有这么个人，如今听到他们亲口承认，就像见证了一个奇迹的诞生一样。

26346l：真的算是奇迹了，乔雁走红到现在也不过两年吧，想想她这两年跨越的高度，说是平步青云也不为过吧，如今也算半只脚踏入豪门，真的是幸运到没边了。

39994l：乔雁完全算不上幸运，她是这两年火起来的，但她实际出道的时间甚至比穆庭还要早一点，没几个人能比穆庭起步更高，乔雁没什么幸运的地方，她龙套踏踏实实地演了四年，被人抢过戏份角色，靠自己的演技一步一个脚印走到今天，即使他们现在公开了我都说不出乔雁是抱着穆庭大腿上位这种话，感觉是对两个人的侮辱。

别的不说，就说去年乔雁的那次黑料事件，当时穆庭从记者的重重包围中带着人杀进来时我觉得他帅爆了，但乔雁绕过他自己站在媒体面前的时候我就觉得，乔雁真的是和穆庭一样棱角分明的那种人，她再没名气的时候也从来没把自己看低过，这份实力带来的自信坚韧与教养带来的宁折不弯真的特别迷人，非常理解穆庭，放着这样的不喜欢怎么可能？

84352l：穆乔粉，这也是我一直喜欢这一对的地方，穆庭从一个很高的起点开始，这些年一路向上走，从来没停下来等过谁，包括乔雁。而乔雁几乎是从最低矮的地方一步一步缓慢地爬上来，直到和穆庭达到并肩的高度，两人于是牵起手，一起向未来更艰险的高处走。

这也是我最喜欢他们的地方，在这段感情里，乔雁的温柔是努力站在和你并肩的高度，坦坦荡荡光明正大地牵着手站在一起，而穆庭的温柔是我不会站在原地等你或是拉你上去，但在你追上来之前，我也绝不背弃，身边的位置一直为你留着。

192482l：所以他们敢公开，敢承认，敢这么轰轰烈烈地在一起，敢让所有人见证他们明朗干净的爱情。真的特别特别动人，连唱衰的话都无从出口，祝他们永远幸福。

592343l：要幸福啊！最喜欢最喜欢你们啦！悄悄说前几天乔雁和秦菲对战的时候，我的那个直播框里拍到左起第二辆车里的穆庭啦，公开以后就不用这么辛苦啦，替你们开心呀！

乔雪逐条向下翻着，一目十行地看，到头来眼睛依然无可避免地有些湿润。她抬起头看了坐在她对面的乔雁一眼，她坐在穆庭旁边接受着所有人明里暗里抛弃节操下限的调侃，全程保持笑意，反倒是穆庭时不时就要疯癫一次，把所有不怀好意提问的人都要轰出去三丈远。

他们不在一起，谁在一起呢？乔雪收起手机，朝两人举起酒杯。

"姐、姐夫！"她开心地笑着喊，"百年好合早生贵子啊！"

穆庭和乔雁同时呛了一下，乔雁又惊又羞地瞪了她一眼，乔雪笑眯眯地不以为意，穆庭反应过来后开始嗷叫着拍桌子："好好好，生生生！生足球队！"

乔雁顺手给了他一胳膊肘，乔雪和众人一起哄笑成一片。

要幸福啊！

他们头天晚上喝了不少酒，最后竖着进去的人横着出来的占了大半。穆庭酒量不错，但在被轮番轰炸后迅速倒了下去。乔雁向来节制，众人对她也比较好，眼下见她还算清醒，分派任务时就把穆庭扔给她，让她把穆庭弄回去。

这倒不是很难——乔雁把穆庭从车里拽出来，从包里翻出钥匙打开穆庭的公寓门。在一起之后穆庭就给了她自己公寓的钥匙，司马昭之心路人皆知，不过两人都忙，实际上乔雁还真没来过。好在房间不算太乱，乔雁翻出毛巾和温水后端进卧室后，意外地发现穆庭居然睁开眼睛靠坐在床上，眼下正在低头扯自己身上的领带。

"你醒了……不对，你没醉啊？"乔雁错愕地问。

"不装醉趴下他们能放过我吗？"穆庭十分坦然地答，丝毫不以自己装醉为耻，低头继续笨手笨脚地扯领带，"奇怪，怎么扯不下来了……这怎么系的？"

他现在系的确实是个比较复杂的结，乔雁放下水杯走过去，低头研究了一下。

"这样？"她倾身上手去解，解开了之后正要重新站起身，蓦然被穆庭揽住腰重新扣回怀里。

"都来了还想走？"他在她耳边压低了声音问，温热的吐息打在她的耳侧。

这样被气息吹拂着有些痒，乔雁垂眸，稍稍瑟缩了一下。她现在被穆庭揽住腰，整个人依偎在他怀里，被她所熟悉的气息严密地包裹着。只听得到声音，看不见穆庭此时的表情，乔雁迟疑着将手放在他胸膛上，却迟迟没有撑起身。

为什么要走？她在心里默默地问自己，他们在一起，几个小时前接受了来自全世界的祝福与亲人的认可，这是她的男朋友，是她一路走来的贵人与挚交，是对她掏心掏肺好的人——是她的男人。

糟糕，乔雁想，我一定是被什么东西蛊惑了。

不过……管它呢。

她没有说话，过了一会儿，抬手搂上穆庭的脖子。穆庭轻笑了一声，吻了她的发顶一下，两人相拥着倒向床榻。

倒向一个迷人的夜。

穆庭和乔雁公布恋情这件事，影响远大于他们所预估的所有情况，又远小于经纪公司所猜测的一切公众反应。

在那个会让许多人都铭记很久的夜晚之后，仿佛所有人都知道了他们在一起的事情，也接受了他们在一起的事实。一点点不和谐的声音都会被淹没在评论的浪潮里，来自全世界的祝福铺天盖地，像是所有人都陪着他们做了一场最美丽的梦境，美好得让人几乎只能发出一声羡慕又祝福的叹息。

曾经的好人缘换来了如今的回报，无论是苏凭、楚冰，还是魏泽、刘骁，抑或林承骁、沐雪晴，所有和他们有过合作关系的演员在被问及此事时，都是清一色地送上祝福，这样的联名之下，粉丝效应也非常明显。两人的路人总会是另外一批人的粉丝，而当偶像带头表示支持之后，得到公众的祝福也就成为一件几乎是板上钉钉的事情。

穆庭和乔雁都是情史干净的人，媒体掘地三尺也挖不出什么料，于是只能将精力放在挖掘他们过往未公开前恋爱的蛛丝马迹上。

这还真的发掘出了好些隐秘的线索来，他们在《红颜谋》剧组的初遇、《初相见》发布会后台隐秘的吻、乔雁受伤住院时穆庭彻夜的陪伴、乔雁剧组里穆庭每次打卡一样的探班……公众反响热烈，媒体们也发掘得越发卖力，对这一对的兴趣与日俱增，就盼着这两人再次出现的时候上前采访，以求挖出更多的猛料。

乔雁在穆庭的公寓里待了两天，两人足不出户地宅在家里耳鬓厮磨，小小地给自己放了个短假。演唱会结束后首次被媒体拍到时又是双双露面，两人亲昵自然地走在一处，手牵着手，光明正大。

这样的消息自然很快便被推送到了网络头条，穆总戴上眼镜看了一眼，笑着摇了摇头。

"这就被拍到了，年轻人还需要再磨炼啊。"他对穆庭说。

"哦。"穆庭带着乔雁刚进家门就被自家亲爹如此打击，很是不情不愿地低下头应了一声。乔雁在旁边不由得莞尔，穆庭的母亲端着一盘水果从厨房里走出来，眉目柔和地看着他们点点头。

"都站在门口干什么，进来坐。"她招呼两人进来，和两人见到乔雁母亲时的场景不同，穆庭明显和父母都很亲近，虽然在外面一直叫穆总为"我家老头儿"，不过站在他面前时还是不自觉地稍稍低下了头，尊敬不经意间便能展现出来。

初登男朋友家门，乔雁虽然习惯了聚光灯下的生活，向来以温和大气著称，不过此情此景之下，还是难免有点拘谨。穆庭则对此毫无压力，他们坐到沙发上，穆庭笑着揽过乔雁的肩，介绍时嘴里也没个遮拦。

"爸，妈，带你们儿媳妇来看你们了。"他揽着乔雁的肩兴致勃勃地介绍，像是在父母面前展示自己成绩的孩子，眼中的神色灿烂一片，"乔雁，你们在电视上都看过了吧，真人是不是比电视上还漂亮？你们还满意吗？"

"你求婚领证了吗，就占人家姑娘的便宜？"穆母伸出指尖亲昵地点着他的额头说教，穆庭连连点头应是，脸上还带着笑意，暗中有些许不易察觉的紧张，不是亲近的人很难看得出来。

　　不过他对在座的三人显然都毫无保留，穆母训斥了几句后便也不再吊着他的胃口，转向乔雁时端正了神色，乔雁也下意识挺直了脊背正襟危坐，而后穆母便温柔地摸了摸乔雁的头发。

　　"好孩子，穆庭从小受的管束少，难免带着点任性和坏脾气，肯定也给你添了不少麻烦。"她温和地说，又对乔雁展露出一个亲切的笑容，"以后你就多管着他一些，你这孩子我们知道，善良稳重，我们也放心。"

　　"本来今天穆庭跟我们说要带你过来，家里有不少亲戚久闻你的大名，都想过来见见。"一旁一直温和地坐在一旁的穆总也插进话来，冲乔雁友善地颔首，"我们想着你第一次过来，见太多人不大合适，也就没让他们过来，不过也都是家里的亲戚，有空你们就常过来走动，也好和他们认识一下。"

　　这番话出口，便代表穆家对乔雁的认同，穆庭不易察觉地松了口气。被穆总不动声色地拍了下背，穆庭马上又重新坐直。乔雁眨了眨眼，一时万千感慨涌上心头，最终带着微红的脸颊低下头，笑着应了一声。

　　在穆家的这一天，过得轻松而令人愉悦。穆庭带着她参观自己在家住时候的卧室，骄傲地向她展示自己的一书架模型赛车，边盘点边藏自己的黑历史，在受到乔雁善意的嘲笑之后还把她摁在门板上抢走一个吻。临到晚饭时，穆庭被穆母拎过去交代近日情况，乔雁则陪着穆总坐在客厅里下棋。

　　"穆庭对这个完全不感兴趣，他妈妈也是，很久没在家和人下一盘了。"穆总认真琢磨片刻后落下一子，显得心情颇佳，"老了就不爱管公司的事了，不耐烦操心劳累，总想着退位下来享享清福，难怪人老了之后就会变成老昏庸……可惜穆庭这小子也不靠谱，我这把老骨头彻底清闲下来也不知道还要等多久。"

　　"您看上去完全不老。"乔雁发自内心地说。穆总如今年近六十，看上去身体却还很硬朗，精神也非常不错，穆母看上去比穆总更要年轻些，他们看起来完全不到颐养天年的岁数，就连这下棋也缜密清晰——乔雁又落下一子，感觉自己这盘又要输了。

　　"身体上还好，主要是心理上不愿意拼了，大概是想着儿子还算出息，靠着他哪一天还能指望吧。"穆总慢悠悠地说。厨房里保姆正烧着今天的晚餐，食物诱人的香气飘过来，伴随着电视上喧嚣热闹的声音，这栋复式别墅此时也弥漫着最为温馨平凡的家的气息。

"其实之前我和他妈妈都特别不放心他，觉得以他这样这么棱角分明的性格，以后少不了要吃苦头，后来知道他身边有你之后，感觉就放心多了。"

"你知道吗，乔雁，"穆总温和地说，"我和他妈妈知道你的时间很早。"

"是吗？"乔雁有些诧异地抬头看向穆总，想了想问，"我们刚在一起的时候他说的？"

"你大概猜不到这个时间。"穆总摇了摇头，揭晓谜底，"你们前年年底绯闻照片被曝光的时候，我们就知道你的名字了。"

这个回答大大出乎乔雁的意料，她有些发怔地看着穆总，手上的棋子一时都忘了下。

"他虽然有时候傲了些，感情方面倒是真的很慎重，大概是受我和他妈妈的影响。"穆总做出回忆的表情，仔细回顾了一下当时的情况，"所以他破天荒传出绯闻的时候，我和他妈妈第一时间就观察到了，也第一时间问了他具体情况。"

"当时他解释得很痛快，我和他妈妈却都有一种莫名的预感，所以还是查了一下你的资料，先跟你说声抱歉。"穆总说到这里顿了顿，乔雁连忙摇头示意没有关系，穆总从善如流地继续。

"那个时候你的履历资料都平平无奇，穆庭在这方面什么都没经历过，我们怕他吃亏，所以又过了几个月，他正式地跟我们提起你的时候，我和他妈妈多少都有些不赞同。第一，你是圈内人。第二，当时你还处在黑料期，虽然我基本明白是怎么回事，但为锋辰的名誉着想，我们还是觉得不太喜欢。"

"在这里必须要额外说一句，"穆总看向乔雁，和善地说，"你之后的解决方法干净、果决、勇敢，并且问心无愧，我和他妈妈从那个时候开始改变看法，觉得你的确是个很不错的女孩子。"

乔雁微笑了一下，不动声色地将一直捻在手里的棋子按在棋盘上，发白的指节逐渐恢复血色。穆总看在眼里，却并没有点明，只是保持着一直以来的神情，在棋盘上落下了最后一子，结束了这局。

"为了能带着你站在这里，让你接受我和他妈妈最大程度的善意，穆庭还是做了不少努力的。"他对乔雁说，保姆向他们表示晚饭已经做好，已经隐约听见穆庭在楼上扯着嗓子回应的声音。

"我们现在对你没有任何芥蒂。"他对乔雁肯定地说，"一方面你是一个各方面都很优秀的好姑娘，另一方面，你让穆庭学会了诸如责任、担当、照顾、保护，还有很多其他的东西。"

"我和他妈妈都很感谢你，把穆庭变成了一个更好的人。"

乔雁顿了顿，还没来得及说话，穆庭已经从楼梯上冲了下来，奔向晚饭桌。路过他们时稍微停了一下，拉过乔雁，招呼亲爹一起过去。

"第一次一起吃饭！你们下棋还没下完啊，先停一会儿，走走走……"

乔雁被穆庭拉着向前走，穆总有些好笑地看着他们，也不紧不慢地跟了过去。

共同走向一个洋溢着欢声笑语的黄昏。

《清君侧》上映赶上了暑期档，又因为票房火爆、入围金谭奖与国产影片保护月三重原因，延长了将近一个月的院线放映时间，等到最后全面下映时，票房果然达到了一个颇为惊人的数字，几乎是《初相见》的两倍，轻松问鼎国内同类型电影的票房巅峰，在国内电影史上与众多影迷心中，都留下了浓墨重彩的一笔。

许多真爱顾蜚声的投资方投资了一辈子顾导的电影，坚持到这两部时终于扭转了一直以来的亏本投资，个个感动得几乎语无伦次。终于等到你，还好我没放弃啊！投资方奔走相告，看顾蜚声、乔雁、苏凭这组搭档就像看到了招财进宝稳赚不赔的渠道，恨不得让他们一直这么搭班子三四五六部地拍下去。

影迷们也乐于见到这样的情况，随着如今国内娱乐产业的快速发展，许多不容忽视的问题也接踵而来。比如现在为了追求票房，许多电影功夫下不到位，一味拿大腕和大场面来凑，固然能凑出漂亮的票房，过后评价却永远是骂声一片，大制作几乎快要等同于大腕大场面的堆砌之作，发展如此畸形，无怪乎国内影片在国际市场上一向没有竞争力。

而如今这两年来，顾蜚声所执导的电影《初相见》《清君侧》的接连成功，用叫好又叫座的市场反响向所有人证明了一件事情：国内电影人是拍得出好电影的，优秀的演员、剧本、制作团队，我们哪样都不缺，只要交给一个合适的统领者与创作者，这些优秀的元素集合起来，一部好电影将必然诞生。

然而，为人们将这样的信念树立起来的顾蛰声，却没能像所有人所期待的那样，将这样高质量的电影一直做下去。他在医院里度过了《清君侧》上映期的两个月，所有的电影后续宣传都遗憾地无法参与。

他曾在数月前电影拍摄期间允许苏凭因为楚冰的事情赶进度，苏凭和乔雁都念着他的好，自知欠着这么一份人情，这两个月都没有再接其他的重大活动，全部时间都放在为《清君侧》站台跑宣传上，以两人如今的咖位，这样的决定实在太过难得，也让圈内人都为之啧啧称奇，对顾蛰声选人的目光更多了一分钦佩。

而这两个人如今都是凯星的艺人，也让很多经历了这几年娱乐圈风风雨雨的人都若有所思。铁打的公司流水的艺人，但若是一个公司所有艺人都是这样洁身自好又有情有义的性格，那么这个公司的氛围之好，实在也不容随便抹黑。

顾蛰声在病床上待了颇久，等到他重新能够出院走动的时候，《清君侧》已经下映，到了金谭奖颁奖的时间。《清君侧》剧组如约踏上大洋彼岸的陌生土地，众人心里都有些百感交集。

这是属于电影的国度，诞生上世纪最伟大导演的土壤，孕育自由人文电影精神的温床，数百年来诞生过数不清的影帝影后与传奇电影，在这里植根的莎顿电影节，是最令全球影迷瞩目的一年一度的盛会。送选的电影不分国度，不划题材，不设限制，都将在莎顿电影节的最后一天，在金谭奖的颁奖礼上最终揭晓。

《清君侧》在本次金谭奖上获得了数项大大小小的提名，包括"最佳影片""最佳女主角"两项大奖，以及"最佳配乐""最佳剪辑""最佳道具服饰"三项小奖，五项提名令国内娱乐圈为之震动，也带着无尽的期望，如同送远行的战士奔赴战场那样，将他们送来了莎顿电影节。

他们此时承载着国内上亿人期盼的目光，华语电影在金谭奖的舞台上消失太久，如今用重重宫墙下渐渐成长的女君王重新站在世界面前，每个人都带着抑制不住的紧张。怕这个被誉为华语电影崛起之作的电影在国际上得不到相应的认同与赞扬，也怕希望越大失望越大，不敢再怀有绝对的厚望。

公众与媒体一切有关于金谭奖的情绪，都随着莎顿电影节大幕拉开而变得越发剑拔弩张。而身处话题中心的《清君侧》剧组却反倒没有众人想得那么紧张，期待与忐忑自然有，然而看着顾蜚声波澜不惊的微笑表情，总觉得便像是得到了莫大的慰藉一样，自然而然放松了下来。

电影节开始和金谭奖举行之前隔了不短的时间，剧组的人都各自散开，去寻找自己感兴趣的电影观看，只有乔雁和穆庭一直都是一起行动——《清君侧》这次同样提名了金谭奖的"最佳配乐"奖，虽然穆庭只负责了主题曲，总领全片配乐的另有其人，但提名这个奖项自然也有他的一份功劳，于是也就跟着剧组一起赶了过来。

他们刚公开也没过多久，其间乔雁在各大城市飞来飞去地做宣传，穆庭自己也负责了别的歌曲制作，又是一段忙得脚不沾地的时光。这期间两人见面的机会一直不多，更勿论耳鬓厮磨与抵足缠绵，而今来参加电影节说是履行工作，对两人而言反倒像是放个短假，在一起身心放松地看几场电影，彼此都觉得新鲜。

他们的选片口味不是很一致，乔雁偏爱小众的清新文艺电影，被穆庭评价为跟风小资，陪乔雁看时像多动症一样不安分，两个小时不说话坚持下来忍得颇为辛苦，一直并极力向乔雁推荐自己热爱的大制作热血动作片，乔雁拒不接受诱惑，不过被穆庭哄得心情够好时，也会陪着他去看上那么两场。

莎顿电影节的氛围轻松而自由，大大小小的展厅里意气风发的制作人带着他们的电影卖力地做着宣传，也有许多心怀梦想的创作者带着剧本只身前来，以期能被慧眼识珠，得到能让电影从梦想走进现实的投资。展映厅中放映着入围金谭奖的电影，可以凭自己喜好随时进去观看。

他们暂时把等待金谭奖的忐忑与期待放下，在这里度过了悠闲的几日，以至于再次见到顾蜚声时，顾导笑着打量了她一会儿，温和地点点头。

"恋爱中的姑娘果然是最美的。"他和蔼地说，两人沿着一排排展映厅并肩向前走，"如果不是我已经没有精力拍电影了，真想邀请你再拍一部。"

乔雁有些不好意思地莞尔，笑起来浅浅的梨涡溢满温柔。她偏过头看向顾蜚声，真诚地夸赞："先生的气色也比几天前好太多。"

"我看我现在的状态，差不多也就是回光返照了。"顾蜚声笑着摇了摇头，走到一扇虚掩着的门前，有些感慨地触摸着门上悬挂的影史轶事标牌。莎顿电影节坐落的国度官方语言不算全球通用，乔雁看不懂上面写着的花体字母，却也敏锐地注意到了顾蜇声抚摸着标牌的表情温和无比。

"我曾在这里留学两年，受益匪浅。这里是培育电影人最好的国度，虽然你志不在此，不过我建议你如果有机会的话，也来这里深造两年。"他对乔雁简单地解释两句，推了虚掩着的门，门内坐着的人见到两人出现后站起身，风度翩翩地和他们握手，旁边助手模样的人嘴里吐出一串流利的陌生语言，顾蜇声朝他点点头，与他正对面的中年男人打了个招呼。

"莫特先生，好久不见。"他客气地说，又侧身示意两人将视线落到站在他后面的人身上，"这是乔雁，一个非常优秀的演员，我了解过你的新戏构思后，觉得女主角的定位与乔雁非常符合，今天把她带来介绍给你认识。"

顾蜇声语速不快，吐露出的中文却字正腔圆。旁边莫特的助手愣了一下，茫然地看向莫特，莫特点点头，开口时语速很慢，发音也不标准，说的却是明显的中文。

"顾先生，好久不见。"他磕磕绊绊地说，一双澄净的蓝色眼睛好奇地看向乔雁，"您的电影我看过了，非常棒，您与生俱来的天分与努力在灵魂与作品中发光，美妙的艺术，我对它充满信心……这个姑娘，乔，是里面的女主角吗？我非常喜欢。"

"对，就是她。"顾蜇声颔首，不动声色地向后让了让，将站在他身后的乔雁展现于人前。乔雁会意，向前走了一步，站在顾蜇声的身边。

"下午好，莫特先生，我是乔雁。"她脸上的微笑礼貌温柔得恰到好处，带着属于一个演员的认真严谨与对好剧本的期待，向莫特微笑着伸出手。

"听说您的新电影叫《风色战纪》……"

"期待能和拥有如此美丽名字的电影，有一段合作的缘分。"

在莎顿电影节的最后一天晚上，金谭奖颁奖典礼如期举行。

《清君侧》剧组的主演和主创悉数到场，他们带着五项提名从古老遥远的东方国度徐行而来，走过聚光灯闪烁的红毯，落座在一众金发碧眼的西方人之间，几人微笑的表情落入所有好奇探究的打量视线，也通过镜头忠实地展现在所有屏幕前的观众面前。

他们这一次前来，身上带着沉甸甸的五项提名，是足以让国内娱乐圈扬眉吐气的好成绩，受到的关注、追捧、期待与祝福不计其数，国人对金谭奖的关注度也骤然飙升至顶峰，电视台与网络平台同步转播金谭奖盛况，在金谭奖会场内负责拍摄转播的几个摄像师冲他们用力招手，明知道他们坐得远不一定能看见，依然希望向他们传达这份毫无保留的祝福。

"这是国内金谭奖现在的最年轻获奖者，二十九岁……"主持人在台上妙语连珠，一座座奖杯被颁发出去。苏凭坐在乔雁旁边，看着台上大屏幕不断被一分为六，而后这些充满忐忑的面孔都消失不见，只留下那个满面惊喜的获奖者。

"顾导得金谭奖的'最佳导演'是在很多年前，现在只缺一个'最佳影片'的奖杯结束他的导演生涯，如今他再次带着一部出色的作品前来，应该不会让他空手而归。"

乔雁也看着大屏幕，无声地点点头，明白苏凭与她说这些的意思。她今年二十四岁，太过年轻，虽然演技广受认可，但不一定能得评选组的青睐，如果不幸没能选中，也完全无需气馁，属于她的金谭奖未来还有很长的路。

但她还是感到了难以言喻的紧张。

如今金谭奖的奖杯已经发出去了三分之二，大多数奖项都已经揭晓谜底。在提名的三个小奖中，他们获得了"最佳道具服饰奖"，这次金谭奖注定不会空手而回。但这样三分之一的获奖率也让每个关注着金谭盛事的人都紧张到了极点，仅剩下两个大奖没有揭晓，这两个大奖的获奖率会是多少？百分之百？百分之五十？还是百分之零？

说话间台上的颁奖嘉宾已经出场，手里拿着"最佳影片"的获奖结果。众人屏住呼吸，听颁奖嘉宾念出最后的名字。

"获得'最佳影片'的是——顾蜇声，《清君侧》。"

会场内响起了热烈的掌声，顾蜇声站起身，神色竟然显得有点茫然。乔雁坐在他旁边，此时迅速反应过来，笑容满面地拥抱了顾蜇声一下。顾蜇声被她抱住之后才回过神，又和剧组的其他人拥抱之后，才在掌声与镜头的环绕中，登上了金谭奖的颁奖台。

"时隔多年，我再一次站在这里。上一次站在这里的时候，我拿走了一座"最佳导演"的奖杯，当时表现得无可挑剔，心里觉得这座奖杯自己实至名归。"顾蜚声的中文透过麦克风传遍会场所有角落，也传入了每一个收看电视与网络转播的国人的耳朵。

"但如今捧起'最佳影片'奖杯，心里却带着前所未有的激动，紧张得几乎说不出话来。"顾蜚声笑了笑，在无数双眼睛的注视中，将奖杯高高举起。

"这是给所有国内电影人的奖杯，是给编剧、制片、道具、灯光、顾问、摄像、后期、特效、演员，是给这些所有人的奖杯。"

"电影从来不是一个孤军奋战的世界。"他说，"这是对每个参与人员的认可，我在这里斗胆自比一句先驱者，希望能用这座奖杯向所有后来人证明，我们坚持下去，认认真真地拍下去，梦想照进现实的那一天，终将来临。"

这一刻，无数个屏幕前，所有对电影心怀梦想的人，无不热泪盈眶。

在公布过"最佳影片"之后，剩余的悬念便只有"最佳男主角""最佳女主角"了，即今年金谭影帝影后的归属。装有"最佳女主角"的信封已经被颁奖嘉宾握在手中，大屏幕一分为六，乔雁抬头看向大屏幕，微笑的表情自然得体，只有自己知道，此时全身都已经有些僵硬。

《清君侧》已经拿到了"最佳影片"，她再拿"最佳女主角"的概率变得微乎其微，但总还有一丝希望在，不愿意彻底放弃念想。现场一片安静，无数个屏幕前的国人更是屏住了呼吸，颁奖嘉宾拆开了信封。

"本届金谭奖'最佳女主角'的获得者是——"她抿了抿唇，仔细地照着纸上的名字念了出来。

"乔雁，《清君侧》。"

大屏幕上只剩下她微笑着的脸，这一刻，场内场外，国内国外，所有人都在为这个新鲜出炉的，二十四岁的年轻影后，献上热烈的祝贺与欢呼。

很难形容那一刻自己的感受，乔雁眨眨眼，站起身，与坐在她身侧的顾蜚声与苏凭分别拥抱，穆庭坐在苏凭旁边，此时也站起身向她望来。

明知这里的情况都会被忠实地转播回国内，她依然坚定地绕过去一下，抱住了穆庭。在接触到这个熟悉的怀抱时，她的眼圈迅速红了。

她还年轻，不敢说苦，不敢说自己有多努力，台下事先准备好的领奖感言全都是抒发自己的感谢与受宠若惊之情的。只有在穆庭面前，她才终于感受到自己这份努力换来的分量，与迎来最美丽结果的踏实。

他们短暂拥抱了一下后便分开，穆庭只来得及对她说上一句短促的恭喜。乔雁平静下来，一步步登上领奖台，接过颁奖嘉宾手中的奖杯，微笑着举在胸前。

"能站在这里，我要感谢很多人……"她把之前准备好的获奖感言流畅地念了出来，末了稍稍一顿。

全场所有的视线都集中在她身上，而她像顾蜚声一样，笑着将奖杯高高举起。

"这同样不是我一个人得来的奖杯。"她对着话筒清晰地说，眉目弯弯，笑容甜美，"它不光属于我，更属于顾导，属于《清君侧》的主创，属于我的公司——"

"属于我爱的人。"

金谭奖"最佳女主角"的获得，对乔雁来说，不是结束，而是开始。

她如今是金谭奖最年轻的影后，国际大片《风色战纪》的华裔女主角，国内娱乐圈几乎要把她捧上天去，曾经漫天的质疑与诋毁，在岁月的见证中尽数化为充满爱意的崇拜与赞美，时光写下她这一路踏实又坚定奋斗的点滴经过，在功成名就之时被镌刻成恒久的传说。

在这条名利交织的璀璨星途上，有人选择投机取巧，有人选择随波逐流，有人选择害人利己。这个世界现实又残酷，没有人能言之凿凿地断定这几条路孰对孰错，然而还是有人坚持在污流浊潭中清清白白地走，但行善事，不问尽头。

顾蜚声是这类人的代表之一，他用一生的时间打磨着自己的故事，砺沙成珠，在燃烧灵魂之火的过程中将热爱的事业做至极致；而乔雁是这类人的另一个代表，她是顾蜚声费尽心血所培养出的最夺目的结果，也用自己的努力，向许许多多个顾蜚声与这个冷眼旁观的世界证明，只有在这样清白自律踏实努力的土壤中，开出的花才最为纯净美丽。

每个人都有自己的选择，都有自己的故事，而这个由许许多多个故事构成的世界，似乎每一天都要比前一天更美。

魏泽和张简继《红颜谋》之后再度联手，这一次讲述的是一个舒缓的慢节奏故事，像是铺墨运笔层层叠叠的山水画，深深浅浅尽头是张简最为钟爱的怅然若失，故事似乎注定不是大热题材，却必然会是个带着情怀认真完整讲述的圆满故事。

徐振在《侠义千金》后休息了不到一年，便立刻闲不住地开始筹备起新的剧集。这一次他选择的主角是李莎娜，这个最近两年几乎消失于人前的姑娘站在镜头前时，比媒体想象中平静了许多，只在紧抿的嘴角中泄出几分真正的情绪，沉着的信念与决心妥帖又坚定。

林承骁和沐雪晴被媒体拍到后大大方方承认了恋情。《终极战斗》一共才六个嘉宾，结果居然成了两对，公众对这样的巧合都感到惊叹不已，掀起一波关于终极婚介所的汹涌打趣，一时间除了对这两对公开情侣的调侃之外，催促调侃苏凭的声音更是轰轰烈烈，粉丝们也快要为苏影帝操碎了心。

对此，苏影帝表示，快了快了，大家不要着急。

"你快在哪儿了啊？"火锅店内，穆庭满脸嫌弃，"你俩还不公开，等着过年啊？"

又是一年凛冽的冬天，国内娱乐圈的颁奖季即将扎堆来临，凯星延续传统，在今年的第一个雪天，全公司停工一天，浩浩荡荡地出去吃喝玩乐。凯星今年的发展势头不可谓不迅猛，捧出了乔雁，请来了苏凭，自家的艺人虽然没有再多招收多少，已经带着的这些却有一个算一个，经过或长或短的等待与努力后，纷纷努力勇敢地冒出了头。

而这些新晋的艺人中，以刘静怡最顺利，颜雪芯最坎坷。她们两个准确无误地印证了罗铭的猜测，都要在跌了跟头之后才开始真正地向前走。而今刘静怡的那道坎已经迈过去，颜雪芯也一定为时不远——努力总是会有收获的，凯星的所有人都抱着这样简单而纯粹的念头，甚至包括颜雪芯自己，都坚信着越过障碍向前走的那一天，一定为时不远。

火锅店内，穆庭的吃喝声带起一阵轻快的笑声，苏凭头都不抬，在凯星其他人饶有兴趣的围观中不紧不慢地从火锅里捞出一筷子粉丝，放到旁边人的碗里："凯星内部聚会，家属低调点啊。"

"你都把楚冰带过来了还好意思说这个？"穆庭嗤之以鼻。罗铭本来笑呵呵地在一旁看热闹，被舒丽示意了一下，不情不愿地轻咳了两下，出来打圆场。

"这事我给个定论啊。"罗铭清了清嗓子，一本正经地说，"凯星兼收并蓄，有家属的都可以带，但是得不到我们认可的小心被乱棍打出去啊。"

"不过苏凭，你们什么时候公开心里有数没？有数的话记得提前跟公司打招呼。"罗铭说完后自己琢磨了一下，代表凯星随意地提了一句，语气不算正式，倒也算表了个态。

"一直没找到合适的机会，公开的话……今年跨年晚会上吧。"苏凭认真地思考了一下。

罗铭还没来得及点头，就听见苏凭接着轻飘飘地扔出来一句："到时候公开下，顺便求下婚。"

这是能一起干的事吗？！凯星一众简直惊呆了。

"这是应该当着女主角的面说的事吗？"席上静悄悄半晌，乔雁看了眼坐在苏凭旁边岿然不动淡定吃粉丝的楚冰，忍了又忍，还是代表众人问出了心中的疑问。

"还好吧，这事多少能猜到，瞒不住她。"苏凭淡定地说，和楚冰动作同步地端起桌上的凉茶喝了一口，露出满脸神往的表情，"再说这算什么惊喜，其实我正在努力让我们到时结婚的理由变成奉子成婚——"

楚冰呛了一下，作为回报，她面不改色地一胳膊肘捅上苏凭的胃，在苏凭捂着胃虚弱弯腰的时候淡定地端起凉茶，向众人象征性地示意了一下。

"家夫没见过世面，行为举止浮夸，大家见笑了。"

他还真是没你见过世面……凯星一众瑟缩着点头如啄米，看了一眼自家温柔和气的一姐，纷纷庆幸无比。

"那就祝你们俩到时一切顺利。"罗铭到底是经历过大风大浪的人，很快便当这事没发生一般，带着满脸笑容痛快地举杯，"今天是我们公司的年会，也庆祝我们家乔雁的新婚之喜——你们俩哪天领的证？"

"就前两天。"乔雁回答，穆庭在一旁笑容灿烂地补充。

"我们两年前第一次见面那个日子。"

那一天我遇见你，从此世界都变得不同。

"真好。"舒丽也举起杯遥遥向他们示意，眼神柔和地看着乔雁，"我看着你一步步走到今天，你值得现在所拥有的一切。"

她看着这个年轻的姑娘懵懵懂懂地站在这个混乱不堪的世界面前，在那么多的灯红酒绿纸醉金迷里，一步一个脚印地向前走去，提起了最朴素的那盏灯。

而后这个璀璨夺目的世界都不敌她掌心的光芒，最终臣服在她的脚下。

乔雁眉眼弯弯地举杯遥遥敬她，其他人也一起举起杯，斟满后共同饮下。冬天依然凛冽，娱乐圈依然每天风云变幻事态百出，然而此时此刻，此情此景，他们带着笑，握住手中的杯，如同握住了这个简单的世界。

"好好好，寓意好！"罗铭连连点头，苏凭有些好奇地插话进来。

"什么时候公布？什么时候办酒？"他问。

"她去那边拍完《风色战纪》之后，到时候新房也已经装修好了，等她回来就公布，明年夏天办酒。"穆庭神采奕奕地回答，乔雁在一旁点头。而被问及办酒的场地规模问题，两人一起开口，话语却截然不同。

"一切从简。"

"顶级配置！"

其他人："这两个词指代的是一个意思吗？"

穆庭和乔雁互相对视一眼。

乔雁让步："好吧，地方可以稍微大一点，但我这边亲戚不多，大学的老师和几个师兄师姐，还有凯星的人，这些加在一起也用不了几桌，你记得把剩下的宾客敲定好。"

穆庭兴致勃勃："我们请媒体来吧！你说我们都要请哪几家？"

乔雁委婉："我觉得还是安安静静地办婚礼比较好……"

穆庭神采飞扬："既然媒体都请了，不如我们网络同步直播？我去谈网站，看看哪家的服务器够出色，不会被在线人数挤爆……"

乔雁无奈："你听到我刚才说的是想安安静静办婚礼了吗？"

穆庭认真点头："听到了啊，你想要几套婚纱，三套怎么样？这个得提前订，我们抽个时间去国外一趟，找设计师交流元素灵感……"

在众人完全抑制不住的忍笑声中，乔雁瞪他："你知道见好就收这句话吗？！"

"不知道啊。"穆庭从容地回答，在众人爆发的哄笑声中笑着靠近乔雁，在她耳边低语，"可我就是想让全世界都知道我现在有多幸福，这个世界上有些东西就是越复杂越盛大越好看的，比如婚礼，而越简单越好的东西只有一样，就是我爱你。"

众人的笑声就在耳边，而比这些笑声离耳边更近的，是新晋上任的另一半甜蜜的诺言。乔雁垂下眼睫，嘴角带着和众人一样的明丽笑意，桌下两人的尾指悄悄勾在一起。

如同两小无猜时拉勾许下的誓言，在长大成人那天终于实现。诺言的期限不在于年龄与时间，有的人平生谨慎，一旦开口，绝无戏言。

乔雁在外面和凯星众人一起度过了愉快的一天，晚上回去后又半推半就地被穆庭折腾了大半夜，纵使作息一向规律，第二天也没能按平常的时间醒过来。卧室的窗户开在向阳面，乔雁睁开眼时，阳光明晃晃地洒了满床。

她被穆庭圈在怀里，裹着被子难得清闲地放空了一会儿。穆庭很快也被阳光晒醒过来，迷迷糊糊半睁开眼时发现乔雁已经醒了，他半撑起脑袋看了一眼时间，打着哈欠重新倒了回去。

"这窗帘不太挡光啊，"他懒洋洋地说，头发睡得翘起来一小撮，正随着他的动作慢慢晃来晃去，"新家换一个厚实点的。"

"不换，我喜欢这个样式。"乔雁一口否决，并把自己稍微挪出穆庭怀里一点以示坚定，"这都几点了你才起来，被晒醒不能怪太阳。"

"好好好，不换，不换……那加个遮光帘？"穆庭征询她的意见，顺手把她捞回来，"反正都这个点了，再睡一会儿？"

两个提议听起来好像都不错，乔雁想了想，表示默认，找了个舒服的姿势窝着，不由自主地也打了个哈欠。

懒果然是会传染的，她沉痛地想，听到穆庭胸膛震动的笑声，打了下他的腰示意他取笑的时候收敛一点。穆庭见好就收，抱着她满足地闭上眼睛。

"早安，老婆。"他愉快地说。

"早安，老公。"她温柔地答。

他们在一个布满阳光的清晨，相拥着睡了过去，下一次醒来的时候，风雨远去，光芒随行，他们用无数个昨天所换来的一切享受现在，而无数个比今天还要美好的明天都等在未来。

——正文完——

番外
争宠日常

这是一个平凡的晚上，朱薇结束了自己一天的工作，惬意地回到家洗了个热水澡，身心放松地坐到电脑前，刷起了娱乐新闻。

在娱乐圈这种地方，新闻大抵分为两种：好的和坏的。但背后代表的东西，却远不如表面看起来那么简单。除了固定的自我炒作与丑闻曝光之外，还有的人别出心裁剑走偏锋，靠自黑来虐粉，或是用力过猛地捧杀人。她入行当助理虽然才两个多月时间，然而如今对这里面的弯弯绕绕，大抵已经能分得十分清楚。

自己跟着的这一位艺人不喜欢炒作，最近又没有新戏上映，此时最好的状态就是出现在新闻板块的一角，不至于成为焦点，也不至于被公众遗忘。朱薇带着这样美好的祈盼点开了网页，满怀希望地朝首页扫了一眼，眨眨眼睛，又仔细地扫了一眼——

"穆庭与神秘人午夜私会，穆乔夫妻疑似感情生变。"

很好，又被挂到头版头条去了。

还能不能让人好好在下班时间刷个新闻了？想要低调一点有错吗？！朱薇沉重地哀叹一声，倒在桌子上，对着头条上的白底黑字大新闻以头抢地。

这样的情景似曾相识到让人眼晕，虐得她几乎都没了脾气。朱薇无限残念地爬起来打电话，接通后朝电话那头幽幽开口："许哥啊，看新闻了吗？庭哥、雁姐的婚变报道又上头条了。"

她两个多月前刚入职当乔雁的助理时，恰好就迎头碰上了这样的情况。虽然之后证明是虚惊一场，不过这个新闻她也隐约记得看到过不止一次，反复被提起，大抵也不是空穴来风吧……

两个人明明看上去感情那么好，朱薇惋惜地想。

电话那边传来厚重的低音炮与音乐声，许定远顿了两秒钟，由衷地发出一声肺腑感慨："哎哟！"

下班时间赶上艺人出事，大概是每个圈内人最为痛恨的事了。不管是助理、经纪人，还是公司方、媒体记者，都无数遍地思考过这些问题：艺人为什么一不管着就作死？为什么一作死就会被拍到？狗仔为什么不放假？！

而我还要多想一点，朱薇沉痛地想。我本命的另一半总给我本命花式作死招黑，我本命还对他不离不弃，怎么办？在线等……

多想无异，总之碰见这种情况，十有八九都意味着又要马上和公关团队一起加班。行动派小助理朱薇马上就要换衣服出门，许定远及时地喊住了她。

"小朱不要慌。"他镇定地说，在电话那头啜了一口鸡尾酒，对照朱薇的惊愕忙乱，显出一分异样的从容不迫。

"要记住我们是职业的，冷静的，经历过大场面的。前一次婚变风波还没教会你什么吗？"他语重心长地教育朱薇，而后沉稳地叮嘱，"我联系一下穆庭，你先不要动，等我的消息，或者看更新的新闻消息。"

许定远的镇定自若让职场新人朱薇也渐渐没那么紧张了，果然是穆庭御用的金牌经纪人，素质和能力都实在过硬。朱薇信服地点点头，细致周到地问："好的。需要我联系一下凯星和锋辰的公关团队，让他们暂时按兵不动吗？"

"不用了。"许定远淡然地说，"锋辰的公关负责人和我一起在夜店和朋友小聚，你们凯星的公关团队已经不管穆庭捅出来的篓子了，反正最后跪着谢罪的向来都是我们这边。"

朱薇："这、这样吗？"

当然是这样。许定远哼哼着挂了电话，锋辰的公关负责人本来在一旁远远地坐着撩妹，见他脸色不好看，溜达着凑了过来："怎么了，定远，谁给你气受了？"

"我倒是没什么。"许定远翻出穆庭的号码开始打电话，怜悯地看了负责人一眼，"倒是你，明天带着人去凯星大门口跪着吧，我们家那个不争气的纨绔太子又给人家一姐添麻烦了。"

公关负责人顿时膝盖一软："我去，这次又是什么事啊？！凯星那边的公关原来看见我们还会客气一下，现在去跪着谢罪连顿午饭都不招待了啊！"

"我有什么办法！"许定远凉飕飕地说，对着接通的电话语气平静地叙述，"穆庭，你现在人在哪儿呢？今晚又被狗仔拍到了，现在正在头条上飘着。"

"他们钻我车底下拍的吗？"穆庭在电话那头不爽地问，应了一声示意自己知道，两句话便打发他自行处理，"拍到就拍到呗，让公关处理一下。我今天去乔雁剧组探班了，然后我们俩一起去接穆翎放学，现在一家三口都在剧组里，正准备聚餐呢。"

你们过得还挺滋润啊？！有自己是个明星的自觉吗？！

"问题就在这里。"许定远心平气和地说，面不改色地向穆庭汇报情况，"因为只拍清楚了你，没拍清楚乔雁，也没拍到小翎，所以你们现在又被婚变了。让我数数这是你们这七年来多少次因为婚变上头条了，第十二次？"

"哦？又是婚变啊，一点新意都没有。"穆庭在电话那头居然笑了出来，很有闲心地指点他，"那你刚才汇报的时候应该跟我说，我又双叒叕上头条了，我不就一秒知道发生什么事了吗？"

这是事情的重点吗？！许定远忍耐地深吸一口气，拿出了自己作为金牌经纪人的杰出素养，声线平稳地继续微笑："好的，那你现在知道发生什么事了，能不能麻烦你带着你家属发条状态，证明一下清白？公关也挺难做的，互相体谅吧，这都下班了。"

"行，挂了电话我就发一条。"穆庭虽然想法比较天马行空，行事也无拘无束，不过好在人比较好说话，轻易不会迁怒，何况还有乔雁在旁边，应该出不了什么岔子。

许定远稍稍放下心来，没有过多寒暄，放下电话手指按向挂断键。通话结束的前一秒听见穆庭的声音忽远忽近地传来："总有人打扰太烦了，我先把手机关个机……"

等等啊！你发完状态再关机啊！许定远一口气没上来，目眦欲裂地疯狂拨打穆庭的电话，开始几个通了没人接，没过两分钟果然就打不通了，"您拨打的用户已关机"这句话灌进耳朵里，气得他胃疼。

许定远脸色阴沉地环顾四周，公关负责人缩着脖子，小心翼翼地观察他："没事吧，定远？不要想不开啊……"

"我没有想不开。"许定远冷静清晰地说，"只是突然想表演胸口碎大石，我现在应该去哪儿借锤子？"

"冷静，冷静……"公关负责人干巴巴地笑了两声，词汇贫乏地安慰他，手底下疯狂刷着社交软件，只希望下一秒就能把穆庭的号刷出来。结果等了几分钟，穆庭的账号一片安静，乔雁的账号倒是刷出了个视频来。

"有了！有了！定远，你看！终于有了！"一米八几的北方汉子在许定远面前手舞足蹈，在众人诡异探究的注视中，许定远感到十分丢人，但此刻天大地大新闻最大，他还是忍辱负重地和这个隐形神经病凑到一起，点开了乔雁发布的视频。

镜头亮起时，出现的竟然是穆翎的脸。五岁半的小朋友就已经出落得很成样子，眉眼是穆庭的俊朗，鼻唇带着乔雁的精致，气质倒是和穆庭像了个十成十，撇嘴的样子简直拽上天去，眨着眼睛有点生气地鼓着脸，嫩得能掐出水来。

穆庭的声音适时在一旁响起，用严肃的播音腔声情并茂地解说："一望无际的房间里，夜晚已经来临，来自调皮捣蛋星的王子穆翎开始了今天的搞破坏。我们首先看到，他拿起了一块化妆棉，然后用嘴咬了一部分下来……我去，儿子快松口！上面这么多粉你也不嫌噎得慌！你是贾宝玉吗以脂粉为生的？"

穆翎扁着嘴，不高兴地看向镜头，朝自己老爸挥动手臂："不要拍我。"

"我愿意拍就拍，想拍什么就拍什么，而你，无可奈何。"穆庭呵呵一笑，简单粗暴地教儿子做人，而后好奇地在镜头外追问，"你为什么不高兴啊，被隔壁班的小姑娘甩了？"

"没有。"穆翎哼了，骄傲地挺起了胸，"她们太丑了，我看不上。"

穆庭："你可少说两句吧，你上的幼儿园是锋辰的私立幼儿园，下次例会又该有人找我讨说法了，臭小子就会惹麻烦。"

"不过，话又说回来，你为什么不高兴啊？"他十分执念地探究。

穆翎看着拿手机对准自己的亲爹，非常生气地哼了一声，左右看了看，抽出两张纸巾团成一小团，而后一掌压上去，把纸巾拍扁了。

穆庭："So？"

"你太没出息了！"穆翎从椅子上蹦下来，生气地看着他，义正词严地指责，"妈妈都已经不要我们俩了，你还在这里找我的麻烦！"

"啊？"一直在视频中没有露脸也没有出声的乔雁默默围观，没想到自己躺着也能中枪，笑着在一旁发出了疑问的声音，随后被穆庭眼疾手快地组织撤离。

"等等，走这边，我镜头在这儿……嗯，对，避开镜头，不要被拍进去，这段视频我等会儿要发网上的，不能让他们看见你。"

"我有这么不能见人吗？"乔雁无辜地问，托着腮朝他眨了眨眼。穆庭啧啧两声，声情并茂地表明心迹，"不是啊，这不外边正传着我们婚变吗，我决定在镜头前封杀你一段时间——这叫什么来着，金屋藏娇？"

"你语文老师听到会哭的。"乔雁诚实地评价，视频里穆翎好奇地转过头看着妈妈说话，有点想笑又觉得自己在生气中，应该严肃些，于是纠结地皱着一张脸。穆庭的视频也就录到这儿，黑屏之前在镜头前比了个嚣张的中指，五秒钟后才关闭录制。

这么多年过去了，穆庭居然还是那么耿直地热爱打脸……媒体们捂着被打得啪啪作响的脸，泪流满面地去改通告。刚才还是一阵排山倒海的疑似婚变，现在都灰溜溜地改成了伉俪情深。像是一场滑稽的戏剧表演，行为和结果都带着奇异的喜感。

穆庭、乔雁结婚七年，媒体为了吸引眼球搞噱头，这样的报道也搞出来过好几次，好在两人情比金坚，完全经受得起这样的考验。时刻刷新着各种网页，观察这件事动态的朱薇终于松了口气，解脱地倒回桌子上。虚惊一场，一切照常，朱薇庆幸地长长感叹一声，一身轻松地去给自己做了份夜宵。

这个世界多美好啊！减什么肥！

然而她可能是唯一一个对这件事的后续发展感到满意的人，在她离开座位之后，各大社交平台上迅速吵成一团，高楼垒了一栋又一栋。婚变谣言再次被打脸，让浑水摸鱼的人收敛了不少，结果这一次大多数楼，反而是两人的粉丝盖出来的。

为什么不给我们乔雁露面？！她自从进组拍戏之后整个人都人间蒸发了！已经两个月了，整整两个月没有乔雁的新动态，剧组又进不去，结果能进去的人出现了，居然不给"路透"前方最新动态？！

乔雁的粉丝表示他好生气啊！用着女神的账号还不给他们投喂更多的女神？！就算你是女神的男人，也不可以原谅啊！！

穆庭的粉丝在旁边唯恐天下不乱地凑热闹，幸灾乐祸地煽风点火：对对对，太过分了，想想我们家太子爷以前两三个月不更新，跪求更新无数次后居然发了段乔雁的视频出来，这种好生气啊但还要保持微笑的状态，你们现在懂了吧！

粉丝们这样的哀号，穆庭和乔雁自然并不知晓。穆庭发完视频后便将自己关了机的手机扔到一边，又把乔雁的手机放回她包里，低头挑剔地盯了穆翎鼓起来的小脸一会儿，抬手用力捏住向两边拽了拽。

"都怪你藏得不好，让狗仔拍到了，害我又被发现了。"他理直气壮地对自家儿子先发制人。乔雁在旁边看得叹为观止，想了想却没去阻止，笑眯眯地看着穆翎会作何反应。

结果穆翎嫌弃地抬头看他："我现在没工夫跟你吵这些。"

穆庭震惊地和乔雁对视一眼，问出了两个人的心声："你混世魔王当够了，接下来打算当一回思想者体验生活吗？"

穆翎藐视地看了他一眼，没有说话。小孩子的世界总是这么难懂，他们没在化妆间纠结太久，没一会儿外面传来兴奋的喊声，两人连忙应了一声，带着穆翎向外面走去。

乔雁这次拍戏，合作的是圈内一个以严厉著称的导演，水平很高，但是也很高冷。这一点从他不允许媒体探班中也能发现一二，演员们每天灰头土脸地挤在一起，连句抱怨都不敢有。穆庭这次来探班，带着三箱子的铁签与烤肉，非常执着地要请剧组的人都吃顿烧烤，好慰劳他们这段时间的辛苦拍戏。

也就是他门路神通广大，最后居然真的不知道从哪个渠道说服了冷面导演，带着人把露天烧烤摊开进了剧组里头。这部剧制作不小，大部分演员都十分有头有脸，成名之后恐怕就再也没有过和别人一起吃大排档的经历，现在一个个新奇惊喜得不得了，有心想过来跟穆庭道声谢，结果发现人家夫妻俩肩并肩蹲在一边，也就识相地没去打扰。

乔雁身上还穿着上戏时的戏服，这是部仙侠剧，女主穿得有点像不伦不类的古装，坏处是看着可能有点莫名其妙，好处是穿起来真的很仙很凉快。乔雁手里拿着两串土豆片，咬了一口，笑得眉眼弯弯，酒窝都露了出来。

"看这一脸满足的表情，我以前给你亲自下厨都没见你笑成这样。"穆庭在她旁边笑，乔雁心想吃你做的饭还能笑出来就已经给足了你面子，却被穆庭用食指轻扣住她的下巴，拇指摸摸她脸上的酒窝。

而后他斜勾着唇坏笑一下，在夜色的掩映下飞快地低头，在她唇上蜻蜓点水地亲了一口。乔雁红着脸退开一点，欲盖弥彰地抿了抿唇，左右四下谨慎地看了看，觉得没人注意这边，方才有点嗔怪地瞪他："这么多人在呢，注意影响啊穆总经理。"

暗暗围观的众人：不，请当我们不存在！夜色如此美妙，最适合谈情说爱放闪虐狗了！

"影响怎么了，我的人设难道不是霸道总裁吗？"穆庭摆出一副理直气壮的样子摊手，说到最后自己也有点想笑，"一个积极满足老婆吃路边摊愿望的霸道总裁，这个人设实在是太新潮了，简直天生主角命，写成小说那简直就是一百万字甜宠文，说不定还写不到穆翎。"

乔雁顺着穆庭的思路发散着想了想，也忍不住笑了起来，眼睛转了转，朝穆庭促狭地扬了扬眉："刚才我们进化妆间之前，还听见几个小姑娘在那里讨论你，说你有资本够任性，说通导演弯弯绕绕托了三层关系，结果最后居然就为了过来请剧组吃烧烤。"

"我这是为了谁啊？"穆庭对她侧目而视，意味深长地哼了两下。乔雁挽住他的胳膊，眉目盈盈地靠在他的肩上，只是笑，却不说话。

有些时候情盛得太满，言语说不出来。她从宽大的衣摆中悄悄伸出手，和穆庭的手十指相合扣在一起。夏夜的风吹走燥热与暑气，远离城市中心的拍摄地点没有闪烁的霓虹灯，夜空与月光都澄明干净。谁都没有再说话，掌心的温度将两颗心熨帖得恰到好处。

不过很快她就不得不开口了——穆翎今晚一直显得有点闷闷不乐，刚才被他们带出来后自己一个人噔噔地不知道跑到哪里去了。剧组是封闭式的，穆翎的脸又很有标志性，不至于出什么事，他又确实是闲不住的性子，穆庭和乔雁也就随他去。结果不过是从眼前跑开一小会儿，再露面时瞬间就把他的双亲吓了个正着。

"小翎？！"乔雁惊呼一声，赶紧把穆翎拉过来看。他整个人像是刚在地上打了十八个滚一样，全身都灰扑扑的，脸上还有细微的掐痕与指甲痕迹，看上去狼狈得不行。

穆庭看着他眼神也是一变，声音都低沉了几分："怎么回事，谁欺负你了？"

"没有。"穆翎不情不愿地撇着嘴，拿袖子用力蹭了蹭脸，回身朝某个方向一指，"我跟他打了一架，还没分出胜负，他就要过来告状了，反包。"

乔雁顿了一下，心中生起不好的预感。她和穆庭对视一眼，朝穆翎指着的方向看了过去，一个七八岁大的小男孩站在那儿，身上穿着的戏服已经皱皱巴巴成一团，穆翎看起来像在地上打滚，他看上去就直接像是被从头到脚蹂躏了一遍，看见乔雁的眼神就像看到了救星。

"娘，这小子不知道为什么，冲过来就直接和我打架！"他忙不迭地说，心有余悸地看了穆翎一眼，"我不想跟他打架，他就说连打架都不会，反包不配和他当兄弟……"

小孩委屈得都快哭了："我没想和他当兄弟啊，他是谁啊？！"

穆翎闻言更是不高兴，黑着脸瞪他："不是我的兄弟，你干吗管我妈妈叫娘？"

小孩儿生气："我在拍戏啊！要不你来？！"

这就很尴尬了，乔雁匆匆摸了摸穆翎的头以示安抚，连忙把小孩儿也拉过来，带着一迭声的道歉，仔仔细细地上下检查一遍。而后招来生活助理，让她带小孩儿清理一下，自己也跟了过去。

穆庭掐着儿子的脸，横眉立目地教育他："你不是知道妈妈正在拍戏吗，我把你带过来是让你来给她添乱的吗？"

穆翎在穆庭手底下奋力挣扎，闻言更是扁着嘴梗着脖子反驳："可那是我妈妈！我不要别人跟我抢！想抢的人我来一个打一个！来两个打一双！"

瞧瞧这霸道总裁范儿！穆庭不耐烦道："你怎么这么霸道不讲理，不是都跟你说了是拍戏了吗？戏里的关系戏外就结束了，杀青那一刻起你还是你妈妈唯一的宝贝儿子。你已经五岁半了，不是三四岁的小屁孩儿了，这种大人的道理不是应该渐渐明白了吗？照你这个逻辑，我是不是应该把每个男主角都揍一顿啊，你看我动过手吗？"

穆翎忽然停止挣扎，思考了几秒钟后仰着脸看他："可是我把那个小孩儿打了妈妈不会打我，只会教训我几句，爸爸你要是把男主打了，肯定不光会挨骂，晚上还会睡沙发吧。"

穆庭瞪着他，张口结舌。

穆翎皱了皱鼻子，轻飘飘地又在自家老爸心口补了一刀："所以，爸爸，你其实是很想动手的吧？一直死要面子强忍着而已。"

结果乔雁检查完小孩儿的情况，把人安顿好重新回来时，看到的就是父子俩绕着圈一个追一个逃，敲敲打打好不热闹。

短短十几分钟里发生了什么？乔雁满心惊奇地走过去将两人拉开，父子俩隔着她互相怒目而视。乔雁莫名其妙中又觉得有点好笑，无奈地左右看了两眼，视线先落到了穆翎身上。

"小翎，能告诉妈妈你为什么要打架吗？"乔雁温和地问，耐心地看着自家儿子的眼睛。

穆翎在她的注视中缩了缩脖子，扁着嘴撇过头，小声开口："就……不高兴呗，打个架开心一下，谁让他抢我妈妈！"

这种打架开心一下的想法肯定不是她教的，乔雁转头瞪了穆庭一眼。穆庭轻咳两下，若无其事地将头撇到一边，底气不足地辩解："我也没教过他……"

他想了想，笃定地点点头："这是我的生物本能，孩子随我。"

乔雁懒得理他，倒也没有因为穆翎的这句话生气，她温和地摸了摸他的头发，朝他露出个好看的微笑来："妈妈在影视题材里很少尝试母亲这个角色，因为觉得自己阅历还不够，不一定能演出属于母亲的那种神圣与光辉。这个剧本我也是看了很久才敲定的，里面的孩子给了我很深的触动，小翎要听听吗？"

五六岁大的孩子，就算再怎么上房揭瓦不安分，起码故事都还是愿意听的。穆翎权衡一下后点点头，乔雁赞许地摸了摸他的脑袋，将戏里的剧情轻声讲了出来。

她接演这个角色，的确有这个孩子很大一部分原因。女主角是一心问道修炼的女上仙，修炼至瓶颈心魔时期，曾在凡间意外结下一段尘缘，并生下了一个孩子，返回了九重天。这个孩子没有父亲，又被母亲抛下，竟也自有缘分，被路过的修道之人偶然救下。八年之后母子重逢，孩子拜入女主角门下，血浓于水，一些奇妙的际遇就此展开。

虽然是个仙侠剧，狗血剧情还是无可避免。母子俩的重逢不算什么，巧合的是当年女主角在凡间结下的尘缘对象居然也是个上仙，而且这个男上仙和女上仙还是不同门派相爱相杀的死对头。中间穿插了各种分裂融合、传承发展，最后女主角身为一门仙家道术的掌门，最终不敌其他各派的联合打压，牺牲自己保住了全门，一簇业火将自己烧灼殆尽。

而孩子继承了掌门之位，带着他直到最后一刻也没有相认的母亲的遗志，踏上了向自己的亲生父亲复仇的艰难之路。

故事拍到这里便戛然而止，留一个线索方便拍摄续集。听编剧的意思，续集里说不定会出来轮回与转世，女主角放下前世芥蒂，男主角放下手中拥有的一切，真真正正走到一起。然而对于这个孩子来说，从头到尾，也只能眷恋着那一点稀薄的关爱，独自走过有关于成长的所有伤痛和慰藉。

"为了拍摄效果，在剧组的时候我也一直让他叫我娘，尽量培养母子感情。"乔雁笑。穆翎闻言又想说些什么，嘴唇动了两下，最后却什么都没说出来，只得涨红了脸低下头去。乔雁莞尔，摸了摸他头顶上的软发。

"那孩子在现实里也有自己的爸爸妈妈，出生在一个幸福的家庭。只是站在片场里，我就是那个高傲清冷的上仙，他就是那个纯真率直的孩子。就算知道最后的结局不尽如人意，但至少多一些关怀与慰藉也是好的。"

"他的娘亲是那个女上仙，不是我，我叫乔雁，是个女演员，是穆庭的妻子，穆翎的妈妈。"乔雁温柔地说，蹲下身搂住穆翎，在他的脸上亲了一下。穆翎抬手摸摸脸，看着乔雁，脸色终于放晴，翘着嘴角把另一边脸转向乔雁。

"妈妈，这边也要。"他神气地说，得到了乔雁依言印上的一个吻，得意地看了一眼自家老爸后，挺胸抬头跑开了。

两人一起目送他脚步轻快地在片场一路小跑着溜达，乔雁转过头，似笑非笑地朝穆庭扬起眉："你刚才又在和孩子闹什么啊？"

"不知道啊，闹一闹开心一下。"穆庭顾左右而言他，满脸事不关己地抬头看天，"反正我又不是个脸皮奇厚的小正太，傲娇一下再卖个萌就能被亲亲抱抱哄着来。"

"你也五岁半吗？"乔雁毫不留情地嘲笑他。露天烧烤大排档已经进行到尾声，大家正各自收拾东西结束一天的忙碌。穆翎被乔雁的生活助理带去休息，他们两个沿着路，慢慢向剧组驻扎的宾馆进发。乔雁打量了一下四周，朝穆庭招了招手。

"过来一点。"她示意穆庭靠近一些，而后双手勾下他的头，仰起脸亲了上去，一句温柔的笑言低若耳语，很快消散在风里。

"亲亲抱抱哄一下。"

第二天是个阳光灿烂的周末，本来穆庭把穆翎也接来的意思，就是想一家三口一起度过一个片场周末，奈何大清早就被许定远的连环夺命call吵醒，发现打他的电话仍然打不通后就打乔雁的。穆庭在持续不断的铃声中不死心地又挣扎了一会儿，而后乔雁打着哈欠从他怀里探出头，示意他赶紧接电话，他这才心不甘情不愿地爬起来，满腹怨气地按下了接听。

"许定远，你吵醒我要是没什么大事的话……"穆庭阴森森地开口，个中意思不言而喻。

"我也不想扰你清梦，这不突然有事了吗……"许定远揉着额头开口，心里也在骂娘。穆庭走之前其实已经将周末的工作都安排好了，但是人要是不找事的话，事就一定会来找你。好在这还算是个好事……许定远定了定神，用最快的语速，言简意赅地向他汇报。

"环球影业的总裁私人造访国内，临走前想和锋辰谈一下海外合作事宜。穆总如今人不在国内，恐怕需要总经理您来主持大局。"

还真是个突如其来又推不掉的事，穆庭叹了口气，不耐烦地捋了一把头发，简单交代几句后挂了电话，下了床在行李箱里翻衣服。

好在他抱着防患于未然的想法带了套西装过来，不然这样的场面鬼知道怎么撑。穆庭一边感受着起床气一边换衣服，忍不住又打了个哈欠。昨天吃饱喝足后睡得挺晚，今早又被人硬吵起来，换了谁都不会特别开心。

他对着换衣镜扣着暗纹衬衫的扣子，冷不防从背后环过来两条细白莹润的手臂，点点暧昧的红痕隐约点缀其间，柔然地蜿蜒在他的衬衫上面。

这样的场景来得香艳，在熹微日光的照射下又显得温情。穆庭转过身去，乔雁披散着柔软的长发，烟青色的纱裙清纯又温柔，从他手中抽走刚刚拿出来的领带，轻快熟练地绕在脖子上，打了个漂亮的结。

她显然也没怎么睡醒，慵懒地半闭着眼睛，笑起来时比平常多了些迷糊与乖巧。穆庭稍稍仰起头方便她动作，轻车熟路地搂住她的腰，在她的发上落下一个轻吻。

"再睡会儿？"他问，穿好西装外套，把行李箱收好合上，"你今天是下午场的戏吧，我让助理中午带着饭来叫你。穆翎我领回去，不让他在这儿添乱了。"

"嗯，都行。"乔雁没什么异议地点点头，而后想了想穆翎，又迟疑了一下，"把小翎留在我这儿也行，他本来以为能在这儿过周末吧，你那里也不方便照顾他。"

"男子汉大丈夫，养得那么娇惯干什么，父母有事的时候应该体谅一下，也是成长的一部分。"穆庭不以为然地摇摇头，乔雁犹豫片刻，对这样的看法选择默认。

她等会儿还要接着回去补眠，这一身不方便出去，就在门口送了送整装待发的父子俩。穆翎果然看上去有点不大开心，不过看上去情绪还在可控范围内，眼巴巴地朝她挥了挥手。乔雁失笑，抱着儿子亲了又亲，而后同样依依不舍地站起身。

"路上一切小心。"她朝穆庭仔细地叮嘱，对方回了她一个明朗的笑。

"早点杀青回来。"

睡觉睡到自然醒的滋味，简直美好得不足为外人道。虽然乔雁不拍戏时作息都很规律，基本不需要闹钟叫醒，但像今天这样，醒时发现一大片阳光洒在床上时，心头泛起的愉悦难以用语言准确形容。

她将近收拾妥当时，有人敲了门，乔雁把门打开，结果看见的不是生活助理，反倒是新来的工作助理站在她的门口。乔雁不由得有点意外地稍稍扬眉，随即和善地朝她笑笑："小朱来了？随便坐。"

"嗯，今天早上起得早，排到了我们小区街口那家老字号的广式糕点，就想着带给雁姐尝尝。"朱薇有些拘谨地捧着饭盒进了门，里面是她早上凌晨五点半起来，排了三个小时队才买到的广式糕点。乔雁是南方人，在北方不太能吃到正宗的家乡口味，朱薇心细，一直将这件事放在心里记着，眼下终于排到了，马上殷切地给乔雁送了过来。

好在凯星今天也的确没什么事很需要她处理，她打电话给凯星老总罗铭请示时，还得到了对方一句赞许和鼓励。朱薇老老实实地坐在一边，视线却停不下来，不自觉随着乔雁的动作转来转去。

对于更新换代勤快的娱乐圈来说，乔雁的年龄已经脱离了小花的范畴，但很多人称呼她时，至今依然愿意叫她一声花旦，是对她地位的认可，也是对她演技的尊重。前几年她接过一个民国时期花旦的电影剧本，荧幕上一个眼神一个转身都带着翩然水光，叫人念念不忘。

都说女人是水做的骨肉，而悠长的时光会将一些女人酿成回味绵长的酒，淡极更宜风花雪月，悠长甘冽周身馥香。乔雁就是这样的女人，她从娱乐圈这个大染缸里走出来，并没有开始就一帆风顺，但之后一路稳扎稳打，得到的东西都牢牢攥在掌心里，从来不曾荒废。

朱薇喜欢上乔雁，也已经有好几年时间。

从高中开始追星时知道乔雁，之后一路看着她走红，被黑，翻盘，拿奖，恋爱，结婚，生子，一路风雨不断，步履始终坚实。她是颇符合中国传统式审美的女人，不疾不徐，不骄不躁，不卑不亢，沉稳且轻盈，温柔而坚持。命运果然也没有苛待她，这些年乔雁从炙手可热的新科天后到稳扎稳打的资深戏骨，名头没有之前那么耀眼，却越发代表着沉甸甸的认同。

她也慢慢从浮于表面的喜欢，变为放在心上的崇拜。成为乔雁这样的人这个信念不知道什么时候起植根在了心底，最终促使她在今年六月的毕业季里选择应聘到凯星，凭借高学历与亮眼的档案被录用为乔雁的工作助理。

而来到凯星工作，最让她高兴的不是终于接触到乔雁真人，而是发现这个喜欢了很久的偶像，并不是镜头和聚光灯堆积出来的幻影，真实的她一样出类拔萃，温柔优雅，自信强大。

朱薇目不转睛地盯着乔雁，越看越觉得心里的喜悦与满足一点点升腾起来，愉悦地填满了心扉。乔雁察觉到黏在自己身上的视线，朝她的方向侧眸看了一眼，略略展眉。

"小朱？我脸上哪里不太对吗？"

"没有没有……"朱薇回过神来，连忙摇头否认，红着脸乖乖移开视线，没过两秒却又转了回来，有些担心地盯着乔雁看，"对了雁姐，我昨晚在家时看到新闻了，你和庭哥没事吧？有没有影响到你们？"

"新闻报道吗？没有，我到现在还没见到那个头条长什么样呢。"乔雁正在梳头，她一会儿拍戏直接去上戏妆，现在素面朝天地坐在镜子前梳头，休息充足的脸白里透红，显得神采奕奕，举手投足都是天生丽质，清新怡人。她稍稍侧眸向朱薇看了一眼，饶有兴趣地问："新闻你还留着吗？我有点想看，没有也没关系。"

新闻当然还留着，基本的职业素养朱薇不缺，她忙不迭地凑上前贡献出手机。乔雁接过手机看了一下，而后自己都忍俊不禁地笑了，拿起自己的手机给穆庭发语音消息："我刚才看到一个媒体盘点，据说这是我们第十二次婚变？"

消息发出后等了好久没有反应，乔雁也不着急，自己捧着剧本认真地默背。良久后穆庭终于反射弧奇长地回了消息，乔雁伸手点开，听见他的声音大大咧咧地传出来："等你杀青回来了，庭哥带你和小毛出去玩，第一万两千次秀回去，还能怕了他们啊？"

乔雁闻言莞尔，连在一旁无意识偷听中的朱薇都不由得失笑。乔雁摇了摇头，放下手机，朝朱薇耸了耸肩："一大把年纪了，有时候还幼稚得像个小孩儿一样。"

"小毛是谁啊？"朱薇不抓重点地挠了挠头。

"哦，就是小翎。"乔雁失笑，颇感无奈地耸了耸肩，"人前他管儿子叫小翎，人后就叫小毛或者毛毛，就是取翎字的具体意思……说是贱名好养活，非要这么叫。"

"雁姐庭哥感情真好啊……"朱薇羡慕地咂咂嘴，发自内心地感慨。她没入职前也曾怀疑过两人并没有那么恩爱，不过是做戏给媒体看，当了乔雁的助理之后才发觉自己错得离谱。如果用一个词来形容两人之间关系的话，朱薇觉得，她会用"普通"这个词。

他们的相处模式非常普通，就是一对都市中平凡又幸福的小夫妻，关心回家之后的晚餐吃什么，共同假期去哪里玩，一起头疼家里调皮捣蛋的小祖宗，偶尔也互相嫌弃，时不时还蹑手蹑脚地来个接送上下班，搞点小浪漫出来，超过一个月不见面都觉得想得厉害。

完全不像是一对娱乐圈里令人瞩目的模范情侣，不常一起上通告，综艺也只有一档《终极战斗》每年准时发糖。乔雁经常一头扎在片场几个月不露面，只在电影上映期间集中地赶一赶通告，而穆庭已经子承父业，接手锋辰的大部分业务，勉强兼着歌手身份，三年发一次新专辑都让粉丝感激涕零。

在外人眼里，他们若即若离地忙于事业，谈着形同异地恋的远距离恋爱，不常一起露面炒新闻，也基本上不专访对感情大谈特谈。也难怪最近几年，媒体越来越热衷于报道两人婚变的消息，因为两人出现在公众面前的次数实在是在逐年减少，而以两人的身份与身价来看，除了疑似感情转淡外，别的黑料更是完全挖不出。

至于为什么这样的新闻屡次出现，又屡遭打脸，无非就是因为稍微和这两人有些接触的人，都明白其实完全不是那么回事。

这两个异类还真的就在娱乐圈谈了一场简简单单的恋爱，感情到了就结婚，怀了孩子就养胎——两人结婚半年多之后就传来了乔雁怀孕的消息，而往常一向是拼命三娘的乔雁，那个时候也竟然就那么说停工就停工，再没接任何新工作，空了半年时间用于产前产后养胎。

那段时间她刚拿了金谭影后，拍完国际一线商业大片《风色战纪》，正是名气如日中天的时候，处于绝对的事业上升期，结果就那么干脆利落地息了影，就此消失在公众视野里很长一段时间。娱乐圈是个最为健忘的圈子，大半年时间不知道要折损多少人气，结果她还是毅然决然地淡出公众视野，将众人的议论纷纷都甩在脑后。

当时业界唱衰她的言论已经不计其数，而她在一年之后带着全新的电影作品回归公众视线，力卷数亿票房，毫无停顿地重新在事业上续接了起来。

现在追溯起来觉得一切都很容易，事业前后也没什么断层，然而设身处地去想，才知道这样的决定到底需要多大勇气。

"你觉得这段婚姻里，是我牺牲迁就比较多吗？"乔雁停下动作，意外地从镜子里看了她一眼。朱薇这才发觉自己一不留神把心里的话说了出来，连忙又羞又窘迫地捂住嘴，眼睛乱转了好一会儿后，小心翼翼地瞄了乔雁一眼。

"外界有……有这样的说法，说雁姐嫁入豪门背后也有很大压力，得先生出个儿子把地位巩固下来。"

"外界向来是只知其一不知其二，更有很多胡乱编造，以后这种事情不要多信。"乔雁朝她笑笑，看上去不像生气的样子。

朱薇稍稍放下心来，老老实实地应了一声，忽而听见乔雁问："你刚才过来的时候，知道穆庭昨天来过这边了吧？"

"知道知道，不是说堆了好几层关系，终于得到导演许可，来这边有钱任性地开了个露天烧烤大排档吗？"朱薇点点头，下意识给出了回答，而后有些疑惑地看向乔雁，不知道她问这句话是什么意思。

"其实穆庭一直不大能吃得惯这种路边摊，觉得不大卫生，平时基本不吃，也没什么兴趣。"乔雁展眉，从镜子里看到朱薇错愕的眼神，拿过梳子，认真细致地梳着自己的一头长发，"是我比较想吃，他才买了带过来的——穆翎也是，我在片场这边想孩子了，他就克服重重阻隔，之前加班三四天，赶出了一个空闲的周末，带着小翎来探我的班。"

"按理来说不该给导演添麻烦，片场也不应该让孩子来，对吧？这种有点任性的举动不像是我会做的，我在大家眼里应该是体贴而善解人意的。"朱薇惊愕地微微张开嘴，看着乔雁漫话家常般平和地闲聊，"但我也是人，偶尔也会有想要任性的时候啊。"

"遇见他之前知道这样不行，遇见他之后不用我说，他什么都知道。"

从她认识穆庭到现在，已经过去了整整十年。时间流水般从指缝中倾泻而去，光阴从来路铺向远方，将她这些年走过的每一步渐次照亮。

人的一生没有几个十年，她如今已经不再年轻，却在和这个男人的朝夕相对之下，依然保持着三分挥之不去的少年气。甚至于想做什么就真的把人拖过来付诸行动这种事情，她年少时都从未有所尝试，如今年岁渐长，反倒被娇惯出了几分明朗的任性。

每个人生来都有棱角，看上去永远温和圆润滴水不漏的人，不是不曾棱角分明过，只是所有的尖锐，都早早被现实的沙砾尽数磨平。她遇见穆庭时已经足够棱角圆润温和，却在这十年的相处之中，终于硬生生被宠出了几分小小的放肆。

活得肆意一点的人，总是更快活的，而当有人站在自己身后，保护着这份难得的锋锐，那她无论多少次回想，都只觉得幸福。

为了将她的这点任性养出来，穆庭也几乎费尽了心思。她看在眼里，也心知肚明。她是个很聪明的人，得到的东西从没有再度失去的道理，所以这份呵护，她铭记在心，也坚定自己投桃报李的心，代表了她应该去做的一切。

"所以感情上其实没什么迁就。"乔雁站起身回头看向朱薇，笑得温柔又明丽，"但当某个瞬间他站在你面前的时候，你莫名就会知道——就是他了。"

穆庭将车开出片场，一路风驰电掣地往公司赶。穆翎东张西望地看着车窗外，忽而好奇地问他："老爸，我要去哪儿？"

"都行吧？"穆庭沉思了一下，脑中几组人选飞快闪过：父母家、苏凭楚冰家、林承骁沐雪晴家、商晨乔雪家……脑中可以带孩子的几对飞快在脑中闪过，还没想出个结果，眼角余光瞥见附近的建筑，忽而恍然大悟。

"去锋辰的路上会经过凯星，我把你放在那儿，你到时候自己找人去玩吧！"

穆翎震惊地看着穆庭："随便扔给一个人！我是你亲生的吗？！"

不是亲生的还能留你到现在？穆庭翻了个白眼给他，到了凯星门口果然把他就地随手扔下，而后一骑绝尘，扬长而去。穆翎瞪着穆庭离去的方向咬牙切齿半响，回过神才发现周围一圈前台与客服姐姐正暗暗向他靠近，见他看了过来，顿时齐齐小声尖叫欢呼了一声，纷纷朝他涌来。

穆翎：等等，救命！

"啊呀，小翎！小太子！好久没来了！"客服姐姐蹲下身，抱着穆翎爱不释手地蹭来蹭去。大的我们染指不了，这个小的总可以随意蹂躏吧？！一群女孩子围成一圈，兴奋地讨论，穆翎被围在里面，既没法自己推开，又不能像对男生一样打架，一时间简直像是被围困在里面，一个人辛苦地徒劳挣扎。

好在没过一会儿，就有人把他从花痴们的魔爪中拯救了出来。

"看我在上班途中捡到了什么？"苏凭把他抱起来，饶有兴趣地观察了一下，"不是昨天还和你爸一起在乔雁那儿混吃混喝吗，怎么今天自己出现在凯星了，你梦游了吗？还是因为太能捣蛋被扔出来了？"

"我才没有。"穆翎哼了一声，仰着头回答，倒是不再挣扎了，乖乖地被苏凭抱着。苏凭亲切地跟前台和客服小姑娘们打了个招呼，满脸笑容，春风拂面，没一会儿就搞定了一群晕乎乎的小姑娘，抱着穆翎，朝他的休息室走。

"你真是越来越沉了，要不要考虑减肥？"苏凭按下电梯楼层，好整以暇地问。穆翎昂首挺胸地表示强烈拒绝，为表决心还搂住了苏凭的脖子，不让他放自己下来。

"苏凭叔叔，你太弱了，我爸抱我都不嫌沉的！"穆翎嫌弃地说。苏凭不以为意，好整以暇地呵了一下手指，而后屈起指节在他额头上弹了一下。

"可是你爸抱你时觉得你是块宝，我抱你时就只觉得你是块肉啊。"苏凭生动形象地给出比喻，并很快进行补充，"而且你个子蹿得快，现在太大只了，抱着还有点丢人。"

"嗷！打架吗！来啊！"这个说法显然戳中了穆翎幼小的少男心，开始自信满满地挥动拳头。苏凭对其完全放任自流，到了自己的休息室后把他放到沙发上，自己接了杯茶水坐下，抖开桌上的一份报纸——开始看。

穆翎闲极无聊地盯着他看了一会儿，两人像是一二三木头人般双双静止不动好半天，多动症儿童穆翎终于坐不住了，开始率先找碴："苏凭叔叔，你在干什么？"

苏凭头都不抬："在育儿室当保姆，日薪五顿饭，等下了班我去找你家长结。"

反正不是找他结，听起来也无所谓的样子。穆翎缩了缩脖子，生物本能地觉得自己暂时玩不过苏凭，于是老老实实地坐在沙发上开始思考人生，显出一点难得的忧郁。

这反而挑起了苏凭旺盛的好奇心，他把报纸随手折好放回到桌上，饶有兴趣地看着穆翎："我其实有个特殊的本领，能看穿人心，你信吗？"

"啊？"穆翎震惊地抬起头，眼神奇异地摇头，"不信，那我现在在想什么，你能看到吗？"

苏凭微笑点头："你现在在想'他肯定是在骗我的吧'。"

穆翎小朋友无限抑郁地托腮发呆。

苏凭感受到了一丝不同寻常的气息，稍稍端正态度，摆出一副十分具有欺骗性的纯良可靠表情。苏影帝功力非同凡响，穆翎涉世不深，没几下就被苏凭忽悠着说出了最近一直不高兴的根源。

"我前两天被人嘲笑了。"穆翎冷着脸说，"班上的人上一秒还在说我是小太子，下一秒就笑话我土。"

你土？苏凭错愕地上下打量了穆翎一圈，忍不住问："你新就读了服装设计博士进修班？"

"不是衣服，"穆翎小朋友难得郁闷地唉声叹气，"他们嘲笑我的小名——被叫小毛或者毛毛真的很土吗？"

苏凭："噗！"

苏凭不是很走心地安慰他："还好吧，细细想来还挺合理的，你不是叫翎吗，翎就是羽毛的意思，你妈妈的名字雁也有这个意思，所以你们俩理论上都是小毛或是毛毛——咳，对不起，刚才没忍住笑，失态了。"

穆翎似懂非懂地"哦"了一声，依然有点困扰："可是我爸从来不这么叫我妈，他都叫我妈媳妇、老婆、安吉拉或者心肝宝贝儿。"

苏凭强忍着笑意压住嘴角："嗯……虽然无意窥觑你们家的夫妻情趣，但是你爸真的太土了，以后离他远一点，土是会传染的。"

他想了想，充满深意地循循善诱："实在还觉得心里不高兴的话，不如回家和你爸提一提？你们还可以顺便吵一架，看看到底父子俩谁是你们家土的根源，发现，然后铲除，你可以的，相信自己。"

"唉，为了这个家，我就先试试吧。"穆翎老成地叹了口气，而后问苏凭，"苏凭叔叔你还有什么好的建议吗？"

"有那么一点。"苏影帝真情实感地说，"我建议这场论战最好在本月以内开展，因为下个月我老婆就拍完戏杀青回来了，我那个时候大概就不会无聊到来休息室打卡上班看报纸了，既没时间看你们家的热闹，也不能跟我老婆转播或者剧透，多遗憾啊。"

于是在半个月后乔雁杀青回家的那天，穆家第一届比比谁既俗又土大赛正式开展。

穆翎作为种子选手，率先进行了慷慨激昂的发言。穆庭在听了三分之二后，终于搞懂了他最近又是情绪低迷又是斗志满满的原因，顿时笑得不能自已，直笑得穆翎怒发冲冠，才不紧不慢地收住笑声，简单粗暴地对儿子进行全方位碾压。

"土不土这很重要吗？"他理所当然地反问，态度之理直气壮，直把穆翎忽悠得一愣一愣的，"天生丽质难自弃你知道吗，帅也好，土也好，这都是命，不要挣扎。你以为你叫穆翎还是穆土抑或穆圭垚有什么区别吗，你不是我们那个曾经拖着鼻涕爬来爬去的穆小毛吗？"

穆翎："老爸，你再说这个小名，我真的要离家出走了。"

"走就走，谁怕你，威胁谁啊？"穆庭对儿子的威胁不以为然，似笑非笑地冷哼一声，"要走就赶紧收拾东西走，明天也不给你做你最喜欢的番茄炖牛腩了，你前脚走后脚我就和你妈妈再生一个乖巧听话的漂亮小姑娘……"

"等等。"穆庭说到最后，自己忽然愣了一下，满脸严肃地思考半响，忽而恍然大悟地一拍大腿。

"穆小毛你赶紧走赶紧走！"穆庭敷衍地挥挥手把儿子赶到一边，转而凑到乔雁旁边，专心致志地献起了殷勤，"老婆，小毛这么不乖，我们再生一个吧！生个听话点的小孩儿出来养啊！"

大危机！穆翎精神一凛，连忙噔噔噔跑过去抱住乔雁的胳膊，霸道地大声反驳："不行！妈妈只能有我一个孩子！我要把弟弟妹妹都扔进河里——"

"反了你了，小兔崽子！你过来，我保证不打你……"穆庭精神振奋地嘿了一声，开始撸胳膊挽袖子。穆翎抱住乔雁的胳膊，不甘示弱地看回去，父子大战一触即发，两人围着乔雁各种追逐打闹，餐厅里一阵鸡飞狗跳。

在纷乱的中心，乔雁看破红尘，慢悠悠地喝了口汤，忽而突发奇想："等我有时间了，打算写本书。"

"啊？什么书？"穆庭和穆翎停下来，父子俩异口同声地问。

乔雁看了两人一眼，眼中的笑意与促狭无处遁形。

"《我五岁半的儿子与六岁半的丈夫》。"

空调发出轻微持续的噪音，餐桌上四菜一汤，两道浓油酱赤，两道清淡鲜美。又是一个平凡的夜晚——而她深爱这种平凡。

——全书完——